周振天◎著

玉碎

百花文艺出版社
BAIHUA LITERATURE AND
ART PUBLISHING HOUSE

图书在版编目（ＣＩＰ）数据

玉碎 / 周振天著 . －天津：百花文艺出版社，2004
ISBN 7-5306-3845-9

I. 玉…　　II. 周…　　III. 长篇小说－中国－当代
IV.I247.5

中国版本图书馆 CIP 数据核字（2004）第 001429 号

百花文艺出版社出版发行
地址：天津市和平区西康路 35 号
邮编：300051
e-mail:bhpubl@public.tpt.tj.cn
http://www.bhpubl.com.cn
发行部电话：(022) 23332651　邮购部电话：(022) 27116746
全国新华书店经销
河北省三河市宏达印刷有限公司印刷
※
开本 850×1168 毫米　1/32　印张 16.75 插页 2 字数 376 千字
2004 年 3 月第 1 版　2006 年 4 月第 2 次印刷

定价：26.00 元

作者题记

　　自小长在天津，海河两岸从挂甲寺到金刚桥我都曾跟儿时的伙伴去玩过。闹灯节的娘娘宫、做礼拜的西开教堂，还有繁华热闹的劝业场都曾经是我流连忘返的地方。我曾以为自己是个地道的天津人，但是看多了天津的历史，特别是天津的近代史，才发现自己远没有了解天津和天津人。当年，这座比北京小许多的一个城市，竟然有着英、法、美、日、意、俄、德、比、奥九国租界，这些独立王国般的租界都是以以强凌弱的姿态与华界并存在天津的地面上。我常想，那时的天津人在身处耻辱的同时又要在华界与多国租界之间来来往往讨生活，度日月，究竟是怎样的一种心态呢？自清朝灭亡之后，各个派系的军阀在天津走马灯似的进进出出，横征暴敛，打打杀杀。还有上世纪初，八国联军的督统衙门管制了天津整整两年之久，更有八年的日伪占领时期。那都是些怎样不堪回首的年月呀？但是天津卫的老百姓毕竟还是走过来了。他们是怎样应对那严酷、屈辱却又充满异国诱惑的现实，又一边婚丧嫁娶、生儿育女，传承祖宗留下来的一切呢？这里面一定有北京和其他内地城市人们没经历过的情感历程？一定有着与众不同的生存智慧和中、西杂糅的社交技巧。当然也一定会有他人没有过的难以言表的隐情。同样是曾经设立过各国租界的上海、武汉，那里跟天津仍然有着千差万别⋯⋯

我个人以为，天津和天津人在近代史上的命运和生活状态对理解中华民族近代史命运和生活形态是有着典型象征意义的。而且对理解今天中国人的精神现象也有着不可替代的参照作用。因为我在今天的同胞身上屡屡看到了那个时代的历史烙印。人们都知道，一个民族性格的形成是与其恒定长久的生存状态有着直接关联的。同时，外来政治、经济、文化与恒定的生活状态相碰撞（哪怕是暂短的碰撞）所产生的社会情态，照样会深深渗透到一个民族性格基因中去的，并且长久影响着人们的思维和行动。于是我就有了写那个时代天津人的激情，这就是创作《玉碎》的最初动因。多年前，我曾撰写了以天津望海楼教案为背景的电影文学剧本《老少爷们上法场》，算是一次热身。为了写《玉碎》，除了仔细研究过天津的有关文史资料，更拜读了津味小说大家冯骥才、林希等人的作品。经过多年的酝酿笔耕，《玉碎》终于跟读者见面了。在这里特别要感谢关心支持《玉碎》的中国作协党组成员、书记处书记、副主席陈建功先生、著名文学评论家何镇邦先生、杜家福先生、黄国光先生，感谢百花文艺出版社薛炎文社长、靳立华副社长。感谢本书的责任编辑高为先生，他高度的专业精神和严谨细致的编辑风格给我留下深刻印象。感谢沈跃生、隋自更先生为本书做了精彩的美术设计和插图。还要感谢我的夫人冀璞，多年来她一直支持我的创作事业，在写作《玉碎》过程中，在文字、资料等方面她都给了我全力的支持，《玉碎》的问世她是功不可没的。

中央电视台影视部、天津电视台、上海胜强影视基地有限公司已经确定将投入巨资将这部小说搬上电视屏幕，相信会在不久的将来观众可以看到长篇电视剧版的《玉碎》。

目录

目录

国恨家仇碧血花

——序周振天长篇小说《玉碎》

陈建功

这部小说的篇末,天津卫玉器古董行"恒雅斋"的老板赵如圭把自家店铺珍藏的战国玉璧、汉朝玉熊、乾隆皇上用过的玉洗……一件一件地从烈火熊熊的楼梯上扔下去。楼下,清脆的玉碎声连连响起……这惨烈的一幕标志着一个素以"温"、"润"为安身立命之本的民族性格的升华。我在几乎难以喘息的阅读感受中忽然悟出了作家呕心沥血为之努力的题旨——国恨家仇就是这样催生了一个民族灿烂的碧血之花。

本书的作者周振天是电视剧剧作大家。我看过不少他写的电视剧,虽然素无交往,但对他是仰慕已久。某日,一位朋友将这本《玉碎》的书稿送来,说是"振天敬请指教",真使我受宠若惊。甲申春节,躲到一清静处,一口气把它读完。掩卷而思,书中性格迥异、栩栩如生的人物不时地迎面而来,挥之不去。那一个个人物在国破家亡的关头跌宕起伏的心路历程,编织了一张民族的性格之网。或亦可说,周振天以抗日战争前夕的时代背景,为我们展示了中华民族面对民族危难时的心灵史。

我最为欣赏的,是作家塑造众多人物的真实、客观的态度。在民族的危难面前,我们的民族不乏蝇营狗苟、卖身投靠、见利忘义、畏怯退缩的败类,比如书中的李穿石、陆小飞等等,也有大

001

义凛然、舍身报国的志士,比如书中的郭大器、赵怀玉等等,更多的,则是赵如圭、陆雄飞、德宝这样的"芸芸众生",无论是作家欲鞭挞还是讴歌的人物,作家都赋予了他们合理的、可信的性格依据,特别是对赵如圭、陆雄飞、德宝这些变化发展中的性格,作家毫不回避其人性的弱点,着力刻画了其性格发展变化的过程,这种多层次的人物构成,多线索的心路历程,展现了危急存亡之秋中华民族丰富的性格形态,显得如此真实、可信,当这些性格经历了家国之恨的洗礼,走向反抗之路的时候,一场伟大民族战争的雄厚根基,已经铸就,其广度、深度以及胜利的前景,都已是不可避免的了。

一部小说的深度,取决于作家对其人物认识和表现的深度。

诚哉斯言。

当然,一部优秀小说的构成因素,并不仅只是这些。就这部作品而言,我欣赏的,还有以下两点:

其一是时代背景的纪实性与人物、故事虚构性的融合。我不知道赵氏一家的人物、故事是否有原型为基础,但其中显然加入了作家大量的想象与虚构。然而,故事发生的时代环境和社会背景,却是真实有据的。书中涉及上个世纪三十年代中国的重大历史事件,甚至确实在天津发生的不少事件,都有着确凿的史实依据。这些历史事件的参与者,张学良、溥仪、土肥原贤二等等,有的直接在作品中出场,有的则作为后景交代,而这些事件本身,时时在作品中凸现,有力地增强了作品的时代感和真实感。这种纪实与虚构相融合的写法,并不是作者的发明,但在《玉碎》中,结合得非常成功,为营造赵氏一家生活的时代背景和社会环境,为赵氏一家的性格命运发展,提供了一个真实的舞台。

其二通过作品不难看出,作家对那个特定时代天津的民风民俗,对古董玉器行业和知识有着丰厚的积累,在作品中,洋洋洒洒,娓娓道来,真给人以"山阴道上,目不暇接"之感,大大增强了作品的知识性和趣味性。作者写生子"洗三",写合婚换帖,写品玉赏玉的奥妙,写丧葬仪式的烦琐,写天津卫帮会码头的规矩,写列强租界的格局……真有旧天津民俗风情的"百科全书"的感觉。更为难得的是,这些趣味横生的"闲笔",并不卖弄,不炫耀,而是随着故事的发展,人物的活动流淌而出,使读者在阅读中,既受到巨大的情感冲击和精神的陶冶,也得到知识的滋养和文化的享受。

当然,我想说的,还有很多。

这是一本值得一读的好书,感谢它使我感到自己度过了一个收获丰盈的春节。

因此我不由自主地推荐给读者,让大家都有所收获。

是为序。

甲申初四

民国十九年腊月十六，我们掌柜的，天津卫有名的卖玉器古董的"恒雅斋"老板赵如圭的大闺女赵叠玉，生了个七斤二两的大胖小子，取名叫开岁。赵掌柜的是刚刚五十的人，冷不丁抱上个肉滚儿似的胖外孙，那叫个美呀，嘴里整天哼着西皮流水，从早到晚脸上都是笑模样。又赶上要过大年了，那几天赵家上下那真是一片的喜兴，一片的乐和，到了腊月十九那天，一家人又紧忙活着给孩子"洗三"。其实"洗三"不过就是在孩子生下三天头上，当着亲朋好友的面儿给他洗个澡罢了，但是在那时的天津

卫，这可是生孩子家的一个挺要紧的仪式。到了"洗三"的日子，接到主家邀请的亲戚好友、街坊邻居们都纷纷上门道贺，给孩子说些吉庆话儿。但是这还不是最重要的仪式，再往后还有十二天的"小满月"，三十天的"过满月"，到了孩子生下一百天，那就是最为隆重的"过百岁"。比起"过百岁"来，"洗三"只是个小"妈妈例儿"，可我们掌柜的名声旺，人缘儿好，无论是生意场上买卖人，还是亲戚朋友，他都是有来有往，有诚有信。孩子"洗三"那天，家里可是来了些天津卫有头有脸的人物，再有，叠玉的丈夫陆雄飞是天津卫码头"东大把脚行"的头头儿，不论是在码头上，还是在青帮里，他也是喝三吆四的主儿，天津卫的东北

军政府还有海光寺的日本驻屯军，都要给他几分面子，不少人都想趁这个机会上门巴结巴结他，所以您能估摸出我们赵家那天是多么的热闹，多么的排场了。

赵家的亲戚朋友就不细说了，东马路、南马路、西马路、北马路那些大商号掌柜的、商会会长、区警察局局长、东北军的团长、脚行的头头儿脑脑儿们，大多都是带着家眷来的，陆雄飞那些在脚行的拜把子的青帮弟兄也跑来凑热闹。长袍马褂、西服革履、旗袍凤裙，进进出出，出出进进，把我这个迎宾客的伙计忙得晕头转向。

有三拨送贺礼的客人来得挺突然，因为我们掌柜的没给他们发帖子，一位是住在"静园"的前清皇帝溥仪，派了内当差的，也就是太监，叫刘宝勋的，特意来送了礼，这是因为他们隔三差五要把从北京带出来的玉器古董换成现大洋，我们掌柜的就是他们最信得过的买主儿。另一位是金发碧眼的洋毛子，叫惠灵顿，是专门在天津卫做西洋家具生意也倒腾古董的英国商人。第三拨最叫我们掌柜的意外，是一位会说日本话的中国小白脸陪着一个叫小野的日本人，说是代表日本天津驻屯军司令官香椎浩平的，祝贺我们掌柜的添丁进口抱上了外孙等等。

对刘宝勋和惠灵顿，掌柜的客客气气地招待着人家。可面对日本人小野，我们掌柜的就一阵打怵。往常，我们掌柜的除了做玉器古董生意，从来不跟日本人有更多的来往。为什么呢？天津卫的老百姓都知道，远说，自打前清甲午年间中日两国交兵打仗，中国打输了，赔了白银二亿两，还白白地割让了台湾给日本，自从那儿起，日本人在中国的地面上更是横行霸道，骑在中国老百姓脖子上拉屎。近说，自庚子年以来，日本人又在天津海光寺驻了军队，随便抓人、杀人，也从来没把天津卫的中国官府看在眼里,对老百姓就更别说了。所以,在天津卫只要是正经人家,平日里都躲着日本人,更别说是日本军人了。所以,那个小白脸的翻译进门一报日本驻屯军几个字儿,宾客们就是好一阵的嘀咕。特别是那位长着络腮胡子的,叫金一戈的东北军团长,一听说是日本驻屯军来的人,那眉毛顿时就竖起来了,还一劲儿拿白眼珠瞟掌柜的。谁都知道,两年前,也就是民国十七年,日本关东军在关外皇姑屯炸死了东北王张作霖,少帅张学良跟日本人就结下了不共戴天的杀父之仇,东北军的人跟日本军人是见面就红眼的。眼下这儿已经坐着一位东北军的团长了,冷不丁又冒出来个日本军人,这场面可就不那么妙了,所以掌柜的当然发毛了,他把女婿陆雄飞扯到一边问:"雄飞,日本人是不是你请来的?"

陆雄飞笑着摇头。

掌柜的哪里肯信:"难道他们是冲我这个卖古董的小老板来的? 我们家生孩子他们日本人怎么知道的?"

陆雄飞"嘿嘿"一笑:"谁让您在天津卫有人缘呢。日本驻屯军的司令官都给您老献殷勤来,往后您做生意多有面子呀。"

掌柜的三闺女赵洗玉见爸爸如此的为难,便走过来说:"大姐夫,日本人跟咱们套什么近乎? 这叫亲戚朋友们瞧见了,还以为咱们跟日本人有什么猫腻呢? 让他请回吧!"

陆雄飞冲洗玉一歪脑袋:"你这是疼你爸呢还是害你爸呀? 连小孩子都明白,抬手不打笑脸人,人家上门来贺喜,难道还要撵人家出去不成? 你也不琢磨琢磨,一旦得罪了日本人,'恒雅斋'的买卖还开不开了?"

一听这话,洗玉也就不言语了。掌柜的虽说心里老大的不情愿,可是仍吆喝人上茶看座,笑模笑脸的应酬那个日本人,当面儿让谁都过得去,这就是我们掌柜的做人的规矩。

实际上，日本人就是冲陆雄飞来的，日本人为吗给一个码头脚行头头儿这么大的面子，连陆雄飞自己也闹不清。原来，日本人早就有着特别周密的安排，等赵家的人醒过盹儿的时候，天津卫已是天下大乱了，这是后话。

其实，"洗三"简单得很：一只大木盆，满满盈盈的温水，接生婆把光着屁股的孩子抱到盆跟前，一边往孩子身上撩水，嘴里一边念叨："一搅金，二搅银，搅来闺女、小子成了群。一搅金，二搅银，伯伯、大爷、姨姨、姑姑来添盆。"添盆的意思就是说往盆里扔钱，扔得越多，日后孩子越是长命百岁，人财两旺，亲戚、朋友就围着大木盆一边说着吉祥话儿，一边往水里扔铜板，扔光洋。

天津卫一般老百姓家"洗三"，请的亲戚朋友也就是一般的老百姓，自然往盆里扔的也大都是些大铜子儿，跟主家特别近的，手头也有些积蓄的客人，才会往水盆里扔一两块现大洋。

开岁的接生婆是个特别机灵的娘们儿，看见有头有脸的人来了不少，又随口编了几句："一搅金，二搅银，添盆的贵人走大运。一搅金，二搅银，添盆的贵客活到百岁人。"

那天也真是气派得很，宾客们从口袋里掏出来的大都是现大洋，一会儿的工夫盆底就全是白花花的了，有的女客干脆把手上的金戒指丢进盆中，一边扔钱嘴里还都一边念叨，长命百岁，荣华富贵呀，吉人天相，福禄双全呀，喜兴话儿塞满了赵家大客厅，我们掌柜的一家人那高兴劲儿就甭提了，特别是掌柜的七十岁的老娘，笑得差点没背过气去。

英国人惠灵顿拿着一摞子现大洋走到盆边，喜爱地打量小开岁。他也算是个中国通了，打民国初年就从英国到天津了，英租界不但有他的洋货店，在华界的北马路也有他的西洋家具买卖,跟掌柜的常有生意上的来往,不止天津话说得挺溜,天津卫的老例儿他多少也懂些。他把一摞子现大洋扔进盆里,还学着中国人转了几句文词儿:"一表人才,三星高照,十全十美,百岁到老!"他那个洋腔洋调的,逗得主客们都笑出声来。

那个叫小野的日本人挺拿派,等别人都往水盆里扔完了钱,他不紧不慢地走到水盆边,用流利的中国话说:"长命百岁,一生富贵。"一边往水盆里放下一尊金锭子,那金锭子在水里闪闪见光,刺得人眼发花。周围的宾客都"啊"了一声,一劲儿叨念的接生婆更看傻了,喜歌在嗓子眼里塞住了,手上的孩子也差一点掉到盆里。当时我也看傻了,心里念叨,不过是小孩子"洗三",日本人怎么舍得出这么大的血?

满屋的人都在围着小开岁说说笑笑,只有我们掌柜的脸上没笑模样儿,像是琢磨着什么,趁客人们围着开岁说说笑笑的时候,他跟陆雄飞低声嘀咕了几句,随后就到柜上取来一个白玉观音挂件,还用锦缎礼盒装着。

陆雄飞见了,连连点头说:"对了,那天小野在柜上看到的就是这挂件,听他说他特别的喜欢,日本人也信佛的,您还他这个礼儿,最体面了。"

我傻了:"掌柜的,这可是唐朝的观音哪!白给日本人呀?"

掌柜的点头。

我心疼,说:"这挂件可是要值好几个金锭子呢。"

掌柜的说:"你懂什么?他送了一分礼,咱就得还十分,日本人的人情欠不得的!"

小野捧着那白玉观音挂件,连连点头说吆西,当着掌柜的面儿,就把那挂件挂在脖子上。还一边说:"菩萨保佑!菩萨保佑……"

金团长在一边冷笑撇嘴。

掌柜的哥哥赵如璋一家一向小气抠门儿，他连老婆带孩子一家共来了六口子吃喜宴，往澡盆里却只扔了一块现大洋。

陆雄飞气不忿儿，脸拉得老长。

掌柜的只当没看见，脸上还是一劲儿地笑。

当时赵家的人谁都想不到，后来孩子在"过百岁"时，一位人称"赛诸葛"的算命先生说这孩子是腊月的马，命里注定没有鲜草吃，不过周岁就有一大难。这可吓坏了赵家老老小小，忙给赛诸葛塞大洋，请教消解大难的招儿。赛诸葛说，别无他法，只有在立秋之前，到南方避灾。

陆雄飞哪里听得人家说自己儿子的坏话，气恼得要把赛诸葛打出家门，叫我们掌柜的拦住了。事后，掌柜的跑到娘娘宫求了签，总算为外孙求了个上上签，签上有四句话，念起来挺吉利：瑞雪罩华运，火旺尽富贵，一生得玉全，早日成神仙。掌柜的请道士解签，道士却说天机不可妄测。不管怎么说，这总是个上上签，全家人宁可信这签，对赛诸葛的话看得也就不那么认真了。等到当年底天津卫大乱后再品那四句话，就完全是别的味了，这也是后话。

给孩子洗罢了澡，我们掌柜的就把宾客们往吃饭的大厅里请，接生婆笑眉笑眼地从水盆里捞现大洋、金锭子。照天津卫常例，孩子"洗三"收的钱都归接生婆，可在陆雄飞眼面前冒出的财水哪能流到别人腰包去，两块大洋他就把接生婆打发走了，其余的当然是他揣进兜里去了。

刚刚把小开岁抱进屋，门外又来了个跑差的，说是从日本租界张家公馆来送礼的，掌柜的听见了，忙撂下手里的事，迎上去客套。那跑差的说，是张公馆薛艳卿小姐派来的，送上一份薄礼祝贺掌柜的喜得外孙子。掌柜的忙接下了，打开锦盒，里边是一只银胎镶金的长命锁，确是精巧漂亮。掌柜的给了那跑差的两块大洋，让他转告他们小姐，她要的缅甸翠玉镯子已经到货了，哪天方便就来取。跑差的走了，掌柜的立马就把那长命锁给小开岁挂在脖子上，大小姐看着也着实喜欢，就问："爸，这讲究的玩意儿是谁送的？"掌柜的只是笑着应了声："一位主顾。"

送长命锁的薛艳卿原是唱河北梆子青衣的，人长得水灵、漂亮，几年前，日租界里边的一个叫张必的，据说是原北洋政府不小的官儿，花了一大笔光洋买了她养在张家公馆金屋藏娇，这位薛小姐就是偏好玉做的玩意儿，所以就成了"恒雅斋"的老主顾。她对我们掌柜的特别地佩服，无论是挑货色还是论价钱，她都听我们掌柜的，掌柜的对她也特别地照顾，无论再缺的货，只要她有心买，掌柜的就想着法的给她踅摸到。掌柜的本来就喜欢听梆子，而薛艳卿又特别喜欢玩玉器，我看得出来，掌柜的从心眼里喜欢跟她来往。所以，只要是张公馆来的人，我就不上前，让掌柜的亲自应酬。

到了正午，饭菜已备齐，掌柜的就吩咐我把家里家外的人头数清楚，他要亲自安排坐席，我拿眼光溜了一遍，心里就有了数儿，这才发现二闺女赵怀玉一早出去还没回来。掌柜的说她一准是在学校里忙活学生会的事，便叫我立马去南开中学叫怀玉回家来，我就一路小跑，直奔了南开。

我们掌柜的这一辈子最不如意的事儿就是没生个儿子，掌柜的老伴儿活着时，先是不生养，过门几年了，肚子里也没个动静，后来到娘娘宫给送子娘娘烧了香，拴回来一个娃娃哥，果真肚子里就有了动静，一胎生的是闺女，二胎生的也是闺女，到了第三胎，还是个闺女，就是没有生个肚脐眼下边带把儿的。不管怎么说，娃娃哥总归给赵家带来了人气儿，是赵家人丁兴旺的大功臣，掌柜的把娃娃哥一直供在自己的睡房里，每到一个年份，还要把娃娃哥拿到做泥人的店铺里加上分量重塑一次，算到那

第二章

年，赵家的这个娃娃哥已经重塑了二十二次了，一年长上一寸，坐在椅子上已经有两尺多高了。

话又说回来了，掌柜的这三个闺女，一个比一个俊俏，一个比一个招人喜欢。头一个闺女赵叠玉，今年二十一岁，就是嫁给了陆雄飞，刚刚生了个大胖儿子的那个。生在叠玉后面的就是怀玉，那年十九岁，就是在南开中学念书的那个。生在怀玉后面的就是洗玉，十七岁，也在南开中学念书。

这三位小姐呀，真是三个人三个脾气，叠玉打小跟着娘长大，我们掌柜的太太是个大户人家出身，天津卫的那些大户人家管教女孩子的规矩一板一眼的都用在叠玉身上了，把叠玉训的，

活脱儿是她娘的一个影儿。叠玉说话办事总是不温不火的,脾气那叫个好,她也上过两年的学,识文断字,知书达理,从没见她跟谁使过性子,自嫁给了陆雄飞,就是个踏踏实实过日子的主儿,对丈夫在外边逛窑子,玩窑姐胡作胡闹的事,她也有几分耳闻,但是她从来没有挑明了跟男人掰扯,实在不像话了,拿软话儿劝几句,男人听不听都不再费口舌了,宁可自己在被窝里掉泪儿,也不跟我们掌柜的诉苦。怀玉就常怪怨姐姐太窝囊,叠玉也就是苦苦一笑,再叹口气,就没话了。嫁鸡随鸡,嫁狗随狗,这句老话儿放在叠玉身上是再合适不过了。怀玉就是另一路了,从小就不服娘的管法,任性得很,宁可挨打挨骂,也不改性子,打小凡事就有自己的主意,嘴也出奇地厉害,不占理的事儿要是犯在她手上,甭管谁,那带刺儿的乓古话你就听着吧,为这,她可是没少挨爹娘斥叨。在我看来,怀玉是个有见识的女孩子,虽说性子各色一点儿,但不讲理的事从来找不着她,做起事来,也特别地大气,所以我们掌柜的特别看重她,一来是她在学校里功课好,二来是她的主意正。听掌柜的跟他老娘念叨过,他这份家业传给怀玉是最放心的了。小妹洗玉说起来可怜也可气,生下来两岁,娘就生病过去了,所以我们掌柜的最疼她,也最娇惯她,比方说过年给压岁钱,两个姐姐一人一块现大洋,就给她两块现大洋,两个姐姐什么事儿也都让着她。难免就过分地娇惯了,才上学的年纪,穿的用的都要到租界里边去买,衣服要穿日本细纺纱的,皮鞋是英国的,就连孩子玩的娃娃,也要到意租界去买意大利的。好玩,好逛商号,特别好看电影,只要听说哪个租界放外国新电影了,就是耽误了功课,也得把那电影看了。这样在学校里哪能踏实心思上学呀,功课比怀玉可就差远了,功课不咋地,可事儿还特别地多。自打她到南开上学,隔三差五的,不是丢了书包就是丢了钱包,我可是没少往学校跑。最气人的是去年冬天,她下了学不回家,跟同学去租界看电影,害得我三九天满个天津卫找人,等把她从电影院接回家,我人都冻成一根木头了,耳朵和脚趾头没一丁点儿知觉,只要拨弄一下就得掉下来。

　　这三个姐妹里,我最喜欢的是怀玉,自我打小进了赵家的家门,我就愿意跟她在一起玩儿,几个姐妹争吵、拌嘴,不论谁占理儿,我都毫无例外地跟怀玉站在一边儿。洗玉气不过,就说:"你这么向着怀玉,往后你就娶她当媳妇得了。"我冲她拿指头刮脸,喊羞羞羞,可是心里头还是挺愿意听这话的,那是五六岁时候的事儿了……到了民国十九年,我已经是二十岁的大小伙子了,心里头装着的仍然是怀玉,她那模样、做派、说话的声音,都让我打心眼里就滋润,平日里怀玉对我也很亲热,德宝哥、德宝哥叫得人心发酥,我赵德宝这辈子要是能娶怀玉做媳妇该是多么大的福气。可转念一想,咱毕竟只是掌柜家收养的学徒,谁能把金枝玉叶的小姐许配给我呀?即便是这样,我也愿意给怀玉效劳,只要能让她高兴的事儿,我的劲头儿就特别地大。当听见掌柜的叫我去学校找怀玉后,我可是高兴坏了,脚底下像生了风似的向南开跑去。

　　从东门往南开中学奔,有半顿饭的工夫就到了,进了学校大门一打听,学校早就放学了,只有一些学生还在礼堂里搞什么活动,我就赶着朝礼堂走,离礼堂老远就听见有个女孩子的惨叫声,那声儿还特别像是我们家怀玉的,我这心里一紧,赶忙爬上窗户望里边瞧,只见在那台子上,怀玉被几个男学生拖在地上,又是拿脚踹又是拿鞭子抽,怀玉疼得满地打滚,叫声一声比一声惨。我可是火了,也不知道哪儿来的劲儿,蹽起脚丫子往礼堂大门里跑。奔进了礼堂,冲着那几个男学生大吼一声:"住手!! 这光天化日的！还有没有王法了？！"

我跳上台子，把那几个男学生搡到一边，又去搀扶怀玉："怀玉，你快起来！这几个王八蛋凭什么这么欺负你？！"

谁知道，怀玉一见了我，竟"咯咯"地笑起来，接着，那几个刚才还打她的男生也前仰后合地笑起来，他们一说我才知道，怀玉他们这是在排练文明戏呢，那几个男学生演的是欺负中国人的日本兵，怀玉演一个被日本兵抓住的中国姑娘，这一下把我臊的呀，真是没法子下台。

怀玉问我到学校来干什么，嘿，敢情她把亲外甥"洗三"的事忘得干净了，我一提醒，她才一拍脑门，骂自己该死。可是看见同学们都在台上等着排戏呢，她犯了犹豫，说晚上要演戏，回不了家吃"洗三"的饭。我说掌柜的一定要她回家，她就央求我说："德宝哥，你就帮帮忙嘛。"

她还拉着我的胳膊晃了几下，当时我心里是麻酥酥的，好舒服，这才应了她。

到了家我向掌柜的回了话，掌柜的因为在忙活招呼宾客，只是皱着眉毛说了一句这丫头越来越野了，就忙着招待客人去了。

开席之后，我才发现，客厅里满满地坐齐了十大桌，为什么是十桌呢，这是取十全十美的吉利。首桌是掌柜的、陆雄飞陪着最有身份的男宾客坐的地方，老太太带着家里的女眷，赵如璋老婆和几位有身份的女客就坐在第二桌上，连平日里摆放在掌柜的睡房里的娃娃哥都搬到这桌边来了，按照天津卫的规矩，每逢重大的喜庆节日，是要把娃娃哥请到饭桌上来的。

可是让谁坐首桌掌柜的就犯了大难了。按规矩，主桌上是我们掌柜的和陆雄飞陪身份最高，辈分最大的客人，东北军的金团长和英国人惠灵顿自然应当坐首桌，可是让那个日本人小野坐

"洗三"仪式上,东北军金一戈团长反感日本军人小野到场,欲拂袖而去,赵如圭为难地央求金一戈留下。

在哪儿？明摆着的事,人家是代表日本驻屯军司令来的,理应也坐上首桌,可是东北军的金一戈能够跟日本人小野往一只菜碟里伸筷子吗？

见我们掌柜的犯难,小白脸翻译还特意对我们掌柜的嘀咕了一句:"赵先生,小野先生可是香椎司令官贴身副官,吃饭可是应当上首桌的。"

掌柜的看看金一戈,还是一劲儿嘬牙花子,就在这时,金一戈金团长拎起皮大衣就往外走,一边还冲掌柜的拱手道别:"赵掌柜的,告辞！"

掌柜的呆了,赶紧拦住他说:"哎,哎,您怎么能走呢,这酒还没喝呢。"

金一戈瞥了小野一眼说:"掌柜的,您今天这儿有贵客,我就不凑热闹了。

说着他就向外走去。

掌柜的慌了,赶紧追上前拦住金一戈,小声央求道:"金团长,您留步,留步,我知道,您不愿意跟那个日本人坐一桌儿,可他是不请自来呀,咱也不能把他请出去呀……您……您就将就将就吧……

金一戈瞪圆了眼说:"什么都能将就,就是对王八蛋的关东军不能将就,三年前在关外皇姑屯,活活把我们张大帅炸死了;血海深仇,不共戴天哪！那个小野就是关东军调来的,我能跟他在一个桌子上吃饭？操！"

说着,金一戈又朝外边走去。

情急中,掌柜的赶紧把洗玉叫过来:"洗玉,你都忙活什么了？不是叫你安排客人们吃饭的事儿吗？金团长今儿个要是走了,我可饶不了你！"

洗玉自然明白老爷子的意思，快走了几步拦住金团长说："金团长，您可真是，连酒都不喝一杯就要走呀？也太不够意思了吧？"

金团长不得已停下脚，还没等他说什么，洗玉已经端了一杯酒递到金团长面前说："金团长，您就是真的要走，我也不好拦您，可怎么也得把这杯酒喝了吧？"

金团长只好接过酒杯。

洗玉见金团长端住了酒杯，便放大了嗓门冲所有的宾客说道："诸位，今天是我姐的宝贝儿'洗三'，我这当小姨的特别地高兴，陪来宾喝酒是我爸、我姐夫的事，各位来宾怎么坐的事就交给我了。我怎么安排诸位就怎么坐成吗？"

众人都叫了声好。

洗玉麻麻利利地把掌柜的、陆雄飞、小野还有掌柜的亲哥哥赵如璋都安排在首桌上后，才走到已经挂着一脸霜的金一戈面前："金团长，我爸爸特别嘱咐了，您可是应当坐首桌的，可我心里不老舒服的，凭什么有身份的男人都到主桌上去了，特别是您这威武雄壮的军人。今天是个大喜的日子，能不能有一位有身份的男人到我们桌上坐坐呀？您能赏给我们这个面子吗？"

洗玉说出这话来，女客们大多都叫好拍起巴掌。

这么一来，本来挂着脸的金一戈也乐了，说着客气话就乖乖地坐在女士桌上去了。

小白脸翻译一直盯着洗玉看，见众人都坐下了，他跟小野叽呱了几句日本话，就走到女眷吃饭的桌边，现出一脸的厚道说："赵小姐说话在理儿，现在英美各国都提倡女权主义，我是拥护的，小野先生中国话说得倍儿溜，用不着我翻译，我就响应赵小姐号召，跟太太小姐喝酒说话吧。我姓李，名穿石，就是滴水穿石那两字儿。赵小姐能不能也在这桌上给我安排个座呀？"

老太太和女宾客们看着这个李穿石都乐了。

洗玉她歪着头打量他，话里含着讽刺说："这桌上有金团长就成了，您还是坐那边照顾日本人去吧，再说，这儿也没座了呀。"

李穿石指着娃娃哥说："这个泥娃娃不还占着个座了吗？我就坐它这儿吧。"

洗玉说："听你这话儿，肯定就不懂天津卫的规矩，这娃娃哥可是我们姐几个的大哥呀，就是我不坐，也得让它坐这儿。"

掌柜的笑着说："洗玉，你就别逗李先生了，快加个椅子，请李先生坐下。"

洗玉也笑了，招呼老太太的丫鬟璞翠加了把椅子，对李穿石说："您就坐在娃娃哥身边吧，跟他碰几杯。"

李穿石连忙坐下了，说："哎，跟个泥娃娃喝个什么劲儿？我应当陪老太太和小姐们多喝几盅。"

说着他就冲老太太举杯，说些恭贺老太太抱上重孙子，赵家四代同堂的吉利话儿，就一饮而尽。把老太太逗得笑眯缝了眼。

洗玉小小年纪偏偏有个本事，酒倒在她肚子里就跟喝水一样儿，她说："我喝一杯，老爷们儿就得喝两杯。"

李穿石连连点头："小姐让我喝多少我就喝多少，行不？干脆，我先喝一盅，算是表示个诚意。"说着，就往肚子里灌了一杯。

洗玉也给他逗笑了。

从李穿石眼神里我就看出来，这个小白脸被洗玉迷住了，果不其然，自从在"洗三"上认识了洗玉，他就死死缠上了她，天天送香水、送花，再往后就送衣服料子，到后来，这小子还真的把洗

015

玉降伏了,洗玉为了跟他,反跟亲爹闹翻了脸……

仗着洗玉的机灵周旋,吃饭的人总算是顺顺当当地坐定了。

第一巡酒还没喝完,首桌上又出了麻烦,我们掌柜的大哥赵如璋见小野坐在自己身边,老脸就拉下来了,别人都拿起筷子往嘴里夹菜了,他也没动静,我们掌柜的冲赵如璋笑颜笑语的:"大哥,端酒,端酒,我先敬大家一杯……"没料想,赵如璋冷不丁地起了身,对我们掌柜的抱抱拳,说是有事先告辞。

见家主不吃饭了,在别的桌上的赵如璋太太和几个公子、小姐们也撂下了筷子,最小的少爷才四岁,还一劲地往嘴里送肉,被娘一巴掌打掉了勺子。刚刚还热气腾腾的客厅突然冷了下来。

一见这阵势,我们掌柜的立刻就一脑门子汗,他把大哥请到厢房里,半是央求半是责怪:"大哥,这大喜的日子,您不能走啊!您要是真走了不就是活活地晾我吗?"

赵如璋还是一脸的不情愿:"兄弟,眼下是什么时局?你竟把个日本人请到家里当上宾,你不在乎我也没辙,可你还让他跟我肩蹭肩膀靠膀的坐在一块儿喝酒,日后传出去,天津卫老百姓还不知道怎么戳我后脊梁呢!"

掌柜的说:"大哥,这个日本人是不请自来的,今天这日子,我也不能把人家撵出去呀。"

赵如璋板着脸说:"日本人霸占咱们国土,欺负中国老百姓,这要是在我们家,我就不客气,请他走人!"

我们掌柜的还是央求:"大哥,小野可是代表日本驻屯军司令来的,咱实在是得罪不起呀!您好歹把这顿饭吃了,再说,您这一大家子要真的撤了,咱老娘心里是啥滋味呀?"

这边我们掌柜的劝赵如璋,那边陆雄飞怕冷落了小野,就用他会说的那么几句日本话跟小野碰杯灌酒,李穿石也从另一桌

016

上跑过来招呼小野吃喝,我从小野的脸色揣摩,他肯定是看出了赵如璋要撤席是为了什么,但是他装着什么也不知道的样子,照样吃喝。

见赵如璋老半天的不上桌,陆雄飞火就上来了,他叫李穿石稳住小野,自己奔进厢房冲赵如璋瞪眼睛:"她大爷,今天可是我儿子'洗三',您这酒还没沾一口就要撤席,是不是我陆雄飞有吗对不住您的地方儿呀?!"

知道陆雄飞是个霸道的青帮头头儿,赵如璋不愠不躁的:"雄飞呀,你可别想歪了,这'洗三'的酒我当然想喝,可是我不能跟日本人在一堆儿喝,这里边的理儿想必你是明白的,请多多见谅了。"说着他就往外走。

那边,赵如璋老婆见家主要走,也拉着儿女们都站了起来。

陆雄飞脸上现出怒气,还要喊什么,被我们掌柜的拿眼色拦住了,掌柜的对赵如璋说:"大哥,其实这酒喝多喝少就是个意思,您能来就已经是赏脸了,这些日子咱们都忙,我总想找个工夫跟您聊聊,今儿个不就是个机会吗?这不,还准备着吃过了饭请您尝尝印度的'马蹄士'呢。"

一听见"马蹄士"三个字儿,刚才还吊着眉毛板着脸的赵如璋立马就软下气笑起来:"哟,兄弟,干吗还这么客气?"

掌柜的说的印度"马蹄士"是大烟的名字,平日里赵如璋是最好这一口,而且抽的特上瘾,只要有大烟,他连亲娘也可以不要的。他以往抽的都是两毛一盒的香港"公烟",算是大路货,而掌柜的说的"马蹄士",是印度产的上等烟土,味儿纯,劲儿大,要比香港"公烟"贵上多少倍,一般人是抽不起的。掌柜的不抽大烟,我猜,他今天预备这上等的玩意儿就是拿来对付赵如璋的,果然还真用上了。

见掌柜的真的拿出一块马蹄模样的"马蹄士",赵如璋忙不迭地拿到手上,在鼻子底下闻了又闻,舍不得撂下。

掌柜的拿过那"马蹄士"说:"大哥,吃了饭,客人都走了,您就踏实地抽几口,如何?"

赵如璋一脸都是笑:"得,得,恭敬不如从命。"说着,他已经朝饭桌那儿走去了。

见家主又坐了下来,赵如璋的老婆孩子也都又坐下来,抓起了筷子。

掌柜的这才长喘了口气,也回到席上。

本想发火的陆雄飞也就不再说什么了。

其实连我都明白,赵如璋今天来这手不是冲陆雄飞,而是跟我们掌柜的过不去。"恒雅斋"这个门脸是已经过世的老太爷生前辛辛苦苦戳起来的,专营玉器生意而且还折腾得这么个红红火火,在天津卫可以说是独此一家。更难得的是"恒雅斋"门脸就在东马路和南马路拐角的地方,紧挨着日租界旭街,就是现今的和平路,那可是车水马龙,人来人往做生意的黄金地段,老太爷离世的前几年就琢磨把"恒雅斋"传给哪个儿子?照理儿说,应当交给大儿子赵如璋的,可是赵如璋偏偏有个抽大烟的嗜好,把"恒雅斋"交给他,实在不踏实。而我们掌柜的要孝道有孝道,要人缘有人缘,做事又十分的有板有眼。所以十五年前老太爷闭眼之前,就把紧邻着"恒雅斋"门脸后边的两层灰砖楼房给了赵如璋,把"恒雅斋"传给了我们掌柜的了。赵如璋自然心里不服这口气,谁都明白,一座楼顶多值几千现大洋,可"恒雅斋"这块牌匾还有那些古董玉石可是没价的。这些年来,"恒雅斋"越来越红火,而赵如璋那边虽然靠行医治病赚钱,天天都有一些进项,但也架不住他那杆大烟枪呀。他那头一个老婆就是因为他抽大烟,嫌他没出息,偷偷跟个海轮上的水手跑到南洋去了。好几年后,他才把古氏娶进了门儿。古氏能生能养,一连气给他生了四个儿女,但赵如璋抽大烟的毛病仍然改不了。赚进得少,花出的多,眼见得哥儿俩的日子就不是一个成色了。到了前四年,赵如璋日子实在过不下去了,要卖楼。我们掌柜的出了个高价,就把楼给买下来了,就成了如今前门脸后住家的格局。

瞧着兄弟日子越来越红火,赵如璋眼红,心酸,再加上老婆在耳边没完没了地念叨怨恨的话儿,他这股子气早就要想找个机会发泄发泄,偏偏兄弟家又抱上个外孙,请他吃喜酒,他实在不想来,可拘着面子,又不好不来。故地重游,本来就不是个好滋味,再看到场面这么热闹,这么喜庆,心里不是个滋味呀,这才捏了个词儿,想硬生生地撂这么一下子。还亏了我们掌柜的准备了"马蹄士",总算是把赵如璋一家子安顿下来。

这一切也不知道那个日本人小野察觉了没有,反正见他是酒足饭饱,戴着掌柜的送他的唐朝的白玉观音挂件,心满意足地走了。

待宾客们都走干净了,赵如璋也抽足了大烟回了家,掌柜的把陆雄飞叫到"恒雅斋"门脸上,把伙计们都支到后边,郑重其事地问了一句:"雄飞,现在就咱们爷儿俩,你说实话,今天那个日本人是不是你招来的?"

喝了酒的陆雄飞说话爽快多了:"是我……"

掌柜的拉下脸:"你也是三十大几的人了,这么要紧的事怎么也不商量商量?! 现如今一提日本人,天津卫的男女老少都是红着眼咬牙根呀,咱躲还躲不及呢,你倒往家里招! 你就不怕人家给咱安上个亲日派、汉奸的罪名?!"

陆雄飞不以为然:"爸,您也太嘀咕了,连政府当官的都跟日本人眉来眼去,勾勾搭搭的,咱这算什么?"

掌柜的摇头:"当官的爱怎么着就怎么着,他们有枪、有钱、有权,可咱们是老百姓,图的是过安生日子!你就看不出来,日本人在关外连东北王张作霖都敢杀,日后在关内还能消停了?这工夫眼儿你偏去招惹他们,你这么聪明的人是错了哪根筋了?"

陆雄飞有词儿:"叫您说着了,就是因为将来天津卫一准是日本人的天下,我才多搭了这么一条路,日后张学良的队伍一撤,没有几个日本人的门路,您这'恒雅斋'价值连城的古董,还有我那脚行买卖,怎么个保险法?"

我们掌柜的说:"雄飞啊,英国人、法国人、德国人咱都能往深里交,只有这日本人,已经是跟东北军结下大仇的了,而东北军也绝不可能善罢甘休,你走这条路不就是往虎口里钻吗?!"

陆雄飞脸上带出讥讽:"东北军都是窝囊废,连他们的张大帅都让日本人弄死了,不也没屁吗?再则,东北军在天津能呆多少天还难说呢。去年是阎锡山、傅作义,再以前又是张作霖,再一大前又是曹锟,吴佩孚,那些靠枪杆子吃饭的,在天津地面上就跟走马灯似的,我怕他个球?!"

掌柜的撇嘴说:"你是不是以为跟日本人套近乎就没亏吃呀?"

陆雄飞话也带着刺儿:"话说回来了,您不也没停了跟日本人打交道吗?"

掌柜的说:"我那是跟日本人做生意,一手钱,一手货,人走茶凉啊。"

陆雄飞:"我也得做生意呀,现如今海河边上四五个码头,这几年来船、卸货最多的就是日本人,千八百个脚力抢这碗饭吃,我不把日本人摆弄顺了,我那帮兄弟就得喝西北风去!您知道吗？"

掌柜的说："我可没拦着你在码头上做生意，我是说别把日本人往我家里招！"

一听这话，陆雄飞脸上更不是颜色了："您家？！听这话意思，这地方没我陆雄飞的份儿？不错，我是你们赵家倒插门的女婿，可我进你们赵家前前后后也没有白吃干饭吧？前年南市那帮杂不地几十号人到这儿闹事，又是枪又是棍的，不是我在这儿顶着，您这'恒雅斋'不早碎八瓣了？！"

掌柜的说："雄飞，你这话扯到哪儿去了……"

陆雄飞接着说道："去年，阎锡山的兵醉了酒跑到这儿撒泼，窜上楼去要扒洗玉的衣裳，不是我陆雄飞，您那洗玉今天还能囫囵个儿的出头露脸吗？天津卫谁不知道我陆雄飞最讲义气，您要是嫌我在家里给您添腻歪，咱爷们儿立马儿就搬出去，往后再有什么麻烦，您就另请高明吧，可您得跟叠玉讲明白，不是我陆雄飞不明事理，不讲孝道！"说着，他从货架上拿起一尊乾隆时候的白玉观音在手里掂着："到时候您总不能指望这石头做的神仙救您的驾吧？"

陆雄飞话说到这儿，我们掌柜的就没辙了。别看陆雄飞仪表堂堂，挺有外面儿，可骨子里他就是个高级杂不地、臭混混儿。我们掌柜的虽说心眼够使的，可碰上这号的，也没辙，况且，当初我们掌柜的点头把叠玉许给陆雄飞，也是有几分借他的势力护家保业的意思，他也不想跟陆雄飞闹翻了脸，所以那天晚上的话也就没聊下去，正好老太太有事叫我们掌柜的，就打岔过去了。

掌柜的离开"恒雅斋"，我就赶紧走进去盯摊儿，掌柜的早就定了规矩，门脸这儿黑天白昼不能离人，特别是晚上，除了锁上门窗的铁栅栏，而且所有的玉器古董还要统统锁入库房，钥匙在掌柜的手里拿着,我就睡在柜台上值夜,直到天亮账房、伙计们进门。

见我进来,陆雄飞换了一副笑模样说:"德宝,跟我出去到日租界去玩玩?新近来了几个高丽小娘儿们,有姿有色,想不想尝尝鲜儿?我请客。"

我当然想去,二十岁的大小伙子,还没娶媳妇,马路上看见个长头发的下边就支起"帐篷"了,憋得熬不住了,就在被窝里自己给自己捋管儿,以往陆雄飞带我去过候家后的窑子里玩过,那都是中国娘儿们,有高丽娘儿们我当然想去开开眼界,可我这个人还算是有脑子的,掌柜的刚刚为日本人的事生了气,我这就往日租界跑,万一叫他知道了,半个月就没好日子过了,我就说:"谢谢您了,一会儿掌柜的还让我去回话呢,改日您一定再给我个机会。"

这会儿陆雄飞手下一个外号叫"臭唰咕"的迎上门,横着膀子晃着头,拥着他去了日租界。看得出他今天把掌柜的说没了词儿,显得特别的得意,走了老远了,还听见他哼着戏文:"一马离了西凉界……"

俗话说，怕什么就来什么，我们掌柜的就怕沾日本驻屯军的边儿，可偏偏的没几天又让他撞到那个日本人小野。说来也是巧，那是在前清皇上溥仪那儿撞上的。我前边讲过的，掌柜的外孙"洗三"那天，从前清皇帝溥仪那儿来了个太监送贺礼，那人自称刘宝勋，是溥仪从北京紫禁城里带出来的贴身奴才，那个落魄的皇上特别器重他，出"静园"办什么要紧的事，常常是派他的差。这一天，刘宝勋又找上门来，要我们掌柜的去"静园"看货，就是玉器古董。掌柜的忙叫上我，跟着刘宝勋朝日租界赶去。

第二章

"静园"在日租界西宫岛街上，也就是今天的鞍山道。前清的皇上溥仪那一阵就猫在那里边。虽说是前清的皇上，又有日本人照顾着，但是他在天津卫吃喝玩乐一直是大把的花银子，银子没了就拿从紫禁城弄出来的古董换现大洋，这差事就交给了刘宝勋。

刘宝勋是个精明人，头一次卖古董时，他先对天津几家有名声的古董店摸了底，像锅店街的"万得昌"古玩店，旭街也就是今天的和平路上的"物华楼"，劝业场的"萃文斋"都问了个遍。他也不说自己的来历，先拿了件乾隆时候的白玉扳指挨家问价钱。扳指那玩意儿就是像个宽身的大戒指，说白了就是个玉石圈圈，前清的有身份、有钱的人特别喜欢把这玩意儿戴在右手的食指上,以显示自己的身份和富贵,据说也有活动手指头,运动血脉的作用。其实这玩意儿从前是古人打仗、打猎拉弓射箭用来钩弓弦的,不过古时这玩意儿上面都是有钩钩的,到后来变化成个纯粹的手上的玩意儿。像刘宝勋拿来的这个白玉扳指,那几家开得价都是七八十块现大洋,进了我们"恒雅斋",我们掌柜的开口就是一百块现大洋,那个刘宝勋自然就把白玉扳指卖给了我们掌柜的,揣着现大洋美不滋滋的走了。我跟着掌柜的十几年了,对古董玉器多少也在行,那白玉扳指虽说成色不赖,做工也精细,可是给一百现大洋实在没什么钱可赚了。掌柜的说:"这扳指可不一般,玉质温润,沁色红似鸡血,特别是上边有乾隆爷的御题的字迹,难得的稀罕物哇!据我揣摩,卖这扳指的家主,至少是位前清的大户人家,或许就是败落的皇亲国戚,他们手里的绝不只是这一个白玉扳指,头一回打交道咱们赔本赚吆喝,就算是交个朋友,兴许就拉住了一个有大油水的主顾。"

后来,果然叫我们掌柜的说着了,没过些日子,那个刘宝勋又来了,那一次带来了好几件玉器,明朝的白玉佛手、宋朝的荔枝玉做的连生贵子挂件、唐朝的白玉观音,我们掌柜的一看,眼里就冒亮光,看看这个,又摸摸那个,冷不丁地对刘宝勋说:"这些物件是从宫里出来的吧?"

刘宝勋吓了一跳:"掌柜的怎么猜着的?"

掌柜的指着那几件古董说:"这般成色的货,民间世面上哪能见得到呀?当年东陵慈禧老佛爷的坟叫孙殿英刨了,从那里边倒腾出来的众多的古董之中,就有一件宋朝荔枝玉做的连生贵子,跟这一件一模一样,我可是见过的,说不准它们就是一对的。"

刘宝勋嘴里打着啧啧,咬着我们掌柜的耳朵说:"您还真是个识货的主儿,明人面前咱不说假话,这几件小玩意儿就是我们主子交办的。"这才闹明白,我们掌柜的是在跟前清的皇上做买卖。一来二去的,掌柜的就跟刘宝勋交上了生意缘,刘宝勋隔个三两月的就要到"恒雅斋"来送货,只要是看上的,掌柜的出价都让刘宝勋满意,而且掌柜的还另外揣给他一份辛苦费,不到两年的工夫,从"静园"倒腾出来的古董,十有三四成都叫掌柜的收进了,字画、铜器什么的,只要有人出好价钱,掌柜的就出了手,可是没少赚银子。但是对从"静园"出来的玉器,掌柜的差不多都锁进保险柜里边,他说了,从宫里弄出来的玉器,没有一件是孬货,更没有假货,每一件都可以当做传世的宝物,不到万不得已,是舍不得出手的。后来天津卫古董铺都知道了"恒雅斋"跟"静园"的特殊关系,个个都红了眼,锅店街"万得昌"的胡老板还专门请掌柜的吃饭,央求掌柜的把"静园"的生意也匀几分给"万得昌",掌柜的很会做人,当下就应了。往后来碰上"静园"拿来价钱特别高的货,"恒雅斋"一时又挪动不出来那么多的现钱,他就拉上"万得昌"一起凑钱收下刘宝勋的货,待卖出去得了利,两家再按本钱的多少分利润。这在天津卫古玩业里行话叫伙货。

一听刘宝勋说溥仪又要卖古董,还是要我们掌柜的到"静园"里边去看货,掌柜的就来了精神,让我赶紧换上件应酬穿的长袍,跟他一起走。听说是去皇上那儿,我这心里面"怦怦"跳得厉害,换着衣服手哆嗦得系不上扣襻儿,我对掌柜的嘀咕:"咱这是去见皇上,是吗?"掌柜的一边往怀里揣着银票一边笑话我:"皇上还有空见咱们这小买卖人呀?你想得美!再说了,那也就是个下了野的皇上,跟那些在租界里当寓公的阔佬们有什么两样?"我跟着掌柜的上了刘宝勋开来的汽车,顺着东马路直奔了日租界。

日租界，就是日本人在中国地面上划了块地方，他们在那块地方自己设警察局、法庭，自己定法律，一切事儿中国人决不能过问，那时天津卫除了日本租界还有英国租界、法国租界、意大利租界、比利时租界。日本租界占的地方可不小，东起秋山街（就是今天的锦州道）西到南市，南起墙子河（就是今天的南京路），北到海河边，足足有两千多亩地，像今天的和平路、多伦道、鞍山道、海光寺、百货大楼这些热闹地方，当时全在日本租界里边。从东马路一进日本租界，你就能看见盖在城东南角那座活像碉堡似的楼房，那就是日本租界的警察分署，戴"白帽"的日本警察在那里边晃来晃去，虽然在日本租界里卖白粉的、开窑子的一点儿也不少，可表面上，日本人把这儿的门面摆弄的头头是道，就说横横竖竖的街道吧，可比中国衙门管的地方干净不少，日本人盖的小楼比不上英国租界、法国租界的高楼大厦，但也还算是小巧精制，中国人要能住上那样的宅子，家里一准是有百八十万的银子。一进日租界，我这心里头又是发痒又是发紧，发痒嘛，那是我跟陆雄飞来日租界窑子玩过，日本娘们儿无论是在酒席上还是在床上，都比中国娘儿们会伺候咱老爷们儿，在日租界玩一晚上，过了十天八天你心里还忘不了那个舒坦劲儿。那一次陆雄飞从日本窑子出来，嘿嘿直乐，我问他乐吗？他说，都说日本人在关外杀人放火没人敢惹，在天津卫耀武扬威无人敢问，嘿！今天咱们偏偏把他妈的日本娘们给办了，办得她们还嗷嗷叫，这叫过瘾！解气！本来到日本窑子来玩，我还有点儿心虚，经他这么一说，心里踏实多了，多操几个日本娘儿们，也算是糟蹋了一回小日本，给关外的老百姓出口恶气了。要说心里发紧嘛，那是因为我们掌柜的早就吩咐过了，没正经事儿，谁也不准到租界地面儿乱晃荡,如果哪一个不听招呼,进租界胡作,犯了租界的条令,关局子,挨打,罚银子,丢人现眼,他可是决不轻饶。所以我每次从日租界玩罢了偷偷回来,心里都跟揣了个小兔子似的,生怕掌柜的看破了。不过今天不同,是掌柜的领着我进了日租界的,进了日租界,一路顺风的到了宫岛街,也就是今天的鞍山道上的"静园"。

天津卫的人都知道,"静园"是民国初年的一位大军阀盖的宅子,听说是特别的豪华,气派,非一般老百姓能想像得到的。老远的就看见它那高墙和在大门口站岗,戴着"白帽"的日本警察。见是溥仪自家的车,"白帽"没拦没问,开车的刘宝勋冲他喊了句日本话径直就把车开到院子里边。

下了车,掌柜的悄声叮嘱了我一句:"德宝,这可是前清皇上住的地方,说话办事可得多留神!"我连忙应声,跟着刘宝勋和掌柜的进了楼。一进楼我就傻眼了,门厅、走廊全是一色的菲律宾木头的地板、墙板,一准是上了蜡,光亮得可以当镜子,若是苍蝇落在上边也得劈个叉,再衬着窗户上的五色西洋花玻璃,那叫气派,讲究。绒乎乎的猩红地毯,踩在上边一步一陷,一步一陷,叫人觉得身子发飘,当时我心里就说,原来这就是当皇上的滋味呀,确实是舒坦!从走廊往里走,路过大客厅,只见一个戴着眼镜,瘦头瘦脸的男人趴在地毯上写写画画,刘宝勋冲我们摆摆手,自个儿走进客厅,毕恭毕敬地跟那个瘦男人说话,随后,又走出来,把我和掌柜的往后面领,还一边说:"刚刚向皇上禀报了,皇上吩咐今儿个拿几件好玩意儿给你们开开眼。"

皇上!!刚才那个大烟鬼似的男人就是皇上!我忍不住要折回去再看一眼,叫掌柜的狠狠地在胳膊上掐了一把,才半梦半醒似的跟着走进楼后边的一间小客厅里。在椅子上坐定。掌柜的一边喝茶，一边跟刘宝勋聊着闲话儿，不一会儿工夫，一位比刘宝勋年轻的小伙子捧着一摞锦盒进了屋，看样子八成也是个太监，刘宝勋让小太监放下锦盒，就支他出去了，随即把锦盒的盖儿掀开，我往前凑了一眼，立马就直了眼了，那锦盒里边的几件玉器先不说年代，瞧成色就知道着实是稀罕东西，可是我们掌柜的脸上却没有一点喜兴劲儿，只是闷着头一一打量那玉器。

刘宝勋见我们掌柜的不吭声，连着气儿的夸起来："赵老板，这可都是从宫里带出来的稀罕东西，这对玉鹅，您瞅瞅，可是乾隆爷那时候的玩意儿，跟活的一样，您再看这八仙玉壶，明朝的玩意儿，您瞧这颜色，做工，可是值钱的东西吧？还有这龙纽玉押，元朝的，特别是这蟠龙玉环，据说是汉朝的玩意儿，少说也有一千多年了……赵老板，您就开个价吧……"

掌柜的脸上还是没笑模样，眼神在那几件玉器上扫来扫去，就是不说话。

刘宝勋有些沉不住气了："赵老板不会是疑心这是假货吧？"

掌柜的摇摇头，只是说，宫里出来的玩意儿怎么会。就又不吭声了，仍是没完没了的打量那几件玩意儿。其实，那一会儿我们掌柜的心里头正偷偷乐呢，他绷着脸就是心理战罢了，买主一露笑模样，卖主一准的张口要高价，好玩意儿我也不说个好字来，没论价之前，先把卖主的威风镇下去，让他心里嘀咕，发毛，乱了分寸，再说价钱，就差不多了。

掌柜的终于开了腔："刘总管，这都是好玩意儿，您说的朝代也是不差的，可也不是挑不出毛病来，就说这对玉鹅吧，做工没挑的，可您瞧这玉的成色，乾隆时的玩意儿，讲究上面的光亮，上好的玩意儿表皮上就像抹了一层蜡似的，要不就像炼凝的猪油,快刀切开之后的那个滑亮劲儿。您瞧,这对玉鹅是不是还差那么一点儿成色? 您再瞧这蟠龙玉环,汉朝的玩意儿不假,原本是白玉,怎么沁成了血色呢? 一瞧就知道是出土的东西,一准是个达官贵人带着它入的土,偏巧那土里有朱砂,千年的沁透,才成了这个颜色,若是清一色的血红,这蟠龙玉环可就没挑了,可那土里还有些许的水银,把这龙脖子、龙腰沁进了黑色,宫里出来的玩意儿我不敢乱褒贬,可说它美中不足总是不过分的吧?"

刘宝勋听了脸上的颜色儿就有点儿不那么好看:"赵老板是买主,自然要褒贬褒贬啦,可您得替我想想,我这是给皇上办事,您要是压价压得忒狠了,皇上怪罪下来,这卖古董的差事我就干不成了,我刘宝勋干不成了,您往后找谁去搜罗这些好玩意儿呀? 您说这对玉鹅,这玉环都有毛病,难道这把玉壶也能挑出点儿不是吗? 听我们主子说, 这玉壶从前的万岁爷拿它喝过酒的!"

生意谈到了这节骨眼上,掌柜的话跟得很紧:"嘿,还真叫您说着了,这玉壶的用料、做工确实没挑的,万岁爷拿它喝过酒我也信,可是您就没看出来,这壶把儿跟壶盖儿之间还少了点儿什么吗?"

刘宝勋忙捧起玉壶上下打量,半天也没看出什么名堂。掌柜的索性挑明了:"这玉壶盖跟玉壶把儿本来有一条玉链连着的,要么是七环,要么是九环,这把壶我揣摸是七环,怎么就没有了呢? 可惜! 可惜! 有链,这壶就是上下一体,没链,就是上下两拿着,说的不好听,这就不是个玩意儿了!"

刘宝勋本来也不懂玉器,掌柜的这么一番又一番的煽呼,就把他说蒙了,口气也就软了许多,他悄悄对掌柜的说,要不是皇上在外边欠账太多,皇上也舍不得卖这些传世的古董,看在老主顾的份上，务必给个好价，生意谈到这个份儿上，再论价钱也就顺溜多了，四件玩意儿，一万两千现大洋就成了交，掌柜的还悄悄许给刘宝勋二百块的辛苦费，刘宝勋乐颠颠的点了头，忙去向溥仪禀报，后来掌柜的对我说，那几件玩意儿，就是两万现大洋也是大赚了。掌柜的正准备着银票呢，刘宝勋一溜小跑的又回来了："赵老板，我们主子要您过去，有话说。"

掌柜的一阵发愣："您是说皇上？"

刘宝勋说："是啊。"

掌柜的有点儿慌："哎呀，就我们这土头土脸的，也没个准备，多不合适……"

刘宝勋："嗨，我们主子现如今随便的很，没那么多规矩了，这会儿他正在兴头上，也就是想找个人聊聊呗。"

掌柜的忙不迭地掸着身上的长袍，把领口解开又重新系上，拿眼神告诉我老实候着，就跟着刘宝勋走进前面的大客厅。

一听说皇上要见我们掌柜的，我这心口就"咚咚"的乱撞，虽说是下了野的皇上，可他还是皇上呀，天津卫的老百姓能瞧一眼龙颜的能有几个？掌柜的今天可是走了大运了，我德宝今儿个既然都进了皇上寝住的地方，要是不好好瞧一眼龙颜，岂不要吃一辈子后悔药？想到这儿，我就蔫着脚的朝前面大厅凑过去，隔着厅门的花玻璃朝里边瞅，见皇上还趴在地毯上玩什么呢，他身底下的好像是一大张画着红箭头、蓝箭头的地图，皇上一会儿拿着一个孩子玩的大炮往那儿一放，一会儿又拿着一个小兵人儿往这儿一放，玩得特别来劲儿，我们掌柜的毕恭毕敬地立在他屁股后边好半天了，他还没完没了地玩那小孩打仗的把戏。掌柜的看看刘宝勋，刘宝勋看看掌柜的，足足愣了小半晌，末了还是刘宝勋凑到皇上近前小声禀报了一句，皇上这才开了腔，但他的眼睛还是朝那地图上瞅:"听他们说看玉你是个行家?"

掌柜的忙猫下腰:"行家不敢当,只不过做这个买卖,不得不尽心琢磨着。"

皇上又问:"现如今市面上玉器好不好卖呀?"他还是在那儿摆弄大炮和小兵人。

掌柜的规规矩矩地应道:"好卖也不好卖……"

皇上问:"这话怎么说呢?"

掌柜的说:"说好卖,若碰上个识货的,看对了眼,多少钱他也舍得。说不好卖吧,现如今时局不那么稳当,人心浮动,都想多留些现大洋、金货什么的,谁还想弄些怕磕怕碰的玉器带在身上?不瞒您说,我这生意挺难的。"

皇上总算是从地图上爬起来了,可还是没正眼瞅我们掌柜的,伸手接过刘宝勋递上前的茶碗,一边喝着,一边说:"那些俗人就不说了,你说说,现如今对玉还真有识货的吗?"

掌柜的应答:"有倒是有,不过在天津卫实是不多见了。"

皇上说:"那你给我说说,玉的讲究?"哟,皇上这不是要考我们掌柜的吗?掌柜的瞄了一眼刘宝勋,刘宝勋就冲他使眼色,那意思是皇上让你说什么你就说什么呗。

掌柜的笑道:"我不过是个卖玉的,哪敢班门弄斧呀。"

刘宝勋着急了:"哎,皇上让您说您就说呗。"

掌柜的又问了一句:"您是说生意场上对玉的讲究呢?还是先人们对玉的讲究呢?"

皇上说:"生意场上的讲究是你们的事儿,就说说先人们怎么个讲究吧。"

掌柜的点点头:"这就得从孔老夫子那儿说起了,在《礼记》里边,孔老夫子说玉有十一种德,他说,君子拿玉比较自己的德行，就是仁、知、义、礼、乐、忠、信、天、地、德、道这十一种，先人都把佩玉带在身上，就是拿玉的品德常常给自己提个醒儿，所以孔老夫子还有一句话，就是，君子无故，玉不去身。就是没特别的原因，那玉是不能离开身上的。"

听到这儿，皇上总算拿正眼看着掌柜的，他从腰带上拎起一块佩玉给掌柜的看："瞧瞧这玩意儿，还算是好东西吗？"

掌柜的轻轻地托着那玩意儿仔细打量："啊，您这是块上品的好玦呀！看成色，起码也是秦汉的物件了。"

皇上挺得意："算你有眼力，当年楚霸王给刘邦摆鸿门宴，杀不杀刘邦，霸王拿不定主意，范增着急，一个劲儿地举起身上的佩玦提醒楚霸王对刘邦赶快下手，这块玦就是范增身上的那块。"

这么一说，掌柜的忙又不错眼的看了一阵那玩意儿，连着声的说："开眼了！开眼了！"

皇上对刘宝勋问："刘宝勋，知道我这会儿带这玩意儿是什么意思吗？"

刘宝勋一个劲儿地眨巴眼："嘿，嘿，主子心里都是国家社稷的大事儿，小的怎么敢乱猜呀。"

皇上又对掌柜的说："你想必懂得的，开导开导这个没脑子的。"

掌柜的先是推辞，可皇上一个劲儿地让他说，他也只得应答了："玦嘛，一是决断之意，一是断绝之意，如果没猜错的话，您大概是有什么大主意了。"

皇上突然起劲儿地拍巴掌，又笑又喊："好！好！知音！知音！知我者……哦，你叫什么名字？"

掌柜的忙说："赵如圭……"

皇上又喊："知我者赵如圭也！"

掌柜的赶忙说："不敢当，不敢当……"

冷不丁的，这皇上就立马不是刚才那个拿鼻子哼词儿，用后脑勺瞅人的皇上了，他连着拍掌柜的胳膊，又叫刘宝勋给掌柜的上茶，把掌柜的弄得站不是坐不是的。

皇上对掌柜的说："你这个圭可就是玉圭的圭？"见掌柜的点头，皇上就打开了话匣子："这个圭叫得好，叫得好！《周礼》有曰，祭拜天地四方，需用玉做的六器，大概是沧璧、黄琮、青圭、赤璋、白琥、玄璜，还要有玉做的六瑞，那就是镇圭、珩圭、信圭、谷璧、蒲璧，这圭就是瑞器呀！天子得天之物谓之瑞，故诸侯受封于天子，天子与之玉，亦谓为瑞也……"皇上絮絮叨叨地说了一堆之乎者也，我是一句也听不懂，后来掌柜的才给我说明白了，溥仪是说，当皇上的得到了一件好玉，那就是老天爷送来的吉祥，皇上要是赏给诸侯、大臣们一件玉，甭管是好玉孬玉，那也是吉祥。

我们掌柜的像是个小学生似的，皇上说一阵儿，他就点一下头，见皇上说得高兴，他就插了一嘴："可不是，在周朝那会儿，天子出门，都要用玉圭和钱、锦缎、皮子向列祖列宗上供祭拜，等出门的时候还要把玉圭什么的都装在车上，等回来，还得用玉圭、钱、锦缎、皮子再祭拜祖宗……可那都是先前帝王家的讲究，先父给我起了这个圭，无非是想让我踏踏实实地继承他的玉器买卖罢了。"

不料想，听了掌柜的这话，皇上猛不丁的两行眼泪淌了下来，接着就抽抽搭搭地哭了起来。嘿，可把我逗乐了，这皇上可真逗，怎么跟个孩子似的，说风就是风，说雨就是雨，别是神经了吧？我们掌柜的可慌了神啦，忙站起来："哎哟，您这是怎么了？

　　赵如圭到溥仪府上买玉，向溥仪说起古代帝王用
玉的讲究，无意触动溥仪的心事，竟令他抹起泪来。

是不是我说的什么不得体了？"

皇上掏出条雪白的绸子在脸上抹了几下："没你的事，没你的事……"

掌柜的就直瞅刘宝勋，那意思是说，皇上竟然当着我这小民抹上眼泪了，这可怎么好呀？

刘宝勋大概是见惯了，并不着慌："赵老板，皇上是勾起心思了，大清三百年的江山，到如今，再多好玉器，可让我们主子到哪儿去祭拜祖宗呀？主子，您可得留神自己的身子骨啊！"

皇上猛然指着刘宝勋骂了起来："都是你们这些奴才不争气！不争气呀！！"

刘宝勋嘴里念叨："是奴才们不争气，是奴才们不争气，您就消消气吧，主子。"

皇上还没完，一边骂一边哭："我能消气吗？整天在这小破园子里囚着，你们就没个好法子让主子活得像个主子样儿?!"

冷不丁瞅见皇上像个孩子似的哭鼻子，掉眼泪，掌柜的更傻了，两个巴掌把大褂都捏皱巴了。瞧着掌柜的进退两难，进也不是，退也不是的尴尬劲儿，我心里说，老天爷，亏了没进去。就在这时，有人一溜小跑地来禀报，说是日本驻屯军司令官派人来见溥仪，只见刚才还在大发脾气的皇上，立刻就换了一个脸，忙着叫人给他换衣服，再不搭理掌柜的，就从另一个门出了客厅。

刘宝勋对掌柜的打了个招呼，也跟着皇上进了后边。我们掌柜的这才算是下了台，他出来时，我清清楚楚地看见他脑门子上铺着一层冷汗。

冤家路窄这话一点儿也不假，我跟掌柜的拎着那几件买得的玉器刚刚走到院子里，迎面就走来那个叫小野的日本人，今天他穿着军服，腰里别着手枪，大腿边挎着马刀，威风凛凛的。一见掌柜的他倒是还算客气,先是"您好,您好"的打招呼,又夸起掌柜的孙子,掌柜的不想跟他多过话,可是又不能不客客气气地跟他寒暄。

小野指着我手里的大包袱笑嘻嘻地说:"赵先生从皇上这儿又搞到了什么好东西?"

掌柜的忙遮掩着:"没什么,没什么……"

小野一脸的狡猾:"赵先生不用客气,那个刘宝勋不是常常到你们'恒雅斋'去卖古董吗?"

哟,怎么日本人什么都知道呀?掌柜的脸色顿时有些紧张,但是立刻就像没事儿一样:"刘宝勋也去别的铺子的,可'恒雅斋'出的价儿公道,他自然愿意跟我们做买卖了。"

小野说:"您这是头一次到皇上这儿来吧?想必皇上一定卖给您不少好玉器?我能不能先睹为快呀?"

玉器行道里有不成文的规矩,凡是还没经过打理,没摆上柜台的货,是不可以对外人露相的,否则就会泄了玉的灵气,影响货的成色。我对小野说:"这也不是看玩意儿的地方呀,赶哪天请您到我们'恒雅斋'去瞧……"

掌柜的赶紧冲我使眼色,说:"小野先生喜欢玉器,要看就看嘛……"

我只得解开包袱,在当院的石头桌上一个一个的打开锦盒。

在太阳底下,那几件玉器显得特别透亮,倍儿招人喜欢。小野先抓起那把玉壶上下打量,又把那玉鹅和玉环托在手里把玩,嘴里"啧啧"的没完,还一边说:"嗯,都是玉器中的精品,很精彩!很精彩啊!我的上司最近要到天津,他是很喜欢中国玉器的,赵老板,您说说,我应当送给他一件什么玉器才好呢?"

这口气,明摆着是想敲我们掌柜的呀。

掌柜的立刻说道:"您的上司也欢喜这玩意儿?好哇,您瞅这几件里边有合适的吗?中意的您就拿走……哦,这件元代的印可以吧?"

我心口一揪,那玉押可是刚刚用了五十块现大洋买来的,看来要打水漂了。

小野拿起那玉押上下左右的打量。

掌柜的紧张地瞧着他,我琢磨,掌柜的要是不舍出这玉押,怕小野就要朝那价钱更贵的玉壶、玉环、玉鹅伸手了。

掌柜的说:"就是元朝当官们用的,就算是祝小野先生官运亨通,步步高升吧。"

没料到小野摇起头来说:"这个的,不好。"

掌柜的:"这可是货真价实的元朝古董呀。"

小野:"我的明白,这不是官印,叫玉押,签字画押的押,元朝做大官的都是蒙古人,中国书他没念过,中国字也不会写,做买卖,写文书要签名怎么办?写不好中国字又怕人家耻笑?就刻了这么个玉押,用得着的时候,就拿它往文书上一戳,对不对?这个东西就是个不懂中国字的象征,所以不好,不好!"

我心里骂道:妈的,这小子还真懂行。

掌柜的忙说:"小野先生真是个行家,您不喜欢这玉押,就再看看这几件?"

小野又在那几件玉器上打量了一阵,最后还是摇了摇头:"算了,算了,君子不掠人之美嘛。"

掌柜的说:"小野先生千万别客气……"

小野掏出雪白的手绢一边擦着手一边说:"不客气的,不客气的……日后赵老板进了更精彩的玉器,不要忘了跟我打个招呼就可以了,哎,我可是要付钱的。"

这工夫,就见皇上溥仪已经换上一身西服出现在楼门口,说着日本话,亲热地把小野往楼里请。小野走了几步,又回过头说:"赵老板,请转告陆雄飞陆先生,我要请他吃饭。"

掌柜的应了声。

见小野走进楼,我松了口气,一边收拾那几件玉器,一边悄声对掌柜的说:"好悬,差一点儿叫他敲走件宝贝。看样子这小野还多少懂一点儿玉器古董呢。"

掌柜的说:"听陆雄飞说,他是在大连生的,又在大连长的,地地道道的中国通,对他可得多留神。"

事后我挺纳闷,这个小野跑到前清皇上这儿来干什么?小野跟溥仪是什么关系?这在当时可是个绝密的事,十几年之后,日本战败投降了,我才从报纸上知道,那一阵,日本的关东军为了搞满洲国,把东三省从中国分出去,弯着心眼儿要把溥仪偷偷弄到关外去当满洲国的皇上。可那会儿张学良的部队驻在天津卫,也盯着住在"静园"的溥仪呢,日本人要想把一个大活人,况且还是皇上弄出天津城,谈何容易。为了把溥仪弄到关外去,在天津的日本驻屯军可没少跟溥仪密谋策划,小野到"静园"跑来跑去的,干的就是这差事。

出了"静园"大门,就见一个高高的,留着寸头的二十四五岁的汉子凑过来问:"伙计,刚才进去的那个人是不是小野先生?"

我打量那人,高挑儿的身板儿,一张文气的脸,下巴上一道深紫色的刀疤叫他带出几分杀气,我随口应道:"是啊。"

掌柜的也看到了那人,忙呵斥道:"德宝,要你多嘴?!"

我赶忙把嘴闭上,待再想仔细打量那汉子时,他已经走开去了。

掌柜的冲我骂道："你小子今天吃错药了怎么的？人家问吗你就搭腔？你知道他是干什么的？跟小野是什么关系？还有,刚才在院子里你也犯浑,小野是什么人你不知道吗?他要看这玩意儿就让他看呗,我还没发话你多什么嘴？还有规矩没有?！"

我心里这个后悔呀,真恨不得扇自己两个嘴巴子,说："掌柜的,我知道了。"

掌柜的叹气："病从口入,祸从口出,你非得哪天吃一个大亏才知道利害！"

要不是坐上刘宝勋的车,他还不知道要骂出什么呢。

直到回到"恒雅斋",掌柜的脸还是没见晴天,我知道他教训我的话还没说完呢,幸亏张公馆的薛艳卿小姐在店里等着取玉镯子,掌柜的才把我撂到一边。

好几年前,我在天祥四楼的戏院子看过薛艳卿演的《杜十娘》,一出台就凭她那扮相,就是个满堂的彩儿,可她不扮妆时,更是精神。虽然说已经是三十开外的人了,仍然还是细皮嫩肉、水灵灵的。男人看了,怕是没有不动心的。有她在当屋坐着,说着话儿,店里的那几个伙计个个浑身都是精神,

掌柜的一边开锁取那只玉镯子一边说："薛小姐,真不好意思,让您久等了。"

薛艳卿是唱戏的嗓子,说出话来特别的受听："您快别这么说,我也没事先打个招呼,出来办事顺路就来了。"等看到掌柜的拿出的玉镯子,她眼睛一亮,叫出声来："哎哟,这镯子可是太招人喜欢了！"

掌柜的也笑："只要薛小姐喜欢就行,我就算没白忙活。"

薛小姐把那满是翠绿的镯子套在手腕上转过来、翻过去地

看，又举到窗户前太阳下面透着亮的照，那翠绿像雾似的丝丝缕缕纠缠，叫冷冰般的玉肉托着，又透出似有若无的黄，水汪汪地闪着光，她说："今晚上老家伙有客来，我要唱一段《龙凤呈祥》的，得，就戴着它上台了，孙尚香一国的公主，配这只镯子是再合适不过了。"

见薛艳卿这样喜欢，掌柜的格外地得意，说："薛小姐还真说着了，水绿是翠的正宗的成色，而水绿又分上、中、下三等，上等为艳绿，中等为水绿，下等为淡绿，不瞒您，这镯子算不上艳绿，是水绿，最难得的是它绿里渗着黄，叫黄阳水绿，看着就比一般的水绿高贵，加上玉肉特别的晶莹剔透，水光晃眼，可以说是水绿之中的上品。您戴在身上，就是两个字儿，般配。"

薛艳卿又从手腕子上捋下镯子，拿自己的白丝缎汗巾细细擦拭着，再三端详着说："赵先生夸我了吧，这么讲究的玉，我真的般配呀？"

掌柜的说："般配不般配往后您就知道了，玉这玩意儿，个个都有灵性的，它跟您般配，它就永不离您的身，若是不般配，没缘，您就是怎么精心在意，它早晚也得走了，任您怎么个法儿，也再找不着它。"

薛艳卿睁圆了眼睛说："难道说这玉都长着腿不成？它说走就走了？"

掌柜的说："这我也说不清楚，反正它是有灵性的，只要是般配的，不但人养玉，玉更养人。您留心着，这镯子戴在您手上，它的翠会越来越绿，只要一看见这镯子，您的心情也特别地舒畅，万一碰上什么麻烦事，保不齐它还能帮您逢凶化吉呢。"

薛艳卿听了又把镯子戴在手上说："那我可得天天戴着它。"她索性也不要锦盒包装，就戴着那镯子跟掌柜的说起价钱。

掌柜的说:"薛小姐是喜欢玉也懂玉的,只收您个本钱吧。"

薛艳卿一笑说:"反正是老家伙出血,您该赚就赚,千万别客气。您为我淘换来这么稀罕的宝贝,我怎么也得好好酬谢您呀。"

掌柜的笑道:"您什么时候方便,再让我能看一出您演的《玉堂春》、《杜十娘》,我就知足了。"

薛艳卿点头应了下来。掌柜的说了个钱数儿,她一点儿没犹豫,说回头就让人送银票来,高高兴兴地走了。

这只镯子,掌柜的还真是下了工夫四处踅摸来的,因为自古到今,咱们中国人都兴玩软玉,而软玉大多都是新疆的昆仑玉,也叫和田玉,薛小姐要的翠镯,则是来自缅甸的硬玉,自打前清硬玉的玩意儿传到中国,才开始有人玩,也有人买卖,但是在民国二十年前后,硬玉还是不如软玉那样招人喜欢,买的人少,卖的就少,所以在天津卫想踅摸一只像点样儿的绿翠镯子,还真不是件容易的事儿,末了,掌柜的还是托了英国人惠灵顿,才踅摸到那只黄阳水绿镯子。

薛艳卿走了后,掌柜的一边仔细打量刚刚从溥仪皇上那儿买来的玉器,一边哼着京剧的曲儿,就没再提下午的事。等把那几件玉器安置进保险柜里,记好了账,已经是掌灯的时分了,掌柜的照例上楼去给老太太问安。他把去日租界买玉器、见到前清皇上的事儿告诉了老太太。老太太耳朵早就聋了,什么也听不清楚。掌柜的说几句,丫鬟璞翠就在她的耳朵边说几句。听说儿子见到皇上了,老太太很是惊讶,说:"虽说是前清的皇上,毕竟还是皇上啊! 二子,你算是开了眼界了。好兆头,好兆头啊! "

然后,掌柜的又搀扶着老太太下楼吃饭。在饭桌上,掌柜的见没陆雄飞的影儿，就问叠玉，叠玉摇头。

掌柜的说："这一阵子外边乱得很，你还是得劝劝他收收心，少惹些是非，特别是少跟日本人来往，别忘了，他已经是有家有小的人了。"

叠玉一脸的无奈："您的话他都不进耳朵，他还能听我的？"

掌柜的叹口气，也不再说什么了。直到全家人洗洗涮涮要睡了，陆雄飞才一身的酒气进了门，掌柜的没搭理他，我提醒掌柜的，白天小野说的要请陆雄飞喝酒的事儿，掌柜的一甩袖子："不管他！只当没听见！"就关门睡觉去了。

小野是日本人，我打心眼里不愿帮他的忙，可是平日里陆雄飞对我还不赖，小野既然要请他吃饭，就一准是有要紧的事，掌柜的说他不管，并没说不让我管呀，这个人情我还得作。我就把下午见小野的事告诉了陆雄飞。陆雄飞一脸的笑，连拍我的肩膀："德宝，你小子够意思。往后有什么掰不开的事儿，就找姐夫。"又拿出一壶衡水老白干来，非要跟我喝几口，掌柜的不准我平日喝酒的，可闻着那酒的香味儿，我肚子里的馋虫儿就开始折腾起来，忍不住就跟着陆雄飞灌了几盅，趁着酒力我问陆雄飞："大姐夫，那个小野是个日本当兵的，他干吗老招惹您呀？"

陆雄飞本来酒就没有全醒，跟我再喝了几盅，话就特别地多。他一撇嘴："你别看他只是个中佐官衔，可来头不小呢，他老爷子是个将军。他打小生在东北，长在东北，地道的中国通呢。从关东军调到天津给香椎浩平司令官当副官。其实呢，香椎司令官还让他三分，关东军在他后面撑着腰呢。可是强龙压不过地头蛇，他小野要在天津卫混饭吃，也得靠咱爷们儿，你信不信，等哪天有事，我陆雄飞找他小野，一句话，他就得给面子。知道为什么吗？我这会儿还不能泄露天机,反正他小野不但要请我喝酒,还得给我磕头呢……"

酒越喝越多,再往后他说的什么我就记不清了,不过他说的小野能给他面子这话我记下来了,没过多少日子,怀玉出了大麻烦,我就拿这话将了陆雄飞的军,逼着他找了一趟小野……

我们掌柜的自打二十五岁娶了媳妇,就想生个儿子,可偏偏的不走运,连着三年媳妇肚子里也没什么动静,这就是街坊邻居嚼舌头根子的话把儿,什么上辈子没积德呀,坟头风水不正呀,要断香火呀,那些闲言碎语能把人挤对死。照天津卫的老例儿,他就让媳妇到娘娘宫去拴一个娃娃哥到家来。那时候,娘娘宫里除了供着妈祖娘娘,还供着送子娘娘,送子娘娘身边成年累月放着些泥捏的小人儿,都是下边长着小鸡鸡的,谁家媳妇不生养,就去求送子娘娘,看中哪一个泥娃娃,就拿红线绳儿拴在它的身

第四章

上,塞给管事的道士一些香火钱,就偷偷地把那泥娃娃带回家。传说到了半夜,那娃娃就可以投胎,保你生个大胖小子。在天津卫这就叫"拴娃娃",如果真的有了儿子,那也只能叫老二,从娘娘宫拴来的那个泥娃娃才是老大,所以人称"娃娃大哥",也叫"娃娃哥"。别看它是个泥胎,可是这家人的头一个根苗儿是它带来的,决不能慢待了它,平日里得在它左手上插上一双筷子,在右手上放上一个馒头,是决不能让它饿着的,逢年过节,办红白事儿,全家人吃酒席时,也要把它搬到桌边上,面前摆上碗筷碟,让它凑个热闹。逢年长岁,到了"娃娃哥"生日时,还得把它送到手艺人那儿,敲碎了重和泥儿,捏把捏把让他长点儿个头,

再换上一身新衣裳。这一年一塑身子，十年八年过去，"娃娃哥"足可以长大一倍。当年掌柜的媳妇拴进家来的那个"娃娃哥"也"长"成大人了。日常它就摆在掌柜的睡觉屋里的大卧柜上，算起来，它跟掌柜的做伴儿足有二十多年了。

掌柜的媳妇拴来个"娃娃哥"，没带来儿子，却连着带来几个闺女，掌柜的二十八岁上有了赵叠玉，到了她三岁时，掌柜的又有了赵怀玉。

听掌柜的老太太念叨，怀玉刚生下来的时候，一个劲儿地哭，抱着哄也哭，往嘴里塞奶头还是哭，掌柜的顺手拿了一块卧虎玉坠儿逗她，嘿，她立马就不哭了，小手抓着那玉坠儿，怎么也不撒手，叫人纳闷的是，别的什么猫啊、狗啊的玉坠儿她还偏偏不要，只认那个卧虎玉坠，往后只要她一哭，家里人就拿这逗她，回回灵。直到长大，那卧虎玉坠儿还挂在她的脖子上呢。老太太说，这孩子真是做玉器买卖的闺女，跟玉有缘呢。掌柜的说，这丫头，怎么偏偏喜好那块卧虎玉坠儿？怕是长大了性子各色呢。老太太的话没说错，怀玉到了五六岁时，就常跑到前面柜台上，指着货柜上的玉器玩意儿问这问那，没几天的工夫，她就能把货柜上的玉器玩意儿八九不离十的说出名字来，到了十二三岁时，上辈子传下来的专门讲玉的书，她也都翻过了，什么叫圭，什么叫璜，什么是璧，什么是琮，她居然能给你讲出个子丑寅卯来。掌柜的话也没说错，怀玉越是长大，她那性子也越是与叠玉、洗玉不一样，一个女孩子家，她不喜好穿花衣裳，不上街吃零食、逛商店。十八岁的大闺女了，也是不着急嫁人成家的事，掌柜的托人说媒，找了好几个合适的男家，有钱的，做官的，长相特别精神俊吧的，她都没给人家个正眼儿，还说人家个个俗，就是喜好看书，她吃着她爹，穿着她爹，可又偏偏看不上她爹买玉、卖玉、拿玉赚钱花,说掌柜的把有灵有性的玉器都弄脏了。别看她在家里不言不语,可在学校里,疯着呢!女扮男装演西洋戏,她是满台的打滚,为红十字救济灾民上街募捐,她是吼着嗓门从南市到城北门,从东北角的官银号到西广开,喊遍了小半个天津卫,没一点儿的闺女样儿。三年前,日本人在关外炸死张作霖,早就对日本人憋着一口气的天津的学生们,时不时地要举行集会,游行,自打进了南开学校,怀玉在学生会里负点儿责的,她隔三差五地参加抗日游行,讲演、贴标语,发传单,家里常常见不着她的影儿。为这,我们掌柜的可是整天揪着半个心。等大年、小年都过去了,掌柜的找了一个生意清闲的日子,特意提早关了铺面的门,叫来怀玉说话,不承想,话不投机,爷儿俩竟吵起来了。

其实,那天一开始掌柜的嗓门还是柔着的,他知道怀玉的性子,猛地说重了怕她听不进去,所以就把话儿说的曲里拐弯,他先是把怀玉叫到前面柜上,让我把前一阵从溥仪皇上那儿收进来的玉器古董从保险箱里搬出来,一件一件的给怀玉看,自然而然的就把话题引到玉的品性上。

他问怀玉:“怀玉,你们姐儿几个,就你打小跟玉有缘,你也是最喜好玉的。老祖宗在《礼记》里边说过一句话,叫:君子于玉比德焉,知道这话是什么意思吗?”

怀玉并不知道掌柜的心思,一边打量手里的一片薄薄的宋朝玉蝉一边应答掌柜的:“就是说做正人君子的,就得拿玉来表示自己的品德和人格呀。”

掌柜的点头,又问怀玉:“你说说看,这玉的品德最要紧的是什么呢?”

怀玉张嘴就说:“这老话里早就有啊,宁为玉碎,不为瓦全!”

掌柜的摇头叹气:"你们孩子家是只知其表,不知其里啊。"

怀玉本来就是个爱较真的人,她问掌柜的:"爹,那您说是什么?"

掌柜的说:"不是我说,老祖宗早说过,孔老夫子专门论过玉的,他说好玉呀,就含着仁、知、义、礼、乐、忠、信、天、地、德、道十一种德行,十一种呀!你说的只是玉性的钢脆,倒是没错,可孔老夫子说这玉最要紧的还是这两个字,一个温,一个润,用他的话就是'温润而泽',明白什么意思吗?"

掌柜的还把温和润这两个字写在纸上给怀玉瞧,他说:"吗叫温?吗叫润?这两字搁在一起又是吗意思?你明白吗?"

怀玉琢磨了会儿:"这就是个和和气气的意思吧?"

掌柜的摇头:"不尽然吧?按孔老夫子的意思,这两字就是做人要有平和之心,处事时要有个分寸,绝不说过头的话,不办过头的事,遇到多大的麻烦,都能沉沉稳稳,踏踏实实,玉这玩意儿为什么千年不坏,万年不烂?就是因为这个!也正因为如此,咱们中国人才特别喜欢玉,才把玉当宝贝似的戴在身上,藏在家里。"

怀玉是个机灵孩子,很快就明白了掌柜的心思,她问掌柜的:"爸,自家的事可以平平和和,沉沉稳稳,可是跟日本鬼子也能平平和和,沉沉稳稳吗?"

掌柜的一愣:"怀玉,日本人是什么变的我心里有数,可他们现在不是还没招惹咱们吗?咱们也犯不上招惹他们呀。"

怀玉眼睛瞪圆了:"还没招惹咱们?'甲午条约'他们霸占了咱们中国的台湾,'二十一条'他们又霸占了咱们的山东,民国十七年,他们在济南杀了咱们六千多中国人,还没招惹咱们?!再这么下去,咱们中国人就要被他们赶尽杀绝了!"

掌柜的说:"闺女呀,你爱国没有错,爸也恨日本人,可是咱们当老百姓的有什么招呢?连政府都怕日本人,张学良亲爹叫日本人炸死了,他也不敢惹日本人,为什么? 人家日本人飞机大炮比咱们中国人厉害呀,当兵的都打不过人家,你们当学生的强出头有什么用? "

怀玉说:"爸,正因为政府是个软骨头的政府,我们当学生的才要站出来抗日救国呀,再不抗日救国,咱们中国就要亡国了! 咱们中国人就要当亡国奴啦呀! "

我一看这阵势,也不好再呆在屋里了,装着提壶到厨房续水溜出了屋,等我拎着水回来,就听见屋里爷儿俩说话的声音已是越来越大了,到末了,掌柜的已经喊起来了:"你爱国,你抗日,你倒是痛快了,得罪了政府,得罪了日本人,这一家老小的日子还过不过了!? "

怀玉也喊:"日本鬼子把刀都架在咱们脖子上了,就是兔子急了还咬人呢! "

掌柜的说:"刀架在脖子上了只要是没割出血来,咱也得忍着! "

怀玉说:"刀架在脖子上了还忍着,说不准哪一天人家就把咱们的脑袋砍下来了呢! "

掌柜的忍着火:"怀玉呀,咱们这点儿家业是几辈子攒下来的,都是血汗钱呀!这兵荒马乱的,你爸为了保住这家业,吃了多少苦,遭了多少罪呀!咱们是小买卖人家,躲灾还躲不及呢,你还要去招祸去?! "

怀玉喊:"爸,您糊涂啊! 您怎么就不明白国破家亡这个理儿呢! "

掌柜的火了,他的嗓门更大了:"我的小祖奶奶,怕是国没有亡,这个家就叫你折腾垮了!"

爷儿俩一声比一声高,招惹得全家人和伙计们都跑到院子里听,连还在月子里的叠玉也跑出来看,只有掌柜的老太太耳聋还呆在楼上。

只听怀玉又喊:"要是中国人都跟您一样,中国也就亡定了,您愿意当亡国奴您去当,我不当!"

一院子的人,你看我,我看你,都傻了眼,洗玉要进屋,被叠玉拦住了,她说:"就怀玉那脾气,我们谁也劝不了,德宝,还是你去劝劝吧。"

我犯难,没动地儿,叠玉着急:"再不进去劝劝,把掌柜的气个好歹可怎么办?"我只得壮着胆子进了屋,只见掌柜的涨红着脸,指着那片宋朝的玉蝉对怀玉发狠地说:"知道这玩意儿是干什么的吗?这是古人死了放在舌头底下的,怀玉呀,你是不是想让你爸爸明天就用上这个玩意儿啊?!你说呀?!"

我赶忙拦住掌柜的:"哎哟,掌柜的您怎么说这不吉利的?"

掌柜的推开我接着吼:"你说呀!说呀!你要是真存这个心,爸今天晚上就成全你!!"

我又忙劝怀玉:"怀玉,你就跟掌柜的说句软话吧,要是真的气着了掌柜的,那可怎么好呀?"

怀玉也是红头涨脸,还带着一股子委屈,她憋了半天,什么也没说出来,猛的抄起那玉蝉往地上狠狠一摔,只听"啪嗒"一声脆响,那片足有七八百年岁数,起码能卖几十块现大洋的宝贝玩意儿眨眼的工夫就成了碎末儿。摔了玉蝉,怀玉就拉门奔出了屋,一溜小跑上了街。叠玉和洗玉喊都没喊住。

再瞧掌柜的,脸都青了,立在那儿一劲儿地运气,我又忙劝了几句,这工夫,叠玉和洗玉已进了屋,你一言我一语的安慰掌柜的,我也就闪到一边,把那满地的玉蝉碎渣归拢在一块。一边归拢我心里是一边揪着疼,怀玉也忒不是脾气,凭什么跟当爹的发火就摔了这珍贵的玩意儿? 这可是花银子买来的稀罕玩意儿呀! 可想到掌柜的刚才咒自己的那话,又觉得这玉蝉碎了也罢,反正这是个不吉利的玩意儿,也许就应了那句老话,破财免灾。

财是破了, 可灾还是落在了赵家身上, 就在清明节的头几天,怀玉真的出事了,她是因为反日宣传的罪名,叫租界的日本"白帽"警察抓进了衙门。天津卫的老百姓都知道,说日租界的警察衙门是鬼门关一点儿也不冤枉他们, 中国人在日租界甭管触犯他们什么戒条,抓进去少说也得脱一层皮,如果是抗日的罪名,那可就是九死一生,那些年海河里时不时漂起装着死人的麻袋,捞起来一看,都是受过刑挨过打的,八成都是日租界警察署要不就是海光寺日本驻屯军干的。

那天我们是晚上十点钟得到信儿的, 掌柜的正为怀玉大老晚的没回家犯急呢,就听有人把大门砸的"咚咚"直响,我赶忙打开门,就见一个蓬头散发的姑娘跌跌撞撞跌了进来,原来这就是跟怀玉一块儿到日租界贴标语的同学,叫梅子。经梅子一说,才知道怀玉跟着几个学生,摸黑溜进日租界贴抗日标语,在三岛街也就是今天的新疆路,被租界的"白帽"警察抓进了警察署。

一听这话,掌柜的顿时就瘫坐在椅子上了,脸煞白,足足半天没吭声。

叠玉和洗玉在一边叫唤着乱跺脚。我心里跟刀子剜似的,对掌柜的叫:"掌柜的,您别这么愣着呀,赶快想法子救怀玉呀! "

掌柜的这才醒过梦似的喊:"叠玉,快把雄飞叫来。"

叠玉说:"孩子他爸还没回来呢。"

掌柜的冲我喊:"德宝,快,快去码头找他回来! "我应了一声,立马就朝大门外跑去。

　　虽然是快到清明了,街上还刮着冷飕飕的风,一出门我就打了个寒战,我从东门一直奔到海河边上,再跑到陆雄飞当家的大连码头,还不到小半个时辰。待我跑进大连码头里边时,早已浑身上下都叫汗水湿透了。一打听,陆雄飞居然还不在,我这心里"咯噔"的一下,再一打听,说是陆雄飞今天晚上在满福楼大酒店有饭局,我这又马不停蹄地往满福楼跑,到了那家酒楼跟前,还没沾门边呢,就被几个粗头大脸的人拦住了,一瞅就知道是青帮的人。见我汗头涨脸的一身短打扮,他们便粗声大气的问我是干什么的,我忙自报了家门,说是东门脸"恒雅斋"掌柜赵如圭吩咐他找他女婿陆雄飞的,正巧门里走出来陆雄飞的手下臭咧咕,他常到家里找陆雄飞的,所以认识我,见了我格外地客气,听说有急事儿,他便领我进了满福楼的前厅。

　　臭咧咕告诉我,楼上正在摆香堂收徒弟呢,陆雄飞是今天香堂的主持人,多急的事也得等他下了香堂。这工夫就听见楼上传来陆雄飞的吆喝声:"上香!"我循着声音轻脚走上楼,就见楼上的大厅里挤满了人,靠东边摆着一大香案,上面摆着一只木斗,里边装着冒尖的大米,大米上面插着五面黄色的三角旗子,旗子上面写着什么人的名字,木斗旁边是香炉,再两边点着红蜡烛,突突地冒着青烟,在木斗前面摆着一只大碗,里边大概盛的是酒,大碗旁边是一只还动头动脑的活公鸡。那些人都面对香案站着,穿着长袍马褂的陆雄飞就立在香案边上,他点了三炷香,恭恭敬敬地递给旁边的一个足有八十上下的花白胡子老头,这就是青帮里人称本命师的角色,老头颤颤抖抖地把那香插在香炉里边。陆雄飞又吆喝了一句:"拉架子!"因为常跟陆雄飞一块儿混,对青帮的黑话我多少也懂几句,这拉架子就是行礼的意思。

就见四位打扮讲究的男人"扑通"冲那老头子跪了下来,随着陆雄飞的吆喝,一叩首,二叩首,三叩首行了大礼,才直起身来。这会儿的陆雄飞扮演的是引进师的角色,就是介绍人的意思。他见那四个人磕完了头,又吆喝了一声:"递帖子!"只见那四个人都掏出一份红帖子恭恭敬敬地递给陆雄飞,陆雄飞又把那红帖子恭恭敬敬地送给老头子,老头子收下帖子,对那四个磕头的男人念念有词:"真心进家,逢凶化吉,遇难呈祥;假意进家,诸事不利,一生不顺!"好像是封他们什么称号,有两个叫"心腹大爷",另两个叫"福禄六爷",用青帮的话说这叫"封派",大概就是封个官的意思吧,"封派"完了,本命师发给四个新弟子每人一份入帮的证书,那上面写着他们是哪一个辈分儿的,在什么时候,吗地方入帮的,什么时候的生日。还有师傅和师娘的名字,接着一人又发了一份"海底",就是青帮的历代家谱。

　　这啰哩啰唆的一大套全弄完了,陆雄飞就吩咐人把公鸡杀了,倒拎着半死半活的公鸡将鸡血滴答到那大酒碗里,让那四个人轮流灌了一口,这就叫"喝鸡血",青帮就讲究这一套,喝过鸡血就是起了血誓,活是青帮的人,死是青帮的鬼,绝不能有二心的。后来陆雄飞告诉我,我赶上的那次香堂,是他师傅最后一次收徒弟,而他的师傅是青帮里属"大"字辈,在青帮算是第二十一辈的掌舵把子的人,而在天津卫的青帮里边,属这一辈的人可是没剩几个了,能拜上这一辈做师傅的人就算是有造化了。在青帮里,辈分儿太要紧了,上尊下卑是铁定的规矩,所以入青帮拜哪一辈的师傅,就决定你在青帮的地位。青帮有一般人闹不清的枝枝杈杈的派系,陆雄飞所属的是"安清帮",他们的辈分原定了二十个字,就是"清静道德,文成佛法,仁论智慧,本来自信,元明兴礼"这二十个字,后来这二十个字用完了,就又加了四个字"大通悟学"。听说袁世凯的二公子袁克文在上海入青帮时，按规矩，他应当拜"大"字辈的师傅，算是"通"字辈的人，可他为了长上去一辈，就想拜"礼"字辈的师傅，可当时在上海，"礼"字辈的人已经死光了，袁克文就在一个"礼"字辈人的坟墓前摆起了香堂，由师兄代收为徒，青帮里管这叫"坟前孝祖"，这样他就成了"大"字辈的人了，由此他可是抖足了威风，不但上海，就是北京、天津的青帮的人都想着法子跟他套近乎，光是收徒弟就是一百多号。后来他搬到天津来，住在英租界里边，没少摆香堂收徒弟。实际上青帮的规矩是不允许"坟前孝祖"这一套的，可袁克文有他老爷子袁世凯的面子，青帮也就睁一眼闭一眼让他特殊了一把。陆雄飞的师傅是"大"字辈的，而他和刚刚入了帮的那四个人就是"大"字下面的"通"字辈的。也就是说，这四个人就是陆雄飞的同辈兄弟了。

拜罢了香堂，就有人招呼吃饭，那些人就呼呼啦啦地向楼下走，我赶忙往陆雄飞那儿挤过去，还没张嘴说事呢，我就愣住了，原来在那四个拜香堂的徒弟里边有一位竟是日本驻屯军的小野，这真是我没想到的，怪不得小野一直都跟陆雄飞套近乎呢。陆雄飞眼尖早就看见了我，把我拽到一边问干什么来了？我赶紧把怀玉叫日本租界"白帽"警察抓进去的事对他说了，他听了不但不急，反倒露出笑模样，说："怀玉早就该有人调教调教，这回呀，就叫她吃点儿苦吧。"

我急了："您怎么还这么说呀？掌柜的和全家人都急得火上房了，就指望您出面救人呢！"

陆雄飞一撇嘴："我就是救了她，她也不领我的情，还是叫掌柜的想别的办法吧，你先回吧。"

撂下这句话，他不再理我，就扎进人堆里说话去了。我明白陆雄飞不喜欢怀玉的缘由,这家伙喝酒时曾对我说过,小姨子就是姐夫的半个屁股,平日里他可是没少打怀玉和洗玉的坏主意。洗玉喜欢洋人那些新鲜玩意儿,陆雄飞就弄些法国香水,德国玩具,英国首饰哄她高兴,有机会就在洗玉身上摸一把捏一下的,洗玉倒也不恼,只当姐夫跟自己逗着玩儿。可是怀玉就不吃这一套,有一回,陆雄飞拿了串印度的珍珠项链送怀玉,怀玉倒是给了他面子,带上那珍珠项链照镜子,陆雄飞就嬉皮笑脸的对怀玉说亲热话,动手动脚,可是他的手刚刚在怀玉身上一摸,怀玉立马就翻了脸,硬是把珍珠项链拽断了线,"劈劈啪啪"的珍珠散了一地,把陆雄飞弄个大红脸。从那儿起,陆雄飞就再也没敢对怀玉非礼过,但他记着仇。今天怀玉遭了难,他自然是幸灾乐祸,怎么可能心甘情愿地去救怀玉呢?可想着怀玉这会儿还在租界警察署里遭罪,我也顾不得陆雄飞高兴不高兴了,硬是把他从人堆里又拉了出来:"大姐夫,您不能见死不救呀!"

陆雄飞拉下脸:"你怎么说话呢?!"

我说:"是掌柜的叫我来找您,他们让您无论如何也得出面救怀玉呀!"

陆雄飞冷笑:"我这个老丈人呀,好事没我的份儿,有了麻烦就卖我的面子,你就回去跟他说,我这儿忙,明天再说。"

为了救怀玉我是豁出去了,横下一条心扯住他不放:"明天?那可不成!您是知道的,'白帽'那儿可是杀人不眨眼的,万一明天怀玉没了命怎么办?!"

陆雄飞用怪眼神瞅着我打量:"啊,我说德宝,看你这急赤白脸的,别是想抓挠怀玉做你的媳妇吧?小癞蛤蟆想吃天鹅肉呀。"

这话真真的是戳在我的腰眼上了,虽说我还不敢有吃天鹅肉的念头,但是怀玉的生死安危对我确实是扯心拉肺,不知觉的脸就涨起来了,火烧火燎似的。可我仍然紧逼着他说:"都什么时候了,您还说笑话?临出来的时候,叠玉和洗玉都说,只要找到您,怀玉就有救了,您要是不管,我回去怎么跟她们交代呀?"

陆雄飞摆摆手:"少啰唆了,我想办法就是了,你回去吧。"

我又赶忙说:"眼前就有办法,您说句话就行。"

陆雄飞眨巴眼:"眼前?你以为我是日本人的亲娘老子呀?我叫他们放人就放人呀?!而且她还是个抗日的罪名,我得托人打圆场,送现大洋,你以为?"

我指着还在香案边跟人说话的小野:"小野就在这儿嘛,刚刚入了您们的帮,只要您说一句话,他一准儿会给面子的。"

陆雄飞瞟了一眼小野:"你没长眼?这是什么时候?哪儿哪儿都是人,小野有心思听你这个?"

我又说:"您说过小野跟您特有面子,哪一天有了麻烦就找他,立马摆平,您没忘吧?反正您不管这事,我就没法子回去见掌柜的,您看着办吧。"说完我往楼梯上一坐,心里说,你不答应救怀玉出来,我今儿个就跟你泡上了。

陆雄飞歪歪头冲我怪笑,顺手打了我一脖溜儿:"小子,真有你的。"说罢,他晃晃悠悠地走到楼下吃饭的地方,凑到小野跟前,跟他咬了一阵耳朵,我远远地看着他们,见小野就是听,也没点头也没摇头。接着酒席就开桌了,陆雄飞跟那些老爷们儿没完没了地推杯换盏,好像是把怀玉的事忘得干干净净,我这心里真是火急火燎呀,到底陆雄飞跟小野说没说怀玉的事呢?

就在我找陆雄飞的工夫,急着救怀玉的洗玉也找到了李穿石,要他想办法救怀玉,李穿石倒也麻利,大半夜的没一袋烟的时辰就赶到了掌柜的跟前。

自打在陆雄飞小少爷"洗三"上认识了我们家的洗玉,李穿石就像牛皮糖似的黏上了她,先是请洗玉看电影,后又是上门送香水,送东洋布料,还不停闲地给洗玉写那些酸了巴叽的诗,看那架势,还真有不把洗玉追到手就誓不罢休的劲儿。赵家的人对李穿石并没有什么好印象,就冲他"洗三"那天在小野跟前点头哈腰的劲儿,也瞧不起他。叠玉对洗玉说:"这个小白脸,嘴甜似蜜,心里怎么回事可难说呢,妹子你可留点儿神!"

怀玉也说:"小妹,李穿石跟日本人那个腻乎劲儿,一准就是个软骨头,少答理他!"

掌柜的对在日本人跟前讨饭吃的人,自然是留着个戒心的,虽然不十分介意洗玉跟李穿石来往,但是他叮嘱洗玉切不可交往过深,也不必得罪李穿石,大面子过得去就行了。洗玉倒也乖巧,李穿石请她看电影,她去看,送香水、布料,她也收着,但是作为赵如圭的女儿她是知道的,与人来往,绝不欠情,她得知李穿石喜欢字画,跟掌柜的商量后,就送了他一幅郑板桥的竹子,那可是真迹,当时的价儿少说也值五十块现大洋。为什么给李穿石那幅竹子,掌柜的自有他的道理。他对洗玉说:"让那个小白脸好好品品这上面的对子,他要是真的弄明白了,这幅郑板桥的竹子就算是没糟蹋。"我还记得那幅竹子上的对子是这么写的:未出土时先有节,到凌云处终虚心。李穿石拿到那幅竹子之后,别提多兴奋了,跑到家里来冲掌柜的一谢再谢,还大侃了一通画竹的学问,什么唐朝的吴道子、宋朝的文同、前清的石涛,不比我们掌柜的知道的少。

掌柜的问他:"那副对子写得怎么样呀?"

李穿石连连说:"好,写得好,好就好在那个节字上,郑板桥画竹其实也是在借竹喻人,古人有以怒写竹的,有以壮写竹的,也有以郁写竹的，更有以放写竹的，但还是以竹喻志最为可贵。"

掌柜的又问他："贵在何处呢？"

李穿石就从汉朝的苏武说到明朝的史可法，把古往今来的仁人义士、忠臣英烈的事儿一一讲了一遍，说到深处，泪水直在眼眶子里打转儿，他说："赵老板，我是学日语的，政府又派我当翻译，就不能不常跟日本人打交道，这也不过是谋生糊口的营生，对日本人的势力连政府当局都要怕三分，我这个小翻译逢场作戏也是少不了的，但日本人是什么玩意儿变的我心里明镜似的，我李穿石虽然比不上苏武、史可法，但人在曹营心在汉，出污泥而不染还是做得到的。"

打那儿起，掌柜的就对李穿石另眼看待了，对洗玉与他的交往也就不那么嘀咕了。所以怀玉一出事，洗玉说要找李穿石想办法，掌柜的立马就点了头。

李穿石进了我们家门儿，才知道怀玉是因为贴抗日标语叫租界的"白帽"抓进去的，他便有些犯难，说："赵先生，日租界警察署对中国人的严苛是全天津卫都知道的，怀玉小姐若是因其他事儿进去的，还好办，偏偏这抗日的罪名是最难讲情的，日本人内部是怎么办事我还是知道一些的，他们是一级管着一级，森严得很，同级之间还有互相的监督制约，特别的严密，警察署抓到了抗日分子，马上就立案，要不了一个钟头，日本领事馆和驻屯军就都会知道的，放人不放人可不是警察署里哪一个人随随便便就说了算的，即使有人敢做主把人放走了，上边就必定要查究他的。"

一听这话，掌柜的就愣了，半天没吭出声来。叠玉也跟着叹气。

洗玉急得跳脚,对李穿石叫:"本来就是个特难的事嘛,所以才请你来想办法,连你都这么一劲儿地嗑牙花子,看样子我二姐就得死在日本人手里了?!"

李穿石忙说:"二姐的事我当然要管,可有多大的难处我总得讲在前头呀。"

洗玉又叫:"平日里你跟日本人打了那么多的交道,什么司令官、总领事,还有那个叫小野的,难道让他们说句话就不行吗?"

掌柜的对洗玉说:"洗玉,怎么能对李先生这样讲话?他是吃官饭的人,说话做事当然要谨慎小心。"

洗玉话里透着一股子狠劲儿:"我不管他吃的什么饭,我就是要他救我二姐出来!穿石,你不是要我嫁给你吗?你要是真心的疼我,那你就把我二姐救出来!只要二姐好生生的回来,我明天就是你的人!"

洗玉这话一出口,掌柜的和叠玉都是一愣,这孩子,怎么就这么愣了叽唧的把自己嫁出去了?但是怀玉的生死当头,也来不及细说什么。

李穿石听了洗玉一番话,激动得浑身打抖,他说:"洗玉,就冲你这句话,我李穿石就是拿命换二姐出来,也认了!"说罢,他就快步出门而去。

到了第二天下午，怀玉的事总算有了点儿眉目，陆雄飞找的是小野，李穿石找的也是小野，两个人都说小野买自己的面子，才答应放怀玉出日租界警署。掌柜的都一一谢过了，忙着张罗去日租界接人。我跟着掌柜的，还有叠玉、洗玉一溜紧跑到了日租界"白帽"警署，没想到怀玉还是出不来，原来警署要她写一份悔罪书，并且保证永远不再参加反日活动，怀玉死活不干，说宁肯死在警署的牢里也不出卖中国人的灵魂，掌柜的怎么也劝不动怀玉，再次请陆雄飞去麻烦小野，小野答应跟警署再协调，等

第五章

有了回音已是转天晌午时分了，警署答应可以由家长代写一份悔罪书。掌柜的虽然心里不老情愿，但是为了救闺女也只得提笔写下一份悔罪书。我见掌柜的写了几笔就又撕扯了重写，连着废了好几张纸。一字一句地推敲，再三琢磨了，最后总算写成了，我见上面是这样写的："警察署各位长官，市民赵如圭之女赵怀玉本系在校学生，年少无知，此次违反日租界有关法令实属初犯，子不教，父之过，本人愿意承担相关责任，并保证永不再犯。赵如圭，民国二十年四月十日。"

我嘟囔道："您这写得确是有板有眼，只是这'本人愿意承担相关责任'一句，还是不要吧，日本人霸占了咱们中国的地盘

当租界,本来理儿就不在他们那一边,怀玉做的有什么错? 咱凭什么担责任?"

掌柜的叹气道: "日本人没理儿,可他们有势,人在屋檐下不能不低头呀。"虽是这样说,他还是删去那一句话,改成"本人今后一定对小女严加管束……"

那份悔罪书送到"白帽"警察署,总算收下了,我和掌柜的眼巴巴地等怀玉出来呢,牢里又传出话来,说是怀玉自己不肯出来,掌柜的气坏了,奔进牢房看究竟。怀玉说跟她一块儿抓进去的两个学生不放出来她也不出来,几个人都发了誓的,要同生死、共患难。任掌柜的把嗓子眼儿吼干了,把嘴皮儿磨破了,怀玉还是不点头,掌柜的急得一劲儿地跺脚,大骂怀玉浑球不懂事。

我心里虽然犯急,倒也暗暗佩服怀玉这个侠肝义胆的女孩子。到了后来,掌柜的不得已还得让陆雄飞去找小野,陆雄飞却再也不肯,他问掌柜的: "二姨怎么这么不知好歹? 让我三番五次的麻烦小野,欠下的人情日后怎么还?您不也说过日本人的人情欠不得吗?! "把掌柜的噎得说不出一句话来。

叠玉再三央求丈夫,可陆雄飞再也不肯去找小野。洗玉跟姐夫吵,骂他见死不救,说叠玉姐姐嫁给个冷血动物! 陆雄飞卖足了关子还是答应去找小野活动活动。洗玉又找了李穿石,请他无论如何再拜求小野将关在牢里的三个学生都放出来。掌柜的又找到那两个学生的家长,一起凑钱让李穿石去打点小野和警察署。掌柜的还特意取出珍藏多年的一块明朝的地道的羊脂白玉印章,上面是镂雕的蟠龙衔着灵芝作钮,印面刻的篆体"飞龙在天"四个字,叫李穿石一块儿送到小野手上。李穿石去了,回来就一劲儿地摇头,说小野也很犯难,那三个学生到日租界贴反日标语的事都捅到日本国去了,上边的意思要惩一儆百,不能放纵了反日分子，放一个赵怀玉就已经是法外开恩了，要把几个犯事的学生都放出去，那就超出他的权限了。掌柜的听这话更是吃不下睡不着，紧着继续四处托门子搭救怀玉。

那些天，除了耳朵聋的老太太不知情，赵家上下都乱成了一锅粥。平日里，掌柜的每天一早一晚都要上楼去问候老太太的，说说话，聊聊天，哄老太太高兴，那些天他也就是到老太太那儿点个卯，就着急忙慌地下楼来。连最受掌柜的宠爱的小开岁，也见不着姥爷的面了。"恒雅斋"的生意更顾不上了，一连七八天都关着门，没做一分钱的生意。

怀玉一天不出来，掌柜的就过一天揪心的日子，一家之主他还得在众人面前装着镇静，挺着精神，只有到了晚上全家人都睡下了，他才一个人软着身子揪着心的回屋歇息，一个人对着娃娃哥念叨心里的苦处："小子，你知道不知道？你那个惹祸的妹子生就的是个孽种呀，人也托了，钱也花了，日本人好不容易应了放她，可她偏偏还较劲不出来，你说，恨不恨人?! 我这辈子没干过一件缺德事儿，平白无故的怎么遭了这报应？日本人也太不是东西，几个孩子不过是贴了几张纸儿，就没完没了整治人，这是在中国地面上呀，凭什么?! 老天爷要是有眼，早晚要报应的……万一你妹子出点儿事，我怎么跟她的娘交代呀？"那几天夜里，掌柜的时不时就跟娃娃哥念叨这些话儿，我真怕他神经了。

听说"恒雅斋"的怀玉出了事，掌柜的亲朋好友、街坊邻居都跑来问候，可一听是叫日本"白帽"警署抓走的，十有八九的人都不敢再往深处掺和，最最贴心的朋友也只能是帮着出个主意，凑点儿银子而已。天津卫老百姓谁都知道日本人的事沾不得，沾上了就麻烦。锅店街的"万得昌"胡老板平日里跟日本领馆的人挺熟，连桑岛总领事都托他买过一幅吴道子的山水，按说他去讲个情还是可以的,但是胡老板闭口不拾那个碴儿,只是派人来问候几句。老话说,危难之时见朋友,其实,人真到了危难之时,有没有朋友还得两说着呢。

掌柜的大哥赵如璋两口子也时不时跑过来打听怀玉的事,别看他们也是一副着急上火的样子,也好言好语的劝掌柜的别急坏了身子,可我看得出来,他们是打心眼里幸灾乐祸,特别是赵如璋的那个媳妇,与其说是来安慰,还不如说是来凑热闹的。掌柜的本来就怕老太太知道怀玉的事,特意吩咐全家上下绝不可以在老太太面前露一丁点儿口风,赵如璋偏偏就发难埋怨掌柜的:"兄弟,这么大的事怎么能不跟老太太说一声呢?万一二闺女有个三长两短的,你怎么跟老人家交代呀?"

掌柜的苦着脸说:"哥,老太太这么大年纪了,可是经不起一丁点儿事的,告诉她老人家有什么好处呀?"

赵如璋媳妇又说:"兄弟,你可是天津卫有名的大孝子呀,这么大的事总得听听老人家是什么主意吧,对老太太欺着瞒着这不合适吧?"

哥嫂是什么花花肠子掌柜的心里明镜似的,想起开岁"洗三"那天的事,他火就不打一处来,再加上本来心里就犯急,所以也没好脸的回了几句:"怀玉是我的闺女,天大的事我赵如圭自己担着。不过,谁要是到楼上透了消息,让老太太有个好歹,就是谁的罪过!"这样,才算是封住了赵如璋两口子的嘴。

应当说,怀玉出事,除了掌柜的和叠玉、洗玉之外,就是我最着急。因为怀玉就是我心里的天仙。掌柜的三位小姐个个长得标致漂亮,个个都招我喜欢,可是在心底下还是瞧着怀玉最顺眼。平时,掌柜的交给的差事我决不敢怠慢,可三个小姐们有什么吩咐我更是乐意效劳,说句大实话,给漂亮的女人卖气力,我这心里就特别的舒坦。当然,我也偷偷占过三个小姐的便宜,她们洗澡时都是我烧的热水,隔着洗澡房的墙缝儿,几个小姐洗澡的样儿我都看过。三个小姐个个都是羊脂玉般的身子,那脖子,那身腰,还有屁股和大腿,哪哪都像是琢玉的高手精雕细刻出来的,特别是怀玉,脖子长长的,奶子鼓鼓的,小细腰一把就能攥在手心里,屁股也是撅撅的,真是招人眼,钩人魂。就说她那肚脐眼儿吧,圆圆的、浅浅的小窝儿,都叫人喜欢得要死。那热水腾着气儿在她身子上闪着亮儿,柔柔软软的胳膊在热气里上上下下摆动着,不是天上的仙女是什么? 多少次在梦里,我都紧紧搂着怀玉的身子亲呀,亲呀,直到下边流出了白水……想着她那娇嫩的身子在日租界警署牢里受磨难,我这心里真是说不出来的难受啊!

转天一大早,我跑到娘娘宫跪在妈祖娘娘跟前磕了几个响头,求娘娘保佑怀玉消灾解难,早早地从大牢里出来。捐了香火钱之后又求了个签,竟然是个上签,上面是这么几句:"逢山修路,遇水搭桥,仙人指路,苦尽甘来。"拿给道士看,道士问为什么事求的签? 我说是解灾。又问是男是女,我说是女。道士说,上签倒是上签,但苦尽甘来这一句说得明白,就是苦要吃尽了,甘才能来的,怕是苦总要吃一阵子的,而且还要有个仙人指路,才能苦尽甘来的。我又问,这仙人是哪一个? 道士说,若是男的,仙人便是女的,若是女的,仙人就是男的。我就琢磨,给怀玉指路的仙人一定是个男的了,他会是谁呢?陆雄飞?还是那个李穿石?现在也只有这两个人能救怀玉了。

到后来,怀玉终于从"白帽"警署大牢出来了,可那个给怀玉指路的"仙人"既不是陆雄飞也不是李穿石,而是一个神神秘秘的汉子。

就在怀玉被关进去第十五天的时候, 在李穿石和陆雄飞的一番活动下，小野终于有了回信儿，说是他的上司念赵怀玉等三人是学生，又是初犯，可以释放，但是要在放人之时开一个记者会，赵怀玉等三人必须当着天津卫的记者面儿向日本国道歉。怀玉和那两个学生都答应了，地点就在利顺德饭店，时辰定的是公历四月十九的上午十点。

日本人为什么要把释放学生的场合放在英租界的利顺德饭店，实在是叫人琢磨不透，后来听李穿石说，日本人从来不做赔本的买卖，天津卫的政界、商界、新闻界的名流差不多都住在英租界，在那儿演一出放人、赔礼道歉的戏，影响一定比在日租界大。

不管怎么说，听到这个信儿，掌柜的才算是略略松了口气。放人的那天，我跟着掌柜的和全家人早早地就到了利顺德饭店大厅候着。九点刚过，天津卫各家报纸的记者就赶过来了，围着掌柜的又是拍照又是问话儿，掌柜的生怕再惹事节外生枝，对记者们一句连一句的发问一声不吭，也不准全家人吭声。

当时呀，我倒是想对那些记者们喊几句，日本人在中国地面上骑着中国人的脖子拉屎，满天津卫的大老爷们儿能有几个站出来跟日本人叫阵的？我们怀玉敢到日租界里贴抗日的标语，不就是到老虎嘴上拔毛吗，她就是天津卫第一号的女豪杰！想归想，可我没敢冒那个炮，也只能对着那些举着照相机的记者心里头念叨。

紧接着，李穿石和陆雄飞都到了，他们俩都是一副有功之臣的样子，争着在掌柜的面前表功。李穿石对掌柜的说，怀玉几个学生能有今天这个结果，全是自己在小野那儿如何如何活动的，掌柜的对他一劲儿地谢了。

洗玉在一边说，我们全家都知道你卖气力了，忘不了你这个好的。

陆雄飞也对掌柜的说,日本警署能在今天放人,完全是小野给自己的面子,不然后果不堪设想,掌柜的对他也是一劲儿地点头称谢。

叠玉插话说:"爸,雄飞是自家人,他救怀玉还不是应当的,您谢他不是见外了。"

掌柜的话音里发颤说,救了怀玉就是救了我赵如圭,我当然要谢。

陆雄飞笑道:"真是用不着谢的,只是往后有什么好事,您别忘了我就行了。"

大厅里人越来越多,还有一些英国人、法国人,除了记者之外都是来看热闹的。突然,在人群里我看见了一个熟脸儿,高挑儿的身板儿,清秀的脸庞透着几分杀气,虽然头上低低地压着一顶礼帽,下巴上那道深紫色的刀疤还是看得清楚。哦,这就是那天在"静园"门口向我打听小野的那个汉子呀,他那闪着寒光的眼神叫我心里一颤。

那汉子见我打量他,忙把身子一闪,人就不见了。

上午十点,就听见警车尖叫着笛儿开进了国民饭店的院子,先是小野跟警署的头头下了车,接着,怀玉和那一男一女两个学生被"白帽"警察押下了车,带进了饭店的大厅,叠玉和洗玉刚刚要扑上前去,那些记者就像苍蝇似的把怀玉他们围个水泄不通,一时间只见闪光灯"噗!噗!"乱闪,他们的喊问声把饭店的屋顶震得"嗡嗡"乱响。

"赵小姐,你们为什么要到日租界去贴标语呀?"

"赵小姐,你们今天打算怎么道歉呀?"

"你们是不是受人指使呀?"

怀玉毕竟是个规矩家的女孩子,哪见过这种阵势,她小脸煞白,嘴唇也有些发抖,在牢里关了半个月,明显地见瘦了,我心里一酸,眼眶子就湿了。

一边,叠玉和洗玉不停地叫着怀玉的名字,都掉下泪来。

瞅着怀玉,掌柜的脸是木呆呆的,可我知道,他心里最不是滋味。

这会儿,小野走到陆雄飞跟前说:"陆先生,您让我办的事,今天马上就有结果了,您还满意吗?"

陆雄飞连连点头说:"谢谢您了,谢谢……"

小野笑了,又说:"那以后我要是有什么事相求,你可一定要帮忙哟。"

陆雄飞拍着胸脯说:"没问题,没问题!"

后来我才知道,日本人之所以答应放怀玉他们出来,主要还是给陆雄飞的面子,因为日本驻屯军为了跟东北军较劲,进而占领华北,就要在天津搞一系列的重要活动,特别想借重天津青帮的势力。陆雄飞根本没想到,他今天欠下小野的这个人情,来日他是不好还的。

有个"白帽"警察用半生不熟的中国话喊了声肃静,记者们才从怀玉他们身边散开,一个"白帽"警察把怀玉和那两个学生带到桌子边站定,"白帽" 警长就用日本话呜里哇啦的讲了一通,李穿石就在一边翻译,意思就是:这几个中国学生受赤化宣传的影响,跑到日本租界里边去贴煽动反日的传单,严重地违反了日租界的法律,本应严肃惩处。但是为了体现日本天皇的仁爱之心和日本政府对中国国民一贯的善意, 又念这几个罪犯尚属年轻学生,念其初犯,本警署经上司批准,做出特殊处理,在他们向日本政府做出公开道歉之后即可释放等等。随后,又拿出早写好的道歉词儿,让怀玉几个念。那两个学生男的叫侯光超,女的叫孙冉,早已经被折腾得如惊弓之鸟,到了这个地步,只能是任人摆布,他们两个先后都照着那道歉词儿磕磕绊绊地念了一边。那道歉词儿是这么写的:"本人受赤化宣传影响,对大日本国存有不应当的误解,擅自闯入日本国租界,进行丑化日本政府宣传,严重违犯了租界法律,经劝导,已深刻认识自己的罪错,在此诚恳向大日本国政府表示忏悔,并保证永不再做对大日本国不尊重之事。如有再犯,甘愿受到严厉惩处。"

小野和那几个"白帽"警察听着侯光超和孙冉当众念忏悔词儿,虽然是板着脸,但是能瞅出他们心里那副得意扬扬的劲儿,两个学生念罢了道歉词儿,"白帽"警长摆摆手,意思就是可以放人了,两家的家长赶忙把孩子领到身边,紧着步的出了大门,总算是逃出了一难。

轮到怀玉了,她打量着手里那张纸,欲念又止,手和嘴唇都在发抖,我看得出来,她实在是不愿念那狗屁忏悔词儿。那个"白帽"警长见她不吭声,眼神就像刀子似的刮在怀玉的脸上。

见状,小野也沉下脸来,拿眼神问陆雄飞。

陆雄飞皱着眉,话音里发着狠:"怀玉,你快念呀!"

怀玉直着眼儿盯着那张纸,紧咬着嘴唇,还是不吭声。

掌柜的沉不住气了,叫:"怀玉,你可是快念呀!"

怀玉还是不张嘴,急的叠玉和洗玉跺脚,陆雄飞冲着怀玉吼:"我的祖奶奶,您还想不想出去了!?"

"白帽"警长一脸的铁青,跟小野一个劲儿地咬耳朵。再看那些记者,都像抽了白面似的,全来了精神,抻长了脖子,睁圆了眼睛,把照相机举得高高的,要看这个场面怎么收拾。我心里说,怀玉,好汉不吃眼前亏呀,先出去再骂他日本人的娘也不迟呀!

　　怀玉被迫在"利顺德"饭店向日本人念认罪书,念了一半她
就忍不住愤怒地叫喊起来:"我有什么罪?有罪的是你们日本
人!"这令在场的人都大吃一惊。

掌柜的大叫："怀玉,今天你是不是想让你爸爸跪在你的跟前,你才念那张纸呀?"

怀玉看着掌柜的两条腿真的往下打弯,眼睛里泪水直打转悠,她说："爸,您别,您别……"

掌柜的又叫："那你就快念呀!"

怀玉委屈地举起那张纸,声音里带着颤念起来:"本人受赤化宣传影响,对大日本国存有不应当的误解……擅自闯入日本国租界,进行丑化日本政府宣传,严重违犯了租界法律,经劝导,已深刻认识自己的罪错……"念到这儿,她猛不丁地大起嗓门喊:"我们有什么罪错?天津卫哪一块地界不是中国人的?!凭什么外国人要霸占着!? 你们凭良心说,是中国人有罪还是日本人有罪?!"

一下子,把所有的人都震懵了,就见照相机的灯"噗,噗"一劲儿乱闪,这大厅里就像开了锅似的,所有人的眼睛都瞪圆了瞧着这个吃了豹子胆的赵怀玉。

掌柜的焦急地恨恨跺着脚。

小野的脸像是挂了霜,对"白帽"警长说了一句:"把人带回去!"掉头就往外走,几个"白帽"警察"呼啦"就把怀玉围住了。

我心里直叫,怀玉,怀玉,你傻呀!

陆雄飞和李穿石一个拉着小野,一个凑着"白帽"警长,赔着笑脸说好话,使着劲的想把这个局面救过来。已经恼变了脸的小野却再不给面子,推开陆雄飞接着往外走。

就在这时,只听见有人大吼一声:"小野!你往哪里走!"我往大厅门口一看,可不得了,刚才还横吊着眉毛的小野被一个蒙面人紧紧地勒着脖子,那蒙面人右手里一把锃光瓦亮的手枪死顶着小野的太阳穴，小野脸涨得跟紫茄子似的，两条腿乱蹬乱踹。但是那蒙面人的胳膊像铁钳子似的，任凭小野怎么折腾也动弹不了。

顿时，整个大厅就炸了锅了，不管是中国人还是外国人，都是叫的叫，喊的喊，躲的躲，逃的逃，乱作一团。只有一个胆子大的记者还敢对着那蒙面人照相。

我立马就看出来，那蒙面人就是刚才那个下巴上有刀疤的汉子，就听那人吼道："诸位别慌，冤有头，债有主，我今天就是冲小野这王八蛋来的！他杀了我们全家，今天就是他偿命的时候！"说着蒙面人就要扣下手枪的扳机。

忽然，"白帽"警长一把搂住怀玉的脖子，也拿手枪顶着她的太阳穴，用生生硬硬的中国话冲蒙面人叫："你的，要是开枪！！我的，就开枪！！"

掌柜的疯了似的扑向"白帽"警长："别！别！"

叠玉和洗玉也冲"白帽"警长央求哭喊。

我也不管死活的去抢拽怀玉，立马就被另外几个"白帽"警察扯到一边。

"白帽"警长红着眼睛叫："他放开小野君，我就放她！"

掌柜的和叠玉、洗玉的眼睛一下子都盯到那蒙面人身上，那一会儿，整个大厅就跟冰冻上了似的，没有丁点儿声音，只有人喘着粗气的声儿。

平日里能说会道的李穿石这会儿也没了底气，赶忙躲到人群后面。

倒是陆雄飞还有点儿临危不乱的胆气，他冲着两边的人喊："各位，有话好好说！有话好好说！这位好汉，我是大连码头的陆雄飞，有什么话就冲我说，千万千万别开枪！"

那蒙面人吼着："没什么好说的,今天我就是要小野王八蛋脑袋来的!"看那阵势,他手指就要搂手枪的扳机。

这时,掌柜的紧着爬到那蒙面人面前捣蒜似的磕头："好汉,您行行好吧!千万千万别开枪呀!您要是开枪我闺女就没命了呀!"

叠玉和洗玉也扑过去,一把鼻涕一把泪的央求那蒙面人。

只见蒙面人手微微地一哆嗦,看得出他刚才那股子杀人的狠劲儿有点儿犹疑了,透着蒙面布罩的两个窟窿眼儿,他仔细打量了怀玉一眼,终于开了口:"他妈的你们日本人就是这么没种,拿个女孩子家当人质,呸!没羞没臊!"

"白帽"警长粗脖子涨脸的还是一个劲儿地叫:"放开小野君!不然她的,就死了死了的!!"

我使劲儿冲那蒙面人喊:"好汉,救人一命,胜造七级浮屠呀!这姑娘还是学生呀!您行行好啊!"

掌柜的和叠玉、洗玉更是加紧的磕头作揖,央求那蒙面人救怀玉一命。

蒙面人喘着粗气,手里的枪在小野的太阳穴上微微地发抖,足足定了几分钟,终于又开了口骂道:"小野王八蛋!今天就算你命大,可你躲了初一也躲不过十五!"他又冲"白帽"警长喊:"我说话算话,你先放人,我就放人!"

"白帽"警长哪里肯信,还是把手枪紧紧顶在怀玉的头上,还喊:"你的,先放小野君!"

蒙面人又叫:"你他妈的以为我跟你们日本人似的呀,说了不算,算了不说?!你立刻把姑娘放了!而且再也不能找她的麻烦!小野,你王八蛋答应不答应?!"

小野连连点头,又拿日本话对"白帽"警长喊了一句什么,

"白帽"警长终于放开了怀玉,蒙面人也把顶在小野头上的枪口拿了下来。

掌柜的冲那蒙面人连连作揖,赶忙将怀玉扯到身边,带着一家人逃出了利顺德饭店。

后来听陆雄飞说,那蒙面人十分厉害,掌柜的拉着怀玉走后,他当着众人的面,一个鹞子翻身,跳墙而去,大白天的,片刻就无踪无影了。李穿石也说,有人居然敢在太岁头上动土,日本人自然不肯善罢甘休,立刻跟英租界的工部局警务处联手通缉那企图谋害小野的蒙面人,那些天,只要是遇上东北口音的男人,都要仔细盘查一番。查旅馆,搜车站,出悬赏,通缉令贴得满世界都是,后来又到法国租界、意大利租界、德国租界张了大网去搜捕,可是那蒙面人就像雪片儿落在水里,再也没了影儿。

打那儿起,怀玉在天津卫就出了名,各租界出的报纸都把她的大照片印在上面,还把在利顺德饭店发生的事儿,详详细细地说了一遍。有的说她是爱国女英雄,有的说她是赤色分子,还把掌柜的如何如何评说了一通。特别是那个蒙面刺客的事儿更是说得神乎其神,有的报纸还弄出个章回小说,一连个把月天天说上一段儿,那几天"恒雅斋"门口天天挤着一群报社的记者和好事的人,急着要采访怀玉和掌柜的,都被掌柜的挡在门外边。

当天晚上掌柜的就叫我跟着他把怀玉送到静海县乡下躲了起来,一来是怕日本人再来抓人,二来也是要怀玉远离是非之地,好好静静心思,调调性子,免得她再去惹祸。

掌柜的从静海一回来，就在家里摆了一桌席，把为搭救怀玉出过力的几位爷们儿都请了过来喝酒，以表谢意。陆雄飞和李穿石都是出了大力的，自然坐在左右首座上，也特意叫我上桌喝了几盅，记得那天喝的是衡水白干，劲儿挺大，几盅下肚，头就有些发飘，脚底下也如同踩棉花似的，站不结实。

在席上，陆雄飞和李穿石都不停嘴的说自己为救怀玉如何如何跟日本人周旋，如何的不容易。掌柜的一再给李穿石和陆雄飞敬酒，自己也着实喝了几盅，大概是酒性起的作用，掌柜的说

第八章

话就不像平常，在晚辈面前总是绷着声音拉着脸。他眼眶子里汪着泪水说："老伴儿临走的时候一再托付我，三个闺女都交给你了，有多大的难处，也得让她们平平安安地找个好人家，哪怕有一个闺女出点儿差错，我在地底下也闭不上眼睛……这一次怀玉闯了祸，若不是你们搭救，万一那孩子有个万一……我怎么向她娘交代？向老太太交代呀?!"说到这儿，掌柜的泪珠子就淌了下来。

我看着心里发酸，眼眶子也湿了，就在那天的酒席上，掌柜的正经八百的应了洗玉跟李穿石的婚事，还特意叮嘱李穿石说："穿石呀，你的老人们不在天津，日后你跟洗玉成了家，就在我

073

家里过日子,用天津卫的话说,你就是我们赵家倒插门的女婿,就算是我半个儿子吧。"

李穿石自然是乐得合不上嘴,只是一个劲儿地点头:"伯父,怎么是半个儿子? 我今后就是您的孝顺儿子,无论是眼面前的事,还是您日后的养老送终,我李穿石都要竭尽全力地尽晚辈的孝道。"

掌柜的说:"既然如此,我当长辈的今天有句话要嘱咐你,你得记住了。"

李穿石点头:"当然! 当然! "

掌柜的说:"你是留学东洋学日本话的, 又在市政府当差,平日跟日本人多打些交道。可咱这心里面还是要有个分寸,这话你明白吧? "

李穿石连连点头:"明白,明白,您就放心,您早些时送给我那幅郑板桥的竹子,一直就在我屋里正厅里挂着呢。"

掌柜的笑了笑说:"这就好,这就好。现如今是乱世,人要落个平平安安,就靠活个分寸,这样,我把洗玉托付给你,也就放心了。"

李穿石发誓要让洗玉不但活得平安,还要让她一辈子活得滋润,活得舒心。

一直冷眼瞅着李穿石的陆雄飞很不畅快,见掌柜的把洗玉这样痛快地许给了李穿石,而自己费心搭力的救了怀玉,掌柜的却没啥表示,便借着酒劲儿甩出冷硬的话来:"李先生,老爷子说的分寸两个字,你真弄明白了? "

李穿石说:"明白,当然明白。"

陆雄飞冷冷一笑:"怎么个明白法儿? "

李穿石说:"分寸嘛, 就是跟日本人打交道应当怎么远,怎么近的法儿呗。"

陆雄飞紧着问："那应当怎么远怎么近呢？"

李穿石看出陆雄飞是有意发难，他也不恼，说："这么比方吧，我李穿石当不了岳武穆，可也不去当那吴三桂。"

陆雄飞还是冷笑："要是日本人偏要你做吴三桂呢？"

李穿石耸耸肩膀说："怎么可能呢？"

陆雄飞紧逼着问："就是个比方嘛，常跟阎王爷打交道，难免不做鬼，你说透了，老爷子心里不是更踏实吗？"

李穿石沉了沉说："最最不得已了，我就当个徐庶，人在曹营心在汉。这，也算是个分寸吧。"

掌柜的对陆雄飞说："雄飞，看你，怎么把酒席当成考场了？喝酒，喝酒……"

我看得出来，李穿石这个说法，掌柜的还是满意的。陆雄飞心里却偏要把热气腾腾的酒席搅冷，喝了几盅，他又拿话刺李穿石："李先生，漂亮话儿好说，上嘴皮儿跟下嘴皮儿一碰，可到了节骨眼儿上，就怕连徐庶也不好当呢。"

李穿石有些拉脸："您这话是什么意思呢？"

陆雄飞说："那天在利顺德饭店，'白帽'警长拿枪顶着怀玉脑门时候，你是往前扑了呢还是往后溜了呢？"这话问得挺损，顿时给李穿石来个大红脸。还是掌柜的打了圆场，才算是让李穿石下了台阶。

确实，陆雄飞打心眼里不愿李穿石也混进赵家的门儿，赵家没儿子，将来掌柜的百年了，他这份偌大的家业传给哪个？按常理儿，最起码也得三个闺女、女婿一家一份，就凭他陆雄飞在天津卫的势力和在赵家里的分量，掌柜的遗产他怎么也得拿个大头吧。可是冷不丁的混进来了个仗着日本人吃饭的李穿石，日后

　　李穿石一心想赢得赵如圭三女儿洗玉的芳心，却屡屡遭到
赵如圭大女婿、青帮头目陆雄飞的阻挠。从此二人便结了仇。

分遗产他肯定是个不好缠的主儿，要是换个别人，他早就派几个弟兄把他剁了胳膊卸了脚，扔到犄角旮旯儿喂狗去了，可是李穿石是市政府的人，在日本领事馆和驻屯军那儿又都挺吃香的，跟这小子来硬的还真不行，只能是来蔫的来损的，把这小子刚刚插进赵家的一条腿再挤出去。

那天酒席散了，李穿石出了门，掌柜的到陆雄飞的屋里逗了一阵小开岁，跟叠玉说了会儿话，他见陆雄飞话不多，只是在一边喝茶，就说："雄飞，我知道，今天酒桌上你不那么痛快，李穿石现在还是客人，人家帮咱那么大的忙，我总要有个表示是不？而你是咱们一家子，所以我就没说什么客气话，你这次为了救怀玉出来，起的可是顶梁柱的作用，我心里是有数的。虽然是一家子，关起门来，我这个当爹的还是要有个表示，你有什么想法，就跟我直说。"

叠玉在一边说："爸，雄飞还不是应该的，您说这些客气话干吗？"

陆雄飞本来就憋着一肚子牢骚话的，叫媳妇这么一说，他倒说不出口了，他吭了半会儿说："那是，那是，怀玉是我妹子，救她还不是我应当责分的吗，要说想法吗……小野那边还得花些钱，那天在利顺德饭店，差不点儿给他的脑门开了花，咱总得找个形式给他压压惊吧。"

掌柜的觉得也有道理，就吩咐我从柜上扯了一张空白的银行支票，交给了陆雄飞："雄飞，虽说怀玉最后得以脱险是那个蒙面好汉网开一面，但是小野那儿该怎么酬谢就怎么酬谢，这上边你随心气儿写数儿，除了酬谢小野的，剩下的就是给你喝酒的了。"

掌柜的这么大方，陆雄飞自然也就没话可说了，那张支票他

077

最后就写了两千块，不是他不想写上个三万两万的，他是怕写多了落个太贪的印象，往后掌柜的分家产肯定没好果子吃。

该酬谢的都酬谢了，该打点的也都打点了，掌柜的着实地松了口气，从陆雄飞屋里出来，他又招聚柜上的伙计们吩咐明天"恒雅斋"生意的事。自打怀玉出事，"恒雅斋"的生意停了小半个月，好几笔赚钱的买卖都叫"万得昌"的胡老板撬走了。掌柜的吩咐，改天都要联络联络老客人，尽可能地把生意再红火起来。

安排妥当生意的事，掌柜的又上楼去给就要睡的老太太问安，他下楼的时候，我听见他那脚步不像往常那样利索，磕磕绊绊的，接着就听他叫了一声："德宝……快……"就是"咕咚"人倒在楼梯上的声音。

璞翠在楼上惊叫起来："老爷！您怎么了?！"

我赶忙奔到楼梯那儿一瞅，可不得了，只见掌柜的人歪在楼梯上，手在心口处死命的抓着，明明是犯了病。我赶忙招呼人把掌柜的搭到他的炕上，陆雄飞和叠玉、洗玉照顾着，我就赶紧到北门里找掌柜的大哥赵如璋。

赵如璋听说兄弟犯了病，二话没说，拎着药箱就跑过来了。这时掌柜的还闭眼躺在炕上，脸色蜡黄，口里的气也是紧一口慢一口的，嗓子眼还咕咕作响。

叠玉和洗玉一见赵如璋，就哭出声的叫："大伯，您快看看我爸呀！"

赵如璋嘴里叨念："不要紧，有我，有我。"说着他就给掌柜的切脉，切罢说："恐则气下，惊则气乱，这病就是为怀玉的事急出来的。我们的行话就叫五志化火，赶紧抓两服药，吃下去就会好的。"

赵如璋到客厅写了药方，墨还没干，我抓着药方子一溜紧跑，到了东门里的药店抓药，待我拎着药跑回了家，一家人正围着掌柜的呼着、喊着呢，原来掌柜的胸口里边有痰堵着，喘不过气来，只见他挺着身子张大了嘴，脸上和嘴唇已经憋得紫青紫青色了。连老太太也惊动下来了，老人家见儿子突然病成这样，哭着喊着也是上气不接下气了。

洗玉对赵如璋叫："大伯，您得想办法救救我爸呀！"

赵如璋说："这是痰堵着了，得赶快送到租界医院去吸痰。"

叠玉对陆雄飞喊："他爸，你还愣着呀？赶快叫汽车来呀！"

陆雄飞应声去了。

这工夫，掌柜的憋得更厉害了，嘴张得越发的大，只听见他心口那儿"呼噜，呼噜"的作响，赵如璋把手指头伸进掌柜的嘴里抠，想让他把里边的痰吐出来。掌柜的恶心的干咳了几声，痰还是堵在那里。

赵如璋叨叨着："这痰出不来，人就得憋死呀！"

我对赵如璋说："大伯，要是嘴对嘴能把掌柜的胸口里的痰嘬出来吗？"

赵如璋一愣，说："那兴许行……"他眼神里问，谁给嘬呢？

我没犹豫，趴下身子，对着掌柜的嘴使劲地往外嘬，没嘬几口，就嘬出一大口又黏又腥的痰块子，顿时，掌柜的就长长地喘了口气。

赵如璋叫人赶快给掌柜的灌了几口温水，再躺下，眼见着他的气色好看多了。

赵如璋拍了拍我的肩膀，声音里带着颤："行，德宝，我兄弟没白收你这个徒弟。"

洗玉端过来一碗凉水："德宝哥，快，漱漱口。"她眼睛里闪着泪花儿。

不一会儿,陆雄飞叫的汽车也到了,掌柜的却死活不肯去医院,他不是舍不得花钱,而是他压根就不信租界医院的洋大夫。

陆雄飞对叠玉叨咕:"我可是把车也叫来了,租界医院也托人说妥了,你们老爷子不去可赖不着我啊。"

叠玉趴在掌柜的耳边说:"爸,雄飞把您住院看病的事都安排妥当了,您还是去那儿住几天,好利索了我们就接您出来,行吗?"

掌柜的还是摇头。

叠玉把陆雄飞拉到一边说:"爸信不着洋大夫的,你尽心了,老爷子也知道了。"

见洗玉端上煎好的汤药准备给掌柜的喝下去,陆雄飞一脸的紧张,他对叠玉小声说:"赵如璋开的药你们就敢让爸吃呀?"

叠玉一时闹不明白:"怎么了?"

陆雄飞埋怨:"你们老娘儿们就是没脑子!这药要是吃出什么毛病来怎么办?"

叠玉这才感觉出来丈夫是什么意思:"我大伯?不会吧?"

叠玉这边犹豫着,陆雄飞大声喊住了洗玉:"这药汤子还是不忙喝吧。"

洗玉也是一愣:"为吗?这药喝得越早我爸不是好得越快吗?"

陆雄飞冷冷地说:"未必吧……我认识租界最好的洋大夫,打一针就立马见效的。"

赵如璋是聪明人,他当然听出陆雄飞话里有话,脸就拉下来了,一边收拾药箱一边说:"你们要是信洋大夫就去找洋大夫,可我开的药是决吃不死人的。"

掌柜的听见了,他连忙撑起身子叫:"大哥,你别听他们小辈的瞎叨叨,谁的药我也不信,我就信您的药!"说着,他拿过药碗,几口就把药汤子灌下了肚。

叠玉捅了陆雄飞一把:"就是你瞎叨叨!"

陆雄飞脸上不挂,自己骂自己:"嗨,我就算是咸吃萝卜淡(蛋)操心!"闪进自己屋里去了,再也不出来。

见掌柜的喝净了药汤,赵如璋脸皮上的肉才松了下来,可怎么着也不那么自然了,对掌柜的说了几句应当怎么调养的话,出门走了。

掌柜的连吃了十几服赵如璋的药,果真是见好了。那天晚上,他在楼上老太太屋里,叫我上去说:"德宝,从柜上取五十块现大洋给孩子大伯送过去,就说是给我瞧病的钱。"说罢,他又特意问老太太:"娘,您看这个数给我哥哥还拿得出去吧?"

老太太叹着声说:"哎,他也不容易,一大家子人的要吃要穿,光靠瞧病能赚几个子儿?平日你帮他吧,他还局着个面子,未必愿意伸手,这不是个机会吗。"

掌柜的对我说:"那就送去六十块吧,六六大顺,取个吉利。"

老太太点头笑了,又说:"你也得好好酬谢酬谢德宝,那天不是他,你那口气儿能不能喘得上来还两说着呢。哎,就是亲生的骨肉,也不见能那样的孝顺呢。"

我连忙说:"老太太,您快别这么说,我的小命还不是掌柜的给的?当年没有您一家救我,收留我,今天我的骨头还不知道在哪儿化成灰呢。"

我本不是天津卫的人,祖籍在山东,原本姓郝,早年我才三岁的时候,我亲爹亲娘带着我姐和我从济南到天津卖土布,就在北门外估衣街租了个小铺面。小本生意，也就是赚点儿散碎银子，勉勉强强能把一家人的肚子混饱。在我们家布摊对面，就是一家叫"恒雅斋"的玉器店，店掌柜的姓赵，就是我们掌柜的他爹，别看人家是个做大买卖，赚大钱的主儿，可是对我们这外省来的小买卖人也总是客客气气的，喝口热水呀，躲个风避个雨呀，人家也总是不嫌麻烦。我爹我妈也尽着心的报答人家，只要见街上有人要卖古董，就往"恒雅斋"里边领，见着想往"恒雅斋"伸手的贼，我爹就给他们提个醒儿。有一次，一个贼趁"恒雅斋"生意忙，偷了尊宋朝的玉佛，都跑出二里地了，叫我爹愣追上了，贼把我爹的脸打得血糊流烂，可他还是把那尊玉佛追了回来。老掌柜的给我爹钱，我爹死活不收，他说，我们这一家子，在天津卫举目无亲，就图有个朋友照顾，能借"恒雅斋"的财气做个安生小买卖，就知足了。一来二去的，我们家就跟"恒雅斋"赵家走得越来越近乎，老掌柜的喜欢小孩子，还时不时买个糖葫芦、崩豆儿什么的哄我玩，只要我一叫爷爷，老掌柜的就乐得合不上嘴。

那正是民国初年的时候，北门里外，河北大街，估衣街那一片，是天津卫最热闹的生意场合。北门里金店、银楼一家挨着一家，北门外的饭店、药店、生熟食店、杂货店都是脸对着脸，肩靠着肩，估衣街上卖绸缎的、卖皮货的、卖呢绒的，更是密密麻麻的一眼看不到边儿。无论是年呀、节呀，还是平日里，那一带总是人来人往，车水马龙。传说大白天站在海河对面的洋教堂望海楼上，往西边看，就能看见北门，估衣街这一块地方"呼呼腾腾"的冒热气，老人们说，那冒的都是财气呢！实实在在的"旺地"呀！就连满清倒了王朝，江山易主这么惊天动地的事儿，天津卫着实乱了一阵子，可也没断了"旺地"财路，民国年号刚刚叫响，"旺地"又照旧旺了起来，所以有人说，那岂止是"旺地"呀，那就是

"宝地"嘛!

　　但是,谁也没料到,生意场的"旺地"、"宝地"终有大灾大难的一天,那灾星就是窃国大盗袁世凯。读了史书的人都知道,前清皇上倒台之后,南有主张民主共和的孙中山,北有想当皇帝的袁世凯。孙中山为了国家不再内乱,委曲求全把中华民国大总统的位子让给掌握着北洋重兵的袁世凯,这就是民国二年的"南北议和"。民国二年二月,孙中山派专使到了北京,迎接袁世凯到首都南京就任大总统。袁世凯鬼心眼多,他觉得孙中山让他去南京就是想调虎离山,夺他的兵权,可又没有什么正理儿不去南京就职,于是就闹了一场"兵变",弯着心眼儿把北京城搅和乱了套,这样他就有不去南京的理由了,他就好跟孙中山说,瞧,我这还没离开呢,我的部下就造反了。北京"兵变"之后,袁世凯接着又在天津照法来了一场"兵变"。这一招儿真叫毒呀,那一次"兵变",多少人家破人亡,多少家买卖送给了火神爷呀!民国二年也就是公元一九一三年三月二日那天,天津卫的当官的事先都知道要出事,早早地都溜了,警察也得到命令全部撤下岗猫了起来。到了晚上八点整,袁世凯的亲信张怀芝的巡防营从河北法正里和驻西于庄的另一团的军队兵分几路杀向天津城里,那群王八蛋不敢招惹各国租界的洋人,专门找中国人管辖的地方造孽。从西关街、太平街、河北大街到北马路、东马路、北门外,还有我们家所在的估衣街,那些土匪兵一路放着枪,一路烧杀抢掠。银楼、当铺抢光了,饭馆、瓷器店砸烂了,绸缎店、洋布庄抢了还放火烧了,就连官府造钱的地方,天津造币厂都撞开了大门,数不清的元宝,银大头和铜钱都装进了那些匪兵的腰包。

　　也是在劫难逃,平日里到了天黑,我们一家都是关了铺子门到北门里租的房子睡觉,偏偏出事的头一天,我爹刚刚从山东进了一批土布，晚上怕叫人偷了，一家人就住在铺子里，听见外边又响枪又叫唤的，全家人害怕的不得了，就都猫在铺子里不敢露头。谁想匪兵放火烧了邻边的绸缎庄，三月的天气，什么都是干燥的，那火一烧起来就撒欢儿的向两边疯，还是对面的"恒雅斋"的伙计在外边吼叫警告我们，我爹我娘才拖着我们姐弟两个往外逃命，可那火燎得太邪乎，没等我们一家子出门，大火早已把门封住了，接着邻边绸缎庄的山墙就倒砸在我家铺子的房顶上，房顶"呼啦"就塌下来，把我们一家都压在下面，我爹我姐顿时就没气了。这时，大火从上面也烧过来了，我身上疼，脸上又烤得慌，就岔了音儿的惨叫，我娘死命的把我往外推，就在那时，对面"恒雅斋"的几个伙计砸开了大门，把我拖了出去，待再想救我娘时，那铺子早就烧成一团火了……可怜我爹、我娘、我姐都活活烧死了。后来听"恒雅斋"的伙计说，那晚上，"恒雅斋"也遭了抢，接着也叫火神爷烧了个干干净净，好在他们每天关铺子后，把值钱的玉器和银子都寄存到北马路日本人开的正金银行里，那儿因为挂着日本国旗，又有日本兵守着，那些兵匪没敢靠近，"恒雅斋"算是保住了大半的家产。起初，"恒雅斋"的人并不知道我们一家那一晚上住在铺子里，只是听见我哭唤，我们掌柜的急忙招呼伙计砸门救人，才把我这条小命救了出来。那天晚上，光估衣街上被烧死的人就是百十口子。

由袁世凯老王八蛋折腾出来的，害了我家破人亡的"兵变"，后来史书就叫做"壬子兵变"。当时我虽然只有三岁，对那一场劫灾的过程记不大清楚，可是那燎人的大火，那把人耳朵震得生疼的枪子儿声，在我心里都深深地画了印儿，多少年之后，只要看见火堆，听见响枪，我还是像进了地狱一样，从头到脚都是恐惧。

"兵变"过后,我们掌柜的就跟老掌柜的说:"这孩子爹娘都没了,怪可怜的,送到孤儿院去还指不定活几天呢,咱家就算是收个小学徒,这条小命也保住了。"老掌柜的本来就信佛,心眼儿慈善,跟老太太一商量,也就点头应了。我从三岁起就吃赵家的饭,长到五六岁时,还找了个街上代人写书信、写状子的老先生教我念《百家姓》、《三字经》,总算是识了几个字儿,到了八九岁,我就开始在店里跑跑腿儿,打个杂儿,我还不是个缺心眼儿的人,老掌柜的和店里的伙计们怎么议论玉器,怎么跟客人打交道,我心里都蔫蔫地记着,到了十二三岁,我就能看铺子,应答客人了。

　　自打"壬子兵变"后,老掌柜的觉得估衣街一晚上死过那么多的人,冤魂太多,自己的铺子又挨过抢,烧个干净,风水指定是败坏了,就决意将"恒雅斋"铺面搬到城东南角了,也就是"恒雅斋"最后坐落的地界。

　　掌柜的后来娶了媳妇,一心想抱个儿子传宗接代,可偏偏只生了三个闺女,他挺不得意,在天津卫,没儿没女的叫绝户,意思就是祖上没德,要断香火了。只有闺女没有儿子的,叫半个绝户,比绝户好听点儿。但是女儿早晚嫁出去要姓人家的姓,还是等于断了香火,所以在老伴儿病倒之后,掌柜的就正经八百地收我做了儿子,就是书上说的,叫义子。

　　我自打三岁没了爹娘,跟着"恒雅斋"从估衣街到东门脸,整整吃了赵家十九年的饭,赵家两辈掌柜的待我都跟亲生一样,从没亏待过我,古人言,滴水之恩,当涌泉相报,救命之恩,养育之恩这一辈子都报不完呀,所以,我给掌柜的嗑口痰又算得了什么?说心里话,只要掌柜的和全家都平平安安的,"恒雅斋"生意兴旺,就是我德宝的福分。

拿了掌柜的支票之后，陆雄飞倒是真的几次约小野出来吃压惊饭，但都被小野回了。自经历了利顺德饭店那一场惊吓，小野连着一个多月没敢在街面上露头。俗话说，冤有头、债有主，那蒙面人要小野脑袋肯定是有不共戴天之仇，不过小野竟闹不明白那蒙面人是哪一路仇家。因为他在关东军时，经他手被夺命的中国人不计其数。反正自打那儿起，他在天津卫的日子就不像从前那样安生了，能不露脸的就不露脸，就是出去，也都带着警卫，时时提防哪个中国人突然跳出来给他一枪。一直到了天热了的

第七章

时候，小野才敢穿着便衣出来走动。

记得是刚刚过了芒种，陆雄飞又打电话请小野出来，他说："这回不请您吃饭，您不是说过要多认识认识帮里的弟兄吗，今天咱们就到英国营盘去玩玩？平日里我那些弟兄们都在那儿玩。"

那时天津卫的人都知道，英租界达文波路，也就是今天的建设路上的英国营盘，是个三十六门轮盘赌场。是一个白俄人跟几个英国人合伙张罗起来的，生意一直挺火。天津卫好赌的老爷、太太、公子哥们都是那儿的常客。这一回，小野倒是痛快地答应了，不过他说不去英租界，要去就去日租界的同文俱乐部去玩，

看来他还是不敢轻易在日租界外边溜达，还叮嘱陆雄飞把帮里的弟兄都叫到那儿聚会。后来我才闹明白，陆雄飞一直是想借着小野的身份在青帮弟兄面前抖抖威风，巩固巩固自己在帮里的地位。小野虽然已经入了青帮，但是初来乍到，帮内各个堂口的弟兄仍然是生头生脸，他就是想借陆雄飞牵线搭桥，多多联络各路青帮的头头儿脑脑儿，一旦有事就可以把他们当枪使唤。果不其然，到了那年年底，天津卫大乱的时候，被小野联络上的不少青帮头头儿脑脑儿还都成了帮日本人闹事的狗腿子。

那天吃了晚饭，本来已经出了门的陆雄飞突然又回家了，说是小野点着名的要我到同文俱乐部去一趟。

我说："大姐夫，您别拿我开涮呀。"

陆雄飞一本正经地说："不是闹着玩的，确实是小野要我来找你的。"

我顿时就毛了，连忙找到掌柜的拿主意。掌柜的挺纳闷，问陆雄飞："我们家的伙计从来没跟小野打过交道，他招呼德宝干什么？"

陆雄飞说："我也纳闷呢。既然小野发话了，德宝还就得去一趟了，听他那口气，挺客气的，倒没什么歹意。"

掌柜的嘀咕着："小野是什么人物，怎么这么看重我这个小伙计？德宝，要不你就去一趟吧。"

我心里直发沉，连连叫："掌柜的，我不去！"

陆雄飞笑道："你小子就这么点儿尿呀？又不是逮你去'白帽'警署，是让你去同文俱乐部，那可是个好玩的地方知不知道？"

我往自己的屋里躲："那也不去，反正跟日本人打交道就没好事！"

陆雄飞拽着我就往外走:"有我陆雄飞在,日本人还能吃了你不成?"

就这样,我被陆雄飞连拉带扯到了日租界桥立街也就是今天的同庆后大胡同的同文俱乐部。多少年之后我看了人家写的回忆录,才知道日租界的赌场像同文俱乐部还有中和公会,都是日本人利用天津卫的汉奸,打着中日亲善的招牌,一边经营赌场买卖,一边为日本人搜集中国政府、军队的情报,而同文俱乐部就是小野搞情报、网罗天津卫那些吃里爬外的汉奸的地方。日本人算计中国人的坏点子不少都是在那里边商议出来的。

进了同文俱乐部,陆雄飞让我在大厅候着,自己就上了楼去通报小野。我偷着眼四下打量一番,这房子挺宽敞,楼下是大厅,进进出出的人都是穿着打扮有讲究的男女。看得出来,生意很火,墙上挂着日本租界颁发的营业执照,宽宽大大的柜台上边穿着西装的伙计都是笑模笑样的应酬着客人。刚进来的客人拿现钱换成一罐一罐的特制烟卷儿,那大概就是玩赌时用的筹码了,在赌场的行话里这叫"请签",客人出门之前,把手里边的烟卷儿到柜台上再换成现钱。后来陆雄飞告诉我,天津卫各个外国租界都有赌场,但是日租界开的赌场最多,最五花八门,也最黑,日本人也最会装孙子,这儿的招牌叫俱乐部,所以在这儿玩赌,桌面是见不到钱的,烟卷就是算钱的筹码。

一会儿工夫,陆雄飞在楼上招手叫我上去,我悬着心一步一步上了楼,被带到一间赌房里边,见一群中国人正陪着小野玩麻将,小野身后边的就是陆雄飞的干儿子绰号叫臭咧咕的陆小飞,他正猫着腰给小野出招儿打哪张牌,小野听了他的招,"啪"的打出一张牌,顿时满屋的人一片叫好声:"小野先生又赢了!好运气呀!好运气!"叫声没停,陪小野打牌的人都忙着往他面前送那烟卷儿,小野的面前早已是一大堆的烟卷儿了。

小野笑得合不拢嘴,两只手在桌上得意扬扬地洗着牌。

臭咧咕在一边使劲地拍马屁:"小野先生的手气就是没比,把把赢。"

我心说,陆雄飞瞎眼了,怎么认这么个一身奴气的家伙做干儿子?

陆雄飞走到小野跟前说了句什么,小野抬眼瞟了我一下,我这心里一哆嗦。小野又对陆雄飞说了句什么,陆雄飞就把我带到旁边一间没人的屋。

我问陆雄飞:"大姐夫,这摆的什么阵势?您可别吓着我呀!"

陆雄飞说:"一会儿小野问你什么你就答什么。"

我的肚子一阵阵的抽筋:"我能知道什么呀。"

这工夫,小野走进来,他打量着我:"你的,叫德宝?"

我傻了似的只知点头。

陆雄飞说:"对,这是我太太家的小伙计,是个好孩子。"

小野点头:"陆先生说是好孩子,我的相信,好孩子的,要说真的话,对不对?"

我还是傻傻地点头。

小野坐下,突然问:"你的,见过那个蒙面的人?!"

我顿时就蒙了,小野怎么知道我见过那蒙面人?

小野见我没吭声,声音变得凶了:"你见过那个人是不是?!"

陆雄飞也给闹蒙了:"德宝,小野先生问你话了,你见过没见过那个蒙面的刺客呀?"

我这头上全是汗珠子,想说话嗓子眼儿像塞住了刨花,心里琢磨,他怎么知道我见过那蒙面汉子呢?

陆雄飞对小野说:"小野先生,这小子一直跟在我老岳父身边,他怕是见不着那个刺客吧?"

小野眼睛凶凶地盯着我:"他的,见过!"

陆雄飞看着我问:"德宝,你到底见过没见过呀?"

我心想,看来不说不行了,只得点点头。

小野露出笑模样:"很好,你的,说说,在什么地方见过?"

陆雄飞"啪"的给了我一脖拐:"你小子,这么大的事居然瞒着我!你就一五一十的跟小野先生说清楚吧。"

我就把在"静园"门口怎么见到那个汉子和在利顺德饭店再一次见到那个人的过程从头到尾说了一遍,小野那两个黑眼珠子始终盯着我,听完,他问我:"你的,再见到那个人,能不能认识的?"

我本想摇头,可不知道怎么的却点了头,再说就是摇头小野也不会相信的。可这一点头,我就算是倒了大霉了。后来,日本人只要抓了刺客嫌疑,就把我叫去认人,两个月的工夫,就看了七八拨,这是后话。

当天从同文俱乐部回到了家,掌柜的听我说了小野找我的原由,皱起眉毛问:"咱们见过那蒙面好汉的事都跟谁说过?"

想来想去我只跟洗玉说过,掌柜的忙叫来洗玉问,洗玉说:"我没跟外人说过呀,只是跟李穿石念叨过。"

掌柜的一拍大腿:"这就对上了,一准是李穿石跟小野说的。"他就数叨洗玉:"李穿石还没进我们家门呢,怎么就不是外人呢?你这一多嘴,就把德宝陷在里边了!李穿石也不是个东西,明摆着是想巴结日本人,我把闺女许给这号心术不正的小白脸儿,谁知道日后他会不会把我也卖给日本人呀!"

洗玉说:"爸,穿石就是个快嘴罢了,叫您这么一说,他成了个汉奸了。"

掌柜的骂道:"你还没嫁给他呢,就胳膊肘往外拐呢?"

洗玉不服气说:"怎么了?救我二姐出来人家可是帮了大忙的,我就是念他的好!"说着,她眼圈一红,就跑到楼上奶奶那儿哭去了。

掌柜的接着又骂我:"跟你说什么来着?!病从口入,祸从口出,老祖宗留下这句话是闹着玩儿的呀?你就算是看见过那刺客,就烂在肚子里不成吗?这下好了,叫日本人盯上了,改日他叫你去认人,你敢不去吗?"

我心里更发虚了,问掌柜的:"那您看我怎么办呀?"

掌柜的半天没吭声,真是犯了难。

我说:"要不我也去乡下躲躲?"

掌柜的先是点头,但立刻又摇头说:"你躲了倒清净,我躲得了吗?'恒雅斋'躲得了吗?找不见你,日本人还不得跟我要人?"

我都快哭出来了:"掌柜的,那怎么办呢?"

掌柜的摇头叹气:"有什么法儿?走一步看一步呗,你们呀,没一个叫人省心的!"

果然,到了第三天早上,小野叫李穿石传话来,要我明天去海光寺日本驻军营盘里去一趟。我吓得躲到二楼平台上。下面怎么喊我也不肯下来。掌柜的只得走上平台把我拉下来。

我对掌柜的说:"掌柜的,我可不能去呀!"

掌柜的瞥了一眼李穿石:"人家既然把你抬举给日本人了,你能不去吗?"

李穿石满脸通红:"爸,我可不是……"

掌柜的沉着脸问："不是什么？即便是洗玉告诉了你,你烂在肚子里不就得了?干吗非得跟日本人说呀?这不是成心惹麻烦吗？"

李穿石脸上红一阵白一阵的,磕磕巴巴地说："爸,我琢磨着……现在上上下下都想着法子跟日本人套近乎……咱们要是帮着日本人把那个刺客逮住,这是多大的人情呀。"

掌柜的听了他这话一愣："穿石,你呀,还是不了解我们赵家的为人处事,咱们是凭做买卖赚钱吃饭,从不靠跟什么人套近乎混饭吃。眼下这年月,多一事不如少一事,跟日本人太近乎了,不一定是好事儿,再说,那个刺客也没坑害过咱们……

李穿石："爸,那可是个杀了上司又要杀日本人的危险分子。"

掌柜的说："他为什么要杀人? 为什么又跟日本人拼命? 咱们也不知道底细呀。况且,在利顺德饭店他没开枪杀小野,再说也算是救了怀玉一命。咱们干吗要跟人家过不去呀？"

李穿石耷拉下眼皮儿："爸……都是我惹的事儿,真对不住……可是小野已经把话说出来了,好歹总得应付应付他吧。"

掌柜的没好气地说："怎么应付？"

洗玉在一边打圆场："爸,穿石话都说到这分儿上了,您就别生气了。"

掌柜话音还是冷冷的："我生不生气要什么紧呀,德宝招谁惹谁了? 让他干那担惊受怕的差事?! "

李穿石说："您尽管放心, 日本人那边我还是说得上话的,只要有我在,德宝保准没事的。"

掌柜的说："怎么叫没事? 叫他去认刺客,这是闹着玩的吗? 他冲谁一点头,谁就是要掉脑袋!万一认错了,不是造孽吗?就算是认对了,那个刺客好歹也算是救了怀玉一命的,恩将仇报的事我们赵家从来就没干过的!"

李穿石紧着解释:"据我了解,那个刺客八成是东北军派来的,现在肯定是在东北军的军营里藏着呢,日本人根本是抓不着的。所以,德宝去那儿,就是摇头不点头,日本人能有什么法子?有个三月两月的,事儿也就过去了。"

洗玉也对我说:"德宝,有穿石保着,你就把心放在肚子里吧。"她叮嘱李穿石:"穿石,明天去日本人军营,你可得关照着德宝呀,他要是受了丁点的委屈,你还有脸进我们家门儿吗?"

李穿石连连说:"放心,放心,我保准让他囫囵个地进去,也囫囵个地回来。"

听了李穿石这一番话,我一直提着的心才稍稍松下来。第二天,我就跟着李穿石去了海光寺日本驻屯军军营。临出门时,掌柜的再三地叮嘱我,到了那儿甭管见到什么人,就是摇头别点头。

海光寺日本军营就在今天南门外大街和南京路交叉口的那一大片地方,老远的就看见大门口日本国膏药旗下面,站着戒备森严的日本兵。平日里路过这儿我都是躲得老远绕道走。没想到今天竟要往那里边走一趟,一边往那边走着,我心里一边就发紧,脚底下也磕磕绊绊的。

李穿石说:"德宝,你瞧你都是什么脸色了呀?那儿又不是阎王店,日本人也是人,好对付的,一会儿你瞧我的。"

到了军营门口,李穿石用日本话跟站岗的日本兵"叽里呱啦"地说了几句,那日本兵倒蛮客气,就让我们两个人进去了。他挺得意,笑着问我:"怎么样?没事儿吧?"

甭管怎么着,我心里还是发紧,我就记着掌柜的那句话:跟日本人打交道可不是闹着玩的。

进了军营院子，就见一队一队拿枪的日本兵在那儿操练，举枪瞄准的、走正步的、在地上摸爬滚打的，怪是整齐。每队日本兵跟前都有军官大声命令着，吆喝声听着吓人。李穿石每见到个日本军官都熟头熟脸的跟人家打招呼，看样子他是常到这儿来的，他把我一直领到院子后边的一幢两层的房子跟前，那门口又有日本兵站岗，李穿石还是用日本话招呼了几句，但是这回日本兵却不客气，命令我们都高高地举起双手，要搜身，从下到上搜了一个遍，搜完了，还要进去报告，折腾好一阵子才让我们进去。进去走到一间大屋子，小野就在那里等着我们呢，李穿石跟他用日本话嘀咕了一阵，小野便走过来对我说："有几个罪犯，你的，要认真地看！"

李穿石又忙补充叮嘱我："小野君说，一会儿要你看几个罪犯，你可要看仔细了，千万不能马虎。"

这工夫，我的心都紧得缩成一个了，跳得"咚咚"砸着胸口。

小野把我们带到隔壁一间黑糊糊的房子，打开灯，才看清楚，一个长条桌横在当屋，桌后是一排椅子，对面是一只能铐住人的特制椅子，起码是五百瓦的灯泡，雪亮雪亮的光罩着那把椅子，一瞧就知道这是专门审讯人的地方。

小野吆喝了一声，门打开了，两个日本兵拖进来一个年轻的汉子，等把那人撂在椅子上我才看清楚，妈呀，那脸肿胀的像发过的面包，一只眼也是血糊流烂的变了形，身上的蓝布衫破破烂烂的透出血印儿来，分明是经过酷刑折磨了的。

我哪见过这阵势呀，心说太惨了！心口越发地跳撞，连小野跟我说话我都没听见，直到李穿石捅了一下我腰眼才回过神来。

小野冲着那汉子扬扬下巴："你的，认真地看！"

　　德宝被李穿石带到日本军营辨认刺杀小野的嫌疑犯。面对被拷打得血肉模糊的嫌疑犯,他胆战心惊。

我只能睁开眼睛冲那个倒霉的年轻人瞅了一阵，其实我眼睛里边是模糊一片，根本看不清楚。

　　小野盯着我问："他的，是不是的？"

　　我摇头。

　　李穿石又问了一句："德宝，你可看清楚了。"

　　我还是摇头。

　　小野摆摆手，日本兵把那人架了出去，接着又拖进来一个男人。这也是受过刑的，看他连喘带哎哟的样子，怕是胳膊都是断的，实在是惨不忍睹。那人被折腾成这个样子，嘴里居然还在骂着："我操你妈的小日本！冤枉好人！伤天害理！早晚得不着好死！"

　　小野一皱眉头，两个日本兵就一个打脸，一个捶肚子，把那人打得"嗷嗷"直叫，嘴里顿时喷出一口血水来，一颗门牙裹着血糊糊掉在地上跳了几跳。就落在我的脚跟前。

　　我心说，操你妈的小日本，你们就这么糟蹋我们中国人呀！心口里一阵一阵的犯恶心。

　　小野盯着我的脸问："他的，是不是？"

　　我摇头，直想吐。

　　李穿石又跟了一句："你再仔细看看！"

　　我还是摇头，肚子里有股子酸水直往上冒，我强忍着。

　　就这样，那天一连看了四个被日本人抓来的嫌疑犯，我全是摇头。

　　小野耷拉着脸让我们出了门。

　　一出军营，我就忍不住"哇哇"地把早晨吃的稀饭、炸果子全吐了出来。

　　李穿石还纳闷问："哎，德宝，你这是犯什么病了？"

我一肚子火冲他都发了出来："你他妈的才有病呢！不是你当这个多嘴驴，我能到这个鬼地界来吗？"

李穿石还嬉皮笑脸说："这算吗？日本人也没打你骂你，你不也活蹦乱跳地出来了吗？"

那几个受了刑的中国人在我眼前直晃悠，我骂李穿石："什么叫算吗？看着那几个血糊流烂的大活人，你心里不折腾？你还算什么人吗?！你害我干这差事，不是让我造孽吗?！"

李穿石也不笑了，撇撇嘴说："那都是日本人抓的，我有什么办法？再说，小野既然让你来，你敢不来吗？得，得，今天中午我请你去吃烤鸭子，就算是给你压压惊。"

我没心思吃他的鸭子，赶紧往家走，李穿石在后面叮嘱我："德宝，回到家里，可别掌柜的问什么你就说什么呀，何苦让他多操一份心呢。"

这话倒是有道理，所以，回家之后，掌柜的忙撂下手里的买卖，问我去日本军营的经过，我就装着啥事儿没有似的说了一遍，掌柜的也就放心了。在那儿之后，小野又把我叫到海光寺军营去认罪犯，我还是个个摇头，他当然非常扫兴，但是拿我也没招儿。

那些天，我脑袋里净是日本军营里边的事，晚上做梦也是这段儿，梦见自己在日本军营里受大刑，回回吓醒了，都是一身的冷汗，心里头真是瘆得慌。小野一天没抓住那个刺客，他一天就不会让我清净，动不动就提拎我去那个鬼地方，去看他们怎么糟蹋中国人，这日子什么时候是个头呀？我就觉得头顶上就像有一把刀子悬着，随时随地都可能落在自己的脑袋上。真想找个知己的人说说，骂骂，心里也痛快痛快，可又不能说，如果怀玉在家，我一准要跟她叨叨的。有时想想，也真憋气，他妈的日本兵凭什么在我们天津卫驻着?不但活得挺滋润,还可以随便抓人、打人、杀人,中国政府也拿他们没辙?便忍不住问掌柜的,掌柜的叹气说,这说来话就长了,再问下去,掌柜的却不说了,还叮嘱我:"就你这张簸箕嘴呀,知道那么多干什么?还是踏踏实实做买卖吧。"后来还是怀玉说给我听的,我才知道天津卫那些租界和外国驻军是怎么来的,那是后话了。

过了几天,在饭桌上,当着全家人的面儿,喝了几口酒的陆雄飞怪笑着脸说:"德宝,听说你小子那天在海光寺军营里边见大世面啦?"

我脸"腾"的红起来,也不理他。

陆雄飞说:"嘿,你跟我犯什么气呀?是那个姓李的小白脸卖的你呀,有火冲他发去。我早就看出来了,他不是个地道种儿!"

洗玉当然不爱听,筷子磕的碗边"当当"响。

叠玉瞟了陆雄飞一眼:"吃饭也堵不住嘴呀?"

陆雄飞哪里怕老婆,接着甩话:"听说那场面吓得你快尿裤了?"

我忍不住说:"反正都是你们跟日本人掺和的,把我也拐带进去遭罪。"

陆雄飞说:"哎,好人孬人你可得分清呀,我跟日本人打交道是做买卖,他出钱,咱出力,可没丢中国人的脸。这些老爷子可是都知道的。李穿石跟日本人可就不一样了。他是溜沟子,舔眼子,哈巴狗一条!这号的人,谁跟他在一起谁就能叫他卖了。"

洗玉把筷子一摔,走了。

掌柜的突然冲伙房叫起来:"孙胖子,这菜是怎么炒的?咸的咸,淡的淡,没一个顺口的!"

大厨孙胖子赶紧跑过来问怎么回事,掌柜的又不再说什么,摆摆手让他去了。

陆雄飞这才不吭声,但是那顿饭就这么搅了。

在那儿以后,陆雄飞一再的在掌柜的耳朵边叨叨李穿石的不是,李穿石自然从洗玉那儿听说了。他生怕掌柜的变了主意,不愿意把洗玉嫁给自己,就托了市政府的一个姓马的税务科长来"恒雅斋"串门。马科长哼哼哈哈地明里说是检查税务,实际上是来给李穿石当撑腰的,掌柜的哪里敢得罪市政府的官呀,尽管对李穿石的为人心里还犯着嘀咕,但他跟洗玉来往的事儿便再也不好说二话了。

老话说,福不双至,祸不单行,真是一点儿也不错,小野这边事儿还没了,东北军的人又找上门了。那正是进伏的头一天,吃过了晚饭,一家人都在院子里纳凉,掌柜的逗着小开岁正开心呢,东北军的团长金一戈进了门,掌柜的忙叫我倒茶上烟,一边跟金团长寒暄着:"贵客,贵客,金团长怎么有空到寒舍来呀?是不是想踅摸点好玩意儿?"

金团长在客厅坐定说:"赵老板,不瞒您说,我今天不是来买东西的,是公事在身呀,听说你们家的伙计德宝见过一个要杀小野的刺客?"

一听这话,掌柜的脸上的肉皮儿就抽搐,忙问:"您怎么知道的?"

金团长说:"日本人都把德宝弄到海光寺那嘎瘩好几趟了,我知道算是晚的了。"

掌柜的问:"您打听这事是……"

金团长脸板起来说:"那家伙八九不离十是我部的一个逃兵,而且还是个杀人犯!"

掌柜的听了,狠狠地瞟了我一眼。我就别提有多么后悔了。我就这一多嘴,给掌柜的添了这么大的麻烦,真恨不能立刻抽自己几个大嘴巴子。

金团长说:"我想问问德宝,那个刺客长的什么模样儿?"

掌柜的叹了口气:"德宝,你就跟金团长说说吧。"

我就把两次见到那汉子的经过一五一十的跟金团长说了一遍。

听罢,金团长再三问那刺客的长相和特征,叮嘱我,如果再见到那汉子,一定要立刻报告给他。

金团长说罢了公事,才闲下话音儿跟掌柜的聊起玉器行市:"听说您新近从前清皇上那儿收进一批好玩意儿?"

掌柜的笑道:"看来我这里什么事也瞒不住您呀。"

金团长得意地笑了说:"天津卫就这么大点儿地方,日租界放个屁,英租界就听得见,您收了好玩意儿还不是为了卖个好价钱?我金某人今儿个能不能开开眼界呀?"

掌柜的本不想卖那几件玩意儿的,可金团长也是个得罪不起的主儿,他满脸是笑地说:"您今天就是不来,我也要哪一天专门把您请来看看那几件玩意儿呢,别看您是管枪管炮的,玩玉器您也是个地道的主儿。"

说着,掌柜的吩咐我将那几件从溥仪处收来的玉器取了出来,摆在桌上,还把每一件玉器的讲究一件一件讲给金团长听。

金团长看看这对玉鹅,又摸摸那只蟠龙玉环,当他捧起那只八仙玉壶后,就啧啧夸起来:"这把壶地道,实在地道!要是拿它盛酒喝上几杯,嘿!真是神仙!"

掌柜的问:"金团长喜欢这把壶?"

金团长笑道:"我喜欢不如我们长官喜欢,下个月我们副军

100

长五十大寿,我们兄弟几个正费劲儿琢磨呢,送个什么玩意儿让他高兴呢? 嘿,这把八仙玉壶冒出来的正是时候。我们副军长就好喝几口,跟他说这可是皇上喝酒的家什,您说他能不喜欢? ”

掌柜的说:“您真想要,我就给您配个锦缎的礼盒。”

金团长说:“那就叫您费心了,这价钱怎么说呀? ”

跟有身份的熟人做玉器生意,谈价钱是最微妙的工夫,你得先掂量买主为什么要买这件玉器,是自己要玩还是送人,是送平起平坐的朋友,还是要巴结上司。大凡自己玩的主儿,对价钱就抠得死性,能少花一个子儿就少花一个,如果是送人特别是送上司的,固然也要讲讲价钱,但是他主要还是图玩意儿对路数,能让受礼的人高兴,你死守着价码,他到头来总得点头掏银子。金团长就是这路的买主儿。

掌柜的说:“跟您做买卖,价钱好说,这八仙玉壶实在是个好玩意儿,别人要,少了三万我是不能出手的,可对您我不能出那个数,您过去关照我,日后还得靠您关照我,这样吧,不说多赚少赚,既然是孝敬副军长的,就要个吉利吧,这是八仙玉壶,就凑个八吧,一万八千如何? ”

掌柜的把话说到这分儿上了, 金团长就是想讨价还价也张不开口了, 他像是自言自语似的算计:“我们是六个弟兄凑份子,一六得六,三六一十八……”

掌柜的立刻补上一句:“这样,明说一万八,我实收您一万五,您那三千的份子钱不就免了。”

金团长乐了,说:“还是赵老板痛快,就这么着了,后天我来取货,一万五的现大洋,一个子儿也不会少您的。”

掌柜的把那八仙玉壶装进锦盒里,打好了包又问:“金团长还有什么吩咐? ”

本来这就是句送客前的客气话儿，不料金团长真的又张了口："吩咐不敢当，我在沈阳的老娘下个月过七十岁的生日，有什么合适的玉器玩意儿赵老板替我惦摸着，我呢，也尽尽孝心，让老娘也高兴高兴。"

掌柜的立刻说："没说的，七十大寿，可是个大喜的日子，过几天，我就给您信儿，保准让您满意。"

金团长说："哎，我话可说在前头，该多少银子就是多少银子。"

掌柜的笑道："好说，好说。"

送金团长出门时，掌柜的问他："那个刺客杀了什么人呀？"

金团长说："他杀了我手底下的一个营长，连我们张学良副总司令都惊动了，不抓着他，就没法子交账呀！德宝要是再见着那个家伙，可一定报告一声！"

掌柜的说："那是一定，那是一定。"

金团长一出了门，我喜滋滋地对掌柜的说："咱们'恒雅斋'财气旺呀，那八仙玉壶起码赚了一番的价钱。"

掌柜的瞪着我说："钱还赚的完吗？可是那稀罕玩意儿没了，再说，不是你嘴惹祸，叫金团长先拿抓人的公事压着我，今天我就跟他要两万八了。这可好，末了还得给他老娘赔上一件玉器过生日！"

说得我只能是低头吐舌头。

大概是怕跟洗玉的婚事儿叫陆雄飞搅黄了，李穿石趁着学校放暑假，把洗玉带到了大上海美美地玩了一趟，听洗玉说，在上海他们逛新世界，到"桃花宫"跳舞，看文明戏，还溜冰和打弹子球，又到电影厂里看人家电影明星拍电影，可是大饱了眼福。

本来掌柜的是不准洗玉去上海，按照天津卫的老规矩，没过门儿的闺女，是不能跟男方出去的。到了民国，老百姓婚丧嫁娶的风气渐渐开明，特别是受租界洋人熏染，年轻人搞对象来来往往也不算是什么新鲜事了，但是婚丧嫁娶的一些妈妈例儿在华

界特别是在老城里一带还挺讲究。掌柜的劝洗玉："平日你们出去逛租界，下馆子，看电影我从来没摇过头，可你一个大姑娘家的，跟一个男人千里迢迢的去上海，这成什么话了？传出去人家还不要说我们赵家没规矩？"

洗玉回嘴说："我们同学还有跟男朋友去香港玩的呢！"

掌柜的说："人家怎么着我管不着，你跟李穿石连订婚那一步还没走呢，怎么能一块儿到上海去？"

洗玉从小被宠惯了的，到末了，掌柜的也没能拗过自己的闺女，只好让平日里伺候老太太的丫鬟璞翠做伴儿，陪着洗玉去了上海。璞翠是五年前到我们家的。他父亲是静海一个破了产的小

商人，欠了掌柜的钱，实在还不起了，就把女儿送过来做丫鬟。人长得挺有模样，为人处事也颇乖。大概就是常在老太太身边的缘故，穿着打扮都比我们讲究。本来挺文静的一个姑娘，也慢慢生出几分傲气。对几个小姐，她倒是客客气气很是尊重。可对我她就是一副不卑不亢的样儿。对那些伙计、做饭的，便是带答不理的，很少来往，难得给人个笑模样。我最烦这号势利眼的女人，所以也不怎么答理她。

在去上海前，掌柜的再三叮嘱璞翠要照顾好洗玉，特别提醒她白天黑夜都得要一步不离地跟着洗玉。出一丁点的差错就拿她是问。璞翠连连点头都答应了。

洗玉去了上海，掌柜的身边就显得空落落的，他想趁去静海拉运玉器玩意儿的机会，去看看怀玉，可那一阵儿生意又特别的忙，脱不开身，他就叫我去一趟静海，顺便给怀玉送些吃的、穿的、用的。能去见怀玉，我自然满心的高兴，离开天津时，我还特意到娘娘宫街上买了崩豆、五香花生、瓜子，又到英租界那边买了洋人的糖，给怀玉捎了去。

怀玉住在静海胡家庄，那时天津卫像点样儿的古董店都在城内养着自己的工匠，专门修补古董，造假古董什么的。掌柜的从不准"恒雅斋"造假古董蒙人骗人，但他也养着一位原来在北京宫里内务府造办处专门琢玉的好手魏师傅，还有几位从山东聘来的工匠，买来便宜的高丽玉料和关外的新山玉料，照着那些好看好卖的古董，刻成仿古的玉器，卖给那些喜欢玉器古董，可又买不起真古董的主顾们。还琢一些如来，观音、十二属相、辟邪、麒麟等挂件，摆在"恒雅斋"卖，照现在的话儿说，就是卖工艺品。古董行里有一句话，三年不开张，开张吃三年，一件古董玉器一旦卖出手，那就不是个小赚头。卖工艺品虽说比不上卖真古

104

董赚钱,但薄利多销,一年到头下来,赚的钱补贴过日子总还是绰绰有余的。老太太娘家本来就有几栋空房子,工匠们在那儿干活儿,再有亲戚们照顾着,吃住都比在天津便宜,所以,"恒雅斋"的玉器作坊就安在了静海胡家庄。

掌柜的租了一辆骡车,天刚亮我就上路了,头晌午我就赶到了静海胡家庄,进了门,安排好装货的事,就到处找怀玉,却没她的影儿。

后脑勺上还甩着根花白辫子的魏师傅一边琢着尊玉佛,一边告诉我,怀玉到河边玩去了,我正要出门去找,她已经跑进了门。

怀玉一见了我,就欢喜地拉着我的胳膊使劲儿地摇,说:"德宝哥,你怎么才来呀? 这地方都快把我憋闷死了。该不是把我给忘了吧? "

我忙说:"哪能呀,家里的买卖太忙,掌柜的几次都想来,就是脱不开身呀。"

怀玉嘴一撇:"我爸来不了,你就不能来看看我? "

听她说这话,我打心眼里高兴,说:"我这不是来了吗。"忙着把从天津带来的零食儿给她捧了出来,她高兴地又是一叫,忙不迭地吃起来,一边问奶奶的身子骨好不好,问叠玉和洗玉都在干什么,问小外甥小岁胖了几斤。

怀玉在乡下呆了几个月,肉皮儿都晒得黑红黑红的,倒是比过去显得精神了许多,那一双墨黑似的眼珠子还是那样亮闪闪的有神儿。末伏刚过,天还热着,她穿着一件薄薄的蓝布衫,叫汗紧贴在肉皮儿上,身上每一处有弯儿的地方都清清楚楚的,本来就滚圆滚圆的胸脯,这会儿涨涨地更招人的眼神儿,羊脂玉似的脖子淌着亮晶晶的汗水儿,招诱人真想上去亲一口。

怀玉见我呆呆地瞅她,就纳闷问:"你怎么这么瞅我?"

我赶紧挪开眼神儿,说:"嘿,嘿,你都晒黑了⋯⋯"

魏师傅说:"这乡下野外没遮没挡的,细皮儿嫩肉的还能不黑?"

怀玉拿出自己正在雕琢的白玉麒麟挂件给我瞅:"瞅瞅,还行不?"

我仔细打量,麒麟的头已经琢好了,身子还没琢完,虽说手艺粗了些,可也像模像样了,就夸她了几句。

她说,都是魏师傅教的。

六十多岁的魏师傅头上还留着前清的辫子,平日里只跟玉打交道,跟人一天都说不上三五句话的,他夸怀玉说:"这孩子有灵性,要是好好地跟我学,日后可是把好手艺。"

听说我吃了晌午饭就回天津,怀玉就悄悄问我:"我爸说没说什么时候叫我回家呀?"

我说:"掌柜的恨不得你今天就跟我回去呢,可他不敢呀。你那件事儿还没凉下去呢,他怕日本人再找你的麻烦。"

听我这样说,她不再言语了,眼里含着泪。

我就拿好话安慰她:"妹子,再忍忍,到时候,掌柜的自然会接你回天津的。"

她把头一甩说:"其实这儿挺好的,吃的、喝的、玩的,城里都没法比的⋯⋯就是一个人在这儿闷得慌⋯⋯"

我说:"这样吧,我得空就来看你。"

她笑了,拉着我就往外走:"走,我给你逮个蝈蝈带回去。"

河边的地里种着大片的玉米,正是庄稼拔节儿的时候,往远处看,太阳底下,满眼都是油绿油绿的色儿。怀玉领着我进了齐腰深的玉米地,侧着耳朵听,果然就听见有蝈蝈叫,她顺着那声儿轻手轻脚走过去,一边张开两只手准备扑那蝈蝈,那蝈蝈也真鬼,人还没到,就扑棱着翅膀飞到另一棵玉米叶子上边。我赶过去逮,都碰到它的翅膀了,硬是叫它从指头缝里蹿飞了,落到了几步远的玉米叶子上,好像是故意气人似的,还"蝈蝈蝈蝈"叫起来。怀玉说,见鬼了,今儿个怎么也得抓住那鬼精怪的蝈蝈。她叫我在一边,她绕到另一边,我们两个张开四只巴掌去抓那蝈蝈,她喊"一,二,三!"我们一齐扑了上去,蝈蝈还是蹿飞了,偏偏那地上汪着水,脚底下一滑,我一个屁股墩摔倒在玉米地里。怀玉也滑倒了,整个都压到我的身子上,她"叽叽咯咯"的笑着,想往起了爬,脚底都是滑不跐溜的泥,刚刚撑起身子,"出溜"一下又倒在了我的身上。她软软的身子把一股子香喷喷的热气带给了我,虽然是隔着衣裳,自己的身子挨着女人身子的那种滋味儿,实在是太舒服了,特别是她鼓胀鼓胀的奶子压在我的胸口上,真让人恨不能一把抱住她干那事儿。

怀玉见我躺在地上发愣,叫:"哎,你摔傻了是怎么的?快把我拉起来呀!"

我这才爬起,把怀玉从地上拽起来。

她瞅见我脸上、身上的泥儿,又"叽叽咯咯"笑起来,再看自己身上也都是泥儿,笑得更厉害了。

看着她笑,我魂不守舍,忍不住地胡思乱想。

见我不乐,她就哄着我说:"得了,回头我一定给你抓个蝈蝈来,还不行吗?"

到了河边上,我对她说:"我这一身的泥儿,怎么回天津呀?我到河里涮个澡,你先回吧。"

她却说:"我也想到河里凉快凉快呢,平日里我不敢,今天你在就成了,我先下去,你给我放着哨儿,别叫人偷看呀!"

说着,她就拐到河湾子的槐荆丛里去脱衣裳,只听见她喊了一声:"德宝哥,给我看着点儿呀!"接着就是她扑腾到水里的声音。

　　我四下瞅瞅,大晌午的,太阳晒得头皮都发疼,哪儿有人的影子,就喊给她说:"没人,你就踏踏实实地洗吧。"

　　就听见那边河里扑腾水的声音更欢实了。

　　我靠在河堤柳树上,听着她扑腾水的声音,真想偷偷地瞅她一眼,说也怪,在家里她洗澡时我也偷瞅过,这会儿我却不好意思偷瞅上一眼,可又想,这可是千载难逢的机会,兴许这一辈子就没机会了呢,再想着刚才压在胸口上她那鼓胀鼓胀的奶子,脚底下就往河湾子那边蹭,隔着密密麻麻的槐荆条子朝河里瞅,正见她背朝着我这边,在河里扑腾着雪白的身子,我眼睛舍不得眨,只想等她转过身来,瞅瞅她那鼓胀鼓胀的奶子。

　　这时她又叫了一声:"德宝哥,你可别打盹呀!给我瞧着点儿!"

　　我像是小偷叫人家抓住似的,心口一阵乱捶,赶紧回到柳树下,应她:"……我瞧着呢……"真是做贼心虚,我的话音儿打心里就发虚。

　　一会儿的工夫,她从河里上来,穿上衣裳拧着水淋淋的头发走过来说:"德宝哥,你下去凉快凉快吧,我在这儿给你放哨儿。"

　　我"扑哧"的乐出声来:"我这大老爷们儿,还放哪门子哨呀!"

　　她也笑了,说先回去给我鼓捣饭,就一溜小跑回去了。她一走,我才觉得,真是一会儿也不愿跟她分开的,就在河里胡乱涮了涮,赶紧跑了回去。

吃过了晌午饭，骡车的把式催着上路回天津，怀玉也跳上车，一直把我送到村口岔道上才回去。回天津的路上，我就琢磨，回去想什么法子让掌柜的尽快把怀玉接回家去。

真是天随人愿，没过半个月，怀玉回家的机会就来了。

洗玉跟着李穿石在上海高高兴兴玩了半个月，拎着大包小包回了天津，她一回来就找掌柜的商量跟李穿石订婚的事儿，掌柜的说："你才十七，总得从学校里毕了业再成家吧？"

洗玉说："日后有穿石养着我，吃穿不愁，毕业不毕业有吗劲？再说了，订婚又不是结婚。"

见掌柜的还在犹豫，洗玉就说："爸，市政府里边有好几个小姐都在追穿石呢，您非得等人家把他抢走了才点头呀?！"

就这么着，掌柜的点了头，在七月的月末，洗玉跟李穿石订了婚。

天津卫人办婚事讲究最多，掌柜的特意跟老太太商量了，老太太说："就照老例儿办吧。"

老太太说的老例儿在天津卫又叫"妈妈例儿"，吗叫"妈妈例儿"？一句话，就是天津卫的老娘们儿闲着没事，把本来办起来挺简单的事儿，非要琢磨出个最啰唆的法子，把原本挺高兴的事儿，非要弄成叫人躁烦的俗套子。就说这订婚，必须是得先有媒人说合，媒人说合之前，男方女方必须先互通"小帖子"，男家在一张红纸四角写上"乾造大吉"，中间再写上男的生辰八字儿，拜托媒人送到女家去，女家也在红纸上写上女方的生辰八字儿，不过红纸四角写的是"坤造大吉"，再托媒人送到男家去。双方都把对家的"小帖子"压在灶王爷供板上香炉下面，如果三天之内两家都没有抬杠拌嘴、摔盆砸碗的事儿，就认定"一家之主"灶王爷对这门子婚事点头了。再请算命先生合婚，看看两个人属相犯不犯大相，吗叫犯大相呢？算命先生有成套的说法，"白马犯青牛，鸡猴不到头，蛇虎如刀错，龙兔泪交流，金鸡怕玉兔，猪狗两下勾，鼠羊一世仇。"若是属相不合，就是犯大相，即便是郎才女貌，门当户对也不能成婚。若属相相合，再看男女双方天干地支，五行是相生还是相克，若二人不相克，再批八字，看"乾造"是不是犯羊丑，"坤造"是不是犯阳官，互不相犯，才是合婚的最后一道门槛儿，算男女宫，看这门亲事是上等婚还是中等婚、下等婚。这五溜十三遭算出的全是吉字儿，亲事就能定下来了。

那时候，儿女婚事必须是得有媒人说合的，虽说洗玉跟李穿石是在开岁"洗三"酒席上自个儿认识的，到了订婚时，也得专门请个媒人到家里来说亲。李穿石请的媒人就是到"恒雅斋"来检查过税务的马科长，他亲自登门给李穿石提亲事，掌柜的还能不笑脸相迎？见女家应了，李穿石立马把在南通的继父接到天津，跟掌柜的见了面。因为男家是南方人，李穿石又有政府官员的身份，就没一板一眼的按"妈妈例儿"办事，在酒席上双方换了小帖子，把各家孩子的生辰八字儿晾出来，请来了算命先生赛诸葛合两人的生辰八字儿，看是不是般配。洗玉是民国二年生的，也就是癸丑年牛的属相。李穿石是清光绪三十年生的，是甲辰龙的属相，照卦书上说的，这龙牛相配本来是犯冲的，可是赛诸葛合了八字儿却说是郎才女貌，相生相济，富贵荣华，白头到老。

掌柜的事先也翻过卦书，他问赛诸葛："那书上不是说'龙娶牛，难长久，牛配龙，富变穷吗？'"

赛诸葛捻着胡子摇头发笑："天下属龙属牛的男男女女数不胜数，命数、运数更是千般万般的不同，而书只是一本，若照书上的只言片语岂能通了个中玄妙?两人若是一般人家,其实是不宜相配的。属龙里有温情之龙、怒性之龙、行雨之龙、伏潭之龙、天上之龙。这男方是甲辰龙,乃是天上之龙。他偏偏又是个做官的,日后必定是个飞黄腾达的运。这属牛的也分海内之牛、湖内之牛、栏内之牛、路途之牛、圈内之牛。女方是癸丑牛,乃是圈内之牛,明明就是个有人伺奉,吃喝穿戴吗也不愁的命。男方名字里有个石字,女方名字里有个玉字。有云:石里藏玉,必有贤妻。再看五行,男方五行属土,女方五行属木,土生木,这就是个夫贵妻荣的搭配,说是天作之合是一点儿也不为过的!"

有了赛诸葛这一番说道,合八字的事儿,当然也就皆大欢喜了,后来才知道,是李穿石托警察局的朋友找到赛诸葛,先给了十块现大洋,又撂下一句话:宁拆十座庙,不拆一门婚,李穿石先生的婚事成与不成都在你怎么批八字了。开卦相馆的赛诸葛哪里敢得罪警察,况且又拿了银子,他那张把死人能说活了的嘴自然就成全了这门子婚事。

趁着老爹在天津,李穿石赶紧着要把送大帖子和下聘礼的事儿办妥,选了个吉日是阴历六月二十二。

趁着喜日子快到了,我就跟叠玉和洗玉念叨怀玉回来的事儿,把她在那儿怎么憋闷,怎么想回来都添油加醋的说了一通,姐俩就一块儿找掌柜的念叨。劝掌柜的把怀玉从静海县接回来。

掌柜的何尝不想怀玉守在身边,只是怕她回到天津再招惹什么麻烦,没点头。

洗玉说:"爸,咱们这热热乎乎的过日子,您让二姐在静海憋闷了都好几个月了,她遭不遭罪呀?您也别太心狠了。"

掌柜的叹气:"你们以为我愿意呀?当初不把她送到静海去,说不定连命都没了!"

叠玉说:"看样子那事儿也过去了,听雄飞说,那个日本人小野也没再提怀玉的事了。"

洗玉又说:"怎么着也是我的好日子,二姐不在跟前,这算什么呀?"

经不住两个闺女的左说右劝,掌柜的软下心来,说:"怀玉要想回来,她必须得应我一句话,就是再也不准掺和那些政治上的事,没我点头,决不准出大门一步,答应,就回来,不答应,就别回来!"

我赶紧说:"怀玉在那儿跟魏师傅学徒呢,琢玉都上了瘾,我看回到家来她心思也还得在玉上。"

姐俩又拍着胸脯替怀玉打了保票,掌柜的总算是点了头。嘿,当时我心里那高兴劲儿就甭提了。那天吃的是炸酱面,我一连干下去五碗,做饭的师傅都瞧傻了眼。

第二天,叠玉就叫陆雄飞借了辆轿车,亲自到静海县胡家庄把怀玉接了回来,路上,叠玉把掌柜的话学给妹妹听,又翻来覆去地劝了,大概是在乡下的几个月确实是磨软了性子,怀玉想了一阵儿,就应了掌柜的条件。

怀玉一进家门,洗玉就高兴地抱着姐姐"嗷嗷"的欢叫,看见家里人,怀玉起先还绷着,一声爸爸刚刚叫出来,泪珠子就"叭嗒叭嗒"地掉下来了。掌柜的应着声,也红了眼圈,忙叫怀玉去楼上见奶奶。

怀玉一进门,我就想凑到她跟前去说句亲热的话,可是一看见她,我的嗓子眼就发干,腿脚就发软,刚刚说了两句话,楼上就奔下来了璞翠招呼怀玉。说是老太太急着要见她。怀玉这又匆匆上了楼。

好半天,怀玉才跟老太太说过了话,下了楼,没等我凑上去呢，她又急着把从静海带回来的鲜黄瓜、洋柿子分给叠玉和洗玉，姐儿几个说着话，她又拿马莲草编的蛤蟆逗小开岁玩，直到待她放下了开岁，我才得机会跟她脸对脸的说上话："回来了……"

怀玉笑了，拿出一只蝈蝈笼子："德宝，看，这是什么？"

我定神一瞧，原来里边有一只翠绿的大肚子蝈蝈，一下子让我想起那次在胡家庄跟她一块儿逮蝈蝈的事，心里"扑腾、扑腾"地跳起来。

怀玉鼓起润红的小嘴朝蝈蝈轻轻吹了口气儿，那蝈蝈就抖起翅膀"蝈蝈蝈蝈"的叫起来，那声儿真好听，从耳朵里灌进去，直往胸口里边钻。

怀玉笑着说："这声好听是不是？"

我连连点头："好听，好听！"

怀玉说："拿着，给你了。"

我有些结巴："……真的给……我了……"

怀玉说："我欠你一个蝈蝈嘛，哎，你可得好好伺候它呀，不能把它养死了。"

我忙说："你放心，我……就把它当我的爷供起来，行不？"

听到这话，几个小姐都笑起来。

打那起，我真的尽心尽力地伺候那蝈蝈，把它挂在我睡觉屋的窗户上，鲜大葱、鲜黄瓜勤着喂，到了晚上，往炕上那么一躺，一边听着蝈蝈唱歌，一边想着跟怀玉一块儿在草地里逮蝈蝈的前前后后，那真是个享受啊！天太闷热时，我就拎着那蝈蝈上到二楼顶的平台上，叫那小东西过过凉风儿。

回来的转天，怀玉就跟掌柜的商量："爸，我几个月没上学，功课都快忘光了，您不能不让我去学校呀。"

掌柜的摇头："学校现如今就是个惹事的地方，还是不去的好，再说了，你们女孩子能识文断字就行了，就是再大的学问，往后还不是图嫁个好人家，穿衣吃饭？"

怀玉脸上泛红："您扯到哪儿了呀？"

掌柜的说："这是大实话嘛。"

怀玉拧着眉毛说："那我也不能总呆在家里干坐着呀！"

掌柜的说："还愁没事干呀？库房里的货早就该清理清理了，叫别人干我还不放心呢。"

库房就在掌柜的睡觉那屋隔壁，大门是托英租界开"英伦家具店"的惠灵顿先生找的德国师傅特制的。德国人做的钢铁家伙任何人是比不了的，足有上千斤的钢门，打开，合上，竟然没有多大的声响，那门一关上，门缝儿严丝合缝儿，一张纸薄不薄？可也插不进去。别管什么家伙也甭想撬出个缝来。锁心儿是卧在门里边的，钥匙插进去，还得转密码轮盘，对着密码左右来回转三圈才能打开。那时候，天津卫和北京城都有过古董店被歹人劫抢的事，所以掌柜的对库房格外地留心。平时，库房的钥匙都是拴在他自个儿腰上，"恒雅斋"的伙计一律不能沾库房的边儿，就连女婿陆雄飞也不能往里边迈腿，全家晚辈人里，只有我能进去，可也得掌柜的亲自开门锁门。掌柜的破例叫怀玉进库房，就为了稳住她的心，不要她再出去惹祸。

当下，掌柜的就打开后院的库房，指着货架上一排又一排的玉器对怀玉吩咐："这些玉器古董都得分门别类地重新造册，不明白的就问德宝，再不明白的问我。"

怀玉头一次进库房，她睁圆了眼睛叫："哎哟，爸，原来咱们家还有这么多的宝贝呀？！"怀玉本来就喜欢玉做的玩意儿，猛一见那么多好玩意儿摆在那儿，高兴得不得了。

114

见怀玉这样喜欢,掌柜的也笑了:"你们姐三个,就你跟玉有点儿缘分,喜欢就天天来,好好琢磨琢磨这些玩意儿,不光是长见识,还能长你的灵性呢。"

怀玉学着掌柜的样儿说:"知道,玉嘛,先是一个温字儿,再是一个润字儿。"

掌柜的被逗笑了:"你要是早悟透这两个字儿,还能吃那么多苦头?"

怀玉撇嘴笑了。在乡下闷了几个月,她确实学乖了,再不跟掌柜的强嘴,一连着多少天,她都泡在库房里边摆弄玉器玩意儿。见她这样,掌柜的也就松下心来。

玉这玩意儿,不但越玩越招人喜欢,而且里边的学问也忒多,就像一汪子没底儿的水,人一掉进去了,就情不自禁地往里边扎,越扎越深,越摸不着底儿还越想往下面扎,直到把你这一百多斤身子全搭进去,把你这一辈子时光全赔干净,你还不知不觉呢。那些天怀玉真是着了迷了,一件玉器一件玉器的摆弄、琢磨,还在本子上写写画画。一天,趁她不留意,我翻开她的本子看,见她把每一件玉器都画在了本子上,画得还挺像,画的边上还写着些字儿,头一页,在画的玉佛旁边,她写着几个字儿:"玉的本质,温?润……"还没来得及往下看,她就一把抢过了本子,骂我不该偷看她的秘密。

我逗她说:"只看见一个'温'字儿,一个'润'字儿,这是掌柜的天天挂在嘴边上的话儿,也算秘密呀?"

她让我说说那两个字儿究竟是什么意思。

我说:"这温嘛,就是温温乎乎,不冷也不热不远又不近的意思,那润嘛,就是湿湿乎乎,没棱没角可在什么地方都能喘气儿,什么东西都能渗到里边去的意思。"

她想了好一会儿说:“你说的有点儿道理,但也不全对。”

我不服气:“那你说给我听听。”

她沉了一会儿说:“我还没琢磨透呢。”

那些天怀玉就是一门心思的琢磨玉,连学校同学来找她,她都没心思跟人家说长话儿。天天能跟她一块儿说玉器论古董,真是件高兴的事,最叫我高兴的还是听见怀玉在库房里叫我的声音:“德宝,你来一下!”

甭管我手里干着什么,我立马大声应着,一溜小跑奔进库房:“妹子,我来了,什么事?”

她指着玉器玩意儿问这问那,我就可着劲儿地应对她,她圆溜溜的眼睛一会儿瞧着我,一会儿又打量玉器,一绺头发耷拉在她的脑门边上,柔柔的飘来飘去,她挨着我是那么的近,身上那股带香味的热乎气儿烘着我的脸,叫人打心底下生出一股劲儿,想紧紧地抱她,亲她,但是我不敢,实在是不敢。虽说掌柜的把我当亲儿子看待,可我心里明白,在这家里,我跟几位小姐不一样,说话,干事儿都得有个分寸,掌柜的待我太仁义了,我不能做对不起他老人家的事,想起从前偷看小姐们洗澡的事,我就有一种犯了罪的感觉,所以,每次对怀玉有非分的念头,我总能自个儿把浑身上下的那团火强压下去。

见怀玉也进了库房干活儿,陆雄飞心里不是滋味,我听见他对叠玉叨咕,怎么你爸让怀玉进库房,为什么不让你进去呢?都是亲生的闺女,还有薄有厚吗?叠玉说他,你怎么净往歪里想呢,爸是怕怀玉再出去惹事儿,才叫她进库房帮忙,好拴住她的心。陆雄飞才没了话。

那天,我跟怀玉正在库房里干活儿呢,陆雄飞闯了进去,一开口就是酸不拉叽的话:“哟,德宝,有二姨陪着你,干活儿特别的有劲儿吧。"一边说着,一边还拿眼神在库房里瞟来瞟去。全家人都知道,陆雄飞一直惦记着掌柜的家业,他早就跟人家说过,掌柜的没儿子,将来接管"恒雅斋"家业的当然就是他这个当大女婿的。

掌柜的自然明了陆雄飞的打算,对他也总是有几分戒备,他说过多少次,除了我和怀玉,没他点头,家里任何人是不能进库房的,所以见陆雄飞冷不丁进了库房,我立马说:"大姐夫,掌柜的规矩您是知道的……有话我跟您到外边去说,掌柜的要是瞅见了,我们就为难了。"

陆雄飞脸上讪讪的,停了步,说:"对,对,别叫你们为难……"他一边往外走,一边念叨酸话儿:"我走,我走,别耽误你们办事儿。"

怀玉并不明白"办事儿"的真正意思,我怕她生气,也装作没事一样。后来陆雄飞见着我又说:"德宝,怎么着?怀玉那一对大奶子摸了没有?"

我通红着脸瞪他:"你说的吗呀?"

陆雄飞"嘿嘿"笑:"小子,你别装蒜了,你打你是个坐怀不乱的主儿呀?鬼才信!"

偏偏的,就叫陆雄飞说着了,面对怀玉这样的美人儿,我真是没法控制自己。

那天下午,怀玉又在库房里叫我,我赶紧跑过去,见她手里托着去年从陕西古董贩子手里收来的一件叫玉鸟的玉器问我:"德宝,这是什么?有什么讲究?"

我心一跳,她怎么问起这个?我怎么应答呀?

这玉鸟就是一根玉棒儿,上边刻着鸟头、鸟身,其实就是古人拿玉石雕的男人的老二,听掌柜的说过,古人把生儿育女,传宗接代当做最大的事儿,家里供着这玩意儿,传说男人就金枪不倒,儿女成群。人死了,就一块儿埋进棺材里,带着它转世投生,来世还是个能生孩子的主儿。怀玉手里的这玩意儿,就是人家从古墓里挖出来的,起码是商朝以前的宝贝。

怀玉问:"你倒是说呀,这像擀面杖似的,也是什么宝贝吗?"

我含含糊糊应了一句:"这是……男根……"

怀玉还问:"南根?什么南根北根的?"

那天特别热,怀玉就穿了件没领绣花薄纱的小褂,太阳从门口斜照在她的身上,仔细看都能见到她的里边兜奶子的罩罩。我的心口乱撞起来,非分的念头又拱了出来,我直盯着她的眼睛,故意把话说得特别地明白:"不是南北的南,是男女的男,男根,就是我们男人身上有,你们女人身上没有的东西。"

怀玉这才醒过味来,一团火"腾"的就烧上了脸,像是烫了手似的扔下那玉鸟,跺着脚骂我:"该死你德宝!该死你德宝!"

我笑着逗她:"怎么我该死?是你紧着问我的呀。"

她两个小拳头一个劲儿地捶在我身上:"你坏!你坏!"

我挺在那儿不动弹,任她捶任她打,心里是从没有的舒坦,一股子热气儿在全身上下翻腾着,人像是醉了酒,晕晕的。

她捶打了一阵子也就停下拳头,站在我面前喘粗气儿。

也不知道从哪儿来的邪胆,我一下子把她紧紧地搂在怀里,自个儿的脸使劲地贴着她的脸,接着就没命的亲她的嘴,整个人就跟驾在云里似的,软软的飘呀,飘呀……打娘肚子出来,我就从来没尝过这种滋味呀。

怀玉大概是叫我弄傻了,僵在那里不动弹,过了一会儿,她的两只手才推我,一边抖着声音说:"别,德宝,别这样,你吓着

118

我了……"

我立马的从云里掉了下来，才知道自己干了什么混账的事儿，整个脑袋就像罩在一口大钟里似的，"嗡嗡"震响，看着她惊慌的眼神儿和乱头发，心说，妈的，赵德宝，你小子惹大祸了！我差点儿给她跪下，说话也是颠三倒四的："妹子……我犯浑了……你饶了我吧……"

她转过身，一边喘着，一边梳拢着头发。

见她不说话，我心里更打鼓："妹子……是我犯糊涂……饶了我吧……千万千万别跟掌柜的说……求求你了……"

她好一会儿才转过身，板脸说："下回你还敢这样不？"

我连连说："再也不敢了……你千万千万别跟掌柜的说……求你了……"

她不吭声，打量着我，脸上露出可怜别人时才有的模样，冒出一句话来："傻小子！"说着，她就向门口走去，还叮嘱说："记着关门。"

我赶紧喊："妹子，千万千万别跟掌柜的说呀!! "

她头也没回，甩下一句话："要说你去说，我才不去现那个眼！"

怀玉一走，我两条腿软得一下子坐在了地上，脑子里胡乱翻腾着，直到听见掌柜的走过来的声音，才勉强打起精神站起来。

一连几天，我心里都像揣着只兔子，生怕怀玉跟掌柜的说了什么，最怕全家人围着桌子吃饭的时候，看见怀玉我就脸红，眼睛不知往哪儿放。掌柜的一喊我，就立马想是不是那件事他知道了?也怕怀玉跟叠玉和洗玉说了什么，所以见到她们我也是胆突突的，不得安宁。

掌柜的问我："德宝，这两天你是怎么了，魂不守舍的？"

119

"没怎么呀？我……牙疼……"我应对着过去了，心里倒踏实些了，心想，掌柜的要是知道那事儿，是绝对不会这样问我话的，看来，怀玉没跟别人说，她是不是也真的喜欢我呢？

　　那个怕劲儿过去之后，心里就像放电影似的，又把那天在库房里出的事一遍又一遍的在脑袋里翻腾个够。真真的想不到，平日她是那么的犟脾气，都敢跟日本人较劲儿，可她身子却是那么的柔柔软软的，抱在怀里，就是一汪子水，一朵子云，就是石头铁也都能化在里边。还有她那嘴唇儿，怎么就那么暖，那么烫，暖得人要晕过去，烫得人要醉过去。老书上写美人那句词儿"温香软玉"，我真真的是尝到味儿了。每天只要躺在炕上听见那只蝈蝈叫，我心里就一劲儿地发烫，就恨不能立马去搂抱怀玉，亲她那又暖又烫的嘴唇儿，压在她身上撒欢儿。不过又立刻警告自己，你小子可不能再犯浑了呀！哪一天掌柜的知道了，立马把你赶出赵家的门，可是没卖后悔药的！从那儿起，心里就长出了两个小人不时闲地打架，把原本安生的日子搅得乱糟糟的。

　　六月二十二那天，是李穿石家下聘礼的日子，掌柜的特意从里到外换上一身新衣裳，灰色的熟罗长衫，外罩一件靠纱马褂，下边是方格纺绸裤子，头上戴顶小结子瓜皮帽，显得年轻了不少。

　　上午九点半，请的亲戚们都到了，赵如璋那一大家子自然是少不了的。掌柜的亲自把老太太从楼上搀扶下来，在堂屋正座上坐定，又招呼叠玉和怀玉，除了洗玉不能露面，全家人都到堂屋聚齐了，我也早早地换上外场穿的新蓝布长衫，忙活沏茶倒水等事儿。

　　陆雄飞本来就不高兴这门婚事，没想到居然成了。他托词码头上有麻烦，早早地躲出门去了，掌柜的心里明白，也不计较，随

120

他去了。

十点还没到，守在门口的伙计跑进来说，男家开着洋轿车，奔家门口来了，掌柜的忙吩咐吹鼓手在大门口吹奏起来，除了老太太，全家都到门口迎候。热热闹闹地把证婚人马科长和一伙子抬礼盒的"全可人"迎进了堂屋。吗叫"全可人"？就是有儿有女，父母都活着的女人。天津卫"妈妈例儿"讲究，有儿没女或是有女没儿的不能帮人家操持婚事儿，有儿有女但是儿女缺胳膊少腿或是聋子瞎子的也不行，父母少了一个的也不能操持人家的婚事儿，若是操持了，就是大不吉利。所以必须找"全可人"才可能吉利，圆满。

客人们向老太太行了礼，马科长又跟掌柜的寒暄了一番，就大声说："男家女家换帖子。"

男家的"全可人"端出红漆盘子，掀开绣着龙的大红褡子，就是那合婚的喜帖子。媒人取过，双手递给了掌柜的，掌柜的也把女家的"大帖子"双手递给了媒人。"大帖子"是大红纸做的带封套的八折简，封套上面左边印着金龙，右边印着金凤，中间写着"龙凤呈祥"四个金字儿，男家的叫龙帖，女家的叫凤帖，里边的八折简首面都写着"订婚证书"四个字儿，第二面就不一样了，龙帖写着"敬求金诺"，凤帖写着"谨遵台命"，后面每一页写的字儿都有特别的讲究，要是仔细讲来，可得啰唆半天。

换罢大帖子，男家"全可人"又端上来漆盘，里边是天津卫有钱人家下聘礼必有的金钏子、金镯子、金簪子、金耳环，这叫四大金，是主礼，还有副礼，那是龙凤祆、凤冠霞帔，镶宝石的镯花，钻石戒指等等。

媒人大声念着礼单，便招呼"全可人"们把那聘礼一一摆在当屋的八仙桌上，让女家众位一一过目。

说实话，这比起当年陆雄飞与叠玉订婚时的聘礼可是体面多了，老太太手拢在耳朵上仔细听着，脸上满是笑，别看掌柜的脸上没什么反应，但只要老太太高兴，这份聘礼肯定是收下了。

　　赵如璋对我们掌柜的家里的喜兴事儿，一向是红着眼睛斜看的，所以，满大屋子的人都说说笑笑，只有他绷着个脸，像谁欠他两吊钱似的。他的媳妇更是个气人有笑人无的主儿，她开始是绷着脸不笑，可是看见那些金晃晃的聘礼晾出来，她就睁大了眼珠子，馋馋的忍不住用手摸这个，摸那个，喜欢的不得了。赵如璋捅了捅她的腰眼儿，她又立马绷起了脸，指着聘礼说些挑理儿的话："这金货都是'天兴德'的吗？上面的雕花儿也不那么细密呀？这镯子分量倒是挺沉，可就是笨了点儿……"

　　媒人一招手，一个"全可人"又端上一个印着日本文的盒子，打开来一看，是一部日本造的电话机，还说，这是李穿石托人专门从日本国捎来的，是最先进的电话机，而且已经跟电话局商定妥了，只要招呼，一两天电话线就接过来，装上电话就可以跟全天津卫甚至全国有电话的地方讲话。媒人最后几句话把掌柜的都说乐了："李穿石托我捎话说，这电话机是孝敬给老太太和赵掌柜的，'恒雅斋'的生意本来就是红红火火，享誉天津卫，再装上电话，消息就更灵通了，生意就更旺了，'恒雅斋'的名声就会传到全中国，也会传到东洋和西洋，正应了那句话，生意兴隆通四海，财源茂盛达三江！"

　　李穿石真不愧是喝过洋墨水的，说出话来就是讨人喜欢。

　　掌柜的笑着，连连打拱："彼此，彼此！"

　　前来的亲戚朋友都向老太太和掌柜的说道喜的话儿，照例儿要给道喜的人发喜钱，我照掌柜的吩咐的，一人一份的发了喜钱，喜钱要成双，每个红包里都装了两块袁大头。

赵如璋和他媳妇说道喜的话儿时，透着一股子酸酸的劲儿："恭喜啦，恭喜咱们佟女找了个会说东洋话的女婿，往后日本人肯定的要关照'恒雅斋'的买卖了，往后就等着发洋财了。"这话后面的意思就是说，掌柜的快跟日本人穿一条裤子了，这在当时的天津卫就是一句骂人的话。

我气得直瞪那小肚鸡肠的两口子，掌柜的装作没事一样，还吩咐给他们家每人一份儿喜钱。

一见我手里的红包，赵如璋的四个姑娘、儿子"呼啦"一下围了过来，八只巴掌在我的眼皮儿下一劲儿抓挠，加上赵如璋两口子的，这一家就拿走了六份喜钱，十二块袁大头。

那天下聘礼的场面热热闹闹，喜喜盈盈。吃饭时，掌柜的说："男家是南方人，跟天津卫的风俗不一样，咱们就不必事事照'妈妈例儿'了，干脆，把亲家爹和穿石都请过来喝酒吧，顺便儿也把完婚的日子定下来了。"

李穿石和他的继父高高兴兴地很快就到了，在酒席上，把"赛诸葛"掐算的成婚日子对亲戚朋友宣布出来，那天就是阴历九月二十，阳历是十月三十，都是双日子。李穿石的继父跟掌柜的约定，到那天大喜日子，两家成一家，他再到天津跟掌柜的喝个一醉方休。那天的酒喝得特别喜兴，掌柜的还破例让我多喝了几盅。

怀玉喝了一杯红酒，脸上红润润的，大眼睛里还汪着水儿，格外地迷人。

李穿石给娘家人敬酒工夫，洗玉悄声问怀玉："二姐，你看穿石还行吧？"

怀玉说："小白脸，能说会道的，可心里头怎么着，你还得好好咂摸咂摸。"

洗玉撇嘴："哎,人家可是救过你的,还说这挑眼的话儿?"

怀玉说："救我我领情, 可跟他过日子是你一辈子的事儿,我当然要说实话。"

叠玉说："我看不赖了,比我们那口子强多了,小妹这辈子算是有福了。"

洗玉说："是好是赖我就这么着了,往后,就看二姐找个什么样的白马王子了。"

怀玉苦笑："我都成了天津卫大名鼎鼎的闹事分子了,谁还敢要我?"

洗玉笑道："谁说的? 二姐的模样儿可是没挑的,连那个刺客见了你都看傻了,手里的枪都拿不住了。"

怀玉捶了妹妹一下："死丫头,乱编排我!"

洗玉说："怎么是乱编排? 德宝也看见的, 你说是不是德宝?"

那工夫我正傻呆呆地望着怀玉出神呢,洗玉突然问我,我一激灵,手里的筷子竟掉在了地上。

洗玉就指着我叫："对,对,那刺客当时就是德宝这眼神儿!二姐是人见人迷呀!"

我的脸"腾"的火烧火燎,赶紧猫腰拾筷子,躲过众人的眼神儿,自打我在库房亲了怀玉,总怕叫别人看出什么漏儿来,正应了那句老话,做贼心虚。

怀玉可像是啥事儿没有,她扯着洗玉灌酒："死丫头,喝了酒就胡咧咧,干脆叫你喝个够!"

洗玉哪里肯喝,躲又躲不过,便喊李穿石过来救命。李穿石冲怀玉说好话,要代洗玉喝酒,怀玉说,乱嚼舌头应当罚三杯,代喝酒三杯当一杯,李穿石乖乖地喝了九杯,这才算是解了围,惹

124

得全家人笑个不停。

饭后，掌柜的对叠玉说，只可惜雄飞没赶上今天这个喜兴场面，日子嘛，就该这么过。待李穿石一家人都走了，掌柜的又在当院里抖起闷葫芦，自打年轻的时候掌柜的就抖得一手漂亮的闷葫芦，后来当了家，起早贪黑地忙生意，就很少见他玩闷葫芦了。只见他两只手轻轻几下抖动，那闷葫芦就飞快地在线绳上转起来，接着发出"呜呜"的响声。抖着，抖着，掌柜的双手一扬，将闷葫芦高高地抛上半空，然后又轻轻地将那玩意儿接落在线绳上，继续发出悦耳的响声。全家人都使劲儿地拍着巴掌。那真是全家人少有的一个开心的日子。

下聘礼的第二天，电话机就装上了，按掌柜的意思，装在了"恒雅斋"铺面里，一来联系生意方便，二来进进出出的客人见了也是个体面玩意儿。那电话机说话的筒子钉在墙上，听话的筒子可以对在耳朵上，旁边还有个摇把儿，想用电话了，摇一摇把儿，里边就有人问你要什么号码，报过了号码，一会儿工夫，就能跟那边的人说话了。电话局还白送了一本电话号码册子，上面印着天津卫各家电话的号码，我们家这部电话号码是3688，照现在的说法，这可是个大吉大利的数儿。其实，在天津卫一些大户人家，早就装上电话了，论掌柜的家产，也不是装不起，以往只是觉得那玩意儿没多大用处，用掌柜的话说，老祖宗没电话，不也照样过日子吗，但是真的使上电话，你才知道它是个好玩意儿。

掌柜的头一个电话是打给"静园"的刘宝勋的，告诉他"恒雅斋"装了电话，今后有事，只管打电话来。也真是巧了，没过几天刘宝勋就打来电话，说是有话要跟掌柜的说，一旦得空儿，他就到"恒雅斋"来。

放下电话，掌柜的高兴得一劲儿搓手心，他说："这玩意儿还真的是灵便,人不见面儿,买卖就来了,早知道就装一个了。"他又让我给平日有来往的主顾和关系不错的商号打了电话,将"恒雅斋"的电话号码告诉了人家,还特别叮嘱给英租界的惠灵顿先生说一声。

　　紧接着,日租界张公馆的薛小姐也打来电话,掌柜的赶忙接过电话筒,薛小姐说,过几天张公馆招待客人,她要上台唱戏,请掌柜的和全家人前去赏光,掌柜的连连点头谢了。放下电话,他又情不自禁地叨念:"真亏得李穿石想得出来,送了这么个灵便的玩意儿,往后什么事也耽误不了啦。"看得出来,掌柜的真是打心眼里想听薛艳卿的戏。

立秋后的第三天，晚上九点多，"恒雅斋"都关门了，"静园"的刘宝勋晃晃荡荡地进了门，掌柜的忙请他坐下，让我沏了一杯上等的茉莉茶端到他的跟前。

刘宝勋身上总有一股子臊味儿，稍挨近他那味就能呛人个跟头。掌柜的后来告诉我，太监因为那个老二被齐根儿割拉下去了，撒尿时就特别不得劲儿，免不了哩哩啦啦地湿裤子，勤洗着还好，若三两天不洗涮，臊味就呛鼻子了。

掌柜的指着刘宝勋脸上一块紫青地方问："哟，刘总管，您

第九章

……这是怎么着了？"

刘宝勋打了个愣，摸了摸脸，委屈地一笑，说："哎，当差不容易呀……赵老板，这会儿咱就想喝一口，成不？"

掌柜的忙说："嗨，这不是现成的嘛！德宝，快把那瓶茅台拿出来，厨房有刚炸的花生米，再去对面'烧鸡李'弄两只童子鸡来。"

待我买烧鸡回来，刘宝勋已经就着花生米喝上了，先是掌柜的敬他喝，后来也不等掌柜的敬，他自个儿就一杯连一杯灌酒下肚，就像跟谁较劲似的。一会儿，酒劲儿上来，他的话匣子就打开了："都以为伺候皇上是个美差，我们遭的那个罪谁知道？您看

我的脸就吓一跳了是不？您还没见我这身上呢。"

说着，刘宝勋就捋起袖子，给掌柜的看，那胳膊上尽是拿火头烫的糊疙疸疤，有一两处还是新伤，汪着脓水，我不由得倒抽一口凉气。

掌柜的问："您这是……"

刘宝勋说："皇上一不高兴，拿谁出气儿？还不是跟我们！前一阵子，那个关东军的特务叫土肥……土肥原贤二的，来撺掇皇上去关外，弄一个什么满洲国，还让当皇上，那个小野也隔三差五地来煽呼，皇上也就当真了，一劲儿念叨立马就想奔关外去。可是日本领事不点头，东北军的人也紧盯着他寸步不离，他就憋得在屋里蹦高，骂娘，再急了，就拿我们的身子骨解气呗。"

掌柜的忙叫我拿来药水给刘宝勋抹上，说："看样子这是刚烫的？"

刘宝勋叹气："嗨，也怪我不仔细，自个儿招来的，关外的什么鸟亲王给皇上捎来一包东西，皇上就跟见了宝贝似的，拿黄缎子包着，天天冲着它烧香磕头，我也是手欠，偏要偷偷打开看……你们猜是什么玩意儿？"

我跟掌柜的摇头。

刘宝勋说："嗨！原来就是一包黄不叽黑不叽的土面儿，我一不留神还洒在地上了，皇上知道了，火发得可邪乎了，眼都气红了。我才知道，那一包是东三省的土，皇上说东三省是大清国的发祥之地，他供着那包土，就是惦记着再回东三省去重振大清国的威风，可是叫我洒在地上，太不吉利，还不狠狠地罚我？"

掌柜的听了这话，自然不好褒贬什么，只是说："您伺候皇上嘛，自然是太费心，太辛苦，难免有不顺序的时候，您在天津卫又无亲无靠的，只要您不嫌弃，往后有什么不顺心的，您只管到

128

这儿来,别的我帮不了,可在这儿,好酒保证管够,有什么憋闷话,只管在这儿说道。"

刘宝勋眼圈发红,说:"成,有您这句话,我心里头就舒服多了。"

刘宝勋出门时,掌柜的特意嘱咐刘宝勋:"刘总管,今天的话,哪儿说哪儿了,我就当您吗也没说,您就当我吗也没听见。啊!"

刘宝勋拍着掌柜的肩膀说:"嘿,还是哥哥想得周到。"

刘宝勋走了,掌柜的又叮嘱我:"那个太监说的话,你可得烂在肚子里呀,传出去可要掉脑袋的。"

我自然记着以前多嘴的教训,忙点头答应。

打那儿起,刘宝勋只要有空儿就到"恒雅斋"跟掌柜的喝酒,聊天,掌柜的即使再忙,也出来陪他。

店里的伙计都嫌刘宝勋身上臊味太大,背地里嘀咕,这个刘宝勋也不来卖货,掌柜的跟个臊太监有什么可聊的?可我知道掌柜的心思,他早就托人打听溥仪在天津都到什么地方吃、什么地方玩,都买了什么东西?欠了哪一家的债?"利顺德"饭店,英租界的汽车行,日租界的房地产商都是他的债主,而且还不是个小数,掌柜的算定,只要溥仪还要在天津待下去,他就得拿手里的古董换银子花,只要照应好了刘宝勋,早晚还会有好玩意儿卖到"恒雅斋"的。

刘宝勋跟掌柜的喝酒,话特别的多,喝晕了之后话儿就越说越深,他唠叨起当太监的苦处,说起自己当年是怎么进的宫的:"十三岁下边就没了,十三岁呀!先给我灌烧酒,醉了就把我扒光了,四仰八叉的绑在条凳上,下面是盛着石灰的大盆,预备着接血的,操刀的师傅往下边糊药油,说是有了那油不疼,呸,全是瞎掰!那雪亮雪亮的刀子往肉上那么一抹,就从根全镟下去了,哎哟!那叫疼呀,人叫的跟狼嚎似的,然后就什么也不知道了,死过去了。这还不算完,再拿高粱酒抹那血糊流烂的地方,再拿烧红的烙铁'刺啦刺啦'地烫,说是消毒不发炎,最后还要拿根药捻子插进尿尿的眼儿里,六天过后再把药捻子拔出来,能尿出尿来,就算行了,若尿不出尿来,你呀,小命就悬了……哎,遭的那个罪呀,就别提了……整整五六天不能吃不能喝,为什么,因为不能拉不能尿呀,半个月也不能出那个黑屋子,一旦受了风,命就没了,所以你疼,你难受,你喊爹叫妈,一概没人理……"

刘宝勋说的我是怕听又想听,听着听着,后脊梁就直冒冷汗,全身汗毛都竖起来了。

掌柜的也听愣了,一劲儿地叹气喷舌头。

刘宝勋找到了知心的主儿,话匣子就关不住了,他问我们:"知道我们管割下来的那玩意儿叫什么吗?"

我摇头,见多识广的掌柜的也摇头。

这工夫,在刘宝勋脸上已经见不着刚才那副可怜样了,他话音里居然抖着得意:"那叫'宝',宝贝的'宝','宝'一割下来,立马就装在石灰盒里,把血呀,水呀全吸干净,再泡在香油里多少天,待油浸透了,再取出来……知道把'宝'搁置在什么地方吗?"

我和掌柜的当然还是摇头。

刘宝勋说:"听咱家给你们道来,那'宝'就高高吊到一间专门设置的屋梁上头,那叫'高升',就是说,把你的'宝'吊上去,你就能从小太监当上大太监,当然,那就是个吉利话呗。那'宝'决不能弄丢了,日后你果真升迁了,还得把那'宝'取下来,交给上边查验,要是没了那个'宝',你就甭想升迁了。再则呢,我们这些人到了入土的那天,也得把那'宝'取下来,一块儿搁进棺材里边,没有那'宝',阎王爷都恶心你,就是转世也得让你去当个母骡子。"

听到这儿,我"扑哧"乐出声来。

掌柜的瞥了我一眼,我忙绷住笑。

刘宝勋说:"你还笑?我说的可不是闹着玩的,当初,冯玉祥把皇上从北京紫禁城里边撵出来,我们都如同丧家犬呀,屁滚尿流地跑出来,连那'宝'都没带出来,往后蹬腿闭眼时,我净着身子,怎么去见阎王爷呀?"

掌柜的跟着他叹气,又问:"总有个补救的法子吧?"

刘宝勋说:"有倒是有,就得花大把的银子,去现买一个别人的顶替呗,我一个当奴才的,散碎银子攒了点儿,可买个'宝'不是个小数呀,再说了,上了年纪得有人伺候我吧,娶个媳妇,收个儿子,还不都是要银子?"

我心说,嗬,绕了一大圈,敢情是跟掌柜的要银子来了。

掌柜的立马就说:"只要您瞧得起我赵如圭,今后真有周转不开的时候,您就跟我打个招呼!"

刘宝勋满眼是泪,一劲儿冲掌柜的作揖,说:"我刘宝勋三生有幸,交了个好兄弟,日后定当报答!"

那天刘宝勋出门时,掌柜的亲自写了张二百块现大洋的银票,塞进刘宝勋的兜里,乐得他眼睛眯成了一条缝儿。

果然,掌柜的没白下工夫,才过去十几天,刘宝勋就给掌柜的送来一件好玩意儿。那天他也是晚上进的门,手里拎着个小包袱,他进了门就要酒喝,喝了几盅便打开那包袱,露出个锦盒来,掀开盖,取出个黄缎子包来,说:"哥哥,瞧咱家给您捎什么好玩意儿来了。"

掌柜的定着神看,我也抻长了脖子打量。

刘宝勋慢慢地打开那黄缎子,只见一件白玉雕成的兽样玩意儿在灯下闪着光亮露在眼前,他说:"哥哥对我这么仁义,咱家不落忍呀,您不是属龙的吗,咱家就把这玉龙作个人情儿,给哥哥留个念心儿。"

掌柜的捧起那玩意儿在灯下左右打量。

刘宝勋问:"哥哥喜欢不?这可是去年正月十三,皇上过生日赏给咱家的。"

掌柜的说:"自然是喜欢,可是您说的那个给字我可不敢当。"

刘宝勋现出生气的模样:"哎,看不起咱家怎么着?"

掌柜的说:"是皇上赏您的,您白白地给我,我怎么落忍呀?除非您说出个卖字来,我这心里头就踏实了。"

刘宝勋顺坡下驴:"得,得,恭敬不如从命,就算是卖您了,您随便给几两银子,够我喝酒的就成。"

掌柜的笑着说:"那我不亏心了?朋友是朋友,买卖是买卖,这玩意儿我开个价儿,您也别说高,也别嫌低,如何。"

刘宝勋定了定神说:"哥哥仁义,自然不会亏待兄弟,您就看着办吧。"

掌柜的又打量一阵那玩意儿,说:"这样吧,现大洋一千块,怎么样?"

刘宝勋笑说:"真值那么多银子?"

掌柜的:"这玉器古董,没个准价儿,您既然割爱拿到我这儿来,我不能仨瓜俩枣的就让您回去了。"

看模样,刘宝勋没料到那玩意儿能卖那么多银子,点头就算成交了,他托付掌柜的把钱代他存在租界的银行里,什么时候用

132

银子,就到这儿来取折子,还叮嘱给他保密。

掌柜的——的都应了。

刘宝勋走后,掌柜的又取来放大镜在灯下反反复复打量那玩意儿,对我说:"小子,知道这玩意儿有什么讲究吗?"

掌柜的平日里只有一个人对着娃娃哥念叨话儿时,叫它小子,而对我通常都叫我德宝的,当着亲戚朋友、街坊邻居时也叫我小子,那就是等于说,瞧,我赵如圭也有儿子。为什么不直截了当地叫儿子呢,因为那么叫就嫌有些矫情,反透出了假来。再有,就是掌柜的特别开心的时候也会叫我小子。

我接过那玩意儿细细端详,才发现那真是个精细别致的东西,玉的成色是没挑了,一看一摸就知是地道的新疆和阗出的羊脂玉,而且还是"水采玉",决不是山上的料。底座是一张反扣着的莲叶,叶上刻着丝丝络络的叶脉,密密麻麻,粗粗细细,活脱脱像刚从水里摘下来的。莲叶上面是莲花台,斜排着的莲花瓣儿,围着圈儿全冲上边翘开着,每瓣莲花都闪着油光,一条玉龙就蹲坐在莲台上,左前爪用力抓着一只火球,右爪子着着实实地撑在莲台上,玉龙的肩膀上披着冒着火焰的飘带,十分威武。更传神的是玉龙的脑袋,朝天上高仰着,眼珠子瞪得滚圆,硬挺的犄角分两岔,耳边飘着的龙须和云朵儿,暗刻的一缕一道儿都极仔细。露出利牙的嘴巴张得挺大的,像是在吼,在喊,再加上它那弯弯的、绷得紧紧的身子,好像立马就要飞起来似的。在荷叶底座上,还刻有一行我认不明白的篆字儿。

掌柜的在一边问:"咂摸出点儿门道了?"

我说:"这玉龙确确实实是好玩意儿,刚才我还为那一千块心疼呢。"

掌柜的说:"小子,这可不叫玉龙,正名叫'望天吼'。"

"望天吼？"我头一回听这名字，觉得挺有劲儿："怎么个'望天吼'？"

掌柜的越发地高兴，说："去把怀玉叫来，我一块儿给你们讲。"

等我跟怀玉进来，见掌柜的一个人竟又喝起酒来，满脸红腾腾的，浑身上下都透着喜兴劲儿。他让怀玉看那"望天吼"，又给她讲了一遍那玩意儿的讲究，还说："'恒雅斋'开了两辈子，今天才真是收进了一件镇店的宝贝。"

怀玉反反复复打量那"望天吼"，问掌柜的："爸，记得您说过，唐时的玉器比不上汉代的大气、拙朴，也比不上清乾隆时的精道、细致，您怎么就这么喜欢它呢？"

掌柜的说："那是说唐朝一般人家用的玉器，什么玉碗呀、玉洗呀、玉带钩呀，大唐盛世，老百姓日子过得充裕，买玉的人特别的多，工匠雕的玉器玩意儿也就特别的多，萝卜快了不洗泥呀，也就没多少工匠去琢磨玉器玩意儿的讲究，用什么刀法，勾什么线条儿，弄得大路货满世界都是，所以市面上也就很少留下来好玩意儿，即便有几件精细的玩意儿，也大都是从地底下死人身边挖出来的。早先，我听你们爷爷讲，他在北京琉璃厂见过一个唐朝的'望天吼'，是土古货，沁了黄金色的，特别招人喜爱，想买，可惜人家先一步买走了。这个'望天吼'，没有丁点儿的沁色，而且是从宫里带出来的，十有八九它是从没入过土的。"

沁，是我们玉器古董行里常说的一个字儿。古时候，能带着值钱的玉器一块儿跟死人埋在地下的，不是王公贵胄，就是大财主，埋进去再出土的玉器就是掌柜的说的"土古货"。古时候有钱人家埋死人，都拿水银封墓，说水银可以让死人的骨头肉烂不了，起码烂得慢点儿，现在的话就是有防腐的作用，没钱的主儿

134

放不起水银呀，就放石灰，据说也管用，还有放朱砂的，说是可以避邪。玉虽说是特别坚硬的玩意儿，可也架不住百年千年的沤呀，于是水银呀，朱砂，还有石灰呀，都会把色儿渗进玉里边去，还有棺材埋的地方是什么土质和颜色，也会就着水银的劲儿渗进玉里边去，铁渗进去是黄色，铜渗进去是绿色，朱砂是红，水银是黑，石灰就是灰白色，这各式各色的东西渗进玉器里边，我们行话就叫沁，还给各式各样的沁起了叫法儿，譬如"黄土沁"，那就是黄土里边的酸化锌和酸化铁沁进去了，"黑漆古"，那就是水银的硫化锰和硫化钴沁进去了，"鸡骨白"，那是石灰沁进去了，"老玗黄"则是叫松香沁进去的，等等。玉器有沁，就证明它是真古董，沁色又千奇百怪，没一个是重样的，也就特别招人喜爱，自然也就特别的好卖钱。不少卖假古董玉器的，为了蒙人，琢磨出各种各样的法子造假沁，跟真的差不了多少，就算是行内的人，稍不留神，也可能走了眼，叫人家骗了。譬如假的"鸡骨白"，就是拿新雕做的玉器放到火里烧出来的，当然，我们掌柜的识玉看沁可是行家，从来没上过当。所以他说这"望天吼"不是土古货，一定是不会差了。

掌柜的指着"望天吼"又说："你看这玉的成色，这条龙的模样，还有刀法，线条儿，真是太讲究了，明明是宫里传下来的玩意儿。郭子仪知道不知道？"

我说："那是唐朝的大将军呀。"

掌柜的点头说："书上说，大唐年间，郭子仪平内乱，拒外虏，立下赫赫战功，唐代宗除了把升平公主许配给郭子仪的儿子，还特别赐给他一件玉制的'望天吼'……"

怀玉问："您是说，这个'望天吼'就是当年郭子仪的吗？"

掌柜的指着"望天吼"底座说："瞅这儿的篆字儿，写的是

'朔方节度使,永泰二年',郭子仪就当过朔方节度使的官儿,永泰就是唐代宗的年号。当然,郭子仪不能在皇上赐给的宝贝上刻字儿,备不住是他的后人干的。"

怀玉又拿放大镜仔细看那"望天吼",提醒说:"爸,咱可别看走了眼,会不会是仿造的。"

掌柜的说:"这也不是没可能,可你仔细看看,上面打磨的印儿,线条,刻印儿带出来的毛疵,都是古时候工匠才能有的记号,再看这玉,地地道道的水采玉,也叫'子儿玉',水汪汪的,没一丁点的裂纹儿,温、润、细、密都叫它占全了,你再看这玉里边有什么?"

怀玉冲着灯看,突然叫起来:"哟,爸,这玉里边有杂质呀!"

我也赶紧凑过去,果然,那玉里头有些星星点点的小饭粒儿,心说,掌柜的这回是不是看走眼了?

掌柜的笑道:"那不叫杂质,行话叫'饭渗',只有新疆叶尔羌的玉河里边出的'子儿玉'才有这'饭渗',是它独有的记号。自打张骞通了西域之后,那儿的'子儿玉'就一劲儿地往中原运,到了乾隆年月,这玉早就采光了,就是有,也是凤毛麟角忒值钱的东西了,造假的人哪舍得拿这'子儿玉'去骗人呀。哎,我说的这些你们都记住了,日后再碰上这路货,别人就懵不了你。"

我们忙都应了声,怀玉还把掌柜的说的话都记在了本子上。

转天,掌柜的起了个大早,拎着"望天吼"到了河北的大悲院,找了个熟脸的大和尚,请人家为"望天吼"开光。因为交了十块现大洋,和尚们把"望天吼"单独供在观世音像前,专门为它颂经念法开了光。和尚对掌柜的说,这开了光的玉器已经有了观世音菩萨的灵性,会保佑全家福泰安康,万事如意。

掌柜的把"望天吼"捧回了家,恭恭敬敬地摆在香案上,净手焚香,冲那宝贝儿认认真真地拜了几拜,然后专门买来只德国保险箱,把"望天吼"锁了进去,搁进了库房,从此当成了镇宅、镇店之宝。

那几天,掌柜的特别地高兴,又拿出了闷葫芦抖了一阵,把那闷葫芦抖得"嗡嗡"地响。五十岁的人了,竟像个年轻的小伙子。

打那儿起,一到得闲的时候,掌柜的就把望天吼取出来看看,摸摸,琢磨琢磨,且玩不够呢。阴历七月初九,掌柜的过五十大寿,酒喝痛快了,他还取出"望天吼"来给客人们看,把那个开"英伦家具店"的英国人惠灵顿看傻了眼,当下开价一万块要买下,掌柜的哪舍得呀,因为是多年的朋友,抹不开面子,就答应有工夫给他做个精道的仿制品。当时谁又能想得到,到了年底,就是那"望天吼"的仿制品给掌柜的惹了大祸。

俗话说"婊子无情,戏子无义"。可依我看,薛艳卿绝对不是那号人,她说过请掌柜的全家看戏,人家说话算话,到了那天真的送来了帖子,点着名的请掌柜的和全家去听她的戏。后来我才知道,这场戏是张必花钱张罗的,请的都是天津卫的头面人物,更有日本驻屯军和领事馆头头脑脑。据说前清皇上溥仪也要出席。张必听薛艳卿说要请朋友来看戏,便说今天的场面大人物太多,不能有闲杂人等。可她说:"我请的是'恒雅斋'的赵老板,他们可不是闲杂人等。我请的朋友不在台底下看,你就甭想让我

第十章

唱出精神来。"张必也只能答应了。

听说,原来打算在日租界张家公馆摆戏台的,因为张必请的客人太多,只得改到华界城里广东会馆了。接到帖子时,掌柜的并不知道当天去听戏的都有什么人,倒是李穿石给洗玉打来电话,说他当晚也要去广东会馆,市政府的头头要跟日本客人说话,他去当翻译。

掌柜的一听有日本人,就跟怀玉商量:"怀玉,戏园子有日本人,今儿你就不去了吧?"

怀玉自然不开心,但还是点了头。

洗玉却不干了,说:"爸,那事儿都过去好几个月了,我二姐

藏头躲脸的还要到哪天才算完呀？"

叠玉也说："爸，日本人不也是去听戏吗，怀玉又不招他们惹他们，不会有什么事吧？"

我也帮着怀玉说话："掌柜的，咱们又不是去他们日租界，广东会馆在华界地面上呀。"

洗玉撅嘴说："要去都去，要不去就都不去！"

掌柜的只得答应怀玉去听戏。

那天，我们这一大家子，早早吃了晚饭，都换上场面穿的衣裳，等陆雄飞找车来就出门。叠玉穿了一件淡粉的对襟褂子，下身穿一件青湖绉的裙子，脑后梳着元宝发髻，耳垂上带着两粒儿珍珠耳钉，脸上淡淡的一层粉，虽然已是孩儿娘了，但一打扮还是那么招人眼神儿。

洗玉穿的是从上海买的英国洋服，连身的白纱长裙轻轻盈盈，一颗红宝石胸针别在胸脯上特别地打眼儿，描了红嘴唇和黑眼睛，还贴上长长的假睫毛，身上喷了法国香水，乍一看，活像一位外国的公主。

怀玉还是她那身上学的衣裳，带领结的套头白上衣，蓝布学生裙，带梁的布鞋，短头发上戴着黑色发卡。在叠玉和洗玉面前，确实显得不那么讲究，但是她像一块上等的璞玉，经得住看了再看，没一丁点的假气、俗气。

陆雄飞从英租界洋行借了一辆美国的道吉轿车和一辆法国莱纳脱轿车，一辆拉着老太太和三位小姐，还有璞翠，一辆拉着掌柜的、陆雄飞和我直奔了南门里大街的广东会馆。到了门口，已经扮好妆的薛艳卿迎了出来，她那张粉红的脸别提多鲜亮了。见我们这一家子都到了，十分高兴，说："开场还有一会子呢，走，到后台去坐坐。"

进了后台,才叫大开了眼界,从前只是在台上看生旦净末丑唱念做打,从来没见过他们在后台装扮画脸的场面,几个小姐更是觉得新鲜,不错眼的看着画脸描眉的女伶,好不开心。连老太太也跟薛艳卿说起光绪年间听谭鑫培谭老板唱《借东风》的事儿。薛艳卿还把当天唱戏的角儿们介绍给掌柜的,还说掌柜的是天津卫最有名也最讲信义的玉器行老板,谁若是想买货真价实的玉器,就到他的"恒雅斋"去。她亮起手腕子上那缅甸玉的翠镯子说:"我这镯子就是赵老板给踅摸到的,人见人爱呀,都说值,今天唱大登殿,这镯子就戴在王宝钏手上了。"

掌柜的一一给众位老板发了名片,说我赵如圭就是爱听戏,也特别敬重各位老板,无论哪一位去"恒雅斋"买玉器,都一律给打六折,包诸位满意。

陆雄飞到了这场面更是抖足了精神,也一一给人家发了名片,还拍着胸脯说,各位在天津地面上有什么用得着我陆雄飞的,只管言语。

说说笑笑了一阵子,直到快开场了,我们这一家子才从后台走出去,薛艳卿叫伙计领着我们去二楼包厢,掌柜的搀扶着老太太一步一步上了楼。

广东会馆的戏台坐北朝南,楼下是个大场子,坐上几百号人是富富余余,楼上是十五个包厢,分正包厢和东包厢、西包厢。那天我们就坐在了西包厢,在那儿看戏虽说偏了些,可是离戏台近,看角儿们特别清楚。

这工夫,楼下已经坐满了宾客,楼上东西包厢的人也已落座,只有中间包厢还空着,想必那是当天的主客,照例儿是在敲了头遍锣才落座的。

陆雄飞本来就是个坐不住的主儿,瞅见楼下有熟人,打着招呼下楼去了。

突然,我在楼下的人群堆里瞅见一张熟脸,妈呀,那不就是那个蒙面刺客吗?!我心里头一激灵,再定神瞅去,那人又不见了。我跟掌柜的说去解手,跑到楼下转悠了一圈,果然瞅见那人的背影在人堆里晃悠,正要走过去细看,那人却走进了后台,待我走进后台,却再没了人影儿,心说,是不是自己看花了眼。

头遍开场锣刚刚敲了,整个戏园子灯就暗了下来,一伙子穿西服和长袍马褂的人进了正包厢。待那伙子人坐定,我就愣了,小野就在那边儿坐着呢,再仔细打量,还有几个人物,看样子都不是等闲之辈。小野这么一露面儿,我心口就是一紧,海光寺军营里那些血糊流烂的中国人一个一个的又在眼前冒出来了。我瞟了一眼掌柜的,他正跟老太太聊着戏呢,他的眼神儿不如我,这会儿大概还没看到小野,若是看到了,这场戏他十有八九是听不踏实了。我心里念叨,快开戏吧,角儿一出场,掌柜的眼神就看不到别的地方了。

这会儿,李穿石从正包厢那边走过来,他穿着笔挺的西服,抹了油的中分头,锃光瓦亮,活像那些租界洋行的买办,倒是挺精神。他一一向老太太、掌柜的问了安,又和我们几个打了招呼。

洗玉见了李穿石自然欢喜,忙问他自己身上的裙子好不好看,李穿石连连叫好。

洗玉又问:"穿石,你这是陪些什么大人物来听戏呀?"

本来李穿石就想在掌柜的面前卖弄卖弄,洗玉这一问,他就更来劲儿了:"真叫你说着了,都是大人物,瞅那个穿西服的是谁呀?"

他指着正包厢那边问洗玉,没等洗玉应呢,他就大着声音说:"那就是市政府的秘书长,我就是跟着他来的,秘书长那边的是东北军第二军王树常的副官，这边的是日本领事馆的桑岛总领事，再这边留着小胡子的，是日本关东军的大佐土肥原贤二，日本驻屯军司令官香椎浩平，在他后边的就是小野，一会儿前清皇上溥仪也要来的……"

叫李穿石这么一"显摆"，掌柜的一下子就看见了小野和那几个日本人，脸上立马就不是颜色了，扭头瞟了一眼怀玉，看出来他后悔不应当叫怀玉来的。他叫过李穿石叮嘱："穿石，我们都是来看戏的，你回到那边去就不用说什么了。"

李穿石是极聪明的人，连连点头："明白，明白。"寒暄了几句又奔正包厢那边去了。

掌柜的不时地跟老太太说话，但是眼神儿总忍不住朝小野那边瞟。

怀玉知道掌柜的为难，便对掌柜的说："爸，要不……这戏……我就不听了吧，我先回去了。"

掌柜的正犹豫，平日耳朵不好使的老太太却听见了，不高兴，大着声问："戏还没开场呢，怎么就要回去? 你这闺女净做没谱的事儿。"

掌柜的见老太太生气了，忙说："不回去，不回去! 都要陪着您老人家听戏呢。"

洗玉也说："就是，咱们今天是听戏来的，又没犯他们日本人的王法。"

怀玉也只好坐了下来。

可我看得出，掌柜的已经不是心思了。

这工夫，戏总算开场了。先是帽儿戏，《麻姑献寿》，锣鼓点儿敲得脆响，京胡拉出的曲儿悠悠扬扬，抑扬顿挫，十分悦耳。只见舞台上四个仙女抖舞着水袖满台转悠，水水灵灵的麻姑上台

"咿咿呀呀"地唱起来："瑶池领了圣母训，回身取过酒一樽，近前忙把仙姑敬，金壶玉液仔细斟。饮一杯能增福命，饮一杯能延寿龄，愿祝仙师万年庆，愿祝仙师寿比那南极天星。霎时琼浆都饮尽，愿年年如此人不老长生。"

满园子一片叫好声，帽儿戏唱罢了，一个穿着马褂，留着山羊胡子的男人上了台，说是代表在天津的留日同学会、同窗会所有的同仁，欢迎日本的老朋友到天津，借广东会馆这个地方一聚，共叙友情。趁这个机会，也向日本国桑岛总领事和驻屯军香椎浩平司令官，还有小野先生表示崇高的敬意等等，都是些叫人起鸡皮疙瘩的话。说了一遍中国话，他又拿日本话讲了一遍，这才明白，这一台戏原来是专门为巴结日本人准备的，细一打听，那个在台上讲话的家伙就是包养薛艳卿的张必，原是吴佩孚手下的一个将军，主子垮台后，他就跑到天津日租界一边当了寓公花天酒地，一边联络着老搭档、老部下死心塌地靠着日本人准备东山再起。多少年后，我从伪满战犯的回忆录里看到，那一阵，身为关东军特务长的土肥原贤二，为了把前清皇上溥仪弄到关外当满洲国皇帝，常到天津来活动，那次聚会就是张必那一伙子为了巴结他才折腾起来的。后来掌柜的一直后悔，说不应当去听那场戏的。

正戏还没开场，陆雄飞才从楼下上来，他没坐到自己的位子上，而是朝正包厢走去，掌柜的看见了，猜到他是想去跟日本人套近乎，忙招呼我说："德宝，快去把大姐夫叫过来！快点！"

我应着声就赶了过去，可还是晚了一步，陆雄飞已经跟小野说上了话。

掌柜的绷着身子盯着陆雄飞那边，见他跟小野说说笑笑，又指着我们这边说着什么。

小野扭头朝这边瞅,正跟掌柜的打了个照面,还冲掌柜的招招手,掌柜的也只好笑着脸冲小野欠欠身子还礼。

待陆雄飞走回包厢时,掌柜的理都没理他。

这会儿,正戏开演了,第一出就是薛艳卿的《大登殿》,薛艳卿扮着王宝钏,凤冠霞帔的一出场,就是个满堂彩。

按说,这是掌柜的盼了多少天想看的戏,可跟小野这么一对脸,我猜,这场戏他是看不踏实了。刚才唱《麻姑献寿》时,台上唱一句他就给老太太讲一句,这会儿,王宝钏唱了好一阵儿了,他还在那愣神儿,老太太推他,这才想起讲词儿的事。

我更没心思看戏了,所以王宝钏的唱词儿一句也没入耳。

《大登殿》唱罢,张必大声的召唤戏班子的老板,让他端着戏单到正包厢,请那几个日本客人点戏,一时间,整个戏园子都没了声,楼上楼下的人把眼神都盯着正包厢那儿。

总领事和那个司令都让那个叫土肥原什么的小胡子点戏,小胡子居然说一口挺麻利的中国话,笑呵呵的:"中国的戏曲,我欢喜的,唱什么都可以。"

张必点头哈腰地说:"您就随意点,那个旦角儿是咱们自家的人,叫她唱什么她就给您唱什么,您就不必客气了。"

小胡子哈哈地笑了:"好,好,恭敬的,不如从命,是不是这句话?就唱个《贵妃醉酒》吧。"

身边的人都拍起巴掌。

张必也拍着巴掌说:"土肥原先生确实是懂行,一点就点到了梅先生最拿手的戏上了。"

张必又连忙催促戏班子老板到后台吩咐,那老板一溜小跑去了。

我听见怀玉在牙缝里挤出句话来:"一群狗!"

144

掌柜的突然对老太太说:"娘,咱们回去吧。"

老太太看戏的瘾刚上来,问:"这么好的戏怎么就不听了?"

掌柜的沉了沉说:"我心口不得劲儿……"

老太太忙问:"不碍事吧?那就快回吧,回吧。"

掌柜的刚要起身,不料想小野竟走过来了,他客客气气地抱了抱拳:"赵掌柜的,幸会,幸会,全家人都来看戏。"

掌柜的有些意外,也一脸的恭敬,抱拳回礼:"小野先生……"

小野又冲老太太躬了躬身子:"老太太,您的,好福气。"

老太太还盯着台上,没瞅小野。

掌柜的忙解释:"我娘耳朵聋了,小野先生别见怪。"

陆雄飞把叠玉介绍给小野:"小野君,这是我的内人。"

叠玉起身,冲小野勉强点头。

小野说:"见过,见过,几位漂亮的小姐,我的,都见过,这位,是李穿石先生美丽的未婚妻,对不对的?"

我猜,小野就是冲几位小姐才过来搭话的,别瞅他西服革履,人模狗样的,从他眼神里那色迷迷的劲儿,就知道他不是个省油的灯。

洗玉站起来还礼:"谢谢小野先生的夸奖。"

这工夫,小野把目光转向还在位子上坐着的怀玉,我心口又缩了起来。

不料小野却对怀玉笑笑:"赵小姐,听说你到静海的乡下去了?什么时候回来的?"

怀玉一时发怔,随即用嘲笑的口气说道:"那儿又不是日租界,我想什么时候回来就什么时候回来!"

小野被噎得一愣。

掌柜的忙扯扯怀玉的袖子。

陆雄飞赶忙打圆场："我这个小姨子说话口冷,小野先生别在意……"

小野仍然笑眯眯地："没什么,我们就算是不打不相交吧。是不是?"

怀玉"噌"的站起来,说了句:"爸,我先走了!"转头就走出包厢,弄得小野上不来下不去的,这场面真叫人喘不过气来。

陆雄飞忙岔开话碴儿,说:"老爷子,小野先生说,方便的时候,他还要到'恒雅斋'去买玉呢。"

掌柜的点头笑着:"多谢您关照。"

小野从胸口处掏出一尊翠玉观音菩萨挂件说:"赵老板,这个,还是你送给我的,那话怎样说? 男带观音,女的带佛,这个菩萨,一定会保佑我的是不是?"

掌柜的看看那挂件,知道那就是在小开岁"洗三"时,自己送给小野的唐代玉观音。他只能点头应酬:"观世音菩萨,就是普度众生嘛……"

这时,前清皇上溥仪走进包厢,小野见了,匆匆招呼了一声,离开了。

趁这个机会,掌柜的带着我们赶紧撤出了戏园子。

就在我们回家的路上, 见好几辆警车拉着尖笛儿飞快地往广东会馆那边赶,后来听李穿石说,才知道,那天我们离开不久,戏园子里边就出了大事。《贵妃醉酒》刚刚演个开头儿,就有人从暗处朝小野开了枪。那枪法还挺准,有一枪不偏不斜正打在他的心口上,我心想,小野这回肯定是活不成了,天津卫总算是少了个祸害,我猜,一定就是那个蒙面刺客干的,那小子,真他妈有种! 到底把小野的命拿走了。

146

掌柜的听说了,倒吸一口凉气,庆幸地说,亏了咱们回来了,少看了半场戏,可省去了多大的麻烦呀。看得出,小野一死,掌柜的心里透亮多了,一整天的听见他哼哼着戏词儿。

陆雄飞一听说小野死了,直跺脚:"妈的! 可惜! 可惜了!"

叠玉纳闷说:"死了日本人跟你有吗关系? 瞧你心疼的。"

陆雄飞说:"老娘们儿懂个屁,我们脚行要在码头上吃日本人的饭,日本人那边没有人托着行吗?我花了多大的工夫才套上这关系呀?有小野在,我端的就是个金饭碗,他这一蹬腿儿,我又得花钱,又得搭人情,搭工夫,重新找饭碗子。"

怀玉最高兴,她偷偷跟我说:"那个刺客真是了不起,下次你见到他一定指给我瞧瞧。"

最高兴的还有我,起码不用再提心吊胆到海光寺日本军营去给小野认人了,头上悬了多少天的那把刀子总算是没了。

掌柜的还嘱咐我去街上,把所有登着小野被刺消息的报纸什么《大公报》、《新天津报》、《公民日报》还有《新春秋报》统统都各买了一份儿,说是要留个纪念。

谁料想,第三天中午,掌柜的在店里跟主顾聊天,我们几个在当院里凉棚下逗小开岁玩呢,李穿石神神秘秘地跑来说:"新闻,特大的新闻,小野没死!"

以为他说着玩呢,大伙儿都不信。

李穿石说:"真的没死,一枪打在胳膊边上,就蹭破点皮儿,最绝的是胸口上那一枪,正打在小野胸口那个观音挂件上,挂件打得粉碎,胸口那儿只是红肿了一片,连血都没见着。"

这新闻真叫人扫兴,顿时心里像是起了一层雾。

陆雄飞抱着开岁开心地说:"嘿,看来咱这金饭碗子还没砸。"

怀玉冷冷地说:"瞧咱大姐夫,听说日本人没死,就像捡了个钱包似的。"

陆雄飞还嘴道:"嘿,还真叫你说着了,论发财,小野就是我的贵人,他活着我就有钱赚。"

怀玉哼了一声:"贵人?小野是关东军的特务,杀了多少中国人大姐夫知道不?"

陆雄飞说:"他杀了人自有老天爷报应,我跟他只打钱的交道,这犯歹吗?别忘了,这'恒雅斋'也没断了跟日本人打交道。你们吃的喝的里面不也有赚日本人的银子吗?"

怀玉:"那我们也没屁颠屁颠的把日本人当贵人呀!"

陆雄飞脸上一时发红,正巧这时开岁来了尿,全撒在他的白杭纺绸裤子上,他一巴掌打得开岁咧嘴大哭,他把孩子往叠玉怀里一塞,回屋去了。

叠玉冲丈夫叫:"真是的,二姨说话好不好听的,你拿孩子撒什么气呀!"

怀玉瞟姐姐一眼,也回屋了。

洗玉小姐埋怨李穿石:"都怪你,本来都喜兴着呢,叫你这么一搅……"

我也借碴儿走到一边去。

就在这工夫,公安分局的王巡长一晃一摇地走进门来,说是有要紧的事儿同赵掌柜的说。

掌柜的赶紧迎上来客气:"哎哟,王巡长,哪阵风把您吹来了?德宝,倒茶。"

见来了外人,除了掌柜的和我,全家人都退回了里屋。

王巡长是个老警察,五朝元老了,打前清就吃这碗饭,后来的北洋政府、奉系政府、阎锡山政府,他都干这行,跟掌柜的算是老朋友,街面上只要有什么风吹草动,他立马就会给掌柜的通风报信儿。看他一进门的那脸色,就知道肯定有什么要紧的事儿。

王巡长连茶碗还没来得及端,就对掌柜的说:"赵老板,我们局长叫我通知您一声,明天一早,您和德宝去一趟警察局。"

这句话叫我心里一哆嗦,掌柜的也吓了一跳:"干吗?怀玉的事儿不是结了吗?"

王巡长摇头:"不是那档子事儿,局子里最近抓到了几十个嫌疑犯,长官说在利顺德饭店要杀小野的家伙很可能就在那里边,局长知道您跟德宝都见过那个刺客的,要您们去一趟警察局认人……"

掌柜的立马就说:"前些日子德宝不是去了好几趟了吗?"

王巡长说:"那是到日本军营,这是去咱们的局子。前天在戏园子里抓了一大伙子人,叫你去认那个刺客呢。"

顿时我就觉得心口恶心,几个血糊流烂的人又在眼前晃悠,那颗裹着血丝儿的牙又在脚底下乱蹦跶,我叫起来:"我不去!我死也不去海光寺了!!"

王巡长忙说:"你别叫呀,这回不是到海光寺日本军营,就到咱们华界二区的警察局。"

我跺脚叫:"警察局我也不去!"

掌柜的脸色儿阴下来了,半天没吭声。

我这一叫,把全家人都惊动了出来,洗玉紧着问:"德宝哥,怎么了?"

王巡长将事儿又说了一遍,众人也都傻了。

李穿石劝我:"德宝,我知道你实在是不想去,可警察局说了话就是法令,不去不行呀。"

我冲他喊:"都是你害的我!你不跟日本人说,他们怎么会

149

找我?!"

李穿石冲全家人摊着手苦笑,好像他挺委屈似的。

洗玉过来拉我,好声好气儿地说:"德宝,要怪就怪我,是我说给穿石的,妹子给你赔不是了。"

陆雄飞说:"你小子怕个球?去就去,又不是抓你?"

我叫:"敢情你们没见着那个场面,人打得断骨头断筋,血糊流烂,再让我去脸对脸的挨个儿看……比自个儿受刑还难受呀!那就是进阎王店了呀!"

掌柜的挺意外:"咦?德宝,上次你去了回来怎么没说这一段呢?"

我说:"那不是怕您揪心吗……这回,反正我死活是不去了!"

掌柜的对王巡长说:"这事儿我们不去行不行呀?"

王巡长说:"哎哟,恐怕不成,日本领事馆向市政府提出强烈要求了,说就是挖地三尺也得把那个刺客逮着。刺杀小野的事是在咱们华界出的,日本总领事和驻屯军司令官都在场,气得够呛,惊动了在北平的张副总司令不说,这事儿都闹到南京去了,弄不好,就成了外交纠纷了呀!"

王巡长再三叮嘱了才出了大门。

掌柜的半晌没说话,狠狠地冲李穿石瞥了一眼:"穿石,瞅见了,当初你不多那个嘴,哪有这些没完没了的麻烦?!"

李穿石苦脸说:"爸,我一直后悔着呢,一提起这事儿,就恨不得抽自个儿嘴巴子。"

掌柜的说:"你就是把嘴巴子抽烂了,又有什么用?赶明儿到了警察局,万一看见了那个刺客,我是认还是不认?"

李穿石脱口说道:"那当然要认呀。"

掌柜的："我要是把他指认出来,万一他还有同伙呢? 人家不会找上门来报仇?"

李穿石忙说："这……不会吧? 情报上说,那个家伙是没有同伙的。"

掌柜的冷冷一笑："他为什么要杀小野呢?"

李穿石说："这我就不大清楚了……"

掌柜的说："那天在利顺德饭店,他拿枪顶着小野脑门,说是要小野偿命。八成是小野在关外杀了他们家什么人,这才追到天津来报仇的。"

李穿石说："可东北军也在通缉那个家伙呀,据说是他还杀了自己的顶头上司,明明是个犯罪分子呀!"

掌柜的不吭声,抄起旱烟闷闷地抽着。

李穿石说："爸,不管怎么着,您还是得去一趟,万一得罪了警察局和日本人,这'恒雅斋'往后的生意就没法做了呀!"

掌柜的冒火地："要是真的瞧见那个人,我能够下狠心把人家指出来吗?可不指出来,日本人又饶不了我。万一认错了人,我不更是害人缺德遭报应吗?! 这话又说回来了,当初你要是不多那个嘴,我今儿个能犯这个愁吗?"

陆雄飞也说："就是! 在天津卫谁也短不了跟日本人有来往,只要是明白人心里都得有个分寸呀。"

这时,洗玉解围道："您们就别没完没了的数叨穿石了,反正水已经泼出去了,您再骂他也收不回来了不是?赶紧商量个好法子过了这一关吧。"

掌柜的叹口气说："能有什么好法子?"

李穿石赶紧从皮包里拿出摞照片来："爸,这就是那几十个嫌疑犯的照片,您先看看,心里先有个底儿,到了警察局就不慌了。"

掌柜的上下打量李穿石："这么说,你今天就是为这事儿来的?"

李穿石说:"我就怕您没个心理准备,所以从警察局里把嫌疑犯照片调出来给您先看看……"

掌柜的问:"那个小野没有嘱咐你什么?"

李穿石不敢看掌柜的眼神儿;"……小野知道……知道我跟您的关系,让我先给您递个话儿,务必帮他这个忙。"

掌柜的眼神儿一直盯在李穿石身上,这叫他浑身不自在。

洗玉笑着问:"爸,您这么瞅着穿石干什么呀? 瞧,都把他看毛了。"

掌柜的硬着声的问:"穿石,你跟我交个实底儿,你跟那个小野到底是什么关系?"

李穿石赶忙说:"爸,您可千万别多想,我跟小野也就是公事上的来往,哎,谁叫我会说日本话呢,小野有事儿找别人不方便,可不就找我吗? 您也知道,日本人不好得罪,他一旦开了口,我就不能不应付呀。一不留神得罪了,他们一句话,就能砸了我的饭碗子呀!"

掌柜的这才不说什么了,闷闷地琢磨着。

李穿石把那几张照片又递到掌柜的眼前说:"这照片拿来先叫您看看,心里好有个底儿,好歹您去警察局瞅上一眼,就算应付日本人了,兴许那个刺客压根就不在这里边呢。"

掌柜的不情愿地拿过照片,一张一张地瞟着,我赶紧凑到掌柜的身后瞅那照片。

这工夫,陆雄飞和叠玉、怀玉也都凑了过来。

看着看着,突然掌柜的手微微一抖,我定神看去,哎哟!我的妈呀！那照片上就是那个蒙面刺客呀！挺秀气的脸膛，下巴上一条紫红色的伤疤，眼睛里闪着凶光……没错，就是他！我瞟了掌柜的一眼，见他没动声色地将那张照片翻了过去，我也就没吭声，可心里头"怦怦"乱跳。

李穿石机灵得很，他赶紧问："爸，您可得看仔细呀，万一看走了眼，把那个刺客漏过去，日后日本人知道了，咱们可是担待不起呀！刚才那个人……是不是呀？"

掌柜的又将那个蒙面刺客的照片拿到面上打量说："乍一看，有点儿像，可仔细瞧，又不是，德宝，你好好瞧瞧。"

我连连摇头："不像，是不像！"

李穿石说："爸，您再好好瞧瞧，兴许就是这个人呢。"

掌柜的说："穿石，这人命关天呀，是就是，不是就不是，认错了人，咱可就造孽了。"

李穿石点头说："您说得对，可那个刺客是小野的仇人呀，咱万一要是把他漏过去，可就把日本人得罪死了呀！哎，大姐夫，大姐，你们说是不是呀？"

怀玉冷冷地插嘴说："就算是认出来，咱不能卖了人家呀，他敢跟日本人拼命，就是个英雄好汉。"

李穿石："可是他是个杀人犯呀，放过了他，不但得罪了日本人，也得罪了东北军呀！"

叠玉说："咱们能不能不得罪这个人呀？"

陆雄飞冷笑："哪有这美事儿？如果那个刺客真在这里边，只有两条道儿，要么把他交给日本人杀了，要么得罪日本人。"

洗玉说："穿石，不管怎么着，他在利顺德饭店也算救了我二姐一命呀。"

李穿石对洗玉说道："我看这事儿呀，还得替咱这一大家子

153

人着想,万一得罪了日本人和东北军,爸的生意还怎么做? 今后的日子还能安生吗? "

陆雄飞撇嘴说:"话又说回来了, 你要是不跟小野多嘴,哪有这无尽无休的麻烦? "

李穿石拿白眼珠瞥了陆雄飞一眼:"我这不也为全家人着想吗,在日本人那儿落个人情吗……"

怀玉一脸瞧不起的样子, 冷冷地甩出一句话就往自己屋里走去:"怎么咱们家的人都惦着要拍日本人的马屁呀? "

陆雄飞立刻叫起来:"怀玉,你说话可得好赖分开呀,我跟日本人来往,就是为了做生意赚钱,别人怎么跟日本人起腻,那是别人的事儿! "

李穿石拉下了脸说:"大姐夫,您说话可别带钩儿呀,我跟日本人打交道也是市政府给的差事……"

洗玉赶紧冲陆雄飞说:"这时候一家人就别说两家话了呀,穿石不也是为了咱们全家好嘛……"

陆雄飞冷言冷语的:"我看呀,是为自个儿好吧? "

李穿石说:"大姐夫,您说话可得把心搁在中间呀。"

陆雄飞还嘴道:"我说这话偏吗? 你如果不是为了拍小野的马屁,多那个嘴,能有今天这个麻烦吗? "

怀玉又转回头来说:"小野知道也罢,不知道也罢,反正咱们家不能干伤天害理的缺德事儿! "

掌柜的给吵得心烦,喝道:"都甭吵吵了! 这事儿呀,你们都别掺和,这里边有没有那个人,只有我最清楚,警察局那边,我知道去说什么。"

这一来,大家伙都闭了嘴,半天,李穿石轻声问:"您打算……"

掌柜的说:"实话实说呗,这照片上,没有那个人!"

李穿石:"爸,您可千万千万……"

掌柜的说:"就是有什么万一也是我兜着,没你的事儿。不过,今天我也把话撂在这儿,今后咱们家谁要是再出去多嘴惹了祸,就别说我赵如圭翻脸不认人!"

李穿石赶紧说:"爸,我知道了。"

掌柜的又冲大伙儿叮了一句:"你们都听清楚了!"

我赶紧点头。

陆雄飞见掌柜的眼光盯在自己身上,忙说:"老爷子,我陆雄飞是什么人您还不放心吗?"

掌柜的这才点头:"那咱们就一言为定了。"

见掌柜的已经有了大主意,全家人都不再吭声了。李穿石拿着那些照片也出了家门。我听见陆雄飞悄悄跟掌柜的说:"爸,李穿石这事儿办得可不地道呀,这明明就是在日本人那儿把您给卖了呀!"

掌柜的不吭声。

陆雄飞又说:"一到节骨眼上就替日本人打算,什么人品呀?洗玉跟这种人过一辈子,悬呀!"

掌柜的知道,陆雄飞打心眼里就不愿意李穿石进这个家门,就说:"没那么邪性,他是官场上的人,不过是想在日本人那儿落个好罢了,往后咱们多提醒着他就成了。德宝,明天的买卖不做了,你跟我去警察局。"

我对掌柜的说:"掌柜的,明天我还是别去了吧……"

掌柜的叹气道:"人家点了咱们爷俩,不去不成呀。"

我再也不敢说什么了,可我心里头实在是害怕。

见我在屋里偷偷抹眼泪儿,怀玉走进来说:"德宝哥,反正

155

这事已经叫咱们摊上了，躲是躲不过去了。你就壮起胆子跟爸去，叫日本人也看看，咱们中国人到了什么场面上也不皱眉头。"

我悄声对他说："那些照片里就有那个刺客，赶明儿我见到了他，我心里害怕呀！"

怀玉听了，惊讶地睁大眼睛："真的？我都想亲自去瞧瞧！"

我说："你以为是个好差事呀？一边是小野，一边是杀他的刺客，你叫我怎么办？我就怕到时候晕在那儿。"

怀玉说："上次去日本军营，那么瘆人的场面你都见过了，回来却跟没事儿一样，说你是英雄好汉也不为过嘛。"

怀玉说话就是受听，她这么一夸我，不但眼泪儿没了，而且还真找到了点儿那种当英雄做好汉的感觉。

当天晚上，掌柜的过了半夜也没躺下，又听见他在自个儿屋里跟娃娃哥念叨什么。虽然掌柜的是见过世面、精于应酬的人，可明儿个一早到警察局去可不是个轻易能过关的场面。真的见到那个蒙面刺客认还是不认？不认，瞒得过日本人的眼睛吗？想必掌柜的一夜也没合眼。

转天一早,掌柜的就带着我朝警察局走去,想起上次在日本军营见过的场面,我心里头又一个劲儿地发颤,看见路边的茅房,就想尿尿。

掌柜的皱起眉头说:"瞧你这出息……"

我说:"一会儿在警察局看见那个人我怎么说呀?"

掌柜的说:"我怎么说你就怎么说呗,不就几十个人吗?你就挨个儿摇头。"

掌柜的说:"德宝,这日常啊,人是不该说瞎话,可到了有些

节骨眼上,还非说不成。今天咱们说个瞎话,就能救一条人命,那你就挺直了腰板的说。况且,对日本人说瞎话,不算是罪过。你可听好了,待会儿进了警察局,你心里头再哆嗦,表面上也得给我打起精神来。"

我应着声,可心里头还是"怦怦"乱跳。

走到二区警察局大门口,王巡长早就在那儿等着呢,连连说:"赵老板,我就知道您会来,快进去吧,都在里边候着呢。"

进了警察局,头一眼就看见了小野,还有几个日本保镖。李穿石也在,正给他和警察局的官们当翻译。见到我们走进来,李穿石对掌柜的打了个招呼,又赶紧对小野说了句什么。

小野转过脸打量着我们,脸上像是灌了铅,比那天在戏园子里可是凶了许多。

掌柜的冲他点点头。

小野凶巴巴地拿手指头指着我们说:"你们的,一定把刺客找出来!"

我心里挺害怕,也挺窝火,妈的,这是在华界地面上,而且还是你求我们,你还这么穷横?可我嘴上还得连连应着,不敢让他看出一丁点的别扭。

掌柜的只是微微点头,没吭声。

二区警察局的一个警长走过来,命令我们必须仔细辨认刺客。有,认不出来不行,没有,认错了也不行,不得马虎。说着就带我们向里边院子走去,小野和那几个日本人紧紧跟在后面。

抓来的嫌疑犯都囚在警察局的院子里,有几十号人,都是二十多岁到四十多岁的男人,他们都低着头蹲在地上,一根绳子打着死结串绑在每个人的手上。见警长带我进来,看守的警察们就吆喝那些人起来,一溜成行的顺墙根站定。

警长指着那些人对我们说:"开始吧!可看仔细了!"

我瞟了一眼掌柜的,他稳稳当当的脸上啥表情也没有。我好像也镇定了些。那些人虽然什么打扮的都有,但大都像受了惊的兔子,惶惶地立在那里。突然,我眼睛一刺,脑子"嗡"的一响,在人堆里,果然见到了那个刺客,高挑儿的身材,清秀文气的脸膛,下巴上一道深紫色的刀疤……没错,是他!顿时我心里就乱了套,我使劲儿地装作没事儿一样,可是那个刺客眼神儿偏偏就跟我的眼神撞到了一起,我只觉得脸上涨得厉害,火烧火燎的。我偷偷瞧掌柜的,他好像什么也没看见似的。

见我在走神儿,警长吆喝了声:"嘿,你发什么傻呀?快看呀！"

我忙点头，眼睛虽然瞅着那些人，可脑子乱成一锅粥，心口"扑腾，扑腾"地砸得慌。

小野鬼的出奇，他好像看出我心里的事儿，就逼着我的眼睛看，还凶问道："他在这里的！是不是?!"

我想着掌柜的嘱咐，摇头，心口都颤成一个了。

小野也摇头，叫："他在这里的！是不是?!"

我还是摇头，两条腿软成了面条，要不是使劲儿地撑着，早就一屁股坐在地上了。

小野冲我大声吼叫："他在这里的！他就在这里的！是不是?!"

我还是摇头。

这时，掌柜的开了腔，他说："小野先生，他还是个孩子，哪见过这阵势呀？您这一吓唬他，他眼神就更不灵了，就算是他万一看走了眼，不还有我吗。"

小野和几个日本人立刻把眼神转到掌柜的脸上。

小野说："对，对，赵老板也见过那个杀人犯的。就请赵老板仔细辨认吧。"

掌柜的点头说："我会的。"

说着，掌柜的拿眼神在那些人脸上认认真真地扫了一遍。

小野问："赵老板，有没有那个人？"

掌柜的不回答，说："您别急，我得再好好瞧瞧。德宝，跟我到跟前去瞅瞅……"

他带着我走到那些嫌疑犯跟前，一个一个打了个照面，好像很认真似的，看一个，摇一次头，再看一个，又摇摇头，当走到那个刺客面前，瞧见他的眼神儿跟掌柜的眼神儿碰到了一块儿，我好紧张，一颗心都快从嗓子眼里蹦出来了。可掌柜的脸上还是跟刚才一样。

那个刺客脸上也是一副坦然的样子，其实，我猜得出来，他心里也是绷着劲的，生怕掌柜的把他指认出来。终于，掌柜的照样儿摇了摇头，再去看下一个，挪身子的工夫，我看见刺客眼睛里闪出微微的水光来。

掌柜的认认真真把几十个嫌疑犯都看了一遍，也认认真真地摇了几十次头。小野还不死心，一再追问是不是看漏了眼。还说："赵老板，你们一定要看清楚，如果罪犯从你们眼皮底下漏网就很不妙了！"

掌柜的冲我说："德宝，我岁数大了，眼神兴许真的不成了，你可看清楚了？"

我壮着胆子说："看清楚了，确实没有那个人。"

掌柜的冲小野摊摊手，表示遗憾。

小野拿日本话对李穿石说了几句，李穿石点头，把我拉到一边，小声说："德宝，你是不是看见那个刺客了？"

我说："没有啊，真的没有。"

李穿石盯着我的眼睛说："真的没有？你刚才的眼神儿可有一点儿不对劲儿呀。"

我说："我……就是害怕，心里发慌……"

李穿石小声劝我："德宝，咱们都是中国人，谁也不愿意把个中国人弄出来叫日本人去杀，可那个人是犯了法的呀，你可别一时心软害了自己还害了掌柜的呀！"

见我不说话，他又劝："日本人是不能得罪的，你一天不把刺客认出来，日本人就一天忘不了你，这要到什么时候是一站呀？万一今天要是看走了眼，把那个刺客漏过去，日后再抓到他，你和掌柜的罪名可就是包庇罪犯，要进大狱的！今天你就抬抬手指头，就一了百了，往后就踏踏实实过日子了，是不是？"

我眼神儿又不由自主地往那人堆里瞅，眼角边儿一看见那刺客就立马把眼神儿转到别的地方，心里挺折腾，指出刺客来，确实就一了百了，今天不指出他来，万一再抓住他，我和掌柜的就没好日子过了！这年月，做好人也得先把自己日子过安生了呀。想到这儿，我的手指头就发热，发烫，只要朝那个人这么一指，就一了百了……

李穿石见我发呆，催促着："你再好好看看。"

我心想，我真的把刺客指出来，掌柜的会怎么说？还有怀玉会怎么看我呢？一想到怀玉，我心里"咯噔"一下子，我怎么忘了，这个刺客是她的救命恩人呀！她不是说，他是英雄好汉，还想见见他吗？我若是把他指出来，日本人肯定是要杀了他，见了怀玉我怎么说呢？就说我因为害怕，把救过她命的英雄好汉指给了日本人了，她今后还会瞧得起我吗？肯定不会了，叫怀玉瞧不起的日子我还怎么过?!再说了，这事儿传出去，天津卫的老少爷们儿都知道我赵德宝把一位要杀日本人的好汉卖了，我往后还怎么在街上走动？还怎么在人前起起坐坐？决不能干那事儿的！可是，今天要说没有那个刺客，小野会不会相信呢?看来我得装，装得跟真的一模一样才能混过去，反正他也钻不到我的心里去。

想到这儿，我把心一横，对李穿石说："你跟小野先生说，害怕归害怕，可要真的看见了刺客，我决不会不言语的，这个理儿谁不明白?当今连南京政府蒋主席，连张少帅都跟日本人客客气气的，我德宝缺心眼儿呀?偏要跟日本人过不去?恼了日本人，我还想不想过踏实日子了？再说，我也不能害了掌柜的呀。"

李穿石见我说的在理儿，就去跟小野念叨了一番，小野歪着脸瞧瞧我,似信非信的模样。

这时,警长有些不耐烦,冲小野说:"就这样吧,既然没有那个刺客,就叫他们回吧。"

小野还不罢休,眼神还一个劲儿地往那些嫌疑犯脸上扫来扫去。

警长冲掌柜的和我一摆手,我跟掌柜的赶紧走出警察局院子。一边拔腿往外走,一边心说,我的妈呀,总算过了一关。出了大门,我瞅见掌柜的脸色煞白,赶紧问:掌柜的,您怎么了?

掌柜的说:"没,没事儿……"

话儿还没落音,只见他身子就一软,险些栽倒,嘴里紧着说:"德宝,快,快扶我一把。"

我赶紧扶住他,一边问:"掌柜的,怎么了?"

掌柜的使劲儿拉住我的胳膊,努力站直了身子,运了好一阵气儿,总算缓过神来。见我睁着眼睛瞅着他,怪不好意思地自言自语:"哎,咱们爷儿俩今天就是睁着眼说瞎话呀,说不好就得掉脑袋啊。"

后来听李穿石说,小野还不死心,通过日本总领事传话儿,要把那些嫌疑犯带回海光寺军营去接着审,这事报到市公安局,当时的市长兼公安局局长是张学良的弟弟张学铭,他们张家跟日本人是国恨家仇,能听小野的吗?自然就没答应。说事儿是在华界地面上出的,人是在华界地面上抓的,既然没有证据说人家犯了法,就得立马放人,这样,那个蒙面刺客总算是逃过了一劫。

小野挂着玉观音挂件,竟然在枪子儿底下捡了一条命的事儿很快在天津卫传开了,拍日本人马屁的报纸还说什么日本皇军有观音菩萨保佑,枪子儿都打不死。后来,一家报纸不知道怎么弄到的消息,在报上说,那能挡枪子儿的观音挂件儿是"恒雅

162

斋"送给小野的。嗬，连着多少天，一拨接着一拨的主顾都挤到"恒雅斋"来买观音挂件。特别是海光寺日本军营的、东北军营的也都来了不少买主儿，都说要那能挡枪子儿的观音挂件儿。眨眼的工夫，原来库存的几百个观音挂件，一件儿卖八块现大洋，都卖光了。掌柜的就赶紧吩咐静海那边再琢出五百个玉观音挂件，送到大悲院开了光，价钱长了三成，也就是几天的时辰，又卖出去一大半儿，可是赚了不少的银子。

"恒雅斋"买卖一下子这么火，那些同行们眼睛就红了。锅店街"万得昌"的胡老板逢人就说，"恒雅斋"的赵如圭是专门为日本人琢了个观音挂件，又专门到大悲院去开了光，求观音保佑日本人逢凶化吉，万事如意等等。这话儿传来传去，就成了"恒雅斋"的赵如圭救了日本人小野一命。谁都明白，这在老百姓眼里可不是个好名声。糟蹋掌柜的这些瞎话，到"恒雅斋"抢着来买观音挂件的人都听过，也都传过，可谁也不会跟掌柜的念叨一句实话。我和"恒雅斋"的伙计们也都听到了，也不敢对掌柜的说，到后来，满天津卫的人都听见了那些话了，只有掌柜的不知道。还是赵如璋在掌柜的面前把事儿挑明了。

那天，赵如璋借着到家里看老太太的机会就冲掌柜的说冷话儿："兄弟，全天津卫都知道了，你救了日本人一命呀，这下'恒雅斋'可是出了大名了。"

掌柜的听着这扎耳朵的话就来气，但是对自己的亲哥哥，他还是尽量缓着口气："哥，您怎么也听那些见风就是雨的闲话儿？观音挂件儿挂在小野脖子上，偏巧给他挡了子弹，怎么是我救了日本人一命呢？"

赵如璋怪怪地笑："可满天津卫都是这样传嘛，再说了，无风不起浪，那观音挂件总是从'恒雅斋'出去的吧？"

掌柜的解释:"开岁洗三那天您在场呀。小野送了块金子,我不想欠他的人情,才随手拿了那个观音挂件还了礼!怎么是我救了小野一命呀?"

赵如璋说:"嗨,人家都那么传说嘛。"

掌柜的说:"外人怎么说就叫他们说去,您是我哥呀,这节骨眼上,您得替我说句公道话呀。"

赵如璋笑得冷冷的:"这时候我是哥了,当初分家产的时候谁认我这个哥了?"

掌柜的问:"您这话是从哪儿说起呀?当初分家产都是老爷子的一句话嘛,我有吗罪过?"

赵如璋说:"难道还是我有罪吗?祖宗留下的这家产眼下都落在你的手里了,我还有罪吗?"

赵如圭也说:"您可把话说明白了,当初您准备卖了这幢楼还人家债的,我是掏出两千现大洋替您顶债的!"

赵如璋摆手说:"算了,算了,陈芝麻烂谷子的事儿咱们不提了,你能救日本人的一条命,也算是多了一条后路嘛,往后,甭管日本人怎么糟践中国人,也决不会再招惹你了。"

掌柜的脸涨得通红,嗓门就大了:"哥,咱们哥儿俩打小在一块儿,我赵如圭是什么人您还不清楚吗?您说这话不是明明地糟践我吗?!"

赵如璋也不软口,说:"这就不爱听了? 我在外边听到的你还没听见呢! 邻居就对我说,您还给人家瞧病呢,先给自己兄弟瞧一瞧病吧。"

掌柜的就喊起来了:"瞧吗病?! 我赵如圭行得正,走得端,犯法的不干,有毒的不吃,吗病也没有!"

掌柜的一句有毒的不吃,扎了赵如璋的肺管子,他火了,嗓

164

门比掌柜的还大："我赵如璋没大出息，不就是抽几口大烟吗，可我守大节，我爱国！决不当汉奸！"

掌柜的也恼急了："谁是汉奸？您今天把话儿说明白了，谁是汉奸?!"

哥俩儿吵闹起来，伙计们不敢上去劝，几个小姐上前去劝可又劝不住，终于惊动了楼上老太太，便叫璞翠跑下来看下面出了什么事儿了。

见老哥俩儿你一言我一嘴吵得厉害，璞翠也看呆了，便上楼告诉了老太太。老太太走下楼来，也不问醋打哪儿酸，盐打哪儿咸，劈头盖脸把哥俩儿数叨了一通，赵如璋这才住了嘴，出了门，掌柜的气得几天都是绷着脸。

在警察局看见那个刺客的事儿，我对家里其他人什么也没说，但全跟怀玉撂了底儿，那是晚上在我的屋里，家里人都睡了，我就从头到尾给她讲了一遍。

怀玉直冲我挑大拇指儿说："德宝，我爸爸够仗义，你也算是条好汉了！"

我对他说："你猜，我为什么不指出他来呀？

怀玉问："为什么？

我说："就是为了你呀。他救过你的命，我死活也不能卖了他呀。"

怀玉挺感动，说："德宝，你是为我才担这风险的，叫我怎么谢你呢？"

我见她脸上、眼里都是柔柔的，心里那股劲儿就又上来了，就说："真想谢我？"

她说："当然了。"

我抖起胆子说："那……能不能再让我亲你一下……"

怀玉脸红了,说:"你坏……"

我求她:"就亲一下,一下。"

怀玉沉了沉说:"真的就一下?"

我点头:"就一下。"

她说:"那好吧……"就闭上眼让我亲。

先是轻轻地亲了一下,没等她睁开眼,我就紧紧地抱住她,没命地亲她那又暖又烫的嘴唇,摸她鼓鼓的奶子,她用力气推了我一阵儿,推不动,就慢慢不推了,由着我亲她,摸她,还由着我把舌头伸进她的嘴里搅,后来她的舌头也叫我嘬了出来,又由着我在牙上边咬,在舌头上舔……

那只蝈蝈在头顶上"蝈蝈、蝈蝈"的叫得欢喜,我整个人都似漂在了温乎乎的水里头,悠悠荡荡,晕晕乎乎,心里就念叨着那句词儿:温香软玉,温香软玉……

突然,怀玉不知道从哪儿来的邪劲儿,猛地推开了我说:"不行! 不行! "

我才发现我已经把她的裤腰子扯开了,我下边那东西也硬挺挺地顶着裤子。

怀玉红着脸跑回了屋,我一个人坐在炕上发傻,心里那叫个舒坦呀,原以为再没可能跟她亲热了,却不承想她又让我第二回亲热了她,她是真真地喜欢我,真真地喜欢我德宝的呀! 这要是在野地里,我就会吼几嗓子:怀玉喜欢我!怀玉真真地喜欢我呀!

那晚上,我守着蝈蝈笼子睡了一夜,梦里头,蝈蝈突然从笼子里钻了出去,我赶忙去逮,左扑右扑,都叫它从指头缝里跳走了,一只猫不知从哪儿窜了出来,一口将蝈蝈叼进了嘴,我急醒了,才发现蝈蝈还在笼子里,琢磨了半天也闹不明白那梦里的意思。

166

转天晚上,我去北门里送货,回来的时候已经十点多了,我刚过了鼓楼,暗地里,一个汉子闪了出来,跟我说:"小兄弟,请留步。"

这大半夜的,一个生人跟我说话,吓了我一跳,定神看清楚了,更是吓了一跳,原来就是那个蒙面刺客。

我心口一缩,忙四下看了看,见没什么人,才问他:"你……你,找我什么事儿?"

刺客说:"小兄弟,不是您们蒙住了日本人,我就没命了……救命之恩,我一定报答。"

瞅见他眼里闪着泪花儿,我挺激动:"别谢我,别谢我,要谢就谢我们掌柜的,就是他说的,您是条好汉,决不能把您卖给日本人。"

刺客说:"你们掌柜的是不是叫赵如圭?'恒雅斋'的老板?"

我问:"对呀……您怎么知道的?"

刺客说:"救命恩人就是再生父母,我自然是要打听到的。小兄弟,就请你领我去见你们掌柜的,让我给他磕几个头。"

我赶紧说:"别,别,别那么客气。日本人死活要抓你,你就别呆在天津了,还不快跑呀?"

刺客说:"家仇不报,小野不死,我是不会离开天津的!"

我怕跟他说话长了惹出麻烦,急着走,那刺客扯着了我:"小兄弟,我叫郭大器,大器晚成的器,麻烦你就跟你们掌柜的说一声,改天我一定去府上给他磕头。"

我想说你可千万别去,我们掌柜的就怕惹事儿,可话刚刚到嘴边儿,那个郭大器已经没了踪影。

待回到家里,我把这事儿跟掌柜的说了,掌柜的脸上立刻就

167

紧绷起来："确实是他？"

我点头。

掌柜的说："那个郭大器确实是个危险人物呀，不光日本人要抓他，东北军也在通缉他呢。

我忙问："为什么？"

掌柜的拿出报纸说："这报纸上都说了，在东北，他是杀了自己的营长才逃亡的。

我赶忙接过报纸，果然看见有东北军通缉郭大器的消息，想到他说要来家里拜谢掌柜的话儿，心里就打起鼓来。怕掌柜的知道了更睡不着觉，就没跟他说。一连十几天过去了，那个郭大器总算没有露面儿，慢慢地我这颗悬着的心也就放下来了。可是，谁也想不到，在那个下大雨的夜里，他还是进了"恒雅斋"的门儿。

那天,因为下大雨,天上乌云滚滚,还没到天黑,可已经是不点灯就看不到人影儿了。掌柜的琢磨着这鬼天气八成没什么客人上门了,吩咐我早早的上了窗板、门板,准备关门吃饭了。就在这时,郭大器一身湿淋淋地走了进来。

一见他,我就傻了:"哎哟,我不是说您就甭来了……"

郭大器抹了把脸上的雨水:"我说到做到,一定要给你们掌柜的磕头的。"

正说到这儿,掌柜的正巧从后边走过来,瞅见郭大器,他头

第十二章

一眼还没认出来:"这大雨天的, 这位先生还来关照我们生意,您要点儿什么? "

还没等我言声呢,郭大器就"扑通"跪在掌柜的面前,连连磕头。

掌柜的吓了一跳:"这是怎么说的? 别! 别……"

我说:"掌柜的,这位就是那个要杀小野的好汉……"

掌柜的浑身一抖,赶紧打量面前的郭大器:"哎哟,您到这儿来干什么呀? "

郭大器说:"您救了我的命,我就想来给您磕头谢恩。"

掌柜的脸色发白,赶紧说:"不用,不用,咱们谁也不欠谁

的,您赶紧走,赶紧走,德宝,快去给这位好汉拿二十块现大洋来。"

我应声,紧着到柜台上去数现大洋。

掌柜的朝窗户外张望着说:"您难道不知道呀,日本人在抓您,东北军也在通缉您,这节骨眼上您跑到我这儿来干什么呀?!"

我捧着现大洋走到郭大器跟前,因为害怕心慌,那钱还没递到郭大器手上,就都"哗啦,哗啦"地落到了地上。

掌柜的跺脚骂:"笨!"也帮着拾那些散落在地上的现大洋,好歹拾起了那些钱。

掌柜的手微微哆嗦着捧到郭大器面前:"您呀,赶紧远远地跑吧,这钱,您就当个盘缠……"

郭大器说:"我不是来要钱的,您可千万别把我当成歹人了……"

掌柜的忙说:"没那个意思,没有……"

郭大器说:"赵老板,我全家人都叫关东军特务小野杀死了,我跟他有不共戴天之仇……我对老天爷是起了誓的,我这条命今生今世不准备干别的了,就是报仇用的。一句话,不杀小野,誓不为人!听说小野调到天津,我也就跟到了天津……如果那天您要是把我指出来,我就一准死在小野的手里了,我死倒不要紧,那全家人的血海深仇就永生永世报不成了,所以今儿个我一定要来给您磕这个头!不仅是我,还替我冤屈而死的爹妈、妹妹……"

说着,郭大器又给掌柜的跪下磕头。

听了这一番话,掌柜的也不禁湿了眼睛,他赶紧扶起郭大器说:"小伙子,快起来,快起来,您这份情我领了……我赵如圭不是不讲情义的主儿，小门小户的生意人，惹不起一点儿的麻烦呀，再说，这儿也常有东北军和日本人来买玉器的……这钱，您还是拿着，赶紧走吧！"

郭大器总算收下那现大洋，说："往后，我会还给您的……"

说罢，他就要出门，掌柜的吩咐我先出门打探打探。我走出门，只见外边瓢泼大雨下得更猛了，街上见不着一个人，我刚要转身对掌柜的招呼，就瞅见对面开来一辆军车，仔细打量，只见金一戈金团长带着几个东北军兵跳下车来。我心里喊了声"糟糕！"转身就跑进门里："掌柜的，金团长带着兵来了。"

掌柜的赶紧冲窗户外张望，果然看见金团长冒着大雨朝这边走来，顿时脸色大变，赶紧又把门关上。

郭大器朝外边望去，脱口道："这是金一戈！我不能见他的！"

掌柜的跺脚道："哎，怕什么就来什么！"

眼看着金一戈已经走到门前了，再让郭大器走前门一准要撞个正脸儿，掌柜的只得吩咐我说："快，领他从后门走。"

我忙领着郭大器走向后边，郭大器一边走一边说："小兄弟，往后你们掌柜的要是用得着我，就给我打个招呼，这一阵儿我就在河边儿大连码头干活儿。"

进了院子，正巧碰见怀玉迎面走过来，她是来叫掌柜的去吃饭的，见我领着个外人慌慌张张地送出了后门，等我回转过身她问我是什么人？我如实告诉了她。她就嗔怪我："哎哟，是他？那可是我的救命恩人呀！你怎么也不给我介绍介绍呀？"

我说："我还敢留他说话？金团长已经进了店门了……"来不及跟她细解释，我就赶紧走回前边的铺面，见掌柜的正跟金团长说话呢。

掌柜的说："金团长，您这大雨天的光临我们'恒雅斋'，想必是需要什么，您只管吩咐……"

金一戈摆手："谁找这下大雨的时候出来买东西呀？今天来是公事儿。"

掌柜的说："公事儿？"

金一戈说："要杀小野的那小子叫郭大器，是我手下的一个连长，拿枪把他们营长脑袋崩了，上边一直严令通缉呢，连我们的张副总司令都惊动了……在警察局你们见到他了？"

我这心口里像揣着只兔子似的一阵乱撞，偷偷瞧掌柜的，他倒还镇静，不紧不慢地说："没，没见着……"

金一戈盯着掌柜的："真的没见着？"

掌柜的一口咬定："确实没见着……是不是德宝？"

我赶紧应声："对，确实没见着……"

金一戈冲我说："德宝，你跟日本人说瞎话就算了，跟我可不能啊！"

我赶紧说："哪能呀，我也不敢呀。"

掌柜的又说："金团长，我们跟那个郭大器非亲非故，干吗要蒙您呢是不是？"

金一戈看看我又看看掌柜的，说："嗯，想你们也犯不着，如果你们再见到那小子，一定立刻跟我打个招呼。赵老板是聪明人，包庇杀人犯的罪名谁也担不起是不是？"

金一戈一出门儿，掌柜的赶紧问我："那个郭大器走了？"

我说："从后门走了。"

掌柜的长长地出了口气。

当晚，怀玉就缠着我问郭大器是怎么找到家里来的？为什么要来？我就一五一十地都告诉了她。

怀玉说:"敢情他是为了给全家人报仇啊。在利顺德为了救我,他宁可失去一次报仇雪恨的机会,真是有血性又仗义啊。我实在应当跟他说句感谢的话,都怪你,让我们失之交臂,错过了机会。"

见她满脸的遗憾,我忍不住地告诉她:"我知道他在哪儿干活儿。"

怀玉忙问:"在哪儿?"

我说:"他说了,他就在海河大连码头干活儿。"

怀玉说:"码头?不就是大姐夫管的地方吗?请他去打听打听保准找得到。"

我摇头说:"哎!这事儿可千万不能叫大姐夫知道,他跟小野可是挺熟的,万一传到小野那里去,咱不是就害了人家吗?"

怀玉连连点头说:"可也是,不过怎么也得找个机会去码头上去看看人家呀。"

转天,怀玉就跟掌柜的说在家里憋闷的慌,想去大连码头上去画画。掌柜的见怀玉多少天都扎在库房里琢磨玉器,确实是稳下了性子收住了心了,陆雄飞又在大连码头那儿管事儿,就答应了,叫我陪怀玉一块儿去一块儿回。我高兴极了,就拎着怀玉画画的夹子,随她一溜小跑到了大连码头。

自打洋人在天津卫开了租界,海河两边先后建起了八十来个大大小小的码头,无论是从外边运进来的洋货还是打里边运出去的土货,都得从海河边上的码头上过,这八十来个码头搬运的人手少说就得三四千号苦力,揽活给轮船装卸和给苦力派活、发工钱的就是脚行。脚行在天津卫可有二百多年了,最早干的都是接官迎差的杂事儿,抬轿呀,搬运行李呀,当然都是穷人的活计,人称夫子,算是脚行的祖宗了。前清康熙、乾隆之后,天津卫的生意买卖越来越红火，广东、福建、浙江的商人把南边的货什么糖呀、纸呀、绸缎呀都运到天津来卖，干搬搬运运的夫子，就越来越多，他们最早都聚在老城里和针市街那一带，后来成了气候，有了行规，有了夫子头，慢慢就成了脚行，前清最有名的脚行就是在针市街东口的"东大把脚行"和在针市街西口的"西大把脚行"，还有专门搬运粮食和盐的脚行，那都在河东粮店街一带。脚行搬货，分"生货"和"熟货"，从船上往码头货栈里搬叫"生货"，从货栈再往别的地方搬叫"熟货"，规矩是搬生货的不搬熟货，搬熟货的不搬生货，决不在一块儿掺和。先前，脚行的规矩还算是公道，每次的派活儿都是由夫子头"唱签"的法子，唱到谁的名字谁就去干活，唱不到的人轮到下回再唱，不论谁去干活，赚的钱都先得归公，然后再按人头分，有饭大家吃，脚行的头头自然是要拿大头的。脚行跟脚行之间从一开始就分清楚各自的地盘，谁也不到别人的地盘上抢饭吃，若是越界抢了人家的活计，那就要惹大麻烦，所以这地盘儿就是脚行头头的自家宝贝，老子死了，传给儿子，儿子死了就传给孙子。只要交了税，官府就认可，有了麻烦，官府还会替脚行说话撑腰。到了前清咸丰年间，天津卫又有了"下道"脚行，就是在外国租界码头上搬运货的脚行，"生货"、"熟货"的规矩跟原先一样，但是派活儿的法子变了，要么"抽签"，要么"轮牌子"，"抽签"就是把干活的人的名字分个写在竹签子上面，来活时，把签子放进筒子里，抽着谁的签就谁去，抽不着的就歇着，抽着的签不能再放进筒子里，得等所有都抽完了，再一块儿放进去，再抽下一轮。"轮牌子"法儿也是一个理儿，就是把干活的人名儿写在小牌子上，挨着牌子派人干活儿。

天津卫干搬运的人起码不少于几万口子，有签的人不过三四千,这签在脚行里就是铁饭碗,有了签你就饿不着肚子,就可以养家糊口,有签的人不干了,还可以把签租给别人吃租金,签也可以卖给别人,可以当家产到当铺换银子。自打"下道"脚行成了气候,青帮就搅进来了,为了抢码头,占地盘儿,就得有人去玩儿命,去挨刀流血,这就有了"死签"。一旦有打架拼命的事儿,拿"死签"的人就得出阵豁出命去打去杀。人死了,他的全家老小就由所有拿"活签"的人养着,死人的签还归他后人名下,子子孙孙的传下去。陆雄飞手下的"臭咧咕",就是个曾抓过"死签"的主儿。

到了民国,天津卫的脚行仍然是在青帮手里捏着的。譬如控制着日租界码头命门的中局脚行,就是"悟"字辈的青帮头头袁文会当老大。法租界紫竹林脚行的老大是青帮的"三霸天"、小刘庄脚行的老大张凤楼都是青帮的显赫人物。天津卫各个码头每天都有十来条船装货卸货,货主若不拜青帮做"门神",那你的货就甭想顺顺当当的装卸。一定是丢的丢、砸的砸。所以货主到了天津卫码头上,无一例外地要向青帮交保护费的,就这保护费一年到头就是一大笔银子,谁看了不眼馋呀?所以,青帮内为争码头,抢脚行的事儿总是免不了的,白刀子进,红刀子出的大拼杀也时有发生。陆雄飞所在大连码头脚行老大是个姓杨的青帮头,因为与帮里的仇家有过节儿,他的仇家就串通英租界的工部局,又说服了陆雄飞做内应,设了个套儿,把那个姓杨的弄进工部局打成了残废,然后陆雄飞再扮好人把姓杨的救出来。到后来,大连码头脚行的头头虽然还挂着姓杨的名牌儿,实际上主事的已经是陆雄飞了。

陆雄飞在家里时,碍着掌柜的面子,说话办事总还有个商量。在码头上,他可就是说一不二的霸王,给哪个苦力派活儿,给多少工钱,都是他一个人说了算。到了节骨眼上,他还有刑罚生杀的权力。

那天上午,我和怀玉走进了码头时,见他正斜靠在凉棚下面的竹椅上,一手扇着扇子,一手端壶喝茶,一会儿闭目养神,一会儿瞟一眼码头上来来回回搬运的苦力,他那个干儿子"臭咧咕"当监工,站在跳板跟前冲着苦力们喝三吆四的,特别地凶。

陆雄飞见了我俩,有些意外,起身问:"嗬!这是哪阵风呀?把二姨给吹来了。"

怀玉说:"到这儿画画不行吗?"

陆雄飞自从占怀玉便宜却叫怀玉撅了之后,心里就存着口恶气,说起话来拐弯还带刺儿:"我们这儿都是臭苦力的,谁见谁嫌,有吗好画的?"

怀玉说:"大姐夫要是嫌我们碍事,我就不在这儿画了。"

陆雄飞说:"别,别,回头再落个欺负二姨的罪名,我可担待不起呀。"

趁怀玉跟陆雄飞斗嘴的工夫,我趁机打量那些扛货的苦力,看那个叫郭大器的家伙是不是真的在这里边。果然,郭大器还真的在这儿,只见他光着脊梁,一块灰不拉叽的布巾蒙在头上,肩膀上扛着沉甸甸的箱子,嘴里紧咬着竹坯子做的货签,从一条日本船上走下来。他胸前后背都沾着湿津津的汗水,黑红黑红的有光,他下边的粗布裤子也早叫汗汤子浸湿了大半条了。

我叫过怀玉,指着郭大器说:"妹子,你不是要找个人当模特儿画画吗,那个人就挺合适的。"

怀玉自然明白我的意思,走到跳板跟前打量。

"臭咧咕"见是陆雄飞的小姨子,点头哈腰的赔着笑脸。

对这家伙,除了陆雄飞,我们全家人都烦他,怀玉没答理他。

176

郭大器把箱子卸在了码头上之后，才抬起头来，一下子就瞅见了我，一愣，又瞅见怀玉也在，便更是一愣，因为他在利顺德饭店是见过怀玉的。不过，立马他又像吗事儿没有似的走上了跳板。

怀玉对陆雄飞说："姐夫，用你个人，我画写生行吗？"

陆雄飞歪着头坏笑："画我不就得了，我就喜欢叫人家仔细地瞅，仔细地画。"

怀玉挖苦道："你呀，上不了画的。"

陆雄飞一腔的坏音儿："为什么呀？我不少鼻子不少眼，浑身上下吗也不缺。"

怀玉也不客气："我要画的是干活的劳动者，就像他们那样的，身上都是健壮的美，你那身浮囊肉，有什么可画的。"

陆雄飞笑得更发邪："二姨怎么知道我身上是什么肉呀？"

怀玉拧起眉毛："你愿意帮忙就帮，不愿意就拉倒！少说这不正经的！德宝，我们走！"

怀玉一变脸儿，陆雄飞立刻就软了下来："德宝，你看，咱们二姨也太不识逗了，得！你要画谁就画谁，行了吧？"

怀玉说："这还差不多。"

她指了指又扛着箱子走下跳板的郭大器说："就他吧。"

陆雄飞冲"臭咧咕"喊："兄弟，把那个苦力叫过来。"

"臭咧咕"冲郭大器叫："你，过来，我大哥叫你。"

郭大器不言声，走了过来。

陆雄飞冲他说："小子，你今天走好运，我们家二姨看上你了，从现在起，你就听她的调遣，工钱嘛，我照给。"

怀玉有意找了个离陆雄飞远的地方，让郭大器坐在拴船的铁桩子上，她装着给郭大器画像，就聊上了。

在做了自我介绍后,怀玉说:"郭大器先生,我今天就是专门来谢谢你的,上次在利顺德,不是您,我就活不到今天了。"

郭大器微微一笑:"你不用谢我,只要是有心有肺的中国人,谁遇上那个场面,都得那样做。"

怀玉又说:"除了那,我还是得感谢您。"

郭大器问:"为什么?"

怀玉:"我原来对咱们中国人挺悲观的,觉得没吗希望了。日本人在中国横行霸道,烧杀抢掠,从政府到百姓,都是逆来顺受,不愤怒,更不敢反抗。是您叫我亲眼看见了中国人也敢把枪口对着日本人的脑门;让我亲眼也看见了日本人在中国人面前那个狗熊样儿。从那儿起,我就看到了希望,身体里好像注入了新的能量。如果所有的中国人都跟您似的,人家还敢欺负咱们吗?咱们中国这只沉睡的狮子还会任人宰割吗?!"

怀玉说着说着就激动起来,我这才看出来,掌柜的想拿玉器玩意儿拴住她的心,占住她的脑子,实在是白费了心思。

看得出来,郭大器被怀玉一番话说动了情,他张嘴想说什么,突然嗓子眼塞住了,眼里拱出了泪花,一个字儿也没说出来,两只巴掌紧紧地抓着裤子,突然又起身在地上来回地走动,像一头关在笼子里的野兽。

怀玉问:"郭先生,我说的……没吗不合适的吧?"

郭大器长叹了口气:"你说的话,勾我心思啊!小野杀了我一家人,我是对天发了誓的,不杀小野,誓不为人!可是老天爷就是不帮忙呀,头一次没杀成,再一次还是没杀成,下一次还有没有机会……就难说了……"

郭大器看着翻着漩涡的海河,半天没话,看得出来,他心里塞满了深仇大恨。

一条海轮响着笛儿开过来，震得人心口发颤。

怀玉正要问下去，见陆雄飞晃悠晃悠地走过来，便住了口，在纸上给郭大器画脸庞儿……

我和怀玉跟郭大器第二次见面是在英租界的一个花园里，那次郭大器穿着西服，特别地精神，一点儿也看不出他是在码头上干苦力。就在那一次，他把他一家人被小野害死的事都告诉了我们。

郭大器的爹原是奉天铁路上的一个职员，为人厚道，在铁路上尽职尽责，民国十七年也就是公元一九二八年六月三号，他受上司的差遣到皇姑屯火车站办理公事，因当天事儿没办利索，当晚就住在了车站的宿舍里。到了半夜，他听见外边有动静，就叫着铁路同事一块儿起来查看，发现有不少人在铁路边上鬼鬼祟祟走动。他们猜一定是吃大轮、扒火车的贼伙儿，就悄着声地跟着那些人，准备抓贼。到了京奉铁路和南满铁路交叉的三洞铁桥，那伙子人就停了步，"叽咕，叽咕"说着什么，细一听，说的都是日本话，像是日本的军人。远远地瞅见他们在铁桥下边捣鼓了好一阵子，又鬼鬼祟祟地溜走了。他们本想到三洞桥跟前去瞅瞅，可又怕那儿还有日本人，就没敢过去，又悄着声地回了车站。没想到，到了天将亮还没亮的工夫，只听见三洞桥那边"轰隆"一声巨响，差点儿震聋了耳朵。接着就有人喊叫起来，说从关外来的火车出了轨。跑过去一看，就傻了，炸药烟子熏黑了半拉天，三洞桥那花岗石砌成的桥墩子炸塌了一半，铁轨、钢梁都拧成了麻花儿。一辆坐人的车厢炸得只剩下了底座，到处躺着不少被炸得血糊流烂的人，已经没模样了。那些缺胳膊断腿的人鬼哭狼嚎地叫着，一群东北军的军人连滚带爬，围到一个被炸得满身是血的人身边撕心裂肺叫着："大帅呀！大帅呀！"郭大器的爹才知道遭难的是张作霖张大帅,也才闹明白,日本人昨天晚上在三洞桥捣鼓半天,就是在那儿埋炸药,准备要张大帅命的。回去之后,郭大器的爹就把在东北当连长的儿子,也就是郭大器叫回了家,把自己亲眼看到的事儿说给儿子,郭大器一听就跳起来了,日本人竟然把张大帅害了,这还得了!他立马要到长官那儿报告,他爹说,这事儿可是非同小可呀,叫他沉住气,应当先找贴心的兄弟商量商量再说。回到军营里,郭大器就找到了自己的营长于得久商量怎么把情况捅到大帅府去。于得久叫郭大器的爹写出亲眼所见的文字来,答应想办法送到大帅府,还嘱咐他千万千万不能再跟别人说,郭大器都照办了。他做梦也没想到,于得久早就跟日本关东军特务小野勾结上了,他把郭大器爹写的材料交给了小野,关东军立刻就决定杀人灭口。当夜。小野带人就摸到郭大器家,杀了郭大器爹妈和两个妹妹,一块看到日本人埋炸药的同事一家也杀得个干净。就在于得久在军营里要杀郭大器的工夫,有好心人给郭大器报了信儿,他才大梦初醒,逃命回家,见到尸骨已凉透了的爹妈妹妹,他真是五雷轰顶,地陷天塌……后来,他设法儿逮住了于得久,拿枪口顶着他的脑门,逼问出了他跟小野的关系和小野带人马杀了自己全家的内情。一怒之下,他毙了于得久,还没来得及找到小野报仇,他就因为枪杀长官的罪名被东北军严令通缉,他只得逃躲进山里,等着机会找小野报仇。后来听说小野调到天津,他就跟到了天津,谁料想,好不容易在利顺德饭店逮住了小野,又为了怀玉不得不放了他。在广东会馆,准准地一枪打在小野的心口上,又偏偏叫那块玉观音挡了枪子儿。但是,郭大器决不死心,他对老天爷发了誓,他这一条命不准备干别的了,就是报仇用的,一句话,不杀小野,誓不为人!

　　说罢,郭大器还拿出当时的日本人办的报纸,那上边登着他全家人横尸当屋的照片。报纸上还撒谎说这是土匪抢劫杀人。

怀玉听着,看着,满眼都是泪,安慰郭大器说:"郭大哥,善有善报,恶有恶报,不是不报,时候没到。小野那些日本鬼子早早晚晚没好下场的,您千万千万别再冒险拼命去了,您这条命值钱着呢,哪能只杀一个小野就够本了?"

我也劝了郭大器:"就是,小野两次都差点儿死在你的手里,他气得是七窍生烟呀,正想着法儿抓你呢,你可千万千万留神呀,万一落在他的手上,他能把你活剥了!"

郭大器一笑,说:"我宁可报了仇死了,也不愿意就这么窝屈死!只要杀了小野,我死而无憾!到了九泉之下,跟我爹我娘也就有个交代了。"

怀玉听着郭大器说话,眼里冒出光来,脸上现出崇敬的神情。

后来怀玉对我说,日本人对咱们中国人简直是骑着脖子拉屎了,可天津卫的人还是忍着、窝屈着,像郭大器这样的血性汉子在天津卫太少见了。

听怀玉这么夸郭大器,我心里就有那么点儿不自在,说:"郭大器是全家都死在小野手里了呀,这事搁在谁的身上谁都得要拼命。"

怀玉却说:"难道非要等家家户户都摊上这事儿,咱们才起来拼命吗?"

打那儿起,怀玉就总是拿出去画画当理由,去跟郭大器聚会聊天,掌柜的又总是让我跟着怀玉出门,好有个照顾。怀玉跟郭大器越聊越投缘,起先我还能插进一句话两句话,待他们聊到中国跟日本人打仗的历史;蒋介石在南边围剿造反的共产党;到底是谁能让中国不再受洋人欺负这一类话题儿,我就插不上嘴了。

可是听着他们说话儿,倒也真是长见识。有一次,他们说起天津卫这三个字的来历,郭大器问怀玉,怀玉摇头,又问我,我也说不上来,他就笑话我们:"你们还是天津卫的人呢,怎么连天津卫的来历也没闹明白?"

怀玉就说:"听你这口气,好像你知道似的。"

郭大器说:"嘿,真叫你说着了,我当然知道,天津这个名字还是皇上起的呢。"

我说:"你别是逗我们玩吧?"

郭大器说:"哎,这可是史书上有记载的,在东北上大学时,我就查过史料,当年明朝开国皇帝朱元璋死了,把皇位传给了孙子朱允炆,就是建文帝,在北平当燕王的朱棣不服气,就以'靖难'的名义,跟在南京的侄子打起仗来,建文二年,也就是公元一四〇〇年,朱棣率领千军万马南下,史书上记载,朱棣是'渡直沽,昼夜兼行',势如破竹,夺取了天下,传说朱棣就在天津这个地方过的河,他当了皇帝之后,这地方就成了天子的过河的地方了,朱棣赐名叫天津,津,就是渡口,天子的渡口。"

怀玉问:"那天津卫的卫字儿是怎么个讲究呢?"

郭大器说:"明朝有规矩,小城小镇就设个所,就是小军营,大城大市就设个卫,就是大军营,卫字儿,就是保卫、护卫、拱卫的意思,明永乐二年,在小直沽开始设天津卫,还设有左卫右卫,再以后,天津建了城,先后把天津卫和左右两卫搬进了城里,打那儿起,天津卫的名字就这么叫下来了。"

怀玉听了好不佩服,就问:"郭大哥,你是上过大学的,识文断字,干吗还在码头上当苦力?你要是手上没钱,我可以先帮你呀。"

郭大器说:"在码头上苦力人多人杂,是我藏身的好地方,

182

再则,我也是怕一过上安逸的日子,日子一长,报仇的念头就淡了,还是当苦力的好。”

怀玉说:“你是卧薪尝胆呀!”

郭大器苦笑说:“就怕我没有越王勾践那好运气,苦也吃了,就是报不了仇呀!”

慢慢地我就觉出了,在怀玉和郭大器跟前,自己是个多余的角儿,而且怀玉也不大愿意我总在他们身边听他们聊天,见她瞅郭大器的那眼神儿越来越亲热,我心里就有些发酸,也有些嘀咕,难道怀玉喜欢上郭大器了?难道她不知道这天底下只有我德宝是最喜欢她的男人?再仔细瞅郭大器的眼神,倒是没有动心动情的意思,看得出他只惦着一件事儿——报仇!怀玉大概也是敬佩郭大器的为人,才特别地亲热,不会是真正喜欢上郭大器吧?琢磨到这儿,自己就有点儿脸红,这才到哪儿了,我这就吃上醋了?要是让怀玉和郭大器知道了,还不笑话咱脏心烂肺?这样一想,我心里就踏实了下来。

那一年立了秋，天还着实又热了一阵子，处暑过了，风才凉快了起来，身上即使出汗也不那样黏了。天气凉快了，但是"恒雅斋"的生意还照样的红火。经惠灵顿先生的说合，一个美国老板从掌柜的手里买走了一直压在库房里的几件玉器，收回了一万多块现大洋。掌柜的特别地高兴，就念叨起要请老太太再去看一场戏，上次在广东会馆因为撞见了小野，老太太连戏也没看踏实，掌柜的心里一直觉得对不住老太太。

听儿子说起看戏的事儿，老太太说还是想听薛艳卿的戏，掌

第十二章

柜的可犯了难，那薛艳卿是叫张必包养在张家公馆里边的，张必让她唱戏她才唱，总不能请人家专门给老太太唱一场呀。再则，张必那一伙子都是甘愿给日本人当狗腿子的主儿，掌柜的打心眼里就腻歪他们，他们就是再张罗听戏的事，也不想去凑那个热闹了。掌柜的正犯愁怎么跟老太太解释呢，嘿！你说巧不巧，薛艳卿冷不丁地就进了我们家的门。

那天晚上全家人都快睡了，薛艳卿敲开了门，慌慌张张地跑进来，她手里还拎着个挺沉的箱子。掌柜的一看就知道她出了事儿，忙将她请到厅里坐下，问："薛小姐，您这是？"

薛艳卿眼圈顿时就红了，说："赵老板，我是从张家公馆跑

出来的……"

掌柜的问："为什么呀？"

薛艳卿满脸的委屈，话没说出口，眼泪儿就"吧嗒，吧嗒"地往下掉。

听说唱戏的薛艳卿进了家门儿，我跟叠玉、怀玉、洗玉都奔到客厅里瞧她。

薛艳卿见到我们，赶紧把挂在脸蛋上的泪珠擦干净。

掌柜的见她吞吞吐吐的，便说："你要是跟我说不方便就跟叠玉说，千万千万别急坏了身子。"

薛艳卿说："没吗不方便的……张必那个老王八蛋，他不是人！是畜生！"

见她浑身发抖，掌柜的叫我赶紧倒杯热水，给她喝下去。又示意我们几个都退出客厅去。

原来，自打在广东会馆唱了戏，张必那老小子觉得小野挺喜欢薛艳卿，就常接小野到张家公馆喝王八汤，说是给他压惊补身子，还叫薛艳卿好生伺候小野。小野自然明白张必的用意，就在薛艳卿身上这捏一把，那摸一下的，薛艳卿也只能强忍着，周旋着。谁料到，头天晚上，张必跟薛艳卿说，想必你也看出来了，小野喜欢你，换个别人我是不答应的，可是日本人是朋友，日后干大事东山再起还得靠他们撑着，你就好好陪陪小野去吧。薛艳卿不愿意，张必张嘴就骂，又抡起巴掌打，说是臭婊子装洋蒜。她实在是受不了那个辱，就拎着自己的东西偷偷跑了出来。

薛艳卿说："我家是不能去的，那老王八蛋知道那儿的，我就是想请您帮找个清静地方，我躲几天。"

听薛艳卿说完，掌柜的就犯起了难，照心里话说，薛艳卿有难事儿，他是特别地想帮忙，可听说这里边又掺和着小野，他就

185

心里打怵。

薛艳卿看出来掌柜的在犯犹豫，就说："您要是不方便，也甭为难，我再去想别的法子。"说着她拎起箱子就要往外走。

这一来掌柜的倒不好意思了，他忙拦住薛艳卿说："没什么不方便，不就是找个清静的地方吗？总有法子的。"

他琢磨了一会儿说："华界不保险，还是到英租界去躲躲吧，我有个英国朋友，他是能帮忙的。"

薛艳卿点了头，又说："还得麻烦您，我这箱子先在您这儿藏一阵子行不？不瞒您，我那点儿值钱的家当都在这里边。"

掌柜的说："薛小姐这么信得过我，就放我这儿吧，保准没事的。"

掌柜的亲自看着，叫我把薛艳卿的箱子拎到库房里边。

掌柜的给惠灵顿打了个电话，商量了一阵，过了一个时辰，惠灵顿就开来一辆道吉轿车把薛艳卿接到了英租界，在利顺德饭店开了间房住了下来。

待把薛艳卿安顿妥当，掌柜的就叮嘱我，无论谁来打听薛艳卿，就说不知道。

果然，第三天头上，王巡长带着张家公馆管事的来打听薛艳卿，说是张家公馆已经向日租界和华界的警察局都报了案，告她偷走了张家公馆不少值钱的东西。

掌柜的忙出来应酬，又是递烟又是倒茶，说自打在广东会馆听戏之后，就没见过薛艳卿的面儿。待王巡长走了，掌柜的已经是一头的冷汗。他打开库房，让我把薛艳卿的箱子挪到最里边去藏了起来，锁好了库房，他又闷坐在客厅里足足有一个时辰，他向来处事小心，任何犯险的事儿是绝对不干的，警察进了家门儿，他才觉察出管薛艳卿的事儿确实是办了个犯险的事，一连着几天,他虽然跟平日里一样做买卖,过日子,但是我能看出他心里头压着块石头。

那天,掌柜的正在"恒雅斋"跟买主儿谈生意,陆雄飞满脸放光地走进来,他告诉掌柜的,他给"恒雅斋"揽了笔买卖。

掌柜的自然高兴,说好啊,就问买主是哪一位,陆雄飞说是老主顾。待客人走了,他才对掌柜的说,那个老主顾就是小野。

掌柜的脸顿时就不是色儿了,问:"怎么是小野?"

陆雄飞说:"自打那块玉观音挂件儿替他挡了枪子儿救了他的命,小野对所有玉造的玩意儿都迷得不得了,他那位关东军的上司土肥原贤二过些日子还要来天津,他就想弄件讲究的玉器孝敬上司,自然他就想到咱'恒雅斋'了。"

掌柜的立马说:"得了,咱们还是离小野远点儿吧。这笔买卖让给锅店街'万得昌'的胡老板吧。"

陆雄飞急了:"哎哟!您千万别呀!我都跟小野打了保票了,一半天他就要到咱们'恒雅斋'来挑玉器呢。人家可是说了,该给多少现大洋就给多少。"

掌柜的一下子就站起身来:"千万别叫他到这儿来!千万别来!"

陆雄飞一笑:"老爷子,您是不是怕人家说闲话呀?怕落个跟日本人太腻乎的名声呀?"

掌柜的说:"你算是说对了,你千万别把小野领到这儿来!"

陆雄飞叹气:"哎呀!您怕什么嘛!听蝲蝲蛄叫就不种地了?眼下这局面,谁跟日本人打交道谁就能赚钱,赚着钱才是真格的。要是净听那些没味的屁,咱们还活不活了?再说了,您这'恒雅斋'就是个做买卖的地方,小野揣着银子要想来,谁也拦不住呀。"

掌柜的撇嘴："这小野他还敢到华界这边儿转悠呀？他就不怕刺客再给他一枪？"

陆雄飞说："小野那小子，就讲究他们日本的武士道，说不怕死，还放出话来了呢，要跟那个刺客刀对刀，枪对枪的比试比试。再说了，他不怕死，咱怕什么呀？"

我听了心里发笑，在利顺德饭店郭大器拿手枪顶着小野脑门时，他吓得脸都跟墙皮一个色了，还吹牛不怕死呢。

掌柜的说："雄飞呀，你怎么不琢磨琢磨，这几个月，咱们家在小野身上沾了多少麻烦？你还嫌不够热闹呀？万一那个刺客在咱们这儿再开上几枪，这一家子还能有安生日子过吗？"

陆雄飞琢磨着："您说的也是……"

掌柜的说："你快去跟小野说，把这事给推了吧。"

陆雄飞苦着脸："老爷子，小野的面子可不能驳呀！您还不知道呀，海河边上是多少家的脚行，我们脚行为什么就能把日本船卸货、装货的活儿全包下来？还不都是小野给说的情儿啊，说白了，就是小野给我们找的饭碗呀，他想弄个玉器玩意儿孝敬上司，不正是咱们酬谢人家的好机会嘛。"

掌柜的说："话是这么说，可我总觉得，跟日本人的交道打深了早晚要有大麻烦。"

陆雄飞有点儿起急："要是都像您这么嘀咕，不如干脆拿条绳子把脖子系上，别吃饭了！"

掌柜的说："既然你都答应他了，这么着，也不用麻烦小野到这儿来了，他要什么玉器玩意儿，我们给他送上门去，怎么样？"

陆雄飞说："人家不知道您这儿有什么好玩意儿，才说要来看看，挑挑呀。"

掌柜的说:"咱多给他拎去几件儿不就成了?"

陆雄飞琢磨了会儿就点了头,随手就给小野打了电话,商定好,改天请掌柜的带着些玉器玩意儿到日租界的同文俱乐部,在那儿跟小野见面。

我心想,郭大器要是知道小野在同文俱乐部,肯定就会奔到那儿去要了他的命。可是为了掌柜的,我决不能对他透这个信儿。好像是猜着我的心思似的,陆雄飞一走,掌柜的立刻叮嘱我,跟小野见面的事跟谁也不要说,跟家里的人也不准露了口风。

第二天,陆雄飞借了辆轿车,开到了家门口,掌柜的让我拎着他特意挑出来的几件玉器玩意儿,跟他上了车,直奔了日租界的同文俱乐部。

一路上,我心里直发紧,本来就怵那个小野,自打知道了郭大器一家都死在小野手里的事儿,光听小野这两个字儿就叫我恨得牙根疼。心想,我怎么这么倒霉,老天爷总是让我跟那个王八蛋往一块儿凑,可掌柜的叫我跟着他去见小野,我还能说不字吗?

因为是上午,同文俱乐部里里外外不像晚上那样热闹,但是大门口有几个白帽警察在晃悠,楼上楼下都有便衣守着,这大概是小野派来的保镖。我猜,小野已经到了,走上楼梯时,我心里就发紧,明知道今天是来做买卖的,可后脊梁还是一劲儿地冒凉气。我和掌柜的跟着陆雄飞一走进二楼的一间大套房里,小野就客客气气地迎了上来。

小野说:"赵老板辛苦的,亲自的到这里来。"

掌柜的不卑不亢地应声:"说不上辛苦,哪儿有生意,我就去哪儿。"

小野冲我也点点头。

我也赶紧点头，想冲他咧咧嘴，可就是脸皮发紧，笑不动。

　　小野西服革履，人挺精神，也显得和善，乍看上去怎么也不像是杀过多少人的。

　　这工夫，有服务生进来倒茶，小野请掌柜的和陆雄飞坐下来喝茶，掌柜的坐下了，也不说话。

　　等服务生走了，陆雄飞说："赵掌柜的听说是小野先生要玉器，立马就挑了几件好玩意儿，请您过目。德宝，快打开。"

　　他让我把带来的玉器一一摆在桌子上，有明朝造白玉卧羊一只、明朝造青玉六峰笔架一只、明朝造白玉双螭杯一只、乾隆年造白玉方形的鼻烟壶一只、乾隆年造青玉雕持荷童子一个、乾隆年造白玉雕梅花摆件一只、乾隆年造白玉花卉双耳瓶一只，共七件。

　　掌柜的挑出这七件玉器可是费了脑子，他说，明朝以前的玉器都是中国人的宝贝，不能卖给外国人，特别是不能卖给日本人，再则，那些玉如意呀，玉辟邪、玉瑞兽呀，还有什么三羊开泰、和合二仙，都是保佑好人平安吉祥，万事随心的，也是不能从自己手里卖给日本人的，所以才挑出来这么七件玩意儿给小野瞧。

　　小野一样一样的看了，又一样一样的放下来，瞧他那样儿，这七件玉器玩意儿都没让他可心满意的。

　　陆雄飞说："小野先生，这几件玉器都是赵老板精心为您挑选出来的，都是市面上难得见的玩意儿。您有可心的吗？"

　　小野撇嘴摇头说："'恒雅斋'还有很多好玉器，赵老板舍不得卖，是不是？"

　　掌柜的忙说："哪里的话，'恒雅斋'是做买卖，收来的玉器玩意儿就是为了卖了赚钱，哪有舍不得的道理？"

　　陆雄飞也说："卖给别人舍不得，跟小野先生就没得说了，

190

是不是？"

掌柜的点头，说："既然没小野先生喜欢的，我再回去拿几件来……"

掌柜的刚要转身，小野说："赵老板，听说你那里的，有一件好的玉器，能不能带来，我的看看？"

掌柜的问："您说的是哪一件？"

小野说："望天吼。"

掌柜的歪着脑袋琢磨："望天吼？哪个望天吼？"

我知道，掌柜的是跟小野装糊涂，他最喜欢那个望天吼，怎么甘心把那个镇店之宝卖给小野。

小野说："是溥仪先生那里的人，卖到'恒雅斋'的，是不是叫望天吼的？"

掌柜的愣了愣，只得点了头："啊，对，对，想起来了，是有那么个望天吼……可那也不算是个什么好玩意儿呀。"

小野说："我的，喜欢这个名字，望天吼，我喜欢的，请赵老板拿来我看看的。"

掌柜的嘴里应着，走了出去。

陆雄飞忙喊轿车司机跟掌柜的回"恒雅斋"。

掌柜的一走，陆雄飞就把我支到套房外边屋去，他要跟小野说话儿，可隔着门，我还是听得见他们说的话儿。陆雄飞跟小野说起码头上的事，感谢小野给他的脚行找了多少多少装卸的活儿，都是些拜年的话儿。

小野说："陆先生，在帮里，我的是你的兄弟，码头上有事情的，尽管找我的，可是今后我有事情，也请您多多关照的。"

陆雄飞说："没说的，只要小野先生有用得着我陆雄飞的，您只管言语一声。"

小野说："老实说，你们中国人眼光短浅，一般是靠不住的。哦，不过你是个例外，我希望你能够说话算话，君子一言……"

陆雄飞立刻说："驷马难追。"

小野笑起来："好，好，驷马难追！"

听着听着我就心里纳闷，望天吼的事儿小野是怎么知道的？八成是"静园"里边的人透给小野的。又嘀咕，掌柜的会不会把望天吼给小野拿来呢？拿来了，小野自然高兴，要是不拿来，可他怎么跟小野交待呢？

我正一劲儿傻琢磨呢，连掌柜的走进了门都没觉得，他见我一个人在外屋，就拿眼神问，小野还在里边吗？

我点头，细声问："您把望天吼带来了吗？"

掌柜的没置可否，就走进了里屋。

我赶紧跟了进去。

小野见掌柜的进来，笑得直搓巴掌："赵老板辛苦了！"

掌柜的又把刚刚拎来的锦盒一个一个的在小野面前打开，那是一件乾隆年的青白玉的桃型洗、一件明玉龙双首璜、一件明朝的白玉雕的鱼化龙、一件乾隆年的白玉雕松鼠葡萄坠、一件乾隆年的白玉螃蟹。都是能卖得出好价钱的玩意儿。可是就是没有小野要看的望天吼。我拿眼神瞟瞟掌柜的，他像什么事儿没似的，笑眯眯地对着小野。

小野拿眼神溜了一遍那几件玉器，脸上就有点儿难看："赵老板，望天吼没带来吗？"

陆雄飞也皱了眉头："您不会忘了吧？"

掌柜的不慌不忙地说："小野先生说的事儿我怎么能忘呢，回去一看账本才想起来，是这样，前几天一位玩玉器古董的老朋友想要那个望天吼，定钱都交了，就把那玩意儿拿去了，说是看

192

好了,就送钱来。"

小野拿眼神打量掌柜的好半天,他心里一定是在琢磨这话是不是真的。

我当然知道掌柜的这是说瞎话,可他冲小野笑得挺自然,看不出什么假来。

小野掏出一张空白支票,往掌柜的面前一放说:"我的,一次的把钱都给你的,多少钱,赵老板说多少就多少。"

掌柜的很为难地说:"钱先不急……我还要跟那位老朋友商量商量……如果他把定钱收回去还好说,如果他不点头,就难办了……"

小野脸一拉,现出他那股子蛮横劲儿,说:"那个老朋友的,不会叫赵老板为难的,如果他叫赵老板的为难,就请陆先生的费心了。"

听话音儿,那个望天吼他是要定了,绝没有商量的余地。

没等掌柜的应声,陆雄飞就赶忙说:"行,就包在我身上了,可有一宗,那件玩意儿算我请客了,不能让小野先生破费了。"

小野摇头:"我要送给我的长官的,钱的,一定是我自己的,表示诚意的,我们日本人的习惯,你的明白?"说着,他把支票往掌柜的面前用力的一推。

陆雄飞见掌柜的发愣,就说:"那就恭敬不如从命了。"

小野冲掌柜的点点头,快步的走出了门。

送了小野回来,陆雄飞问掌柜的:"把望天吼拿走的是哪一位呀?"

掌柜的收拾着那些玉器,没吭声。

陆雄飞说:"您要是不好去说,我就出面。"

掌柜的一一把玉器装进锦盒里,还是没应陆雄飞,我看出来了,他憋着火呢。

陆雄飞纳闷:"老爷子,您怎么没话呀?"

掌柜的说:"回去再说吧。"

回到家,掌柜的还是一声不吭,坐在厅里喝闷茶,脸上越来越不是色儿。

见掌柜的这个模样,全家人都捏着嗓门儿喘气,走道儿都欠着脚尖,没一个敢出大声的。

陆雄飞也看出来掌柜的没好气儿,忍着半天没追问掌柜的什么,可他终究是个肚子里存不住隔夜屁的主儿,又怕掌柜的倔他,就故意抱过来小开岁跟岳父说话:"老爷子,小野那事儿您总得有句话呀?"

掌柜的咬着后牙槽,腮帮子一起一鼓,还是不说话。

陆雄飞索性一屁股坐在对面:"老爷子,倒是发个话呀,小野还等着回信呢。"

掌柜的压着声问他:"你说句交底儿的,'望天吼'是不是你跟小野说的?"

陆雄飞一脸的冤枉:"怎么'好'事儿您都往我身上扣?小野在天津卫哪儿哪儿都是耳朵都是眼,他就不许听别人念叨'恒雅斋'有个望天吼?您过生日那天,不还拿出来给那个英国老毛子看了吗?"

掌柜的憋回一口气,不言语了。

陆雄飞乘机说:"我知道您为难,不愿得罪老朋友,可哪头重哪头轻咱得掂量着,小野更不能得罪呀。"

掌柜的一下子就冒出火来,吼着嗓门喊:"小野,小野,我招他惹他了?!啊?他想要什么我就得给他什么,不给他就要怎么怎么着,他这是跟我做买卖吗?跟明抢有吗不一样?"

开岁吓得"哇哇"大哭,叠玉赶紧走过来把孩子抱过去,又是劝掌柜的消气儿,又是拿眼神支使陆雄飞躲一边去。

陆雄飞从没见过岳父跟自己这么凶,自然摞不下脸,还嘴道:"您这是发哪门子火?!日本人到中国来压根就是明抢明夺,您是不知道吗?人家占着租界驻着军,又算吗了?他惦着您的不就是个玉器玩意儿嘛,就是白抢了您的又怎么着了?况且人家还算是有模有样的给了张支票,您就顺坡下驴作个人情不就结了。您冲我犯肝火没吗,为个小玩意儿得罪日本人,犯得上吗?"

掌柜的脸涨得通红:"你怎么知道那是个小玩意儿?那望天吼我是专门开过光的,是镇店镇宅的东西,凭什么让日本人拿去?"

陆雄飞说:"镇店也罢,镇宅也罢,您不就是图个吉利吗?要是得罪了日本人是吉利还是不吉利?您琢磨呢?"

掌柜的不吭声,使劲儿地喝茶,茶碗盖儿在他手上"嗒嗒"直响。

陆雄飞摞下话:"您愿意还是不愿意,尽快给人家个痛快话儿,我候着了。"一扭头走了。

晚上,"恒雅斋"关了门后,伙计们都走了,掌柜的从库房里拿出那望天吼,托在手里上下左右的打量,看得出来,他心里一直在翻腾。

掌柜的像是跟我又像是自言自语:"难道说咱'恒雅斋'就不应该有这件镇店之宝吗?"

我说:"掌柜的,我知道您特别地喜欢这望天吼,可小野是个杀人不眨眼的主儿,他可是得罪不起!"

掌柜的撇撇嘴,琢磨不出他这会儿的心思,他又问:"德宝,除了乖乖地把这宝贝玩意儿给小野送去,咱们就没别的法子

195

了吗？"

我说："那还能有什么法子？除非刘宝勋再给您送过来一件。"

掌柜的点头，说："是啊……可那怎么可能呢……"他又没完没了地琢磨起那个望天吼，好半天，他见我还在一边候着，就说："你去睡吧。"

我应了声回屋去了，看样子，掌柜的今天晚上是睡不踏实了。

转天早上四五点的时候，掌柜的突然把我叫醒说："德宝，快起，跟我去一趟静海。"

我迷迷糊糊地问："静海？干什么去？"

掌柜的也不说为什么，只是催："麻利着点儿！"

晌午时分，我们就赶到了静海胡家庄，掌柜的把魏师傅单独请到一间屋里，从锦盒里捧出那望天吼来给他看。

魏师傅快六十的人了，眼却不花，一瞅见那玩意儿，眼珠子就冒出光来，还一边叫出声："哎哟！这可是件好玩意儿啊！是块地道的子玉呀！咦！怎么这么眼熟呀？"

掌柜的问："这望天吼您见过？"

魏师傅把那望天吼在手里转过来转过去，猛一拍脑门儿，说："见过，见过，我在宫里头见过，那年光绪爷要琢块印玺，钮子要盘龙翘首的，内务府的人还从宫里拿出来几件有龙的玉器给我作样儿，其中就有这件望天吼。"

掌柜的笑了说："您老真是好眼神儿啊！跟您说，这还真是从宫里出来的。"

魏师傅突然跪了下来，冲那望天吼"砰！砰！砰！"就是三个响头，嘴里还念叨着："今儿个就算是见到主子了……见到主子

196

了……"他眼里竟汪满了泪花儿。

我"哧哧"笑起来,掌柜的直瞪我,我赶紧收住笑。

掌柜的扶起魏师傅,问他:"您看,能不能照这原样儿琢出一件来?"

我这才明白掌柜的打的是什么主意。

魏师傅随口就应道:"咱干的就是这手艺,怎么不能?做出来的玩意儿包管是以假乱真。"

掌柜的笑了:"就知道难不住您,就紧着琢出件吧,我给您另外加工钱。多少时辰能出来呢?"

魏师傅点头说:"您要是不急呢,就一个月,您要是急呢,就二十天。"

掌柜的说:"就二十天吧,不过活儿还是尽可着细致些。"

魏师傅点着头,不再理会掌柜的,眼神儿就像粘在那望天吼上了,细细地琢磨起来,整个人都像化进里边了,掌柜的再跟他说什么,他都跟没听见似的。

掌柜的知道魏师傅就是个见玉就痴的主儿,冲我招招手,走出门去。

突然魏师傅在身后边发了话:"掌柜的,'恒雅斋'是不是也要改规矩了?真货假货一块儿卖了?"

他以为掌柜的也要弄假货骗主顾了。

掌柜的连忙摆手:"不,不,咱'恒雅斋'不干那种坑主顾的缺德事儿,琢个望天吼是送人的,这不,德宝可以作证的。"

我点头。

魏师傅笑了:"我说嘛,卖什么东西都能弄假的蒙人,就是这玉不能,它骨子里就是个干净东西嘛。"

掌柜的也笑了:"那是,老话说,冰清玉洁嘛。咱卖玉的要是不干净,就跟玉没有缘分了!"

回到家里,掌柜的就让陆雄飞去给小野传话说:"那位拿着望天吼的老朋友已经说上话了,可他刚刚去了上海,等他一回天津,就把望天吼送过去。"

陆雄飞信以为真,就找到小野一五一十跟他学了一遍,小野起初还不信,怀疑是掌柜的推托之辞,陆雄飞说掌柜的办事从来是一板一眼,拍着胸脯打包票要把望天吼送到他手上,小野这才信了。

想到小野是个杀人不眨眼的家伙,我就为掌柜的捏着把冷汗,万一小野察觉出来拿到手的望天吼是个假的,还不恨死掌柜的?!我试探地把担心跟掌柜的说了。

掌柜的说:"我也担心呀,可那望天吼是个稀罕玩意儿啊!一旦拿到日本国去,可就再也回不来了。真的从'恒雅斋'弄出去,不就是我赵如圭造孽吗?再说了,明里头,咱们得罪不起日本人,他们怎么横也得赔着笑脸。可论玉器,讲古董,他们日本人差远去了。更何况小野一介武夫懂得吗?魏师傅那手艺,料他也看不出什么名堂。"

二十天一晃就过去了,掌柜的带我又到了静海胡家庄,见魏师傅一下子捧出两件望天吼来,我立马就看傻了,两件都是细白的羊脂玉,底座反扣莲叶丝丝络络的纹道儿都是一样的密密麻麻,粗粗细细,莲花台斜排的莲花瓣儿都是一样的冒着油光,玉龙的脑袋、犄角、眼珠子、爪子,还有那火焰、飘带特别是它那神态都是一模一样的,就连底座上那篆字儿,一笔一画的都像一个模子扣出来的,我也算是个懂几分玉器玩意儿的人了,可头几眼还真没分出真假来。

掌柜的托着两个望天吼在左右手里细细打量,不住地点头,嘴里不断"啧啧"着,一边说:"魏师傅,您真不愧是伺候过皇上的,好手艺,好手艺啊!"

魏师傅说:"谢谢您褒奖了。可是有一宗,想必您也知道,这真玩意儿可是地道叶尔羌的'子儿玉',有'饭渗'的,我琢的这个可就没'饭渗'了。"

掌柜的点头说:"我知道,我知道。魏师傅,您这件好手艺我就取走了,这件真玩意儿还留在您这儿,麻烦您再给我琢上一件。"说着,掌柜的又吩咐给魏师傅撂下二十块现大洋,算是额外的工钱。

后来我才知道,掌柜的要魏师傅琢的第二件望天吼是给英国朋友惠灵顿准备的。按古董行的常理儿,造假的玩意儿,越少越能蒙人,多出了一件就多了一分露底的危险,掌柜的是个处处谨慎,事事谨慎的人,至今我也想不明白当初他为什么会那样做?

回到家,掌柜的再三地打量那件仿造的望天吼,是不是把这个假货拿给小野他还在犯犹豫。

我忍不住地说:"掌柜的,我看您还是打住吧,万一日本人瞅出这货的毛病,那可就得恨死咱们了呀!"

掌柜的琢磨着说:"我再好好想想……"

这时陆雄飞回家来了,掌柜的赶紧把那假货藏了起来。

一见掌柜的面儿,他就问:"爸,小野要的那个望天吼怎么样了?"

掌柜的说:"哦,拿货的那主儿还在上海呢……"

陆雄飞对掌柜的说:"爸,您别是舍不得出手吧?哎呀,不就是件玩的东西嘛,犯得上为它得罪日本人吗?人家又不是不给钱?"

掌柜的说:"等那朋友一回来,我就立马去取货。"

陆雄飞信以为真,也就不再说什么了,后来小野又三番五次地托陆雄飞问望天吼的事儿,掌柜的也三番五次地犹豫要不要把仿制的望天吼送过去,但还是怕惹事儿,一直没敢拿出那个假玩意儿。小野迟迟不见望天吼,自然心里不快活,但是又不便跑到"恒雅斋"来强要强取,他只能一个劲儿地催陆雄飞,见陆雄飞回回拍着胸脯打包票能把望天吼搞来,他也就只能耐着性子等着。

打那儿起,那仿制的望天吼就一直藏在仓库里。掌柜的毕竟是个聪明又狡猾的生意人,任何一点儿冒险的事儿他都是坚决不干的。

就在掌柜的跟小野斗心眼儿周旋的时候，洗玉跟李穿石交往得越来越亲近，后来听跟洗玉一块儿去上海的璞翠说，掌柜的叫她跟洗玉去上海，就是让她当"警察"的，掌柜的还特别叮嘱璞翠，无论是白天黑夜，都要跟洗玉寸步不离。可到了上海的第三天，李穿石就拿酒把璞翠灌醉了，待她转天早上睁开眼，竟瞅见洗玉没在屋，忙去敲李穿石的门，好半天，洗玉才红着脸从屋里蹭出步来。璞翠顿时就傻了，这还没过门呢，洗玉就跟男人一块儿睡觉，待回到天津怎么跟掌柜的交代呀？李穿石当下就塞给

第十四章

璞翠一沓子钱，说是给她在上海的花销。璞翠是个极机灵的闺女，小姐的事儿做丫鬟的本来就多不得嘴，再有人给钱花，她自然乐得睁一眼闭一眼当个好人。到后来，洗玉索性就跟李穿石同住一个屋，同睡一张床了，就当眼前没有璞翠这个人似的。回到了天津，掌柜的问璞翠洗玉跟李穿石在上海的事儿，璞翠将早就准备好的词儿跟掌柜的念叨了一遍，就是没提他们俩在一屋睡的碴儿，结结实实地把掌柜的蒙在鼓里。

不管是男人跟女人，还是女人跟男人，大概都是这样，一旦尝到了男欢女爱的甜头，就永远没个够，更别说洗玉李穿石这样的干柴烈火的小青年，他们俩回到天津没多久，我就估摸出来

了,洗玉跟李穿石在一块儿,早不是黄花闺女和童男子了。在李穿石的宿舍里,在租界的旅馆里,洗玉跟李穿石没少男欢女爱。有一次,在洗玉的闺房里,李穿石趁掌柜的出了门,竟然不管不顾地扯下洗玉的衣裳干那事儿,隔着门帘叫我瞧见个正着,我就躲在外边听他们两个在屋里说着甜言蜜语和干那事的响动,直听得我心口乱撞,嗓子眼冒火。

偏偏的,那天掌柜的办事麻利,洗玉跟李穿石在床上还没完事儿呢,他就回来了。好在是他先到的前面柜台那边,我赶紧在当院喊了一嗓子:"伙房的,掌柜的回来了,准备烧火做饭了。"吓得李穿石好歹穿上裤褂从后院门溜没了影儿。

李穿石机灵得很, 他大概已经猜出我知道了他跟洗玉的秘密,转天特意把我请到北门脸的日本饭馆里撮了一顿。他要了一大瓶日本的清酒,说这是在日本留学时最爱喝的。我喝了一口,便摇头,那味儿比起衡水老白干来可是差远了。几杯清酒下肚,李穿石脸就通红了,他将酒杯举到我的面前:"德宝兄弟,你够朋友,我和洗玉都得谢谢你……"

我问:"吗事儿谢我?"

李穿石笑着:"咱们一般大的兄弟,什么也不瞒你。昨天不是你喊了一嗓子,我们两个可就狼狈了……"

我装糊涂:"你说的吗?我喊什么了?我吗也不知道呀。"

李穿石点头道:"好,好,早就听洗玉说,德宝是个又机灵又讲义气的人,果然不假。我早晚是要进你们家门儿的,还拜托德宝兄弟多多关照了。"

我忙说:"哎,您是日本留学,在市政府当科长级的官儿,认识的都是了不起的大人物。我还得仰仗您呢。"

李穿石说:"哎,咱们就别这么客气了。你的事儿,洗玉跟我说过。兄弟,我跟你一样,都是没爹没娘的……能混到今天这一步,可是不容易啊!"

他说着眼圈就红了。弄得我心里头也一阵发热。

李穿石是江苏南通人,祖上做过官,到了他爷爷那一辈上,家业就败落了。在李穿石六岁时,父亲就得痨病死了。寡妇娘模样长得好,便被一个大户人家雇了去。明里是老妈子,暗里做偏房。这样,李穿石才有了吃穿,能够跟那家的少爷、小姐一块儿上学读书。但是母亲在那家不明不白的身份和上上下下鄙视的眼神儿,都叫李穿石饱受了一般孩子尝不到的屈辱。他打小就知道要发奋读书,要想法儿改变自己低人一等的身份。读完高中,他居然考取了全县惟一的公派日本留学。在日本留学时,母亲病重去世,继父打了几封电报催他回去奔丧,他怕影响学业和前程,狠着心没有回家。待留学毕业,他不愿意再回到南通那个让他蒙受屈辱的老家,就到天津当了这个官差。

喝多了酒,李穿石说着话竟哽咽起来。

我忙问:"李先生,您这是怎么了?"

他摇头叹气说:"我想起我娘来了,我对不起她呀。快三十的人了,混到现在,还是个小小的科长,穷光蛋一个……"

听他这样说,我好奇怪:"哎哟,您这学问、这身份,已经叫我羡慕死了,您还说对不起老娘?我要是也像您这样琢磨,那还不得钻到地缝里去了。"

李穿石叹道:"发达不畅,都是叫我这个名字闹的。"

我糊涂了:"怎么呢?李穿石,多雅气的名字。"

李穿石摇头说道:"好听不中用啊。水滴石头,等到滴穿了,那得要多少年月呀?我全跟你说真的,难得洗玉喜欢我,我也喜欢她。虽说已经定了婚,可是我心里还是没底儿。若是我们两个

203

真的成了家，那就算是我李穿石时来运转的造化了。可是我知道，大姐夫不喜欢我，不愿意我进赵家的门儿。还拜托德宝兄弟在里边多疏通疏通，帮帮我的忙，日后我一定会报答的。"

一听见他说到陆雄飞，我就为难了。虽然叠玉、怀玉、洗玉姐三个都把我当亲兄弟一般，可我知道自己是个什么身份。凡是沾小姐和姑爷之间的事儿，我都不掺和。所以就含含糊糊地应对了过去。其实，我对李穿石也没什么好感，总觉得他有点儿虚。那天掌柜的突然回家我喊那一嗓子，是不愿意看洗玉出丑，更不愿意掌柜的撞见了气个好歹。

照天津卫的说法，撞见人家在干那事儿，可不是个好兆头，这话真在我头上应验了。

到了那年的八月头上，闹不清为什么，天津租界和华界的警察都在各自的地面上加强了警戒，成天的搜捕、抓人，警车的尖笛儿从早到晚的嚎叫，陆雄飞回家说是为了缉拿赤色分子，也有人说还是为了抓那个刺杀小野的刺客，就连大连码头也时不时撞进来巡捕搜查。郭大器觉得一时半会儿也没有杀小野的机会，在天津城里再藏下去就难免落在人家手里，就想到外边躲一躲。怀玉出了主意，让郭大器跟自己到静海胡家庄避避风头，郭大器答应了，怀玉对掌柜的撒了个谎，说是想回去跟魏师傅学手艺，掌柜的当然高兴，就这么着，怀玉偷偷领着郭大器去了静海胡家庄。没过十几天，掌柜的派我去静海胡家庄取魏师傅做的第二只望天吼，顺便给怀玉送些穿的吃的，我当时心里美得不得了，自打怀玉去了静海，我心里就一直空落落的，能去瞅瞅怀玉，跟她说上几句话，我就能回来过几天踏实日子了。

等到了胡家庄，听魏师傅说怀玉跟郭大器到河边玩去了，当时心里就不老是滋味，紧着赶着到了河边。远远地就见怀玉和郭大器都泡在河里边玩水，我就像是做贼似的，趴在河沿草棵子里，不眨眼的盯着他们，怀玉穿着挺薄的裤衩儿，叫水一浸，上上下下都紧紧贴着身子肉。郭大器光着上身，只穿着小裤头儿，他又是扑腾水，又是抓鱼，玩得可欢实呢。想着上次自己跟怀玉在这儿亲亲热热的事儿，心里像是有一百只爪儿在挠，心想，怀玉跟郭大器也太没个分寸了！几次想喊他们，不知为什么，就没叫出声来。郭大器突然抓住一条尺来长的大鱼，甩到了岸上草地上，两个人欢叫着一先一后从河里边窜出来，去逮那在地上乱蹦乱蹦的鱼，也不知怎么的，两人就搂抱到一块儿，接着就奔进了那半人高的草地里。先还听见他们"叽叽嘎嘎"说笑的声音，再往后声音就越来越小，就见那草丛摇摇晃晃，忽忽悠悠……我想蹿过去看个究竟，但是又怕真的瞧见什么，没敢起身。只见草丛摇摇晃晃，摇摇晃晃，"呼啦"倒下了一片，"呼啦"又倒下了一片，就能猜得出那里边的人是多大的动静。烫人的南风裹着男人和女人亲热无比的喘气声迎面吹到我的脸上，他们难道是在干那事？当时我的血"腾"地直撞头顶，真想大吼一声：怀玉是我的女人呀！我真恨不得冲过去把郭大器那王八蛋踹到河里去，但是我动弹不得，心里那个后悔呀，一个劲儿地骂自己，德宝呀德宝，当初你为吗充那个好人？你为吗不把郭大器这兔崽子指认给小野？如果叫小野早早的把他铐了去，哪还会有今天这个场面？！我更是想不到，怀玉这么单纯、这么干净的女孩子竟然甘心情愿地把自己身子给了刚刚闯到眼面前的杀人犯。在她心里头，还有没有我赵德宝？！瞅她跟郭大器那欢欢喜喜的样子，就是说，怀玉心里的男人不再是我德宝了，我还在傻巴似的自作多情干什么呀？

也不知自己在草窝子里趴了多久，只是觉得整个身子都被掏空了，我最后看了一眼那片草地，没动声响地走原路又回到魏

　　"刺客"郭大器被怀玉藏到静海的农村,二人渐渐产生恋
情。他们两人野合的场面碰巧叫一直喜欢怀玉的德宝瞧见,令他
嫉恨无比。

师傅那儿。魏师傅问我找到怀玉没有,我懒得应答,只是摇摇头,拿起那件望天吼就往天津走,魏师傅在我身后叮嘱,千万别把郭大器在这儿的事说给掌柜的,怀玉是一再嘱咐过的!

一路上,越往天津走,我心里就越是翻腾得厉害,就越不是滋味,当时只有一个念头,怎么才能把属于自己的怀玉夺回来?!怎么让郭大器那个兔崽子滚得远远的。突然就生出一个狠主意,郭大器是个遭通缉的杀人犯,日本人小野和东北军的金一戈都想着要逮他,我只要把他藏身的地方透出那么一丁点消息,就会有人来抓他,他一进了大牢,也就甭想再沾怀玉的边了。再一琢磨,不管怎么恨那个兔崽子,也不能把他交给小野,那样做我德宝也太汉奸了。干脆,把他交给金一戈,让东北军好好收拾整治他。打定了主意,一到了家,就从"恒雅斋"柜台上找到了金一戈的电话号码,趁掌柜的和伙计们都不在的工夫,我抄起了电话筒,再又一琢磨,叫金一戈到静海胡家庄去逮郭大器,不就把怀玉和魏师傅他们都牵连上了吗?弄不好还得给掌柜的惹麻烦,想到这一层,我又把电话撂下了。琢磨着,要想不连累自家人,只有找一个郭大器那兔崽子回天津的机会。这口恶气我就强忍着,装作吗事没有似的干活过日子,就等着报仇的机会了。可一静下心来,眼前就是那摇摇晃晃的草丛,耳朵里就听得见女人跟男人在一起亲亲热热的喘气儿声,自己的身子好像一次又一次的被掏空,心底里就拱出一股子吗劲儿也压不住的嫉恨。经历了这些,我真正闹明白了,戏里演的男人为一个女人而起杀心的事儿,确实不是瞎编的。从静海回来,再听见怀玉送给我的那只蝈蝈叫,怎么听也不是个调儿了,也没心思喂它了,就把它放了生,省得它老在身边叫唤惹人心烦。

掌柜的见我从静海回来之后没精打采的, 又听说我竟然没跟怀玉说上话就回来了，就问我是不是跟怀玉闹别扭了？我摇头，只说是天热，头涨。掌柜的说这是中暑了，叫我去赵如璋那儿把脉，见我不愿去，就叫人拿来两袋仁丹让我吃，我怕掌柜的起疑心，索性就装中了暑，两包仁丹都吞下了肚，一整天肚子里都是凉凉的，没完没了地放屁。

打那天起，我就暗暗等着机会，盼着机会，要叫郭大器那个兔崽子进大牢，让他永远也再见不到怀玉。到了阳历九月头上，报纸上说，租界的巡捕房和华界的警察局都抓了不少赤色分子，天津卫市面上好像消停些了，起码半夜里警笛儿叫得不如以往那样疯了。接着，听叠玉说怀玉要从静海回天津，我估摸着，郭大器也一准的回来，我的机会就要到了。

果然，没两天，怀玉回到了家，我装作啥事儿没有似的，心里虽然特别想跟她说话，但尽量地躲着不见她。只要她在家，我不是凑在柜台的人堆里，就是猫在仓库里。不料，她却找到仓库里，凑到跟前怪我："德宝哥，你真不够意思，那次到了胡家庄，怎么连面儿都不见就走了？"

我心里发酸的，忍不住话音儿也酸酸的："你们在一起玩得正开心呢，我干吗凑跟前去碍眼呀。"

怀玉打量着我："哟，这话怎么酸不叽叽的？德宝哥，是不是我跟郭大器好，你不高兴了？"

我甩话道："我哪敢呀？"

怀玉盯着我的眼睛说："你心里啥事儿能瞒过我呀，怎么？不高兴了？"

我咬着牙不承认："郭大器是你的救命恩人，就算你今天喜欢他，明天嫁给他，我又能怎么着？"

怀玉嘻嘻笑起来："说漏了吧，是不是怕我嫁给他？"

见我不吭声，她就一本正经地说："德宝哥，说实话，郭大器真是个特好的男人呢，我这一辈子能跟他在一起，知足了。如果我真的嫁给了他，你应当替我高兴呀。是不？"

跟郭大器待了这才两个月，她的口音里都已经带出东北味了，我心里越发地不痛快："我就知道跟掌柜的做生意，卖玉器，别的事儿，我不想掺和。"

怀玉撒娇地拉拽着我说："德宝哥，我跟郭大器好也不碍着咱们俩好呀，不管我跟他怎么样，你永远是我的好哥哥，是不是？"

我不冷不热地说："你管掌柜的叫爸，我也管掌柜的叫爸，当然我是你哥哥了。"

怀玉亲热地摇着我的身子："得了，得了，我知道你生着我的气呢，过两天，我请客，咱们三个人聚一聚。郭大器也回来了，还在大连码头干活。"

我当然摇头，这个没心没肺的赵怀玉，居然还要我去跟抢了我心爱的女人的男人在一桌上吃饭，那还不如杀了我！

她却不管我是怎么想的，就说："就这么定了啊，后天晚上，英租界的起士林。"

怀玉走了，我心里又翻腾起来，郭大器又到了大连码头，叫金一戈到那儿去抓他再合适不过了，在那儿抓他，既连累不了怀玉，也连累不上掌柜的。心里折腾了一整天，到了第二天晚上，柜台上只剩下我一个时，我拿起电话筒拨通了金一戈的电话，里边刚刚响了两声铃，我心里一哆嗦，不由得又撂下电话筒，暗暗琢磨，如果郭大器抓进了东北军，怀玉肯定是着急上火，万一她知道了是我卖了郭大器，肯定也要恨我一辈子的，这个电话是轻易打不得的。可翻过来想想，怀玉是我打小就喜欢的女人，为了她，我做了多少美梦,为了让她高兴,我花了多少心血,卖了多大的气力,如果这节骨眼上自己再心软,怀玉肯定是要做了郭大器的媳妇。怀玉这样的女人世界上到哪儿去找?今儿个丢了她,就永远丢了!想到这儿,我不再嘀咕,又抓起电话筒,接通了金一戈的电话。

金一戈在电话那头问:"找谁?"

我使劲儿压着嗓音儿:"金团长吗?"

金一戈说:"是我。谁找我?"

我说:"有个叫郭大器的人你们是不是想抓他?"

金一戈说:"对呀,你是谁呀?"

我说:"您就甭管我是谁,你们要是想抓他,就到大连码头去找……"

话说到这儿,我"啪"的撂下了电话筒,心口里边就像揣着只活兔子,"嗵嗵嗵嗵"跳得厉害。待坐下来,才知道自己出了一身的汗,突然觉得自己有点儿太那个了,这个电话打的,要是让郭大器上了断头台不就太缺德了吗?又一想,妈的,开弓没有回头箭,无毒不丈夫!为了得到怀玉,就一不做,二不休了!

我估摸着,到了转天,金一戈就会带着兵赶到大连码头去抓郭大器的,怀玉约定的到起士林吃西餐的事儿也就一定黄了。自从打了那个电话,一直到第二天,我都是恍恍惚惚的,盼着郭大器被东北军抓进去,可又怕听到这个音信。到了傍晚,还没有什么消息,我这心里更是跟长了乱草似的。

天黑前,怀玉来喊我一块儿出门儿,见我还在仓库里干活儿,就催着:"德宝哥,怎么还在这儿磨蹭呀,去起士林吃饭的事儿都忘了?"

她打扮得干干净净,一身浅蓝色的学生装旗袍将她身上的线条儿托得有起有落,头上还别着一只缠着丝带的发卡,人显得特别的清秀,特别地招人爱。见她这个样子,我突然觉得很对不起她:"我就不去了吧……"

她急了:"你这人,怎么说话不算话呢?这会儿郭大器怕是已经到了,他要等急的。"

我暗暗盘算,这会儿郭大器怕是已经被抓到东北军大牢里边了,如果她知道了,会怎么想?她问我,我怎么应对?我再三推脱说不去,但她还是硬拉着我出了门。

一推开起士林那沉重的转门,就看见郭大器在旮旯里坐着,这可着实叫我吃了一惊,身不由己就往后移步。

怀玉笑道:"怎么了?你们又不是不认得。怕他什么呀?"

这时郭大器已经迎了上来,亲热地跟我握手:"德宝,有日子不见了。"

我心虚,硬着头皮跟他寒暄。

这工夫,怀玉已经在顶里边找好了座位,我和郭大器面对面的坐下,洋跑堂送过来菜谱,上面写着洋文和中国字儿,他让我点菜,我心里乱糟糟的,根本没有胃口,就对怀玉说:"你点什么我就吃什么吧。"

怀玉"咻咻"笑起来:"露怯了吧,西餐都是各人吃各人的,你吃什么就点什么嘛。"

我指着菜谱胡乱点了一道菜,洋跑堂冲我恭恭敬敬地点头走了。

怀玉又笑起来:"德宝哥,知道你点了什么菜吗?"

我愣着,说不上来:"谁知道,随便点呗……"

她笑道:"随便点的?奶油焗蜗牛,你点了一道法国名菜呀。"

郭大器也笑了。

我"哦"了声，眼神儿尽量躲着他们俩的眼神儿，跟一个已经被自己告发的人面对面坐在一起，可真是个特别遭罪的事儿。

她望着我问："你怎么了？好像魂儿没带来似的？"

我随口解释："我……是担心……呆在这儿会不会叫人家看见呀？"

郭大器一笑："我都不怕，你就放胆子吃饭吧。"

葡萄酒端上来了，怀玉端起酒杯说："来，为了咱们三个人的友谊，干杯！"

他俩都是一口干了，我实在是不想干这杯酒，只是喝了一小口。

郭大器撇嘴："你们天津卫的人怎么这么不实在，干，干吧。"

见我愣神儿，怀玉说："德宝哥，头一杯就干了吧。"

我也只得干了。

几口酒下肚，郭大器脸就有些发红，话也多了。他对我说："德宝兄弟，我知道，在你们家，就你跟怀玉最能说贴心话儿，她可是不止一次说你是她的好哥哥，今天我也不瞒你，我能跟她走到一起，是我郭大器跟她今生今世的缘分，我打心眼里实在是稀罕她，实在是爱她！我们一家子叫小野王八蛋杀光了之后，我是铁了心，只有一个念头，就是杀小野！报仇！然后就去死……原以为再没有什么可以叫我留恋这个世界了，可是自打遇上怀玉，我就实在不想死了，就想跟她在一块儿好好地活着，好好照顾她一辈子……原本，我最怕安生的日子会消融我报仇的意志，可是自打遇上了怀玉，我的心就真的乱了……但是不管怎么着，小野我还是要杀，家仇我还是要报，我只是怕万一为了杀小野我把命丢

212

了,怀玉怎么办……"

怀玉忙说:"你不会的,报了仇我们就远走高飞,到南边去,要不就出国留洋……"

郭大器紧紧攥着她的手,不让她说下去,她又把另一只手放在他的手上,轻轻地摸着。

郭大器说:"德宝兄弟,我就是想拜托你,万一我有个好歹,替我照顾好怀玉,能答应我吗?"说到这儿,他眼睛里都闪出了泪花儿。

这番话叫我又是心热又是心凉,眼里发湿可肚子里又来气,瞅他那样儿,还真是打心眼里疼怀玉,还有杀小野报仇的劲儿也让我佩服,可拜托我照顾怀玉的话儿,实在叫人不舒坦,好像我赵德宝倒成了外人了。在那个场面上,我也只能说些言不由衷的话儿:"你……不会的,不会的……"

还是怀玉的话叫我心里有安慰:"瞧你说的,德宝打小就知道照顾我,那次我关进日租界的警察局里,德宝为我都拼了命啦。"

郭大器点头说:"那我就放心了。"

这时,饭菜上来了,我低头往嘴里扒着,却不知道是个什么滋味儿。

郭大器又灌了几杯酒,脸红涨涨的,趁怀玉去洗手间的工夫,他凑到我的耳边:"德宝兄弟,不瞒你说……我跟怀玉已经在一起了,万一她有了我的……种儿……万一我有个好歹……就全拜托你了……"

我心里一阵发抖,不管怎样,他的实诚和对我的信任叫我愧得慌,突然想对他说:你千万别到大连码头上去了,那儿有人要抓你……想到这儿,就开了口:"明天……"

郭大器嘴里叨叨着:"明天再说明天的……来,为了我的拜托……我再敬你一杯……"

我扯住他的手:"明天就别去码头干活了!"

郭大器摇头:"为什么不去……在那儿……我最安全……"

还没等我说下去,这时,怀玉走了回来,餐厅里的灯光照在她红扑扑的脸上,随着步子的来回摆动,她那长长的头发在半空中飘动着,真是太招人喜欢了!我的眼神儿忍不住地又朝她的肚子那儿瞅去,心想,我爱了这么多年的这个女人难道真要给别的男人生孩子吗?

见了我的眼神儿,怀玉一边打量自己的身子,一边笑道:"德宝哥,怎么这样瞧我?"

我慌乱地垂下眼皮儿。

她坐下后,又问郭大器:"我不在,你们说什么了?"

郭大器幸福地望着她,说:"……我们在说……我们男人的事儿……"说着,他在她的脸上亲了一口。

她难为情地瞟了我一眼,亲昵地打了他一巴掌:"都醉成这样了,可不能再喝了。"

突然的,我打定主意什么也不说了,我受不了眼前这个场面!受不了她成了他的媳妇!更受不了她为他生孩子!想到这儿,我就大口大口把杯子里的酒灌进嘴里,然后又是一大杯,我想把自个儿弄醉了,把从前的所有的一切一切都忘得干干净净。

她惊讶地看着我:"德宝哥,你发哪门子狠儿呀?"

我不理她,说:"他能喝那么多,我为什么不能……"说着又灌进肚子一大杯,一杯接一杯的,直到她将我的酒杯抢过去。再往后,我怎么走出起士林,怎么回的家,怎么倒在炕上的,就全不知道了,第二天早上还是掌柜的把我叫醒的。

掌柜的问："是不是昨晚上喝酒喝过头了？还想睡到吃晌午饭吗？"

我赶紧爬起来。

掌柜的说："我去英租界谈买卖，好生照顾着生意。"

我忙应声，好歹擦了把脸就往"恒雅斋"柜台那边赶。

掌柜的从账房那儿拿了一百块现大洋的支票出了门儿。

我知道掌柜的是去英租界利顺德饭店去瞧薛艳卿，自打那个唱戏的从日租界里边逃出来，就一直藏在英租界的利顺德饭店，所有的花销都是掌柜的给支付的，从她住进利顺德，少说也花了掌柜的上千块现大洋了。

我突然想到怀玉在哪儿了呢？趁没主顾登门，便又走回院里找寻，见她一个人静静地呆在仓库里整理玉器古董，想上前说话儿，可是一想到郭大器，又没了兴致，就没走进仓库的门儿。心里还说，东北军到底抓没抓郭大器呢？

快吃晌午饭的时候，陆雄飞急火火地回了家，叠玉纳闷，平日里中午饭他都是在外边吃应酬的呀，就问："今天怎么回来吃了？"

他说："不是回来吃饭的，有事儿！老爷子呢？"

叠玉说："出去了……"

陆雄飞急着问："去哪儿了？"

见叠玉摇头，陆雄飞又跑到前边来问我。

我只说掌柜的外边有买卖谈，下午才能回来，他去薛艳卿那儿的事儿，我自然谁也不能说的。

陆雄飞把我从柜台上叫到后院儿问："德宝，你兔崽子给我说实话，那个给怀玉当什么画画模特儿的，是不是就是那个东北来的刺客？"

我心里"咯噔"一声，心想，我打的那个电话起作用了："怎么了？"

陆雄飞凶着脸："你小子别跟我装，就问你他是不是那个刺客?！"

我只得点头。

他火了，照我胸口就是狠狠的一拳，打得我跌跌撞撞地摔在地上。

我喊："你打我?！"

陆雄飞叫："打你，我还要杀了你呢！"说着他抄起根棍子就朝我抡过来。

吓得我满院子躲闪，陆雄飞的棍子还是不停地抡到我的身上。疼得我"嗷嗷"惨叫。幸亏璞翠在楼上瞧见了，就惊叫了起来："大姐夫，别！别呀！您要把他打死了！"

这一叫，把叠玉、怀玉、洗玉和家里人都惊动了出来。叠玉忙抱住陆雄飞："你疯了?！德宝怎么招惹你了，你死命的打他？"

怀玉看着我脑门上的血道子，心疼地喊："大姐夫，你手也太狠了吧？"

洗玉也赶紧拿棉纱给我擦伤口。

陆雄飞气呼呼地指着我吼："你们问他干了什么好事儿?！兔崽子，活活要坑死我呀！"

他又冲我吼问："你说，那个刺客在我那码头上，为什么不告诉我?！"

见全家人都出来了，我胆子也壮起来，没好气儿回嘴："凭吗我非得告诉你？"

陆雄飞骂道："你个王八蛋不但不告诉我，还把怀玉领到那儿给他画什么画儿，你他妈的到底安的什么心？"

我说:"这碍着你什么事了?"

怀玉也说:"大姐夫,是我让德宝领我去的,要骂要打你冲我来!"

陆雄飞喊:"你们坑了我还理直气壮呀!金团长说我是窝藏罪犯!妈的,我就是浑身上下都是嘴也说不清楚了,他兔崽子躲在我的码头上混饭吃,前后小几个月,我居然一点儿也不知道!呸!"

怀玉惊讶地问:"金团长怎么知道他在码头上?"

陆雄飞没好气地:"都知道他在码头上,就把我一个人蒙在鼓里,呸!这下抓进东北军大牢,混账小子活到头了!"

怀玉叫起来:"真的把他抓走了?!"

陆雄飞解气地说:"抓走了,还是五花大绑呢!"

怀玉脸色蜡黄,快步朝门外跑出去。

叠玉冲洗玉说:"怀玉怎么了?快去看看……"

洗玉赶紧追出门去。

我情不自禁地也想追出去,但是又没动弹,想到郭大器被绑着抓走的样子,我的心"咚咚"撞着,几乎快跳出嗓子眼来。心里不住地念叨:抓走了,终于抓走了……

陆雄飞还没完,他冲着我喊叫:"你兔崽子说清楚,刺客就在我眼皮底下,你们为什么要瞒着我?!"

叠玉安慰道:"不是叫东北军抓走了吗?还发什么火呀?"

陆雄飞冲她喊:"你个老娘儿们懂个屁!东北军怎么猜忌我还没啥,如果小野也说我是存心窝藏刺客,我还怎么在市面上混事儿?码头上买卖还怎么做?!"

陆雄飞发了一通火,便出了家门,说是要到东北军和小野那儿去解释。

217

我想到，当初不敢把郭大器在大连码头的事儿告诉陆雄飞，就是怕陆雄飞把他卖了，料不到最后出卖郭大器的人竟是我赵德宝。

一会儿的工夫，洗玉也拉着怀玉回到家，怀玉拿着晚报焦急地对我说："德宝，郭大器叫东北军抓走了，怎么办？怎么办呀?!"

我打量那报纸，看见上面醒目的大标题写着:《杀死上司、刺杀小野，东北军原军官郭大器终于落网》。

看见怀玉那火急上房的样子，我真有点儿可怜她了，可我心里有鬼，气虚得很，只能编了些连自己都不信的话来安慰她。

她说："东北军抓住他一准是要他的命的，得想办法救救他呀！"

我真想挑明了对她说，郭大器是我出卖的，就是为了不让你做他的媳妇！可是我张不开口。我只说，人抓进了东北军的军营里，怕是没法子再把他弄出来。

叠玉和洗玉都追问怀玉跟郭大器的来龙去脉，怀玉只得把自己跟郭大器的事儿前前后后、一五一十都给她们撂了底儿。

洗玉打量着怀玉，半是褒半是贬地说："都说二姐是个只认国家大事不知儿女情长的，谁知道，一来了胆子，比我们都邪乎。"

叠玉说："洗玉，你瞅怀玉都急成这样子了，你还有心思说这不冷不热的。快帮着她拿主意吧。"

洗玉对我说："德宝，平日里你是最愿给二姐效力的，你就拿个主意吧，怎么才能把人搭救出来？"

听这话，我真恨不能找个地缝儿钻进去："我没法子……"

叠玉叹气道："怀玉呀，你也真是不动个脑子，他是杀过人的,东北军和日本人都要抓他,你怎么就偏偏跟他搅到一块儿去了呢?! 这让爸知道了,还不又要急出病来?"

怀玉带着哭音儿:"我们已经是这样了,我不救他谁还能救他呀,就不说这一层,当初在利顺德饭店,他不是还救过我一条命吗!? 咱们怎么着也得救他呀!"

洗玉说:"二姐,人已经抓进去了,你也就别急了,咱们还是老办法,大姐找姐夫,我就找穿石呗。就看他们男人有啥招吧。"

几个人商量了一阵,见掌柜的从英租界回来,赶忙闭了口。姐几个说好了,郭大器的事尽可能地瞒着掌柜的。

当天晚上,叠玉就跟陆雄飞说搭救郭大器的事儿,陆雄飞吃了一惊:"你们老娘儿们没脑子怎么的? 日本人对那小子恨之入骨,恨不得把他活扒了皮,别说救不了,就是救得了,我也不敢救呀!"

叠玉道:"怀玉说,她是要嫁给他的。"又把来龙去脉跟他说了。

陆雄飞眼珠子差一点儿掉了出来,叫道:"吗玩意儿?! 她是疯了还是傻了?! 你快告诉她,麻利地快跟那小子一刀两断,再跟他腻糊下去,东北军和日本人都饶不了咱们这一家子!"

同时,洗玉也找到了李穿石,他倒是没有一口说个不字儿,琢磨了半天后,说要跟怀玉单独聊聊,洗玉怪不痛快的:"干吗要单独聊,有话跟我们姐俩说不行吗?"

李穿石说:"你放心,我可不敢打我大姨子的坏主意,我琢磨,二姐有些话当着你们姐妹面还不一定好开口呢。"

见洗玉还嘀咕,李穿石就说:"用人不疑,疑人不用,信不过我你们就去找陆雄飞。"

洗玉这才答应了,把怀玉领到李穿石的办公室,就先走了。

李穿石跟怀玉聊了两个时辰,回到家后,看她脸上的模样好像是轻松了几分。叠玉和洗玉都问她跟李穿石说的吗?怀玉说,救出人之前,啥话都得保密。只是到了后来,怀玉才把李穿石那天说的什么告诉了我。那天在李穿石的办公室,李穿石听了郭大器的来龙去脉之后,他就跟怀玉说,能不能把郭大器搭救出来,他不敢说,但起码有法子留下郭大器一条命。怀玉赶紧问究竟,李穿石说,郭大器杀过自己的上司,按军法是一定要杀头的,但是如果能证明他杀的营长于得久跟日本人是一伙的,郭大器肯定就死不了。而他就能从日本人那儿搞到于得久跟日本人是一伙的证据,他还拿出一摞子日本人的文件给怀玉看,说是小野一直托他翻译关东军的一些过去的文件。一听这话,怀玉像是抓住了一张救命符,央求李穿石无论如何也要帮这个忙,但是李穿石话题一转,竟没遮没挡地提出个交换条件。原来,李穿石早就知道"恒雅斋"藏着一批价值连城的玉器古董,他也探听到陆雄飞一直盘算着在掌柜的百年之后,怎么独吞了那一大笔家产。他自然不甘心叫陆雄飞得逞,就一直思谋着如何把赵家的家产闹到自己的手上。但就愁拿不到那些玉器古董的清单。李穿石知道,除了掌柜的和我,家里只有怀玉能拿到那个清单。现在怀玉求到自己门下了,不正是个机会吗?自然,怀玉一开始并不答应,如果她真的把清单给了李穿石,实在是没法子跟老爹交代。李穿石就说,这样做只是为了提防陆雄飞在老爷子百年之后独吞了家产,他作为赵家的女婿,必须手里捏着那份清单,日后分家产的时候才有可能讨个公平。如果怀玉答应给他抄出一份清单,他立刻把于得久的材料弄出来,如果怀玉不答应,他也决不去冒着风险救郭大器。因为从日本人手中弄出份绝密材料,也是要冒掉脑袋风险的呀!怀玉急不择路,迟疑了好半天,就答应下来。

确实，那时候李穿石早已经是一边拿着市政府的薪水，一边给小野翻译一些文字挣外快，大多是小野从各个门路收集到的天津青红帮各堂口花名册、各个帮派的头头脑脑们的档案、在各国租界做寓公的下野政客和前清的遗老遗少们的资料等等，但决没有什么关东军的秘密文件。怀玉就没好好想想，一肚子鬼花活，长了毛比猴子还精的小野，怎么可能把关东军秘密文件给中国人经手呢？李穿石这浑蛋，就是打算借怀玉急着救人命的机会把玉器古董清单拿到手。到后来，怀玉还真的把那清单给李穿石抄了一份，可她要的关东军的文件，他是今天拖明天，明天拖后天，一会儿是红脸，一会儿是白脸，弄得怀玉没脾气。

可怜怀玉白白折腾了半个月，救人的事儿没有一点眉目。眼见的人也瘦了，神儿也蔫了，掌柜的问她为什么，她还得强挺起精神儿装给老人家看。她除了对叠玉和洗玉念叨心里话儿之外，就只能在我面前叨念心里的焦急和郁闷。

我心里的滋味可不好受了，郭大器明明是我害的，可她还要跟我商量如何搭救郭大器。真是对我自己莫大的讽刺。见她那伤心欲绝的样子，我觉得我挺卑鄙，挺不是个人的。当听说怀玉竟然把仓库里的玉器古董清单给了李穿石，我就急得直跺脚："哎哟，你干的什么傻事儿哟！这要是叫掌柜的知道了，天还不塌了？"

怀玉忙央求我千万千万不能叫掌柜的知道此事儿。我当然不敢对掌柜的说，别说我打心眼里就想替怀玉遮掩，就是冲着洗玉，我也不敢多这个嘴呀。不过打那儿起，我对李穿石就多了份提防。留过洋的读书人，又是挺有身份的政府官员，应当是个厚道仁义的主儿，想不到还没进赵家的门儿呢，就开始琢磨起赵家的家产来了，想必不是个省油的灯。日后这位一肚子弯弯肠子的小白脸真的进了赵家的门儿,再加上个蛮横霸道的陆雄飞,赵家就有好戏看了。

那天,怀玉又急急火火地找到我说:"德宝哥,东北军里边传出信儿来了,军事法庭已经开始审判了!万一给判个死刑可怎么办呀?!"

瞅着她像是大病一场的样子,我心里真是发疼,发愧,越是觉得自己干的事儿太缺德,自己若是不给金一戈打那个电话,怀玉何至于被折磨到这惨兮兮的地步?

怀玉又说:"德宝哥,你倒是言语呀?!我该怎么办?怎么办呀?!"

瞅着满眼是泪,满脸绝望的她,我能说什么呢?把郭大器交给东北军的就是我赵德宝,把她折腾成这活不活死不死的也是我赵德宝,如今她还把我当成救命的哥,要我出主意,拿办法,这活活地把我架到火上烤呀!心里就甭提有多么悔了。差一点儿就对她说出来,郭大器就是我卖的,要骂要恨随你,求求你就别把我当个好人似的跟我说贴心话儿了!

经历了这事儿,我才明白,一个人呀,饿着能忍,冻着能忍,挨打挨骂也能忍,就是做了亏心事儿别人还把你当好人不好忍。人哪,装了一肚子的心思,你就非得找别人说说不可,没人可说或是跟人家不能说,那也是天底下最遭罪的事儿。难怪掌柜的一有憋屈事儿时,就跟娃娃哥叨念个没完没了。

那天打扫掌柜的屋子,瞅见了娃娃哥憨憨实实地冲我笑,就不知不觉地对它叨念起来:"娃娃哥呀,你是我哥,眼边前的事儿你都瞧见了,我赵德宝实在是不想干缺德的事儿,更不想害人的命呀。可郭大器那兔崽子凭什么刚刚露面儿,就把怀玉从我身边抢走了?凭什么?!我跟怀玉打小就在一起,我喜欢她可不是一

222

天半天了,她最懂得疼人,心眼儿也最善,全家人里,她跟我最要好,我亲过她,抱过她,也摸过她那奶子,我跟她只差干了那件事,她就成了我的媳妇了……这天底下最最着人迷的女人,我一个大老爷们儿家,能眼睁睁地看着人家把她抢走吗?这事儿搁谁身上谁也不能忍吧?我把那兔崽子卖给了东北军,实在是忍无可忍……怀玉不知道这事儿,她还把我当好人,在我面前掉泪儿,要我给她出主意,这倒难死我了。现在我又挺后悔,早知道她急得这么死去活来的,说什么我也不干那缺德的事儿了……你说我该怎么着才好?

自然,娃娃哥跟我没话儿,还是冲我憨憨实实地笑……

就是那天,报纸上登出消息,说日本驻屯军跟东北军交涉,强烈要求把涉嫌谋杀日本军人的郭大器交给日本警署审判处理,但是被东北军顶了回去。还说这事儿已经惊动了在北平的张学良。为审判他杀害上司罪,军事法庭即将在天津开厅,日子就定在九月十六号。

那些日子，怀玉为救郭大器一天到晚四处奔走，而掌柜的从早到晚忙着"恒雅斋"的生意，竟一点儿也没察觉身边发生的事儿。自打天津卫四处盛传"恒雅斋"的玉观音能化险为夷，保人性命之后，来找掌柜的谈生意的主顾就一拨连着一拨，先是要买玉观音挂件儿，到了后来，只要是"恒雅斋"的玉器，大的小的，贱的贵的，都抢手。掌柜的是个精明人，甭管人家闲言碎语说他什么，逮住机会赚银子才是正路。所以那些日子他大部分心思都用在生意上，实实在在赚了不少银子。更恰好那工夫，"静园"里

第十五章

边的前清皇上溥仪为了还债，差遣刘宝勋又把几十件从宫里带出来的稀罕玉器送到"恒雅斋"。掌柜的就拿刚刚赚到手还没焐热的钱又买下了那些玉器。说实在话，从"静园"里边出来的哪一件玉器都是稀罕宝贝，只要一转手，都能三翻五翻地赚钱。赵家仓库里的称得起宝贝的玉器越来越多，摊开来，足可以开个展览会了。掌柜的一有闲空儿，就到仓库里边摸摸这件，摆弄摆弄那件，像是瞅漂亮女人似的总也看不够。他说，只要家里还有饭吃，这些宝贝就轻易不卖，就是要卖，也得等到三五年之后，价儿高高地长上去了再说。

这工夫，麻烦事儿却出来了，冷不丁地从日租界张公馆来了

个电话,说是要拉人来取薛艳卿藏在"恒雅斋"的箱子。掌柜的吓了一跳,张公馆怎么知道薛艳卿的箱子藏在这儿呢?他琢磨八成是张公馆找不着薛艳卿,就来这儿诈唬。所以等张公馆来人上了门儿,掌柜的就说根本不知道有什么薛艳卿的箱子。张公馆来的人很横,说是薛艳卿亲口交代的,她的那只箱子就在"恒雅斋"藏着。掌柜的哪里肯信,依然一口咬定没见什么箱子。正在僵持着,不料薛艳卿亲自打来了电话,要掌柜的把箱子交给张公馆的来人。这一来掌柜的实在是又意外又尴尬,问薛艳卿怎么好不容易跳出了火坑,为什么又要跳回去呢?薛艳卿在电话里边支支吾吾,只说是一言难尽。给掌柜的着着实实来了个下不来台。

后来才知道,张必那个老家伙派手下人找到薛艳卿父母家,逼他们交出薛艳卿,连着一个多月,把二位老人家折腾得死去活来,过不了一刻安生日子。薛艳卿无奈,只得又乖乖回到张公馆。打那儿起,人就消失了一样,一连多少天也不见她出来唱戏了。

又过了半个月的样子,我跟掌柜的到日租界去收账,偏巧在街上碰到了薛艳卿,人还是那样漂亮,可是过去那股子水灵劲却不见了。她瞅见我们,先是想躲开去,我觉着掌柜的一定想跟她说说话的,就叫了她一声。她才勉勉强强站住脚跟我们打招呼。

掌柜的像是啥事儿没有似的跟她客气寒暄, 问:"薛老板,这些日子怎么没见您上台唱戏呢?"

薛艳卿一脸的苦楚说:"我现在这样子,还能上台唱戏吗?"

掌柜的说:"看您这样还跟往常一样的精神呀,怎么就不能唱了呢?"

薛艳卿眼睛里突然冒出汪汪的泪水来,说道:"我不是不能唱,我是……我是没脸上台了呀?"

掌柜的纳闷道:"这是为什么呀?"

薛艳卿再也说不出话来，只是一个劲儿地摇头，就匆匆告别了。

掌柜的瞅着薛艳卿那难受的样子，自言自语地说："张必那老王八一定给她罪受了……"

往后那些日子，掌柜的一拿起报纸，总是先看报尾巴，找戏班子演出的广告，但是一直没瞅见薛艳卿出来唱戏的消息。

到了阴历七月初九，老太太过七十大寿，照天津卫的规矩，本应当找个排场的地方，气气派派地摆上几十桌酒席，请些有头有脸的宾客，再找个戏班子热热闹闹唱个堂会。可是一想到年初给小开岁"洗三"时东北军金团长跟小野在酒席上较劲那场面，掌柜的就后怕。老太太也是怕世道乱，再招惹麻烦，就吩咐掌柜的别大操办，只要能把家里人都召集到一块儿，喝杯贺寿的酒，吃碗长寿面就得了。老太太虽然这样说，掌柜的还是琢磨着怎么既不声张，却又有排场的把老娘的七十大寿办好。他跟赵如璋商量后才定下了主意，不在家里办，悄悄地到英租界的跑马场俱乐部给老太太过生日。那时候，跑马场是专门供英国侨民和商人吃喝玩乐的，也是有钱有势的中国人常去消遣享福的地方，能在那里边操办老太太的七十大寿，当然够排场够气派。掌柜的花钱把那儿的小礼堂包了一个下午，定了两桌酒席，又找了一个戏班子和唱天津时调、京韵大鼓、梅花大鼓的唱堂会。掌柜的还特别叮嘱陆雄飞和李穿石，老太太过七十大寿，千万别声张。谁要是私自招来外人凑热闹，别怪他翻脸不认人的。

陆雄飞和李穿石都满口答应了，到了那一天，陆雄飞和李穿石果然都没带一个外人来。

下午三点，全家人都到了，就剩怀玉一个人不见踪影，我跑到大门口左等右等，也没等来。不用说，她一定是为了郭大器的

226

事儿在外边活动。

掌柜的气恼地骂道："一到这节骨眼上，这死丫头就出岔子！不等她了！"

小礼堂里早就请人挂上了半间屋子大的"寿"字儿，桌子上是红寿桃、盘成龙型的寿面。先是老太太坐到沙发上，赵如璋跟掌柜的先行叩拜大礼，接着是陆雄飞领着叠玉和小开岁给老太太磕头，陆雄飞搬出来一个蒙着彩绸、高高大大的花牌，待撩开那彩绸，众人才看到那竟是个用百元钞票组成的大大的"寿"字，引起众人一片喝彩。

在叠玉怀里的小开岁学着大人的模样两只小胖手抱成拳冲老太太作揖，嘴里还含含糊糊嗒叽话："寿、寿……"

这一来可把老太太哄得心花怒放，她抱过小开岁没完没了地亲他的小脸蛋，又吩咐璞翠给陆雄飞和叠玉发红包，又亲自把一个红包塞到小开岁的手里。

洗玉赶紧悄悄问李穿石给老太太准备的什么贺礼。

李穿石拿出卷画轴来说："我请人家给老太太画了个画儿。"

他打开来给洗玉看，那上面画的是老寿星手托仙桃。

洗玉急了："这哪成呀？跟大姐夫一比，你也太掉价了呀。"

李穿石撇嘴道："他不就是拿钱堆吗？俗不可耐！"

洗玉不跟他理论，转脸找掌柜的求援："爸……"

掌柜的悄声说："我知道，知道……"

他吩咐我把早准备好的一盒全叶全根的东北野山参悄悄送到洗玉手上。

洗玉感激地看了掌柜的一眼，又将那人参递给李穿石。

李穿石给老太太磕罢了头，捧着那画和野山参一块儿递到

227

老太太面前,乖乖地说:"奶奶,李穿石祝您寿比南山,福如东海!"

洗玉在一边说:"奶奶,穿石听说您七十大寿,特意给您踅摸了这两件礼品,这画呢,象征着您永远健康长寿,这东北老山参呢,给您补身子,让您身子骨永远硬硬朗朗的。"

老太太笑眯了眼,说:"好,好,穿石还没正式进我们家门,就这么孝顺,好,好啊!"

璞翠把红包递到李穿石的手上。

陆雄飞故意拿起那老山参打量,嘴里说道:"哎哟,确实是地道的老山参,要值不少钱呢,穿石,好气派呀……哎,老爷子,我记得去年冬天您就托人从东北买过这样的老山参吧?我瞧着眼熟呢。"

李穿石闹个大红脸。

洗玉对陆雄飞说:"大姐夫,这世界上一模一样的东西有的是,就说钞票吧,干干净净赚来的和抢的、偷的不也分不出来吗?"

李穿石也点头说:"就是!"

说着,他还使劲儿朝那用钞票组成的"寿"字上瞥了一眼。

陆雄飞气得要还嘴,叠玉暗暗扯住他。他哪里肯饶,说:"为什么不叫我说?那上边的钞票都是老子的血汗钱,不像有些人,娶媳妇好像是冲人来的,其实是冲钱来的!"

李穿石也还嘴:"这话说得妙,不但是冲钱,而且还想着把整个家业都装进自己的腰包里边呢。"

陆雄飞冲李穿石瞪圆了眼睛。

掌柜的赶紧打岔说:"来,来,接着给老太太磕头……"

好在老太太耳朵聋,又专心打量那人参,就没听到刚才那几句针尖对麦芒的话。

我冷眼瞧着陆雄飞和李穿石暗较劲儿,心说:半斤对八两,一对儿不省油的灯。

赵如璋的老婆古氏将一套绛紫色杭纺的丝绸袄裤捧到老太太面前说:"您老人家是个大富大贵的命,吃喝穿戴吗也不愁,我跟如璋合计了好久呢,祝寿嘛,毕竟不是像商号开张,银行开业,比着撒钞票,是不?我们呀,特意给您老人家亲手做了套冬天穿的衣裳,这棉裤用了九千九百九十九针,吗意思呢?久久长寿!这棉袄啊,整整用了一万针,这是吗意思呢,就取个老太太万寿无疆的意思。"

老太太手拢着耳朵听了就笑起来:"如璋啊,你媳妇可真会说,万寿无疆搁在我身上,我不就成了太后老佛爷了。"

众人都笑起来。

古氏闹不清老太太这话是褒还是贬,笑得尴尬。

陆雄飞在一边撇嘴嘟囔:"妈的,不就是件破衣裳吗,不值两个铜子儿,说得天花乱坠的。"

赵如璋忙招呼四个儿女们给奶奶磕头,瞅见孙子,孙女一整排地磕头,着实把老太太乐坏了,忙吩咐璞翠把红包一一发给这四个孩子。

赵如璋几个儿女没等站起来,就都急着把红包打开来瞅,一个还叫起来:"哎哟,我成大财主了!"

古氏忙将四个儿女的红包一一收到自己的手里。

这工夫,怀玉匆匆跑进来,掌柜的瞪着她问:"全家人给奶奶祝寿,你怎么才来?"

怀玉说:"爸,我有要紧的事,真的!"

掌柜的还不知道郭大器的事,仍然怒声怒气地:"什么要紧

229

的事儿？比奶奶七十大寿还要紧吗？"

怀玉央求道："爸，我这不是来了嘛！"

掌柜的见她眼里含着泪水忙问："你又惹什么麻烦了？"

怀玉说："爸，一句两句说不清楚……"

掌柜的没再问下去，说："赶快去给奶奶磕头吧。"

怀玉匆匆朝老太太走去。

掌柜的又叫住她："你就这么空手去呀？"

怀玉这才想到："我……我忘了……"

掌柜的："忘了？奶奶知道了寒心不寒心？"

怀玉说："爸爸，我真的在忙别的大事儿，就忘了……"

掌柜的示意我拎过早就准备好的一件装在锦盒里的玉如意递给怀玉，叮嘱道："跟奶奶说明白，这可是乾隆年间的玩意儿，祝奶奶万事如意。"

怀玉感激地望了眼掌柜的："爸，谢谢您……"

她赶紧走到老太太跟前磕头，把那玉如意送到老太太跟前："奶奶，给您拜寿了，祝您万事如意！"

老太太笑道："怀玉呀，你来了奶奶就开心，还送这值钱的玩意儿干吗？"

她亲自把红包塞到怀玉手上，一边搂着她问："宝贝儿，这些天怎么总也见不着你的面儿呢？瞧瞧，这小脸，怎么瘦成这样啦？"

老太太这么一说，怀玉的眼泪儿顿时就满了眼眶子。

老太太赶紧问："哎哟，这是怎么了？二子，孩子怎么受委屈了？"

掌柜的忙说："娘，没有，怀玉是见了您高兴的。"

掌柜的冲怀玉一边使眼色。

怀玉赶紧说："奶奶，我没事儿的……真的没有……"

掌柜的说："德宝，该你了……"

我赶紧给老太太跪下叩头："奶奶，德宝给您拜寿了。"又把寿礼送到老太太眼前。

老太太这才转过头，说："德宝啊，你呀，先别起来，奶奶要问你个话儿，你若是痛痛快快答应奶奶了，就比说吗吉祥话儿都好。"

我就跪在地上应道："奶奶，我听着呢……"

老太太说："德宝，你今年也二十一了吧？"

我赶紧点头："是二十一了……"

老太太说："这年纪也该定门亲事了吧……"

我心里"咯噔"一下，生怕老太太把璞翠的名字说出来。老太太早就想让璞翠做我的媳妇，可我不愿意。我心里最喜欢的女人是怀玉呀！

老太太果然说道："这么好的小伙子，我可是舍不得叫你做了人家的女婿，我看呀，璞翠跟你就很般配……"

我情不自禁地说："奶奶，我，我管她叫姐的呀……"

老太太说："我知道，她比你大三岁，这女大三可是有说法的呀……"

老太太话儿刚落音儿，赵如璋一家子和叠玉、洗玉还有陆雄飞他们就一齐叫起来："女大三抱金砖呀！"

老太太哈哈笑起来："对，对，女大三抱金砖……所以，我就专等着今天这个喜庆的日子把这事儿说出来，怎么样？你喜欢不喜欢呀？"

我愣在那里，不知道怎么应对老太太。

掌柜的在一边提醒说："傻小子，白白落了个好媳妇，你美糊涂了？还不快给老太太叩头。"

我很不情愿，但是当着这一大家子人，我只能很不情愿地给老太太磕了头。当脑门碰在地上时，我心里对自己说："我喜欢怀玉，我就喜欢怀玉……"

老太太哪里知道我的心思，见我磕了头，赶紧招呼璞翠把红包递给我。

璞翠红着脸走到我跟前，将红包塞到了我手上，我们两个谁也没瞅谁。转脸的工夫我倒是瞟了怀玉一眼，见她心神不定地想着什么，一准是想怎么营救郭大器的事儿，看样子我德宝娶谁做媳妇她已经丝毫不走心了，真叫人寒心。想到这里，我就恨郭大器，真恨不得叫东北军赶紧枪毙了他。

给老太太拜了寿，就是唱堂会了，先听了几段"天津时调"和"京韵大鼓"，接着又听京戏，都是老太太爱听的那几出戏，《麻姑献寿》、《甘露寺》、《大登殿》，锣鼓家伙一敲起来，热热闹闹的，把在网球场打网球和在滚地球的洋人们都招引来看热闹。

趁着全家人入神听戏的工夫，李穿石把我拉到外边说话，拿出几张花花绿绿的钞票塞到我的手上："德宝，拿着，这可是美元。"

我一看那其实是几张美元，忙说："无功不受禄，我哪能……"

李穿石说："你不是快娶媳妇了吗，一点小意思。"

我收下那钱，再三地谢过。

李穿石拍着我的肩膀说："兄弟，今后只要你跟着我，就决没亏吃。我李穿石绝不会像陆雄飞那样，动不动就冲你抢拳头。今后他再敢跟你动粗，你就告诉我，我替你讲理儿！"

我这才明白，他是要拉着我跟陆雄飞对着干。一边是大女婿，一边是小女婿，我哪边也不敢得罪呀。再说，对这个赵家未来的三女婿我早已经有了戒心，岂能叫他把我当枪使唤？

　　这时，怀玉走过来很不客气地问："李穿石，你答应我的事到底什么时候才能办妥呀？"

　　李穿石尴尬地笑道："二姐，您别急……"

　　怀玉说："都多少天了，郭大器都快没命了，我还不急？你是不是从一开始就打算蒙我的？"

　　李穿石苦着脸："哎哟，您可是冤枉死我了……德宝，我跟二姐说几句话，你去看戏吧……"

　　怀玉说："德宝别走，你在一边听着，日后也是个见证。"

　　怀玉说话我自然听，便留了下来。

　　李穿石脸色沉了下来："二姐你这是何苦……"

　　怀玉问道："那个死鬼营长是汉奸的材料呢？"

　　李穿石："不是跟你说了吗，我确实查了日本人的材料，可是没找到呀……你也知道，日本人鬼得很呀。"

　　怀玉气恼地说："当初你说只要把仓库的清单给了你，你就能搞来证据，我担着多大的罪名呀，把清单给了你，可是半个多月过去了，你倒好，一句没找到就对付我了？"

　　李穿石说："二姐，你别生气，证据没搞来，您给我的那份清单我就原物奉还。成吧？"

　　怀玉说："你照抄一份再还给我？骗谁呢？"

　　李穿石说："你这是说的吗话，我李穿石就那么小人呀？"

　　怀玉说："你不但是小人，而且还很卑鄙！"

　　李穿石喊："二姐，我知道你心里急，可也别骂人呀！"

　　礼堂里唱戏的锣鼓家伙敲得很响，站到外边都震耳朵。我很想帮怀玉说几句话,但是没敢开口,终归是个当伙计的身份,小姐和女婿们的事儿没我插嘴的份儿。

这时,洗玉走过来问:"嘿!什么要紧的事儿?连戏都不看了?"

怀玉一气之下,就把当初找李穿石搭救郭大器的事儿说了出来。

洗玉听了,很是惊讶:"穿石,这是真的?"

李穿石见怀玉把自己的底儿抖了出来,很是不快,便拉下脸说:"二姐,当初是你求我办事,事情虽然没办好,可也不能落个恶人的罪名吧?既然你愿意张扬出去,我也不怕。"

洗玉赶紧对怀玉说:"二姐,甭管穿石怎么不对,看在我的面子上,千万千万别叫爸知道这事儿,你放心,我一定催着他想办法搭救郭大器。德宝,快陪二姐进去看戏……"

把我们支到一边,洗玉就冲李穿石说:"到底是怎么回事儿?你真的跟二姐要仓库清单了?"

李穿石点头道:"是的,二姐确实把仓库清单给我了。"

洗玉脸色都吓白了,骂道:"你找死呀?!这要是叫爸知道了,你还想登我们赵家的门呀?"

李穿石说:"就是没让老爷子知道嘛……"

洗玉恨恨地:"李穿石,我真没想到,你竟然干出这卑鄙的事儿来!"

李穿石说:"怎么叫卑鄙呀?我拿那份清单就是为了你呀。"

洗玉啐了一口:"呸!说得好听!你给我说清楚,你要进我们家门,是娶我做你的媳妇,还是专门来图我爸爸家产的?"

李穿石叫:"哎哟,洗玉呀,我认识你的时候,哪里知道你们家老爷子藏着宝贝呢?就是到了定亲那时候,我也不知道呀。"

洗玉说:"甭管你知道不知道,反正我爸知道了你就死定了!"

李穿石:"洗玉,你们家这阵势,你还瞧不明白吗?陆雄飞是多霸道的主儿,我们要是连家底儿都稀里糊涂的,难道等你老爹百年之后让他独霸家产不成?"

听了这话儿洗玉的气儿就消了一半:"那你为什么事先不跟我商量?"

李穿石还有理由:"我本来是想告诉你的,可一琢磨,又怕你跟大姐的关系不好处,我想,有什么不是,干脆我自己担着吧。"

洗玉点了他一指头:"哦,你还有功了呀?"

别看李穿石才二十七岁的年纪,他就愣有本事儿把瞎话编圆,编顺。

堂会唱罢,就是吃寿席。赛马场吃的都是西餐,掌柜的特意在南市登瀛楼叫来两桌席,用十几个大食盒送到这儿来的,独面筋、扒海参、爆三样、古老肉、全爆杂样、葱烧鲤鱼……都是老太太平日里特别爱吃的菜。

坐桌时,我有意坐在了怀玉身边,偏偏老太太又叫璞翠坐在我身边。夹在两个女孩子中间,碍着老太太的面子,我想关照的却不好关照,不想答理的又不能不答理,那个别扭劲儿就别提了,满桌的美味佳肴我竟然没吃饱。

吃了好一阵了,老太太还在说唱戏的事儿:"今天的角儿唱得都不错,刘皇叔和孙尚香都是有模有样的,不过《大登殿》的王宝钏的作派就不如薛艳卿了,哎,二子,怎么没请薛艳卿来唱呢?"

掌柜的说:"娘,薛艳卿可有一阵子不出来唱了。"

老太太纳闷:"多好的嗓子,多好的扮相呀,不唱实在太可惜了。"

李穿石在一边插嘴说:"奶奶,我听说薛艳卿已经攀上高枝,开始享清福了。"

老太太听不清楚,洗玉凑到她耳边又大声说了一遍。

老太太问:"她嫁人了吗?嫁给哪个财东了?"

李穿石说:"她原来叫日租界里边的张公馆包着,前些日子小野又看上她了……"

洗玉在奶奶耳朵边学着李穿石的话。

老太太问:"小野,日本人?"

李穿石说:"对呀,您老见过的,小开岁洗三时他来过咱们家……起初薛艳卿还不愿意,可架不住日本人有钱有势呀,到了,不还是乖乖跟小野住在一起嘛……"

掌柜的正往老太太碟子里夹菜,听到这话,筷子一抖,菜掉到了桌子上。

老太太惊讶地:"怎么?她跟日本人住在一块儿了?这成什么话呀?!"

李穿石见老太太听得入神,越发说得来劲儿:"小野还说呢,只要薛艳卿一心一意地跟着他,日后他回日本,保准带上她……您说,有这等好日子过,她还唱戏干吗呀?"

掌柜的实在听不下去了,重重地咳嗽了一声。

李穿石赶紧闭上了嘴。

寿席上,全家人轮番给老太太祝酒,别看七十岁的人了,老太太竟还能喝上几杯老白干呢,陆雄飞一个劲儿地哄老太太高兴,老太太喝一杯,他喝三杯,老太太笑得合不拢嘴。

李穿石冷冷瞧着陆雄飞在酒席上抖欢儿,眼光现出怪怪的神色。

赵如璋那一家子还是照旧地没出息。趁大家给老太太敬酒的工夫,古氏就一个劲儿地往老公和孩子们碟里夹菜,转眼的工夫,几大碟子的菜都吃得干干净净。

掌柜的也喝得满脸通红,可我看出来,自打听李穿石说了薛艳卿跟小野的事,他心里头就不痛快了。直到天黑回到家里,安排老太太歇息了,全家人都睡下了,他还一个人坐在当院闷闷地喝茶。

只有我知道薛艳卿在掌柜的心里是个什么分量,那可是他最喜欢、最崇拜的角儿,竟然叫小野那个王八蛋给睡了,他能好受吗?

我给掌柜的端来洗脚水,他好歹涮了涮脚,就回屋去了。

我估摸今天夜里他又要跟娃娃哥没完没了地念叨了。

我刚刚躺下,掌柜的突然叫:"德宝……"

我赶紧走到他的屋里去:"掌柜的,什么事儿?"

掌柜的盘腿坐在炕上,把他腰上那串钥匙递给我说:"到仓库里边去,把望天吼拿出来,明儿一早叫大姐夫给小野送过去,……"

我有些发懵:"拿哪个望天吼?那个真的吗?"

掌柜的突然叫:"真的我能给小野那个混账王八蛋吗?跟大姐夫说,就卖二十块。"

我点头,又忍不住说:"掌柜的,把假的给小野……万一叫他认出来……可是麻烦呀……"

掌柜的嗓门更大了:"他小日本懂个屁!叫你拿,你就去拿!啰唆什么?!"

掌柜的很少发这么大的脾气,我赶紧奔到仓库,取出那仿制的望天吼。

掌柜的手托起那望天吼打量了半天，像是自言自语又像是问我："这望天吼真要叫出声来该是什么响动呢？"

我说："既然叫望天吼，它就一定是可着嗓门喊出声儿来呗。"

掌柜的问："怎么个喊法儿呢？"

我说："那一定是惊天动地，震聋人的耳朵……"

掌柜的说："那也未必，它也可能是闷着声儿地一吼，声儿虽然不大，可是叫得人心惊肉跳……"

我说："既然叫吼，那就一定是大声儿地喊……"

掌柜的见我顶嘴，很不高兴："就你聪明，你知道怎么叫，你就学给我听听。"

我索性扯着嗓子冲半空喊了一声。

掌柜的冷笑："这叫嚎，不是吼。"

我不服气，又抻长脖子狠命吼了一声。

喊得我脑袋直发蒙，见掌柜的还是冷笑摇头，便忍不住说："您说怎么叫法？"

掌柜的瞪了我一眼，说："好，你浑小子就听我给你叫一声儿……"

掌柜的又打量了一眼望天吼，站起身，运了口气，足足有好半天，才喊出了两声儿："嗷！嗷！！"声儿并不大，他却喊得脑门上青筋直跳，眼里盈满了泪水。好像是要把窝屈在心底的委屈、愤怒和怨恨一个劲儿地都喊出来。

看着他这痛苦的样子，我心里好难受。

掌柜的喘了口大气儿问："像不？"

我点头说："像……"

掌柜的自嘲地摇头："甭拿好话哄我,我知道学不来的……学不来的……去,拿给大姐夫,给王八蛋日本人送去!"

我赶紧把那望天吼送到陆雄飞的手上。

转天陆雄飞从小野那儿回来,就见他笑得满脸是褶子："老爷子,小野见着那望天吼,乐坏了。他明白,您这是白送给他一件宝贝,上哪儿去找这美事呀? 他要是把那宝贝再孝敬给上司,他升官就更快了。"

掌柜的脸上就那么一笑,端起茶碗,美美地喝了一口。

陆雄飞自然不明白掌柜的那一笑到底是什么意思。

过了几天,掌柜的把另一个望天吼送到英租界"英伦洋行"惠灵顿先生那儿。惠灵顿欢喜得不得了,一边"啧啧"夸魏师傅的手艺精制地道,又一劲儿说掌柜的够朋友,讲信用,他一定多介绍些外国的客户去"恒雅斋"买玉器。其实,掌柜的这么下工夫跟惠灵顿套近乎,就是想把"恒雅斋"的生意推到洋人租界里去,多拉些外国人当主顾。惠灵顿倒也真帮忙,隔三差五地就带着些外国人到"恒雅斋"来买玉器。有时他还亲自当翻译,把"恒雅斋"的玉器介绍给那些洋主顾。小一个月的工夫,经惠灵顿的介绍,"恒雅斋"就来了七八拨洋人买主儿,掌柜的又着实赚了一把。掌柜的是个有恩必报的人,打那儿以后,只要遇上想买欧洲家具、瓷器的主儿,他都往惠灵顿先生那儿领,还串联了商会的朋友们给惠灵顿推荐主顾。就连李穿石和洗玉准备结婚要用的洋家具、洋餐具,掌柜的都要买惠灵顿的。本来惠灵顿在海河边东浮桥附近开的"英伦西洋家具店"生意挺清淡,经掌柜的这么一托,不起眼的就红火了起来。那一阵,天津卫赶时髦的人家,都以用"英伦"牌的洋家具和洋餐具为时尚的气派。惠灵顿赶紧地从香港进了一船的货,没几天又全部出手。这一来,可

239

把惠灵顿乐得屁颠屁颠的。他一边在报纸上做广告,一边又把店面扩大了一倍,门脸儿也豪华装修了一通。新开张那天,他请掌柜的在英租界利顺德饭店吃西餐,还当着许多洋人的面说,赵如圭先生是我最可靠、最亲密的朋友,并允诺,天津卫的官场和各租界他都熟得很,赵掌柜今后有什么用得着的,他惠灵顿一定鼎力相助。其实,掌柜的心里明白,这也就是个客气话,当不得真的。那些漂洋过海大老远跑到天津卫的洋人,没有一个不是想来狠命捞银子的。天津卫有名的瑞士犹太商人李亚溥、爱尔兰商人戴维斯、俄罗斯商人包图也夫,刚到天津时都是穷光蛋,偏偏在天津卫这地面上,蓝眼珠子、黄头发、高鼻子就能蒙中国当官的。没折腾几年,李亚溥成了人寿保险和银行的大老板,戴维斯开的瑞隆洋行靠炒卖股票、外汇、倒腾房地产发了大财,包图也夫也是靠天津卫的房地产生意享尽了荣华富贵。惠灵顿自然也不例外。他卖的是西洋家具和餐具,与“恒雅斋”的生意不争不冲,彼此有个关照,对哪一边都不是个吃亏的事儿。老话说,世事难料,人心不测,掌柜的想不到,那年的年底,惠灵顿这个“最亲密、最可靠的朋友”把他给卖了。

就在东北军军事法庭审判郭大器的第一天，天津卫几家报纸都发了消息。掌柜的到商会与各家老板商议为灾民募捐的事儿，碰上了锅店街"万得昌"的胡老板。"恒雅斋"生意火暴一直惹的胡老板眼里发红，心里很是嫉妒。他跟掌柜的寒暄几句，就当着众人说起风凉话儿："赵老板，您这些日子生意可真叫火呀，听说主顾们都快把'恒雅斋'门槛儿踩平了。现如今'恒雅斋'这三个字儿在天津卫可是无人不知，无人不晓呀。"

掌柜的自然明白胡老板是吗心思，就不温不火地应对："胡

第十六章

老板客气了，您那'万得昌'在天津卫也是赫赫有名嘛。"

胡老板说："那也比不上'恒雅斋'名气大呀。前几天东北军在大连码头上不是逮走了那个刺客吗，街面上人家都这么说，那大连码头是陆雄飞的地盘儿呀，陆雄飞是谁？人家不一定清楚，可一说陆雄飞那就是'恒雅斋'赵掌柜的大女婿，嘿，人家立马就知道了。"

掌柜的一愣："吗刺客？"

胡老板怪腔怪调的："咦？这事儿您还能不知道吗？就是杀了顶头上司，又要杀日本人小野的那个刺客嘛。人家都说了，是赵掌柜的叫女婿给那个杀人犯找了个吃饭的地方呢。"

掌柜的板起脸说:"这不是胡说八道吗!? 我赵如圭一向奉公守法,怎么可能跟杀人犯打交道?"

胡老板说:"我当然也不信呀,可报纸上都说,那个杀人犯在利顺德救过赵掌柜的怀玉一命,赵掌柜出于报答之心帮那个刺客也不是不可能的呀。"

说着,胡老板把报纸递给掌柜的,掌柜的看了报纸,不得不信了。回到家就赶紧找来了陆雄飞问话:"雄飞,那个刺客怎么跑在你那儿干活儿? 你一点儿知觉也没有呀?"

陆雄飞早就想跟掌柜的说说这事儿,只是叠玉再三央求他不要给老爷子添烦,他才把话儿憋在肚子里。就在头一天,小野也刚刚找到了他,质问他是不是有意地把郭大器藏在码头上?他费了好多口舌才算是把自己择出来。这会儿掌柜的偏偏又问这事儿,他就粗着嗓门说:"您还问我呢,我还一肚子冤枉气没地方出呢。为这事儿,小野还对我起疑心呢,亏了平日关系深,我磨薄了嘴皮子解释,人家才没说吗。这事儿呀,您哪,还是问问德宝和怀玉吧!"

掌柜的纳闷:"这事儿跟他们有吗关系?"

陆雄飞:"关系大去了! 好歹我也是他们的姐夫,可他俩做事也太不仗义了!"

待陆雄飞说完事情的来龙去脉,掌柜的立马叫来我,要我一五一十说个清楚。到了这地步,我不敢再瞒,就把怎么见着的郭大器,怎么带怀玉到大连码头上跟他见面,还有怀玉怎么带着郭大器到静海胡家庄避风头的事儿全交代出来,但是有两件事儿我没敢说,一是怀玉跟郭大器交往了多深,再就是我给金一戈打电话的事儿。

掌柜的听罢,气得脸就不是个色了,臭骂了我一通:"你胆子越来越大了,是不是?这么大的事儿你居然瞒着我?!那个郭大器是杀人犯,咱们躲还躲不及,你们倒好,反把他往自己家里招,是不是怕我活得太逍遥、太舒坦了?非要让我跟东北军和日本人都结下仇是不是?!"他大声吼着,把堂屋八仙桌拍得山响。

我心里哆嗦,"扑通"跪在了地上。

掌柜的又喊:"怀玉那死丫头跑哪儿去了?她怎么就不长记性呢?上次在日租界惹的祸还小呀?这才过了几天清静日子?又折腾起来了!去,把她给我找来!"

我忙起身四下找怀玉,可是哪儿也找不到她的人影儿。

掌柜的又拍起桌子吼骂我和怀玉,他那个凶劲儿,连叠玉和洗玉都不敢靠前说句宽解的话儿。

陆雄飞见这阵势,不言不语地溜出了门。

楼上的老太太隐隐约约听到了下面的动静,派丫鬟璞翠下来问出了什么事儿。掌柜的这才敛住了声儿,坐在堂屋里喘着粗气,等着怀玉回来要问个明白。

可是怀玉一白天也没回来,到了晚上还没露面。这下,全家人都慌了神,天晓得,她那天竟然混进了东北军的军事法庭。

原来,怀玉找了金一戈,把她过生日时掌柜的给的一件唐代鸟衔花玉佩送给了金一戈的太太。那可是件稀罕宝贝,拿到市上卖,少说也得一千块现大洋。金一戈两口子别提多高兴了。怀玉对金一戈说,那个刺客在利顺德饭店救过我的命,我想到法庭上见见他。金一戈说,这还不好办吗,弄套小号的军服穿上,来个女扮男装,就算我的随从,不就进去了吗。结果,怀玉还真的跟着金一戈混进了东北军的军事法庭。可是金一戈万万没料到,她会当庭冷不丁地跳出来,拼命为郭大器喊冤叫屈,把个军事法庭搅得天翻地覆。

打那儿我就明白了,这女人要是痴心迷上一个男人,她是什么绝事儿都做得出来的。

第二天,正为满世界找不到怀玉而焦急的全家人,突然听见大街上卖报纸的喊得热闹:"看报!看报!'恒雅斋'千斤赵怀玉大闹军事法庭,弱女子救情郎拼死仗义执言!"

掌柜的忙叫我赶紧买来报纸,见上面登了一大篇说怀玉如何大闹军事法庭的文章。掌柜的看着看着手就哆嗦了,末了,又气又恨地把报纸甩到一边,骂道:"这个造孽的冤家呀!"

叠玉、洗玉都跑了来打量报纸。

陆雄飞拿过报纸念起来:"本报独家消息,前日在大连码头被东北军逮捕归案的杀死上司的原东北军军官郭大器,昨日被押上军事法庭接受审判。郭大器也是在本市两次刺杀日本驻屯军小野中佐未遂的嫌疑犯。经审判,郭大器被当堂判决为死刑。殊不料法官判决词尚未念毕,一乔装成东北军士兵混入法庭的青年女子突然跳出来,为郭大器大声呼喊冤枉,并痛斥东北军无视日本军队在关外频频挑起事端,企图鲸吞东三省的阴谋,反而无情加害为雪耻复仇的抗日志士。此青年女子语惊四座,法庭哗然。军事法官们更是脸色大变,竟一时不知所措。那女子不顾宪兵拦阻,仍高声为郭大器辩护。那已被判为死刑的郭大器,眼含热泪注望红颜知己,哽咽不已。此青年女子叫赵怀玉,系东马路'恒雅斋'赵老板的千金。此女曾于今年四月因潜入日租界张贴抗日标语时,被日租界警署拘押,后在利顺德饭店……"

正念到这儿,掌柜的"啪"地一拍桌子:"别念了!!"

陆雄飞撇撇嘴,甩下了报纸。

叠玉忙说:"爸,得快想法子救怀玉呀!"

洗玉也说:"二姐关在军营里可不是个事呀!那些丘八要是

打她的坏主意可怎么办呀?!"

掌柜的吼道:"是死是活她随便! 就当我没生没养这个孽障!"

洗玉叫:"爸,您生气归生气! 人还得救呀!"

叠玉又劝:"爸,赶快找金团长吧,求他救救怀玉呀!"

掌柜的脑门上青筋"突突"跳着,喊:"都说是不撞南墙不死心,她是撞了南墙也不回头,还管她干吗?!"

叠玉冲陆雄飞叫:"你怎么还这么沉得住气? 就不能想点儿办法?!"

陆雄飞双手一摊:"我平日跟东北军又没什么来往,有吗办法? 哎,咱们家不是还有市政府的人吗……"

洗玉跺脚说:"偏偏这会儿穿石出差去了,要个把礼拜才回来呢。"

掌柜的望着屋顶念叨:"老天爷呀,您怎么让我养了这么个造孽的闺女呀?! 我……怎么跟你们的娘交代呀?"

念叨着,掌柜的已经是哭腔了,脸上淌下两行泪来,这可是我头一回见他当着晚辈们掉泪儿。

这场面,叫我心里别提有多悔了。要不是自己出卖了郭大器,哪能有今天这么多的麻烦? 掌柜的也不能急得老泪横流呀。到了这节骨眼儿上,我心里可就盛不住,装不下了。一边跪了下来一边"哇"的哭出声来:"掌柜的,都是我造的孽呀! 怀玉走到了今天这分儿上,都是我的罪过呀!"

陆雄飞在一边撇嘴:"马后炮! 你早干吗去了?"

掌柜的喝道:"你说,到底是怎么回事儿?"

我哭着说:"自从我知道怀玉跟郭大器好上了,我就恨上郭大器了……"

掌柜的惊讶地问：“你说吗？怀玉跟郭大器好上了？这是什么时候的事儿呀?！”

我说：“郭大器跟怀玉到静海去那时候……”

掌柜的更是生气：“你怎么早不告诉我？”

我说：“怀玉不叫我说呀……我看见怀玉喜欢上了郭大器，我就……”

掌柜的打断我的话，吼道：“混账！你是听怀玉的还是听我的?这么大的事儿你也敢瞒着我?你眼里还有我这个当爹的吗?！如果你早点儿告诉我，怀玉还能走到今天这一步吗?！”

我吓得浑身哆嗦，想说的话都噎在嗓子眼里了。

叠玉赶紧上前劝道：“爸，您千万别动肝火……”

掌柜的问道：“叠玉、洗玉，你们是不是也知道？是不是？”

叠玉和洗玉只得点头。

掌柜的气得直哆嗦：“好哇，全家人都知道怀玉跟了个杀人犯，就瞒着我一个人！你们是存心要气死我呀！”

喊着，掌柜的抓着茶壶狠狠在桌子上一砸，那壶碎了，茶水四溅。

叠玉和洗玉也吓坏了，一起也跪在掌柜的面前：“爸……”

璞翠匆匆从楼上奔下来说：“老太太刚刚睡着，就被吵醒了，她问出了什么事儿？”

掌柜的赶忙叮嘱璞翠：“告诉老太太，没事，没事的……”

璞翠一边惊异地看着还跪在地上的我们，一边走上楼去。

这时候，前面的伙计一溜小跑地来禀报，说是东北军的团长金一戈要见掌柜的。

掌柜的定了定神，忙说：“快，请他到里边坐……”

伙计忙转身跑回前面去。

掌柜的看见我们三个还跪在地上,没好气地说:"还跪在这儿叫人家看笑话呀?!"

我们几个这才直起身子。

金团长一脸的铁青走进堂屋,掌柜的冲他拱手作揖他也不还礼,将白手套没好气地往桌子上一拽,一屁股坐在椅子上。

洗玉说:"金团长,您来得正好,听说我二姐被扣在你们军营里边了,您可得救救她呀!"

掌柜的正要说话,金一戈说:"我救她?还不知道谁来救我呢!"

我们全愣了。

金一戈说:"你们家的那个赵怀玉可把我坑惨了!她说想到法庭上见识见识,我好心好意的把她带进去了,嘿,谁想得到,她来了那么一出。在法庭上闹了个天翻地覆……现在上边紧着问呢,是谁把她弄到法庭里边去的?亏了她还算有良心,还没把我供出来。万一她说出我来,我的前程也就毁在她的手里了!"

掌柜的忙问:"这孩子,她到法庭上闹什么去?"

金一戈:"我还要问您呢。您那个闺女跟那个郭大器到底是个什么关系?看那个样儿,为了他,她都可以豁出命去。"

掌柜的脸涨红着叹气:"不瞒您说,我也是刚刚知道……"

叠玉央求道:"金团长,我妹妹反正是做了糊涂事儿了,对不住您。您就看在我们全家的分儿上,求求您把她救出来吧。"

洗玉也说:"只要我姐姐出来,要打要罚,随您发落。"

掌柜的给金团长深深作了个揖:"金团长,我这儿给您赔罪了。孩子的事,您就多担待了!"

他又冲我们几个说:"你们还愣着干吗?还不跪下替那个死丫头向金团长谢罪呀。"

我和叠玉和洗玉都冲金一戈跪下。

这一来,金一戈口气不能不软了些,说:"哎哟,给我磕头有什么用嘛! 这事都惊动我们军长了,说是一定要查个水落石出,我还自身难保呢。起来吧,都起来吧。"

洗玉说:"金团长,您不答应救我姐姐,今儿个我们就不起来了。"

金一戈叹气:"好,好,好,都起来,咱们商量个法子呀。"

我们几个这才起来。

金一戈叹道:"要是说真格的,您那闺女在法庭上说的也都是实在话,郭大器确实是条汉子,现如今一股劲儿地冲着日本人玩命的,少有! 他杀的那个营长,就是条他妈的日本人的狗,要我说,也是该杀! 可是下属杀上司,军法不饶呀! "

掌柜的说:"照您这么一说, 我们怀玉的事儿是不是还有缓? "

金一戈说:"眼下长官们都在气头上,谁敢说个缓字儿? 我今天来, 就是嘱咐你们, 我们的上司一准儿要派人来你们家调查,你们千万千万别说认识我。"

掌柜的忙点头,又叮嘱我们几个:"你们听见了? "

我们几个点头。

掌柜的问:"金团长, 我那个不争气的闺女什么时候能……"

金一戈叹气:"就怕这事闹大了,如果再惊动了北平的张副总司令,她肯定是一时半会儿回不了家了。"

掌柜的忙说:"这事还有赖金团长在各位长官那里化解化解。"

金团长一脸的为难:"先把我这关过去吧,再想办法……"

掌柜的冲我说:"德宝,去柜上,拿张支票给金团长带上。"

金一戈不是心思的连连摆手:"算了,算了,这事呀,花钱也不见得能管用。真要用钱,我自然会找你。千万千万记住,你们这一家子谁也不认识我呀!"

金团长再三叮嘱了才朝门外走去,掌柜的追上去,把一千块大洋的支票塞进他的兜里。

果然,到了下半晌,王巡长就带着东北军的两个军官进了家门,两个人打进了门就铁青着脸,连茶水也不沾一口,东拉西扯问了一通之后,就问掌柜的都认识东北军什么人吗?掌柜的自然是摇头。他们又问赵怀玉都认识东北军什么人? 掌柜的还是摇头。两个军官的脸就板得更厉害了,又问,赵怀玉怎么跟郭大器认识的? 掌柜的就把在利顺德发生的事儿对他们说了一遍。

一个军官还把掌柜的说的话写在纸上,又让掌柜的在那纸上按了手印儿。

掌柜的问他们赵怀玉吗时候能出来? 能不能去到军营里边看她? 两个军官说这事儿非同小可,调查清楚之后,也要把赵怀玉转押到市公安局继续侦办。东北军的人走了,掌柜的在堂屋里足足愣了半个时辰。他自言自语地说:"这回……怀玉怕是悬了……"

还没来得及商量下一步怎么办呢,赵如璋就带着媳妇古氏进了家门。他一见掌柜的,就拿出张报纸叫:"兄弟,怀玉这闺女中了吗邪了?从日租界警察局子出来才几天呀?这又惹事儿叫东北军扣下了? 咱们赵家多少辈子了,哪见过这么当闺女的? 你当老子的,得好好管管啦!"

没等掌柜的说话,洗玉就忍不住开了腔:"大伯,您可真是,进了门也不问问我姐是死是活,先老的小的数落一通,现在是救

249

人要紧,说这咸的淡的有吗用呢?"

赵如璋挨了侄女顶撞,脸上就挂不住了:"我再不说,这赵家还不知道要出什么邪行事儿呢,到我那儿看病的人个个都问我,赵怀玉是不是您的侄女呀? 好歹我也是他伯伯吧,让我这张老脸往哪儿放呀? 啊? "

洗玉还要还嘴,被叠玉拦住了。

掌柜的叫了声哥,把赵怀玉怎么惹的事儿念叨了一遍。

就趁掌柜的跟赵如璋说话的当口儿, 赵如璋的媳妇独自上了楼,说是去看看老太太,没一袋烟的工夫,老太太就火急火燎地奔下了楼,哆哆嗦嗦地问掌柜的怀玉到底出了什么事?

本来掌柜的就想瞒着老太太的,免得她老人家担惊受怕,吃不下,睡不着。赵如璋媳妇偏偏串老婆舌头,跟老太太说了怀玉的事儿。平日里老太太可是着实疼孙女,听说怀玉被关进了军营大牢,顿时就急火上了头。

掌柜的只能装作轻松的样子,说没大不了的事儿,让老人家放心。老太太却骂道:"你以为我耳朵聋,什么都瞒着我是不是?二子,我跟你说,要是怀玉有个好歹,我就不活了! "

一边说着,老太太还拿拐棍儿在地上"咚咚"捅得山响。

掌柜的连忙点头,一劲儿拿宽心的话儿劝老太太。

老太太走上楼梯还说:"二子,你听好了,就是倾家荡产,把这楼卖了,也得把怀玉救出来。"

掌柜的连连答应。

待老太太上了楼,掌柜的就对古氏发了火:"嫂子,你这是吗意思? 你明知道老太太经不住事儿,偏偏还要跟她老人家说,你这是疼老太太还是害老太太呀?! "

古氏听了这话,可就不依不饶了,高着嗓门说:"二弟怎么

250

说话呢?是老太太问我怀玉的事儿,我做晚辈的敢跟老太太编瞎话吗?可不就得实话实说嘛。要说谁害老太太,我倒要问你呢,你要是把自己的闺女管得严点儿,还至于出这邪行事儿吗?老太太就是想生气也没气可生呀,是不是?子不教,父之过,万一把老太太急出个好歹来,我们还要拿你是问了。"

这铁嘴钢牙的一番话,把掌柜的气得脸色发白,他说:"怀玉的事儿就怕老太太知道,她不知道就不会操心。你干吗多那个嘴?偏要把老太太扯进来呢?"

没等这娘们儿还嘴,赵如璋又帮起她的腔:"如圭呀,家里出了这么大的事儿,老太太早晚是要知道的。怀玉可不是头一次惹事儿了,前车之鉴怎么就不长记性呢?你当爹的不能只惦着赚钱,也得分点儿心管教管教闺女了!老话说,儿女懂得孝顺,高堂则无忧无虑。老太太若真的为怀玉气出好歹来,你可别怪我这当哥哥的说出难听的话来!"

洗玉一直想给婶子几句,叠玉拦着她才一再忍着。听大伯说出这话,她不管不顾地叫起来:"大伯,好话都叫您们说了,平时伺候老太太、孝敬老太太的都是我爸,您们二位隔三差五、蜻蜓点水似的来一下,我爸爸也没说过吗。这家里刚出了点儿麻烦,您们就来兴师问罪,您们要是真的疼老太太,就把老太太接到您们家去孝顺呀。"

赵如璋冲掌柜的叫:"兄弟,你听听!你们家的闺女就这么对长辈说话吗?还有没有规矩呀?!"

洗玉叫:"吗规矩?长辈有规有矩,我们晚辈儿才有样子学呀,我们姐几个就是再不争气,不也没吸白面、抽大烟的吗!"

这话着实捅到赵如璋的肺管子上了,他脸涨得像个紫茄子,狠狠地跺了几脚,就出了门。

他媳妇跟在他的后头也往外走,一边甩下话儿:"我说不叫你来吧,真是好心没有好报,又不是你的闺女,她是关是判还是掉脑袋,人家乐意。咱们操哪份的闲心!!走,走,这地方,没理可讲,往后就是八抬大轿抬,我也不来了!"

　　直到老了,我也没弄明白,这一娘所生的同胞兄弟,怎么着也应当亲亲热热,和和气气地来往,要不怎么会有情同手足的老话呢。为吗赵如璋跟掌柜的就如同水火呢?诚然,这里边有分遗产时落下的根儿,但是无论如何亲兄弟也不至于变成仇人吧?

　　生气归生气,掌柜的还是得想尽一切办法救闺女。在九月十七号晚上,好不容易找到了金团长。说到怀玉的事儿,金团长仍然是一脸的为难。他说过几天,郭大器就要绑赴刑场杀头了,赵怀玉也要转押到天津市的公安局再作审理。这事儿已经惊动了东北军的最高层,而天津市的市长和公安局局长就是张学良的弟弟张学铭一个人兼着,下边谁还敢再去疏通说情?而且,他的上司已经怀疑是他把赵怀玉领进军事法庭的,为了避风头,他明天一早就以接老娘到天津为由,躲到沈阳去,怀玉往后是凶是吉,也只有听天由命了。

　　一番话把掌柜的说得透心地凉,耷拉着脑袋从金一戈家里走出来。我跟在掌柜的后面,瞅见他驼着背,走道也磕磕绊绊的,像是七老八十的人。

　　回到了家里,洗玉和叠玉忙围上来问怀玉能不能出来。见掌柜的只是叹气摇头,知道怀玉没好信儿,两个人一个抽泣一个抹泪儿。

　　老太太把掌柜的叫到楼上去,问怀玉什么时候出来,掌柜的强笑着,哄骗老太太说,该托的门子都托了,该花的钱都花了,没几天就有信儿了,您就放心吧……

掌柜的进了自己的屋,我听见他又对娃娃哥念叨起来,骂自己没管好闺女,对不住她死去的妈,数叨哥嫂没安好心,把怀玉的事儿捅给了老娘……

再说关在东北军牢里的郭大器,军法执行官已经正式向他宣布九月十九号早晨执行死刑的命令。他听罢,愣了许久,一个劲儿拿拳头狠命地捶墙。

专门送来酒肉为他送行的金一戈见了也心酸不已,说:"兄弟,我知道,你不该死,可是军法无情。我抓你归案也是奉命行事,不得已而为之。希望你别记恨我啊。"

郭大器说:"我不是怕死呀!我还没宰了小野!全家的血海深仇还没报,我是死不甘心呀!"说着,他的拳头又狠命地捶在墙上,"咚咚"作响。

金一戈眼圈也红了,也只能是感慨一番,问郭大器临死之前还有什么要求。

郭大器立刻说:"我只想临死前跟赵怀玉见上一面。"

金一戈很为难:"兄弟,那个赵怀玉惹的娄子实在是太大了,连北平的张副总司令都知道她大闹军事法庭的事儿了,我怎么还敢……"

郭大器"扑通"给金一戈跪下来:"团长,我求您了!他是我最爱的女孩子,就让我死前见上她一面吧!"

金一戈沉了一会儿,点头说:"我去求求副军长,他可能点头,也可能不点头,你们两个能不能见上一面,就看造化了……"

金一戈早些年当过副军长的随从,很有些交情。但是考虑到从北平司令部来监刑的人已经到了天津,万一叫他们知道待决的死刑犯又接触了外人,肯定又是麻烦。一开始副军长没有点头。金一戈再三的央求,说郭大器杀人有报仇雪恨的原因,更何况他杀的是东北军的败类、汉奸。许多弟兄都为他抱打不平,就算是为了赢得军心,也应当让赵怀玉见郭大器一面儿。最后,副军长终于点了头。

那天半夜,金一戈把关押在另一处的怀玉领到了郭大器的牢房跟前,给他们十分钟说话的时间。

郭大器见到怀玉走过来,激动地扑上前,大声叫着:"怀玉!"

怀玉隔着牢房的铁栅栏,紧紧抓住郭大器的手,还没说出话来,就已经是泪水汪汪了。在这之前,金一戈已经把郭大器天亮就要被执行死刑的事儿告诉了她。

郭大器劝她说:"怀玉,别哭,二十年过后又是一条好汉。来生我还是要跟你在一起的。"

怀玉哽咽得说不出话来,将自己的脸紧紧贴在他的手上。

郭大器说:"怀玉,别难过,我虽然没能报仇雪恨,可还总是死在自己队伍的刑场上。当初在警察局,要不是你们老爷子仗义搭救,我早就死在小野手里了,那该多窝囊呀。你就代我谢谢老爷子,就说我郭大器这辈子不能当他的女婿了,下辈子我一定还要进赵家的门!因为我的这第二条命是老爷子给的,更因为我爱你……"

怀玉赶忙说:"大器,我这第二条性命也是你给的呀!在利顺德你若是开了枪,我的命也就早没了……"

郭大器说:"怀玉,我刚刚从关外跑到天津时,我脑子里就是报仇雪恨四个字儿,我对这个世界已经完全丧失了兴趣,完全麻木了。自从遇上了你,我的生活才重新回到活人的位置上,我才享受到被人爱的幸福……"

怀玉念叨着："这不公平,不公平……我们在一起的时间太短了……大器,我爱你!我爱你呀!我应当跟你一块儿走的呀!"

郭大器说:"快别说这傻话,你得好好活着。你一定要替我看到小野那王八蛋遭报应的下场!一定要哇!答应我!"

怀玉淌着泪点头,她将自己脖子上的玉虎挂件摘下来,深情地挂在郭大器的脖子上。

十分钟很快过去了,守在一边的金团长示意看守将怀玉拉出牢门。

怀玉不住地转头大声喊:"大器!我爱你啊!"

郭大器一直望着怀玉出了牢门:"怀玉,一定好好活着!替我活着!"

亲眼看着这对鸳鸯凄凄惨惨地被拆开,金团长眼圈都红了,他对郭大器说:"兄弟,监刑的军官就要到了,只能这样了……"

郭大器笑笑:"团长,我知足了……"

到了早上五点钟,负责执行死刑的军官和监刑的军官都来到了牢房。验明正身、戴上镣铐、给郭大器照相……该走的程序都走过了,荷枪实弹的士兵刚刚把郭大器押出牢房,匆匆奔进来一个军官,代表军长宣布谁也料不到的命令:死刑暂缓执行。

原来,就在头天晚上,就是九月十八日深夜,关外的沈阳出了件惊天动地的事儿,关东军突然攻打了东北军的军营,杀人放火,一晚上就占领了沈阳城,紧接着,关东军又占领了辽宁、吉林好几十座城池。也就是七八天的工夫,东北的大半河山都落到了日本人的手里。这就是后来人们都知道的,叫中国人世代蒙羞为耻的"九一八"事变。

关东军占了沈阳的消息一传出来,驻在天津卫的东北军上上下下一下子就炸了锅,他们大多数人的亲娘老子、老婆孩儿都在关外,日本人这一折腾,就等于抄了他们的后路,端了他们的老窝儿。人人喊着要杀回关外去跟日本人拼命。更有高层的军人骂娘说,郭大器杀了败类、汉奸是有功之臣,我们不去杀日本人,反而要杀自己的英雄,还有没有天理?!就这样,郭大器才意外地捡回了性命。

一听说沈阳的事儿,天津卫做生意的都早早关了店门儿,都怕日本军队在天津也闹起事儿来。"恒雅斋"一过晌午时也关门谢客。掌柜的叮嘱,全家人和店里的伙计们,谁也不能到街上去。他还给李穿石打电话,叫他打听打听时局的动向,日本人会不会也在天津动枪动炮?

李穿石很快回了电话,说日本关东军在沈阳闹事儿,是因为东北军的人炸坏了日本人管的南满铁路。天津的东北军只要不招惹日本人,是不会有什么麻烦的。可天津的东北军会不会跟日本人干起来呢?谁也说不好。

那些日子,整个天津卫的老百姓都是人心惶惶,再加上抗日游行的示威队伍都拥上了街,整个天津卫就像开了锅似的,再看不见往日那忙碌做生意,悠闲过日子的景象了。

连着几天,"恒雅斋"都没开门做生意,所有值钱的玉器古董都锁进了仓库里。到了晚上,掌柜的带着我就睡在柜台上,我的枕头下塞着一把斧子,掌柜的枕头边压着一把手枪,生怕有什么意外。掌柜的在柜台上翻来覆去地睡不着,就是睡着了,梦话里也是不停地叫怀玉的名字。瞅着掌柜的那瘦了一圈的脸和塌塌的眼窝儿,我心里真是愧死了。

老话说,祸兮福之所倚,真是没错儿。"沈阳事变"搅乱了天津卫,但是也出人意料地救了怀玉。"沈阳事变"后的第三天,晚饭前后,听见有人敲院子的门,我正要去开门,掌柜的拦住了,他

256

自己走到门边,戒备地问是谁。

就听见外边是怀玉的声音:"爸,是我呀……"

掌柜的赶紧开了门,见怀玉穿着一身窝窝囊囊的军装,立在门外,身后跟着金一戈。

金一戈说:"赵老板,闺女我给您送回来了,您瞧好了,人可是好好的。"

掌柜的又惊又喜,满眼是泪,一边往门里拽怀玉,一边冲金一戈作揖:"金团长,您就是我们家的救命菩萨呀,谢谢您了!谢谢您了!"

进了厅堂,掌柜的上上下下打量了怀玉,问:"怀玉,没事吧?"

怀玉笑着:"爸,没事,我这不回来了嘛。"

掌柜的这才长长地松了口气,忙说:"那还愣着干吗?还不赶快给救命恩人磕头谢恩呀!"

怀玉给金团长跪下磕了头。

掌柜的又把叠玉、洗玉和我都叫到跟前说:"你们都给我记住了,金团长可是咱们家的救命菩萨,你们都磕头,谢谢救命菩萨!"

我们几个都跪下来冲金团长磕了头。

金一戈显得心事重重,也没多说客气话,寒暄了几句就起身要走人。

掌柜的哪里肯,一边叫怀玉换了衣裳上楼去见老太太,一边招呼厨房弄酒菜招待金团长。

金一戈没有心思,说:"赵老板,改日吧,军营里边都乱成一锅粥了,我哪还有心气儿在您这儿喝酒呀?"

掌柜的扯住他的胳膊,死活要他喝几盅。

金一戈只得留了下来。

掌柜的吩咐我给陆雄飞打电话,叫他回来陪金团长喝酒。

掌柜的取来衡水老白干,亲自为金一戈满上盅,双手捧着恭恭敬敬对着金团长说:"金团长,您就是我全家的大恩人,我今儿个要敬您三杯!先干为敬,我就喝了……"一仰脖就喝下一满盅。

金一戈几杯下肚,就说出心里话:"赵老板,您别敬我酒,我值不当您敬酒……"

掌柜的纳闷:"这话是怎么说的?"

金一戈:"日本人在沈阳把我们的老窝儿都给抄了,我穿着这身皮,手里攥着枪,管着几千号人马,可是我只能干瞪眼瞅着,连抗日这两个字儿也不能说……我算什么军人呀?窝囊透了!您这会儿给我敬酒,我不臊得慌吗?"

说着,他眼里闪起泪光儿:"我们这些当兵的,还不如您那闺女呢,她一个女孩子家,就敢闯到法庭上去骂日本人,当着法官们就敢说郭大器杀汉奸、杀日本人不但无罪而且有功……我们不如她呀!"

掌柜的忙说:"嗨!我那个闺女不懂事,给您惹了那么大的麻烦,您就别夸她了。"

金一戈说:"实话跟您说吧,您那闺女怎么放回来的?是我们副军长说的话,他说,在咱们中国,像郭大器和赵怀玉这样抗日的热血青年太少了。要是全国人都这样,日本鬼子还敢欺负我们吗?!日本人都端了我们老窝了,我们还不敢杀出关去跟日本鬼子拼,窝囚在这儿当孙子。既然当了孙子,还有脸审判抗日的青年吗?副军长就下了命令,郭大器不杀了!赵怀玉放人!"

我忍不住插嘴问道:"那个郭大器真的没事了?"

金一戈点头:"不但没事了,我们军长还叫他归了队,接着当兵。副军长还说,我们东北军日后肯定要跟日本人血战一场,留着他杀日本人,戴罪立功。"

听到这儿,我的心情轻松了许多。

掌柜的说:"赶明天一定去谢谢副军长……"

金一戈苦着个脸说:"这会儿您见不着他,军里的头头们都到北平找张副司令请战去了!"

掌柜的只好换了话茬儿,问:"您老太太不是还在沈阳吗?那边兵荒马乱的,得赶快把老人家接过来呀。"

金一戈摇头叹气:"哎!现在沈阳那边是音信全无,我老娘跟我兄弟一家子是死是活都说不准呀。"

掌柜的忙安慰:"报纸上不是说关东军攻打的是军营吗?老百姓惹不着他们吧?"

金一戈摇头说:"王八蛋关东军才不管那一套呢!在沈阳城烧杀抢掠呀!我们东北军的参谋长都叫他们抓起来了。哎!我他妈的真后悔,要是早几天把她老人家接到天津该多好呀。"

说着,他后悔地一巴掌拍在桌子上,震得碟碗乱蹦。也不等掌柜的敬酒,他一连气儿地喝下了四五盅。又红着眼睛骂日本人,骂南京政府蒋介石:"他妈的,北边的日本人抄了我们老家,南边的蒋介石又不准我们杀回去跟日本人拼命,还要我们服从国家大局,听候国际调停……呸!鸡巴国家大局!狗屁国际调停!我们亲娘老子叫日本人杀了,祖坟都叫日本人挖了,还不准我们跟日本人拼命,算什么鸡巴政府!狗屁政府!"

掌柜的听着,禁不住地点头,但又不好跟着他一起骂,同情地说:"等沈阳那边消停了些,赶紧回去把你们老太太接到天津来吧。"

金一戈叹道:"就怕这辈子再也回不去了……"

掌柜的说:"不能吧,那沈阳城是咱们中国的地盘呀?日本人不能总占着不走吧?"

金一戈说:"日本鬼子是吃人不吐骨头的狼呀!当年炸死我们张大帅,今天占了我们沈阳,都是计谋好的。自打甲午战事以来他们占了台湾,他们就开始打关外的主意了,兔崽子们终于动手了……回不去了!我们这些拿枪的窝囊废回不去了!"

金一戈又猛劲儿地灌了几杯,眼泪在眼睛里打着转,坐在那里一劲儿捶打自己的心口。

掌柜的劝慰道:"金团长,事情已经出来了,只能是从长计议了,您千万别急坏了身子……"

金团长不住地摇头:"家叫人家占了,老窝儿没有了,您体会不到我这心里的窝屈劲儿呀!"

掌柜的说:"我怎么不知道?庚子年八国联军占了这儿,天津卫人的命都捏在洋鬼子手里。上了街,洋鬼子说搜查你就搜查你,大半夜闯进家门抓人也是家常便饭。哎!整整当了两年的亡国奴呀!当时,洋鬼子逼着要把天津的城墙都拆了。那一阵儿,我们家就住在城墙根底下,眼看着那城砖一块一块往下扒,就跟扒光了自己的衣裳一个样啊!想起来一辈子都窝屈啊!"

掌柜的眼眶子里闪着泪光,满脸都是恨。

金团长拿酒杯举到掌柜的面前:"不说了,不说了,来……再喝一杯,醉了……窝屈不窝屈就记不得了……"

掌柜的一边叹着一边将酒灌进肚子里。

我悄悄对掌柜的说:"金团长这酒不能再喝了。"

他点头,吩咐我去厨房弄碗醒酒的汤来。

等我端着热汤走回来的时候,看见李穿石正进了门。

李穿石是接到洗玉的电话,听说怀玉给东北军放回来了,便赶了过来。见了怀玉,李穿石笑脸盈盈的:"二姐回来了,我就说吗,没大事的,听说郭大器的命也保住了?真叫我高兴呀!"

经历了这一番折腾,怀玉对李穿石的品性已经看透了,她冷冷地说:"是啊,全亏了金团长他们,要是指望自家人,我大概这一辈子都出不来了。"

说着,她就走进自己的屋里去了。

李穿石只是略红红脸,就扯着洗玉跟着走进怀玉的屋里。

第十七章

说:"怀玉姐,反正你出来了,郭大器也平安了,我这心里面呢,也就踏实了,你怎么怪罪我都无所谓了。"

怀玉冷笑,手里收拾着东西,根本不拿正眼儿瞧他。

李穿石也觉得没味儿,说了几句就走开了。

洗玉扯着怀玉的胳膊说:"得了,姐,你在里边关着的时候,穿石可担心呢,总是念叨你们呢。这不,听说你出来了,连口气儿都没喘就跑过来了吗。你干吗还要给他冷脸呀?"

怀玉叹气说:"妹子,他日后是跟你过日子,对我好还是赖了没关系。他只要对你实诚,不要心眼儿就念佛了。"

洗玉解释说:"姐,穿石还不至于吧,他一直跟我说,没能救

261

出郭大器来,他实在是有心无力呀。他还一直过意不去呢。姐,你就高抬手放他一马吧。"

怀玉索性把话挑明了:"傻妹子,说实话吧,你这个没进门的先生,我不放心。"

洗玉睁圆了眼睛问:"为什么?"

怀玉想说什么,话又咽了回去:"嗨,我现在说什么你也不信,日子长了,你自个儿慢慢品吧。"

洗玉哪里肯放过:"姐,你说到这儿又不点透了,叫我心里七上八下的,往后叫我怎么跟他过日子呀?"

怀玉淡笑。

洗玉又问:"你是不是还为仓库清单的事儿生他的气呀?"

怀玉说:"我生自己的气,当时怎么就那么糊涂,他要清单我就给了他清单,我怎么就没多想想,人家打得什么鬼主意。"

洗玉说:"姐,你可别闹误会了,穿石说,他要那清单呀,就是日后为了提防大姐夫的, 他可是没别的意思啊。穿石也保证了,决不跟爸爸说的。"

怀玉还想说什么,又摇着头叹道:"算了,算了,国家都乱到这种地步了,说这鸡毛蒜皮的事儿还有什么劲儿……"

姐俩儿在屋里说话的工夫,客厅里,正喝酒的金团长见到李穿石走过来,就将他拉到桌边,舌头拌着蒜:"李先生,您来得正好,您常跟日本人打交道,您到日本人那儿问一声,凭什么他们要抢占我们的地盘儿?! 凭什么到我们家里杀人放火?! 凭什么?!"

掌柜的拿眼神儿告诉李穿石,金一戈喝多了。

李穿石端起酒杯说:"金团长,我来晚了,自个儿罚三杯,您随意了。"

说着,仰脖连灌了几盅。

金一戈按住李穿石的手,嗓门也大了起来:"要喝呀,咱们就一块儿喝,你让我喝多少都成,你就替我办这一件事儿,去问问日本人,凭什么他们要抢占我们的地盘儿?! 凭什么到我们家里杀人放火?! 凭什么?!"

李穿石说:"金团长,据可靠消息说,前几天日本人在沈阳动枪动炮,是事出有因。"

金一戈立刻瞪圆了眼:"事出有因? 这话怎么说? 难道他王八蛋小日本在我们家里杀人放火还有理啦?"

掌柜的努嘴儿示意李穿石,金团长醉了,你就多喝酒少理论吧。

李穿石只好住了嘴,只跟金团长撞酒盅。金团长一边喝着,翻来覆去还是问那几句话。大概也是酒劲儿上了头,李穿石就管不住自己的舌头了,他说:"金团长,据可靠消息说,是你们东北军的人在柳条湖先炸毁了南满铁路,袭击了日本的守备部队,人家才开的火的。"

金一戈涨红着脸,"啪"的一拍桌子:"妈的! 放屁?! 哪个王八蛋说的?!"

这一巴掌把桌子上碟子碗震得乱响,把大家伙吓了一跳。

后面屋里的几个小姐不知道发生了什么事儿,都从屋里奔了出来。

掌柜的瞪了李穿石一眼:"你这孩子也真是,金团长是叫你陪他喝酒的,你怎么扯东扯西的?"

李穿石忙说:"对,对,咱们莫谈国事,莫谈国事……"

金一戈哪里肯放过,仍吼叫着问李穿石:"你说,是哪个王八蛋讲的?!"

李穿石赔着笑脸说:"就算我吗也没说,吗也没说,行不行?"

金一戈还是喊:"你知道不知道?我们长官隔三差五就要教训我们,千万不可以惹日本人,就是日本人挑事儿挑到家门口了,也得忍着,谁惹了日本人就治谁的罪!妈的,东北军的人哪个吃了豹子胆敢去炸南满铁路?明明是小日本自己干的,又安在我们头上当借口,他们是存心要吞了我们的东三省呀!妈的,是哪个王八蛋讲的那话,我去跟他理论理论!"

掌柜的只好打圆场说:"金团长,穿石年轻,不懂这里边的轻重,您千万别生他的气,千万别!"

就在这工夫,陆雄飞进了门,他冲金一戈拱手作揖说:"哎哟,金团长大驾光临,陆雄飞来晚一步,多多包涵,多多包涵。"

李穿石朝陆雄飞笑笑,算是打招呼。

可陆雄飞就像没看见他似的,理都没理。

掌柜的招呼道:"来,来,雄飞,金团长亲自把怀玉送回家来了,我们正敬他的酒呢,快,你也敬金团长几杯。"

我给陆雄飞满满地倒了一杯酒。

陆雄飞举杯冲金一戈说:"金大团长,我们老爷子有令,我这就敬您一杯了!"

金一戈还是一脸的怒气,将陆雄飞的酒杯挡到了一边,依旧冲着李穿石吼问:"这酒先不喝,今天你一定得告诉我,是哪个王八蛋讲的那话?!我去跟他理论理论!!"

陆雄飞一时摸不着头脑:"怎么了?金团长怎么发这么大的火呀?"

金一戈就对陆雄飞说:"陆老板,日本人在沈阳干的缺德事儿你知道不?"

陆雄飞说："我当然知道了,这么邪行的事儿,全世界都知道了,我能不知道吗!?"

金一戈说："李先生说他有可靠消息,说是我们东北军的人先炸了南满铁路,才惹恼了关东军,你相信这屁话吗? 我要请李先生说出是哪一个王八蛋讲的屁话,我要代表东北军的全体将士,去跟那个王八蛋理论理论!"

掌柜的指望陆雄飞打圆场,又一劲儿冲他使眼色。

陆雄飞只当没看见,火上浇油地说："这是真的吗? 李先生,你是市政府的官员呀,想必知道点儿内幕吧,既然金团长问你了,你就说说呗。"

掌柜的急不得,气不得,还是自己出面打圆场,说："雄飞,你敬金团长的酒还没喝呢,他可是怀玉的救命恩人呀。快,敬酒。"

陆雄飞冲金团长说："金团长,我是先敬您的酒呢,还是您先听李先生说明白呢?"

金一戈手指着李穿石说："你,一定要告诉我,那个王八蛋是谁!"

陆雄飞一副无可奈何的样子冲掌柜的撇撇嘴,他是存心要看李穿石的洋相。

逼到这分儿上了,李穿石实在推搪不住了,只得吞吞吐吐地说："这……是听……小野说的……"

金一戈"呸!"的冲地上啐了一口："小野? 他就是关东军的人,他还能说实话?! 你把他找来,我要好好地问问他! 干了伤天害理的缺德事儿,还他妈的往我们东北军身上栽赃,天打雷劈,他不得好死!! 不得好死!! 你就把那个王八蛋给我叫来,我要代表东北军全体将士跟他理论理论!"

掌柜的忙劝道："金团长，今天是我们一家子敬您的酒，您有话明天再问也不迟，是不是？来，来，我代表全家再敬您一杯……"

此刻的金一戈可以说是醉了八九分了，掌柜的敬酒他根本不理，就是咬死了一句话，要李穿石立刻就叫小野来。

李穿石他苦着脸，嘴里磕磕绊绊地向金一戈解释。可是金一戈就是不听他那一套，死活逼他把小野叫到跟前来理论。

眼看着收不了场了，还是洗玉机灵，她端起酒杯顺着金一戈的话碴儿骂了几句日本人，连连跟金一戈碰了几杯，总算把他灌得烂醉溜到桌子底下。掌柜的赶紧叫陆雄飞弄辆车，把他送回了军营。

送走了金一戈，李穿石说市政府要连夜开会，也匆匆出了门。掌柜的吩咐我："去，把怀玉给我叫来。"

我猜想，掌柜的准是要冲怀玉发脾气的，我刚转身，掌柜的又叹气："哎，算了，算了，明儿再说吧，我也累不起了。"

掌柜的回了自己屋，灭了灯，隐隐约约地听见他又对娃娃哥叨念着什么。

我刚刚躺在炕上，大门外就有人敲门，我忙趿拉着鞋奔过去问："谁呀？"

门外是个姑娘声音："赵怀玉的同学，来看她的。"

这时，怀玉早已经听到，匆匆赶了过来："德宝哥，是我的同学，快叫他们进来。"

打开大门，没料到竟"呼啦"地拥进来一大帮的学生，围住了怀玉又说又叫，里面有几个我是认识的。

那个叫梅子的女同学说："赵怀玉，你可把我们吓死了，都说你出不来了呢！"

叫孙冉的女同学也说："都说是英雄救美人，谁想到你是美人救英雄呀。"

叫侯光超的男同学说："全学校的同学都说你是女英雄呀！敢到军事法庭去宣传抗日！真够劲！"

又有人说："咱们成立了抗日请愿团，都选你当请愿团团长呢。"

怀玉兴奋地将同学都拉到自己的屋里，关上门，"叽叽嘎嘎"说着什么。

掌柜的披着衣裳走出自己的屋，走到怀玉门口听了听，脸色越发难看，坐在前厅发愣，他吩咐我说："德宝，去跟姐几个说，一会儿那帮学生走了，都到库房去，你也来。"

我赶紧跟叠玉和洗玉说了，待怀玉的同学走后，又跟她讲了掌柜的意思。

叠玉特意走进怀玉屋里，悄声叮嘱怀玉，爸肯定是要发脾气了，骂就让他骂几句，千万别顶嘴再惹老人家上火了。

怀玉没吭声，跟着我走进库房。

掌柜的立在库房当中，见我们都进了来，就叫我把门关紧，顿时库房里静得连心跳都听得见。掌柜的看着我们，半晌没吭声。

叠玉说："爸，什么事儿您就说吧，我们听着呢。"

掌柜的说："知道为什么把你们几个叫到这儿来说话吗？"我们谁也没吭声。

掌柜的指着货架上那些玉器玩意儿说："反正今天晚上也睡不着，就让你们好好瞧瞧咱们家的这些玉器古董。这些宝贝玩意儿能在咱们赵家留下来，是从你们爷爷那一辈子和我辛辛苦苦、省吃俭用才落下的。有了这些家底儿，咱们全家人过日子才踏实,才不担心吃饭断了顿儿,有了这家底儿,我们当老人的闭眼之后你们和你们的儿孙才不至于受穷挨饿。现如今世道乱,要想保住这家当,全家人就得小心地过日子,少出头,少露脸儿,少惹祸,还是那句老话,有毒的不吃,犯法的事儿不干!你们听明白了?"

我们几个都点头,只有怀玉咬着嘴唇不吭声。

掌柜的看着怀玉问:"怀玉,你听明白了?"

怀玉沉了半晌说:"爸,我想跟您单独说话儿……"

掌柜的说:"刚才的那话,主要就是冲你说的,你不点头,是不是还要出去惹事呀?"

怀玉央求着:"爸,我想单独跟您说说……"

掌柜的铁着脸说:"怀玉,你还想怎么着?日本人的马蜂窝你捅了,东北军的马蜂窝你也捅了,好歹捡了一条命回来,难道你还不死心?"

怀玉脱口说:"爸,这都是什么时候了,日本人强占了关外的国土,紧跟着就要打关内的主意。咱们中国人再都不吭声,不出头,要不了几天,连华北也得叫日本人抢了去呀!"

掌柜的厉声说:"怎么对付日本人是政府和军队的事,咱们当老百姓的管得了那事吗?天津卫多少男子汉大老爷们儿都不出头,不吭声,你个姑娘家瞎折腾什么?"

怀玉说:"这么大的中国受小日本欺负,就是有您这想法的人太多了,不出头?不吭声?难道等人家把刀架在咱们脖子上,任人宰割?"

掌柜的说:"就是刀架在脖子上了,只要不割出血来,咱们当老百姓的也得忍着!"

怀玉叫:"忍到什么时候是个头呀?!再忍下去国家就要亡

268

了！"

叠玉扯着怀玉的胳膊："怀玉,你先听爸把话说完嘛。"

掌柜的问怀玉："看样子我说吗都没用, 你还是要出去折腾? 是不是? "

怀玉说："爸,国家兴亡,匹夫有责啊! 同学们都等着我回去呢,全天津市的学生都要上街示威游行,还要去南京向国民政府请愿。必须让日本人知道,中国人不是好惹的! "

掌柜的瞪圆了眼睛："你知道吗? 你一个人在外边惹事儿,全家人跟着担惊受怕,你再不听劝,万一再闯了大祸,先不说连不连累你奶奶和你爸爸,他们姐几个年纪轻轻的,安生日子才刚过了几天? 凭什么要受你的连累? 啊?! "

怀玉脱口说："我一人做事一人当,我决不连累大家的! "

掌柜的叫："可到了哪儿你也姓赵, 你也是我赵如圭的闺女,能不连累? "

怀玉嗓门也高起来："那……我就登报声明,我做什么事儿跟家里没关系! 行了吧? "

掌柜的喘着大气儿："我……我怎么养了你这么个孽障呀! "

叠玉和洗玉忙打着圆场,怀玉总算不吭声了。

掌柜的对怀玉说："我把话撂这儿,从现在起,你不准迈出大门一步! 你要是敢出去,就……永远别回来! "

说罢,掌柜的涨红着脸走出去。

怀玉睁大眼睛瞅着掌柜的背身,嘴唇儿打着抖,眼里汪出了泪花儿。

叠玉和洗玉忙拿好话安慰着怀玉。

我也说："怀玉,掌柜的也是为了咱们全家好,甭管你心里

269

头怎么想,怎么着也得让他顺过这口气呀。"

我们几个我一句她一句的劝,怀玉不再说什么了。大概也是瞅见掌柜的发了那么大的火气,一连几天她还真的没出大门,一个人把自己关在仓库里,吃饭的工夫也不出来,我去叫她,只见她坐在那里发愣,一看就知道,她心思早已经飞出去了。

那些天,街上抗日游行示威的人马从早折腾到天黑,隔着高高的墙围子,喊口号的声音都震得耳朵发疼。眼见局势是越来越乱,掌柜的吩咐"恒雅斋"紧关大门,除了他和陆雄飞出出进进,还有厨子上街买菜,后院的门也时常上着闩。从早到晚,掌柜的都是不错眼儿的紧盯着家里每个人,特别是怀玉,谁都不准迈出家门一步。

虽然不准家里人掺和外边的事儿,但掌柜的还是极想知道时局的变化。他时不时地往外要电话,找商会打听同行们都有什么举动,找英租界的惠灵顿探听外国人对沈阳事变的看法,他又吩咐我每天晌午前都到东门去买回当天的报纸给他瞧。

那些天,整个天津卫就像开了锅似的,抗日游行示威的队伍一拨儿接着一拨儿,从南马路到东马路的,从西马路到北马路的,从南门到北门的,从西门到东门穿城厢的……游行示威的人把华界每一条街道都挤得满满当当。漫天的标语上写着"打倒日本帝国主义!""血债血还!""停止内战一致抗日!"的字样。喊口号的,举标语的,唱歌的,每个天津人都是一脸的义愤,好像再不吼几声,就要爆炸似的。还有那些学生,喊口号、唱歌嗓子都沙哑了,不少还是孩子样的脸上,都淌着泪。

瞧着这场面,这阵势,从脚底下到脑门儿,不由得你不热血沸腾。沿街做小买卖的商户人家,也紧着给游行的人们送茶送水,平日里横着膀子走路,对人喝三吆四的警察,这会儿也尽职

270

尽责维持街面上的秩序,让游行的队伍顺顺当当地走过来、走过去。打我记事起,就没见过中国人这么齐心过。

那天我去东南角买报纸,看几个从东北来的学生声泪俱下地讲演,说日本人怎么在东北糟蹋中国人,怎么横行霸道地强占中国的地盘……突然,我在人群里瞅见了小野,这小子是一身中国人的打扮,装扮成个记者的样子,拿着照相机冲那几个东北学生一劲儿地按快门。我心里说,这兔崽子胆子也忒邪乎了,满天津卫的人都恨不得扒了日本人的皮,他竟然还敢出了日租界在中国人中间晃荡?当时我真想大喊一声:同胞们,这兔崽子就是日本当兵的呀!可是我没敢,我不能给掌柜的惹事儿。就在这时,偏偏小野扭头也看见了我,我正想扭头走人,小野却叫住了我。他说:"这不是赵德宝吗?"

我慌了神儿,不知道如何是好。

小野凑到我身边,要把我扯到胡同里说话。我躲闪着,见他身边还跟着两个粗壮的男人,腰里都是鼓鼓囊囊的,一定是枪,只得跟他走进胡同里。

小野话音里拐着弯地问:"你怎么没去游行呀?"

我没吭声。

小野又问:"天津人都在骂我们日本人,你为什么不跟着去骂呀?"

我心里说,操你妈!要骂我就先骂你这兔崽子!可是想到掌柜的叮嘱,我不敢。

小野又问:"你们赵老板呢?他的,是不是也上街游行了?"

我摇头:"我们掌柜的是生意人,不问国事的。"

小野眯着眼睛:"真的?"

我点头:"当然了,这些天我们'恒雅斋'都关门了,生意都

271

不做了。一连几天，我们掌柜的，还有我们全家，连大门都没出过呢。"

小野得意地点头说："嗯，赵老板的，明白人。你的，要跟老板学，也做个明白人。"

我那眼睛瞟着他身后两个膀大腰圆的家伙，咧咧嘴。

小野打量我又说："你的，真想做明白人？"

我只能还是点头。

小野说："我在日租界给你找个好差事怎么样？一个月十块现大洋，干不干？"

我心说，去你妈的！让我当汉奸呀？！赶紧摇头，说："我笨，就是个站柜台的伙计，别的什么也干不了，再说，我是掌柜的伙计，不能离开'恒雅斋'的。"

小野身后的一个骂道："妈的，狗坐轿子——不识抬举！你到底干还是不干？"

另一个也说："你缺心眼儿怎么的？一个月十块现大洋，天底下哪儿找这美差去？"

一听他们说的地道天津话，我心里就骂了一声：狗汉奸！

小野在我肩膀上拍了拍，说："你的，对老板忠心耿耿，我喜欢这样人的。"

这时，街上又传来游行示威的口号声，小野对我说："一个月十块现大洋，好好想想，明白人！"说罢，他带着两个汉奸穿胡同匆匆走了。

我这才松了一口气，定神打量四下，这胡同前面是东南角，后面就是日租界，难怪小野跑到这地界儿晃荡，一碰上什么麻烦，他立马就能撤到日租界里边去。

我也不敢在街上逛了，买了几份报纸就往家里赶。我扫了报

272

纸几眼,见每张报纸上都有粗黑的大字,每个题目都扎眼刺心:
"继'九一八'日军占领沈阳后,二十一日日军又占领吉林!"、
"日军在东北烧杀奸淫无恶不作!"、"红十字会调查沈阳陷落
我军警民共死五百余人!"、"请愿出兵抗日,收复失地,全国学
生发起赴南京请愿运动!"、"北平上海举行抗日救国大会强烈
要求对日宣战!"、"十七路军杨虎城将军致电蒋委员长主张团
结抗日!""北平学生抗日救国联合会抗议国民政府不抵抗主
义!""东北难民数百人流落天津街头食宿无着急待救援!"

回到家,我把报纸交给掌柜的,遇上小野的事我没敢告诉
他。

掌柜的把报纸翻来覆去看了几遍,一边看一边叹气。几个小
姐听说我买回来了报纸,也争着抢着看。

怀玉甩下报纸嘟囔:"真不知道蒋介石是怎么想的,东北都
快丢光了,为什么还不跟日本人宣战。"

洗玉说:"政府的大官们都住在南京,日本人离那儿还远着
呢,才不急呢。"

掌柜的板起脸说:"哎,国家大事,你们女孩子可不能乱说
啊。"

怀玉道:"爸,国家都成这样子了,我们还不能说,那您说,
中国人该怎么着?"

洗玉学着掌柜的口气说道:"怎么着? 中国人就讲究个忍字
儿,刀架在脖子上,只要不拉出血来,就别吭声。"

大家都乐了。

掌柜的把脸一沉:"这话有什么可笑的? 日本人财大气粗,
有枪有炮,这会儿咱们中国人就得忍辱负重。"

怀玉脱口就问:"这要忍到什么时候? 再忍下去,就得亡国

了！"

掌柜的现出轻蔑的一笑："哪有那么轻巧？秦汉晋唐,宋元明清,都遇上过外敌来犯,想囫囵个的吃咱们中国的,有哪个得逞了？"

洗玉又学起掌柜的来："明白了？这里边的道理就是以柔克刚,玉吗,就讲究这品性,甭管天下怎么乱,有了温、润这两个字,就活得最长久……"

掌柜的也忍不住咧咧嘴,说洗玉："死丫头,就你能说！"

随即他又板起脸说："这些话在家里说说得了,万万不能到外边乱嚷嚷。"

怀玉嘟囔："连门都不准出,我们跟谁嚷嚷去。"

洗玉帮腔："就是。"

掌柜的指着看报纸的叠玉说："你们也跟你们大姐学学,她从来就不多说少道的。"

洗玉搂住叠玉逗趣："大姐,你原来可不是这样子的呀,是不是叫大姐夫管的,一点儿出格儿的话都不敢说了？"

叠玉拿指头在洗玉鼻子上狠狠一点："你原来也不这样贫嘴薄舌的呀,是不是叫我那个没进门的妹夫教唆的。"

听着姐几个逗话儿,掌柜的又看起报纸,只要都老老实实呆在家里不出门,随晚辈们怎么闹,掌柜的心里都踏实。

转天晌午,自打嫁给陆雄飞后就再没有做过饭的叠玉说自己要亲自下厨,给全家做个新鲜的。

怀玉和洗玉觉得新鲜,都挤到厨房里看热闹,只见叠玉拿白面捏了许多寸来长的面人儿,然后放到滚烫的油锅里去炸,炸成了金黄色的才捞到碟子里。洗玉问："大姐,这就是你的拿手菜呀？"

叠玉捏起一个塞到洗玉嘴里："尝尝？好吃不？"

洗玉一边嚼一边叫："好吃！好吃！"

洗玉又往怀玉嘴里塞了一个炸面人，一边叫我也过来吃。

我一瞅那一盘子炸面人就愣了："大姐，您怎么想起弄这玩意儿吃呀？"

天津卫上点儿岁数的人都知道，炸面人是老百姓咒人最毒的一个法儿，要是有了仇人，恨不得他死，就拿面捏成仇人的样子下油锅里炸着吃。

叠玉笑吟吟地说："好吃呀。"

她说着又往油锅里放面人。

怀玉仔细打量那面人，见每个面人身上都压了一个圆圆的圈，她突然叫起来："姐，你炸的是日本鬼子呀！是不是？"

叠玉干脆地回答："对，就是日本鬼子！"

洗玉也打量那面人："这圆圈就是日本的膏药旗是不是？"

叠玉一边捞起炸好的面人一边说："算你聪明！"

怀玉说："活炸小鬼子！好！那咱可得多吃几个。"

说着，大家都连吃了几个炸面人。

怀玉说："这么好吃的东西，可不能忘了姐夫和妹夫呀。"

叠玉说："甭管他们男人，咱们吃了解解恨就得了。"

怀玉说："这么好吃的玩意儿，怎么能亏了他们呢？洗玉，给他们打电话去。就说家里有好东西吃。"

洗玉赶紧着就去打电话。

后来怀玉悄悄对我说："陆雄飞整天就想拉着日本人赚钱，李穿石跟日本人更是亲热。叫他们也吃几个炸鬼子，省得他们忘了自己是哪一国的人。"

还没到开饭的时候，叠玉就把满满的一盘子油炸面人端上了饭桌。

洗玉喊着："爸，下来吃好东西呀！"

掌柜的抱着小开岁从楼上老太太屋走下来，见到炸面人一愣，问："叠玉，你发神经呀？无缘无故地怎么弄起这种玩意儿了？"

洗玉拿起一个炸面人举到掌柜的眼前，嘻嘻笑道："爸，您没瞅见这面人上面有个圆膏药呀？"

掌柜的细打量那炸面人，不禁也笑了，说："成，成，一看炸的这颜色，就不难吃，尝尝。"

说着，掌柜的将一个炸面人塞进嘴里，"嘎嘣，嘎嘣"脆响地嚼起来。一边点头："嗯，嗯，味儿不错，叠玉，这玩意儿怎么炸得这么酥脆呢？"

叠玉说："我这还是跟妈学的，面里放点儿白矾，再放点儿盐面儿，油火不能太旺，慢慢地炸。"

掌柜的点头："没想到，我们叠玉还有这么一手，今儿个我就捧你的场。"

说着，掌柜的又拿起一个炸面人放进嘴里，脆响脆响地嚼起来。

小开岁见姥爷吃得香，喊叫着也要吃炸面人，掌柜的笑眯着眼逗着外孙："哎，宝贝，这玩意儿你可嚼不动。"

怀玉拿起一个炸面人放在小开岁嘴上唰着，一边逗着他："炸面人，小鬼子，又解馋，又解恨！"

小开岁尝到了香味儿，抓住掌柜的手不放。掌柜的在舌头尖上嚼碎了块炸面人，嘴对嘴的喂了小开岁，小开岁吧唧着小嘴笑了。

洗玉亲着小开岁的脸说："成，我们小开岁也算是吃了一个

276

"九一八"事件发生后,痛恨日本人的叠玉(赵如圭大女儿)炸面人给全家吃。

小鬼子了。"

掌柜的又嚼了一个炸面人,抱着小开岁上了楼。

这工夫,陆雄飞和李穿石先后脚的进了家门。

陆雄飞进门问:"有什么好吃食?哎,怎么也不等我们,你们就吃起来了?"

叠玉说:"甭急,只要你们爱吃,管够。"

陆雄飞一瞅见那炸面人,眼睛就睁圆了:"啊,叫我们回来就吃这个呀?你们这是跟谁过不去呢?"

李穿石是南方人,不懂炸面人的讲究,眨着眼望着那炸面人。

怀玉说:"说明白了,这炸面人就是活炸小日本!本来就我们几个吃的,没打你们的牌。可又一琢磨,姐夫、妹夫都是自家人,不请你们二位尝尝这鲜儿,怕落下埋怨,就把你们二位都请回来了。愿意吃呢,就吃,不愿意吃呢,就别吃。随便。"

说罢,怀玉就拿起一个炸面人响脆响脆地嚼起来。

叠玉和洗玉和我也都嚼了起来。

陆雄飞打量姐几个,笑道:"行,你们姐几个都爱国,不就吃个炸面人嘛。"

他一巴掌抓了好几个炸面人都塞进口里"嘎嘣嘎嘣"地嚼起来。

洗玉指着陆雄飞叫:"哎哟,姐夫一口吃下去四五个小鬼子呀!"

怀玉把碟子往李穿石面前一推:"妹夫,尝尝?"

李穿石犹豫,说:"我一向不迷信的……"

怀玉说:"难道我们还不知道这是迷信吗?就是表示个心情呗,日本人在东北杀了咱们多少中国人,咱们炸他的面人算什么呀？"

李穿石手动了动："这要是叫人家知道了,不好吧？"

怀玉说："你这就不知道了,这会儿,说不定满天津卫的人家,都在炸面人吃呢。"

叠玉说："怀玉,穿石不习惯吃这玩意儿,就不勉强他了。"

陆雄飞道："是怕得罪日本人吧？没事的,你吃它,嚼它,反正日本人也不肉疼。"

洗玉脸上挂不住了："瞧姐夫说的,穿石是给中国衙门当差,拿的是中国人的薪水,凭什么怕日本人呀!穿石,你就吃给大伙儿瞧瞧。"

说着,洗玉捏起一个炸面人塞进李穿石嘴里,李穿石也只能嚼吧嚼吧吞了下去。

怀玉笑道："这还没过门子呢,就伺候上了？妹夫难道自己不会吃吗？"

陆雄飞嘻嘻哈哈地说："嗨!如今是摩登时代,过门不过门有什么区别呀？"

一听这话,洗玉脸"腾"的红起来。除了掌柜的和老太太,全家人都知道洗玉在上海早跟李穿石睡在一屋了。所以陆雄飞的话叫她臊红了脸。

叠玉瞪了陆雄飞一眼："占着嘴还挡不住你嚼舌头?!"

洗玉带着气儿的对李穿石道："哎,你就快点儿自己吃一个呀,不然,人家还以为你跟日本人一个鼻子眼儿出气儿,准备当汉奸呢!"

听见洗玉这话,我心里"咯噔"一下,吃炸面人本来是冲小日本的,怎么一家人较起劲来了？

李穿石一脸的委屈道："我吃,当然要吃……"

他捏了一个炸面人在大家伙面前晃了晃，郑重其事搁进嘴里，一下一下的嚼起来。

洗玉眼瞥着陆雄飞："大姐夫，瞅见了？"

陆雄飞打着哈哈："行，行，我今天才看出来，李穿石也是条爱国的好汉。"

李穿石不冷不热地也给了陆雄飞一句："不敢当，不敢当，现如今满嘴喊爱国的主儿满大街都是，十有八九都是拿爱国当门面捞资本赚钱的。我还是不唱那个高调吧。"

怀玉不爱听了："洗玉，你这位李先生说话也太那个了，一竿子打倒一大片，我们学生就是天天上街喊抗日爱国的，难道也是图赚钱?!"

说罢，怀玉转身走去。

李穿石赶紧说："二姐，我可不是冲您的……"

陆雄飞："那是冲谁的呀？"

李穿石："谁捞了钱就算谁呗。"

陆雄飞也不示弱："你这话是什么意思？难道我说一句爱国的话儿就是为了蒙事赚钱的了？"

李穿石冷冷一笑："我哪敢这么说您呀，不过您那脚行可是没少赚日本人的钱是不是？"

陆雄飞脸色难看起来："啊，我赚日本人的钱你心疼了？听了这句话就知道谁跟谁是一家子了，你听明白了，是日本人赚我们脚行的钱，不是我们赚日本人的钱！话又说回来了，我们脚行说破大天去也就是个卖苦力赚钱，可不像有些人，拿着政府的薪水，暗地里却给日本人办事儿。"

叠玉赶紧拦住丈夫："他爹，你喝酒了怎么着？说话没轻没重的?!"

李穿石拉下脸："您可得把话说明白了,谁暗地里给日本人办事了?"

陆雄飞："难道你没给日本人干事儿?远的不说,前些天是谁代表小野逼着老爷子和德宝去警察局认刺客来着?"

李穿石脸红起来："那是小野硬托到我头上来的,我能不递这个话吗?再说了,那件事儿弄不好就可能让伯父得罪日本人,就是担多大的风险我也得出面协调协调呀。"

陆雄飞冷笑："得了吧!你就别跑到这儿来卖乖了,好让全家人听听你是个多么孝顺的女婿是不是?哼,你打的什么主意还瞒得了我吗?"

李穿石："你说说,我打的什么主意?说呀?!"

陆雄飞要开口,叠玉叫："他爸,你还有完没完?"

陆雄飞便咬住话头儿,再没说什么。

不料早在一边生闷气的洗玉甩出话来："穿石,你到我们家里来到底有什么见不得人的主意?我怎么不知道呢?"

李穿石冷冷的："我能有什么主意?兴许别人进这个家门的时候打了什么主意,就以为别人也跟他一样,小人!"

陆雄飞恼怒地一拍桌子吼起来："你放屁!"

那些炸好的面人儿在桌子上乱跳。

洗玉也瞪起眼睛："大姐夫,你怎么能骂人呢?"

陆雄飞喊："骂人怎么了?更难听的我还没说出来呢!"

叠玉忙把丈夫往一边扯。

李穿石恨恨地瞪着陆雄飞直运气。

陆雄飞不依不饶地："瞪我干什么?不服气就把话挑明了说,从天津到上海,当着全家老老少少讲个清楚!"

李穿石恼羞地转身走出门去。

洗玉跺着脚冲楼上大喊起来："爸,您也出来看看!咱们这个家到底还姓不姓赵呀?!凭什么随便什么人都可以在这儿胡说八道呀?"

闻声儿,掌柜的从楼上屋里走出来："怎么了?"

叠玉扯不动丈夫,便冲我叫："德宝,还傻愣着?还不把你大姐夫拽屋里去。"

我忙上前拉拽陆雄飞,他一扭身子,差点儿撞我一个跟斗,他气哼哼也出了门。

就听洗玉"呜呜"地哭起来。

自打那儿起,李穿石就越发地跟陆雄飞死活较上劲了,进了家门再不跟陆雄飞说话。迎面撞上了,也就是勉强冲叠玉叫一声大姐。陆雄飞更不示弱,只要看见李穿石进门,他就是气哼哼地摔摔打打。洗玉自然格外热情地招待李穿石,做出样子给大姐夫瞧,就是难为了叠玉和我,两边都得赔笑脸。

"沈阳事件"过去三四天了,天津卫抗日示威游行的声势越来越大。街面上从早到晚总听得见此起彼伏的抗日的口号。"恒雅斋"一直关门没做生意,直到左邻右舍和对面的铺子都陆陆续续开门儿做起生意,掌柜的才吩咐我们把"恒雅斋"的大门打开。可生意却大不如前了,一整天也难得见上两个掏钱真买货的客人。倒是商会、红十字会、佛教救济会先后都来人募捐化缘,说是为了救济从东北来天津卫的难民,号召各家商号出钱。掌柜的没犹豫,每家都给了一百块的银票。前来化缘的和尚说:"阿弥

第十八章

陀佛!赵掌柜的,整条东马路的商号,就数您捐的钱多呀,慈悲之心,您是头一号的啊!"

掌柜的连忙摆手说:"当不起,当不起,咱就是将心比心,人家在关外连家都没了, 到了咱们天津地面上, 总不能饿肚子吧。"事后,掌柜的自言自语说:"行了,国家有难,咱们也算是尽了心了。"

怀玉撅着嘴说:"爸,您尽了心倒是踏实了,为吗叫我干坐在家里不准出去抗日爱国?"

掌柜的说:"我捐的钱就是代表全家人的, 也有你一份儿嘛。你还要怎么表示?"

怀玉说："我们全学校的人都上街宣传抗日，就我在家里闲着。"

掌柜的说："别人怎么着我不管，你反正不能上街惹事儿。你的苦头还没吃够吗？"

怀玉："您把我关在家里算哪段呀？想活活闷死我呀?！"

掌柜的说："这一库的古董玉器，都是稀罕的宝贝，里边的学问大着呢，你还愁没事儿干？"

掌柜的把怀玉看得紧紧的，死活不准她出门，得空就叫她进仓库给她讲那些玉器古董的讲究，怀玉心不在焉地听着。只要掌柜的不在眼前，她就找我，叫我说说街上的事儿。怀玉听着，眼睛里冒着亮光，脸上露出焦急，她跺着脚说："全天津卫的学生都上街游行抗日，我们家可好，把人都圈起来，还不知道同学们怎么猜我呢！"

我安慰她："炸面人咱们全家人也吃了，掌柜的又拿出几百块现大洋捐给东北难民，这不就是爱国吗？"

怀玉嘟囔："他有他的爱国的法子，我也有我爱国的法子，全学校的同学都在街上示威游行，就我一个人猫在家里，还要研究什么玉器古董？我成了什么了嘛！胆小鬼！反正呀，我不能就这么囚在家里！"

就在说这话的转天早晨，怀玉就突然没了人影儿。她是在天还没大亮时，趁着大师傅出门买菜的工夫溜出家门的。到了吃中午饭的工夫，全家人才知道怀玉走了。掌柜的顿时就急出了一头汗，跺着脚骂："这死丫头，她吃了老虎胆了！"猜她一准是去了学校，就急着忙慌地带着我往南开中学赶。

连件干净衣裳都没顾上换，我就跟掌柜的出了家门。街上到处是游行示威的队伍。发抗日传单，贴抗日标语，为东北灾民募捐的学生到处可见。那些拿枪和不拿枪的警察、便衣也特别地多,在每个街角儿戳着,晃荡着。

赶到了南开中学,跟看门的人打听怀玉的下落。看门的说,学生这会儿都在礼堂里开会呢,掌柜的和我又紧着往礼堂那儿赶,离礼堂还有百十来步呢,就听见从里边传出来打雷似的口号声,"打倒日本帝国主义!""停止内战,一致抗日!"接着又传出来吼歌的声音。

我跟掌柜的赶忙扒着礼堂窗户往里边瞧,嗬,学生们把礼堂挤得满满的,跟着台上一个男学生打着拍子吼着嗓子唱歌:"九一八,九一八,在那个悲惨的日子……"那些娃娃脸的学生们,脸上都绷得紧紧的,一边唱歌,许多人还淌着泪。听着那歌,看着那场面,不由我这心里也绷得紧紧的。见我发愣,掌柜的说,赶快找到怀玉呀!可那里边几百个小脑袋一个挤着一个,哪能几眼就找着怀玉呀。

学生们唱罢了歌,又有人带头喊起了口号:"打倒日本帝国主义! 还我东北! 一致抗日!"学生们一呼百应,口号震得地皮乱颤,让人心发热。我打心眼说,中国人里边,还是这些学生有种啊!喊罢了口号,就见一个女学生跳上了台,开始激动地讲话,一听那声,就知道这正是怀玉。我喊:"掌柜的,怀玉就在台上呢!"

怀玉非常激动地讲演,她骂小日本是法西斯帝国主义,在东北杀人放火,强占中国的国土,糟践中国的老百姓。又骂南京国民党政府是软骨头的政府,对日本鬼子的侵略奴颜婢膝,睁一眼闭一眼,中国迟早要毁在蒋介石的手里。她骂张学良是不抵抗将军,日本人端了他们东北人的老窝儿,竟然不放一枪,把父老乡亲扔给日本鬼子任人宰割,自个儿还在北平当什么狗屁副总司令……她这一讲演,学生们就更像炸了锅似的,又喊起了口号:

"打倒日本帝国主义!打倒南京卖国政府!张学良滚回东北打日本!"

掌柜的先是听呆了,待回过神来他喊:"德宝,还不赶紧把她给我找过来!"

我挤进了礼堂,想往台上奔,可是学生们把过道挤得满满的,待我挤到台跟前,浑身都冒出了汗。还没来得及喊怀玉呢,一个男学生又跳上台,呼喊着要学生们立刻到市政府去请愿,学生们就"呼呼啦啦"的像潮水似的奔出了礼堂,我也身不由己地被人流卷了出来,再想找怀玉,可哪还见她的人影儿啊。

学生们冲出了礼堂,就朝学校的大门奔去,这会儿,大门已经紧紧地关上了,大概是校长吧,他带着一群人拦在学校门口不准学生上街,可哪拦得住呀,铁链锁住的大门生生冲散了架,活像一群刚刚出了笼子的狮子、老虎,潮水般地都冲上了街。我突然看见怀玉在人群里晃了晃,连忙喊她,可是跟着那一个浪头接着一个浪头的队伍已经出了大门。

一会儿的工夫,学校院子里就清静下来,我看见掌柜的立在我的对面发呆,我走过去问:"掌柜的,您瞅见怀玉了没有?"

掌柜的只是点点头,大概脑子还没转回来。

我问:"瞧这阵势,怀玉一时半会儿是回不了家了,您说可怎么办呀?"

掌柜的沉了半天说:"再说吧……"

掌柜的带着我回了家,叠玉和洗玉都急着问怀玉的去向,掌柜的只是轻轻淡淡地说:"管不了她了,随她去吧……"就再也不说啥了。

我琢磨着,掌柜的是亲眼瞅见了那么多的学生都上街游行示威,他再拦着自己的闺女,就实在说不过去了。

当天晚上,怀玉没回家,她打电话给叠玉,说夜里就住在学校里边了。过了两天,她又打来电话,正巧是我接的,一听见是她的声音,我好高兴,忙说:"那天我跟掌柜的在学校看见你讲演啦。"

她说:"怎么? 爸也看见我了?"

我说:"是啊。"

她忙问:"我爸说吗了? 没骂我吧?"

我说:"你宣传爱国抗日,掌柜的怎么能骂你呢?"

她说:"你跟奶奶和爸说一声,明天一早,我们学生联合请愿团就要去南京了。"

我一愣:"去南京?"

她说:"向国民政府请愿,要求政府立即向日本宣战,出兵收复东北失地!"

我忙说:"你还是别去吧,全家人整天为你担着心呢,宣传抗日在天津不也一样吗?"

她说:"日本鬼子都骑着中国人脖子拉屎了,政府竟然连大气儿也不敢吭一声,太窝囊了! 天津、北京还有上海的学生都联络好了,一块儿去南京请愿。政府一天不答应请愿的条件,我们就一天不离开南京!"

我说:"你还是自个儿对掌柜的说吧。"

她连忙说:"别、别,我不愿意再跟我爸拌嘴,你替我说一声就行了。"

我说:"那你出门在外,可得留神哪。"

她说:"放心,我们请愿团好几千号人呢,谁敢欺负我? 我倒是不放心家里,你就替我好好伺候奶奶和我爸吧。"

她又叫我悄悄叫来叠玉和洗玉,在电话里,姐几个聊了好一阵子,怀玉还叫叠玉抱来小开岁,说是要听听他叫姨。小开岁出奇地聪明,九个月的孩子,居然对电话叫了声姨,电话那边怀玉笑出了声儿,叠玉却落下泪,她说:"看怀玉这架势,好像再也回不来似的……"

我忙说:"不会,她说只要政府答应向日本人宣战,请愿团就回来的。"

后来我在仓库里看见怀玉留给我的字条儿,才觉出来,叠玉的预感是有道理的。

"德宝哥,我原以为这些玉器古董是世界上最有意思,最值得花上一辈子工夫琢磨的东西,是'九一八'的炮声叫我彻底醒了过来,日本人步步进逼,攻城掠地,杀人放火,而国内却内战频频,人心涣散,一盘散沙。再这样下去,中国人当亡国奴就是早晚的事了!国家危亡之际,我怎么还能猫在这儿琢磨这些石头?!就算它们是价值连城,可国家亡了,守着这些宝贝又有什么意义?!不管我爸怎么说,我还是要走自己的路!我已经发了誓,不把日本侵略者赶出中国,我就不回家来当什么'怀玉'!为了抗日就是牺牲了性命,我也决不后悔!宁为玉碎,不为瓦全!这本子上是我琢磨玉器的笔记心得,还有一些对玉器古董年代的考证,就留给你吧,兴许你用得着。妹,怀玉。"

捏着字条,我心里一阵子发紧,脑子里翻来覆去就是一个念头:难道怀玉真的回不来了吗?

"沈阳事变"过后的第八天,是中秋节。往年到了这个节日,家家户户都要热热闹闹、喜庆地过上一把。可是那一年的中秋节,满天津卫都闹抗日游行,没有多少人家有心思过节。掌柜的说:世道再乱,日子也得过呀,就算是图个吉利吧,这个节好歹也得过吧。

288

天津卫的中秋节讲究不少,最不能含糊的就是做月饼。其实街上卖的月饼就已经是十分够味儿了,特别是"桂顺斋"的月饼更好吃。可是赵家上辈子就有了规矩,月饼一定要自家做。厨房柜橱里挂着十几种花梨木做的月饼模子,图案花纹各式各样,"合家团圆"、"金玉满堂"、"玉兔拜月"、"吉祥如意",还有"福"字、"寿"字、"禄"字、"喜"字等等。面是早早地拿油浸好了的,那馅儿有豆沙、枣泥、五仁儿、桂花红糖、猪油白糖、柿子泥、红糖青丝玫瑰,都是精心挑选的料儿。赵家的月饼跟赵家的饺子一个样儿,个个都是薄皮儿大馅,面一定要行得特别地柔韧,才能装得住大团的馅儿。待月饼从烤炉取出来,再刷上一层明油,放在过风的地方晾上一会儿,软软的月饼就结成酥脆光亮的外壳儿,可里边的馅儿还是热乎的,这时候你要是咬上一口呀,嘿,真叫绵软酥脆,甜而不腻,片刻的工夫就化在嗓子眼里头了。赵家的月饼还一个特别的讲究,包月饼时,要有意往些月饼馅里塞上一件小巧玲珑的玉挂件,玉蝴蝶、玉鱼、玉鸟、玉花儿、雕纹玉片儿。包了月饼不只是给自家人吃,还要当做中秋节的礼品送给左邻右舍、亲戚朋友。往哪一家送月饼时,特意要放进一块藏玉的月饼,人家合家吃月饼的时候,谁要是碰巧吃到藏着玉的月饼,那可是个开心的吉祥事儿。所以人家都知道,吃赵家的月饼头一口不能咬,要掰,免得咬到玉咯了牙。赵家自家吃月饼时也会放进块玉去,不过那块月饼是作了记号的。到中秋节晚上全家人聚在一块儿赏月吃月饼时,掌柜的就会蔫不唧地把那块藏玉的月饼放到老太太跟前,老太太掰开月饼时自然会看到藏在月饼里边的玉件儿。全家人再说一番吉祥话儿,逗得老太太开心一场。

　　到了中秋节那天,各种馅的月饼都做出来了,可是摆上饭桌时,老太太不见怀玉,便问:"怀玉呢?怎么好几天也不见她了?"

怀玉去南京的事儿一直是瞒着老太太的,掌柜的只得跟娘说了实话。老太太叹了口气说:"这孩子,刚刚从大牢里出来,怎么又出去折腾呀?"

叠玉说:"奶奶,天津、北京、上海的学生都去南京了,是为了向政府请愿抗日的。"

老太太说:"南京怕有几千里了吧? 一个女孩子,真不叫人放心……我就想不明白,怎么抗日的事儿政府不出面儿,都叫些孩子去折腾呀?"

洗玉打岔道:"奶奶,快吃月饼吧。这可是我跟我姐一块儿做的……"

洗玉把那块放了玉的月饼放到老太太跟前。

这工夫,外边又传来示威游行的口号声,那声响连耳聋的老太太都听见了,她问:"外边还在游行吗?"

掌柜的点头:"是抗日游行的……"

老太太叹气道:"哎,我这一辈子就没过上个安生日子。自打前清没了,就没完没了地打仗,袁大帅、张大帅、曹大帅……你打我,我杀你,这还没折腾完呢,日本人又搅和进来,哪一天是个头呀……"

说起这扫兴的话,老太太连月饼都没心思吃了,只咬了一口,就闹胃口发酸,勉强喝了几口稀饭就上了楼。全家人闷着声地吃了月饼,冷冷地散了席。

那天的月亮倒是露出了云朵儿,挺圆,只是颜色太亮,惨白惨白地有些刺眼。

一个星期后,听说学生请愿团已经回到了天津,掌柜的就叫伙计们盯着铺子,带我去学校找怀玉。

那是个阴雨天,我跟掌柜的撑着雨伞往学校那边赶。说来也巧,就在南市街口,就撞上怀玉了,她脖子上挎着纸盒子,淋着雨募捐。说来好笑,怀玉见人就拦,拦到她亲爹面前了,竟也没认出来,还对掌柜的说:"先生,请给东北的难民捐点儿钱吧。"

看见黑瘦黑瘦的亲闺女在雨里淋着,湿漉漉的头发贴在脸上滴着水珠儿,掌柜的顿时就红了眼圈儿,他把雨伞举到怀玉头顶上说:"在外边都野迷糊了,连你爹都不认识了?"

怀玉这才看见面前自己的亲爹,先是一个愣神,接着就"咻咻"笑了起来,说:"您打着伞人家没看见吗。您干吗来了?"

掌柜的顿时就沉下脸:"你还问我?"

我赶忙打圆场说:"怀玉,这些日子,掌柜的为找你可是急坏了。"

怀玉说:"我不是去南京请愿去了嘛。"

掌柜的说:"从南京回来也不露个面儿,今儿个你也该回家去了吧?你奶奶想你都快想出毛病来了。"

赵怀玉指着不远处也在募捐的女学生们说:"爸,您看看,我们同学都上街了,逃到咱们天津的东北难民越来越多,没吃没穿,太可怜了!政府根本就顾不上,眼看天就凉了,再不弄到钱,到了冬天那些难民不饿死就得冻死呀!您说是吧?您瞧,我这盒子里还没几个大子儿呢。"说着她摇摇挂在脖子上的盒子。

掌柜的说:"好,我就在这儿等你,咱们好歹得一块儿回家。"

怀玉跺脚说:"爸,您饶了我吧,这叫同学们瞧见吗事儿呀?等会儿,我准回家行了吧?"

掌柜的说:"那就叫德宝在这儿陪着你。"

怀玉说:"都甭陪,我说回去就回去的。"

爷俩在那儿说话的工夫,我仔细打量怀玉,她才离开家个把月,就像变了个人似的,模样明显地瘦了,不过,人却显得大气了许多,说话少了往日那种奶气,特别是那眼神,完全像是个大人样儿。过去她跟掌柜的说话,总是垂着眼皮,现在却望着掌柜的有来言有去语。

怀玉再三央求,掌柜的总算点头答应了,又不放心地叮嘱了几句才往家走去。怀玉叫住了他:"爸,您不能就这样走呀,您怎么着也得表示表示吧?"说着就将那募捐的盒子举到掌柜的眼前。

掌柜的也忍不住笑了,掏出兜里的钱,都塞进了那盒子里头。

我也赶紧掏出些零钱来塞进那纸盒里边。

怀玉咧嘴笑了,正正经经地鞠了个躬:"先生,我替东北难民谢谢您们了。"说完,她就赶着别的过路人捐钱去了。

掌柜的摇着脑袋说:"这丫头。"

我跟掌柜的刚刚转身,店里的伙计就风风火火地跑了来:"掌柜的,赶紧,赶紧……"

以为家里出了什么事呢,掌柜的问:"出什么事了?"

伙计说:"事儿大了,皇上来了!皇上来了!"

掌柜的眨眼问:"说明白了,什么皇上来了?"

伙计说:"刘宝勋带着皇上到咱们'恒雅斋'来了!说是要见您呢!"

掌柜的哪里肯信:"大白天说胡话,皇上怎么能到咱们那儿去?"

伙计跺着脚说:"千真万确,就是皇上!这会儿就在店里坐着呢。"

掌柜的不再犹豫,说:"德宝,快走!"

我跟着掌柜的一溜小跑回到了"恒雅斋",远远地就瞅见一辆豪华轿车停放在"恒雅斋"的门口,又见刘宝勋在台阶上焦急地张望。看见掌柜的,他怪怨道:"哎哟,赵掌柜的,您这是跑到哪儿去了呀?我们家主子都等急了!"

掌柜的已经是一头汗了,他一劲地作揖:"刘总管,罪过,罪过,您是说……皇上在里边?哎,您怎么也不提前招呼一声呀?我也好好准备准备呀,这慢待的罪过我担待不起呀。"

刘宝勋说:"嗨!我们主子也是心血来潮,冷不丁地说要来就来了,拦都拦不住。哎呀,别啰唆了,快进去见我们主子吧!"

掌柜的连汗都顾不得擦,跟着刘宝勋就往里边走,一进屋,果然见溥仪正背着身在打量柜台上的玉器古董,我赶紧靠着门边站定了,大气也不敢喘。掌柜的有些发慌,不停地抻着大褂。

刘宝勋恭恭敬敬的:"回主子,赵老板到了。"

溥仪慢慢回转身。他穿着一身笔挺的西装,锃亮的皮鞋向上翘着尖儿,一副墨镜架在鼻梁子上,别人看不见他的眼神儿。

掌柜的施礼"叫您久等了,赵如圭罪过、罪过。其实您有什么吩咐,叫刘总管招呼一声,我立马就去,还劳您的大驾……"

溥仪摆摆手:"嗨,呆着也是呆着,我那个窝呀,闷死个人,出来遛遛,也想见识见识你这'恒雅斋'……"

掌柜的忙说:"哎,我这小门小户的,让您屈驾了。"

掌柜的忙吩咐我去倒茶,刘宝勋拦住了:"免了,免了,主子呆不久的,再说外边的茶主子也喝不惯的。"

掌柜的说:"那就恭敬不如从命了。您快请坐。"

溥仪也不坐,手一扬说:"看你这柜台上摆着的玉器古董,还不俗,怎么不见从我那儿弄来的古董呀?"

掌柜的说:"不瞒您说,从您那儿请来的玉器古董都是稀世的珍宝,哪一件我都不舍得卖,干脆,我自己留着当传家的宝贝了。"

溥仪露出点儿笑模样:"难怪刘宝勋总念叨你是个聪明的商人。听说你这儿修理玉器也不错?打个眼儿、拴个钩什么的行不?"

掌柜的说:"成,成。"

溥仪拿出一件三寸来长的滚圆型玉龙给掌柜的看:"你给我在上边打个眼儿。"

掌柜的禁不住叫出声来:"哎哟,这可是件商朝的玉龙啊,宝贝啊!这……打上个眼儿就糟蹋了呀!"

溥仪摇头说:"我得把它挂在腰上,没眼儿怎么拴呀?"

刘宝勋冲着掌柜的使眼色:"哎,主子叫你打你就打呗。"

掌柜的连连点头:"好,这就给它打……德宝,在这上面打个眼儿,可得仔细着啊!"

我手托着那宝贝走进里边,在台子上安放妥当,打开电钻钻眼儿。我心里可是发毛呀,商朝的宝贝呀,这万一钻裂了,就捅了大娄子了,我是提着半口气,悬着一颗心,轻轻拎着钻杆儿慢慢地钻那眼儿。

外边,溥仪跟掌柜的说起话儿,话音儿挺冲,听得出来,他情绪挺好。

溥仪问:"赵老板,生意怎么样呀?"

掌柜的回话:"跟您说实话,这关外一闹事儿,人心惶惶的,买卖不好做呀。"

溥仪说:"是啊……不过也乱不了多久了,这么大的国家不能总乱下去呀,也该让老百姓过几天太平日子了。"

掌柜的说："那当然好了,可吗时候才到那一天呢？"

溥仪说："快了,快了。"

刘宝勋说："赵老板,我们主子的话可不是随便说说的,古话说,合久必分,分久必合,要不了多久……"

就听见溥仪咳嗽了一声,刘宝勋顿时没了声音。

这工夫,我已经将玉龙钻好了眼儿,走到外边递给掌柜的瞧。

掌柜的在放大镜下打量一番,嘴里不禁低声念叨："哎,一件宝贝呀,糟蹋了。"

溥仪着急地喊："眼儿钻得了？ 好,好,刘宝勋,快给我拴上。"

刘宝勋赶紧蹲下身子,撩开溥仪的西服下摆,将他腰带上系着的玉玦解下来,拴上玉龙后又重新给他系在腰上。溥仪也不说话,就那么呆呆地立着,样子好笑。

刘宝勋说："主子,拴好了。"

溥仪摘下墨镜,撩起西服打量那悬在腰间的玉龙,又在屋里大模大样地走了几步,问："刘宝勋,怎么样啊？"

刘宝勋奉承说："回主子,妙极了,妙极了! 您这身份就应当戴这玉龙的。"

溥仪走到镜子面前,美美地在镜子里边打量着,一边又问："你们说真格的,这玩意儿拴在身上合适不合适呀？"

刘宝勋忙说："当然合适,再合适不过了,是不是,赵老板？"

掌柜的也忙应声："合适,合适……"

冷不丁地,溥仪像唱戏似的往椅子上一坐,板起嗓门说："刘宝勋听旨! "

刘宝勋先是一愣,立刻回过神来,熟练地双手一抖,做了个掸马蹄袖的姿势,同时跪在地上,嘴里念念有词:"奴才在,奴才听候圣上的旨意。"

溥仪一本正经地说:"平身吧。"

刘宝勋也一本正经地叩头说:"谢皇上!万岁!万岁!万万岁!"

我跟掌柜的全看傻了,实在不明白,这前清的皇上和太监神神道道的弄得是哪一出。

见我们都看直了眼,溥仪起身笑道:"玩笑,玩笑……回去了,回去了……"

刘宝勋说:"车子已经在外边候着呢。"

溥仪冲掌柜的摆摆手说:"刘宝勋,把打眼儿的工钱给了。"

掌柜的忙说:"小意思,不收钱的。"

溥仪说:"刘宝勋,那块玉玦就赏给赵老板,算是工钱了。"

见刘宝勋有些犹豫,掌柜的忙说:"哎哟,这玉玦可是稀罕玩意儿,我可不敢白要您的,您要是有卖的意思,我立马就写银票。

溥仪扬扬手:"跟刘宝勋说吧。"就走出门去。

刘宝勋在他身后喊:"主子,您先回府,奴才随后到。"

见掌柜的要跟出去送,刘宝勋拦住说:"别送,别送,门外边有的是人送呢。"

我朝门外瞅了一眼,见溥仪刚迈出门槛,就有几个穿便衣、礼帽压着眉毛的汉子冒了出来,紧紧护卫着溥仪上了汽车。那汽车一溜烟地开跑了。那汽车后面,又有两辆汽车紧紧跟着,一会儿就没了影儿。

刘宝勋一笑说:"瞧见了,只要我们主子一出来,日本人、东北军的人,都屁颠屁颠地跟在后边保镖,出不了事的。"见汽车开远了,他像变戏法似的从身上掏出一个包来:"赵老板,我今儿个又给您带来几件稀罕的玩意儿。"

掌柜的说:"您拿来的玩意儿都是好玩意儿,可现如今这时局,兵荒马乱的,做生意的都想把手里的货换成现钱。万一有个风吹草动的,也好往租界挪动呀。"

刘宝勋打开那布包说:"您先瞧瞧这些玩意儿,这玉熊,粗头尖嘴毛茸茸的腿,您朝它吹上一口气儿就能动起来似的,不用说,这玉料更是地道的上品。您再瞅这件,宋朝的玉鸭,红头白身花肚,通体冒着油光,滑润无比,握在手里就好像要化了似的,还有这唐朝的白玉卧兽、玉飞天、汉朝的青玉虎璜、蟠螭玉佩、战国的谷纹璧、玉虎……您好好打量打量,可都是实实在在的真玩意儿呀!

掌柜的立马就被那几件玉器古董吸住了眼神儿,拿起这个打量,又拿起那个端详。

刘宝勋问:"怎么样? 都是上等的宝贝吧? "

掌柜的点头:"这宝贝你们主子真舍得卖呀? "

刘宝勋说:"这算什么,前天他把唐伯虎的画、王羲之的字儿都卖出去好几幅了呢,您就开个价吧。"

我琢磨着,这些都是刘宝勋偷偷拿出来卖的,不然刚才当着溥仪的面他怎么不拿出来呢? 我走到掌柜的身边,小声嘀咕:"掌柜的,这些都是好玩意儿,可是咱们仓库里的存货可还有不少呢。咱把现钱都变成古董,万一有点儿麻烦可怎么办呀? "

刘宝勋见掌柜的犹豫,就说:"赵老板,您要是不喜欢,我就卖给锅店街的'万得昌'胡老板去,他可是一直跟我要这些玩意儿呢。就因为您是老主顾,我没答理他。"

这话正捅在掌柜的要害处,他忙道:"您别急,再商量,再商量。"

刘宝勋说:"这都是宫里出来的绝品,过了这村就没这店了。"

掌柜的打量那些宝贝,终于拿定了主意:"德宝,拿银票来。"

掌柜的跟刘宝勋谈妥了价钱,一边开着银票,一边跟刘宝勋拉话儿:"刘总管,这块块你们主子也不要了,还把件玉龙拴在身上,这里边是不是有吗说道呀?"

刘宝勋一脸的神气:"还真叫您说着了,我们主子就要时来运转了,眼下谁最霸道?是日本人。可日本人要想把中国的事搞明白,还是离不开我们主子——"说到这儿,他连啐了几口"呸!呸!不长记性,主子吩咐过,国家大事,奴才不得多嘴多舌。"

掌柜的说:"您放心,您说的话,都烂在我的肚子里边,我们买卖人,早点儿知道时局有什么变化,也好安排生意呀。"

刘宝勋越发神秘地摇着头:"天机不可泄露呀,过一过您就知道了,反正这句话我撂在这儿,哪一天我刘宝勋重有出头之日,绝不会亏待您赵老板!"说罢他揣起银票出了门。

多少年以后才知道，刘宝勋那天说的天机不可泄露，还真是一件天大的事情。"九一八"事件一出来，日本关东军就加紧了把溥仪弄到关外当满洲国皇帝的计划，溥仪也急着想去当那个傀儡皇帝，可他困在天津的"静园"里，一举一动都被东北军盯着，走不成。关东军的特务头子土肥原贤二就来到天津精心策划了一个阴谋，那就是秘密组织汉奸武装便衣队，在天津搞暴动，把天津折腾乱了，再趁乱把溥仪偷偷弄到东北去……为了搞成暴动，那些日子，日本人加紧着往天津运军火物资，往日里，几天

第十九章

才有一条运日本货的船进港。那些天，码头上几乎天天都有日本的货船出出进进。小野特别照顾陆雄飞的脚行，凡是日本的货船卸货、装货的活儿都交给了他。货多了，装卸的活儿就忙，活儿忙了，就赚钱多。陆雄飞的脚行真应了那句生意人最爱听的吉利话：日进斗金。所以那些日子他回到家里总是乐呵呵的，抱着小开岁满院子转悠，还哼哼着唱几口京剧。要不，就是拎着酒瓶请掌柜的喝酒，掌柜的不在，他就拉着我喝。那天晚上，还差一点儿把我灌醉了。不是叠玉姐姐拦着，我早就溜桌子底下了。

叠玉问陆雄飞："这些天你是怎么着？顿顿都离不开酒。"

陆雄飞"嘿嘿"笑着："我高兴，我美呀。"

叠玉问:"美吗?"

陆雄飞挑起大拇指指着自己的鼻子:"你男人赚大钱了呗。原想,关外一闹事儿,人心惶惶,码头上的生意就没得做了。嘿,可谁料得到,打日本往这儿运货的船比平时还多。小野够意思,把活儿都交给我了,多卸一条船就是两千块现大洋,这多十条船那是多少呀?嘿!两万块呀!"

说着,他一杯酒又下了肚。

叠玉说:"现在外边都喊着抵制日货,打倒日本鬼子呢,你这还一个劲儿地跟日本人做生意,不合适吧?"

陆雄飞手一扬:"国家的事儿我管不着,我就管做生意赚钱,谁能让我赚钱我就跟谁打交道。"

掌柜的心里也嘀咕,趁吃饭的工夫,问陆雄飞:"雄飞,那个小野是个军人,码头上的事儿他也管得了吗?"

陆雄飞说:"爸,这您就不知道了,在天津卫的日本人,甭管是军人还是商人,他们可是抱团呢,表面上各干各的事儿,暗地里都归他们领事馆和驻屯军管,一到了节骨眼儿上,就都听那两家的指挥。"

掌柜的又问:"海河边上的脚行有好几家,小野为什么总惦着你呢?"

陆雄飞:"您忘了?小野加入青帮,还是我引见的嘛,论辈数,他还应当叫我一声师傅呢。他不照顾我,照顾谁去?"

掌柜的还在琢磨:"就为这?他就没有别的图头?"

陆雄飞笑道:"爸,您就别瞎琢磨了,我又不是白拿他的银子,我们干脚行的是凭卖苦力吃饭,卸一船、装一船都是明码实价,谁也不亏谁的。再说了,他小野往后求我的事还多着呢。"

这话还真叫陆雄飞说着了,没过一个月,小野真的有事儿求到陆雄飞头上了。那是个傍晚儿，闷热的天儿，全家人都在当院儿吃饭，李穿石走进门，全家人都向他打着招呼。

陆雄飞瞟了他一眼，仍然垂着眼皮往嘴里扒饭。

叠玉一边吩咐伙计拿碗筷一边说："穿石，坐下吃饭吧！"

李穿石笑道："谢谢大姐，我吃过了。"

他先把给老太太捎来的蛋糕递给璞翠，又把给掌柜的衡水老白干递给我。

掌柜的笑道："穿石，每次来你都要破费，坐下喝口绿豆汤吧。"

李穿石乖乖地应声，坐在桌子边，叠玉将一碗绿豆汤放在他的面前。

洗玉往李穿石那碗里放了满满的一勺白糖，李穿石喝起绿豆汤来。

陆雄飞重重地将碗筷撂在桌子上，起身走向自己的屋里。

掌柜的皱眉瞥了他一眼。

不料，李穿石起身对陆雄飞说："大姐夫，您留步，我有话说。"

见李穿石主动找陆雄飞说话，众人都意外地瞧着他俩。

陆雄飞扭过脸问："吗事儿？"

李穿石迟疑片刻："这样吧，我请您出去喝咖啡，有件事儿要跟您商量商量。"

陆雄飞戒备地打量李穿石说："吗要紧的事儿？就在家里说吧。"

李穿石看了看家里人，就说："今天要是不方便，那就改日，改日……"

李穿石坐下来接着喝绿豆汤，洗玉悄声问："你们两个多少天没说话了,今天这是怎么了?"

李穿石一笑:"日后怎么着也是一家子呀,总是谁也不答理谁,这日子还怎么过呀?"

掌柜的点头道:"穿石,你年纪比雄飞轻,理应谦和点儿,外边世道再混乱,咱们家里头也不能伤了和气,你能懂这个道理,我就放心了。"

李穿石说:"您放心,我一定好好跟大姐夫处好关系。"

当时全家人都以为这是李穿石为了缓和跟陆雄飞的关系故意跟他套近乎,后来才知道,那天他是确实有要紧的事儿找陆雄飞商量。

转天,李穿石又去了码头找陆雄飞,原来是小野专门托李穿石给陆雄飞带话儿,要向他借手底下的弟兄使唤,而且是人越多越好。

陆雄飞问:"小野借我的人马干吗?"

李穿石说:"日租界里要搞建筑,大工程呢!需要上千号民工,但是会说中国话的日本人不多,所以需要百十个靠得住的工头带着那些民工干活儿,每天每人一块现大洋。"

陆雄飞琢磨着:"一天一块现大洋?这可是挺肥的差事呀!不过,这满街都是抗日示威的游行队伍,我的人偏偏这时候跑到日租界干建筑,不合适吧?"

李穿石撇嘴道:"大姐夫,您在码头干的不也是日本人的活儿吗?"

陆雄飞争辩道:"这可不一样,我们原本就在这码头,是混饭吃的嘛,哪一国的船装货卸货我都可以干。"

李穿石说:"哎呀,日本人有的是钱,您不赚白不赚呀,每个人您就是抽两成介绍费,这一个月下来也是五六百的进项呀!"

陆雄飞说："可也是，不是我吹，别的咱不称，靠得住的兄弟有的是。"

说着他得意地指着在码头上干活儿的人群。

李穿石点头道："您赶紧先挑选一百个可靠的，明天立马送到日租界。"

陆雄飞突然转念，问李穿石："哎，小野朝我借人，为什么不亲自对我说呢？"

李穿石说："小野怕您为难嘛，先托我来摸摸底，您同意了，他自然会亲自感谢您。"

听李穿石这么一说，陆雄飞当即就点了头。等李穿石走了，他又有些嘀咕了，日租界干建筑的活，他多少是摸底的，一天一块现大洋的价钱实在是有些离谱儿，除非这里面还有什么隐情。当天晚上，他就找脚行里的大小头目商量对策。

臭咧咕头一个说："大哥，这可是好机会呀。日本人是瞧得起咱们，才找咱们借人呢，况且，咱们眼下赚的就是日本人的钱，当然要答应人家。"

又有的人说，日本人满肚子鬼花活，不能不留点儿神。东北军跟日本人是死对头，把人马借给日本人，东北军一定会起疑心，还是不答应的好。

臭咧咕说："管他怎么想！一天一块现大洋，哪儿去找这么肥的差事儿呀？"

见弟兄们争得脸红脖子粗，陆雄飞道："都别争了，小野既然已经张了嘴，不能不给他个面子。但是这里面水到底有多深，咱们又不能不多个心眼儿。我看呀，先来个投石问路。"

陆雄飞决定先借给小野十个人，先探探虚实再说。他亲自挑选了九个平日里特别听招呼，心眼儿也活泛的弟兄，由"臭咧

303

咕"带领,转天早晨就去了日租界。

还没过晌午,李穿石又跑到码头上来找陆雄飞,问他:"大姐夫,小野说向你借百八十个人,怎么您才给他派去十个人?小野脸上很不好看呢。他要您给他打个电话。"

陆雄飞心里早有准备,说:"没事,没事,我跟他解释……"

说着,他给小野拨通了电话。

小野质问道:"陆大哥,你过去可是说过的,一旦我需要你帮忙,你是一定会全力帮忙的。怎么?堂堂的陆雄飞连这点儿信义都没有了吗?"

陆雄飞忙赔着笑说:"小野先生,您误会了。您叫我办的事儿,我哪儿敢不尽力呀。那十个人不是已经给您派过去了嘛。"

小野说:"我要借一百个人,一百个!可你只送过来十个。我希望你在跟我们日本军队打交道时,不要打折扣!"

陆雄飞忙道:"哎,哎,我跟谁打折扣也不敢跟您呀。再说了,就咱们这关系,我的人还不就是您的人……"

小野说:"我不要听这样好听的话,我要的是行动!"

陆雄飞说:"哎哟,您那儿是一天一块现大洋的美差事,我何乐而不为呢?眼下我那些弟兄都在码头上忙呢。哎,也是在给你们日本船卖苦力呢。待忙过这一阵儿,您要多少人我就借给您多少人。行吧?"

小野说:"好,一言为定。"

见陆雄飞撂下电话,李穿石说:"怎么样?小野发脾气了吧?"

陆雄飞狐疑地打量着他说:"穿石,这节骨眼上,你在小野面前可得替我多担待着点儿呀。只要你把我的难处跟他说明白了,他就发不起火来。"

李穿石一脸的委屈："听您这话,好像我跟小野没说好话似的,真是好人难当啊! 要不是我替您解释,小野这会儿兴许就到码头上来问罪了!"

　　陆雄飞手指头戳着李穿石的胸口说："穿石,我今儿个把话挑明了,小野要是跟我翻了脸,你李穿石可逃脱不了干系!"

　　李穿石苦脸道："这到哪儿说理去呀? 小野找您借人,您不肯痛痛快快地借,人家要是真的恨起您来,我有什么办法?您呀,还是麻利地把人都派过去吧,小野不就乐了?"

　　陆雄飞问："小野借人到日租界确实是干建筑吗?"

　　李穿石说："是啊,他就这么跟我说的。怎么,您还是不想借?"

　　陆雄飞嘟囔："借当然要借的,这码头上活儿怎么办? 也得有人干吧?"

　　李穿石道："把人借给小野,您再招新的人手嘛。这偌大的天津卫,三条腿的蛤蟆没地方找,两条腿的人不有的是吗?"

　　这句话提醒了陆雄飞,他说："对呀,我可以现找人借给他嘛。"

　　李穿石说："甭管是老人还是新人,最迟大后天,您就痛痛快快地给小野派过去九十个。大姐夫,一人一天一块现大洋,一百个人,就是一天一百块呀,您就是抽个三分的头儿,也不是个小数呀。"

　　陆雄飞点头说："五天之后,九十个人就给他派过去。"

　　李穿石拍了下巴掌："哎,这不就得了嘛! 我就这么去跟小野回话了,您可不能再变卦了呀!"

　　陆雄飞说："大丈夫一言既出,驷马难追。可你要跟小野说清楚,我派过去的人,工钱都先交给我,由我再发给他们。"

李穿石总算松了口气："没问题。大姐夫,您总算是想明白了,这一百个人可就是一百棵摇钱树哇!"

陆雄飞"嘿嘿"地笑了。

接下来的那两天,陆雄飞派手下到了静海、霸县、沧州等地,招收身强力壮的苦力。他盘算,再给小野那边派自己的二十个弟兄,其余的七十个就用那刚刚招收的苦力顶替。那些刚刚从农村来的苦力一天给上两角的工钱,就足可以打发了,其余的八成就成了他陆雄飞的了,仔细算下来,确实可以大赚上一把。

老话说,天上不会平白无故地掉馅饼,真是千真万确。到了第三天的下傍晚,全家人刚刚吃过晚饭,从日租界溜回来的臭咧咕上门来找陆雄飞。

陆雄飞赶紧问:"你小子,怎么才露面? 死哪儿去了?"

臭咧咕叹道:"日本人盯得紧呀,不准请假出日租界,不准打电话,我这还是偷偷溜回来的呢。"

陆雄飞纳闷道:"奶奶的,又不是集中营,这么严呀? 你们在那儿干什么活儿?"

臭咧咕瞅瞅正在院子里哄逗小开岁的掌柜的,支支吾吾地,没吭声。

陆雄飞看出来他有要紧的话憋在心里,赶紧将他领到自己屋里。

进了屋,陆雄飞说:"说,到底是怎么回事?"

臭咧咕一跺脚:"哎! 哪儿是去搞工程呀,到了日租界的第二天就练习跑步卧倒,立正稍息,接着又有人教怎么瞄准射击……"

陆雄飞听呆了:"什么什么? 还练习打枪了?"

臭咧咕从怀里掏出个油印的小本本:"您看这个就知道

了。"

陆雄飞接过来打量，见那本本上印着各种各样打枪的姿势："妈的，这唱得是哪一出？这不是要把你们当兵使唤呀。"

臭咧咕点头："大哥，看这架势，日本人是让我们替他们去打仗的呀。"

陆雄飞傻了："打仗？跟谁打仗？"

臭咧咕："我哪儿知道呀？反正不是好差事。"

陆雄飞恨恨地骂道："我操你个小野，难怪一天一块现大洋，他这是花钱买我的兄弟当炮灰呀！"

臭咧咕急着问："大哥，我们怎么办呀？要不要都撤出来？"

陆雄飞琢磨了会儿说："跟日本人打交道，可不能轻举妄动。你就装着啥事儿没有一样，先回去应酬着他们，等我的信儿。"

臭咧咕应声走出去，陆雄飞一直送他出了大门，一再叮嘱。

见陆雄飞坐在当院发愣，掌柜的走过来问："雄飞，小野那边是不是有麻烦了？"

陆雄飞知道再也不能瞒下去了，就一五一十地将小野借人的事儿说出来。

掌柜的听罢，脸色顿时就沉下来："我当初就嘀咕，小野为吗把码头上赚钱的活儿都便宜了你？他一定有什么图头。果不其然！雄飞，你可得看明白，日本人在天津拉队伍就是准备跟东北军干仗的呀！你的人掺和到里边，可不是小事儿呀！这要真跟东北军开起枪来，你是绝对逃脱不了干系的。这可是关系着身家性命呀！"

陆雄飞愁着脸说："不借吧，就得罪了日本人。借吧，就得罪了东北军。您说我怎么办？"

掌柜的说："给日本人当炮灰去打咱们自己中国人,说什么也不能干这事儿!一个人也不能借给他!"

陆雄飞:"可我已经派了十个弟兄到日租界了呀。"

掌柜的气恼地拍桌子:"我早就跟你们说过,对日本人尽量躲远点儿,不得已非得打交道,也得留神留神再留神。借人的事儿你为吗不先跟我商量?这一脚陷下去,再拔出来可就难了!你知道吗?!"

陆雄飞更慌了神儿:"李穿石说是日本人搞建筑,我以为不过就是盖房子挖土嘛,我就答应了……"

掌柜的吩咐我给李穿石打电话,叫他立刻到家里来一趟。

李穿石有些嘀咕,在电话里小声问:"什么事儿?"

我装啥事也不知道:"没说,就叫您越快越好。"

半顿饭的工夫,李穿石进了家门。

还没等掌柜的开口,陆雄飞就跳起来叫:"李穿石,你说实话,小野到底为吗借我的人?你是不是要蒙我呀?!"

李穿石露出吃惊的样子:"大姐夫,您这话是从哪儿说起呀?"

陆雄飞叫:"你甭跟我装蒜!"

李穿石一脸苦相:"我装什么呀?您越说我越糊涂了。"

掌柜的说:"雄飞,事情已经到了这分儿上了,发火又有什么用?穿石要是知道底细还能不告诉你吗?"

李穿石眨着眼问:"什么底细呀?"

掌柜的叫李穿石坐下来,问:"雄飞的人到了日租界,又发枪、又射击的,那是准备去打仗呀!"

李穿石眼睛睁得老大:"不会吧?小野明明说是借人搞建筑工程的呀。我猜想,顶多是个军事工程,所以要找些可靠的人,这才来找大姐夫的……这怎么又成了去打仗呢? 不会吧? "

陆雄飞闷着气儿的:"不会? 你瞅瞅这个,这就是日本人发给我那几个弟兄的……"

他将陆小飞带来的小本本递给他看。

李穿石翻了翻那本本,不吭声了。其实,李穿石早就知道小野借人的真正用意,他不过是装作不知道而已。

掌柜的责怪道:"你大小也是个政府的官儿,怎么也办这种毛毛糙糙的事儿? 事情到了这地步了,你说怎么办? "

李穿石说:"哎,谁知道小野蒙了我呢。当时只想大姐夫的脚行平常都靠小野照顾,这次小野有事儿求上门了,又能赚一笔银子,原以为是件好事儿呢。"

陆雄飞说:"别的就别扯了,你说,我派去的那十个弟兄怎么办? "

李穿石问:"什么怎么办? "

掌柜的说:"雄飞的人无论如何不能为日本人当炮灰呀! "

李穿石睁大眼睛问:"您的意思是把那十个人撤回来? "

掌柜的点头。

李穿石摇头说:"不好办。刚才小野还来电话要我催大姐夫呢,问他什么时候再给他派第二批人去呢。"

掌柜的说:"看见了? 日本人是登鼻子上脸呀。雄飞,你可再也不能派人了! "

陆雄飞叹气道:"我已经答应小野了呀……"

李穿石跟着说:"是呀,你可是答应他了,五天之后再派九十个人去。"

掌柜的盯着陆雄飞:"这么说,你还得接着把人借给他了? "

陆雄飞无奈地说:"我能怎么着? 日本人惹不起呀。"

掌柜的反问:"东北军咱就惹得起了？"

陆雄飞涨红着脸叫:"我现在是耗子钻风箱,两头受气儿,有什么办法？"

李穿石说:"大姐夫,您也别急,咱们塌下心来商议商议下一步怎么走？趋利避害是万物的天性,要想不吃亏,就得把眼下的局势看明白了……"

掌柜的望着李穿石:"你怎么想？"

李穿石:"一家子,我就说掏心窝子的话。现在关外已经是日本人的天下了,前几天日本人又占了锦州,下一步就是天津乃至整个华北了！咱们还想过踏实日子,想赚钱,咱就得想想怎么跟日本人打交道！大姐夫脚行的生意,'恒雅斋'这一大摊子买卖,不能闭眼扔了、不要了,是不是？"

见掌柜的和陆雄飞都闷头琢磨着,李穿石又说:"日本人在关外闹事儿之后,南京政府严令不准张学良作任何反抗,张学良也就训令东北军不准抵抗。西方列强表面上出来调停,其实对日本人睁一眼闭一眼;北边的苏联也声明采取中立立场。国内的军阀各自为政,共产党又在南边打游击,这个国家真真的是一盘散沙啊。而日本人早就铁了心的要占领整个中国,而且是势不可挡啊。一句话,这个国家算是完了！"

掌柜的问:"吗？完了？"

李穿石说:"您忘了,我在市政府上班,能看到那些高层的文件、电报。我是越看越心寒,越看越没底气。真的,这个国家没指望了。可老百姓也总得活呀,这'恒雅斋'的买卖还得做下去呀。老话说,识时务者为俊杰,既然咱们早就跟小野有几分交情,这节骨眼上,还不赶着紧地把这份交情搞瓷实了。将来日本人一旦在天津当了家做了主,咱们也不吃亏呀。爸,您说是不是这个

310

理？"

掌柜的问：“怎么个瓷实？是逢场作戏呢？还是从里到外地搅和在一起？"

李穿石："爸,日本人不是傻子,到了这节骨眼上,逢场作戏怕是混不下去了,就拿眼下这事儿说吧,大姐夫,您把人马借给小野,他就高兴,不借,他就肯定不高兴。他不高兴了咱还能有好吗？"

陆雄飞自言自语地说：“这么说,我的弟兄就只能给他当炮灰了？"

李穿石说："大姐夫,又不叫您亲自上战场。日本人日后在天津得了势,还能亏待了您吗？这笔账您可得算清楚。"

掌柜的诧异地瞥了李穿石一眼："穿石,这笔账可不能这样算!咱们老百姓不想出头露脸当英雄,可也不能当日本人的帮凶呀!"

李穿石说："爸,您别把话说得那么难听呀。您还没看明白眼下这局面吗?小野的话已经说出口了,大姐夫不答应是过不去的!"

陆雄飞真是没了主意,大口大口抽着烟。

掌柜的打量着李穿石问："穿石,先不说雄飞怎么办,我想问,你跟小野到底混到哪一步了？"

李穿石笑道："爸,我所做的一切可都是为了这个家好……"

掌柜的追问道："你就说说你跟小野混到哪一步了？"

李穿石沉了一阵说："爸,您可别把我往歪处想,我跟小野接触都是政府的官差,因为我会说日本话,交流起来方便,他才让我传个信儿、递个话的嘛。"

311

掌柜的没再吭声，可我看得出，从那儿起，他心里对李穿石这个人的人品已经开始犯起了嘀咕。

陆雄飞急得在屋里转悠，这工夫叠玉托抱着哭闹着的小开岁走进来。

叠玉对陆雄飞说："孩子非要找你抱呢……"

陆雄飞吼道："你是干吗吃的？没看见我们在商量事呢?！"

叠玉被吓得一怔，闹不明白陆雄飞哪儿来的邪火，眼睛里汪出泪水。

掌柜的赶紧把小开岁接到怀里，哄着，那小家伙很给姥爷面子，果然不再哭闹。

叠玉这才瞥了陆雄飞一眼走出去。

陆雄飞对掌柜的说："老爷子，您赶紧拿个主意，这事儿怎么办呀？"

掌柜的琢磨了会儿说："还是先把日本人的底细摸清了，他们要借人去打仗，准备什么时候打？在哪儿打？打多久？你跟穿石先打听清楚了，咱们再商量个稳妥的办法。不好吗？"

陆雄飞和李穿石都点头，说连夜就去打听日本人的消息。

这两个人刚走，璞翠跑下楼来说老太太要跟掌柜的说话。掌柜的赶紧上了楼。

老太太问："二子，是不是雄飞出了什么麻烦事儿了？"

掌柜的怔了怔，凑到老太太耳朵边应道："没有呀？您听谁说的？"

老太太："怎么这两天雄飞总是跟叠玉犯脾气呀？嗓门也特别地粗？前些日子不还乐呵呵的吗？"

掌柜的赶紧说："嗨，他也就是生意上的事儿呗，一会儿赚了，一会儿赔了，没大事的。"

老太太说："你的脸色也不好，是不是有事瞒着我呀？"

掌柜的笑道："哎哟，娘，您想哪儿去了，什么事儿我敢瞒您呀？确实是雄飞码头上的生意不顺当……"

老太太说："你当老丈人的，该说就说两句，生意不顺当也不能拿老婆出气儿呀！我们赵家的闺女又不是灶房里的吹气筒子！"

掌柜的连连点头："娘，您放心，我一定好好说说他……"

老太太又问："怀玉就一直没回家来吗？"

掌柜的说："这些天她都住在学校的宿舍里，忙她学生会的事呢……"

老太太："一个姑娘家的总住在外边也不是回事儿呀。"

掌柜的道："您放心，跟她在一起住的有几十号的女学生呢。"

老太太又叮嘱了一阵，才睡下了。

掌柜的轻手轻脚走出老太太的睡房，他把璞翠叫到外边问："璞翠，老太太怎么知道下面的事儿？是不是你多嘴了。"

璞翠说："是老太太听见大姐夫在下面喊，问是怎么回事……"

掌柜的说："不是跟你说过了，家里的一切烦心事儿都不能叫老太太知道，能瞒就瞒，你是怎么瞒的？连几句瞎话都不会说吗？"

璞翠忙说："我记住了……"

掌柜的这才走下楼来，见叠玉和洗玉姐两个还在一边逗着小开岁，便坐到一边问："洗玉，爸要问你句话……李穿石这个人怎么样？"

洗玉被问愣了，有些紧张："爸，穿石他……怎么了？"

掌柜的说:"没怎么,我就想听听你对他的想法。"

洗玉轻松了下来:"他呀,挺好的……"

掌柜的问:"怎么个好法?"

洗玉说:"您还没见着吗? 他对我奶奶,对您,也算是孝顺了吧? 跟我从来都是和颜悦色的,不像我大姐夫,动不动就冲我姐发邪火。"

叠玉笑道:"傻妹子,男人对女人究竟怎么好怎么坏,那要等到成了家以后才能看出来的呢。"

自从听陆雄飞说李穿石刚刚跟洗玉订婚,就盘算着怎么把"恒雅斋"的家当抢占到手那些话之后,叠玉对李穿石就生出几分嫌恶,平日里也就免不了为议论李穿石跟洗玉斗嘴儿,这会儿见父亲带着质疑的口气说起李穿石,她自然忍不住地要插嘴说几句。

掌柜的:"你给我说说他的人品?"

洗玉问:"人品? 您是指的哪方面呢?"

掌柜的:"人品嘛,就是做人正派不正派? 处事儿凭不凭良心?"

洗玉说:"这您对他还不放心吗? 他要是不正派,能够一个人担着风险把我二姐从日本人手里搭救出来吗?"

叠玉忍不住又插嘴说:"瞧,瞧,这还没过门呢,就紧着往他脸上贴金,那一次搭救怀玉,开岁他爸没担风险呀?"

洗玉还嘴道:"姐,快别提我大姐夫了,我二姐叫东北军关起来那阵,他干什么了? 还不是当甩手掌柜的?"

叠玉说:"他爸确实不认识东北军的人嘛,哪里像你们穿石,说是帮着救人,却逼着怀玉写清……"

说到这儿,叠玉突然想到父亲还不知道李穿石逼着怀玉将

314

家里库存玉器古董的清单交给他的事儿,立刻咬住话头儿。

洗玉也紧张地瞟着爸爸。

掌柜的问:"穿石逼怀玉写什么?"

洗玉反应快,顺口编道:"嗨,当初急着要把郭大器从东北军牢里救出来,穿石就叫我二姐代郭大器写一份请罪书……"

掌柜的摇头道:"那事儿就不说了,你还是给我说说李穿石的人品。"

洗玉有些气恼:"爸,穿石到底做了什么对不住人的事儿?叫您这么嘀咕他?"

掌柜的说:"我看他呀,跟日本人搅和得太深了!"

洗玉赶紧解释:"爸,他是政府的日本语的翻译,干的就是那份差事呀,整天就跟日本人打交道,这有什么奇怪的?"

掌柜的摇头说:"我不是说他跟日本人一天打多少交道,我是担心在日本人面前他的骨头有点儿软!"

叠玉点头道:"洗玉,爸看人还从来没错过眼的呢……"

洗玉不满地瞥了叠玉一眼,忙说:"他?不会的,他在我跟前常常骂日本人不是东西呢。爸,穿石还年轻,处人处事儿难免有闪失,可他是个通情达理的人。他有什么毛病,您就直来直去地教训他。他可不像我大姐夫,您说一句他就顶您十句。"

叠玉又忍不住道:"妹子,你没听人家说吗,谈恋爱的女孩子智商最成问题,在你的眼里,穿石就是天下第一号的好男人,是不是?"

洗玉还嘴挖苦道:"姐,这天下头一号哪里轮得上我们穿石呀,第一个好男人是大姐夫嘛。他不跟你发脾气,吼嗓子,也不到外面胡来……确实是个天下第一的好男人呀!"

叠玉气得脸涨红了要说什么,掌柜的烦恼地堵她说:"哎

315

呀,我跟洗玉说话,你就别在一边搅和了。"

叠玉嘟囔着什么,一扭身抱着开岁回屋里去了。

掌柜的对洗玉说:"洗玉,李穿石昨天在这儿说的一番话确实叫我不放心,听他那口气,好像是要铁心跟日本人搅和在一块儿去了。"

洗玉说:"爸,如今日本人不是势力大吗,穿石是吃官饭的,连政府都对日本人低三下四的,他还能充什么英雄好汉呀?充其量不过是应酬周旋罢了。骨子里他可是恨日本人呢,他就多少次跟我说过,日本人压根儿瞧不起咱们中国人,跟日本人打交道,心里最窝火……您可千万别把他想歪了呀。"

听了这话,掌柜的眉头也就舒缓了许多:"但愿他是这样……不过你也得提醒提醒他,咱们现如今是在东北军和日本人这对仇人的夹缝里过日子,一步走不好,就得家破人亡啊。"

洗玉说:"您放心,我一定跟他说。"

大概是洗玉转身就把掌柜的话传给了李穿石,当天晚上,他就主动找上门来见掌柜的。

　　见到掌柜的,李穿石就说:"爸,您的话,洗玉都转告给我了,我特意来就是想跟您说句掏心窝子的话,我一定牢牢记住您的话。"

　　掌柜的见李穿石说话这样乖,很高兴,便吩咐大厨师傅弄几个下酒菜,拉他一边喝酒一边聊天。

　　正巧这天晚上陆雄飞不在,李穿石独自跟掌柜的在一起喝

酒就格外轻松,他连连给掌柜的敬酒,再加上洗玉在一边帮衬,两个人说的喜兴话叫掌柜的乐得合不上嘴。

　　几杯酒下肚,掌柜的和李穿石都喝得脸红红的,洗玉又给李穿石斟满酒说:"穿石,你还得跟我爸喝一杯。"

　　掌柜的摆手道:"他已经敬我三杯了,不用了,不用了。"

　　洗玉说:"这杯一定得喝……"

　　她在李穿石耳朵边轻声说:"你得亲口对我爸说,到了十月三十那天,你怎么来呀?"

　　已经被酒烧红脸的李穿石问:"十月三十? 什么怎么来?"

　　洗玉好不扫兴,说:"啊,这才几杯酒就什么什么都忘干净

了呀？"

李穿石猛然想起，忙说："哎，哎，没忘，没忘，十月三十，是我上门迎亲的大喜日子嘛，我怎么能忘呢……"

他赶紧冲掌柜的举起酒杯说："到了十月三十号那天，我要雇一辆新式的西洋花轿车，带着英租界的西洋乐队前来迎亲。从家门口到轿车跟前儿，全铺满大红的地毯，上面要撒满鲜花儿。还有六队童男童女唱着喜歌儿……"

洗玉听到这儿笑眯了眼。

掌柜的笑道："我看呀，咱们中国人，还是用自己的排场为好……"

洗玉摇晃着掌柜的肩膀："爸，我就要西洋的排场嘛！"

掌柜的只能点头："好，好，就随你的心思。"

李穿石好高兴，一仰脖子，将满满一杯酒都灌进肚子里。

掌柜的也说起迎亲那天家里是怎么准备的，又说："洗玉啊，只要你和和美美地成了家，我跟你九泉之下的娘就有个交代了。穿石，洗玉跟了你，你可得要对她好哇！"

李穿石兴奋地举杯说："爸，您一百个放心吧。对洗玉我要是有一丁点的亏待，就天打五雷劈……"

洗玉忙拿巴掌捂住他的嘴："臭嘴！说这不吉利的！爸信得过你，用不着在这儿发毒誓的。"

李穿石更是快活，连连给掌柜的敬酒，又喝了三五盅。见自己送给的那件翠玉竹挂件儿在李穿石脖子下晃悠，掌柜的说："这是我送你的那块挂件吗？"

李穿石赶紧从脖子上摘下那翠玉竹挂件说："对，对，就是您老赏给我的那件宝贝，我一直都戴在身上的……"

掌柜的拿过那挂件在手上打量说："这可是汉朝的好玩意

儿啊,还记得你跟洗玉说过的话吗？未出土时先有节……"

李穿石趁着酒劲儿说:"爸,这话我当然记着。可是还有一句老话我也记着,识时务者为俊杰……"

掌柜的打量着他:"这话是什么意思呢？"

酒后的李穿石格外地兴奋,说出话来也没遮没挡:"您想呀,这竹子就是再有节,也挡不住人家的刀子快呀,跟日本人打交道,就得跟他们的快刀子打交道。人家是兵强马壮,势不可挡。咱们就算是多粗的竹子,一不留神惹恼了人家,刀子一落,喀嚓!就得变成两截儿不是？所以,人赶到节骨眼上,就不能不转个圈儿想想。该变通的就变通,该服软的就服软,这就是识时务者为俊杰……"

掌柜的听着,脸色沉下来。

洗玉暗示李穿石住嘴,可他偏偏没理会,继续对掌柜的说:"现在的形势是人家的快刀子偏要找竹子呀! 爸,我也想斗胆劝您一句,现在咱们不是讲究有没有节的事儿,而是要想想还能不能保住这个家业,还有没有安生日子的事儿了!"

掌柜的说:"只要咱们不招惹人家,就不信没有过不去的坎儿。袁世凯在天津卫折腾时我经历过,张勋辫子军在天津卫折腾时我也经历过,阎锡山在天津卫折腾我又经历过。哪一个不是真枪实弹,张牙舞爪的,又怎么样了呢？咱们天津卫的老百姓到如今不还喘着气儿过日子吗？"

李穿石说:"爸,日本人可不比那些中国军阀呀,他们压根就没把中国人当人呀!惹恼了他们,他们什么绝户事儿都干得出来呀。'沈阳事件'就明摆放那儿了,东三省说占了就占了,人杀了就杀了,没地方讲理去。他们日本人打心眼里就想亡了咱们中国呀,而且他们是坚船利炮,那气势是谁也挡不住的呀!"

听这话，掌柜的老半天也没说话，独自将一杯酒倒进肚子。

洗玉小声埋怨李穿石："刚刚还挺高兴的，你偏偏要说倒霉的日本人，瞧咱爸，自个儿喝上闷酒了。"

李穿石辩解道："我也是为咱爸，为这个家好呀……"

掌柜的说道："穿石，你说的有一定的道理，日本人是厉害，咱们中国眼前确实不是他们的对手……"

李穿石对洗玉说："瞧，咱爸还是个大明白人嘛……"

掌柜的说："你听我把话说完……穿石啊，你回头看看咱们老祖宗，秦汉唐宋元明清，三国鼎立五代十国，还有什么北魏、金、辽……有哪一个外边打进来的能在咱们中国地面上坐得牢当皇帝的？庚子年八国联军占领了天津，立了个什么督统衙门，西洋、东洋鬼子掌管生杀大权，又怎么样了呢？两年就滚蛋了！管他是什么金戈铁马，洋枪洋炮，最后还不是咱们中国人坐江山！就不说什么气节，做个机灵人，咱也得把眼界放远着些，得留条后路呀。"

洗玉连连点头："穿石，你听见了，还是爸想得长远。"

李穿石说："嘿，您这留后路一句话再实在不过了。留后路就先得留住性命是不？留后路就得把您这'恒雅斋'的买卖保住是不？要是得罪了日本人，别说这买卖，就连全家人的性命也甭想安稳了。"

掌柜的说："咱也别光听他们日本人诈唬，张学良的东北军、蒋介石的中央军他们手里拿的也不是烧火的棍子呀。"

李穿石摇头道："您老哪里知道蒋介石的心思呀，他现在一门心思的就想着要灭南方的共产党，日本人在北边怎么折腾，他也不会认真对付的。张学良就看蒋介石的眼色行事，蒋介石不叫他动日本人，他是绝对地不敢。"

掌柜的说："那国际上不是有个什么组织说了要管管日本人吗？叫他从沈阳撤出去？"

洗玉赶紧拿来报纸给李穿石看："对呀,这报纸上都说了的呀……国际舆论普遍要求日本尽快从沈阳撤军,国际联盟明确提出日本军队撤回原地的日期……"

李穿石撇嘴道："不过都是瞎嚷嚷,日本人就是不撤军又能把他怎么样？说穿了吧,美国、英国那些列强根本没把中国当正事儿。什么舆论呀、谴责呀,都不过是走走样子,日本人根本不尿他们的。再告诉您一个秘密,日本人为了转移国际上对'沈阳事件'的注意,找借口不撤兵,又能牵制张学良的部队不要出关,他们已经打定主意要在天津闹事了！"

掌柜的忙问："闹事儿？怎么闹事儿？"

李穿石说："到时候几千人拿枪开炮,想杀谁就杀谁,想砸谁就砸谁,想烧谁就烧谁！咱这'恒雅斋'就在日本租界对面儿,万一真的闹起来,还能有个好吗？"

掌柜的听了,脸色大变："真的？"

李穿石："可不是真的！"

掌柜的问："他们打算吗时候？"

李穿石说："说不好,反正闹事儿的主意日本人已经有了。"

掌柜的刚才还红通通的脸色又变得苍白了,他问："东北军几万的人马就驻扎在天津周围嘛,他们就由着日本人那样折腾？"

李穿石说："日本人才不出面呢,他们出枪出钱,出面儿折腾的都是中国人,当年北洋政府下野的官儿,一个叫张必,还有一个叫李际春的,他们跟日本人有非同一般的关系,日后他们就是武装便衣队的头头儿,而且连旗号都有了。"

321

掌柜的问："什么旗号？"

李穿石："自治救国军。表面上是中国人自己闹事，跟日本人没关系，东北军有什么办法？就算是他有办法把局面控制住了，可是该砸的也砸了，该抢的也抢了，倒霉的还不是咱们？"

掌柜的将信将疑地看着李穿石说："是不是呀？穿石，你这别是存心吓唬我呀?!"

李穿石"嗨"了一声说："我吓唬你们干什么？这些话要是传出去我是要掉脑袋的，因为是一家人我才给你们撂了底儿。"

掌柜的又问："你这是听谁说的？可靠不可靠呀？"

李穿石说："千真万确，都是日租界里边的朋友告诉我的。"

洗玉说："爸，咱们斗不过日本人，干脆咱们全家都躲到乡下吧。"

掌柜的问洗玉："躲得了和尚躲得了庙吗？这宅子，还有咱们的'恒雅斋'，能搬到乡下去吗？"

李穿石说："当然了，日后真的闹起事来也没什么了不起的，'恒雅斋'也不见得就真有什么危险，不管怎么着还有我嘛。日本人那边我还周旋得开。可是有一宗，小野朝大姐夫借人的事儿，务必要给人家一个满意的交代，不然……"

掌柜的问："不然怎么着？"

李穿石叹道："那就不好说了……"

掌柜的问："不好说是什么意思？"

李穿石说："爸，说句撂底的话吧，这事儿没什么商量，实际上日本人的枪口就逼在咱们胸口边上了呀！"

掌柜的愣了一会儿说："照你的意思，陆雄飞就一定得把人马借给日本人去打东北军？"

李穿石说："爸，管他打谁呢，只要日本人不跟咱们家过不去就成了。"

掌柜的问："日后日本人走了,东北军又在天津卫当了家怎么办呢?"

李穿石说："叫我看呀,日本人的势力十年八年是衰不下去的。真到了那个时候咱们再想办法嘛。"

掌柜的瞥了李穿石一眼,不再说话,喝酒的兴致已经全然没有了。

洗玉说："爸,我再给你把酒温一温去?"

掌柜的没情绪地摆手："不用了……"

这工夫,就听见院子里传来陆雄飞说话的声音,李穿石说："大姐夫回来了,正好……"

他赶紧迎出去,将陆雄飞叫进屋来。

陆雄飞见桌子上碟子碗的阵势,就知道李穿石已经跟掌柜的在这儿喝了好一会子酒了,他拎起衡水老白干的瓶子打量,一边说着酸话："嗬,跟老爷子喝酒,怎么也不想着我呀?"

没等李穿石应声,洗玉赶紧解释："穿石是来找我说事儿的,临时赶上这顿酒……"

李穿石对陆雄飞说："我找洗玉是说闲事儿,找您可是说正事儿。大姐夫,小野那边您怎么也得给他个回话儿呀。"

陆雄飞问："我不给他派人去成吗?"

李穿石摇头："我看不成,好歹您也得再给他派过些人去。"

陆雄飞瞅着掌柜的,掌柜的没吭声。

李穿石又说："大姐夫,识时务者为俊杰,咱们该服软就服软呀!"

陆雄飞看着掌柜的问："老爷子,您说到底怎么办?"

掌柜的琢磨了会儿说："我看这么着,小野借人的事儿,你先拖着,那十个弟兄嘛,也不能硬撤,要找机会溜回来。闹病呀、家里死人奔丧呀,拉开档子一个一个的撤……"

李穿石听了一个劲儿摇头。

陆雄飞也苦着脸道:"怕是没那样容易,小野可不是好蒙的主儿。"

掌柜的说:"走一步看一步吧,反正不能再借给他人了。再有,你也得跟你那十个弟兄讲在前头,万一真的撤不回来,赶上跟东北军开仗,那枪也得往天上放。千万千万不能朝自己人开枪。日本人不能得罪,东北军也不能得罪!"

李穿石忍不住地说:"我的老爷子,到了这个节骨眼上,两边都不得罪是绝对不可能的了。眼下这形势,宁可得罪东北军也不能得罪日本人啊!"

掌柜的恼火地说:"我就认一个理儿,咱们谁也不能得罪!"

陆雄飞叫起来:"要是我就一个人,才不怕得罪谁呢,要不是有这么一大家子人,逼急了我一撩脚跑到哪儿不成呀。"

掌柜的闷声闷气地说:"这事儿,你甭管我赵如圭,也甭管'恒雅斋',你就凭着你的良心办吧!"

说罢,他走上了楼。

李穿石悄声对洗玉说:"哎!老爷子真不开窍。"

洗玉埋怨道:"你也是,一喝了酒,说话也太冲了。"

李穿石委屈地:"我还不是为了这个家好,实话实说嘛……"

洗玉也赶紧走上楼去安慰掌柜的。

李穿石见四下没别人,就对陆雄飞说:"大姐夫,我再说句掏心窝子的话儿吧。老爷子没儿子,您又给他生了个孙子。这么大的家业,满库房的玉器古董,将来传下去,不都是小开岁的嘛。

324

就是为了这,您也犯不上得罪日本人呀,是不是?"

陆雄飞瞅着李穿石说:"兄弟,你这话算是说得明白,我陆雄飞也不是糊涂人。玉器古董也好,万贯家产也好,进了这个家门的,都有一份儿,你不会不惦记着吧?"

李穿石"嘿嘿"笑着:"我哪能跟大姐夫比呢,我早听洗玉说了,没有大姐夫,这摊子家业能不能保得住还是个问号呢。"

陆雄飞得意地说:"这也不是瞎话,兄弟,只要你跟我一条心把眼前的局面应付过去,日后该是你的决不会少一分的。"

李穿石说:"全靠大姐夫照顾呢……既然如此,小野那边您怎么也得再派些人马应对应对吧?"

陆雄飞琢磨着点了点头。

转天,陆雄飞瞒着掌柜的又给小野派了十个弟兄去,算是应付了小野,那几个弟兄去报到之前,他倒是也都按照掌柜的说的吩咐了一番。这个安排虽然远远没有满足小野的期望,可是面子上的工夫也做到了,小野心里颇不痛快,可又说不出什么来。

已经知道日本人要在天津搞名堂,掌柜的领着我一连好几天都猫在仓库里,把最值钱的玉器古董都挑拣出来装了箱,又托惠灵顿先生在英租界的银行租了几个大保险箱,准备着只要时局一吃紧,就把那些宝贝藏到英租界去。那些日子里,我们可以说是提拎着心过生活,整天支棱着耳朵听外边的消息,特别是来自日本租界的消息。他还带着我特地到了北门里的赵如璋家里,把日本人准备在天津闹事儿的消息跟哥哥说了,一来叮嘱他们家有个准备,二来想跟哥哥商量商量,一旦风声紧了老太太的安置去向。

照例,掌柜的每次到赵如璋家,总是不会空着手。他拿上两盒印度产的马蹄士大烟土,路上又买了些酱牛肉、酱猪头肉和孩子们最爱吃的红豆糖、酸枣糕,拎在手里满满的一大包子。一进赵如璋的家门,他那几位小子、姑娘就欢天喜地地围拢上来,他们知道,这个开玉器店的叔叔每次来都会捎些好吃的玩意儿。虽说跟哥哥嫂子一直是别别扭扭的,可掌柜的对这一帮子侄子、侄女还是蛮喜欢的,瞅见他们说说笑笑地吃着红豆糖和酸枣糕,掌柜的开心地看着。

赵如璋打量着面前的印度马蹄士大烟土,乐得嘴都合不上:"瞧你兄弟,每次来你都破费,下次来可别这样了……"

嫂子古氏一边把酱肉往厨房里收拾一边说:"他爸,你这就跟兄弟见外了不是,兄弟那边买卖兴隆,日进斗金,他有心关照关照你这当哥哥的,你倒跟他客气起来了,真是不开窍。"

掌柜的实在厌烦这个嫂子,不愿意在这儿坐久,赶紧把话转到正题上,将日本人准备在天津卫闹事儿的话儿又学了一遍。

听了掌柜的话,赵如璋并不意外,前些日子他从来瞧病的市政府官员嘴里边也探听到日本人准备在天津折腾事儿的消息。他对掌柜的说:"我看日本人未必敢在天津折腾,东北军的人马早已经是干柴烈火,恨不能找个茬口跟日本人大干一场呢,他们还不明白这个理儿?"

掌柜的说:"日本人可不是讲理的,咱们还是有个提防好。"

赵如璋说:"兄弟,我这儿穷得叮当响,要吗没吗,日本人就是真的闹起事儿来,我一家六口拔腿走人就得了。我倒是担心你那'恒雅斋',树大招风啊!万一有麻烦,咱娘住在你那儿可就不保险了。"

掌柜的问:"我也是在琢磨这事呢,英租界倒是安全些,可老太太就是不愿意去那地方。到乡下吧,十天半个月倒好说,要是呆上几个月,怕娘就苦不了啦。要不这样,一旦有什么风声,就把娘接到您这儿住，一切费用还是我出，如何？"

赵如璋说："也好，反正我是个穷郎中，就是敞开大门贼都不愿意进来的，娘住在这儿起码有个清静……"

古氏赶紧插过话来说："如圭呀，我们早就想把娘接到这儿来，好好伺候伺候她老人家呢，可是你那家里的条件我们家是不能比的。娘在你们那儿吃啊，喝啊，睡啊，都已经是讲究惯了的，真的到这儿来，我们倒是欢喜了，可她老人家一准是不习惯的。对上年纪的人来说，这不习惯不就是遭罪吗？你们也别听风就是雨，日本人闹事儿不闹事儿还没准呢，别先把老太太折腾出毛病来。"

听老婆这样说，赵如璋也改了口："这样吧，瞅瞅往后的局势有什么动向，再说吧。"

掌柜的心里恼恨这个刁钻的嫂子，可嘴里也不好说什么，只能点头告辞了。

见掌柜的要走，赵如璋又拿话拉住了他："兄弟，有几句话我当哥哥的一定得说出来，说轻说重你可别往邪里想啊。"

掌柜的说："哎，您是我哥，说什么还不是都为我好吗……"

赵如璋说："眼下全天津卫恨日本人恨得都咬牙根儿呀，我怎么听说你那个大女婿陆雄飞跟日本人反而更亲近了呢？"

掌柜的敏感地问："这话您从哪儿听来的？"

赵如璋说："人家都这么传，说是码头上从日本来的船，都叫陆雄飞包了，给日本人最卖力气的脚行就是陆雄飞的……哎，还有更难听的呢，我就不学给你听了。兄弟，虽然说女婿是外姓人，你这当老丈人的也得管管呀。"

听了这话，掌柜的自然心里不舒服，但是赵如璋说的也是实情，他叹道："哥，平日里该说的我都说了，嘴皮子都磨薄了，还不就是怕晚辈们招惹麻烦?不过您也放心,雄飞不过也就是图多赚日本人几个子儿,出大格的事他也不敢干。"

赵如璋说:"这年月,跟日本人来往多了就是惹事的苗子,你能不能劝劝他,躲日本人远点儿?"

掌柜的说:"他就在码头当管事,日本人找他装船卸船,他能不干吗?"

古氏上前插嘴道:"我看哪,钱倒是赚了,可名声也臭了。谁都知道陆雄飞是我们亲戚,街坊邻居要说起难听话来,我们的脸面往哪儿搁呀? 你当老丈人的,可得管管啦! "

掌柜的道:"嫂子,雄飞是个什么身份、什么脾气你们也知道,我的话他听得入耳吗?"

赵如璋说:"我知道你也难,可这兵荒马乱的年月,咱们赵家人哪一个走偏了道儿,说不定都牵连这一大家子呀。"

掌柜的赶紧说:"哥,您和嫂子把心都搁在肚子里,我们那边不管出了多大的娄子,也绝不牵连您这儿,绝不! "

古氏说:"话虽这样说,可是天津卫的人都知道赵如璋是你哥,我是你嫂子,你们那边出了麻烦,我们当哥嫂的名声还不是一样受连累。"

我见掌柜的气得脸都青了,我就气不忿地说:"婶子,您这话就有些难为我们掌柜的了。照您这个理儿,要是这边出了什么不上脸的事儿,我们那边也就没法过日子了吗? 可也没有呀。"

听了我这话,赵如璋像是噎着了。

一边古氏却撺儿了,她指着我的鼻子呵斥道:"你算是哪棵葱哪头蒜?我们赵家人说自己的事儿呢,谁要你在这儿当多嘴驴了?"

我气坏了,冲她顶撞道:"我也姓赵,掌柜的好心好意来瞧

328

你们,你们却这么挤对掌柜的,凭什么呀?!"

古氏眼睛瞪得滚圆,冲我叫:"你姓赵?谁不知道你这个赵字儿是白白捡来的!"

这话可捅在我的心口上了,特别是那个"拣"字,明明是讥讽我是掌柜的收养的。我更火了,要冲古氏吼叫,掌柜的冲我吼道:"德宝,你疯了吗?大人说话再不在理,当小辈的也得老老实实听着!"

掌柜的这一嗓子,古氏也就不再喝喊了,赵如璋也赶紧劝老婆,古氏嘴里头嘟囔着什么走开了。

就这样,我跟掌柜的憋了一肚子气儿出了赵如璋家门儿。

一直到了九月底,日租界那边并没有什么动静,天津的市面上除了人们已经见惯了的时不时出现的抗日示威游行外,老百姓好像又跟往常一样的过日子。陆雄飞又从臭咧咕那里打听来消息说,日本人并没有闹事儿的打算,而是因为怕东北军报复"沈阳事件",冲进日租界,才急着征集人马发枪发炮保卫日租界的安全。再又瞅见人家商号、铺子都照样儿做着买卖,掌柜的也就渐渐地松下心来。"恒雅斋"的生意虽然比不上"沈阳事变"之前红火,可还是没断了赚钱。

到了那年十月初,一直住在学校里的怀玉突然回家了,老太太高兴得不得了,把掌柜的给她买的吃食儿都拿到饭桌上,说是提前过重阳节。掌柜的自然也是高兴,特意从饭馆里叫来了烤鸭,合家吃了一顿热腾腾的饭。小开岁见了怀玉,竟然还不认生,嘴里还含含糊糊叫出"姨姨"来,喜欢得怀玉在他的小脸蛋上亲个没够,洗玉还拿出自己结婚准备穿的嫁服给怀玉瞧,姐几个"叽叽嘎嘎"说不完的亲热话儿。其实,全家人里,最高兴的还是我,尽管我知道她已经跟郭大器好上了,可是看见她我这心里头还是"咚咚"地乱跳。在饭桌上,当着全家人的面儿我还是忍不住地多瞅了她几眼, 只恨不能单独找个机会跟她说几句亲热话儿。转念想到自己把郭大器"卖"给东北军的事儿,又不免有些心虚羞愧。

吃过了饭,掌柜的问怀玉:"你总算是回家了,外边的事儿也忙得差不多了吧?"

怀玉将掌柜的拉到一边悄声说:"爸,我回来是有要紧事儿的。"

掌柜的纳闷儿:"什么要紧事儿?"

怀玉说:"郭大器说要来家见您。"

听说郭大器要来,掌柜的吓一跳,说:"郭大器?他见我干什么? 不见! 不见! "

怀玉笑道:"爸, 您干吗这样紧张嘛。人家已经不是囚犯了。"

怀玉告诉掌柜的,郭大器已经恢复了军籍,担任东北军独立十五旅步兵一营的侦察连连长。

掌柜的有些意外,说:"哦? 他又当上了军官了? 是个好事儿,可小野还要抓他呢,他还敢出头露面吗? "

怀玉说:"哼,小野现在可不敢随便碰他了,东北军官兵心里都埋着一桶炸药,有一丁点儿火星都会爆炸,就算是小野敢动大器,他的上司也不敢答应呀。"

掌柜的问:"郭大器是不是想要我把闺女给他做媳妇儿? 我可跟你说,你们两个的事儿叫报纸上吵嚷的都成了新闻了,我再见他,保不齐又传出什么不中听的,我不见。"

怀玉闷声道:"爸,不管您是点头还是摇头,我这辈子就跟

330

定郭大器了！"

掌柜的看着怀玉,他没料到怀玉竟会说出这般夯实的话来,惊讶得一时说不出话来。

瞅见掌柜的吃惊的样子,怀玉又笑了,扯住掌柜的胳膊说:"爸,郭大器可是个好人,时间长了您就了解他。您可以慢慢品他嘛……"

掌柜的说:"你们已经私订了终身,还品什么品?"

怀玉笑道:"好,好,先不说这,大器今天来找您可是因为公事儿。"

掌柜的问:"公事儿? 我一个买卖人有什么公事儿? "

怀玉说:"我也不清楚,等见了他您就知道了。他还特意嘱咐了,他来找您不能给家里别的人说。"

果然,转天上午,怀玉陪着郭大器真的进了"恒雅斋"的门儿,掌柜的怕家里人见到他,特意把他让到"恒雅斋"门脸里最里边的那间房子里坐下。

听说郭大器要来家里,我心里就一个劲儿地打鼓,要不是出了"沈阳事件"万幸让他活下来,我赵德宝就要欠他一条性命了。所以郭大器进门之前我就躲到后院里没出来。听见掌柜的在前边叫唤沏茶,我便求璞翠送过去了。反正打定了主意不见那个冤家。可偏偏的掌柜的又叫起我来。

掌柜的喊:"德宝,你猫到哪儿去了? 郭连长要见你呢。"

听到这话,我心里一颤,脚底下发软,但是又不能不过去呀,只得硬着头皮走到前面去。见郭大器并没有穿军装,一身青色的长衫坐在那里跟掌柜的说话。怀玉在一边坐着。

郭大器瞅见我,,劈头就是一句:"好你个德宝,你小子真不够意思!"

我心里一阵乱跳。

郭大器走到我的跟前,拍拍我的肩膀说:"今儿个进你们家门了,怎么也不露个面呀?"

我赶紧解释:"我……我不是在后边忙着嘛……对不住……对不住……"

郭大器说:"快别这么说,兄弟,你跟掌柜的都是我的救命恩人啊!我既然来了,就得见面再说声谢谢呀。"

"不用,不用……"我心口松了下来,可是脸上臊得火烫火烫,幸好他没有察觉。

虽然已经知道郭大器又当上了军官,但是掌柜的对他仍然有几分戒备,客客气气地寒暄,说话却很是谨慎,他问郭大器:"听怀玉说,你又当上连长了?"

郭大器一笑:"金团长收留我了,戴罪立功呗。"

掌柜的又问:"怀玉说,你找我有公事儿?"

郭大器点头,看了一眼怀玉,说:"伯父,我跟怀玉已经是朋友了,在我心目中,您就是我的长辈了。对您也就不绕圈子说客套话了。这事呢,跟怀玉的大姐夫和洗玉的未婚夫李穿石都有关系……"

掌柜的听到这儿就紧张起来:"什么事儿?"

郭大器说:"最近我们发现日本人招集了很多在天津的失意政客、无业游民、地痞流氓搞武装训练,估计是要在天津折腾什么事儿。在那些人里,我们发现有陆雄飞手下的人,像陆小飞,我在码头脚行干活时都认识的。据说,是小野特意向陆雄飞借去的。请您务必劝劝陆雄飞,千万不要跟日本人搅和到一块儿,那样是很危险的。"

掌柜的说:"那些人是小野死皮赖脸朝雄飞借去的,说是搞建筑，雄飞确实不知道这里边的内情，郭连长一定得给担待着些。"

郭大器说："我就是没把您当外人，才特意来提个醒。"

掌柜的赶紧谢了，又问："李穿石是什么事儿？"

郭大器说："根据我们的情报，李穿石跟小野走得很热乎，您大概还不知道，小野就是日本关东军特务在天津的代表。"

掌柜的说："穿石跟小野认识我也是知道的，他是市政府的日本话翻译，干的差事就是跟日本人打交道呀。"

郭大器摇头道："可没那么简单。最近发现他跟小野接触的特别频繁，我们怀疑他跟小野还有更密切的关系。"

掌柜的忙说："穿石？不会吧？"

郭大器拿出一摞子照片给掌柜的看："我原来也不信，可是看了这照片，对他我就不能不打个问号了！"

掌柜的赶紧打量照片，一瞅就知道都是偷偷拍下来的。有李穿石跟小野等一群日本人在一块儿喝酒的、打高尔夫球的，有李穿石跟小野在饭店里说话的、还有李穿石跟几个日本军官在花园里看日本娘们儿跳舞的……

打量着那些照片，掌柜的不禁问郭大器："这么说，你们一直在盯着他？"

郭大器说道："原本不是盯他，是在盯着日本人，盯着小野，这才发现他跟小野的关系不一般。"

掌柜的说："市政府常常派他跟日本人打交道的，你们可别闹误会了。"

郭大器诚恳地说："我也希望都是误会，您老是救过我的命的，我只想着能有个机会报答您。再有跟怀玉有了这层关系，我把您和家里人都当成自家人，眼下时局瞬息万变，日本人又是特别地阴毒狡猾，就怕李穿石太年轻，涉世不深，入了小野的套儿，所以我特意来给您提个醒儿。"

掌柜的见他说得中肯，不由地点头谢了，答应要向陆雄飞和李穿石提个醒儿。

郭大器又说："这一阵时局太乱，日本人跟我们东北军正是针尖对麦芒较着劲呢，一丁点火星子都可能在天津卫引起大乱子来。这时候，我只求您全家人都平平安安，顺顺当当的。"

掌柜的再次谢过郭大器，又问："前一阵子听说日本人要在天津卫闹事，可一直又没有什么动静，到底是真的还是瞎忽悠的？"

郭大器说："要闹事的是日本驻军，他们就想着把天津卫搅和乱了。但是日本驻天津的领事反对在天津闹事儿，照这情况看，大概一时半会儿还不至于。"

掌柜的微微松了口气儿，就把话题转到怀玉身上了："郭连长，您刚才说跟我们怀玉已经做了朋友……我们虽说是个小门小户的人家，可也有自己的家规，女儿找人家总得要长辈点头的，您跟怀玉的事……"

郭大器赶紧起身说："赵伯父，我跟怀玉确实是真心相好，不说别的，就单冲她冒死跑到军事法庭上为我抱打不平，我就得好好照顾她一辈子……"

掌柜的忙说："慢着，慢着……怀玉还是个学生，处事不知深浅，您毕竟在利顺德饭店救过她的命，她为您抱打不平也是应当的，至于你们两个一辈子的事儿吗……容我们家里再商量商量……"

郭大器没料到掌柜的说出这样的话来，张口结舌一时不知如何是好，他回头找怀玉，才发现怀玉不知道什么时候出去了。

掌柜的吩咐我："德宝,给郭连长斟茶。"

这口气就是要送客了。

郭大器焦急了,说话都有些磕巴了："赵……伯父,您……听我……说……我跟怀玉是生死之交呀!我确实是很喜欢怀玉呀,她也真的喜欢我呀!"

掌柜的起身说："这样吧,回头我再跟怀玉了解了解……"

瞅见掌柜的摆出个送客的身姿,郭大器只得起身朝外走去。

郭大器刚刚要出门儿的工夫,却见怀玉搀扶着老太太从后院走了进来,老太太嘴里还念叨着："怀玉的对象来了?快叫我瞧瞧……"

掌柜的没料到怀玉竟把老太太请了下来,他只得把郭大器给老太太作了介绍。

老太太从头至脚地打量郭大器。

叠玉和洗玉也都赶了过来打量郭大器。

怀玉凑到老太太耳朵边说："奶奶,大器一直说要来给您磕头呢。"

郭大器冲老太太一个麻利的军礼,大声说道："独立十五旅步兵一营侦察连连长郭大器向老奶奶敬礼了。"

这一来把全家人都逗乐了,老太太笑得眼睛眯成一条缝儿,叠玉和洗玉也笑出声来。

老太太一边打量郭大器一边问："二十几啦?"

郭大器又磕巴起来："我……二十……二十……"

怀玉赶紧救驾："奶奶,他二十六岁。"

老太太捏捏郭大器的胳膊说："小伙子挺壮实的嘛。"

叠玉说："当然了,奶奶,人家是当兵的嘛,身体自然是棒棒的呢。"

洗玉打量着郭大器："奶奶,您听人家这名字,郭、大、器,成才者不稀罕,成器者可是少见呀,还是我二姐会挑女婿。"

这姐两个你一言我一语的,把郭大器闹得红了脸。

怀玉笑着央求道："哎哟,你们俩就饶了他吧。"

叠玉笑道："哎,你就这么宠着他呀?我们还没说什么呢。"

洗玉又对郭大器逗趣道："我大姐嘴巴一向老实,保证难为不了你的。可我这当妹子的就不必讲那么多的规矩了吧,是不是呀?姐夫?"

郭大器张皇地："没什么,没什么……随便,随便……"

洗玉冲怀玉说："二姐,听清楚了?我姐夫可是说了,随便!"

她凑到郭大器耳朵边问了句什么, 只见郭大器脸顿时通红起来,眼睛望着怀玉求助。

见状,怀玉也红起脸,她捶了洗玉一拳："你就造孽吧,等李穿石来娶你的时候,看我怎么收拾他!"

见几个姑娘叽叽嘎嘎闹个没完,掌柜的说："没规矩,听奶奶说话。"

姐三个这才消停下来。

老太太瞅着郭大器问："你是真的喜欢我们怀玉吗?"

洗玉逗趣道："奶奶,瞧您问的,岂止是喜欢呀,人家在利顺德饭店救过我二姐的命呢,他们一准是前世的缘分呢。"

老太太又问："找我们家的闺女做媳妇,可都是要倒插门当女婿的,你愿意不愿意呀?"

郭大器被问傻了："什么叫倒插门?"

大家又都笑起来。

叠玉说："倒插门就是媳妇娶你,不是你娶媳妇,将来生了儿子要随娘家的姓,你干不干呀?"

郭大器憨憨地笑道:"行,行,怎么都行,只要怀玉喜欢就行……"

叠玉笑道:"这位可比当初开岁他爹答应得痛快多了,小妹,回头呀叫你们那位李穿石也得这么爽爽快快地对奶奶说一遍。"

洗玉说:"可以呀,我大姐夫重新对奶奶说一遍,我就叫穿石再说一遍。"

老太太笑道:"哎,既然定下这门亲了,二子,咱们总得给个见面礼吧?"

掌柜的忙应声,随手拿来一件玉菩萨递到郭大器面前说:"男戴观音女戴佛,这件玉观音就算是我们赵家的见面礼吧。"

洗玉在一边逗笑说:"二姐,快给二姐夫戴上呀。"

怀玉大大方方地把玉观音挂在了郭大器的脖子上。

郭大器连声称谢。

叠玉拍手笑道:"好,好,有这观世音菩萨保着,你就是去打仗也是平平安安的了。"

洗玉眼尖,瞧见郭大器脖子上早已挂着怀玉的那件玉虎挂件,就叫起来:"爸,您这挂件呀,可是送晚了。没瞧见二姐的挂件早在人家身上了。"

怀玉捶了洗玉一拳:"就你眼尖!"

洗玉说:"哈!这就是定情之物吧?是不是,二姐夫?"

郭大器更是红头涨脸,他把那玉虎挂件放到怀玉手上,说:"伯父给了玉观音,这个,你还戴着吧。"

洗玉说:"爸送的再好,也比不了二姐送的呀。是不是呀?"

怀玉在洗玉胳膊上掐了一把。

老太太拢着耳朵问:"洗玉说什么呢?"

337

叠玉笑着在老太太耳朵边喊:"奶奶,洗玉发坏,折腾郭连长呢。"

老太太笑着对洗玉说:"傻丫头,过些天就是你的喜日子,留神他们折腾你呢……"

洗玉大声说:"奶奶,我不怕。到时候随他们折腾……"

这老少人的说说笑笑,把掌柜的也逗乐了。怀玉到底是个机灵姑娘,她知道掌柜的不会痛痛快快地同意自己跟郭大器的事儿。老太太一露面儿,就让全家人把郭大器认可了下来。

全家人笑得开心,我可笑不出来,瞅瞅白天黑夜都活在自己脑子里的怀玉,再瞅瞅被自己"卖"过的郭大器,我心里像打翻了五味瓶似的,格外不是个滋味。

郭大器出了门儿,掌柜的买卖也不做了,一个人坐在当院儿守着壶茶闷闷地喝着。看得出来,郭大器说的话在他心里翻来覆去地折腾。

当晚陆雄飞一回来,掌柜的就把郭大器来的事儿告诉了陆雄飞。

听说东北军已经知道自己把人借给了小野,陆雄飞脸色就变了,说话都结巴了:"那,那,怎么办呀?要不我赶紧把人都撤回来?"

掌柜的摆手说:"那样不又把日本人惹毛了吗?"

陆雄飞:"东北军也不好惹呀!到底该怎么办呀?"

掌柜的说:"郭大器跟怀玉的事儿已经定了的,起码他还不至于难为咱们。他答应尽量替你担待着。"

陆雄飞松了口气。

掌柜的说:"不过,你的人还是要想办法一个个地撤回来,可是有一点得记住,能不惹恼日本人就不惹。"

陆雄飞点头,答应抓紧安排。

不知道为什么，掌柜的没把郭大器说李穿石的事儿告诉陆雄飞,想必是掌柜的知道陆雄飞跟李穿石本来就较劲儿,不愿意再让陆雄飞借碴儿裹乱。但是对李穿石,掌柜的心里头的那个问号是越来越大了。

日子一晃就进了十月中旬了，一算时间，离洗玉结婚的大喜日子还有十多天。那些天洗玉就加紧了忙活自己的婚事儿，几乎是天天拽着李穿石跑各个租界置买结婚用的东西。李穿石说日租界里他认识几家服装店老板，衣裳好看价格又便宜。洗玉说，你真没脑子，满天津卫都在抵制日本货，你还想叫我穿着日本人的衣裳结婚吗？所以他们就跑到英租界、法租界去挑选衣裳。

那天洗玉欢欢喜喜地进了家门，把从租界里买来的西洋吃食儿给大家伙解馋，一边拿出双皮鞋给我们瞅，说是在意大利租

第二十一章

界买的意大利皮鞋，还穿在脚上给大家看，叠玉和璞翠都说好。我就看不明白这意大利皮鞋怎么就值几十块现大洋？但是为了不让洗玉扫兴，也就随着大伙儿说了几句好话。这工夫，掌柜的从前面柜台走回院来，洗玉又叫掌柜的瞅自己的新皮鞋，掌柜的只是瞥了一眼"嗯"了一声。

洗玉是个很敏感的人，见掌柜的操持婚事儿不像往日的那样上心，就有些不高兴，又不便直接跟爹说，就托叠玉向掌柜的问个明白。

掌柜的说："眼下时局乱哄哄的，恐怕不是办喜事儿的时机，再过过看吧。"

340

听姐姐传过这话来,洗玉沉不住气了,干脆就直接来问掌柜的:"爸,十月三十号可是你们长辈们都定好了的日子,那一天阴历阳历都是双,错过去不合适吧?"

掌柜的闷了半天说:"眼下是兵荒马乱,日本人在东北、锦州都开了仗,天津卫能不能有个踏实日子过还难说呢,我想过门子的事儿再过过吧……"

洗玉立刻委屈地撇起嘴来,眼泪"吧嗒、吧嗒"地往下掉。

掌柜的最看不得女儿这个样子,赶紧说:"咱们再商量,再商量……"

碰巧老太太又发下话来,说是要在重阳节那天把三个进了门的和没进门的孙女婿都招集一块儿吃顿饭,合家热热闹闹地高兴高兴。

掌柜的对老太太说:"娘,您的意思我明白,可是眼下的形势可不好把郭大器和李穿石聚在一块儿吃饭的。"

老太太问:"为什么呀?"

掌柜的说:"郭大器是东北军的人,李穿石又整天跟日本人打交道,难免东北军的人对他有些看法儿。这凑到一块儿万一哪句话说得不投机了,反倒不愉快了。再说,日本人在东三省闹事儿,满天津卫都人心惶惶的,咱们家太热闹了叫街坊们知道了也不好。"

老太太听了,觉得也有道理,就说:"那就家里人自己吃个饭吧。"

一听说重阳节不请李穿石到家里来,洗玉自然又拉下脸,见郭大器也没到,她又说不出什么。酒席上,她好歹吃了几筷子就说胃口不好自个儿回屋去了。见洗玉不开心,大家都少了几分喜兴。怀玉胡乱吃了几口,就匆匆回学校去了,掌柜的知道她是学生会的头头,这些天一直在忙抗日宣传和救济东北难民,强留她在家里也是不可能的,索性随她去了。剩下了叠玉、璞翠我们几个晚辈尽着气力陪老太太和掌柜的说话,敬酒,总算把这桌酒席支撑下来。

喝了几杯酒的老太太说头有些发晕,叫璞翠搀着她回楼上去睡觉。掌柜的也跟着上去扶持老太太,酒席上就剩下陆雄飞跟我一个。

陆雄飞见没叫李穿石到家里过节,就猜出掌柜的已经开始对未来的三女婿有戒心了,很是开心,他趁全家人都离开席的机会问我:"德宝,老爷子对李穿石那小子是不是有点厌烦了?"

我知道陆雄飞跟李穿石是对冤家,所以不敢对他说一句撂底的实话,可是陆雄飞一个劲地灌我的酒,喝到后来,我自己就管不住自己的嘴了,就把掌柜的对李穿石的担心都说给了陆雄飞。

陆雄飞冷笑地说:"天津卫马上就是日本人的天下了,李穿石跟日本人腻乎在一起,掌柜的日后不还能沾三姑爷的光嘛。"

当时酒劲儿直冲脑门,我把心里话都抖搂了出来:"沾吗光?掌柜的还不知道呢,李穿石还没进这个家门,就早早打家产的主意了。"

陆雄飞眼睛睁好大,忙问:"哦,他怎么打的主意?"

我就把李穿石趁怀玉求他搭救郭大器的机会,蒙骗怀玉把玉器古董清单给他抄了一份儿的事儿对陆雄飞说了。说者无心,听者有意,陆雄飞打定主意要跟掌柜的揭穿这事儿。

到了十月中下旬,天津、北平、广州、上海、南京、汉口等大城市又爆发起新的一轮抗日活动,学生罢课,工人罢工,商人罢市,有的地方还成立了义勇军和义勇队,强烈要求国民政府对日本开战。原本缩头观望局势的天津各个商会也开始大起声来要求政府断绝与日本国的经济来往，抵制日货。在其他商会都开了爱国抗日大会之后，天津卫的古董文物商会也招集各个商号的老板开了个会，宣布今后哪一家店都不能跟日本人有买卖来往，又要求国民政府停止内战，一致抗日。在会上，还号召各位老板给流落在天津的东北难民募捐。在那种人多的场合，掌柜的从来不出头多说话，到捐款的时候，他一声不吭地走到桌子前，工工整整地在认捐书上写下"恒雅斋认捐现大洋一千块"几个字儿。这可是各个商号中最多的一家。商会的头头唱捐念到"恒雅斋"认捐现大洋一千块的时候，嗓门都大了一倍，顿时招来全场好一阵叫好声。

那天我是跟着掌柜的一块儿去的，一直站在大厅门口听着会场上的动静，见大家伙都冲掌柜的拍巴掌，我可是神气了。

见人家这么拍巴掌，掌柜的不得已，只得站起来冲大家伙猫猫腰。

这一来，坐在掌柜的旁边的，只认捐了现大洋五十块的锅店街"万得昌"的胡老板脸上就不是颜色了。

偏偏这时候有人说："胡老板，您的买卖跟'恒雅斋'差不了多少，人家赵老板一千块，您才五十块，您也太那个了吧？"

胡老板尴尬之极，鼻子哼哼了几声，说："我哪里比得了赵老板呀，人家有日本人当财神爷，有的是钱嘛……"

掌柜的听得真切，自然气恼，他道："胡老板，您舌头底下可得积德呀，狗屎盆子别随随便便往别人身上泼呀！"

胡老板还嘴道："我姓胡的说话从来是有根儿有叶的，难道日本人不是你们赵家的财神爷吗？"

掌柜的说："你姓胡不假，可是给别人安肮脏也不能胡说胡

343

道呀！"

胡老板嗓门大了起来："我胡说胡道？嘿！满天津卫谁不知道你大女婿陆雄飞是专门伺候日本人的？沈阳事变之后，天津卫人人都躲着日本人，可就他照样儿给日本人卖命，为吗？还不是日本人给大把的银子！"

胡老板的话引起大厅里一片议论声。我真恨不能上前去给那王八蛋胡老板两耳刮子。

掌柜的有些尴尬，他说："陆雄飞在码头给日本人装货卸货那是生意上的事儿，既然今天大家伙都呼吁不准再跟日本人有生意上的来往，我在这儿就打个包票，打明天起，我保证陆雄飞不会再给日本人干活儿了！"

胡老板说："喊！反正日本人的钱已经赚够够的了，说不定'恒雅斋'认捐的钱里头啊，就有日本人的钱呢。"

掌柜的气得脸都涨红了，但是语气却平缓下来，他说："诸位都是老熟人了，我赵如圭是个什么样的人？'恒雅斋'赚的钱干净不干净，想必大家心里头都有一杆秤，都有一份公道的说法。平日里生意上的竞争难免有个输输赢赢，可也犯不上拿日本人说事儿呀！身正不怕影子斜，心里没鬼不怕半夜鬼叫门，所以我不怕乱嚼舌头根子的，更不怕红着眼睛，歪着肠子眼说邪话的东西。"

撂下这几句话，掌柜的一转头就带着我出了大门。

掌柜的出了商会，一路上低着脑袋走道儿，快到家了，他突然转身说："走，去码头！"就又带着我直奔了陆雄飞码头。虽然在外人面前他要尽力为陆雄飞遮挡难听的话儿，可是心里头对陆雄飞也气得要死，都到这节骨眼上了，他为了赚钱还在替日本人装船卸货，难怪人家要气要骂。

待我们到了海河边，远远地就看见码头上吵吵嚷嚷地聚着许多人，走近打量，才看清楚是许多学生在跟陆雄飞的手下人争辩。

再看去，见许多学生拦在码头的跳板前，不准脚行的苦力们卸货。还不时高喊着口号："打倒日本帝国主义！罢工罢市！抵制日货！誓血国耻！"

掌柜的赶紧地叫脚行的人找陆雄飞，人家说陆雄飞正在仓库里边跟学生头头谈判呢，掌柜的说，自己是陆雄飞的老丈人，有急事儿的。那人才跑进仓库。不一会儿的工夫，陆雄飞气哼哼地走来。

他苦笑道："老爷子，您轻易不到我这码头上的，怎么专挑了这么个节骨眼上来呀？"

掌柜的说："雄飞啊，满天津卫都在骂日本人呢，你这儿可不能再给日本人装船卸货了呀！"

陆雄飞说："哎哟！您瞅瞅，眼前的是哪国的船？"

掌柜的望去，见那船上挂的是英国的米字旗，纳闷地问："英国船？那学生们为什么……"

掌柜的话音儿没说完，四周的学生又高呼起口号："罢工罢市！抵制日货！一致抗日！誓血国耻！"

陆雄飞愤愤地指着学生说："您瞅瞅？不能给日本人干，连英国人的活儿也不能干了。"

掌柜的说："如今就这局面嘛，那你就顺坡下驴，快收摊子吧。"

陆雄飞："我就是收摊子也得把这船货给人家卸完了吧，我都收了人家的定金了呀！"

掌柜的："把定金给人家退回去不就得了。"

陆雄飞眼睛睁得老大："退回去？六千块现大洋呀！"

掌柜的焦急地："都火烧眉毛了，六千块算什么呀？得，得，你要是心疼我替你出这六千块，成了吧？"

陆雄飞摇头说："不光是钱的事儿，我陆雄飞从来是说一不二的，干了一半儿的活愣给人家撂下了，这算是什么事儿呀？日后我在海河边还怎么混呀？您不是总说干生意最要紧的是诚信两个字儿吗？"

掌柜的说："哎呀，这时候你就别嚼死理儿了，再说了，学生们把这儿都围起来了，你还能干吗？"

陆雄飞说："您要是说句话兴许这些学生们还能闪到一边儿去。"

掌柜的听不明白："我？学生能听我的吗？"

陆雄飞撇撇嘴："您知道这些学生都是谁领头儿带来的？咱们家的二小姐！"

掌柜的一愣："怀玉？"

陆雄飞说："除了她还能是谁呀？刚才我就是在跟她谈判呢。她那架势都快把我活吞了……"

掌柜的跟着陆雄飞走进仓库，我也赶紧跟着过去。

进了仓库，见怀玉正跟几个学生商议着什么，我情不自禁地喊了声："怀玉……"

怀玉扭脸看见掌柜的，一愣："爸，您到这儿来干什么？"

陆雄飞说："哎，听说你在这儿为难自家人，老爷子当然要过来看看了。"

没等掌柜的开口，怀玉就说："爸，全天津卫都罢工、罢市了，其他码头上也都不干活儿了，惟独这儿还没事似的干得挺欢……"

346

陆雄飞叫:"我的姑奶奶,我这又不是给日本人干,这是英国船。"

怀玉:"英国船也不应该!为什么罢工、罢市?就是为了抗议日本人的罪行,表示咱们中国人誓血国耻的决心!人家都罢工了,偏偏就你这儿不罢工,是不是想告诉日本人你们这些人对他们的罪行无所谓呀?"

陆雄飞冲掌柜的说:"您听,您听,就这话茬儿。我不过是遵照合同给人家卸货,这就是罪过了,这光天化日的,还有地方讲理吗?"

怀玉:"你就是想着赚钱!为了钱,国家的危难和耻辱你都不管了!"

陆雄飞叫:"我不赚钱行吗?没有钱,你姐姐和你小外甥喝西北风去呀?"

怀玉也叫:"你少来这一套,你赚的钱还少吗?足够你折腾八辈子的了!"

掌柜的赶紧把怀玉拉到货堆后面低声说:"怀玉,你不看大姐夫的面儿也得看你姐的面儿吧?跟自家人吵得红头涨脸,也不怕叫人家笑话?"

怀玉叫:"爸,就是因为是一家人,我才受不了呀,我去动员人家罢工、罢市,可是人家反问我,为什么不去管管你大姐夫?我怎么应对人家?"

陆雄飞在货堆那边叫:"你还不就是要拿我开刀,好给你扬名儿,当爱国英雄!"

怀玉要回嘴说什么,叫掌柜的拦住,他说:"怀玉,总这样僵着也不是回事儿呀。这样,你叫学生们就退一步,让他们把这船货卸完,他们接着就罢工,怎么样?"

怀玉跺脚道:"爸,国家都危亡到这个地步了,您还要和稀泥呀?! 罢工、罢市是全天津的统一行动,他们不罢工我们就不走!"

掌柜的又走到陆雄飞跟前说:"雄飞,船主也该瞅见这场面了,你卸不了货,他也能理解吧?"

陆雄飞叫:"别,我绝不能在船主那儿栽了面儿! 学生们再不讲理我就不客气了!"

怀玉说:"大姐夫,你还想欺负我们这些学生吗?"

陆雄飞叫:"甭跟我说什么学生,谁挡我的道儿谁就是跟我们弟兄们过不去! 是不是呀? 弟兄们?"

陆雄飞一声吆喝,守在仓库门口的手下立刻应声:"对!"

跟进来的学生们也不示弱,喊起来:"你们要干什么?!"

陆雄飞粗着嗓门说:"我陆雄飞在这码头上混了十来年了,下油锅,剁胳膊的阵势我都经历过了,还怕几个毛孩子吗? 你们要来文的还是要来武的,我都奉陪!"

听见这话,陆雄飞手底下的几个人冲进来,撸胳膊、挽袖子,抢着棍子冲怀玉和学生们叫嚷着。

学生们也不服气,冲那些人讲着理儿,喊着喊着,双方的情绪越来越激动,眼看就要动起手来了。

掌柜的赶紧拦在中间劝说着:"别,别……"

怀玉喝道:"大姐夫,我们是学生,到这儿不是跟你们打架来的,是来劝你们一块儿爱国抗日的。你们这是要干什么?!"

看见怀玉要吃亏,我忙挡在怀玉前面,央求陆雄飞:"大姐夫,别,别呀,您跟怀玉可是一家人呀!"

掌柜的对陆雄飞警告道:"雄飞,叫这些人都撤了,你们五大三粗的难道要跟学生动家伙吗?"

陆雄飞憋了好一会儿的气,冲自己的人摆摆手。

手下人退开几步,但是仍然绷着劲儿。

怀玉鄙视的眼神儿瞥着陆雄飞,说:"爸,您就快回吧,省得人家六亲不认混横不讲理,动刀动拳头的伤着您。"

陆雄飞冷笑道:"赵怀玉,你真的这么疼老爷子吗?别人五人六地在这儿装了,你要是真的疼老爷子,还能偷偷地把仓库的玉器古董清单抄给了人家吗?"

听这话,掌柜的立刻愣住了:"你说什么?"

陆雄飞假装地:"怎么?您老不知道这事儿呀?您仓库里边有什么宝贝人家都一清二楚了。"

掌柜的望着怀玉。

怀玉顿时慌了,躲闪着掌柜的眼神儿。

掌柜的追问:"这是真的吗?是不是真的呀?"

怀玉沉了一会儿,说:"爸,是真的。"

掌柜的更是惊讶:"那清单你抄给谁了?"

怀玉回答:"李穿石……"

掌柜的更是意外:"李穿石?他要那清单干什么?"

怀玉磕磕绊绊地解释:"当初郭大器叫东北军抓了,我去……去求他救人……他就……"

陆雄飞拦住怀玉的话说:"老爷子,这还用问吗?李穿石是没进这个家门就惦记着您那份家产了。"

掌柜的脸色变得铁青,突然冲怀玉叫:"你吃了豹子胆了呀?!竟敢背着我……竟敢……"

说到这儿,掌柜的突然一阵头晕,手忙撑住货包。

我赶紧上前搀扶住掌柜的。

怀玉也上前搀扶掌柜的:"爸……"

掌柜的恨恨地将她推到一边："你甭管我！你就当你爸爸死了！"

说罢，掌柜的就踉踉跄跄地走出仓库。

我也赶紧跟着他走出去，又忍不住回头瞅了一眼怀玉，见她那个难受的样子，我真恨不得自己抽自己的嘴巴子，要不是自己酒后多嘴，陆雄飞哪能知道这事呀。

一连好几天，掌柜的都没往"恒雅斋"去坐柜台，要么是一个人窝在屋里对着娃娃哥念叨个没完，要么是一个人猫在仓库里，瞅着那些玉器发呆，连小开岁都没有心思抱了。全家人除了老太太都知道掌柜的遇上糟心的事儿了，人人大气儿不吭，响步儿不迈，省得惹他烦上加烦。

转天，怀玉特意回家一趟，向掌柜的原原本本说了当初自己怎么求李穿石，李穿石又怎么要玉器古董清单的来龙去脉，掌柜的听了，倒没骂她什么，只是长长叹了口气，说："老天爷呀，我上辈子造了什么孽呀！"

到了十月下旬，眼看自己的婚期一天天的近了，洗玉见掌柜的还没提自己的事儿，心里头就火烧火燎，加上李穿石一再催促，她便找到老太太念叨。

老太太说："可也是啊，这可是大事儿呀，你爸爸怎么还不抓紧着操持呀？"

老太太叫来掌柜的问话，掌柜的说："娘，这事儿我想着呢，我已经跟洗玉他们说过了，眼下兵荒马乱的，不是个操办婚事的时候啊。"

老太太听了觉得也是个理儿，便不再催促了。

洗玉见老太太也没说动掌柜的，越是着急，干脆自己找爸问个明白。那天掌柜的正在仓库里，洗玉走到门口喊了声爸。

掌柜的见是洗玉,只是"嗯"了声:"进来吧……"

洗玉走进仓库,她问:"爸,再过几天他们李家就要来迎亲了,您是个什么打算呀?"

掌柜的没吭声,眼睛还是在玉器上打量。

洗玉又问:"爸,这可是我一辈子的大事儿呀,您怎么一点儿也不着急呀?"

掌柜的说:"是你一辈子的大事儿,也是咱们家的大事儿,我怎么不着急……"

洗玉说:"可我看出来了,您打心眼里不着急。"

掌柜的说:"我不是不着急,我是要好好掂量掂量……"

洗玉干脆挑明了说:"爸,我知道,您对穿石有点儿不放心,是不是?"

掌柜的看了洗玉一眼:"你既然说在明处了,爸也不绕圈子,对李穿石呀,我原本是一百个放心的,可是眼下我可不敢说了……"

洗玉赶紧说:"爸,穿石跟日本人是走动多了些,他跟我说了多少次了,日本人势力大,连政府都怕三分,他吃那碗饭的,也是没有办法的事儿。自从定了这门子婚,他跟日本人接触更有了为咱们全家好的意思在里边,您难道看不出来他这层心思吗?"

掌柜的说:"他跟那个小野可不是一般的关系,眼下小野在日租界拉武装,铆着劲儿要跟东北军干仗,李穿石就当拉皮条给日本人招兵买马的主儿。东北军已经闻到风了,将来日本人一走,人家一准儿拿他当汉奸治罪!我把闺女给了他,不是往火坑里推吗?"

洗玉忙说:"爸,我可是知道穿石的难处,眼下日本人就是得势,他要混事儿,就免不了给日本人笑脸看嘛。您不也常说要

351

我们'温'呀,'润'呀,能忍就忍吗?"

掌柜的说:"你可别糟蹋那两个字儿!忍可不是这个忍法儿,忍,要忍得有骨气,退一万步说,咱可以当奴隶,也不能当奴才,特别是不能帮着日本人去算计中国人!"

洗玉说:"爸,没那么严重。就算穿石有什么差错,他还可以改嘛……

掌柜的叹道:"孩子,在咱们中国,什么错都可以改,可就当汉奸这一条,没救了……

洗玉叫:"爸,您拿到什么真凭实据了,就说穿石就一定当汉奸呀?"

掌柜的倒被问住了:"……哼,可他那个人品,悬!"

洗玉还要辩解,掌柜的接着说下去:"你大姐夫告诉我,李穿石从你二姐手里把这库里所有玩意儿的清单拿走了,你知道这事儿不?"

洗玉迟疑了会儿,点点头。

掌柜的气恼地问:"啊,你们都知道,就偏偏地瞒着我!平日里你们一口一个孝顺的,原来就这么孝顺我呀?你说,李穿石要那个清单干什么?他究竟打的什么鬼主意?"

洗玉跺脚道:"爸,您别净听大姐夫的挑唆,您就不琢磨琢磨他为什么要在您面前败坏穿石呀?"

掌柜的说:"败坏不败坏我还分得出来好歹,他要那清单明摆着就是没打好主意!"

洗玉:"爸,我早就想跟您说,可顾及大姐的面子我就装哑巴了。今天既然说到这儿了,我也就管不了那么多了。穿石为什么要一份清单,因为大姐夫早就打算独霸咱们的这份家产了,李穿石看着不公,才要拿一份清单留备份儿,万一……"

352

洗玉说到这儿立刻紧咬住嘴唇,才没把下面的话说出口。

掌柜的吼道:"万一什么?说出来呀?万一我死了他好跟陆雄飞分家产是不是?"

洗玉也慌了:"爸……不是那个意思……其实就是……就是个……假设……"

掌柜的愤怒地:"假设?假设我死了对不对?呸!我赵如圭才五十岁,还能活上几十年呢!假设?!"

洗玉都快哭了:"爸,穿石压根就没那个意思嘛……您干吗要往歪处想呀?"

见洗玉这样,掌柜的也和缓些口气:"得,得,你也甭抹泪儿,我又没说你什么……"

洗玉恨恨地跺脚说:"我就知道,您生这么大的气,都是大姐夫捣的鬼,从一开始他就横挡竖挡地不叫穿石进这个家门儿!"

掌柜的问:"这话怎么讲?"

洗玉:"您难道看不出来吗?陆雄飞心贪着呢,他早就放出风来了,咱们赵家没儿子,等您百年之后,这赵家的家产就都是他的了。他就怕穿石进了这个家门儿,多了一个跟他抢家产的主儿。他就是个脏心烂肺!穿石是政府的职员,一辈子有薪水吃饭养家,根本就没指望靠分什么家产混饭吃,他要那清单就是提防大姐夫的。"

掌柜的叹口气,他何尝不知道陆雄飞的心思,只是闷在肚子里装不知道罢了,现在叫女儿挑明出来,叫他很不是滋味儿。沉了沉说:"我不是一时半会儿还死不了吗?这家产将来怎么着,由得别人吗?先不说你大姐夫怎么想,你跟李穿石结婚的事儿还是要再掂量掂量。"

洗玉急了："您是不是不打算让我跟穿石结婚了呀？"

掌柜的说："我说了，兵荒马乱的，不是办喜事的时候……"

赵洗玉跺脚道："爸，我们结婚的日子是早就定下来的，亲戚朋友、街坊邻居都打招呼了，您说不结就不结了，我这脸往哪儿搁呀？"

掌柜的说："我知道，这一来咱们赵家要丢面子，可是这节骨眼上，咱们不能犯大糊涂。挑明了说吧，他李穿石将来是个什么我心里没底，咱宁叫亲戚朋友、街坊邻居今天笑话，也不能往后咱们吃后悔药！"

洗玉说："要说跟日本人穿一条裤子的倒是他陆雄飞，他那脚行赚的钱还不都是日本人给他的好处，照这个理儿，我大姐也不应当嫁给他了。"

掌柜的说："洗玉，爸是最疼你的，仔仔细细地选这个女婿还不是为了你好，老话说，男怕选错行，女怕嫁错郎，万一万一你要是选错了女婿，我怎么对得起你在九泉之下的娘呀？"

说到娘，洗玉泪珠儿又"吧嗒吧嗒"掉下来："我妈要是在，我也不受这份欺负了。"

掌柜的说："洗玉，你可是一向懂事听话的，眼下你受了委屈爸还可以出面替你说话讲理，就怕我不在了那一天，你又没有哥们儿兄弟，你再受了委屈找谁替你去讲理呀？"

见掌柜的眼圈儿也红了，洗玉就不忍再争辩下去了。

几天过后，掌柜的就找来李穿石说了推迟婚期的事儿，李穿石自然早已听洗玉讲过，心里有准备，虽然不高兴，倒是没有当面跟掌柜的掰扯，只是说要跟家里长辈禀报，再来商量。

洗玉憋了一肚子的火儿，就跑到大姐面前发了陆雄飞的牢骚。叠玉自然要埋怨陆雄飞几句，怪他不该把李穿石向怀玉要清

354

单的事儿告诉掌柜的。陆雄飞认定是李穿石撺掇洗玉在掌柜的面前给自己上眼药,就越发地恼恨李穿石。听说掌柜的已经推迟洗玉与李穿石结婚的日子,他暗暗叫好,便又在掌柜的面前加油添醋地说李穿石的孬话。洗玉又把这些说给了李穿石听,李穿石认为掌柜的推迟婚期一定是陆雄飞撺掇的,就越发恼恨陆雄飞。他便跑到小野面前去说陆雄飞的孬话,说他存心不派自己的人马到日租界。小野就质问陆雄飞,我让你在码头上赚了那么多的钱,为什么到了关键时刻你还跟我有二心?陆雄飞自然想到是李穿石在小野面前给自己使的坏,更是对李穿石恨得咬牙根……这两人的怨恨就这么一报还一报的越积越深,到了后来,两个人见了面儿竟谁也不答理谁了。

到了十月二十九号,也就是原定的洗玉结婚日子的头一天,李穿石突然进了家门儿,说要跟掌柜的商量转天跟洗玉结婚的事儿。

掌柜的没料到李穿石会来这一手,就有些上火儿:"穿石,我前些天不是跟你说过了吗?这兵荒马乱的,结婚的事儿过过再说嘛。"

李穿石说:"您是跟我说过不假,可当时我也说了,回去要跟我们家的长辈们商量商量,我们家长辈们都不同意改日子。"

掌柜的问:"不同意?怎么个不同意?"

李穿石:"我爸说,结婚大典是大事儿,日子也是两边长辈敲定的,不能哪一边随随便便就更变的。"

掌柜的听他那没大没小的口气,就越发地来气:"为什么变日子我上次都跟你讲得清清楚楚的了,你难道没跟家大人说明白吗?"

李穿石:"说了呀,反正我们家就是认准了,结婚的日子不

355

能变。我爸和家里的亲戚们都已经到了天津，就等着喝喜酒呢。"

掌柜的问："明天就十月三十，我可是吗也没准备，你们拿什么结婚？开玩笑！"

李穿石说："结婚典礼的一切一切我们家都准备好了，您就不用再操心了。明天一早我就来迎洗玉。我也代表我们家的长辈，请您老人家和全家人出席喜宴。"

掌柜的把脸一板："李穿石，你得弄明白，是我们赵家招赘娶女婿，不是你们李家娶媳妇！你回去吧，有话我去跟你爸爸讲。"

李穿石说："我爸说了，只要明天结婚典礼顺顺当当地完毕，两家就变成一家了，他愿意到这儿见面说话。如果哪一方食言不守信用，还有什么话好讲呢？明天见了。"

说罢，李穿石就出了门儿。

掌柜的立刻就冲洗玉发起火："李穿石的口气怎么这样狂？是不是你们两个都商量好了？"

洗玉说："商量不商量人家都会有想法，说妥了的事儿咱们家说变就变，这事儿摊在谁的头上谁都得生气。"

掌柜的说："听你这口气好像我们家缺理儿似的，为什么变日子你难道不明白吗？"

洗玉说："爸，您那个理由站不住脚的，穿石没有大姐夫说的那样坏！"

掌柜的说："是好是坏要等过了这一关。等我看清楚了他确实是个规矩人，你再进他们家的门儿也不迟。"

洗玉又为李穿石辩解了一番，爷儿两个掰扯了半天，不欢而散。

听说李穿石转天硬要来接亲,陆雄飞很气不忿儿。第二天他特意没去码头,还说:"我倒要看看,李穿石敢跟老爷子较劲儿,真的来迎亲?"

叠玉说:"我妹妹的事儿有爸做主,轮不上你出来挡横儿呀。"

陆雄飞:"我儿子都姓你们赵家的姓了,这节骨眼上,你们赵家的麻烦我能不管吗?"

叠玉说:"洗玉自己愿意嫁给李穿石,我这个当姐姐的都插不上嘴,你当姐夫的管得了啊?"

陆雄飞说:"你们女人头发长见识短,难道就看不出来李穿石那个小白脸一旦进了这个家门,就是祸害吗?!"

正说着,就听见外边传来吹吹打打的声音,全家人奔出来一看,果然是李穿石带着一辆披红挂彩的西洋轿车,还带着一队洋鼓洋号,吹吹打打地走了过来。

其实我在头一天就知道李穿石一准要来迎亲的，但是我没敢告诉掌柜的。头天晚上快半夜了，我躺在前面铺子的柜台上，都睡了好一会儿了，就瞅见洗玉轻手轻脚地从后院走进来，估摸着她又是来给李穿石打电话的。我睡觉一向都是脱得光光的，只盖着一床薄被单子，当着她的面儿我是没法子起身的。再则我也想听听她怎么给李穿石说情话儿，干脆就装睡死了。洗玉悄没声儿地走到我的身边，轻轻叫唤了我几声，见我没动静，这才拿起电话要通了李穿石那头。就听她细着嗓子问："穿石，明天到底

第二十二章

怎么着呀？"电话那边说的什么听不清楚。

她又说："你真的要来呀？我爸爸要是不点头怎么办呀？"

李穿石在那边说了好一会儿，洗玉又说："能不能跟我爸再商量商量呀？"

那头李穿石又说了一通，洗玉焦急地说："我怎么没诚心呀？你冤死人不偿命呀！我不是说过了，这辈子就非你不嫁了！"

李穿石那边话音儿柔和了些，洗玉听了，最后说："好吧……我就听你的……"

听这口气，洗玉是铁了心要跟李穿石走了。我心说，李穿石这王八小子真有招儿，甭管掌柜的怎么拦着，陆雄飞怎么搅和，

他硬还是把个黄花姑娘弄到手了。

洗玉轻轻放下电话,刚要走出去,又走到我跟前轻轻叫唤了两声:"德宝……德宝……"

我紧紧闭上眼睛,生怕她看出破绽,偏偏地这时尿又憋急了,也只得忍着。

没料到洗玉凑到我的耳朵边说道:"德宝,我不管你是真睡着了还是假睡着了,反正刚才说的话要是传了出去,就是你泄露的。那我可饶不了你!"

我使劲儿忍着,打定主意决不叫她看出来我在装蒜。

洗玉总算走了出去,门一关上,我就忍不住地翻身坐起来,光着身子去拎夜壶,刚刚尿出来,冷不防地洗玉又闯进来,她说:"好你个德宝,我就知道你在装呢。"

我妈呀的一声,赶紧扔了夜壶,拿被单子挡住下身。

洗玉也不在乎,走到我跟前,拧着我的胳膊狠狠地问:"说,刚才是不是偷听了我打电话?"

我摇头:"没有……"

洗玉盯着我的眼睛:"没有?鬼才信!我告诉你德宝,你要是对爸多嘴多舌,我就饶不了你!"

听这话,我挺来气,索性逗她说:"你怎么饶不了我呀?你吓唬李穿石可以,吓唬我呀?没门儿!"

洗玉眼睛鼓得老大:"你以为我说着玩的呀?"

我故意气她:"那个李穿石想娶我们家三小姐的事儿呀,就缓缓吧……哎,这可是掌柜的亲口说的。你想怎么着?还没出门子呢,就胳膊肘往外拐呀?"

洗玉拿手指头狠狠戳在我的身上说:"你好?你胳膊肘倒不往外拐,光惦着怎么吃窝边草呢是不是?"

我脸"腾"地一涨："什么窝边草？你瞎说吗呀？"

洗玉撇嘴道："你在仓库里跟我二姐都干的吗好事儿呀？打我不知道呀？"

我慌了，说话也结巴了："我跟怀玉干吗了……你别瞎说啊……"

洗玉得意地笑了："叫我说着了吧？你那些丑事儿我都替你瞒着呢，你还要到爸那里去卖我吗？"

见我发愣，洗玉知道我是真的怕了，这才转身走出去，一边"哧哧"笑道："快尿你的尿吧，别憋出毛病来。'"

洗玉打小不是这样待我的，自打跟李穿石谈上了恋爱，别的什么人在她眼里都不要紧了，只要能嫁给她所爱的男人，别说我这个干哥哥了，就是亲爸爸，她也是不惜蒙骗的。哎，一个才十八岁的丫头，心里头有了个男人，就变得这么厉害。不管怎么说，我终究没敢把洗玉打电话的事儿告诉掌柜的。所以掌柜的就以为李穿石说来迎亲不过是诈唬而已，就没当回事儿。那天一大早他就跑到英租界里的利顺德饭店去跟惠灵顿说事儿去了，哪里想得到李穿石会真的开着迎亲的轿车，拉着洋乐队热热闹闹地闯到家门口来。

迎亲的轿车一直开到院门口，那些穿着制服的吹鼓手们吹吹打打，奏着洋曲儿。

街坊邻居们都跑过来瞅热闹，一边议论着：赵家闺女嫁人，怎么也没招呼一声呀？这大门两边怎么也不见个红喜字儿呀。

这工夫，李穿石走下车，他穿着笔挺的西装，分头抹了油，跟他脚上那皮鞋一样倍儿亮。他走到门口，摆摆手，洋鼓洋号停了下声儿。跟他来的，穿长袍马褂的司仪冲院子里喊叫："今儿个是李穿石李先生与赵洗玉赵小姐举行结婚大典的大喜日子，李穿石先生前来迎接新娘子呀！"

早就有准备的陆雄飞走出门来，他乜着眼睛打量着李穿石和迎亲的阵势，冷笑说："李穿石，你这个人怎么这么不懂事儿，老爷子早就跟你说明白了，谁叫你大哄大闹地跑来整景儿？"

李穿石淡笑着，话茬子也不软："我娶的是赵家的赵洗玉，你在这挡着横着算是哪一号呀？"

陆雄飞没料到李穿石说出这番话来，顿时就火了："算你问着了，我陆雄飞是赵家的倒插门的女婿，生的儿子姓赵，我当然就是赵家的人了，街坊邻居们谁不知道？我管这档子事儿还有错吗？"

李穿石撇嘴道："我李穿石娶赵洗玉是堂堂正正的明媒正娶，你管得着吗?！"

陆雄飞说："嘿！我们家老爷子早就说了，不准你来的。嘿，你偏偏就要来，这能叫明媒正娶吗？看你这架势，这不是迎亲，而是要抢亲呀。"

知道今天有热闹瞧了，街坊邻居都兴奋地七嘴八舌议论起来。

李穿石拿出订婚证书和当初两家交换的帖子冲众人亮了亮："我这儿有定亲的正式文书，迎亲的日子在上面清清楚楚地写着呢，什么叫抢亲呀？"

陆雄飞："老爷子早就说了，迎亲的日子另行商议，你今天还是来硬的，这跟抢亲有什么区别？"

李穿石说："我不跟你理论，有话我跟赵家的长辈说……"

陆雄飞说："我是赵洗玉的姐夫，她的事儿我就管了！"

说着，陆雄飞就冲那些吹鼓手呵斥："滚！滚！都滚出去！"

吹鼓手缩头缩脑地要往外溜，李穿石拦住说："是我花钱叫你们来的,你们听谁的?!"

吹鼓手又站定下来。

李穿石大声叫:"接着吹!"

吹鼓手们犹豫了会儿,又吹吹打打起来。

陆雄飞恼了,大声吼道:"告诉你们,谁敢跟我陆雄飞较劲儿,就等着你们老婆孩儿给你们收尸吧!"

说着他夺过一个吹鼓手的洋喇叭往地上狠狠一摔,又拿脚踩得扁扁的。

这一来可就乱了套了,吹鼓手们喊的喊,叫的叫,不依不饶要上前说理。

陆雄飞早有准备,只听他一声吆喝,一伙子膀大腰圆的汉子也不知道从哪里钻出来,一边捋着袖子,挥着拳头,一边将迎亲的队伍团团围住。

这时院子里可急坏了洗玉,她冲叠玉叫:"姐,求求你了,管管你们男人,别搅和我们的事儿了!"

叠玉只得跑出来喊陆雄飞,却被陆雄飞一声呵斥吓回了屋。

眼看着迎亲的队伍就要被陆雄飞赶散了伙,突然又驶来一辆轿车,走下几个政府官员模样的男人。他们一见了陆雄飞就笑眯眯地问:"雄飞,今天是你们家大喜的日子呀,怎么发这么大的火呀?"

李穿石赶紧迎上去点头说:"孙局座,方局座,您们怎么才来呀?您们再晚来一会儿,我就怕是没性命了。"

陆雄飞一见那两个被称做局座的男人顿时就呆了,原来李穿石提防陆雄飞会在迎亲的时候跟自己捣乱,便特意找了专管码头港务局的孙局长和专管陆雄飞那个码头的公安分局的方局长,请他们给自己当证婚人,还拉他们到这儿一块儿迎亲。

陆雄飞怔了怔,赶紧满脸堆笑地上前问候:"哎哟,孙局座,方局座。您们二位怎么有空儿到这儿来呀?"

方局长自然看到眼前这剑拔弩张的阵势,但是他只当没瞧见,笑眯眯地冲陆雄飞道:"李先生今天迎亲,我们呢,都是他的证婚人,过来捧捧场。"

孙局长点头说:"我一听说这事儿就叫好,李穿石是我的小兄弟,他娶了赵老板的闺女,不就成了你的一担挑了吗?我冲他,也是冲你,才当了这个证婚人呢。"

方局长说:"哎,李穿石,你迎的新娘子在哪儿呀?我们这两个证婚人总得见识见识吧?"

李穿石苦笑地指指院子里说:"就在里边,我不是进不了这道大门吗……"

孙局长故作糊涂地:"哎,这门不是开着了吗?那就快进去呀,都呆在门外边干什么呀?"

李穿石挑衅地看着陆雄飞,陆雄飞瞅瞅方局长,又瞅瞅孙局长,不得已地闪开了身。

方局长冲着还呆立的李穿石说:"哎,新郎倌不进去,我们怎么可以进去呢?"

李穿石一脸的为难,说:"迎亲吗,总得有个响动吧,乐队都叫人家圈在那里,怎么吹嘛!"

方局长忙说:"对呀,对呀,吹个热闹喜兴的……"

吹鼓手们瞅着陆雄飞的手下,没人敢动弹。

孙局长对陆雄飞说:"雄飞,这些人都是干什么的?人家办喜事儿,他们怎么跟阎王殿里的凶神恶煞似的?"

陆雄飞无奈,干咳了声,他那些手下才散开去。

李穿石冲吹鼓手们招呼,乐队又响起来。

李穿石从陆雄飞身边大摇大摆地走进大门。

陆雄飞甭管心里头怎么恨，但还是勉强撑起笑模样把方局长和孙局长迎进大门。

见李穿石终于走进门来，一直在屋里着急的洗玉终于喘出口气来，她这才想起来找掌柜的，哪儿也找不见，又慌神了，便喊我问。我就知道李穿石今天是来者不善，掌柜的又不在家，便一直猫在影背墙后面瞅着外边的动静。洗玉把我喊进屋，我告诉他掌柜的一大早就去了英租界利顺德饭店了，洗玉急得跺脚，叫我赶紧去找回掌柜的。

我忍不住地冲她说："掌柜的不是说过了？迎亲的日子还得再商量。李穿石干吗偏要来？"

洗玉都快哭出来了，说："哎呀，人家已经来了，还能赶出去呀？求求你赶快去把老爷子找回来吧！"

我说："你别呀，今天是你大喜的日子，脸上挂上泪儿叫哪一出呀？"

洗玉扯着我的胳膊央求："德宝哥，你就别难为我了，快去吧！"

我这个人就是经不住姑娘家的说软话儿，不由自主地点了头，答应赶紧去找掌柜的回来。可又不愿意跟李穿石那帮子人打照面儿，就从后门走了出去。

我走后，洗玉又去央求叠玉，要姐姐先出去应酬着客人，等掌柜的回来。

叠玉早就没了主意，见妹妹慌了神儿，便努着劲儿地走出去跟李穿石和那两位局长寒暄。这工夫，楼上的老太太也派璞翠下来问这么热闹是怎么回子事儿。

叠玉不见掌柜的回来发话儿，哪里敢对老太太讲明真情，轻声吩咐璞翠先别告诉老太太李穿石迎亲的事儿。

我一路紧赶,奔进英租界的利顺德饭店,在咖啡厅里,瞅见掌柜的正跟一伙子洋人指着几件玉器古董说说道道呢。一瞅就知道,这是惠灵顿的老把戏,他把自己弄来的玉器古董卖给初来乍到的洋老乡,为了让买主儿相信花钱花得值,放心地掏银子,就必须找个懂行又有交情的中国人来当托儿,掌柜的已经给他当了好几次这样的托儿了。

掌柜的跟那些洋人正说得起劲儿呢,突然见到我走到眼面前,一愣,忙问:"出吗事儿了?"

我冲惠灵顿点头笑笑,在掌柜的耳朵边说了句:"李穿石到家里迎亲来了,已经进院了。"

掌柜的更是一个愣神,便说:"我知道了,你到那边等等……"

掌柜的仍冲那些洋人笑笑,把刚才说了一半儿的话接着说下去,待那些洋人满意地点了头之后,他才跟惠灵顿打个招呼,起身走出利顺德饭店。

在往家里赶路的工夫,我把李穿石怎么来的,陆雄飞怎么挡的,两个局长怎么露面的,洗玉怎么说的……都禀告了掌柜的。

掌柜的什么也没说,但看得出来他肚子里憋着火,脚底下走得飞快。

当他一进胡同瞅见自家门口沸沸扬扬地挤满了人,还有那群围着迎亲轿车的吹鼓手们,他就涨红了脸叫起来:"这是干吗呀?!干吗呀?!"

议论纷纷的人群顿时静了声。

早就有人向院子里的李穿石报信儿,李穿石赶紧迎出来:"爸……"

没等李穿石说完一句话，掌柜的就指着轿车和吹鼓手们吼起来："李穿石，你，你这是要干吗?!"

李穿石不紧不慢地："今天是咱们两家定妥的迎亲日子，我来接洗玉呀。"

掌柜的说："哎，我不是明明白白告诉你了吗? 眼下不合适，再商量吗？"

李穿石还是和和气气地："您是说过，可我们家里不同意改日子，所以……我就照原定的日子来了……"

李穿石这不紧不慢的腔调把掌柜的激得更火，他说："我们赵家没点头，你来了又有什么用？"

李穿石说："爸，您看，我今天既然已经这么热热闹闹地来了，您老人家就成全我跟洗玉吧。再说，两位证婚人也都来了……"

掌柜的这才看见院子里还站着那两个局长呢，都是平日里挺熟的，他怔愣片刻，不得不走进院子跟他们招呼。

方局长一边拱手一边笑吟吟地说："赵老板，李穿石是多好的一个女婿呀，您把宝贝闺女许配给他没亏吃的。您还犹豫吗呢？"

孙局长也说："穿石老弟可是前途无量的主儿，您还有什么不满意的呢？"

掌柜的一肚子气，但是在这二位面前又不好发作，只是叹道："二位局座有所不知……这兵荒马乱的年月，哪里是嫁姑娘的时候嘛……"

方局长一挑大拇指说："兵荒马乱不假，可是有我们这些人在，保您个平安无事，您还嘀咕什么呢？"

掌柜的摇头："哎，二位，一家都有一本难念的经……"

方局长说："都说清官难断家务事儿,我这个当公安局长的倒要问个清楚……李穿石,你是不是做了对不起老岳丈的事儿了?"

李穿石一副苦脸:"哎哟,借给我几个胆儿我也不敢哟!洗玉可以作证,我只想着成家之后怎么孝顺老人家呢。"

方局长说:"赵老板,您瞧瞧,这样的女婿您上哪儿找去呀?您瞅他怪可怜的,就成全他吧。"

孙局长也跟着帮腔:"对呀,我们可都等着喝喜酒呢。您就让穿石把您那宝贝闺女接过门儿去吧。"

掌柜的说:"二位大概还不知道,我们赵家的规矩,都是倒插门招女婿的……"

李穿石立刻说:"倒插门就倒插门,我还情愿跟洗玉一天到晚在眼面前伺候您跟老太太呢……可是就怕有人不愿意我进这个家门儿呀……"

他说着,眼睛朝陆雄飞那边瞟了瞟。

一直在一旁生闷气的陆雄飞忍不住甩出话来:"李穿石,你少说这不着调的,谁敢拦着你进这个门呀?只要老爷子愿意,你就是把这儿的房子拆了柱子挑了顶子,谁管得着呀?"

李穿石说:"老天爷有眼,他可知道,到底是哪一个一直就惦着拆这家的柱子和屋顶呢。"

陆雄飞立刻说:"说得对呀!拆了柱子、挑了屋顶,才好照着清单抢仓库里的宝贝嘛……"

掌柜的冲陆雄飞喝斥道:"雄飞,少说这不吉利的成不成?!还嫌这个家不够乱吗?"

陆雄飞和李穿石这才闭了口。

方局长说:"赵老板,到底怎么着呀?您不会真的要把新郎馆和我们都晾在这儿吧？"

掌柜的正在为难,只见洗玉拎着个行李箱走出来:"爸……您就让我跟穿石走吧……"

掌柜的又惊讶又气恼,眼睛瞪得老大:"你,你个姑娘家的,说这话还要不要脸了？你给我回屋去！回去!!"

掌柜的吼叫起来,洗玉却不动弹。

对洗玉这一手,陆雄飞也十分惊讶,他走进自己屋里冲叠玉说:"你别干戳在这儿呀,还真的要叫洗玉把老爷子活活气死呀？"

叠玉气不打一处来地回嘴:"刚才我还没说话呢,你就把我骂回来了,我还敢露面张嘴吗？"

陆雄飞说:"赵如圭也是你亲爹！洗玉这要是真的迈出大门,立马能把老爷子气死你信不信？你能不管吗？"

叠玉听到这儿,便走了出去拉住洗玉说:"洗玉,你可别这么莽撞呀,有事儿跟爸好好商量,啊。"

洗玉说:"姐,不是大姐夫在里边搅和,我哪能走到今天这一步？您还是去劝劝他吧。"

叠玉被洗玉这么一顶,顿时就没了心气儿,叹了口气,走回自己的屋。

就在这时,从门外边走进来赵如璋和他老婆古氏,两个人嘴里念叨着:"贺喜呀！贺喜呀！"

赵如璋冲掌柜的问:"兄弟,这就是你的不对了,洗玉出门子这么大的事儿,你怎么连个招呼也不打呀？"

古氏也说:"就是,洗玉可是我们看着长大的,她出门子我们当伯伯婶子的,怎么也得来帮着操办操办呀。哎哟,洗玉,这大喜的日子怎么还穿这身衣裳呀？"

掌柜的闹不明白赵如璋是怎么知道信儿的，赶紧解释："哥,今儿个我压根就没打算办什么喜事儿！"

赵如璋指着门外道："哎,明明有人给我送了帖子,说今天洗玉出门子……"

掌柜的追问："到底是谁存心裹乱,给你们送这个信儿呀?"

李穿石说："是我叫人送的。我跟洗玉的喜日子,怎么着也不能忘了大伯呀。"

古氏对掌柜的怨道："兄弟,你嫁闺女是个喜事呀,干吗跟我们还躲躲藏藏的呀?"

赵如圭说："哎,我犯得上躲躲藏藏的吗? 人家硬是要来折腾我有什么办法嘛。"

李穿石不服气地说："怎么是折腾? 我是按照两家定妥的日子,明媒正娶！"

说着他接过洗玉的箱子。

掌柜的更恼了,他道："你明媒正娶也罢,不明媒正娶也罢,总得我们女家愿意嫁吧?我再说一遍,今儿个不是我们家嫁闺女的日子！"

他又冲洗玉道："洗玉,给我回屋去！"

洗玉却说："爸,我已经跟奶奶说过了……我今儿个……一定得跟穿石走……"

掌柜的喘着喊道："什么? 你好大的胆子! 你要是敢走出这个门去,你就永远别认我这个老子！ 永远别回这个家！"

洗玉眼里含着泪水瞅着爸爸怔愣。

古氏见到这场面,顿时来了精神,她用胳膊肘捅捅赵如璋,叫他睁大眼睛看热闹。

洗玉一咬牙,转身朝门口走去。

掌柜的叫道:"你……你个不要脸的!给我站住!"

洗玉浑身一抖,站定下来。掌柜的声音抖颤着:"你说,你还要不要我这个老子?!还要不要这个家了?!"

洗玉突然叫道:"爸,您就别逼我了!今儿个我……一定得跟穿石走了!"

掌柜的失望地呆愣着,突然扬起巴掌狠狠地给洗玉一个耳光。

洗玉委屈地捂着脸掉眼泪。

李穿石暴叫起来:"哎!老爷子,您不能这样打她呀!"

掌柜的冲他吼:"我教训我的女儿,你管得着吗?!"

李穿石也叫:"她是我媳妇,我当然管得着!"

掌柜的叫:"呸!她还不是你媳妇呢!"

李穿石吼叫得更凶:"从今天起她就是我媳妇!"

掌柜的叫:"我是她老子,我的女儿当谁的媳妇我说了算!"

李穿石也叫:"反正她就是我的媳妇了!"

洗玉赶紧上前拉开李穿石:"我求求你了,你就别给爸添火了!"

方局长和孙局长也走过来说着圆场的话。

掌柜的哪里肯听,死活拦着洗玉的去路。

赵如璋见状,忙示意古氏出门,古氏却没瞧够热闹,说:"你还是当哥的呢,咱们走了倒是清静了,可这儿要是闹出人命来怎么办?"

就在这时,楼上急步走下来璞翠,她走到掌柜的跟前说:"掌柜的,老太太请您上去……"

掌柜的气哼哼地一扬胳膊:"跟老太太说,一会儿再上去……"

璞翠说："老太太就是要跟您说洗玉的事儿呢。"

掌柜的一呆："老太太听见了？"

璞翠还没说什么，楼上老太太的喊声已经传出来了："小二子，你快给我上来！"

掌柜的对洗玉警告道："你给我呆在这儿……"就匆匆上了楼。

见掌柜的进了二楼老太太的屋子，满院子的人都仰着脖子瞧着楼上，连已经躲进屋里的叠玉也走了出来。

古氏对赵如璋说道："这倒怪了，人家嫁闺女都是喜气洋洋的，你兄弟这儿怎么了？嫁闺女倒像是打冤家似的。"

赵如璋问洗玉："洗玉，到底是怎么档子事儿呀？你爸爸怎么生这么大的气呀？"

洗玉只是落泪摇头。

过了一会儿，掌柜的身子软软地走出来，他顺着楼梯一步一步往楼下走，刚刚走了几步，腿就软得打弯，一屁股坐在楼梯上。

众人都瞅着掌柜的发傻，只有洗玉耷拉着脑袋抹着眼泪儿。

我赶紧奔上楼梯问道："掌柜的……"

掌柜的头也不抬，扬扬手："走吧……走吧……"

众人都瞅着洗玉。

洗玉情不自禁地朝楼梯跟前走来，嘴里念叨着："爸……我……"

掌柜的猛然大叫道："你走！走！我就当没生没养你这个闺女！"

洗玉捂着脸哭起来，叠玉要走过来安慰安慰妹妹，却被陆雄飞拿狠狠的眼神拦住。

方局长趁机道："哎呀，还是赵老板开通呀。穿石，还不快谢

　　赵如圭发现李穿石可能当汉奸,便悔了婚约。李穿石强行来
娶洗玉。已经跟李穿石睡过了的洗玉违背父亲的意愿,要跟李穿
石走。气恼的赵如圭打了洗玉一个耳光。

谢老丈人呀！"

李穿石勉勉强强地冲掌柜的鞠了个躬："谢谢您了，爸……"

方局长又冲吹鼓手们喊道："迎亲仪式开始了，快吹呀！快吹呀！"

洋鼓洋号又吹打起来。

李穿石拉着洗玉朝外面走去，洗玉走了几步，突然又转过身来，冲掌柜的"扑通"跪了下来，连连磕了几个头。

方局长冲李穿石一个劲儿地打手势，催他赶紧走。

李穿石忙拉拽着洗玉走出大门。

洋鼓洋号吹吹打打地远去了，洗玉也跟着李穿石出了家门，上了花轿车。说也巧，这时候天上突然响起闷雷声儿，一会儿的工夫，就下起黄豆大的雨点来。

赵如璋和古氏跑出了院子，门外瞅热闹的人们也都纷纷散去，赵家院子里的人也都奔在屋檐下躲雨。

可是掌柜的还是不出声地坐在楼梯上，任雨浇着。

叠玉上去劝他，他只是摇头不动弹。

我举着伞走上去给他挡雨，他将我推到一边，嘴里叨念："甭管我……雨浇着我还心里舒坦……"看这样子，刚才的事儿确实把他的心伤透了。

原来,在掌柜的跟李穿石理论的空当,洗玉跑到楼上奶奶面前,把自己跟李穿石来往的实情都说个明白,在上海时跟李穿石同睡一个屋的事儿也都说了出来。洗玉对奶奶说:"奶奶,反正我跟穿石已经是这样了,我实在不是故意要惹我爸生气,我是走到这一步已经没有回头路了。如果不让我跟他走,我只有死路一条了!"

听了这番话,老太太自然是大吃一惊,赶紧把璞翠叫到跟前问个仔细:"当初不是让你陪着洗玉去的上海吗?到底是发生

第二十二章

了什么事儿?"

璞翠见洗玉已经先挑明了,哪里还敢隐瞒,只得把在上海时发生的事儿给老太太作了交代。生米已经做成熟饭了,当老人的再说什么还有吗用呀?再加上老太太本来就分外疼爱孙女,到了这要死要活的节骨眼上了,也只能站出来为洗玉解围了。本来老太太不想把洗玉的话全说给掌柜的听,见掌柜的在楼下跟洗玉僵上了,她才赶紧着把掌柜的叫上去,把实情全摊在了掌柜的面前。掌柜的听罢,火冒三丈,说要出去骂洗玉那个不要脸的丫头。

老太太骂他糊涂,说:"你就当着那么多外人和街坊邻居骂

呀？往后咱们赵家还要不要在天津卫混了？再说了，洗玉毕竟是你亲生的闺女，把她逼得寻了短见你造不造孽呀？"

掌柜的说："娘，难道就依了她嫁给李穿石不成吗？那小子不是个善种呀，洗玉嫁给他就一准毁了呀！"

老太太说："那当初订婚时你怎么点头的呀？"

掌柜的说："那时候不是没察觉他个小白脸是个无赖呀。"

老太太叹道："是好是孬已经没有退路了，为了这一大家子的名声，只能由着他们去了。"

掌柜的还要掰扯自己的道理，老太太沉下脸说："你就别说了，洗玉不听话，没守住妇道人的规矩，那还不是你当爹管教不当的责任？我还没找你算账呢！"

掌柜的见老太太生了气，赶紧跪了下来："娘……"

老太太说："起来，起来，我也没说你什么呀……哎，老话说，儿大不由娘，你当爹的也是白搭。她实在要走，就让她走吧，眼面前人家是明媒正娶的迎亲，这样走出去总还算是体面。咱们硬拦着，激出更大的麻烦来，还不是叫街坊邻居看笑话呀？"

掌柜的听到老太太说这话，只得点头，这才走出来冲洗玉摆手，叫她跟着李穿石出了家门儿。

洗玉跟李穿石走后，就在日租界住了下来，过上了自己的小日子。

眼面前突然少了最疼爱的小女儿，掌柜的一连多少天没着没落的。那些日子，常听见他一个人在屋里跟娃娃哥苦苦地念叨着什么。吃饭时很少动筷子，只是一个劲儿地往肚子里灌酒。才三五天的工夫，人就明显地瘦了，脸上都塌了腮。叫人瞅了实在揪心。

叠玉见爸爸走心走得厉害，实在是心疼，就跟我商量怎么办？我说，这事儿搁在谁身上谁也受不了呀，三个姑娘，一个把学校当成了家，压根不回来。另一个又强拧着脖子跟人家过日子去了。老爷子能不伤心？叠玉说，眼下洗玉是提不得了，把怀玉找回来安慰安慰爸爸，哪怕是跟老爷子吃顿饭也是好的呀。我应了声就往南开学校奔去。

离学校还老远呢，就见学校门口密密麻麻挤满了人，心想这又出什么事儿了？赶近前一看，才知道这些拎着铺盖卷，吵着闹着要进学校大门的人都是从东北流亡来的学生，足有一百多口子。他们使劲儿摇晃着学校紧闭着的大铁门，喊着要进去。

一个老师模样的人站在铁门里的凳子上喊着话："同学们，你们大老远从东北来到天津，来到我们南开学校，我们理应把你们请进校园，可是，前一阵子从东北来的学生已经把宿舍都住满了，实在是多一张床铺也安放不下了，希望你们谅解……"

人群里学生喊道："你们不收我们，难道还要我们再回去给日本人当亡国奴吗？"

又有人喊："只要你们收下我们上学，我们就是睡在地上，睡在房檐底下也行啊！"

学生们闹哄哄地喊叫起来。那老师一头大汗地解释着，可声音都被学生的喊声淹没了。

这时，突然听见大门里边怀玉的喊声："同学们！同学们！我们的张伯苓张校长来了，他要跟大家讲话！"

我跷脚望去，见到怀玉在门里拿着只大喇叭冲外边喊叫着。

就见一个戴着眼镜的壮实汉子跳上凳子喊："同学们，我是张伯苓校长……"

这话一出，刚刚还闹闹腾腾的学生们立刻就安静下来。

张伯苓大声说:"我们南开的宿舍确实住满了,教室也确实坐满了,可是你们这些学生,好不容易从日本人的铁蹄下逃出来,既然到了天津,到了我们南开大门口了,我们就是再难,也得给你们安排个上课、吃饭、睡觉的地方。我们刚刚做出个决定,只要是从东北来的学生,我们南开都收了! 条件有限,大家跟我们就一齐将就了,好不好呀?"

就听那些学生们扯着嗓子喊:"好啊! 谢谢张校长! 谢谢南开!"

张伯苓又一声喊:"把大门打开!"

只见大铁门"哗啦啦"地打开,学生们"嗷嗷"叫着冲进校门口。有的人干脆就倒在草地上撒欢地打着滚。

怀玉举着喇叭筒喊着:"同学们都到左边的范孙楼里边去登记!"

我也赶忙挤进大门,走到怀玉身边叫她:"怀玉……"

怀玉见是我,诧异道:"你怎么来了?"

我说:"你是不知道,家里的日子都快过不下去了!"

怀玉一怔:"怎么了?"

我三言两语地把家里的事儿跟她说了。

怀玉很是惊讶,自言自语地说:"洗玉怎么这样糊涂? 李穿石那个人实在是不可靠呀!"

我说:"洗玉已经这样了,就不管她了。掌柜的身子骨要是垮了,那就真塌了天了,大姐说叫你回去瞧瞧……"

怀玉说:"我安顿好这些东北学生就回去……"

话还没说完,那边就有人在叫她,她只得招呼一声就跑过去了。

到了天黑,正是吃饭的工夫,怀玉拎了兜子鸭梨、苹果回家来了。叠玉见了妹妹,赶紧小声叮嘱她,一定要在掌柜的面前替洗玉说说情。怀玉点头应了。叠玉这才冲后面喊:"爸,怀玉回来了!"

掌柜的立刻就走了出来,嘴里却说:"怎么回来了?学生会里边没事了?"

怀玉问:"爸,听德宝哥说,您不舒服了?"

掌柜的瞥了我一眼:"德宝净瞎说,我挺好的。"

怀玉打量着掌柜的说:"爸,瞧您,气色可不如以前了,您要是哪儿不舒服,可别硬挺着呀!"

掌柜的本来就强打着精神,怀玉一句话把他说软了气口,他坐到饭桌前叹道:"以前?以前咱家的日子是怎么过得呀?和和气气,顺顺当当……再也没有了,没有了……"说着,他的眼睛就潮了,又怕女儿瞅见,赶紧低下头倒酒。

怀玉也湿了眼睛,一边往爸爸碟子里夹菜,一边说:"爸,我知道我不争气,给您惹了不少的麻烦,眼下家里又出了这么多的闹心的事儿,我也没能替您分担点……"

掌柜的道:"这孩子,怎么跟亲爹说起这客气话儿来了?"

怀玉说:"爸,不是客气话儿。我真怕您老是心里不痛快,糟蹋了身子骨嘛……"

掌柜的一仰脖子,一杯酒倒进肚子里:"闺女,你放心,什么难事儿、愁事儿也压不趴下你爸爸。只要你们好好的,不叫我操心,就念佛了。"

怀玉说:"爸,那您就别生洗玉的气了,成不?已经这样了,就随她去吧,啊?"

叠玉也趁机说道:"对了,今天老太太还念叨洗玉来了呢,爸,要不要叫洗玉回家来一趟瞧瞧老太太?"

我也赶紧说："赶明儿我去日租界,叫洗玉回来……"

掌柜的把筷子一放,沉下脸说:"叫她回来干什么? 给我添堵呀?"

叠玉说:"爸,天津卫本来就有新媳妇回门子的妈妈例儿嘛。"

掌柜的说:"人家那都是明媒正娶,体体面面的。洗玉是怎么出的门你不知道吗? 我可告诉你们,今后谁也不准跟他们有来往!"

怀玉赶紧说:"好,不提洗玉,不提……"

叠玉也忙改口道:"不提,不提,爸,我跟怀玉在家里陪着您成了吧?"

掌柜的这才缓了口气说:"你在家我还信,怀玉?哼,她要忙国家大事呢。"

怀玉冲我吐舌头。

这顿饭还没吃完,孙冉、梅子和侯光超几个就从学校跑来找怀玉,说是有几个从东北来的学生为了抗议日本人侵占东三省,拎着汽油筒要到日租界去搞什么自焚行动,学生会叫怀玉赶回学校去。怀玉赶紧起身,打了个招呼,就匆匆出了门。

掌柜的瞅着怀玉的背影儿说:"瞧我说什么来着? 我呀,就这命!"

洗玉倒常常打来电话问候家里、问候掌柜的。掌柜的就是不接她的电话。每次都是叠玉和我在电话里跟她说上几句。得知她跟李穿石过的日子还不赖,渐渐的,大家伙替她悬着的心也就落了下来。

真应了戏文里说的,一波未平,一波又起。洗玉的事儿刚刚消停了些,璞翠又慌慌张张地找我求救。那天晚上,我刚刚准备在柜台躺下。她从后院跑了进来，"扑通"一声跪在我的面前。抓住我的裤腿儿说："德宝哥，只有你能救我呀。"

我吓了一跳，赶紧把她拽起来："有话慢慢说，这是怎么着了？"

原来老太太怪怨璞翠在上海时没尽心尽意地把洗玉照看好，才弄成她跟李穿石生米煮成熟饭的局面。更怪怨她回天津之后，竟然不跟老太太和掌柜的说实话，把那事儿瞒得严严实实，这才弄得赵家在外人面前慌神麻爪，措手不及。老太太狠狠骂了她一通之后，就要把她送回静海老家。

璞翠哭得跟泪人似的，央求老太太饶她这一次，老太太在气头上，就是不变主意，她慌不择路，才跑到我跟前来求援。

我说："老太太说话连掌柜的都不敢不听，我能有吗法呀？"

璞翠说："老太太不是把我许给你了吗？照理说，我就是你的人了，你不管我谁管我呀？"她哽咽着说这话，音儿很软，软得叫我情不自禁地起了歹念。

瞅着她微微发抖的身子和那衣裳下面鼓鼓的奶子，我又不由得想起怀玉来。比起怀玉，眼前的这个女孩子对我实在没吗吸引力。可一想到怀玉跟郭大器在一起亲热的情景，我心里又恨得发痛。心说，反正怀玉已经是郭大器的女人了，再不会有我德宝的份儿了。璞翠虽然比不上怀玉，可是毕竟也是个黄花姑娘呀，心里冷不丁地拱出股热乎劲儿来，便说："你是我的人？笑话！你一天到晚都守在老太太身边，我连你的声音都听不到，怎么算是我的人呀？"

璞翠那双黑亮的眼睛瞅了我一眼，说："人家现在不就在你的跟前了……"

我说:"在跟前又能怎么着呢?你愿意做我的媳妇?"

璞翠说:"老太太已经说过了叫我做你的媳妇嘛……我敢说个不字儿吗?"

我说:"敢情你心里不情愿做我的媳妇呀?"

璞翠忙道:"谁说了……"

我说:"你真是打心里头愿意,就亲我一下行不?"

璞翠脸烧得像染了红颜色:"德宝你……坏死了!"

我说:"不愿意就算,你就回你的静海,我去伺候老太太。"

说着我往柜台上一躺。

璞翠忙道:"你这是趁火打劫呀……好,好,就依了你,那你得把眼睛闭上。"

我得意地躺在那儿闭上眼睛。

璞翠凑上来在我的脸上亲了一口,我趁机将她紧紧抱在怀里,在她的脸上乱亲一通,又抓住她那奶子揉搓着。

璞翠气喘着骂:"德宝你要死呀……快放开我!"

我说:"你依了我,我就到老太太那儿去给你求情,保证叫你留在这儿。"

璞翠怔了怔,挣扎的劲头明显地小了:"你说话当真?"

我说:"当真。"

璞翠又说:"你发誓。"

我说:"我若说话不算话,天打五雷轰……"

璞翠一把捂住我的嘴:"行了,谁叫你发这毒誓来着,你死了我指望谁去?"

我笑了:"看来还是璞翠疼我呀。"

璞翠撇嘴道:"瞎掰,这家里最疼你的是怀玉。"

我说:"哎,怀玉已经跟当官的走了,跟我吗关系也没有了,我现在就要你……"

我起身将她抱了起来,放到柜台上。

璞翠嘴里还说着:别!快别这样……"可是她已经是半推半就了,就在"恒雅斋"的柜台上,我赵德宝和璞翠第一次有了肌肤之亲……

转天,我还真的跑到老太太面去求情。我跟她说,您都把璞翠许配给我做媳妇了,她要是回静海去,我将来是不是也得回静海过日子去呀?我要是去了静海,谁来伺候老太太和掌柜的呢?"恒雅斋"杂七杂八的事儿谁来料理呢?老太太就跟掌柜的商量,掌柜的说眼下时局这么乱,实在应当让德宝踏踏实实地守在家里,他跟璞翠的婚事虽然还没有操办,毕竟日后两个人要做夫妻嘛……老太太琢磨了后吩咐,静海的事儿就缓缓再说吧,但是也不能就这么轻饶了她。这样,璞翠就从楼上被撵了下来,派到了厨房去洗洗涮涮。虽然活计苦了许多,但是毕竟能留在天津,比起去静海来,璞翠也就心满意足了。所以,她特别念我的好处,自打那儿以后,璞翠常常在全家人入睡后悄悄跑到前面来跟我亲热,天快亮时再悄悄回自己屋里去。一连好几天,"恒雅斋"那张白天做生意的柜台到了晚上就成了我跟璞翠撒欢儿的床……

那天半夜里,就在我抱着璞翠昏昏睡着的时候,就听见后院砸门的声音。璞翠吓得赶紧穿上衣裳,躲在我身后打哆嗦。这半夜去开门的活儿以往都是我的差事,我让她沉住气,将她领到账房小屋里躲藏好,才穿上衣裳奔到后院门边。

门外还在敲着,我问:"谁呀?大半夜的……"

门外是陆雄飞的手下臭咧咕的声音:"德宝兄弟,是我,陆小飞,找我大哥……"

我一边开门一边埋怨："什么了不得的急事儿呀？明天早上来说不成呀？"

臭咧咕身子一闪溜了进来："找我大哥有要紧的事，真是要紧的事呢！"

我瞅他急慌慌满头大汗的样子，就走到后面陆雄飞的窗户根下把陆雄飞叫醒了。

陆雄飞听说是臭咧咕来了，忙叫："我这就来……"很快，他就披着衣裳走出来。他见到臭咧咕，头一句就问："你是怎么从日租界里边出来的？不是日本人管得严，不叫你们出来吗？"

臭咧咕说："我现在是分队长了，日本人对我挺信任的，说溜就溜出来了。哎哟，在那里边我可想死您了，这不，家也没回就来拜见您了。"

陆雄飞说："别戳在院子里呀，到客厅去说话……"

趁他们走进客厅的工夫，我赶紧叫璞翠回到自己的屋去。

陆雄飞将臭咧咕领进客厅坐下，一边问："你们在日租界还在练枪练炮齐步走吗？"

臭咧咕颇为得意地说："哎，我们哥几个早就不干那些粗活儿了，分队长管三十几号人呢，刚去时每天一块钱，现在长到每天两块钱了。"

陆雄飞笑道："你小子倒干上瘾了？留神，跟日本人打交道可不是闹着玩的。"

臭咧咕道："嗨，这年月，到哪儿找一天赚两块现大洋的活儿去？日本人愿意当冤大头，咱们哥儿们干吗不干呀？大哥，日本人说了，只要是陆雄飞的手底下的，愿意到日租界去干活儿，都大把地给银子。"

陆雄飞上下打量臭咧咕："咦，你小子，说话味儿不对呀？是不是日本人叫你来当说客来了？"

臭咧咕沉了沉说："既然大哥都点破了，我就实话实说了，是小野叫我给您捎信儿来的。"

陆雄飞一惊："小野？"

臭咧咕说："原来小野是从来不答理我的，昨天下午突然把我叫到他的跟前说起您的事儿来……"

陆雄飞忙问："他说什么？"

臭咧咕说："他说……他说……"

陆雄飞皱着眉头说："说吗?！"

臭咧咕说："他上来就说……你们那个陆雄飞很不仗义呀。"

陆雄飞顿时就瞪圆了眼睛："真的这么说的？"

臭咧咕点头。

陆雄飞骂道："妈的，他凭什么这么说？"

臭咧咕说："是啊，我当时就说，小野先生，您这可是委屈我大哥了，天津卫谁不知道陆雄飞是最仗义的好汉，可小野说，陆雄飞说过，跟我打交道不过就是为了赚日本人的钱而已……"

陆雄飞恨恨地骂道："妈的，这话我只跟李穿石说过，一准是他到小野那儿上我的眼药去了。"

臭咧咕点头："对,对,我瞅见李穿石跟小野在一块儿呢。"

陆雄飞又问："小野还说什么了？"

臭咧咕说："他还说,陆雄飞手下几百号的人马,就送过来十几个人应付我们,看来他是不想跟我们做朋友了。"

陆雄飞自然掂量出这话的分量,脸色越发沉重了,他怔呆了会儿问："小野还有什么话儿？"

臭咧咕说："小野说, 陆雄飞如果还想跟我们日本人做朋

384

友,起码再借给他五十人,如果不借嘛……"

陆雄飞赶紧问:"怎么样?"

臭咧咕:"他没说怎么着,就说让您自己掂量着办。"

陆雄飞琢磨着,突然问道:"你说我怎么好呢?"

臭咧咕说:"要我说实话呀,咱们这些在帮的,千万不能得罪日本人。"

陆雄飞说:"我把人马都借给小野,日本人自然是高兴了,可是东北军知道了怎么办?东北军得罪得起吗?"

臭咧咕撇嘴道:"东北军?快别提他们了,从张学良算起,个个都是脓包软货,根本不是日本人的对手。大哥,您这么明白的人难道还瞧不出来吗?要不了多久,天津卫就是日本人的天下了。咱们得给弟兄们留条后路呀!"

陆雄飞半天不说话;末了,他叫臭咧咕先回家看媳妇孩子,吩咐他:"见了小野就说没找见我。"

臭咧咕刚刚走到门口,嘀咕道:"我还是从后门走吧,我从日租界里边出来时,好像有人跟着我。"说着,他从后门溜了出去。

臭咧咕走了,陆雄飞嗑着牙花子在客厅里转悠来转悠去,足有一个多时辰,最后他走到掌柜的睡房门口,将掌柜的从梦里叫了起来。

掌柜的听陆雄飞把臭咧咕的话学了一遍,也感到事情不妙。两人正合计怎么应对小野呢,外边又有人敲门,敲门的声音并不重,但是却叫人心惊肉跳。陆雄飞瞅着掌柜的,掌柜的又瞅着陆雄飞,一时不知道如何是好。

外边还在敲门,我凑近前问掌柜的:"这门是开还是不开呀?"

掌柜的说："先问问是谁，什么事儿？"

我踮着脚走到门口问："谁呀？大半夜的？"

外边是怀玉的声音："是我……"

我这才松了口气，冲掌柜的和陆雄飞说："是怀玉回来了。"

说着我麻利地打开大门。

怀玉一走进来，掌柜的就走过来责问："这三更半夜的，你个姑娘家的怎么敢一个人乱跑呀？"

怀玉说："您放心，有人跟着我呢……"

只见她一闪身儿，穿着军装挎着手枪的郭大器走了进来，身后紧跟着进来了金一戈和一群拎枪的士兵。

掌柜的可是吓了一跳："金团长，郭连长，你们这是……"

怀玉赶紧说："爸，他们来是执行公务。"

郭大器冲掌柜的敬了个军礼："伯父，对不住，深更半夜的打搅您了。"

掌柜的赶紧客气："没什么，没什么……"

一见金一戈和郭大器带着军人走进来，陆雄飞顿时紧张起来，戒备地看着他们。

我见了郭大器自然更不自在，心里头总觉得欠了他一笔永远还不清的债。他跟我打招呼，我连正眼也不敢瞅他。

一边将金一戈和郭大器领进客厅，掌柜的一边问："金团长，郭连长，有吗要紧的事儿吗？"

金一戈示意郭大器说话。

郭大器说："实在是事关紧要，又怕惊动您全家人，所以就找来怀玉敲门。有个从日租界里边出来的人，进了您的门儿，刚刚又走了，有这事吧？"

386

陆雄飞赶紧解释："哦,那是我的手下,来找我的……"

面对陆雄飞,郭大器脸色沉下来："叫陆小飞是不是？"

陆雄飞意外地："对呀,是叫陆小飞……"

郭大器说："他在汉奸便衣队里边当分队长,我们的人已经盯上他了,我就是奉命来查这事儿的。"

陆雄飞忙说："郭队长,陆小飞可是我铁杆的哥们儿,他当那个分队长也是无可奈何的事……"

金一戈冷冷地打断他的话说："我知道,他带着十来个人去日租界,就是您派过去的。"

陆雄飞脸上青一阵白一阵的："哎,小野逼着要借我的人马,我也是无可奈何呀……"

金一戈还是冷冷的："你的人到了日本人那儿练枪练炮,知道是干什么吗？"

陆雄飞磕巴起来："这,这我不太知道……"

金一戈嗓门大了起来："告诉你,日本人训练他们是憋着劲儿跟我们打仗的!"

郭大器也气愤地说："也是准备杀天津卫老百姓的!"

陆雄飞哪里吃这套,也粗起嗓门："我又不是日本人,你们干吗冲我发火？"

金一戈拍起桌子厉声道："陆雄飞,你别耍横,你跟日本特务小野是什么关系我们一清二楚!"

陆雄飞吊起眉毛叫："什么关系？他出钱我给他干活儿,犯法吗？"

金一戈又叫："小野入青帮你就是他的介绍人,对不对?!日本人是中国人不共戴天的仇人,你为什么还跟他们穿一条裤子？"

陆雄飞对着他叫："你们有本事跟日本人干仗去呀?东三省都丢干净了，也没见你们吭一声，就会拿我们老百姓撒火呀?呸！"

这话明显地戳到金一戈的疼处,他"刷"地掏出枪来指着陆雄飞："你再敢胡说一句！"

客厅的喊声惊动了全院的人,连睡熟了的叠玉和小开岁都被吓醒了,小开岁哭个不停。

大厨和伙计们都走到客厅门口来瞅,见金一戈竟然拿出手枪指着陆雄飞,都惊恐地躲闪开。

陆雄飞没躲闪,反倒将脑门儿迎到枪口边："嘿！老子就是不怕人吓唬,有种你就开枪！"

金一戈愈发气怒,一眨眼的工夫大拇指就扳下枪栓。

怀玉暗暗扯了扯郭大器的衣襟。

郭大器忙提醒道："团长,您犯不上生气,有话我来跟他说……"

金一戈哼了声,气不忿儿地收起手枪。

在一边看呆了的掌柜的也醒过神来,忙替陆雄飞开脱："金团长,雄飞说的确实是实情呀,小野本来是要向他借一百个人的,他死活没干,日本人逼得急了,才不得已派去十个人,但他也都特别吩咐了,一旦有什么情况,绝对不能朝咱们中国人开枪……"

其实陆雄飞也已经是满头冷汗了,他说："听见了? 我就是这么吩咐他们的。"

怀玉提醒郭大器："你快说正事儿吧…"

郭大器说："有赵伯父作证明,我们相信这话不假。陆雄飞,你就说说陆小飞从日租界里溜出来干什么吧。"

388

陆雄飞跟掌柜的碰了碰眼光,犹豫着要不要把底细都说出来。

怀玉在一边着急:"大姐夫,你就别藏着掖着了,这事儿可是太要紧了!"

陆雄飞只得把臭咧咕刚才说的话对郭大器学了一遍:"……小野得寸进尺,还要向我借五十个人,借他吧,我打心眼里不愿意。不借吧,日本人又得罪不起,我这会儿正犯难呢,你们又来逼我。呸,我算是倒了血霉了!"

听罢陆雄飞的话,郭大器琢磨着,又拉着金一戈走到院子里去低声商议。

这时,叠玉已经穿好衣裳跑进客厅,她紧张地拉着怀玉说:"怀玉,你可得跟郭大器说呀,你姐夫确实没跟日本人干坏事儿呀!"

怀玉安慰道:"姐,放心,大器不是存心跟姐夫为难。"

陆雄飞很不愿意叫老婆看到自己眼下这狼狈的样子,便对叠玉说:"你来凑什么热闹,回屋去!"

叠玉瞟了瞟在院子里说话的郭大器和金一戈,担忧地问怀玉:"他们不会把你姐夫抓走吧?"

陆雄飞冷笑道:"抓我?他们试试!哎,没听孩子在哭吗?快回屋去!"

叠玉只得走回自己的屋里去。

这工夫,郭大器又走回客厅里,他对陆雄飞说:"小野要的五十个人的事儿,你先应下他来。"

陆雄飞吃惊地:"什么?把五十个人派给小野?"

郭大器点头:"对。"

陆雄飞连连摇头:"你别是拿我开涮吧?我借给小野十几个

389

人你们就骂我跟日本人穿一条裤子了,我若真把五十个人派过去,我还不叫你们当成汉奸了?!"

掌柜的也插嘴道:"郭连长,既然知道日本人打的是吗鬼主意,怎么还叫雄飞借给他们人呢?"

陆雄飞说:"就是!"

金一戈说:"甭啰唆,叫你借你就借,有什么责任我们担着。"

郭大器说:"伯父,这事儿等明天我再来跟您们解释……"

说罢,金一戈和郭大器带着士兵们出了大门。

待把大门关上,陆雄飞转身就问怀玉:"你那个郭大器到底是什么意思?"

怀玉摇头:"我也不知道呀……"

掌柜的长长地叹了口气:"唉!越怕什么就来什么。"

陆雄飞做出一副满不在乎的样子:"您放心,有我陆雄飞在,就是阎王爷来了咱们也不在乎!"

第二天一大早,郭大器一身便装又进了门儿。瞧他脸色,就知道他是一晚上没合过眼。

怀玉忙拿了双筷子,又给郭大器盛了碗粥:"一看就知道没睡、没吃对不对? 先喝碗热粥……"

掌柜的也招呼他吃东西。

郭大器笑道:"那我就不客气了……"

叠玉见陆雄飞冲自己使眼色,便跟郭大器打了个招呼,抱着小开岁走开了。

郭大器吃了几口就迫不及待地对陆雄飞说:"我们长官已经批准了我们的安排,小野不是要你再派过去五十个人吗? 你呢,就借给他四十个人……"

陆雄飞琢磨着："四十个人？"

郭大器说："对，另外十个人是我们的人，由我领头儿，都装扮成你们的码头苦力，只要把我们带进他们的便衣队，你就算是帮我们了。"

陆雄飞立刻放下筷子，连连摇头："不成！不成！万一叫日本人看破了，我就吃不了兜着走了。"

郭大器说："这已经是敲定了的事儿了，就得这么办了！"

陆雄飞还是摇头："你们怎么敲定的我不管，反正我不干！"

郭大器沉下脸："陆雄飞，你别以为我跟你客客气气地，你就是干净人一个了，先前你给小野派去了十几个人，明摆着就是支持汉奸便衣队，那已经就是罪过了！不是我在这给你遮着挡着，宪兵队早就到这儿抓人了！现在是给你个将功补过的机会，你可别敬酒不吃吃罚酒啊！"

这话一说出来，陆雄飞顿时没了话，口气虽然没软，但是身子已经矮了半截："敬酒也罢，罚酒也罢，反正出了人命我可不管……"

掌柜的只能出面打圆场："郭连长，你跟雄飞好好商量，好好商量……不过，小野那个小子鬼得很呢。你们就真的混进去，万一走漏点儿风声，出来可就难了。"

正给郭大器剥鸡蛋皮儿的怀玉吃惊地望着郭大器，她焦灼地说："大器，你不能去！"

郭大器说："日本人什么时候开始闹事儿？一旦闹事儿他们的便衣队兵分几路？又是从哪几个路口冲过来？他们还准备搞什么举动……眼下我们还都不太清楚，只有混进便衣队才能搞到确切的情报。"

怀玉说："干什么非得你去呀？小野一直在抓你，你这不是自个儿往小野的虎口里边送吗？"

郭大器说："小野并不认识我，怕什么？再说了，我还满世界找他报血海深仇呢！"

怀玉又劝道："你万一要是叫小野逮住了呢？我怎么办？"

郭大器："放心，我还对付得了日本人。再说了，当初在利顺德饭店里，你当着那么多的人不管不顾地骂日本人，我这个当兵的大老爷们儿还怕他小日本吗？"

怀玉这才不劝了，还是叮嘱道："那你也得多留神啊！"

掌柜的把郭大器拉到一边轻声说道："郭连长，虽然你还没进我们家的门儿，可是当着我们老太太的面儿你跟怀玉已经定了终身，怀玉可是把你当成要依靠终身的人了，你混到日本人鼻子底下去搞活动，可是个担着性命的事儿啊！你可得好好思量思量啊！"

郭大器情不自禁地瞟了怀玉一眼，他迟疑了片刻，说："伯父，谢谢您的好意……我干的就是这个差事儿，非去不行的。再说了，在沈阳，日本人端了我们的老窝儿，我们这些当兵的在国人眼里已经是个没囊气、没骨头的队伍了，难道我们还能叫他们在天津再胡作非为、糟蹋老百姓吗？真的那样了，我们还算是个中国人吗？！"

听了这话，掌柜的也就不好再劝说什么了。

我望着郭大器，心口突然一阵发烫，才觉得这个小伙子真是值得我敬重，想起自己陷害他的事儿，真恨不能抽自己两个嘴巴子。

一边的陆雄飞听得真切，他说道："郭连长，就凭你这几句话，我不再说什么了。就照你说的办。"

郭大器高兴地点头："还是一家人吗！"

陆雄飞又说："哎，有句丑话我可说在前面，你跟你那九个弟兄万一遇上什么麻烦，我陆雄飞可是不担责任啊！"

郭大器说："只要你的兄弟们守口如瓶，替我们保密就成啊。"

陆雄飞一拍胸脯："这包在我身上。我要是不吭声，没一个敢乱张嘴的。"

郭大器又问："那个陆小飞可靠不？"

陆雄飞说："我叫陆雄飞，他改名叫陆小飞。那小子，就跟我亲儿子一样，您就放心吧。"

掌柜的见我在一边，叮嘱道："德宝，这事儿你可得烂在肚子里呀！稍稍走漏点儿风声，就会要了他们弟兄的命呀！"

我忙点头："哎！我什么也没听见。"

郭大器点头："这我就放心了。"

就这样，在郭大器的安排下，陆雄飞就把自己的四十个弟兄裹着郭大器和九个官兵送进了日租界的便衣队。后来听说，郭大器带进去的人都分别到了便衣队的各个分队里。惟独见郭大器长得英俊机灵，便衣队的总头目张必就把郭大器安排到自己身边当了保镖。

郭大器去了日租界的转天，掌柜的就吩咐我赶紧把仓库里的玉器古董再着实捆上绳子，贴上封条，尽快地运往英租界。他把上次没有装箱的那件望天吼也从自己的屋里捧了出来，亲自包上厚厚的棉花，又在一只铁箱子里垫足了木刨花，轻轻放了进去，再上了锁。随后，他又领着我赶往英租界维多利亚道也就是今天的解放北路去找惠灵顿，想立刻敲定存放的银行保险库。不料想，惠灵顿却说，因为日租界和华界形势越来越吃紧，许多有钱的人家都纷纷把值钱的玩意儿往英租界银行里存放。原来预定的银行保险箱只是惠灵顿口头约定的，没有写合同，也没交定金，已经被人家顶用了。一听这话，掌柜的汗就滚了下来，忙央求惠灵顿无论如何也得找个稳妥的银行保险柜存放自家的东西。惠灵顿当着掌柜的面儿连打了几个电话，最后终于有一家银行答应尽快想办法，说等几天后，腾出了位置就可以把东西运过去。掌柜的将定金放到惠灵顿面前，又再三拜托他费心落实保险柜。惠灵顿满口答应了。

我和掌柜的回家的路上，就在克森士道也就是今天的开封道路口上，冷不丁地又碰见了薛艳卿。当时她正从一家服装店里走出来。这才没多少天呀，她可是变了大模样了，脸说是胖了不如说是浮肿，眼睛里早没什么往日的那股子神采。掌柜的有些激动，磕磕绊绊地问她近来可好。

薛艳卿叹道："瞅我这鬼样子，我还能有个好？赵老板，您是我的恩人，我什么也不瞒您……过去我只抽烟，现在我是又抽又喝，白面儿也吸上了。"

掌柜的焦急道："您这不是毁自个儿吗？万万使不得呀！您这一身的好本事儿，还得上台唱戏呀！"

薛艳卿冷冷笑道："就我这人不人鬼不鬼的模样，就是上了台谁还会买我的票？谁还喜欢捧我的场子？我已经毁了，已经毁了呀！"

掌柜的忙说："快别这么说，我买您的票，我捧您的场子。"

薛艳卿的泪水在眼眶子里打转，笑道："谢谢您还有这份心……可是我再没有上台的资格了，没有了……"

掌柜的又安慰道："哎，快别这么说，天津卫的人谁不敬重您的戏份儿、您的人品呀？"

薛艳卿脸上现出几分凄凉,说道:"人品……我薛艳卿再也提不得这两个字儿了……"

这工夫,一辆黑色轿车开了过来,车上跳下个戴黑眼镜的汉子说:"太太,老爷到处找您呢。"

薛艳卿反感地:"我说了到英租界来买衣裳的,怎么了?"

那汉子戒备地上下打量着掌柜的和我。

薛艳卿厌恶地冲他说:"看什么?看什么?这是'恒雅斋'的赵老板,不认识吗?明天就到他们'恒雅斋'去花银子买玉器。去,把里边我挑好的衣裳给我拿出来。支票还没给人家呢!"

那汉子冲汽车里边喊了句:"嘿,下来伺候太太呀!"

从汽车里又走下一个戴墨镜的汉子,他背对着我们站立。

这一个汉子走进服装店,另一个守在薛艳卿身边,把脸背对着我。

薛艳卿撇着身边的汉子:"甭伺候我,一大堆衣裳呢,他一个人拿得了吗?"

那汉子还是背着脸说话:"老爷叫我们不能离开你的……"

薛艳卿啐了口:"呸!我又没长翅膀?还能飞了吗?快去!"

那汉子这才转身朝服装店里走去。我突然发现这戴墨镜的汉子正是郭大器,惊讶地看掌柜的,其实掌柜的已经瞅出是郭大器了,见我要说话,忙捏捏我的胳膊,我赶紧闭上嘴。

薛艳卿咬着后牙根骂道:"您看看,我现在过的是什么日子?走到哪儿都有人盯着,没有半点儿的自由……哎!我就破罐破摔了……"

见状,掌柜的不便再多言语,匆匆告别了薛艳卿回了家。

后来才听说,薛艳卿被张必"献"给了小野之后,就隔三差

395

五地叫去陪小野睡，小野偏偏是个性大却家伙硬不起来的主儿。他搞不进去，对薛艳卿就掐就咬，还拿黄瓜、茄子往薛艳卿下身使劲儿捅咕，疼得她鬼哭狼嚎满床打滚儿，她嚎叫得越厉害，小野越是来精神。薛艳卿回到张公馆后向张必诉苦，张必听了竟然不恼，不是拿软话劝就是拿狠话吓唬，再拿大把的钱哄着薛艳卿，叫她无论如何也要把小野伺候到底。薛艳卿对张必怎么能不恨之入骨？

再说陆雄飞,在李穿石强行迎亲那天,因为面对着两个正管的局长,他强咽下一口窝囊气,算是栽了个大面子。但是他可是个有仇必报的主儿,如果不把这个面子争回来,在帮里可就算是留下叫弟兄们撇嘴的话把儿了。所以,也就刚刚过了三天,趁李穿石在饭馆里请朋友喝喜酒的机会,陆雄飞指使自己的几个弟兄装成醉酒,掀翻了酒桌,把李穿石狠狠地打了一顿。饱受皮肉之苦的李穿石自然清楚这是陆雄飞算计自己,但是却抓不到陆雄飞的把柄,便暗暗下了狠心,要利用日本人的手整治陆雄飞。

第二十四章

他早就知道臭咧咕是陆雄飞的铁杆儿兄弟,一定知道陆雄飞私下的许多秘密,他便有意在臭咧咕身上下工夫,得空就把臭咧咕找了出来玩耍。

臭咧咕本来就是个有奶就是娘的主儿,李穿石请他到馆子吃了两顿饭,又弄来个日本娘们儿陪他抽白面,陪他睡觉,他就美得找不到北了。李穿石趁他晕乎套他的话,终于有一天在酒后,他把陆雄飞刚刚派过来五十个人里有十个不是青帮弟兄的事儿说了出来。

李穿石听了,一激灵,忙问臭咧咕:"那十个人的底细你知道吗?"

臭咧咕说:"不清楚,我大哥只是叮嘱我要格外关照那十个人,万一有什么麻烦一定要摆平了……"

李穿石问:"是不是陆雄飞刚刚拉进帮里的弟兄?"

臭咧咕摇头说:"不像,我大哥说了,那十个人都是化名的,对他们也要戒备着,跟他们不能讲真话的。"

听到这里,李穿石心里已经明白七八分了,那十个人一准是东北军派到便衣队里边来刺探情报的。看样子陆雄飞已经跟东北军配合上了,只要把这事儿透露给小野,小野肯定饶不了陆雄飞的。

李穿石先是不动声色地把臭咧咕说的那十个人的名单搞到手,然后准备悄悄地送到小野的手里。他心里兴奋地说,这回准要了陆雄飞小命的!

听见李穿石在电话里跟小野约定见面,洗玉就劝他:"你怎么还跟小野来往呀?我爸为什么不愿意我跟你?还不就是怕你上了日本人的贼船呀!"

李穿石说:"放心,对日本人我心里有数儿。陆雄飞要把我朝死里整,我斗不过他,就利用日本人整治他!"

洗玉说:"干吗找日本人?可是咱们跟他毕竟是一家子呀。"

李穿石激动地:"一家子?他的人差一点儿把我的胳膊腿打断了,你再瞧这儿……"

他撩起头发露出脑门上的伤疤:"差一点儿就把我脑袋开了瓢了!我能轻饶了他吗?!"

洗玉心疼地打量那伤口,恨恨地说:"他也忒狠毒了……"

李穿石咬牙切齿地:"他不仁,我就不义,这回呀,少说也要扒下他一层皮!"

洗玉望着李穿石:"穿石,恨他归恨他,可是他毕竟是我姐姐的男人呀！你打算把他怎么着呀？"

看见洗玉那担心的样子，李穿石拍拍她的脸蛋儿："放心，要不了他命的，总得让他长点儿记性吧？"

其实，李穿石就是想叫陆雄飞死。当他快走到小野住的地方时，心里又嘀咕起来，他明白，只要把那东北军情报人员的名单送给小野，那些人一定是死定了。万一叫东北军知道了，自己也就必定是汉奸的罪名。但是身上的伤痛又激起他恶毒复仇欲望，还有占有"恒雅斋"那一库房玉器宝贝的念头更是让他难以放弃眼前这个除掉陆雄飞的好机会。终于，他走进了小野的门。

小野一看见那名单，顿时就出了一身冷汗。如果这十个人真的是东北军的情报人员，关东军和天津驻屯军司令部几个月来的精心设计可能在还没有行动之前就会曝光失败。但是他无法理解，陆雄飞是李穿石妻子的亲姐夫，他为什么要把这个可能要了陆雄飞性命的情报递到自己手上？他把李穿石请到自己在日租界的私宅里喝酒，酒过三巡之后，他问李穿石："穿石君，为什么你会把这个对陆雄飞很不利的情报给我？"

李穿石说："中国有句名言，叫士为知己者死，您平日里对我李穿石够交情，所以到了节骨眼上，我不帮您还帮谁呀？"

小野又问："要是说起交情来，您跟陆雄飞有着一个共同的岳父，照天津人的说法，就是一担挑儿，不是很够交情吗？"

李穿石说："中国还有一句名言，叫远亲不如近邻，我跟陆雄飞虽然是亲戚，可是他跟我是冤家……"

小野问："冤家？你们不是很谈得来吗？"

李穿石说："这您就不知道我们中国人了，表面上好不好并不重要，关键是私底下怎么样？"

小野问："私底下你们怎么了？"

李穿石说:"陆雄飞是个霸道不讲理的家伙,他怕我迈进赵家的门儿将来跟他平分家产,所以就处处跟我过不去,您看,您看……"

他指着自己脑门上的伤疤对小野说:"就因为我娶了他的小姨子,他就对我下这么狠的手,我凭什么还要包庇他?"

小野点头笑道:"啊,我想起来了,赵老板可是藏着从皇上那里搞去的不少玉器古董。陆雄飞当然不希望别人去分享。"

说着,小野捧起掌柜的送给他的望天吼打量着:"这很好理解,我如果能娶了赵老板的女儿,我自然也会要把那些宝贝全搞到手的。"

其实李穿石已经听洗玉说过,她爸爸送给小野的望天吼是复制品,虽然对掌柜的心存怨恨,但是他还没打算把这个秘密告诉小野。

小野还在喜爱地抚摩那望天吼光洁的脊梁背儿,一边说:"如果陆雄飞突然从这个世界上消失了,赵老板的那些玉器古董日后会不会都是你的了?"

李穿石说:"对那些玉器我倒没怎么在意……我就是要出这口恶气!"

小野盯着李穿石的眼睛说:"不,不,你没有说真心话。就这样一件玉器就叫我十分动心了,赵老板那一大堆的玉器古董你会不动心吗?"

李穿石嘿嘿笑道:"那是,那是,君子爱财嘛……"

小野笑起来:"还要取之有道对不对?不是道理的道,而是道路的道。你今天帮了我,日后我也会帮助你取得那些玉器古董的……"

李穿石赶紧说:"如果真的有那一天,那些宝贝一半都是您的。"

小野问："这话是真的吗？"

李穿石说："当然了……"

小野笑了："哎，我不过说说而已……你要知道，我能加入青帮，陆雄飞是帮了忙的……"

李穿石忙说："可他已经跟东北军搅和在一起了，可不能轻饶了他呀！"

小野摇头道："我分析，这是东北军利用陆雄飞，我暂时可以不计较……"

李穿石忙说："可是他……"

小野拦住李穿石说："穿石君，我不能因为你们之间的私怨，就影响了我的整个布局，陆雄飞在青帮里是很有地位的，我们也要利用他……"

李穿石不知道，就在小野跟他喝酒的工夫，小野的手下已经按照他提供的名单，不动声色地把混进便衣队的东北军的人一个一个地抓了起来，酷刑拷打，逼问他们所知道的一切。

到了午夜刚过，小野手下人打来电话报告说，已经抓住了九个混入便衣队的东北军情报人员，剩下的最后一个也会在天亮之前落网。小野赶忙打电话向土肥原贤二和驻屯军司令报告了，土肥原贤二和香椎司令官都表示了满意。这令小野十分兴奋，他连连跟李穿石碰杯，感谢他提供的宝贵情报。

李穿石实在没料到，小野并不想把陆雄飞怎么着。虽然脸上堆着笑跟小野喝酒，但是他的心情十分沮丧。

酒劲儿已经上头的小野一边喝着，一边喋喋不休地叨念着："穿石君，放心，只要你对我们大日本国忠心耿耿，我不会亏待你的……你送给我这个宝贵的情报，我会给你好处的，一定会给

401

的……不然你就会恨我……"

李穿石忙说:"不,我怎么会恨您呢?"

小野说:"你会的……如果我不给你好处,你一定会的……我太了解你们中国人……我的父亲早就跟我说过,你们中国人,只看重实惠的东西。黄金、白银、珠宝、玉器、古董和漂亮的女人……除此之外,你们什么都不信……所以你们可以为实惠的东西放弃一切……"

李穿石仗着酒劲儿,忍不住地说:"也不尽然……我这个人就很重情谊的……"

小野嘲弄地摆动手指头:"不,不……你们中国人没有真正意义上的宗教……信仰……没有信仰……就什么都不惧怕……什么不可思议的事情都做得出来……还是我父亲说的,中国人只惧怕死,所以……只能用大炮和刺刀对付中国人……你说,这是不是个真理……"

对小野的话李穿石当然不服气,可是他又不敢放肆地争辩,只能装醉了酒,含含糊糊应对着。直到真的喝醉,倒睡在小野家的客厅里。小野不再理会他,驱车赶到日租界的警察局。

那晚上,在日租界警察局里,对郭大器手下的拷打逼供一直在轮番地进行。到了凌晨四点,终于有一个人熬不住酷刑的折磨,说出所有人的真实姓名,也把在张必家里当保镖的郭大器供了出来。

小野得知一直要刺杀自己的家伙竟然混到了张必身边,真是又惊又喜。他立刻接通张公馆的电话。偏巧那天晚上张必带着薛艳卿到河东的意大利租界回力球场赌钱,玩完了就睡在意租界宾馆里了。小野打探了好半天才把电话接到张必的房间里。他告诉张必,他身边的郭大器是东北军的侦察连长,要他马上把郭大器控制起来,自己带着人马立刻赶到意租界。

放下电话,张必已经是一头冷汗了,东北军的侦察连长居然混到自己身边来了,真是哪天掉了脑袋都不知道怎么掉的。当晚,跟着张必到意租界的有两个保镖,一个呆在酒店的前厅守卫,而郭大器就守在张必住房门外。张必心慌意乱地打电话跟在日租界里边的心腹悄声商议对策,决定先不惊动郭大器,等小野的人马到来之后再动手抓人。

张必接电话和打电话,都被睡在一边的薛艳卿听得清清楚楚。她只作睡着的样子,不敢喘大气儿。她瞅见张必光着脚在地毯上走来走去地琢磨着什么,又扒着门缝朝外打量走廊里的郭大器,只等着小野赶到抓人。也就是过了十来分钟的样子,还没见小野赶到,他实在沉不住气了,一边匆匆地穿上衣服,一边把薛艳卿叫起来,说是自己有急事要赶回日租界,回头就派轿车来接她。说着就出了门。

见张必走了出来,守在门边的郭大器忙问他有什么吩咐。

张必做出轻松的样子对他说,日租界有急事,自己必须先赶回去。郭大器要跟着他走下楼,张必忙说,楼下的人跟我回去,你留在这儿照顾薛小姐吧。说罢他就快步奔下楼去。

郭大器只得听从命令,留了下来。他哪里知道,张必已经知道了他的真实身份,他更不知道小野已经带着人马进了意租界。

见房门开着,郭大器对屋里的薛艳卿说:"薛小姐有什么吩咐?"

已经知道郭大器真实身份的薛艳卿这会儿再瞅见郭大器,也禁不住地心里发颤,却又忍不住打量着面前这个东北军的连长,心说,傻小子,小野一到,你就死定了。嘴里却说:"你帮着把老爷的东西收拾收拾……一会儿拿下楼去……"

薛艳卿手忙脚乱地收拾了自己的物品,匆匆走出房门。她知道,这儿一会儿很可能就有一场真刀真枪的恶战,自己越早离开越好。来到电梯口,偏偏电梯迟迟上不来,她便顺着楼梯小跑着奔下楼去。刚刚奔到下一层,就听见郭大器在后面追了下来,还一边喊着:"薛小姐,薛小姐!"

　　薛艳卿心口乱撞,不知道郭大器突然追过来是什么意思。她惊恐地瞅着郭大器一步一步凑近前来。

　　郭大器将她那副翠玉的镯子递了过来:"您的镯子忘在卫生间了……"

　　薛艳卿松了口气,忙接过来:"哦,谢谢了……这可是'恒雅斋'赵老板替我买来的呢,万一丢了,我还不得心疼死了……"

　　郭大器随口说道:"赵老板呀,那可是个好人……"

　　听到这话,薛艳卿不禁看了郭大器一眼。

　　郭大器突然问:"薛小姐,出了什么事儿了吗?您好像很害怕似的?"

　　薛艳卿本来想装作什么也不知道地逃离,这时却按捺不住地冒出一句话来:"你是东北军吧?快跑吧,日本人要来抓你了……"

　　郭大器顿时惊呆了:"您这是听谁说的?"

　　薛艳卿还没来得及说什么,就听见楼下传来汽车刹车的尖叫声儿。郭大器从窗户朝下一瞅,就见路灯下的两辆汽车里跳下四五个男人来,冲进楼门口。他"嗖"地拔出枪来,戒备地四下看着。

　　薛艳卿吓得躲闪到一边,叫道:"哎哟,你别在我跟前比画这个玩意儿呀!"

　　郭大器匆匆说道:"薛小姐,万一我要是叫他们抓住了,您就给租界警察局打个电话，说这儿有人被绑架了，千万！拜托了！"说罢，他就往楼上跑去。

薛艳卿这又慌张地往楼下奔，等她跑到一楼时，与立在前厅的小野正好打个照面儿。小野见到她，立刻就问："那个保镖还在上边吗？"

薛艳卿只得点头。

小野得意地一笑，又问："张先生呢？"

薛艳卿说："他呀，早跑回去了……"

小野轻蔑地撅撅嘴："把您一个人丢在这儿？哼，中国的男人都是胆小鬼！"

这工夫，就听见楼上传来男人们的吼叫声，接着就是一阵"乒乒乒乒"的枪声。

小野和薛艳卿都紧张地听着上面的动静。

当上边的枪声停了下来后，又是一阵厮打的声音。就听一个日本人在上边用日本话激动地叫："抓到了！抓到了！"

小野对薛艳卿又是一个得意的笑，走上楼去。

这时候，张必派来的轿车也到了，薛艳卿赶紧出门上了车。

后来，听死里逃生的郭大器跟我说，小野上了楼见到郭大器的那一会儿，得意得很，他搓着巴掌前后左右地打量郭大器，像是瞅见一头稀罕的野兽似的。

郭大器五花大绑地倒在地上，刚才跟小野的人马对打拼杀了一阵，气力已经用得差不多了，紧闭着眼睛喘着粗气儿。

小野拿靴子尖儿按在他的脑门上，往后一使劲儿，将郭大器的眼皮儿扯开，嘲弄地说："干什么闭着眼呀？你不是要杀小野吗？睁开眼睛看看嘛，小野就在你的面前呢。"

郭大器看见小野，立刻睁大眼睛瞪着他。恨恨地啐了一口。

小野取笑地说:"你的游戏已经结束了,下面就应该玩我的游戏了,让我来告诉你我的游戏规则……"

冷不防地,郭大器"腾"地跃起身子,一脚踹在小野的腿上,一边大骂:"我操你小野八辈的祖宗!我就是死了,到了阴曹地府里我也得要了你的命!"

小野的手下气恼地往郭大器身上一阵乱踢。

小野也不恼,他拿过一把椅子在郭大器的面前坐下,笑眯眯地说:"你当然要死,因为你竟敢刺杀大日本国的军官。"

郭大器又恨恨地啐了一口,喊道:"我操死你妈!我爸、我娘、我妹子,全家人都死在你手里了!我不杀你才见鬼!!"

小野耸耸肩:"这不怪我,你们全家知道了不应当知道的事情,危及到我们日本军队的声誉,我当然要采取措施……"

郭大器叫:"我操你个没人肠子小野的奶奶!你们炸死了我们的张大帅,杀我们全家灭口!又霸占了我们的东三省!你妈的杀人魔王还他娘的没皮没脸地装蒜!呸!"

郭大器又跃起身子冲小野脸上啐了一口。

小野仍然不恼,说道:"郭大器,你不也杀了你的营长吗?你也是个杀人魔王呀。"

郭大器叫:"那王八蛋是汉奸!是你们的走狗!他该杀!你王八蛋也该杀!"

小野笑道:"谁该杀谁老天爷都安排好了的,你懂不懂呀?你看,你几次都把枪口对着我了,可是我为什么还活着呀?就是因为老天爷要保佑我,要保佑我们日本人,而你们这些支那人,只要跟我们作对,老天爷就会让你们死!天意,这是天意,你懂不懂呀?"

听到这话,郭大器倒冷静下来,他撇嘴说:"哼,你们小日本也配说天意？欠债还钱！杀人偿命！这才是天意！恶有恶报，这才是天意！我把话撂在这儿，小野王八蛋你听好了，别看你们日本人现在这么凶，早早晚晚，你们在我们中国的地面上是死无葬身之地！"

这话把小野激恼了，他突然狠狠地揪下郭大器脖子上的那玉观音挂件，一边打量一边对自己的人说日本话："哈！这家伙也挂着观世音呢……"

几个日本人轮流拎着那玉观音挂件取笑地议论一阵。

小野将那玉观音拎在郭大器眼前晃荡着："是不是从'恒雅斋'赵老板那儿来的？跟他送给我的一模一样嘛。"

郭大器不回答，又狠狠地啐了他一口。

小野终于现出了杀气，说道："上次你打我那一枪，就是这位观音菩萨保佑，她替我挡住了子弹。你们中国人不是说来而不往非礼吗？今天你也来碰碰运气怎么样？看看这位观音菩萨保不保佑你……"

他示意下属把那玉观音挂件给郭大器又挂在脖子上，将他拖在墙角上靠着，撕开他的上衣，紫红色的胸脯上那白玉观音特别地耀眼。

小野又示意手下把那玉观音摆端正，然后掏出手枪退到门边，瞄准郭大器心口上的玉观音挂件，狠狠地说："我倒要看看，你的天意能不能救你的命……"

郭大器怒瞪着小野，从牙缝里吐出句话来："王八蛋小野，咱们阴曹地府里见！"

小野扳下手枪的扳机，眯缝着眼睛正要开枪，突然闯进来一群端着枪的意租界警察，一阵吆喝将小野等人的手枪都夺了下来。

一个意大利警察用半生的中国话叫:"你们这些无法无天的中国人,竟然敢到我们租界里来绑票!都铐起来!带回警察局!"

小野叫起来:"我们是日本人!我们是日本人!"

那些警察哪里听他叫,三下五除二地就把他们都铐了起来。

就这样,郭大器才没挨小野那一枪,在警察局里,他从天窗翻跳到楼顶,又悄没声地游过了海河,逃回了自己的军营。到后来他说起这件事时,还再三掂量着那玉观音挂件,说是观世音和薛艳卿一块儿保了自己。

意大利租界的警察究竟是怎么知道小野抓了郭大器?是不是薛艳卿报的案,薛艳卿却从来没对别人说过什么,直到她死。

当知道自己的九个弟兄全部被日本人逮住之后,郭大器认定是陆雄飞向日本人告的密,便带着人马闯进陆雄飞的脚行问罪。踹开脚行的大门,郭大器就命令手下把陆雄飞抓起来。

陆雄飞的手下一拥而上,赤手空拳地要跟荷枪实弹的官兵拼杀。

陆雄飞倒还沉得住气,忙制止了众弟兄,问郭大器的来由。

郭大器指着他的鼻子呵斥:"你他妈的装洋蒜!派到日租界去的我的弟兄们都叫日本人抓起来了!我要不是别人搭救,也早见了阎王爷了!这件事儿我只跟你商量过,不是你卖了我们还是谁?!"

陆雄飞忙叫冤枉,指天指地的发誓,自己决不会干这缺德的事儿!

郭大器质问他:"你冤枉?为什么你自己的人没有一个出麻烦的?为什么我带去的人一个不落地都叫日本人抓起来了?"

陆雄飞突然想起自己跟臭咧咕交代过的话,赶紧派人去日租界找他询问，但是臭咧咕却躲躲闪闪地不见。再派人去他家打听，才知道他老婆孩子早就搬进日租界了。接着又传来消息，说是臭咧咕升了官，已经当上便衣队的中队长了。陆雄飞立刻意识到了是臭咧咕搞的鬼，这是他万万想不到的，自己一手带出来的，喝过血酒的弟兄竟然背叛了自己，恨得他咬牙切齿直跺脚。他对郭大器说："我自己的弟兄干出的这缺德事儿，我陆雄飞算是瞎了眼，要打要罚随你的便。不过我把话撂在这儿，十天之内，我把臭咧咕的人头送到你们兵营去。"

隔天晚上，陆雄飞带着三个弟兄悄悄地进了日租界，通过租界里边的青帮弟兄四处打听，悄悄找寻臭咧咕的住处。

在日租界里，日本人的情报系统很是敏感，尽管陆雄飞一伙人的活动非常谨慎诡秘，小野还是得到了眼线的报告。

陆雄飞一伙子人终于在日租界的一幢房子里找到了臭咧咕和他的老婆孩子。待陆雄飞说明了来意，臭咧咕顿时脸色煞白，"扑腾"就跪了下来，说是自己那天酒后失言，才把郭大器一伙子人的事儿说给了李穿石，是李穿石向小野告的密。

陆雄飞说："酒后失言也罢，不是酒后失言也罢，反正是你坏了我的大事儿，我不把你交给东北军，他们就饶不了我。"

说着，陆雄飞的弟兄要捆绑臭咧咕。

臭咧咕和他的老婆赶紧给陆雄飞连连磕头告饶。

陆雄飞也不答理他们，铁青着脸走出门去。

三个弟兄将麻袋往臭咧咕身上一套，绳子扎紧了口，像个物件似的把臭咧咕抬到门外的汽车上，油门一踩就朝华界开去。眼看就要闯过旭街的路口（也就是今天的和平路）到华界了，突然三辆汽车从三个方向一齐冲过来，将陆雄飞的汽车紧紧挤在中间。

陆雄飞还没反应过来呢,小野就走了过来,他说:"陆大哥,我们日租界是个法制社会,不通过警察局抓人是不可以的。"

　　到了这进退两难的地步,陆雄飞也只得硬着头皮应对小野了,他指着装着臭咧咕的麻袋说:"这是我自己的弟兄,犯了帮规,带回去让他给众弟兄作个交代。"

　　臭咧咕在麻袋里拼命地叫唤:"小野先生,救命呀!救命呀!"

　　小野命令自己的人把麻袋打开,臭咧咕急忙钻了出来,躲到小野的身后。

　　小野对陆雄飞说:"他是你弟兄,可是他现在是我们便衣队的中队长,你们怎么可以随随便便抓走呢?"

　　陆雄飞说:"小野先生,这个陆小飞还有那几十号子人,可都是你跟我借的人呀。难道我处置自己的人还不成吗?"

　　臭咧咕忙叫道:"我不是你的人!不是了!"

　　小野冲陆雄飞笑道:"你听见了?他已经不承认是你的人了……"

　　见陆雄飞要发作,小野说:"陆大哥,你们已经违反我们日租界的法律了,看在我们过去的关系上,我就不惊动警察局了,不过你必须答应我,今后不要再找他的麻烦!"

　　陆雄飞恨恨地瞪着臭咧咕:"王八蛋!兔崽子!你不是我的人是谁的人?你说呀?!"

　　臭咧咕吭哧了会儿,突然恶狠狠地叫道:"从今往后我……我只效忠小野先生,效忠大日本国!"

　　陆雄飞被激火了,他对小野说:"小野先生,我要弄他回去,是帮里的事儿,请您给个方便。"

　　小野摇头道:"对一个明确宣布只效忠大日本国的人,我怎

410

么能叫他成为囚犯呢？"

陆雄飞非常气恼，说："小野先生，要是照帮里的排法儿，我还算是个大一辈的吧？难道您就不给我个面子吗？"

小野将陆雄飞拉到一旁说："陆大哥，要不是看在你介绍我入帮的面子上，你能不能走出我们租界还难说呢！我向你是借帮里的弟兄，为什么会混进来十个东北军的人？"

陆雄飞涨着脸："我也不清楚他们的身份嘛……"

小野冷笑道："真人面前你就不用说假话了，我知道是东北军逼你这样干的，看在弟兄的面子上，我就不计较了。可是你又明目张胆地跑到这儿来抓人，我就不能不认真了。"

说到这儿，陆雄飞气已经软了三分，但是他又实在不甘心就这么饶了臭咧咕，便坚持要把臭咧咕带回去。

小野有些不耐烦，说："陆雄飞，你仔细想想，便衣队都是些如狼似虎的家伙，万一哪一天我们没留神，他们说不定会擅自闯进华界，抢商号、砸店铺什么的。你老岳父的'恒雅斋'就在这租界的边上，日后一旦发生那样意外的事儿，有陆小飞这样的兄弟在，他不是还能关照关照'恒雅斋'吗，是不是呀？"

陆雄飞自然听出这话里所含着的威胁成分，而且这个威胁确实叫他心头一颤。盘算了会儿，他便强忍下这一口气，对小野一抱拳："如果小野先生确实保证今后无论发生什么情况，都能关照'恒雅斋'的安全，我就放陆小飞一马。"

从来不喜欢中国人跟自己讨价还价的小野问："陆大哥，你在我的租界里，还要跟我讲什么交换条件吗？"

陆雄飞说："就算是交换吧，您答应我的条件，我的四十个弟兄就会老老实实地留在便衣队里，如果不答应嘛……"

小野笑着拍拍陆雄飞的膀子说："你可以放心，这个条件，我接受。"

就这样，陆雄飞丢下了臭咧咕回到了华界。见到了郭大器后，他便说是李穿石有意灌醉了臭咧咕，从臭咧咕嘴里掏出实情，然后向小野告密的。郭大器立刻向上司做了报告，市政府很快做出了决定，开除李穿石的公职，并指令公安局迅速将他缉拿归案。

李穿石是个机灵人，他一听说郭大器逃了回去，就知道自己在华界是再也混不下去了。于是就躲在日租界里不露面。后来在小野的劝说下，索性也进了便衣队，当上了张必的高级参谋。

陆雄飞向郭大器作了交代之后，就派手下人挨家挨户到那些去了便衣队的弟兄们的家里撂下话儿，要当爹当娘的或是做老婆的都跟日租界的儿子、丈夫传信儿，凡是还认陆雄飞做大哥的，必须是人在曹营心在汉，不能真的跟日本人一条心，不准跟着臭咧咕跑。谁要是胆敢拿陆雄飞的话当耳旁风，谁就留神自己妻儿老小的性命！

再说我们掌柜的，听说了李穿石的事儿，头一个反应就是要叠玉快着给洗玉打个电话，问她知道不知道李穿石已经被市政府开除公职，又遭公安局通缉的事儿？掌柜的心思就是想把洗玉劝回家来，让她明白跟着李穿石那样的汉奸，早晚是要遭罪的。可是洗玉的电话怎么也打不通，问到电话局，人家说李穿石在日租界的电话已经撤销了。就这样，全家人就跟洗玉断了联系。

掌柜的还没来得及发愁呢，另一件愁事也越来越重地压上心头。那就是到英租界银行存放玉器古董的事儿一直没有着落。外边的风声越来越紧，他是盼星星盼月亮地等着惠灵顿的信儿，直到了阴历九月二十八号的晚上，惠灵顿才打来电话，说是英租界渣打银行腾出来个保险库房，掌柜的总算松了口气。他赶紧叫

412

陆雄飞去预定卡车，自己则带着我和伙计们连夜把要运出去的玉器古董又仔细核对了一遍，不够牢靠的箱子也重新铆了钉子，捆了绳子。到了阴历二十九号的一大早，掌柜的就招呼我们把大大小小二十七只箱子搬上卡车。

临开车的时候，陆雄飞问掌柜的："要不要我跟着去呀？"

掌柜的说："到那边有人帮着卸货，你就歇着吧。"

陆雄飞撇嘴走到一边，他心里明白，老丈人一直戒备着他，从来不让自己过手"恒雅斋"的玉器古董。

为了顺顺当当地到达英租界，掌柜的提前安排好了走车的路线。远远地躲开日租界，先从东马路进城里，在鼓楼处左拐出南门，再顺着南门外大街一直往南，过了墙子河后，左拐从西小埝进法国租界，穿过法租界，在宝士徒道（今天的营口道）进入英租界，再往前走一段就到了维多利亚道（今天的解放北路）的渣打银行了。可是没料到，卡车走到西小埝法国租界跟前时，却发现通往法租界的路口都被土麻包和铁丝网封死了。站岗的法国兵蛮横地一劲儿摆手，叫我们的车开走。掌柜的赶紧下车问究竟，那些法国兵都只说是上司的命令，说华界的车辆和货物一律不准进入租界。掌柜的好说歹说，那些大鼻子兵还是个不字。掌柜的说，再往前开，从西康道进英租界吧。到西康道，才发现进入英租界的路口也被封上了。华界的车辆和货物也是一律不准进入。掌柜的顿时满头就是汗珠子了，他不住地叨念，这到底是出了什么事儿了？怎么外国租界都封了呢？他叫我赶紧跑进英租界去找惠灵顿，请他帮忙疏通疏通。我飞快跑到惠灵顿的洋行，将他请到西康道的路口见掌柜的。惠灵顿告诉掌柜的，不但英国、法国租界封锁了路口，连意大利租界也采取了同样的紧急措施。因为昨天半夜得到确切情报，日本人就在这一两天要在天津搞

413

军事行动。

　　掌柜的一听更慌神了，掏出一张银票来要惠灵顿送给站岗的英国兵，请他们通融通融。

　　惠灵顿摇头说："赵老板，英国的士兵跟你们中国的不一样，你拿钱去跟他做交易，他会认为这是一种侮辱，反而更会坏事的。"

　　我听了心里就骂，鸡巴！英国兵在天津卫干的操蛋事儿还少啊？！

　　掌柜的对惠灵顿说："我这点儿要命的家当都在这卡车上了，您无论如何也得帮我这个忙呀！"

　　惠灵顿说立刻到租界工部局那里去活动活动，开着他的轿车就走了。掌柜的和我们就在原地死等。就见掌柜的一会儿呆呆地坐在卡车车厢里，一会又围着卡车不停脚地转悠，谁都看出他心里是火烧火燎的。

　　一直等到太阳爬过了头顶，惠灵顿才又露了面。掌柜的赶紧迎上去，眼巴巴地望着他。可是他带回来的仍然是个不字。说他如何拜托了工部局的头头脑脑，如何说了许多好话。但是，人家告诉说，封锁租界是军队管的事，工部局根本无权命令站岗的士兵放行从华界来的车辆和货物。他还劝掌柜的趁天黑之前赶紧把卡车开回去，万一日本人闹起事来，这一车贵重的玉器古董耽搁在马路上可是危险呀！

　　就这样，掌柜的只得又让卡车顺原路开回了家，等到把二十七只箱子搬进仓库里安置妥当后，已经是天大黑了。

　　到吃晚饭的工夫已经是晚上九点多了，掌柜的哪里有心思吃饭，只是一个劲儿地抽烟愣神儿。

　　叠玉问："爸，您怎么一口也不吃呀？"

掌柜的也不答话,只说:"不饿……"

陆雄飞劝慰道:"老爷子,您不就是怕那些宝贝玩意儿放在家里不保险吗?其实没事儿的。就算真有什么麻烦,这家里不还有我吗,还能有什么闪失吗?"

掌柜的瞧着陆雄飞没说话。

陆雄飞说:"怎么着?您还信不过我吗?"

掌柜的说:"怎么信不过?有你这话,我就踏实多了。不过,等英租界的警戒解除了,还是都送到渣打银行去,毕竟英租界保险嘛……"

他的话还没落音儿呢,就听见从日租界那边传来了爆豆似的枪声,接着又传来震耳的炮声,这一来,全家人都呆愣住了。

这就是那年的阴历九月二十九,阳历公元一九三一年十一月八号晚上十点,日本人一手操纵的汉奸便衣队,开始在天津闹起事来。他们两千多号子人,以日租界为据点,兵分四路,朝华界打杀过来。

好多年以后看史料，我才知道当时的日本人操纵的便衣队暴动，本来是在晚些时候才闹事儿的。因为发现有东北军的密探混入便衣队内部，日本驻屯军害怕东北军调兵遣将提前预防，才决定提前起事儿。

便衣队分四路向华界发起进攻，北路是从日租界闸口道（今天的辽北路）、旭街（今天的和平路）一带朝东南角进发，再分路攻打东马路和草场庵，中间两路是沿着福岛街（今天的多伦道）一线由东往西和由南往北朝南市方向进攻，南路是以海

光寺日本兵营为基地，越过南门外大街，朝宁家大桥、炮台庄、万德庄方向进攻。前面都是招募的中国人在冲锋打杀，而日本军人则在后面拿着枪督阵。他们一冲到华界地面上就烧杀抢掠，攻击政府机关，砸公安局、派出所，抢商号，烧铺面。

凡他们经过的地方都是枪声不断，火光冲天。老百姓们纷纷躲逃，一时间，喊爹叫娘，鬼哭狼嚎，乱成了一锅粥。

当时河北省政府主席是东北军的第二军军长王树常，天津市的市长兼公安局长是张学良的弟弟张学铭。两个人对汉奸便衣队可没有手软，立刻指示部属跟汉奸便衣队打开了巷战。顿时，海光寺、南门外大街、南马路、南市、东马路一带都成了刀光

剑影的战场。

由于郭大器已经提前摸到了便衣队的进攻路线，由东北军独立十五旅改编的警察部队、公安局的保安总队在与日租界相交的每一个路口处都提前布置了防御兵力。当便衣队深入华界一百多米的地方时，便前阻击、后包抄，与便衣队展开激烈的枪战。

那天晚上一响枪，"恒雅斋"的账房先生和几个伙计，还有做饭的大厨都慌忙跑回了家，只剩下我跟着掌柜的，还有陆雄飞守在家里。陆雄飞想要到脚行去召集几个弟兄来守护"恒雅斋"，刚刚出了大门险些叫流弹打着，吓得他又躲回了院子。

枪声一响，掌柜的就让老太太、叠玉、小开岁和女人们都躲到仓库里，陆雄飞躲靠在院子墙根，守院子的大门。我跟着掌柜的躲在"恒雅斋"的铺面墙角里，守着"恒雅斋"的店门。"恒雅斋"的位置恰好就在双方交火的中间，听见那打枪的声音可清楚呢，活像过年放鞭炮似的，"劈劈啪啪"的不停。从窗户缝里就能瞧见子弹带着火光从天空上"嗖，嗖"地乱飞，真是叫人心惊肉跳。

听着外边没完没了的枪声，一时好奇心冒出来，便悄悄溜到院子里，朝楼上奔去。上了二楼，穿过老太太的房间后窗户，顺着通往楼顶晒台的梯子，就攀到楼顶晒台上。赵家造的房子高，说是二层楼，比人家的二层楼足足高出去半层，所以晒台也就特别高。从晒台的砖孔里朝下望去，月光下街道上对打对杀的两边阵势一目了然。只见日租界方向，便衣队黑压压的一堆人，胳膊上都戴着白色的袖标，一边开枪一边沿着墙根朝北边窜过来。再瞧北边，躲在沙包后面的警察和保安队的人拼命地开枪。两边打出的子弹形成的密密麻麻的火网，怪好看的。

417

突然听见街上有人惨叫一声,接着就是"扑通"有人倒下的声音。定神望去,见便衣队那边有人倒在马路上打着滚,紧接着又是一声惨叫,另一个便衣队的人也倒下了。一见对面躺下几个,保安队和警察枪打得越来越来劲儿,眼见得便衣队这边乱了阵营,已经有人扔了枪往回逃跑。警察和保安队一声喝喊,便发起冲锋,人马一股脑儿地压了过来,把便衣队的人马都赶回了日租界。

见这阵势,我心里一劲儿叫好,忍不住冲下面院子喊起来:"掌柜的! 掌柜的! 便衣队叫警察打败了!"突然,就听见半空响起几声刺耳的尖叫, 从日租界那边发射过来许多发炮弹打在警察和保安队人群中,只听"轰!轰"震响,眼见街面上就倒下了几个警察,顿时惨叫声连成一片。接着,刚刚败逃的便衣队又返杀回来。

这时,掌柜的在下面狠叫:"德宝,你找死呀! 不要命了? "我赶紧奔了下来,跳到院子当中。

掌柜的瞪着我骂道:"活腻烦了是不是?! "

这时,就听见街道那边响起"嗷嗷"的叫喊声,接着又传来"哗啦哗啦"砸玻璃的声响。这明明是在砸街面上的铺子了呀。

我跟着掌柜的和陆雄飞跑到前面"恒雅斋"的门边,从门板缝隙里朝外瞧去,见便衣队的人马疯了似的一边奔着一边朝两边打枪。用枪托子狠命地砸商户的门窗。

掌柜的慌了,忙问陆雄飞:"畜生们这是要人命呀! 怎么办呀? "

陆雄飞倒也镇静,拎起铁棍子说:"您甭怕,谁要是敢动'恒雅斋',我就砸碎他的脑袋! "

就听见外面有人喊:"弟兄们,前边就是派出所,拿下派出所有赏呀！"

我立刻听出来这是臭咧咕的声音，赶紧从门板缝里朝外瞧去，果然看见臭咧咕抢着手枪耀武扬威地指挥着人马又喊又叫。我悄声说："大姐夫，快瞧，臭咧咕！"

陆雄飞一愣，也赶紧朝街上看去，啐了一口："操他八辈子祖宗的！"骂着他就要拔下门闩打开大门。

掌柜的忙拦住他问："你干吗？"

陆雄飞说："我要教训教训这忘恩负义的混账王八蛋！"

掌柜的焦急地说："你糊涂了！他手里拿着枪呢，杀人都杀红眼了，咱们躲还躲不及呢，还招惹他？！"

陆雄飞恨恨地啐了一口："妈的！早知道叫几个弟兄守在家里……"

突然，站在街上的臭咧咕盯着"恒雅斋"的牌匾，现出一股子怪怪的笑，竟走了过来。他身后边又跟过来几个便衣队。

我赶紧低声叫："掌柜的，臭咧咕带着人马过来了！"

掌柜的示意都别出声儿，朝外边瞧去。

陆雄飞紧贴在门边，捏紧了铁棍子。

就听见外边有人说："中队长，这可是陆雄飞他老丈人的'恒雅斋'吗？"

臭咧咕说："没错，这里边可是藏着不老少的宝贝呀！只要把这道门打开，咱哥几个立马就成了百万富翁了！"

一个尖嗓子说："怎么着？你还把它也抢了？"

臭咧咕说："天赐良机，不抢还留给别人抢呀？"

一个哑嗓子说："不合适吧，陆雄飞可是咱们的大哥呀……"

臭咧咕说："狗屁！陆雄飞算老几？眼下咱们就认日本人！趁

前边打得热闹,抢了它!干不干呀?"

尖嗓子说:"臭咧咕,我们老婆孩子都还住在华界呢,还是留点儿后路吧!"

哑嗓子嘀咕地说:"就是,万一撞上陆雄飞怎么办?"

臭咧咕说:"你手里攥着的是烧火棍子呀?怕他个球!"

躲在门边的陆雄飞恨恨地咬着牙根儿,脸色铁青。

尖嗓子又道:"大哥,您可别忘了,李穿石可是这家的三女婿呢?惹不得的。上面不是有命令吗?哪一家铺子都可以抢,就是'恒雅斋'不能动!"

臭咧咕道:"哎!兵荒马乱的,抢了就抢了,他知道是谁抢的呀?去,再叫几个弟兄来,前后门一块儿冲进去!"

哑嗓子说:"要抢你自个儿抢吧,我老婆孩子的命还攥在陆雄飞手里呢。"

臭咧咕骂道:"妈的!我是中队长!不听命令我可以枪毙了你!"

听到这话,掌柜的头上冒出冷汗来,他赶紧悄声对我说:"快去告诉叠玉,关紧仓库门,无论外边发生了什么,没我的话就不要开门!"

我悄声说:"您也到仓库里边躲着吧……"

掌柜的低声喝道:"快去!"

就在这时,外边传来喊声:"报告中队长,大队长命令,前边攻打派出所的弟兄死伤太严重,要你们立刻前去支援!"

又听见臭咧咕说:"妈的!走!走!回头再来……"

一阵乱哄哄的脚步声,臭咧咕一伙子人跑向北面去了。

掌柜的听外边没了动静,长出了口气,一屁股坐在了地上。

我已经吓出一身汗了,便冲陆雄飞说:"你听见了?臭咧咕

420

原先可是你的铁哥们儿！为了抢东西，差一点儿他就要带人杀进来了！吓死我了！"

陆雄飞脸上涨红，刚才臭咧咕的那一番话叫他确实是很没面子，可他还是强撑着气地说："你们也听见了，那些弟兄还是把我当大哥嘛，没一个敢跟臭咧咕杀进来的……臭咧咕狗娘养的，早晚我要亲手宰了他！"

远处又响起密密麻麻的枪声，不过声响小多了，大概是派出所那边打得难解难分。只听见街上有人在痛苦地呻吟。

我从门板缝朝外望去，只见街道上倒着三四个已经炸死的保安队和警察，月光下能见着满地都是黑糊糊的血。一个中了炮弹但还在喘气儿的警察正疼得满地打滚。

我对掌柜的说："掌柜的，您瞧，那个警察还有救呢，咱们要不要管呀？"

掌柜的还没言语，陆雄飞就扯住我说："你找病呀?! 叫便衣队瞧见了，不就惹火烧身了?! "

见掌柜的没吭声，我只好不再吭声。听着门外痛苦的哎哟声，真像是有把刀子割着心。

掌柜的也听不下去，难受地捂着耳朵。

这时，璞翠匆匆走了进来。

掌柜的忙问："谁让你出来的？"

璞翠说："是老太太要我来问，外边的仗打完了没有？要是打完了她想上楼歇着。"

掌柜的赶紧往后院奔去，准备到仓库里边稳住老太太，没想到，进到后院就瞧见老太太已经走出了仓库，掌柜的忙拦住："娘，您这是？"

老太太说："在那里边憋闷得慌，我还是上楼躺着去。"

掌柜的央求道:"娘,这会儿可不敢上楼呀,刚才日本人的炮弹还在轰轰地打呢。"

老太太说:"他打他们的,反正我耳朵又听不见……"

掌柜的说:"哎哟,那炮弹可是没长眼睛的,您还是在仓库里边将就将就吧,待天亮了我就把您和叠玉她们都送到英租界里边去躲躲……"

老太太连连摆头:"去洋鬼子那儿?我可不去。"

掌柜的忙说:"娘,咱这地方离日租界实在太近,太危险呀!"

老太太说:"要躲就去静海老家,那儿清静。"

掌柜的点头:"好,就去静海,可这会儿您还得在仓库里躲避躲避。"

一边说着,掌柜的一边朝璞翠使眼色。

璞翠搀扶着嘴里叨念着什么的老太太走回仓库。

掌柜的又走到"恒雅斋"铺面里,问陆雄飞:"雄飞,等稍微消停些,能不能找辆汽车,把老太太和叠玉娘俩都送到静海乡下去躲避躲避?"

陆雄飞点头说:"这倒是个主意。我现在就打电话……"

说着,他走到账房屋里去打电话。

掌柜的叮嘱我:"德宝,天一亮,只要不打枪了,你就去南开学校找怀玉,无论如何也得把她拉回来,叫她跟老太太一块儿回静海去。"

他又告诉我走哪一条道儿到南开中学最安全。

我应声记住了。

掌柜的又朝外边瞧去,嘴里叨念着:"那个受伤的警察怎么样了?"

我朝外瞧去,见那个警察已经僵僵地躺在街上,没一点儿动静,大概已经没气了。

　　掌柜的长叹了一口气:"哎,造孽呀!"

　　天亮之后,枪声仍然时大时小地响着。站在楼顶上,朝日租界望去,那里仍然是重兵把守,一队队扛枪的人马小跑着地出出进进。

　　我回到自己屋里,特意穿了双跟脚的鞋,准备到南开去找怀玉,走到院子,突然想到还没填肚子呢,便拐到厨房抓个馒头一边啃一边朝大门外走去。正在烧水准备早点的璞翠叫住我问:"德宝,你这是去哪儿呀?"

　　我告诉她是去找怀玉。

　　璞翠忙拉住我说:"外边还在打仗呀,万一叫枪子儿碰着了⋯⋯"

　　我在她的脸上摸着说:"宝贝儿,没事儿的,我走城里的小道儿。"

　　璞翠焦急地说:"怎么叫没事儿呀? 你要是万一出了事儿,我可怎么办?"

　　我瞪她说:"乌鸦嘴,念点儿吉利的不成吗?"

　　见我还要往外走,璞翠扯住我的衣裳:"我不叫你去!"

　　我说:"哎哟! 掌柜的叫我去把怀玉找回来,我能不去吗?"

　　璞翠哼哼道:"别拿掌柜的说事儿, 还不是你惦记着二小姐,担着性命也要去见她。"

　　我气恼地说:"嗨,你瞎裹什么乱呀?!"

　　我不再跟她理论,就出了院门。

　　璞翠在后面连声叫我小心。

　　我按照掌柜的叮嘱,专门找城里的小窄巷子钻,一直溜到了

423

西南角,出了城厢,绕道到西广开,再往东去来到南开中学。还没进南开中学的院子,就听见里边吵吵嚷嚷成一片,再进了院子我就瞧傻了,只见这里边地上到处都是受伤的保安队员、警察和老百姓,许多医生和护士围着受伤的人包扎的包扎,缝针的缝针。一些学生也在跟着一边忙活着。大门外时不时又抬着淌着血的人进来,正眼瞧了就得眼晕。

我拦住一个学生打听怀玉在哪儿。那学生指指前边一个临时搭建的救护帐篷说,赵怀玉在那里边帮忙呢。我赶紧奔到帐篷里边,走近了才看清楚在这儿躺着的都是受重伤的人,怀玉就跪在地上正给一个大腿上受伤的警察包扎, 她包扎的动作很是利索,活像是个专门干这一行的护士。已经包扎了厚厚的纱布,那血还是浸了出来。受伤的警察疼痛地不住叫唤,两条腿拼命地踢蹬着,一边大骂操日本人的娘。

怀玉头也没扭就冲我喊:“哎,别干看着呀,快按住他的腿!”

我赶紧按住那警察的两条腿。

怀玉麻利地将绷带绑在那警察的伤口处, 她松了口气对我说:“谢谢了……咦,德宝,怎么是你?! ”

她惊讶地望着我。

我说:“我是来告诉你,掌柜的要把老太太和叠玉还有小开岁都送到静海乡下去躲一躲……”

怀玉说:“呆在家里是不安全,要走就快走。”

我说:“掌柜的说也要你一起走。”

怀玉摇头:“我不能走。”

我忙问:“为什么?”

她指指周围说:“你这不都看见了? 我们学生会的都参加红

十字会救护队了,这节骨眼上,我怎么能躲呢。"

我这才瞧见她胳膊上的红十字,劝她道:"怀玉,这仗说不定越打越邪乎,你呆在这儿实在是危险呀!"

她望着那些伤员说:"我不过就是救护罢了,比起他们来算什么危险呀?"

我说:"掌柜的可是吩咐了,不管你说什么,也得把你拽回家去!"

说着我就将她拉拽起来,扯着她的胳膊往外边走。

怀玉急了,狠狠甩开我的手叫:"你就别管我了! 就是别人都回家了,我也不回去了!"

"为什么?"我惊讶地看着她。

怀玉现出满脸的羞惭,随后又恨恨地说:"你还不清楚? 本来人家就说我爸爸和大姐夫为了赚钱跟日本人勾勾搭搭。我亲妹妹又甘心情愿地跟汉奸李穿石跑到了日租界! 有这样一个家庭,我感到很耻辱!"

见她说出这话来,我呆傻了。

我说:"怀玉,你是知道的,掌柜的跟日本人没有丝毫关系的!"

怀玉叫:"我知道又有吗用? 我能够挨个跟同学们去解释吗? 你知道吗? 我在同学面前抬不起头来呀!"

我说:"怀玉,你这样对掌柜的不公平呀!"

怀玉说:"你回吧,就跟爸说,那个家我是不会再回去了! 决不回去了!!"

我忙说:"别呀! 掌柜的要是听见你这话,该多伤心呀?! "

怀玉说道:"你也别劝我了。对这个家我已经失望了……"

我还要劝说她,就听见有人粗着嗓门叫:"大夫,快来抢救

425

这个弟兄,他快不行了!"

听这声音耳熟,定神望去,叫唤的正是郭大器,他带着保安队的两个弟兄抬着一个浑身是血的伤员奔了过来。

医生和护士们忙奔过去忙活,将那个伤员抬到手术床上,撕开他的衣裳检查伤口。

郭大器焦急地说:"大夫,您们一定得救他的命呀,这小伙子上个月刚刚娶的媳妇,好日子还没过呢,他可不能死啊!"

怀玉发现了郭大器,眼睛一亮,直起身来,亲昵地"嘿"了一声。

郭大器这才看见怀玉,也亮起眼神儿,赶紧走过来:"怀玉!"

怀玉也不顾郭大器身上还粘着血浆,一下子扑到他的怀里。

倒是郭大器有些害臊,赶紧把她推开:"别别,我这身上都是血呢……"

怀玉忙关切地上下打量他:"你没事儿吧?"

郭大器摇头:"我没事儿,是那个伤员的血……"

怀玉用她那白白的纤手把郭大器脑门上的乱发梳整齐,一边叮嘱:"你千万千万要小心啊!"

郭大器也用手捋着她的头发:"放心吧……我自己已经宰了七八个汉奸便衣队了,我这不还好好的吗?就等着日本人露头呢,我一定要亲手杀几个小日本!"

见怀玉望着郭大器那亲热的模样儿,我心里很不是滋味。没跟他们打招呼,我就悄悄退出南开学校,照原路跑回了城里。

正准备穿过草场庵那条小街,朝"恒雅斋"奔去,突然前边响起了枪声,吓我一跳,赶紧紧贴在墙角上躲闪。只见一伙子戴着白色袖箍的便衣队冲了出来,朝前边的派出所死命地放枪。从派出所里打出的子弹也很密集,把胡同里的墙皮打得连连爆裂。

便衣队里边响起一个嘶哑的喊声:"弟兄们,狠狠地打!拿下派出所,赏大洋一千呀!"

定神一瞧,就看见臭咧咕抢着手枪在喊叫。瞧这个王八蛋猖狂的样子,他是死心塌地当汉奸了。我想躲闪到一边绕道回家,可心里好奇,便忍不住留在了原地,探身瞧着前边的动静。

只见便衣队的人连连朝派出所里扔手榴弹,"轰轰"几声震响之后,派出所里边的枪声突然稀落下来。

臭咧咕兴奋地叫:"弟兄们,冲进去,抓着活的还有赏呀!"

一伙子便衣队如狼似虎地冲进了派出所,不一会儿工夫,派出所里就没了枪声,只听见臭咧咕一伙子兴奋地吼叫个不停。再过了一会儿,就见便衣队的人一边呵斥着,一边押着带着伤的几个警察出了派出所。

臭咧咕牛气哄哄地命令:"都押送到日租界里边去,交人领赏。"

一个脸上挂着彩的中年警察突然将身边的便衣队推倒在地,朝我这个方向逃过来。臭咧咕抬手就是一枪,那警察顿时就栽在地上,半个身子正倒在我的面前,脑袋上的枪眼儿"咕咕"地淌鲜红的血和白脑浆子。吓得我"妈呀"一声叫,差一点憋回气去。我转头就跑,没命地跑,也不知道自己是怎么跑回家的。

一跑进大门,正跟璞翠撞了个对面儿。她叫了声:"我的老天爷,总算是回来了……哎,怎么这么个脸色儿呀?撞见鬼了?"

我勉强做出笑模样:"没……有啊……"可心里还在"扑腾!扑腾"乱跳。

璞翠上下打量了我,见我还是个囫囵个的,连连说了几声阿弥陀佛,拿出自己的手帕给我擦汗。

一时间我心里头一热,心说,德宝,你就认命吧,再不要做怀玉的梦了,眼前这个才是你实实在在的女人哪。

　　待见了掌柜的,我没敢说别的,只说怀玉躲在学校里有老师照顾,挺安全的。掌柜的叹口气也就没再说什么了,便叫我去吃早饭。

　　进了厨房,璞翠端过来豆浆、馒头和酱豆腐,一看见那白白的豆浆和血红的酱豆腐,那个冒出鲜血和脑浆子的脑袋又出现在我的面前。一口还没吃呢就忍不住呕吐起来。吓得璞翠叫出声:"这是怎么了?"

　　我只说跑路跑得太急了,灌了凉风,应对了过去。

　　中午时分,到外边去找汽车的陆雄飞也回来了,他告诉掌柜的,能开动的汽车都被人家花高价钱租去了,最早也得要转天才能租到一辆汽车。

　　掌柜的叹道:"也只能叫老太太在仓库里再委屈一晚上了,但愿这仗快消停了吧。"

　　整个白天,外边的枪声渐渐稀拉了下来。陆雄飞的一个在报馆的青帮弟兄跑了来向他通报,便衣队闹事惊动了在北平的副总司令张学良,他已经通电全国,揭露日本人在天津操纵支持便衣队搞暴动的事实。天津市长张学铭也向日本驻天津总领事提出抗议。日本人也装模作样地向天津市政府提出抗议,诬蔑说是中国军队打死了日本军人。中日双方频频照会,打起了嘴仗。驻天津的英、法、意大利等国的驻军头头脑脑们也都出了面,说是要调停中日纠纷。看样子这个仗就是再打,也不会那样邪乎了。

　　听了这些,掌柜的松了口气,忙走到仓库里告诉老太太这个消息。老太太说:"看样子就不用去静海了吧?我这把子年纪,实在是经不起折腾了……"

到了下午时分,外边的枪声竟完全停了下来,掌柜的自个儿也爬上了楼顶去张望,我跟着也上了楼顶。朝四下望去,街道上不见一个人影儿,连个猫狗什么的也看不见,平日里热热闹闹的天津卫这会儿静得没一丁点的声音,活活跟死城一般。看着看着,心里头就不住地发瘆。

　　听说不打枪了,老太太死活要上楼去躺着,掌柜的只得叫璞翠搀扶她上了楼,又叮嘱说,只要再响枪响炮,就立刻搀扶老太太到仓库躲避。

　　叠玉抱着小开岁也回到自己屋里,忙着洗洗涮涮。

　　掌柜的叫我先把仓库的门锁好,当我刚要锁门时,他却又拦住我,一个人走进仓库,再次打量那些装着玉器古董的箱子,好一阵发愣。他对我叹道:"德宝,咱们是不是干了件大蠢事儿呀?收进来这么多的玉器古董,本以为占了个大便宜,这一打仗,可就都成了累赘了呀。"

　　其实我心里也这么想的,可是还是安慰道:"掌柜的,这仗打得再热闹也总得过去呀,是不?这些宝贝到了什么时候还是宝贝,而且越是到往后就越是宝贝。"

　　掌柜的点头道:"这话也是……不过这仗要打到什么时候才算完呀?"

　　我说:"东北军的兵力比日本人可是多得多呢,再说了,各国驻军都出面调停了吗,日本人总不会不给面子吧?"

　　掌柜的说:"日本人?难说啊……是啊……只要日子安稳下来,这些玩意儿还是宝贝啊!"

　　他情不自禁地掏出腰间的钥匙,打开铁箱子,捧出那件望天吼来,喜爱地摩挲着,打量着,自言自语:"瞧瞧,多纯的子玉儿呀!多么地道的手艺呀!还有它这模样,实在是传神哪,瞧它这嘴巴,就差喊出声来了……哎,这传世的宝贝呀,只有到了太平年月才能算个宝贝呀,要是赶上乱世呀,谁还有心摆弄它呀,不过就是块石头罢了……"

这时,叠玉突然跑了进来说:"爸,洗玉从日租界打来电话了,她要跟您说话。"

掌柜的一个愣怔,沉了沉问:"她说什么?"

叠玉说:"她听见咱们这边打枪,不放心……"

掌柜的蹙眉道:"她在日租界平平安安就行了,家里就用不着她操心了……"

叠玉说:"爸,洗玉是想跟您说两句话!"

掌柜的有一会儿没吭声,最后对叠玉道:"我跟她没话……"

说到这里,掌柜的眼眶子湿了,他扭过头去。

叠玉又劝道:"爸,洗玉就是想跟您说句话嘛。您就是骂她几句也成呀,您总不能永远不答理自己的亲闺女呀!"

掌柜的说:"我不是不想跟她说话,如果李穿石那个不要脸的东西也跟我说话,我说什么?啊?我说什么?说好话我不甘心,说孬话又叫洗玉为难,明白了吗?"

叠玉不再说什么,自个儿回"恒雅斋"里去接洗玉的电话。

"等等……"掌柜的突然又叫住叠玉:"我去吧……"

叠玉这才松了口气,看着父亲走到前面的铺面里。

430

掌柜的进了"恒雅斋"的账房,犹豫了一下拿起电话:"是洗玉?"

电话那边洗玉激动地叫了声:"爸……"就哽咽起来。

掌柜的说:"哎哟,有话说话,哭什么呀?"

洗玉一边哭一边说:"爸,我以为您……您再也不要我了……"

掌柜的又红了眼圈,拿着电话一时不知道说什么好。他伤心地闭上眼睛,待洗玉的哭声消停下来,他说道:"已经这样了,

第二十六章

爸也不说什么了,你自己好好过日子吧,只要是平平安安的就成啊……"

洗玉还抽泣着:"我知道了……爸……"

掌柜的又说:"就一样我还得啰嗦几句,你告诉李穿石,眼下这兵荒马乱的,他说话办事儿可得掂量了再掂量,可不能再走错一步了!一句话,日后不能叫天津卫的老少爷们儿戳脊梁骨!这话你务必告诉他!"

洗玉忙解释:"爸,穿石跟我都发了誓的,他绝没干过亏心事儿啊!市政府开除他、通缉他,完全是冤枉他呀!"

掌柜的摇头道:"你个傻孩子呀……"

那一阵儿李穿石在干什么，洗玉是完全被蒙在鼓里的。他作为张必的高级参谋，早已经参与了策划汉奸便衣队暴动的活动。就在洗玉为他叫冤枉的工夫，他正在日租界万国公寓的便衣队指挥部里跟小野、张必、李际春等便衣队的头目商议下一轮攻打华界的作战计划。一九四五年日本人投降之后，李穿石在监狱里写的交代材料中对那些日子他在万国公寓里干了什么说得十分详细。日本人原来计划是要便衣队一举夺取华界的公安分局、派出所乃至金刚桥边上的省政府。由于天津市政府和东北军事先有了防备，便衣队的头一轮进攻除了臭咧咕那一路占领了一个派出所外，其他三路都被打败，不得已又退回到日租界。在万国公寓里，代表日本驻屯军司令部督战的小野冲张必、李际春几个便衣队的头目发起了脾气。

小野对张必和李际春等人说："你们可都跟我吹过牛的，便衣队训练得如狼似虎，势不可挡，怎么这头一战就如此惨败呢？"

当着许多参谋人员，张必脸上很是挂不住，争辩道："小野先生，我们毕竟打死、打伤他们许多人，不但俘虏了十几号保安队和警察局的人，还占领了一个派出所呀！哎，那个拿下派出所的陆小飞还在吗？"

李穿石说："就在楼下等候指示呢。"

张必忙吩咐人把臭咧咕叫了上来，要他向小野和诸位指挥官报告攻打派出所的战斗经过。

臭咧咕可逮着卖弄的好机会了，他进来后就眉飞色舞地讲述自己如何勇敢、如何攻打下派出所的过程。

小野并不感兴趣，没等臭咧咕说完，就摆手将他撵了出去，随后他对众人说："作战预定目标是什么？不是一个派出所，更重要的还是公安局！省政府！"

李际春也说："总不可能一口就吃个胖子吧？到下一轮攻势您就瞧好吧。"

小野撇嘴道："看看你们手下人马那个不堪一击的熊样子，哼，下一轮攻势也很难说呀。"

张必很不服气地："小野先生，你们原来提供的情报是怎么说的？东北军将采取退让的态度、天津的警察不堪一击等等，可是一打起来，他们反抗得很顽强，而且也早有充足的准备，吃了败仗都怪我们吗？"

小野拍了一下桌子说："难道还要我们担当责任吗？我们把钱和枪都发到你们手上了，你们就应当给我们一个满意的交代！你们就应当漂漂亮亮地拿下公安局和省政府！"

张必嘟囔："漂亮话谁都会说，说到底还是我们在前面拼杀卖命……"

小野立刻回嘴道："当然了，既然你们要求日后拿到管理天津的权力，难道还要我们日本人跑到前面拼杀吗?！"

眼见得就要吵起来了，一直没说话的李穿石赶紧打圆场："诸位，诸位，胜败乃兵家常事嘛，我们根本不必为一次失败苦恼……"

小野问："穿石君，你有什么高见？说出来。"

李穿石说："兵书上说，出奇才能制胜，东北军和天津方面已经事先知道我们的动静，采取了严密的防卫措施，这实际上已经无法出奇制胜了。可是我们还可以制造新的出奇制胜的机会……"

张必忙问："怎么着？"

李穿石说："现在双方不正在交涉谈判吗?英、法、意等国驻军和领事也都出面调停,各租界的舆论也呼吁双方停火。这是一个极好的机会,我们就要给对方造成这样的假象,便衣队准备偃旗息鼓,不再出动了。等对方麻痹之后,我们再来个迅雷不及掩耳……当然,进攻的路线和兵力配备都要做进一步的调整……"

众人一番议论,大多数人都表示这个主意不错。

李穿石见状,十分得意,更是说得来劲,待他说完自己的想法,张必和李际春都连连点头,小野也表示可以考虑,在研究了大半个夜晚之后,制定出一个新的作战计划,小野命人将新的作战计划立刻送给海光寺驻屯军司令和猫在那里的土肥原贤二去审核,等待那里的最后决定。

这时已经是半夜时分,李际春说:"既然是偃旗息鼓,就好好犒劳犒劳在前边打仗的弟兄们,叫大家伙吃饱喝足。我们也紧张了不少日子了,今天晚上也与弟兄们同乐,都轻松轻松,酒菜已经安排妥当,请大家喝个痛快。"

一声招呼,手下人就将酒菜端了上来。

张必的心情颇不痛快,在应酬了一番之后,便独自回到自己的房间。对一直陪自己住在这里的薛艳卿叨咕:"妈的,老子当年在吴佩孚吴大帅手下也是个少将高参,连香椎浩平司令官对我都是客客气气的,一个小小的中佐,动不动就当着那么多手下训人,他算是什么东西?!"

整天闷在屋里酗酒度日的薛艳卿问他:"你这是骂谁呢?"

张必说:"还能是谁?小野!"

薛艳卿喝了口酒,撇嘴道:"小野?他当然敢当面训你了,你连身边的女人都可以乖乖地送给他去折磨,他还能瞧得起你吗?"

434

张必脸涨得红红的,说:"屁话!你个娘们儿家的懂什么?有时候忍受胯下之辱,完全是为了实现我的救国之理想……不过,老子也是拿过枪杆子的,惹急了,我也可以出狠招的!"

薛艳卿蔑视地笑笑:"你呀,也就是在屋里美美嘴,见了小野,怕是舌头也得打结了。"

张必被说到痛处,随手抄起身边的金属烟碟,狠狠地朝薛艳卿甩过去,叫道:"你个贱戏子,找抽呀!"

被烟碟砸到胸口的薛艳卿眼里涌出泪水,不再吭声,跑进卧室,"咣"地撞上房门。

就在这时,小野的电话打来了,他对张必说:"张先生,因为战事不顺利,我很烦恼,在会议上说话难免急躁了些,希望给予谅解。"

张必赶紧说:"我完全理解,完全理解……小野先生您放心,下面的仗一定会越打越漂亮的。"

小野说:"只要打得漂亮,我会在司令官面前为你请功的。"

张必说:"功不功的我倒不在意,只是小野先生要提醒司令官,日后东北军一旦撤出天津,可别忘了我们之间的协议。"

小野说:"我会提醒司令官的,张必先生是市长的最佳人选。"

张必笑起来:"还是小野先生够朋友……"

小野说:"张必先生也很够朋友嘛……薛小姐还没睡吧?"

张必忙说:"没,没有……您是不是又想听听艳卿唱一段了?不过这会儿她可是喝得迷迷糊糊的了。"

小野在电话那边"嘿,嘿"笑着:"没关系,那就唱《贵妃醉酒》嘛……"

放下电话,张必推开卧室门,对靠在床上的薛艳卿说:"得了,得了,宝贝,都是我不好,行不行?赶明儿我带你去租界买衣裳……"

薛艳卿不答理他,躲闪着身子不叫张必碰自己。

张必说:"小野来电话了,他想听你唱一段……我知道你不愿意,可为了大局,你再委屈委屈吧……"

薛艳卿本想发作,一转念,什么也没说出来,她知道,在眼下,小野的话就是圣旨,谁也不敢违抗的,她默默地起身走出房门,走进小野的房间。

小野见她脸色沉沉的,便问:"怎么?张先生不高兴你到我这里来吗?"

也是喝了酒,薛艳卿说话的胆子比平时大了些:"他?怎么会,您们日本人是他太岁,他有几个胆子不高兴?"

小野捏着薛艳卿的下巴问:"那么就是你自己不高兴到我这里来了?"

薛艳卿挣脱小野的手,说:"人家这不是来了嘛。还说这咸的淡的干什么?有什么吩咐?真的要听唱戏?还是要我伺候伺候您?"

小野说:"先听你唱一段,如何?"

薛艳卿哪里有心思唱,便说:"你们这不是在打仗吗?还有闲心听戏文呀?"

小野一摆手说:"我们已经跟中国方面谈判了,不会再打仗了。唱吧,唱吧。"

薛艳卿说:"唱什么呀?我已经不唱戏了,您知道的。"

小野蛮横地说:"我要你唱,你就一定要唱!"

薛艳卿说:"得了,您就别拿我开涮了,想怎么着就直说。要

436

不我先进去把洗澡水给您放好了？"

小野拉住她："今天先不上床，我就是想听你唱戏，唱段新鲜的，以往没听过的。"

不得已，薛艳卿只得应允了，她索性泼起性子说："新鲜的？唱反串儿新鲜。"

小野问："什么叫反串？"

薛艳卿说："我本来是唱青衣的，唱老旦的戏文就叫反串。"

小野往沙发上一靠，说："好，好，只要是你唱的，什么我都喜欢。"

薛艳卿沉了会儿，清清嗓子唱了起来："听一言来气上撞，大骂曹贼听端详，我今既来不思往，休把这虎口吓老娘，恨不得除却这奸党，无有利刃再在身旁。见文房四宝在桌案放，猛然一计上心房，这砚石就是他对头一样，管教奸贼丧无常……"

见薛艳卿恨恨地唱，小野打量着她："看你这神态，好像不是在唱戏……"

薛艳卿端起杯子大口大口喝着水："不像唱戏像什么？"

小野说："好像是要杀了谁似的。我知道，你恨我，恨得厉害，是不是？"

薛艳卿在小野的眼里看到了凶光，脑子清醒了许多，忙掩饰道："您瞎说什么呀？这戏文叫《徐母骂曹》，就是说一个老太太骂奸臣的，您多什么心呀？"

小野冷冷笑着："在你们中国人眼里，我就是个奸臣了？"

薛艳卿脑子极好使，说："中国人怎么看您且不说，可在你们日本国，您一准是个忠臣。"

小野听了哈哈笑起来："这句话我爱听！我爱听！"

437

这时，外边有人敲门，李穿石的声音："小野先生，睡了吗？"

小野冲薛艳卿摆手，她走进了里室，关上房门。

小野开门，李穿石手里拎着酒瓶走了进来，他脸上涨红涨红的，看样子已经是几盅酒下肚了，他用日本话对小野说："小野先生，上次您请我在家里喝酒，来，来，我今天请您喝酒……"

小野不得已地应酬："好，好，明天喝，明天……"

这工夫李穿石已经坐了下来："来，喝，为了我们的胜利，干杯！"

小野只得端起杯子跟他喝了几口。

李穿石得意地问："小野先生，在刚才的会议上，我出的主意怎么样呀？"

小野说："不错，穿石君，看不出你还蛮懂兵法嘛。"

李穿石一笑："这也是急中生智，头一仗打输了，下一场仗再输了可怎么收场呀？所以就逼得人动脑子……"

小野叹道："张必、李际春那些酒囊饭袋，他们就是再输一仗也想不出来什么好点子的。"

李穿石借着酒劲儿发牢骚："虽然是酒囊饭袋，可是你们还是要他们当司令呀。我只能当他们的参谋。"

小野拍拍李穿石的肩头："用他们不是因为他们有能力，是因为他们手下有大批的旧部属，说话有号召力。穿石君，我说过的，我是不会亏待你的。"

李穿石笑笑："您这不会只是一句客套话吧？"

小野摇头："我们日本军人从来都是说到做到的。用中国话说，来日方长嘛。"

李穿石说："来日方长？要长到什么时候？小野先生，您上次

438

说我们中国人不信宗教,没有信仰,只算是说对了一半儿……"

小野说:"哦?"

李穿石说:"虽然您是个中国通,可是毕竟不是中国人呀。我们中国人最讲究什么?最讲究个现世报!现世报您知道什么意思吧?"

小野说:"怎么不知道,就是说一个人做了好事还是坏事,无需等到下一辈报应,在这辈子就要得到报应,对不对?"

李穿石拍起巴掌叫好:"妙!妙!不过我还要纠正一小点……"

小野又"哦"了一声。

李穿石:"现世报这句话不只是指这一辈子要得到报应,更是说要尽快,立刻得到报应。一辈子要七八十年呢,也太长久了。我们中国人一向认为,只有拿到手里、装到自己口袋里的,才是真正属于自己的。"

小野琢磨着:"你是不是在提醒我,你帮我们做了事,我应当在最短的时间里报答你?"

李穿石笑了:"报答可不敢当……不过,为了抓到东北军的特务人员,我是彻底得罪他们了,公职也开除了,身上还背着个通缉令,确实也挺倒霉的了……人家都问我,你这破釜沉舟的玩儿命,图个什么呀?"

小野说:"那好,你能不能直截了当地告诉我,你图什么呢?"

李穿石怪不好意思地一笑:"图什么?嘿,嘿,人活在世上,还不就图个升官发财吗……"

小野:"升官?哎,你现在就是上校高参了嘛。"

李穿石苦笑着摇头:"天津卫的人管咱们这支队伍叫便衣

439

队,便衣,便衣,还不是个散兵游勇的队伍?我忠心耿耿给你们干事儿没说的,不过到头来还是个虚名而已。还不如来点儿实惠的……"

小野:"对,对,你们中国人是最讲究实惠的?你要的实惠是什么呢? 啊,发财,对不对? "

李穿石说:"我也不想发别人的财,就是想把本来属于自己的那份财拿到手。"

小野:"啊,你是说'恒雅斋'的玉器古董? "

外边屋说起"恒雅斋",本来躺在床上昏睡着的薛艳卿立刻支起耳朵,只听见李穿石说:"为了给你们做事,我已经跟老丈人闹翻了,日后分家产肯定没我的份儿,全得便宜了陆雄飞那个家伙,我心里能服气吗? "

小野问:"你的意思是? "

李穿石说:"我想趁这次攻打华界,带着一队人马,把我岳父一家和他的玉器古董都搬到日租界里来。可是我不明白您为什么专门下一道命令不准动'恒雅斋'? "

小野立刻说:"道理很简单嘛。赵老板是你的岳父,你老婆的父亲……"

李穿石忙说:"您可以不考虑这一点……"

小野又说:"不止这些, 陆雄飞虽然不跟我们真诚合作,我也很厌恶他,但是他的青帮弟兄还在便衣队里,在胜负还没有确定之前,还是不要招惹他的为好……"

李穿石说:"嗨!那些青帮人马呀,都已经叫陆小飞接收了,您完全可以不用顾忌陆雄飞……"

小野摇头:"不,不,那些人翻手为云,覆手为雨,叫人琢磨不透的。还有那个陆小飞,那只不过是一条癞皮狗,他可替代不了陆雄飞的。"

李穿石要说什么,小野制止了他,说道:"我跟陆雄飞有个口头协定,他的人马服从我的指挥,我保证'恒雅斋'的安全。况且,'恒雅斋'的赵老板送给我的玉观音毕竟救过我的命嘛。"

李穿石有些尴尬,他说:"小野先生讲义气,我很佩服。可是赵如圭蒙骗过您,您还不知道吧?"

小野望着李穿石:"哦?"

李穿石:"当初叫他们去华界警察局去认刺客,当时赵如圭是完全认识郭大器的,但是他装作不认识,这才叫那小子免了一死……"

小野意外地:"真的吗?怎么当时赵老板的神态里没有一点儿的慌张呀?"

李穿石:"无商不奸,他们买卖人压根就能装蒜说谎嘛。再告诉您,他叫陆雄飞送给您那件玉器古董望天吼也是假的!

小野不相信,说:"假的?不可能!我叫我们的玉器专家鉴定过,那个望天吼的工艺完全是地地道道唐朝的,怎么会是假的呢?啊,李先生,我知道,你又在跟我玩兵法了,这一招是不是叫借刀杀人呀?"

李穿石说:"我是听我老婆说的,还能有假?"

小野说:"据我的情报,赵老板是个谨小慎微的生意人,我看他还不敢蒙骗我的。"

李穿石还要说什么,小野摆摆手道:"算了,'恒雅斋'的主意你就放弃吧,你要知道,我们到天津来,不是抓一把就走的。我们要长期经营,长期!明白吗?像赵如圭这样很有影响的商人,我们要尽一切可能争取他与我们合作。这,就是长期经营的理念。凡是影响我们长期经营目标的,都是不可取的!"

在里屋的薛艳卿听了李穿石和小野这番谈话,不禁倒吸了口凉气。她心里想,赵老板无论如何想不到,自己的三女婿竟是这样一个狼心狗肺的家伙。若不是小野拦着,"恒雅斋"怕是早已经叫他抢光了。想到赵如圭往日对自己的情分,她琢磨一定要想法子给赵老板报个信儿。可是这里戒备森严,没张必发话儿,她根本甭打算出楼门一步。房间里电话倒是有,可是打她搬进万国公寓那天,她就发现这儿的电话只能打内线,外线根本不通。想到这里,她发起愁来。

再说"恒雅斋"这边,自老太太上了楼歇息,我跟掌柜的就一直战战兢兢地听着外边的动静,到了刚刚天黑时,外边什么地方又有了几声枪响,掌柜的一惊,赶忙往楼上奔去,一边喊着:"快!快!快把老太太搀扶到仓库里边去!"

就这样一通忙活,大家又把老太太搀扶下楼来,叠玉也赶紧抱着小开岁跟随老太太躲进了仓库。

待把仓库门关上,外边的枪声又听不见了,我赶紧爬上楼顶四下张望,昏黑的街道上还是不见人影儿。日租界那边也没有什么动静。一直到了下半夜,街面上还是没有任何动静。可又不敢再请老太太回到楼上去歇息,就这样,全家人在仓库里又囚了一个晚上。阴历九月底,刚刚过了立冬的节气,半夜里的寒气儿已经很重了,仓库里就格外地冷人,还带着令人憋闷的潮气儿,老老少少只得把棉被裹在身上。到了天亮时,老太太和小开岁都咳嗽起来。

熬到了转天傍晚时,陆雄飞预定的一辆小卡车总算开到了家门口。掌柜的跟陆雄飞商量后决定,趁眼下街上没什么动静,赶紧把老太太和女人们都拉到静海乡下去躲避躲避。掌柜的让

442

老太太坐在前面的驾驶室里,叠玉抱着开岁,璞翠还有两个陆雄飞专门找来当保镖的弟兄都坐在外边的车厢上。

当汽车开动时,掌柜的拿出一摞子现大洋塞到司机手里,拜托他一路留神开车,平平安安地把人拉到静海乡下。

见璞翠在车上冲我招手,我突然觉得鼻子酸酸的,情不自禁地喊了声:"多留神哪!"

璞翠也红了眼圈儿,不住地点头。

看着汽车拐出了胡同,掌柜的和陆雄飞才回到院子里,这时,天已经渐渐黑下来。掌柜的叹道:"老太太他们离开这儿,我这心里踏实多了……"这话还没落音呢,就听见外边"轰轰轰轰"连着响起了炮声,紧接着爆豆似的枪声也跟着响起来。

陆雄飞赶紧跑上楼顶张望,冲掌柜的喊叫道:"妈的,又打起来了!便衣队的人马又冲出来了!日本人猛往这边开炮呢!"

掌柜的一怔,跺脚喊了句糟糕,冲我叫:"快!快!快把汽车追回来!"

我飞也似的冲出大门,顺着汽车走的路追过去。后面,陆雄飞也跟着追了上来,我们刚刚追出两个路口,前面就落下炮弹来,"轰"地一声炸响,爆炸出的火光刺人眼睛。吓得我慌忙趴在地上。半天不敢动弹。

陆雄飞却不管不顾地朝前奔去,我本想也跟着陆雄飞追下去的,可是看着那爆炸的火光,小时候见到的火光冲天、房倒屋塌的情景又闪现出来,我浑身哆嗦着,两条腿像抽了筋似的站不起来。待炮声消停了些后,我才敢朝前面跑去。跑了没多远,就见几个迎头跑过来的汉子在惶惶地喊,说前边有辆汽车被炮弹炸翻了,顿时我心头就抽紧了。当跑到了下一个路口时,猛然听见小开岁的哭声和陆雄飞的喊叫声,心头一沉,再赶过去定神看,果然见到那辆汽车冒着烟斜歪在路边。赶紧奔上前,见汽车的一个前轱辘已经被炸烂,陆雄飞一手抱着"哇哇"大哭的小开岁,一手搂着已经吓得散了神的叠玉,瞅着冒烟儿的汽车发呆。

没见璞翠的影儿,我顿时就慌了,正要喊她,就听见卡车后面传来璞翠的哭声:"老太太呀! 老太太呀! 您可不能死呀! "

我赶忙绕到汽车后面,就看见老太太和那个司机浑身是血地躺在地上,璞翠跪在老太太身边已哭成个泪人。

我忙扑上前,伸手在老太太鼻子上试了试,已经没了气儿,也禁不住地大声哭起来"奶奶呀! 奶奶呀! "

叠玉又奔了回来,扑在老太太身上哭喊着:"奶奶,您不能死呀! 您不能死呀! "

这工夫,从日租界那边飞过来的炮弹接二连三地在附近炸响,陆雄飞跑过来,扯起叠玉,一边叫喊:"炮弹又落下来了! 快躲躲呀! 回头再哭! 回头再哭! "

这时,两个青帮保镖拖着块门板走来,忙不迭地将老太太抬上了门板。

陆雄飞抱着开岁,拉拽着叠玉,我搀扶着璞翠,这一伙子人跌跌撞撞地往来路上奔去。

就在我们刚刚离开那卡车几十步远时, 就听见一声轰响,地面震得乱颤,那卡车竟爆炸开来,油火"腾腾"地烧起几丈高的火苗儿,把半个天都映亮了。

陆雄飞叫了声:"妈的,好悬! "

我们这一伙子人失魂落魄地进了家门,一直在门口等候的掌柜的忙问:"老太太呢? 老太太呢?! "

叠玉、璞翠和我都一齐嚎哭了起来。

444

掌柜的急了，一把抓住我喊："老太太怎么了？怎么了？"

我哭说："奶奶……死了……"

掌柜的劈头给了我一巴掌："你胡说八道！"

陆雄飞在一边说："老太太真的没了……"

掌柜的圆睁着眼睛喊："没了?!　不可能！不可能!!"

陆雄飞恨恨地吼道："是日本人的炮弹把老太太炸死了！"

这工夫，奔在后面的两个保镖抬着老太太进了院子，掌柜的忙扑上去，看见亲娘一脸一身的血，又拿手往鼻子前试了试，顿时呆傻了。他拼命摇晃着老太太，见老太太半天没有丝毫的动静，"扑腾"跪在地上狠命地冲老太太磕头，嘴里一边哭喊着："娘啊！娘啊……"

我们也都跟着跪了下来，冲老太太不住地哭喊着磕头。

这时，街面上的枪声也响成了一锅粥，把满院子人的哭喊声都盖了过去。

后来才知道，在装了一天半孙子之后，便衣队突然又开始了对华界新一轮的进攻，跟上次不同的是，为了压制保安队和警察的火力，在进攻的同时日本军队从日租界里向华界发射了大批的炮弹。老太太和那个司机被活活炸死就是日本炮弹造的孽。

听见街面上仗打得邪乎，掌柜的生怕那些带枪的便衣队闯进家里来，匆匆哭了阵亲娘，便吩咐先把老太太抬到院子那间偏房里停放妥当。又让失魂落魄的叠玉、小开岁还有璞翠进仓库里躲避。

陆雄飞也吩咐两个弟兄抄起棍棒守在"恒雅斋"的门口，随时应付万一。

掌柜的突然想起，吩咐我一旦外边打仗消停些，就赶快去

445

大哥赵如璋那儿,把老太太的事儿告诉他们。可是外边的枪声竟越来越响了,时不时的炮声震得窗户"哗哗"作响,竟把屋顶的土都震落了下来。吓得我连门都不敢开。

从"恒雅斋"的门板缝儿里看去,街面上,便衣队一次次地进攻,却又一次次被保安队的人马赶了回去。打到最激烈时,就在"恒雅斋"不远的街面上,两伙人马展开了人贴人的肉搏战,刺刀碰刺刀的声儿、枪托子砸在人脑袋上的声儿、狼哭鬼嚎似的惨叫声时不时传来。整个上半夜我们都在这叫人心惊肉跳的声响里煎熬着。掌柜的和我们都紧绷着身子听着外边的每一个动静。过了子时,便衣队终于又溃败了下去,像兔子似的朝日租界里边逃去,街面上留下他们不少的尸首。保安队和警察的大批人马开着枪,喝喊着从"恒雅斋"门前冲了过去。枪声也明显地消停了许多。

我兴奋地告诉掌柜的:"掌柜的,便衣队打败了,便衣队打败了!"

掌柜的急忙扒着门缝朝外看去,捏着拳头恨恨地叨念着:"活该!报应!报应!"

又见保安队和警察将没能逃脱的便衣队一个个地捆了起来,往华界方向押解而去。

陆雄飞骂道:"操!对这些兔崽子,还用费这事儿吗?应当立马枪毙!"

掌柜的突然想到,对陆雄飞说:"雄飞,趁这工夫,赶快把叠玉和开岁送到英租界里边去。"

陆雄飞点头,又问:"到了英租界住在哪儿呢?"

掌柜的说:"去找惠灵顿先生,我这就给他打电话⋯⋯"

说着,掌柜的就给英租界惠灵顿拨通了电话,拜托他找房子,照顾叠玉和小开岁。惠灵顿在电话里满口答应。

陆雄飞也紧着带叠玉和孩子还有璞翠朝英租界赶去。

送走了叠玉,掌柜的刚刚松了口气,突然,有人"砰砰"地敲"恒雅斋"的门,这可是吓了我们一跳。

我壮着胆子问:"谁呀?"

就听见怀玉在外边叫:"德宝,是我,快开门。"

掌柜的忙打开"恒雅斋"的门,就见怀玉浑身是血地站在门口。

见怀玉浑身上下都是血，掌柜的吓了一跳，忙抓住她的胳膊："孩子，你怎么了？"

怀玉只说了句我没事儿，就招呼身后叫梅子和孙冉的女学生抬着个浑身是血的保安队伤员进了屋来，她一把将柜台上的物件儿拨拉到地上，将那伤员轻轻放在了上面。

朝街上看去，才发现许多穿白大褂的医生和护士都忙着把受伤的保安队和警察往救护车汽车上抬。

掌柜的惊讶地打量着胳膊上戴着红十字袖箍的怀玉："怀

第二十七章

玉，你……这是？"

怀玉只顾照看那伤员，头也没抬地说："把家里的药箱子拿过来。"

掌柜的赶紧吩咐我去，我跑到后面，把平日里预备急用的药箱子捧到怀玉面前。

怀玉从里边翻出云南白药来，扶起伤员的脑袋，将药面儿囫囵个地倒在伤员嘴里，又叫梅子喂水，将药面儿全灌进伤员的肚子里。

掌柜的看着伤员的血顺着柜台淌到地上，忙问："这老总伤得不轻呀，得赶快送医院哪，怎么抬到家里来啦？"

怀玉麻利地撕开那个伤员上衣，又解开他的裤腰带，一边说："肠子都流出来了，要先包扎,再送医院去……喂,可要疼一阵的,忍着点儿。"

脸像张白纸似的伤员点点头。

说着她招呼着身边的同学将那伤员的军裤脱了下来，我探着脑袋溜了一眼，只见那伤员血淋淋的肚子冒出一大堆肠子来，我立刻头皮发麻,胸口恶心,赶紧转过眼神。

怀玉双手将那堆肠子往伤员肚子里按,一边招呼孙冉准备绷带。

那伤员一声不吭,紧咬着牙,豆粒大的冷汗从他的脑门上滚落下来。

掌柜的在一边看得清清楚楚,他像打量个生人似的看着怀玉。

怀玉吩咐："赶快找件软垫子来,要垫在伤口上面的……"

看呆傻了的掌柜的像个小伙计似的应了声,跑进账房里,将太师椅上的软坐垫抽了出来拿给了怀玉。

怀玉在伤口上铺了几层纱布,再把软垫子放在上面,又麻利地缠上纱布,三几分钟的工夫,就包扎妥当了。

怀玉又招呼门外的救护车,孙冉和梅子将那伤员往车上抬去,当快上了车时,那伤员一把扯住怀玉的胳膊说："小姐,你救了我的命,我只要还活着,一定要报答你的……"

怀玉说："快别说这话,你们为了天津卫老百姓豁出性命打仗,我们还不是应该的……"

见街面上的伤员都运走了,掌柜的吩咐我打盆热水来,让怀玉和梅子、孙冉洗手。

怀玉说："德宝哥,弄点儿吃的来吧,打昨晚上我们还没得吃饭呢。"

掌柜的说:"我去端水,你快去弄点儿吃食。"

我小跑着从厨房里拿来些冷馒头和咸菜。

怀玉几个洗罢手,就狼吞虎咽起来。

掌柜的在一边心疼地瞧着,说:"仗打得这么邪乎,你们几个女孩子在街上跑,也太悬了,万一哪颗子弹不长眼……"

孙冉笑着说:"伯父,您放心,我们没事的。"

怀玉冷冷地说:"万一那样倒好了呢……"

掌柜的呵斥道:"这孩子,怎么说这话?"

怀玉忍不住地还嘴:"不是吗? 有一个为国捐躯的,好歹还能洗刷洗刷这个家的耻辱!"

掌柜的没料到怀玉会说出这种话来,愣怔住了,欲发作又忍住了。

我赶紧悄声对怀玉说:"你吃馇药了怎么着? 老太太出事之后,掌柜的就够难受的了!"

怀玉愣了:"我奶奶怎么了? 啊? 怎么了?!"

掌柜的一下子哽住了嗓子,眼圈也湿了。

怀玉冲我叫:"到底出什么事儿了? 啊? 你快说呀?"

我的眼泪忍不住地掉了下来。

怀玉更急了,跺着脚喊:"到底怎么着了呀?"

掌柜的长叹了口气:"你奶奶叫日本人的炮弹炸……"

话吐出了一半,他就说不下去了。

怀玉猛然站立起来,手里的筷子掉到地上。

我说:"奶奶已经……没了……人就在后院……"

怀玉疯了似的朝后院里冲去。

我赶紧跟了过去,将她领到停放老太太的偏房。

450

怀玉瞧见老太太蒙着白被单,僵着身子躺在门板上,恐惧地念叨:"奶奶……奶奶……您怎么会这样?怎么会这样……"

见她想掀开蒙在老太太脸上的被单,我拦住了:"怀玉,就别看了吧……"

怀玉执意掀开被单,看到奶奶双目紧闭,脸上还带着血迹。怀玉紧咬着嘴唇,不叫自己哭出来。她跪下来,抓着老太太已经冰冷了的手,将脸贴了上去,贴了好久。

见她憋着悲痛的劲儿,我抚摩着她的肩说:"要想哭就哭吧,可别憋出毛病来。"

怀玉没哭,问我:"奶奶到底是怎么死的?"

我就把出事儿的经过讲给她听。

她"哇"地哭出声来:"奶奶,你死得冤呀……"

她哭得好痛心,好凄惨,哭到后来竟抽搐起来。

见她那样子,我心里真是绞得慌。平日里老太太最疼怀玉,突然的最亲最爱的奶奶惨遭非命,这对怀玉的打击是可想而知的,我真怕她精神上受不了这个刺激,一边安慰一边紧紧搂住她。

这工夫,掌柜的走过来,抹着脸上的泪水,一边将被单遮盖在老太太脸上。

怀玉突然爆发地冲掌柜的吼喊起来:"您看见了吧?奶奶叫日本鬼子炸死了!人家不但把刀架在我们的脖子上了,而且还拉出血来了!您还让我们低三下四地忍着吗?您的那个温和润还管用吗?"她吼喊里带着痛苦和愤怒的哭声。

掌柜的面对女儿的厉声质问,先是一愣,后是痛苦地叹气。

突然,就听见"恒雅斋"那边又传来汽车刹车的尖叫声儿。紧接着就有人在拼命敲打"恒雅斋"大门。

451

掌柜的赶紧带着我奔到前门问:"谁呀?"

外边又"咣咣"地敲起门来,有人叫喊:"赵老板,快开门!快开门!"

这是那个太监刘宝勋的声音呀,这兵荒马乱的大半夜,他跑来干什么?

掌柜的虽然纳闷,但还是示意我去打开房门。

刘宝勋跌跌撞撞地闯了进来,神色惶惶地说:"赵老板,有人在后边追我,快!快把我藏起来!"

没等掌柜的问他话,他就钻进账房里面去了。

掌柜的赶紧朝门外望去,见门口停放着上次溥仪来时乘坐的那辆豪华轿车,街面上倒没见什么人,便走到账房门口对刘宝勋说:"您这急慌慌的,到底是谁追您呀?"

刘宝勋吞吞吐吐地:"我……也说不好,嗨!您把我藏起来就得了……"

掌柜的说:"藏得住吗?你把那么惹眼的车停在门口,明摆着您在我这里嘛。"

刘宝勋苦着脸央求:"哎哟,您快给我想想办法呀!我可不能叫东北军抓起来呀!"

掌柜的问:"东北军?他们不是在跟便衣队打仗吗?抓您干什么呀?"

刘宝勋摇头:"哎!一句话说不清楚呀……哎,赵老板,万一有人找进来,您可得保我呀!"

掌柜的还没来得及说什么,外边又飞速开来一辆汽车,在"恒雅斋"门口一个急刹车,跳下许多保安队的人马,他们先将溥仪的那辆轿车团团包围,里里外外搜查个遍。随着就闯进"恒雅斋"门里来。

掌柜的一看领头的竟是金团长，郭大器也在里面。赶紧迎上去招呼："金团长……"

金团长只是点点头，冲郭大器命令："派几个弟兄把前门后门都守住，不能有半点儿的马虎，谁要是放跑了人，军法从事！"

郭大器也来不及跟掌柜的说话，就忙给士兵们下命令。

士兵们拎着枪迅速四散开，将"恒雅斋"的前后门都把守得严严实实。

金团长脸绷得紧紧的说："赵老板，门外那辆车上的人是不是进您这儿了？"

掌柜的一时不知道如何回答："……你们这是要找谁呀？"

金团长焦急地："我就问你他们是不是进这里了？"

见掌柜的还在迟疑，金团长恼躁地叫起来："赵老板，这可是天大的事呀！闹不好有人要掉脑袋的！你怎么还吞吞吐吐的？"

郭大器走过来说："伯父，您看见什么人了，就说出来。可不敢马虎的。"

掌柜的指着账房小声地："倒是来了个人……"

金团长兴奋地："是不是那个前清的皇上溥仪？"

掌柜的蒙了："皇上？没见呀？只是来了个太监……"

金团长立刻走进账房，却没见人影儿，探身一瞧，见桌子下面猫着个人，便喝了声："嘿！出来吧！"

不得已，刘宝勋只得从桌子底下爬了出来。

金团长上下打量他："你是谁？"

到了这份儿上，刘宝勋又摆起了架子，一边掸着身上的灰，一边慢腾腾地说："你问我呀？我是大清国皇上身边的……"

金团长啐了口："呸！什么年月了？还大清国呢！我问你，溥

453

仪呢？"

刘宝勋瞥了他一眼："怎么说话呢？皇上的名字也是你随便叫的吗？"

金团长提高了声问："少废话！溥仪在哪儿了？"

刘宝勋带答不理地："主子去哪儿，我当奴才的怎么知道？"

郭大器上前呵斥道："你蒙谁呀？他的汽车就在外边！告诉你，那辆车从日租界一开出来，我们就跟着了！"

刘宝勋拍拍胸脯说："嘿，那汽车是我开出来的，奴才开主子的汽车也犯法吗？"

郭大器上前说："团长，这太监是个滑头！叫弟兄们好好教训教训他就老实了。"

金团长说："来呀！先把他捆起来！再不老实，就拉出去毙了！"

刘宝勋顿时就软塌了，忙叫："别！别！赵老板，您也说句公道话呀，我刘宝勋可是个老实人呀。"

掌柜的只得上前对金团长说："是啊！是啊！他确实是个老实人……"

金团长说："老实人？好吧，你就老实说，溥仪去哪儿了？"

刘宝勋嘴唇哆嗦着，半天吭不出声来。

金团长吼道："来人！拉出去！"

几个士兵立刻就上前捆绑刘宝勋。

刘宝勋"扑腾"跪下央求："别！别！我实在不能说呀！"

郭大器叫："不说就去见阎王！"

掌柜的劝道："刘大人，命都快没了，您就别闷着了。"

刘宝勋一脸苦相儿说："我要是说了，日本人也饶不了我呀……"

郭大器说:"这么说,你是铁着心要帮日本人了?团长,这样的汉奸还留着他干什么?枪毙算了!"

刘宝勋终于说道:"我说,我说还不成吗……我们主子没坐这辆汽车,是藏在那辆破车后厢里,打后门出的'静园'……"

金团长一把抓住他的前襟问:"他去哪儿了?去哪儿了?"

刘宝勋说:"他……去了大连码头……"

金团长追问:"去那儿干什么?"

刘宝勋嘟囔道:"去码头还不就是上船嘛……日本人安排了条船……"

金团长又问:"那船要去哪儿?"

刘宝勋摇头:"这我就不知道了……"

金团长一跺脚,对郭大器说:"妈的!我们叫日本人给耍了!他开这辆车是调虎离山呀!"

刘宝勋忙叫:"老总,这都是日本人安排的,我当奴才的只不过是听吆喝呀!"

金团长恨恨地指着他骂:"兔崽子,溥仪要是叫日本人弄走了,老子饶不了你!大器,把他押到局子里去,接着审问。我去码头!"

金团长招呼人马跑着步朝外边奔去。

刘宝勋赶紧央求掌柜的:"赵老板,您可一定一定替我说句公道话呀,我刘宝勋可是老实巴交的人呀……"

郭大器瞪着他说:"老实巴交?呸!你们'静园'里的人都是日本人的走狗!"

刘宝勋忙又苦脸向掌柜的和我求援道:"我们主子怎么跟日本人勾搭,跟我可是没关系呀!你们可是知道我刘宝勋是个好人呀!"

想到躺在门板上的老太太,我火气就拱了上来,冲刘宝勋吼叫道:"跟他妈的日本人勾搭的就没有好人! 你知道吗,我们家老太太刚刚叫日本人的炮弹炸死了! "

刘宝勋吓得闷了口。

郭大器忙问掌柜的:"伯父,这是真的? "

掌柜的红着眼圈儿点点头。

郭大器骂道:"操他妈的小日本,又欠咱们中国人一条人命……哦,伯父,已经这样了,您老可得节哀啊。"

掌柜的也只能是叹气点头。

郭大器转向刘宝勋,怒气冲冲地呵斥道:"你跟你们主子都他妈的没人肠子! 来呀! 把他结结实实地绑起来,押回局子里去! "

刘宝勋吓得直哆嗦:"你们可不能杀我呀,可不能杀我呀……"

掌柜的见他那可怜相儿,忍不住对郭大器说:"郭连长,他确实就是个伺候人的主儿,不是个坏人。真的不是。"

郭大器说:"您老不知道这事儿有多么严重,如果溥仪真的叫日本人弄跑了,就是个大麻烦了,这小子当然逃脱不了干系! "

说着,郭大器就吩咐手下人将刘宝勋押了出去,刘宝勋一个劲儿地冲掌柜的叫:"赵老板,您得替我说句话呀! 我可是老实人呀! "

直到全国解放后,溥仪写出了《我的前半生》那本书,我才知道,当年日本关东军为了成立伪满洲国,早就想要把溥仪弄到东北去当儿皇帝。一九三一年日本关东军特务和驻屯军组织汉奸便衣队在天津闹事儿,有三个阴谋,第一,是为了牵制张学良的东北军，叫他们在关内过不上安生日子，就没有心思再筹划进军东北老家；第二，"沈阳事件"闹出来之后，虽然西方列强睁一眼闭一眼，可是在国际上把日本人弄得很臭，那时候的联合国叫"国际联盟"做出了个决议，要求日本人在当年的十二月之前把军队退回到"沈阳事件"之前的位置，日本人耍赖，不想退，就弄出个"天津事变"来，这样一来，就有了耍赖的理由，同时也转移了国际上的注意力；第三，东北军早就留意了关东军要打前清皇上的主意，所以一直紧紧盯着溥仪的一举一动，让溥仪外逃的计划迟迟不能进行。负责这事儿的关东军特务头子土肥原贤二诡计多端，计划着在便衣队把天津卫折腾个昏天黑地之时，趁乱将溥仪从"静园"里偷运出天津，然后再到东北去当什么满洲国皇帝。那天晚上刘宝勋跑到我们"恒雅斋"折腾的工夫，正是溥仪溜进海河边的日本一条叫"比治山丸"的汽船上的时刻，并且由许多日本军人保护着闯出东北军的重重关卡，逃到海上。后又换上日本海轮"淡路丸"号，一溜烟地跑到营口日本"满铁"的码头登了岸。如果不是"天津事变"，溥仪溜不出天津去，也就当不成什么满洲国皇帝了。

见士兵们把刘宝勋押上了汽车，郭大器跟掌柜的叮嘱了几句平安话儿，就朝门外走去。刚要出门，他又回过头来："听说怀玉参加了救护队，您要是能见到她，务必叫她多留神，注意安全。"

我脱口说道："怀玉就在后边呢。"

郭大器意外地："她回来了？"

我说："老太太出了事儿，她难过死了，一直守在那儿发呆呢。"

郭大器跟手下人吩咐了几句什么，便径直朝院子里走去。怀玉还是呆呆地立在老太太身边,人像冻住了一样。

郭大器走过去,轻轻招呼:"怀玉,怀玉……"

怀玉似是从梦里醒过来一样,这才动弹了身子,转脸看见了郭大器,万分委屈地扑到郭大器怀里大哭起来,一边哭还一边叫:"大器,你要给奶奶报仇啊!一定给奶奶报仇啊!"

郭大器看着躺在门板上的老太太,眼圈也湿润了,他紧紧搂着怀玉说:"放心,我一定给奶奶报仇!再遇上便衣队,还有他们的后台日本人,我决不会有半点儿的犹豫,狠狠地干掉他们!报仇!报所有的仇!!"

但是,郭大器和我们都没料到,后来形势的发展,令他几乎丧失了报仇的机会。

便衣队暴动从十一月八号开始,一直折腾了十来天,从那几天的报纸上知道,明明是日本人一手策划、导演了天津便衣队的暴动,中国方面的反击完全是自卫行为。可是日本人睁着眼说瞎话,硬说是中国人自己闹纷争,影响了日租界的安全,损坏了日本侨民的利益,还向天津当局和中国政府提出强烈抗议等等。当时的东北军第二军军长兼河北省主席王树常将军和市长张学铭都下决心狠狠镇压便衣队,挫败日本人的阴谋。可是,南京国民党政府对日本人的霸道,却是一副软骨头模样儿,竟要王树常将军向日本人道歉,取缔反日言论,还命令中国方面先行撤防御工事。在北平的张学良虽然一肚子气儿,可又不得不迁就南京政府的指示,命令王树常、张学铭跟日本人谈判。在谈判桌上,日本人胡搅蛮缠,中国方面却底气不足,终于签订了一个叫中国人窝囊憋气的协议,那就是中国方面的警戒线全面后撤到距中日交界三百米外的地方。而小野、李穿石和那些组织、参加暴动的汉奸、暴徒仍然躲在日租界里照吃照喝,弄不好哪一天又得打杀出来。

死难的老百姓和被毁掉的商号、民居应当由谁来承担罪责,负责赔偿等等更是一概没个说法儿。

一传出中日双方正式谈判的消息之后,街面上就开始平静下来。跑到英、法、意租界的老百姓也都陆续返回了自己的家。躲回家去的伙计们也先后回到"恒雅斋"。掌柜的连口气儿也没得喘,请来专门操持红白事儿的茶房师傅开始筹办老太太的丧事儿,同时把存放在棺材铺里的楠木棺材拉回家,将老太太的遗体安放进棺材里边,停放在了客厅正中。办理妥当后,掌柜的又亲自赶到大哥赵如璋家去报老太太丧信儿。

见街面上已经有人行走,我也才敢从"恒雅斋"的门走出去,打扫门前乱七八糟的脏东西,清洗街面上的血迹。这一上了街才发现,"恒雅斋" 左右和对面的店铺几乎都被砸了玻璃,还有的被扯下了窗户,踹开了门板儿,最惨的是铺面里的货物被抢得精光。相比之下,"恒雅斋"还真算是毫发无损。

这工夫,陆雄飞摇摇晃晃地走了来,他打量着街面上那些被砸被抢的店铺,问我:"德宝,知道为什么吗? 前后左右都遭了难,就惟独咱们'恒雅斋'连根毫毛都没动呢?"

我说:"掌柜的好人有好报呗,再说了,咱们'恒雅斋'里供着那么些观音菩萨,他老人家保佑呀。"

陆雄飞撇嘴道:"菩萨保佑? 那老太太怎么遭了殃呀? 告诉你,小野特别发出了命令,便衣队的人一律不准动'恒雅斋'。"

我摇头:"小野? 他能有这份好心?"

陆雄飞得意地说:"你这就不懂了吧? 他呀,是为了给我面子。"

我哪里信:"李穿石在小野那儿说了你那么多的坏话,他还给你面子?"

459

陆雄飞："嘿,你忘了,我还有几十号人马在便衣队里边呢。明里他们给小野卖命,可暗里头他们还是我的兄弟。哼,小野还算是个聪明人,他要真敢动一动'恒雅斋',我能饶得了他吗?"

这时候,赵如璋领着全家人奔进院子,倒头跪在老太太的棺材跟前呼天抢地地哭起来。几个孩子也跪在地上"呜呜"地哭起来。他老婆古氏哭不出来,拿手帕一个劲儿抹眼泪儿。

掌柜的和我们也跪在棺材跟前一块儿哭起来。

全家人哭了一阵儿,陆雄飞就劝道:"节哀吧,老太太已经没了,您们做老人的别再哭坏了身子,不管怎么说,日子还得过呀……"

赵如璋一把鼻涕一把泪地叨念着:"亲娘都没了,往后这日子还怎么过呀!"

古氏也哭着喊:"娘呀,您死得屈呀!您要是住在我们那儿不就没事儿了吗……"

听了这话,我气就不打一处来,当初掌柜的央求他们两口子把老太太接过去,他们死活不干,眼下老太太断了气儿了,她倒得便宜卖乖了。

掌柜的瞪了她一眼,但是没说出话来。待坐稳当下来,他便将如何送老太太去静海,如何在半道上挨了日本人的炮弹的过程一五一十地说给了赵如璋听。

赵如璋用责难的口气说:"兄弟,人家都把老幼妇孺送到英租界、法租界去,你怎么舍近求远要把老娘送到静海去呢?"

古氏跟着说:"就是,虽说到英租界去住要多花些钱,可道儿近呀。再说了,为了老太太的安全,英租界吃住的钱我们全担下来也没说的呀。"

掌柜的解释:"哎,是老太太死活不肯去洋人租界呀。话赶

460

到这儿了,这我倒要讲句后悔的话了,当初就要老太太到你们家躲避躲避的,可是……"

没等掌柜的话说完,古氏就道:"兄弟,听你这话的意思,老太太死在你们家里,倒是我们要担罪名了? 我倒要问一句了,你们一个个的都活蹦乱跳的,家里连块玻璃都没碎,怎么就单单让老太太挨了日本人的炮弹了呢? "

掌柜的气得直瞪眼,可是却没词儿应对。

我心想,有这个臭婆娘搅和,老太太的丧事儿非得出乱子不可。

果然,在商议如何操办老太太丧事儿时,赵如璋跟陆雄飞又争吵起来。赵如璋说必须操办得体面排场,要出大殡。古氏也说,老太太起灵的日子更要八八六十四杠,七七四十九个人的仪仗,九九八十一个哭丧的,从家里到坟地,要一路见白,一路听得见哭声儿。

掌柜的本来就是个极孝顺的主儿, 照他的心气儿当然也是要把老娘的后事办理得排场体面,所以听了赵如璋两口子的话,他立刻点了头:"就照嫂子说的办,该花多少钱,我都兜着。"

陆雄飞说:"凭赵家的财力和能耐,老太太的丧事完全可以办成天津卫最排场、最讲究的。可您老得想明白呀,这不是平日里,仗是刚刚消停了点儿,日本人跟东北军还较着劲儿呢。一丁点火星子就说不定能再把仗挑起来。谁都知道,老太太是叫日本人的炮弹炸死的,出殡的人马上街去折腾,人家还以为这是抗日大示威呢。这节骨眼上不是找病吗? "

赵如璋说:"老太太是我们赵家的老祖宗,我当儿子的当然要可着最大的劲儿操办,不这样就不能尽孝心。再者了,老太太本来就是死在日本人手里的,示威不示威的且不论,出殡上街表示表示当儿孙的悲痛之情有什么不应该的？"

掌柜的也恨恨地说："对！我老娘死在日本人手里，怎么着也得出口恶气呀！"

陆雄飞摇头道："不光咱们家，眼下全天津卫的老百姓都恨日本人恨得咬牙根儿，人人憋着一口恶气儿没地方出呢。咱们出殡的人马要是一上街，弄不好就得有人骂操日本人的娘。只要一开了骂口，保准街上的人也跟着骂娘。这叫日本人听见了，咱们这往后的日子还过不过了？"

赵如璋说："要说怕日本人，我们怕了几十年了，怕来怕去怎么样了？老娘不还是死在日本人手里了？！如圭，老娘死得这么惨，咱们当儿子的怎么着也得把丧事办得像个样子吧？啊？"

掌柜的眼里闪着泪花儿说："对！今儿个就为了老娘，管他日本人高兴不高兴！"

陆雄飞在一边着急，低声对掌柜的说："老爷子，能不能单独跟您说句话？"

掌柜的拧着眉毛说："你不用劝我，主意我已经拿定了，老太太是叫日本人的炮弹炸死的，这口恶气不出，我赵如圭还算是人吗？我就是要叫全天津卫都知道我老娘死的屈！死得惨！"

赵如璋连连点头说："对！一定要把咱娘的丧事儿操办得最讲究，最排场！也叫日本人瞧瞧，咱们中国人也不是任人宰割的羔羊！"

陆雄飞焦急地说："老爷子，您就听我一句劝，日本人……"

赵如圭脖子一梗："管他日本人怎么着！我亲娘都死在他们手里了，我还有什么顾忌的？！就这么着了！"

陆雄飞作了告饶的手势说："老爷子，您们是长辈，到底怎么办这个丧事儿当然是您们说了算。您就再听我说一句话，您愿意听就听,不愿意听,就当我放屁!成不?"

掌柜的见陆雄飞神色焦灼,便冲哥嫂点点头,走到后门的屋子。

陆雄飞紧跟着进来说:"老爷子,老太太的丧事千万不能大折腾呀!"

掌柜的问:"打刚才你就说这话,到底是为什么呀?就是担心日本人?"

陆雄飞:"对,就是因为日本人……"他就把小野发下命令,不准便衣队动"恒雅斋"的事儿跟掌柜的学了一遍。

掌柜的很意外:"哦,还有这事儿……"

陆雄飞说:"这不奇怪,我的几十号人马还在他的便衣队里掺和着呢,个个都是我的内应,他敢动动'恒雅斋',我一声令下,就造他的反!"

掌柜的点头:"难怪前后左右都遭了殃,单单没动咱们呢……"

陆雄飞说:"这叫麻杆打狼——两头害怕,小野怕得罪我,才不准糟蹋咱们'恒雅斋'。这节骨眼上咱们千万也别得罪日本人,对不对?这大哄大闹地出殡要是惹出毛病来,小野一翻脸,万一再响起枪炮来,'恒雅斋'能不能保得住可就难说了。"

掌柜的神色沉了下来。

陆雄飞说:"您就放心,这家里有我陆雄飞,便衣队他就是把天津卫闹翻了个儿,也动不了'恒雅斋'一根毫毛。可就一宗,咱们自己别找麻烦……"

掌柜的只说了句:"我想想……"就忙走了出去。

赵如璋见翁婿两个在里面嘀咕了半天,就有些挂脸子:"如圭,娘的丧事儿到底怎么办呀?"

掌柜的沉了沉:"我琢磨……雄飞的想法儿也不是没有道理……"

古氏撇出一句:"吗道理? 不就是怕日本人的道理吗?"

陆雄飞走出里屋,屁股还没坐稳,听这话,立刻睁圆了眼睛:"日本人有枪有炮,蒋介石、张学良都怕,咱老百姓敢不怕?"

赵如璋撇嘴道:"这就奇怪了,江湖上的朋友都说陆雄飞是个血气方刚的主儿,今天这是怎么了? 老祖宗叫人家杀了,竟然不动一点儿肝火?"

古氏阴阳怪气地说:"哎呀,大姐夫有大姐夫的难处,在码头上一直端日本人的饭碗,得罪了日本人,往后靠什么发财呀?"

陆雄飞一拍桌子:"你放屁!"

古氏拉下脸叫:"你才放屁! 我说差了吗? 谁不知道你陆雄飞跟日本人的关系非同一般?!"

陆雄飞嗓门也大起来:"瞎你娘的扯! 老子是跟日本人做生意,你先生不也给日本人瞧过病吗?!"

掌柜的拧着眉毛对陆雄飞说:"雄飞,当晚辈的不能这么跟长辈说话呀!"

陆雄飞不吭声了,可赵如璋不依不饶:"我哪能跟你比呀,听说这次闹事儿的便衣队里也有你不少的人马。谁不知道便衣队的后台是日本人呀? 你当然不愿意得罪日本人了。"

陆雄飞红涨着脸:"老爷子可以作证,我的弟兄去便衣队,东北军可是都知道的!"

掌柜的点点头,对赵如璋说:"哥,这远的话就不说了,怎么给娘出殡,再好好商量商量……"

赵如璋高着嗓门说:"不管怎么商量,外人的话不算数的!

是给我老娘办丧事儿,我是老大,我说了算!就是要叫天津卫的人瞧瞧,我们赵家兄弟是大孝子!还得叫天津卫的人知道,日本人炸死了我们老娘,我们决不能忍气吞声当缩头乌龟!你们要是舍不得花银子,我立马就把房子当出去,倾家荡产也得给老娘出大殡!!如圭,你看着办吧!"

　　说完,赵如璋领着一家人气哼哼地出了门。

天津人多半是好排场,好脸面的,对于婚丧仪仗一向讲究摆谱儿,且不说有钱的人家,就是一般紧紧巴巴过日子的家庭到了办婚丧事儿时,也是常常打肿脸充胖子,就是卖房子卖地,四处借钱也得把事儿办得漂亮,办得体面了。这就叫"耗财买脸"。

　　办丧事儿怎么叫办得体面排场呢? 这在天津卫可是有一整套说法的。娶媳妇叫办红事儿,死人出殡叫办白事儿。搭席棚,吃白事儿酒席就不用说了, 最要做出来给外人瞧的就是古氏所说的八八六十四抬。那才是最为讲究的一个方面。出殡就得行走,

第二十八章

棺材要动弹就得有人抬,这个抬就是抬棺材的抬。抬棺材的杠大杠最长三丈六尺,最短的杠一丈二尺,杠有长短,也就有了轻重。小杠用人少,大杠自然用人多,有十六抬、二十四抬、三十二抬、四十八抬、六十四抬五种。一抬就是一个人,十六抬就用十六个人,二十四抬就用二十四个人。天津卫人家办丧事儿,一般都用三十二抬和四十八抬, 特别阔气又特别讲究排场的人家才用六十四抬。一旦用了六十四抬,因为杠太沉,常常要用两拨人马换肩抬杠,也就是说要准备一百二十八个抬杠的人手。除了抬杠人数的说法,还有仪仗的讲究。吹鼓手自不能少,再有什么旗、锣、伞、扇、盖、雪柳、高照、串灯儿一样四件,统统要雇人高高执掌,

走在出殡队伍的前边。再雇上百八十个哭丧的,穿着孝衣,举着白纸扎成的丧棍跟在主家人的后面,随主家男女老少一路嚎哭。那时在天津卫人眼里,这抬棺材的杠越沉,仪仗队伍越是气派,哭丧的人马越是众多,就越是讲究,越是有面子。如果是给娘和老子办丧事,那主家就越显得孝顺。那心气儿就跟现如今结婚娶媳妇的, 不管兜里还有多少子儿, 也非要弄来一长串豪华洋汽车,拴上红气球往热闹街市兜圈子显摆阔气一个样。其实,在那会儿,英、法、意租界里早就有用汽车拉棺材办丧事的了,又快又节省。可是在华界里,天津卫的老百姓还是喜欢雇人用杠抬着棺材出殡,慢慢腾腾地走在街上,招惹来众多的眼光儿,那样才够谱儿,够派,才叫露脸。

像"恒雅斋"这样的大户人家,老辈人去世,那自然是应当办出这样子的气派和阵势。掌柜的和赵如璋的心气儿都是想着要摆弄出这样的场面。可是掌柜的听了陆雄飞的话之后,心里头就反复折腾起来。一个人在屋里对着娃娃哥念叨起来:"哎! 你小子知道不知道呀? 我可难死了,亲娘叫日本人的炮弹炸死了,我恨得扎心刺骨哇! 可是我还不能喊出来,你说憋囚不憋囚? 不憋囚又能怎么办呀? 明摆着国民政府和东北军都不敢硬碰硬地对付日本人,咱老百姓就是放在人家菜板上的肉呀,人家想什么时候下刀子,就什么时候下,咱们有什么办法呀? 没有啊……那猫在日租界里的便衣队随时随刻都可能再冲杀出来呀, 他们一杀出日租界,就看得见'恒雅斋'呀……咱不忍着又能怎么办呢?真的得罪了日本人,烧了抢了'恒雅斋',人家还不是一眨眼的工夫! 出大殡的事,就只能忍了……我知道这对不起老娘,可是,老娘已经死了,这还有一大家子要活命,还有这一仓库的玉器古董要囫囵个地给儿孙传下去,不忍不行呀……我知道这样

467

窝囊,可我赵如圭就这么大的本事,实在担不起再有什么不顺当了……"

　　小野的那道不准动"恒雅斋"的命令,对于掌柜的,就好像一个掉到汪洋大海里的人突然抓住个救生圈,除了紧紧抓着之外,绝没有松手的道理。比起全家人性命和仓库里面那些玉器古董来,老太太的丧事就不能不将就着操办了。最后,掌柜的打定了主意,想说服哥哥和嫂子,老太太的丧事暂不出殡,先在家里祭拜后,就入土为安,待天津形势稳当下来,再到大悲院给老太太搞一个隆重的超度法事。可好说歹说赵如璋两口子都咬定原来的主意,说到激火处,赵如璋还指责掌柜的不愿意把丧事儿办得气派排场,就是怕破费银子,白顶了个孝子的名声。接着赵如璋两口子又串通了老太太所有的娘家亲戚找上门来,逼着掌柜的要按照天津卫最排场、最气派的规格办老太太的丧事儿。那两天,赵如璋一家和那些平日里八竿子打不着的亲戚们就赖在我们家里,吃喝全得管。这帮子人一会儿哭老太太,一会儿跟掌柜的和陆雄飞死磨硬缠。只要掌柜的和陆雄飞一张嘴说话,几十口子就一齐还嘴,咬定掌柜的是舍不得花钱办丧事儿。掌柜的根本就没有还嘴的余地,就连从来都是大着嘴巴,粗着嗓门说话的陆雄飞也纠缠不过那些老娘们儿和老头子。当掌柜的和陆雄飞扯着嗓子讲道理时,那帮人却又趴到棺材跟前哭嚷起来,一时间把我们家搅和得乌七八糟、昏天黑地。在天津卫,这叫"闹丧"。

　　偏偏这工夫,几位同业商会的老板们到家里来吊丧,"万得昌"的胡老板也跟着进了门儿。这闹丧的场面叫他瞧个正着,再见掌柜的那副狼狈不堪的样子,他心里可是开心得不得了,便说:"赵老板,全天津卫的人都知道您是个大孝子,老太太的丧事儿想必一定要办得气派、排场。再说了,您平日里可是最爱国

468

的,捐款您捐得最多嘛。眼下老太太不幸死日本人的手里,真可谓国仇家恨呀。就冲这,您还真得办一个轰轰烈烈的大出殡。等出殡那天,我们都来送老太太。不然的话,日本人还真以为咱们天津卫的老爷们儿都是窝囊废呢……"

这话一说出来,众人自然就点头附和,闹丧的人越发闹得厉害。放出话来,要不是最气派、最排场的办丧事儿,就不准挪动老太太的棺材。就这样,活活把掌柜的逼到了墙角里。虽说阴历十月天已经凉了,可再僵持下去,死人放在家里时间长了也得放臭了呀。最后掌柜的做主,答应搞六十四抬、最气派、最排场的大出殡。并且选定阴历十月十五号为出殡的日子,闹丧的人才一个个地散去。

陆雄飞见掌柜的拍了板儿,就急了,冲掌柜的冒火:"老爷子,您可掂量好了,这大出殡万一整出景儿来,得罪日本人,咱们可就吃不了兜着走呀!"

掌柜的说:"事已经赶到这儿了,不那样办是不行了。等出殡那天,叮嘱好家里人和亲戚朋友,只哭丧,别的啥也不提……"

陆雄飞说:"亲戚朋友还好说,那些雇来的人三教九流什么都有,万一弄出点儿邪事儿来怎么办呀?"

掌柜的说:"哎,无非是再多花些钱,买住他们的嘴巴呗……雄飞,你就别再叫我为难了……"

见说不通掌柜的,陆雄飞跺脚离开家门去了英租界,还撂下句话说:"家里事儿再也不管了,到出殡那天回来给老太太磕头就是了。"掌柜的喊他也没喊住。

就这样,给老太太出大殡的事儿就忙活开了。掌柜的花双倍的价钱请来天津卫最有能耐的茶房范师傅操持搭灵棚、雇佣召集抬灵、出殡的人马等一干事务。在天津卫,那些靠帮人家忙活各种事务发财的主儿统统都叫茶房,尊称叫茶房师傅。什么饭店茶房、饭馆茶房、戏院茶房等等,专管娶媳妇和丧事儿的叫吃红白饭茶房。在伺候喜事儿时,他们一律穿蓝大褂,伺候丧事儿时一律穿白大褂。这些主儿都有一帮子常年帮衬的手下,平日里不见面,有了生意,一声招呼,立刻就凑到一起。统统听从茶房师傅的分配调遣,只要发下话去,不管有多少啰唆事儿,都会利利索索办理妥当。可是老太太的丧事儿却没那么顺当了,因为便衣队闹事儿刚刚过去,枪炮声儿犹在耳边,天津卫人心惶惶,城里干活儿的人手许多都怕招惹麻烦不敢上街。平日里从四边乡下到城里混饭吃的农民也大都躲回老家了。这一来,出大殡的人手找起来就格外的难。打幡哭丧的人马都凑不齐整,更别说六十四抬一百二十八个的专门人手了。茶房师傅找掌柜的来叫苦,说这兵荒马乱的,找不到人手,我是巧妇难为无米之炊呀,建议学租界洋人出殡,改用汽车做灵车,虽然没有六十四抬讲究,可也不失体面。掌柜的叫茶房师傅亲自给赵如璋和老太太娘家亲戚们说明白,众人争论商议了一番,见确实找不到人手,也只得同意将就汽车作灵车,其他的人手也只能多花银子尽力搜罗。

三五天的工夫,老太太丧事全准备妥当了,虽然跟日租界挨边的这一带地方还是有些紧张,可是凭着掌柜的平日里积下的人缘儿和"恒雅斋"的名气,来吊丧的宾客仍然不少。金团长带着一帮子东北军的军官给老太太鞠了躬后,还没走出灵棚就破口大骂起日本人。金团长对掌柜的说:"赵老板,我们是叫日本人端了老窝儿,您是叫日本人杀了老娘,咱们都是跟日本人有不共戴天之仇啊!您等着,总有一天,我们这些当兵的给你报仇!听说还要上街出殡是不是?好!就是要叫所有的人都知道,日本人是杀咱们中国人的刽子手!"掌柜的记住陆雄飞说的话,只是拱

470

手称谢,绝不多说一句话。

惠灵顿也专门从英租界赶来吊丧,穿着黑礼服,捧着白色的鲜花放在老太太的棺材前。亲戚们见掌柜的体面的朋友如此之多,而且还有洋人来吊丧,惊讶里透出羡慕。这让掌柜的煞是得意。

在说些表示非常同情之类的安慰话之后,惠灵顿就冲掌柜的说:"赵老板,有一句中国话说得很形象,疾风知劲草,您就是那个劲草哇!"

掌柜的问他这是从何说起?他又说:"从日租界跑出来的那些暴徒把你们这一条街的商店都洗劫了,惟独你的'恒雅斋'幸存下来,在外人看来,这简直就是奇迹。您是个有办法的强者,这也与您跟日本人成功的外交分不开的……"

掌柜的赶紧摇头说:"哎,您快别这样说,实情是我大女婿当时找了些五大三粗的弟兄看守着前后大门,才侥幸逃过一难……"

惠灵顿哪里肯信,说道:"赵老板,你我是老朋友了,就不必瞒我了,你两个女婿都跟日本人有着非同寻常的关系。其实,我们英国人也非常痛恨日本人的胡作非为,我只担心那些暴徒们会不会再冲到街上来烧杀抢掠,我那商店离日租界实在太近了,真怕那些暴徒光顾我的商店呀。能不能请您的女婿跟日本人交涉交涉,这场纠纷我们英国人是中立的,千万不要损害我的利益。"

惠灵顿说的商店就是设在海河边东浮桥附近的那家"英伦西洋家具店"。前些天便衣队闹事儿时,偏巧没从东浮桥出动,他的家具店才免了一劫。

掌柜的苦脸道:"嗨,别提女婿了,大女婿已经得罪日本人

471

了，小女婿跟我翻了脸……"

惠灵顿说："我有确切的情报，你的小女婿李穿石在日本人那里很吃得开，能不能介绍我们认识一下。"

掌柜的说："我压根就不再答理他了。"

惠灵顿说："您可以不必出面，把他的电话和地址告诉我就可以了。"

掌柜的打心眼里不愿意惠灵顿跟李穿石有什么来往，可是老朋友局着面子，只好把李穿石和洗玉住家的电话告诉了他。

一边应酬着宾客，掌柜的还得分神跑到公安分局找王巡长请他帮忙关照出殡的事儿。王巡长好吃惊，瞪大眼睛说，这是什么时候？您还要来大出殡呀？掌柜的也没法子盐打哪儿咸，醋打哪儿酸——给他解释，忙塞给王巡长一百块的现大洋，请他务必上下大打招呼，特别是请出殡沿路上的警察弟兄们给个方便。见了现大洋，王巡长就拍着胸脯答应帮忙，还特意就出殡队伍行走的路线出主意。为了不招惹日本人，出殡的队伍从赵家出来后要躲着日租界，顺着东马路一直往北走，到了东门后进城里，在鼓楼右拐，再出北门，顺着北马路奔西北角，再往前走就到了小西关外的坟地了。掌柜的爹的坟地就在那儿，老太太是要跟掌柜的爹合葬在一块儿的。

临出殡的头天晚上，郭大器穿着便装进了门，来到老太太棺材前磕头祭拜，我和怀玉也在一边跟着跪下磕头。

掌柜的见了很是感动，再三冲郭大器说谢谢。

郭大器眼眶子里含着泪水说："伯父，实话跟您说，这场面叫我想起我爸我妈和小妹来了……他们死在日本人手里，这仇到今天我还没得报呀！眼下怀玉的奶奶又死在日本人手里，瞧见您们这一家人愁云惨雾地办丧事儿，我这心里恨得像锥子扎的一样啊！"

掌柜的眼眶子也湿了，他问郭大器："大器，你也不是外人了，我斗胆问一句，你们东北军兵强马壮，血性汉子想必不少，连老家都叫人家霸占了，怎么就不赶紧打出关去收拾日本人呢？"

郭大器怔怔地望着掌柜的，长叹一声："哎！两个字，窝囊！南京政府窝囊！我们张副总司令那儿也窝囊！我们这些当下级的，就是恨得把满嘴的牙都咬碎了，也不管用啊！只能忍着……这不，我也是想来给您提个醒的，明天出殡，哭呀，喊的都成，就是别招惹日本人。这几天中日双方正在谈判，日本人本来就耍无赖，咱们可不能在这敏感的节骨眼上叫他们抓住什么把柄。"

掌柜的说："这我想到了，我再好好嘱咐嘱咐大家……"

郭大器苦脸一笑："这是什么事呀，亲娘老子都叫人家杀了，出殡哭丧还得怕招惹人家……嗨！就是个窝囊啊！"

郭大器叮嘱了一番，说还有公务，便匆匆出了门。

掌柜的忙把赵家两家人和亲戚们都聚到灵棚下面，再三叮嘱众人，老太太是叫日本人炮弹炸死的，可是眼下这形势，不是咱们伸冤雪恨的时候，只能是个忍字儿。上街出殡的时候拜托大家千万别招惹日本人的是非，众人都答应了。

这时候，陆雄飞领着一直躲在英租界的叠玉抱着小开岁也都回了家。叠玉跟掌柜的商量，要不要把洗玉叫回来给奶奶行孝，在这之前，叠玉在英租界时已经把老太太叫日本人炮弹炸死的事儿告诉了洗玉。掌柜的说你问她吧，回不回来她看着办。叠玉把电话打到洗玉家里，洗玉忙说，明天一早赶回来给奶奶送行。

掌柜的趁守灵的工夫，又特意把怀玉找到老太太的棺材跟前叮嘱了一番，还把便衣队没有砸抢"恒雅斋"的缘由一五一十

473

地告诉了怀玉。见怀玉瞧着棺材不言语,掌柜的心里就嘀咕了,说:"孩子,你记住了,明天是给你奶奶出殡,可不是抗日游行,你就算是有一千条理由,一万条理由,明天也不准招惹日本人。这会儿当着你奶奶的面儿,你给我一个保证,你要是不愿意,干脆明天就不要送你奶奶!"

怀玉终于点头说:"爸,我听您的……可是咱们家这是怎么了?奶奶死在日本人手里,可我大姐夫把人马借给了便衣队去当炮灰,洗玉的老公干脆就当了汉奸。我在外边虚名顶着个学生会主席的名声,可实际上我心里臊得慌,抬不起头来呀。"

掌柜的长叹一声说:"老话说,只扫自家门前雪,莫管他人瓦上霜,爸过去总以为,别人家的事管不了,自家的人还能管得住。可是眼面前出的事儿,一件件、一桩桩,明摆着由不得自己。毕竟女婿还是外姓人,管不了的我也没法子了,你大姐夫还算是知道个好歹,洗玉那个就提不得了,早晚你妹子要受他的牵连……哎,远的先顾不上了,先把眼下这一关熬过去再说吧……"

怀玉说:"爸,我再问您一句,您以往跟我说,人家把刀搁在脖子上,只要不割出血来就能忍着……可是今天奶奶的命都没了,咱们还要怎么忍? 都到了这般地步了,您说的那个温和润还管用吗?"

掌柜的被问呆了,他怔怔地看着怀玉,半天没吭出声来,最后悲苦地摇头:"爸也说不清楚了……忍不忍的,反正这一大家子人还得活,仓库里的玉器古董怎么也得保住哇。到了这分儿上,就多想想老祖宗那句话吧,门牙打碎了吞到肚子里,胳膊打断了掖进袖子里,君子报仇等十年哪……"

说到这里,掌柜的悲哀从心底拱出来,"扑通"跪在棺材前,哭诉起来:"娘啊,当儿子的窝囊啊,您死得这么惨,我却不能给您报仇雪恨哪！儿子窝囊啊……"哭诉着，他一个劲地冲棺材磕头，把脑门儿的血都磕出来了。本来还想跟爸爸理论的怀玉赶紧将掌柜的搀扶起来。

叠玉和我也都赶过来说安慰的话。总算是让他安稳了下来。

那一晚上全家人都是几乎没合眼，转天阴历十月十五，天刚刚蒙蒙亮，全家人就已经梳洗过了，赵如璋一家人也早早地到了。我们身穿的一律都是粗白布做的孝服。我们这些孙辈的，白鞋上缀上一对红绒球儿。在叠玉怀里的小开岁也穿上孝服，他是重孙辈的，小鞋上就缀着两对红球儿。

穿着白大褂的茶房师傅来跟掌柜的说对不起，原定好了二百个打执事、哭丧的小工只到了八十多个，就是因为时局不稳，人心惶惶，都怕出来招惹是非，答应来的临时又变了卦。掌柜的叫茶房师傅向赵如璋和老太太娘家人一一解释清楚，到了这时分，众人也无话可说，只能有吗算吗了。

天大亮时，该来的人全齐了，连远在静海的雕玉师傅魏小瓣都带着徒弟们赶了过来。却就是不见洗玉的影儿。给日租界那边打电话，也没有人接。到了起灵的时刻，全家人左等右等，还是没把洗玉等来。掌柜的很是不快，一挥胳膊说："不等了。送老太太上路吧。"

吹鼓手吹起叫人心酸的曲子，全家人一齐哭嚎起来。赵如璋和掌柜的领头跪在棺材前。磕头毕，赵如璋捧起棺材前那烧纸的陶制的盆子，"喀嚓"在地上摔了个粉碎。在一片哭声中，出殡的队伍就浩浩荡荡地走上东马路。

后来才得知，昨晚上李穿石一回家，洗玉就跟他说转天早上要回家给奶奶出殡。李穿石嘴里答应心里就琢磨起来。便衣队在驻屯军司令和土肥原贤二的主持下刚刚开了作战会议，决定趁中日双方谈判,天津当局和东北军的防御略为放松的工夫,再对华界搞一轮突然进攻,日子就定在阴历二十六日晚上。李穿石盘算着,无论如何也得趁第二轮进攻的机会把"恒雅斋"的玉器古董全弄到手。无奈的是小野为了拢住陆雄飞的人马,仍然不准便衣队朝"恒雅斋"下手。一听说赵家要大出殡,他就预感到机会来了。当洗玉睡下之后,他悄悄把两个铁杆手下找到家里来商议,要他们派几个机灵得力的弟兄,明天混进赵家出殡的队伍里,如此这般地交代了一番……

转天天还没亮,洗玉早早地就起来了,要往家里赶,不料李穿石死活不准她出门,洗玉问为什么?

李穿石说:"你回去倒容易,就怕是去了就回不来了!"

洗玉睁大眼睛问:"这是什么话?我已经嫁给你了,不回去哪儿?"

李穿石说:"你爸恨我,陆雄飞跟我更是死对头,他们要是把你扣下来怎么办?"

洗玉恼了,冲他叫:"你瞎想什么呀?!奶奶叫日本人的炮弹炸死了,你就没让我回去,今天出殡我再不回去送送她,我还算是人吗?"

李穿石拿出份日租界出的报纸给洗玉看:"瞧这报纸上怎么说的,你奶奶是叫东北军的炮弹炸死的,他们为了煽动老百姓仇恨日本人,故意造谣说是日本人的炮弹……"

洗玉把报纸一甩说:"是不是日本人的炸弹先不管,反正我得送我奶奶去!"

李穿石劝说道:"我不是不准你去孝顺奶奶,你也不想想,都嚷嚷是日本人炸死了赵家的老太太,这个节骨眼上又要大出殡,明明是那个郭大器勾结了陆雄飞要利用出殡的机会整事儿,煽动仇日情绪,这准是东北军搞的阴谋。"

洗玉叫:"我不管那么多,我就是想送送奶奶……"

李穿石怎么劝也不成,就拉下脸撂下狠话:"我说不准去就是不准去!"

洗玉哪里听这一套,蹽腿就冲下楼梯,李穿石追赶下来,硬是又从街上把她拉拽上了楼。洗玉大哭大闹,一边摔花瓶、茶碗,一边骂李穿石没人肠子。李穿石也不理,吩咐手下人看着她,不准迈出大门一步。心急如焚的洗玉趴在地板上哭喊着奶奶……

再说出殡的队伍,一百多号子人马上了东马路后一直朝北走去,远看去白茫茫的一片也是挺气派的。吹鼓手吹着叫人心酸的曲子,再加上我们这一大家子人哭嚎个不停,招惹来许多马路两边的瞧热闹的男女老少,再一听说是"恒雅斋"赵家给叫日本人炮弹炸死的老太太出殡,更是七嘴八舌,议论纷纷。

就听路边一个汉子议论:"妈的!赵老太太死得惨呀!招谁惹谁了,日本人的炮弹就平白无故地落在咱们头顶上了!"

一个中年女人也叹道:"炸死就炸死了,谁敢吭一声呀?咱们老百姓也就剩下哭的分儿了。"

见我朝那边扭脸,掌柜的便呵斥道:"德宝,看什么呢?"

我赶紧装作什么也没听见往前走去。

沿路十字路口上的警察倒也确实帮忙,见出殡队伍走过来,忙把其他路口的车辆行人都拦定,直到队伍走过才放行。特别是在东门站岗的那位老警察,还冲老太太的灵车正经八百地敬了个礼。掌柜的见了,很是感动,冲我使了个眼神儿,我赶紧掏出早就备好的现大洋往警察手里塞。不料那老警察死活不收,还说:"别,别,这个钱我可不能要,你们老太太是叫日本人活活炸死的,这叫深仇大恨呀!今儿个这大出殡,非同一般呀,这就是向日本人抗议呀! 也算是替我们出了几分恶气。"

周围立刻响起一片呼应声:"对! 对! "

我也不敢回应什么,冲老警察鞠了个躬,赶紧回到出殡的队伍里来。

掌柜的对我悄声说:"这就对了,甭管人家说什么,咱们也别拾茬儿。"

出殡的队伍进了东门、绕鼓楼,便朝北门走去。掌柜的见走了一路倒也顺顺当当,也就多少放下心来。

眼看队伍就到了北门,北门里、北门外都是店铺一个挨着一个的热闹地方,因为这儿的买卖一向火暴,几家西洋人和日本人也把商店开在北门里的街面上。本来都是紧闭着门窗的,听见出殡吹鼓手的喇叭声,商铺里边的人都探出头来瞧热闹。

这时,就见街口上一伙子人立在那儿,他们高举着盛满酒的大碗朝出殡的队伍大声喊着:"赵老板,我们都是来送赵老太太的! 老人家死得惨! 死得屈呀!! "

定神一瞧,那些人原来都是玉器古董商会的同行老板和伙计们。后面还有一大伙子看热闹的人们。

掌柜的赶紧奔上前,满眼是泪地冲众人拱手致谢:"各位如此深情厚谊,赵如圭磕头了! 磕头了……"

举着酒碗的人走到棺材前,郑重地将酒倒在地上。一边高喊着:"赵老伯母,您死得屈呀! "

这话一喊出来,赵如璋、叠玉、怀玉还有老太太娘家亲戚们都忍不住地哭出声来。

掌柜的强忍着悲痛冲倒酒的人拱手:"赵如圭磕头了……磕头了……"

连在一边看热闹的人都已经是眼泪汪汪了。

这工夫,只见人群后面突然挑起丈把高、长长的两块白布帐子,上面黑墨粗粗地写着:"以血还血!以牙还牙!";"誓雪国耻!还我河山!"

掌柜的瞧见,一个愣怔,赶紧吩咐陆雄飞:"雄飞,快!快请他们把那帐子收起来。"

本来陆雄飞就捏着鼻子跟着队伍出殡,见到这场面,就叫起来:"我说什么了?上街出殡一准地会惹事儿,您们就是不听,瞧!瞧!这就来事儿了吧?!"

掌柜的央求道:"哎呀!先不说谁对谁错了,赶快吧!"

陆雄飞这才走上前,二话不说,将那两条写着字儿的白布帐子夺到手里,三下五除二地卷成一团。

举帐子的人们正要理论,陆雄飞吼道:"妈的!你们家死人了没有?没有?那瞎掺和什么!滚!滚一边去!"

这边刚刚消停了,就听那边响起砸玻璃的脆响,又听见有人喊:"以血还血!以牙还牙!打死日本鬼子呀!"

扭脸看去,只见出殡队伍里有人往路边的一家日本餐馆扔砖头,那家餐馆的玻璃已经破了几块!

周围看热闹的人发出解恨的叫好声。

掌柜的焦急地大叫:"嘿!嘿!那是谁呀!"

喊着,他带着我朝那扔砖头的家伙奔去。

可还没到那人的跟前,原本看热闹的人们也都拾起砖头朝日本人的饭馆砸去,一会儿的工夫,那饭馆的门窗就被砸得稀巴烂。从里面传出来惊恐的喊叫声。

掌柜的、陆雄飞和我拼命地喊叫想拦住那些人,但是那些扔砖头的人群就像开了闸门的洪水似的,越聚越多,越聚越狂怒,转眼的工夫,就将那一片的几家日本商店的门窗全砸烂了。人们时不时地还狂呼:"打死日本鬼子! 打死日本鬼子!! "

警察和保安队也都吹着警哨奔了过来。

茶房师傅拉着已经发呆的掌柜的胳膊喊:"赵老板,这儿要出大事儿呀! 快离开这是非之地呀。"

就这样,出殡的队伍像是逃跑的败兵,匆匆忙忙逃离了北门。待把老太太入了土之后,陆雄飞就冲着赵如璋和那些竭力主张出大殡的亲戚朋友喊叫:"就是你们要出大殡,闹丧,闹丧,闹到这个地步,你们都满意了吧? 啊!! "

到了这地步,赵如璋和那些闹丧的亲戚们也都傻了,一个个都不吭声了。

只见掌柜的垂头丧气地蹲在地上,好久没动弹,人就像冻住了一样。

"日军炸死孝子赵如圭之母，'恒雅斋' 出殡演成抗日示威"的消息转天就登在了天津卫大大小小的报纸上，一时间成了全天津卫老百姓议论的话题。为这事，日本领事向天津当局发出强烈抗议，说是此次仇日行动是中国方面破坏谈判的一次阴谋，日本驻天津的领事桑岛和驻屯军司令香椎浩平都接到上级的指令，要立刻查清此事的背景。自然，小野承受的压力最大，因为已经有同事把他特别指示便衣队不准动"恒雅斋"的事儿向上面作了报告，香椎司令官为此责问他，究竟与"恒雅斋"的老

第二十九章

板有什么特殊的关系。虽然香椎司令官相信了他的解释，但他仍然气得肝火大旺。从海光寺驻屯军司令官那儿一回到万国公寓，他就把李穿石找来问话："去问你那个岳父，他怎么这样不识好歹？那一条街只有他的'恒雅斋'还毫发无损，完整无缺，他不但不表示善意，反而还要利用死人大张旗鼓地跟我们作对？他究竟想干什么？"

李穿石说："我早就跟您说过，赵如圭那一家子都是白眼狼，您对他们再仁义也没用的。"

小野说："这场反日表演的后面一定有东北军的支持，那个郭大器不就是赵怀玉的情人吗？"

李穿石："这事儿郭大器和陆雄飞肯定都参与了,赵如圭本来就因为老娘的死厌恨贵国军队,再加上那两个女婿挑唆,什么绝事儿都干得出来的。您等着,我给您瞧一件东西……"

李穿石走回到自己房间,捧着一件用锦盒装着的沉甸甸物件儿又走回来:"您瞧这件东西,一定会感兴趣的……"

说着,他将锦盒打开。

小野定神一瞧,很是吃惊,因为他看见那锦盒里竟然是赵如圭送给自己的望天吼,他忙问:"这东西在我家里放着的呀,怎么在你手里?"

李穿石颇得意地说:"您可瞧好了,这件望天吼不是您的那一件,这是另外的一件。"

小野意外地:"另外的? 怎么会有另外的? "

李穿石说:"我不是跟您说过吗,您手里的那一件是赵如圭假造出来蒙您的,这件就是当初一块儿假造出来的。"

小野忙问:"这是从哪里搞来的? "

李穿石得意地:"从英国人惠灵顿那儿。他是赵如圭的老朋友,当初赵如圭送给他的,眼下他有急事儿求我,就把这复制的望天吼给了我了。"

小野仍然难以置信, 他随即叫人把自己公寓里的那件望天吼拿过来,将两件望天吼上下左右、仔仔细细打量了一通。两件望天吼确实是一模一样,几乎找不到任何的差异。

李穿石在一边说:"真的望天吼还在赵如圭手里呢……"

小野怔愣了好半天,突然狠狠地将两件望天吼摔到地上,顿时,那精心仿制的玉器就摔成了碎块。

李穿石吓了一跳,但是立刻赔着笑说:"您也甭生气,只要您给个话儿,我保证立马就把那件真的拿到您跟前来。"

482

小野只是恨恨地叹气。

李穿石又说:"不是马上就要行动吗? 甭等响枪,我就带着人马悄悄到'恒雅斋'去一趟,保证……"

小野苦恼地说:"我不是为这件古董生气,不是的……跟你们中国人打交道,我最看重的就是心。听说赵如圭是天津有名的正派厚道的商人,我是很尊敬他的,可他居然也敢拿冒牌货来蒙骗我,骗我这个大日本国的军官! 你说是不是很叫人寒心? "

李穿石说:"嗨,无商不奸,无奸不商,赵如圭也不是什么好鸟。"

小野恨恨地问:"当初我在沈阳时,中国人都很敬畏我。调到天津之前,土肥先生告诉我,天津与沈阳不一样,工作的方式要有更多的弹性,要多交中国人的朋友,我想我的弹性已经够多的了吧?可是一个号称最厚道的商人还是敢欺骗我!为什么?!为什么?! "

李穿石:"小野先生,您放心,我一定会把那个真的望天吼送到您面前的……"

小野恨恨地叫:"不要你送,一定要你那个赵如圭给我亲自送来! "

李穿石:"好,好,叫他亲自给您送来……"

小野:"如果他亲自送过来,我不会杀他的,可是我会当着他的面把那个望天吼摔个粉碎! "

李穿石:"哎哟! 为什么呀? 那可是稀罕的宝贝呀。"

小野说:"我就是要你的岳父大人明白,什么样的宝贝对我们都是无所谓的,我最需要的就是忠诚的合作! 忠诚的!! "

李穿石见小野脸色气得发青,不敢再吭声。

小野自言自语地说:"我父亲曾经告诉过我,不要对中国人有不切实际的幻想，要获得中国人的忠诚就必须拿一样东西去换取，就是恐怖……我想也不尽然，想尝试另外一种跟你们中国人打交道的方式……难道我失败了吗？我是不是失败了？穿石君？"

李穿石忙说："小野先生，起码我李穿石对你们是忠诚的呀。"

这时，电话铃响起，小野拿起话筒，听到对方的声音，他立刻一个立正："是，我马上到！"

他放下电话，匆匆向外走去，一边对李穿石说："记住，叫你的岳父大人带着真正的望天吼来见我！"

李穿石跟着他出了门，一边连连点头："您就放心吧。"

就这样，心肠歹毒的李穿石就拿到了抢劫"恒雅斋"的令牌。他立刻找来臭咧咕，以小野的名义命令他迅速找上十几个膀大腰圆、枪法好的，在二十六号夜里便衣队准备发起全线进攻之前，蔫不悄地闯进"恒雅斋"，把仓库的玉器古董统统抢到日租界里边来。他还特别问臭咧咕："如果跟陆雄飞面对面的撞上了，你怎么办？"

臭咧咕一横膀子："撞上了就撞上了呗，各为其主谁怕谁呀？他有好言，咱就有好语。他要是来硬的，咱这手里捏着的也不是烧火棍子！"

李穿石将信将疑地打量着他："我知道，当初你没饭吃，可是陆雄飞把你收留在手底下的，还是他，把你这个码头臭苦力提拔成了监工。那年你闯了大祸抓进警察局，也是陆雄飞把你捞出来的……你真的能跟他当面翻脸？"

臭咧咕一咧嘴说："哎，我是凭自己的本事吃饭，根本不欠他陆雄飞的，那年逃过牢狱之灾，全是我自己托人情出来的，跟

484

他有什么关系？"

李穿石接着问："那你为什么把自己名字和姓都改了叫什么陆小飞？"

臭咧咕有些尴尬，但是立刻说出一番道理："嗨，在他手底下混饭吃，无非是应景儿罢了……哎，您就放心，我现在就是您的一条狗，您叫我咬谁，我就咬谁，绝没有二话！"

李穿石点头道："好，这我就放心了。进了'恒雅斋'之后，直奔仓库，仓库的钥匙就在赵如圭手里攥着呢，实在不成就拿炸药炸，把里边的玉器宝贝统统搬走。哎，有一件宝贝特别地重要，是小野先生特别要的传世之宝，叫望天吼……"

说着，他将小野摔成几瓣的仿制望天吼给臭咧咕看。

臭咧咕打量了几眼说："记住了！您就瞧好吧。"

从李穿石那儿出来，臭咧咕就忙着挑选人手，准备炸药，准备天一黑就闯进"恒雅斋"去。

就在那一天的傍晚，一个紧急电话打到了"恒雅斋"。正巧是我接的电话，一听就知道是薛艳卿的声音："'恒雅斋'吗？"

我说："对呀！您是薛小姐吧，我是德宝，您有什么事儿吗？"

薛艳卿好像怕人家听见似的，低着声音："快，有急事儿，我要跟赵老板说话……"

我赶紧把掌柜的叫过来，掌柜的听着薛艳卿在电话里说，顿时就变了脸色，说道："我知道了，谢谢您了……等我闯过了这一坎儿，再好好报答您……"

放下电话，掌柜的神色紧张地找了陆雄飞："雄飞，日租界那边来的消息，今天晚上李穿石要派人马来抢'恒雅斋'！"

陆雄飞也是一怔："真的？"

掌柜的点头："看样子不会有差……"

陆雄飞恨得咬牙根儿,骂道:"操他李穿石八辈子祖宗!他一直就在打'恒雅斋'的主意,这不,就要带着土匪们来明抢了!我饶不了他!"

掌柜的说:"十万火急呀!先说怎么办吧?"

陆雄飞琢磨了会儿说:"没别的办法,只能硬碰硬了。我立刻找些弟兄来,他们要是真敢虎口拔毛,就叫他们竖着进来,横着出去!"

掌柜的说:"可不能大意呀,他们一准带着枪呢!"

陆雄飞冷笑道:"枪?咱也有呀。"

说着他就出去招呼人马了。

陆雄飞刚刚走,掌柜的就给郭大器打通了电话,将薛艳卿的话给他学了一遍。郭大器说如果这话是真的,说明便衣队今天晚上一定会有动作。还说,一旦"恒雅斋"这边有什么情况,他会立刻带兵来支援的。

听了这话,掌柜的稍稍松了口气儿,放下电话,他便叫我打开了仓库,要我们将那个包裹得最为严实的硬木箱子搬到顶楼平台上面去。我知道,那里面装着的都是从前清皇上溥仪那儿收来的玉器宝贝。我们几个小伙子好不容易将那沉甸甸的箱子搬上屋顶,已经是一头一身的汗水了。

立在楼顶上,凉风吹得人心里发寒,掌柜的望着天说:"要下雪了……这就是个要出事儿的天呀……"

我纳闷地问掌柜的:"掌柜的,这最赚钱的玩意儿怎么都搬到楼顶上来了?万一中了流弹引着了火,不就全完了?"

掌柜的说:"你懂什么?哪次闹兵灾不都先撬仓库、砸门锁的?放到楼顶上去,万一进来抢犯,把楼梯一拆,不还能抵挡一阵子吗?"

486

等搬妥当了,掌柜的对我说:"你、璞翠和几个伙计们立刻到英租界叠玉那儿躲着去。"

我问:"为什么?"

掌柜的叫:"为什么?那儿安全呗。"

我忙问:"您呢?您怎么不走?"

掌柜的指着眼前的玉器古董说:"'恒雅斋'全部家当都在这儿了,我去哪儿呀?"

我说:"那我也不走!跟您一块守在这儿。"

掌柜的说:"今天晚上咱们这儿要动枪动刀的,你不想要小命了呀?"

我更急了:"那您万一要是有个好歹……"

掌柜的摇头道:"我已经是年过半百的人了,就是有个好歹也值了,你们还年轻,为这堆石头丢了命不值得。"

我还要说什么,掌柜的拉下脸厉声道:"叫你走你就走,啰唆什么!"

说着,掌柜的把英租界的地址写在纸上,塞到我的兜里。

我只能眼泪汪汪地带着璞翠和几个伙计出了家门。

"恒雅斋"往后发生的事儿,我没有亲眼瞧见,都是在场的人后来对我讲述的。

我们走后不久,陆雄飞就召集来了二十多个膀大腰圆的青帮弟兄,手里都拿着枪和刀棍,将赵家前后大门把守得严严实实,沿着院墙也布置上了岗哨。

再说臭咧咕,天一黑下来,他就带着十几个便衣队来到日租界跟华界接壤的工事掩体后面,准备随时冲杀出去。李穿石也来到工事跟前,他瞧瞧手表,见是九点整。这时候,天上开始飘起了雪花。李穿石伸出巴掌接着雪片,笑道:"好兆头呀,出发吧!"

他冲臭咧咕点点头，臭咧咕立刻带着手下跑出日租界，沿着旭街（今天的和平路）直奔东马路上的"恒雅斋"冲过去。因为天津保安队和警察的警戒线已经撤离到三百米之外，臭咧咕一队人马冲出来的几百米内，他们是畅通无阻。当华界的警戒岗哨发现他们时，他们已经杀到了跟前，还来不及拉枪栓，就被便衣队的刺刀割断了喉咙。

臭咧咕的人见"恒雅斋"没一丁点亮光，正准备冲杀进去，臭咧咕突然高高举起巴掌拦住了手下说："等等，都给我听好了，杀进去金银财宝随便抢，可是玉器古董谁也不准乱动，是要原封不动拿给李高参和日本人的。谁要是乱来，我手里的这把盒子枪可不饶他！听清楚了没有？"

众手下忙应声。

臭咧咕这才一挥枪："冲进去！"

这帮子人正要冲进"恒雅斋"，没料到"恒雅斋"的大门自个儿打开来，只见十几个人影儿端着枪走到"恒雅斋"门外的高台阶上。接着陆雄飞的声音就喊了起来："臭咧咕，你长能耐了，敢跑到我家里来动枪动刀了。"

便衣队的人都傻了，臭咧咕更是心惊肉跳。虽然黑暗中他瞧不见陆雄飞到底立在哪儿，可是光是听到声音已经足叫他气软了三分，但是他仍然要强撑着说硬话："我……我是奉命执行任务，冒犯之处就请大哥多多包涵了……"

陆雄飞狠狠啐了一口："呸！你还有脸叫我大哥？！我操你八辈子祖宗！我陆雄飞真他妈的是瞎了眼！当初怎么收留了你这样一个狼心狗肺的玩意儿！"

陆雄飞身边的弟兄们也纷纷高声骂起臭咧咕。

趁对面骂娘的工夫，臭咧咕赶紧吩咐身边的人去向李穿石报信儿。他脸上讪讪的,勉强笑着冲前面喊:"大哥,您也不必犯肝火,古话早就说过,人往高处走……还有鸟择良木而栖……对不对? 日本人给我官做,让我发财,我当然要归顺日本人。"

陆雄飞鄙夷地哈哈笑起来, 他对身边的人说:"你们听见了,臭咧咕转文呢,不但人往高处走……还鸟择良木而栖呢。"

众人嗤笑起来,一个人喊:"臭咧咕,你也算是个人吗? "

又有人喊:"你算是头什么鸟呀? 损鸟! 鸡巴! "

众人笑得前仰后合。

臭咧咕气得脸都青了, 他恼羞地喊:"我可是奉命行事,希望大哥别让我为难。"

陆雄飞问:"怎么叫不让你为难呀? "

臭咧咕说:"把里边的玉器古董都原封不动地搬出来,让我们拉回去交差。咱们就井水不犯河水了……"

陆雄飞又狠狠地啐了一口:"操你祖奶奶! '恒雅斋'的玉器古董都是老祖宗传下来的宝贝,个个都是有灵性的玩意儿,凭什么白白拿给你们去糟蹋? 死了这条心吧! "

臭咧咕猛地将手枪直指着陆雄飞喊:"你要是这样为难我,就别怪我不讲情面了! "

他这一举枪,便衣队的人都紧张做好扣扳机的准备。

立在"恒雅斋"这一边的人也都准备开火。

陆雄飞也不慌,挑着大拇指指着自己的鼻子,冷笑道:"你小子有种就冲我开枪,开枪呀! "

臭咧咕手一哆嗦,不禁退了一步。

陆雄飞得意地说:"我谅你也不敢……"

他的话音还没落,臭咧咕已经扣动了手枪扳机,"砰"的一声之后,双方就各找掩体对射起来。好在天黑十几步外就看不清人影儿，再加上臭咧咕心慌，头几枪都没有打着陆雄飞。陆雄飞也连连朝臭咧咕方向开枪。

就这样，一场激烈的枪战就在"恒雅斋"门外展开了。枪声惊吓了"恒雅斋"前前后后的街坊，孩子的哭声跟枪声混杂到了一起，格外瘆人。

一直躲在门柱后边听着动静的掌柜的突然想起要给郭大器打电话求援，他摸着黑抓起电话，倒还顺利，很快找到了在公安局的郭大器。郭大器说，他已经听到这边响枪了，自己立刻带保安队赶过来支援。

这工夫，臭咧咕派回日租界报信儿的人已经把"恒雅斋"发生的事儿告诉了李穿石，听着远处响起的枪声，李穿石琢磨了一阵，立刻把电话打到英租界惠灵顿那儿。

已经听见响枪的惠灵顿正立在自家小洋楼平台上观望华界的动静，听见李穿石来电话，赶忙接过话筒："李先生？华界那边是不是又打起来了？"

李穿石说："对，会越打越热闹的。而且是多路出击。"

惠灵顿赶紧说："李先生，咱们可是讲好了的，我的商店是一定会得到保护的……"

李穿石说："不错，我答应会保护您的商店，可是您怎么报答我呢？"

惠灵顿说："我不是已经把那个珍贵的望天吼……"

李穿石道："嗨，别提那个望天吼了，那是个赝品，假的！惠灵顿先生，您如果没有诚意，也就别怪我……"

惠灵顿本来就知道掌柜的送的望天吼是仿制的，可当初他送给李穿石时却故意含糊了，他忙说："别，别，我一定会表示诚意的。一定会的！"

李穿石说:"现在您就有个机会表示诚意,我需要您立刻帮助我,就要您一句实话。"

惠灵顿问:"您说,我能帮您什么?"

李穿石单刀直入:"我大姨子现住在英租界,把她的地址告诉我。"

惠灵顿为难地:"这……赵老板要求我不能对任何人说的……"

李穿石:"嗨,我们是一家子嘛,告诉我有什么关系?"

惠灵顿还是迟疑:"赵老板是我的老朋友,我不能……"

李穿石冷下声:"您这话的意思是说,我李穿石不配做你的朋友喽?也就是说您在东浮桥的那个商店不打算要了,是不是?"

惠灵顿慌神了:"不,不是这个意思……好吧,他们住在爱丁堡道八十七号……"

李穿石放下电话,立刻就派了几个精干的人手,悄悄溜进了英租界。

"恒雅斋"的仗一直还在激烈地打着,子弹不停地穿过窗户和门射到墙壁和货柜上,掌柜的只能猫着腰躲在窗台下。

突然,通往院子的门打开了,只见怀玉奔了进来,一边焦急地喊:"爸! 爸! 您在哪儿?"

一串子弹穿过她的头顶打在墙上。

掌柜的忙喊:"快趴下! 趴下!"

怀玉忙奔到掌柜的面前:"爸,您没事儿吧?"

掌柜的忙问:"这子弹跟下雨似的,你怎么跑回来了?"

怀玉见掌柜的浑身上下都好好的,松了口气儿:"我听大器说这边要打仗,实在不放心……"

掌柜的忙说："我命大着呢，放心吧。你赶快离开这儿，去英租界找叠玉。"

怀玉问："爸，您倒是应该快离开这儿呀！"

掌柜的摇头："孩子，咱们家所有的玉器古董都留在这儿啦，你说爸爸能走吗？只要你们都好好的，我就踏实了。你快走！快走！"

说着，掌柜的就拉起怀玉往后院奔去。刚刚要出院，就听院门外响起枪声，子弹打透了厚厚的门板射进院子，打在那口养鱼的大水缸上"当当"地冒着火花儿。

掌柜的赶紧把怀玉推到墙角，拿自己的身体挡护着她。

接着就听到外边便衣队的喊叫声。原来是臭喇咕见前门打不进来，便派了一伙子人马迂回到院门这边包抄。

把守院门的几个人也冲门外猛烈开枪，子弹在墙面上溅出刺眼的火花，又尖叫着到处乱蹿。掌柜的更紧地将怀玉挡在身后。

陆雄飞的一个弟兄腿上中了子弹，"哎哟"叫了一声就倒在地上。

怀玉见了，不管三七二十一地冲过去抢救，将那中弹的人拉到墙根儿下，只见他顺着裤腿"咕咕"地淌血，把雪地都染红了。

突然，一颗手榴弹冒着白烟儿扔进来，就落在怀玉不远的对方，怀玉瞧见了，直呆呆地傻看着。

有人惊叫："手榴弹！手榴弹！"

掌柜的手疾眼快，不顾一切地抓起那手榴弹扔进大水缸里，只听见闷闷的"轰"的一声响，手榴弹在水缸里炸响，水缸碎了，流了一地的水，将薄薄的积雪冲化。

怀玉看着父亲的聪明绝妙的举动，笑了。听见伤员在疼痛地

"哼哼",她顺手扯下院子里晾衣裳的绳子,将那人的伤腿扎捆好,血不再出了。

这时,陆雄飞带着几个人从前边赶过来支援,他嘴里叫骂着一边打开院门一边朝外射击着,他的人马也跟随着他冲杀出去,很快,便衣队的人除了死了的,跑的跑,逃的逃,都没了影儿。

掌柜的赶紧帮着怀玉把伤员拉到仓库里边,叮嘱她只要还有枪声就别出来。

这时候,前边的人又喊着便衣队的人已经攻进来了,陆雄飞又喝喊人马到前面去抵挡。他冲掌柜的叫:"妈的!郭大器的人马怎么还不到呀!"

心急如焚的掌柜的顾不得头顶上"嗖嗖"飞的子弹,跑上楼顶去打量。他透过飘飘扬扬的雪片朝远处望去,只见河边那儿也闪起开枪的火光,时不时还有炮弹爆炸的震响。他赶紧跑下来对陆雄飞说:"那边的仗也打起来了,大器他们大概是过不来了……"

陆雄飞咬紧嘴唇,眉目一横说道:"妈的!今儿个就跟他们拼了!"

说着,他端起一支步枪,立起身子连连冲对面射击。

这节骨眼上郭大器在哪儿了呢?他为什么没能赶到"恒雅斋"救援呢?原来,他在公安局里接到掌柜的电话,就立刻向金一戈作了报告。金一戈说,看来今天晚上便衣队一定会出来闹事儿的。就忙着向上司报告和向各个岗哨发警报。随即郭大器就带着十几个保安队跳上卡车沿着海河边朝"恒雅斋"飞快驶来。不料,在半路上遭到从闸口冲出来的便衣队的伏击,汽车紧急刹车,在雪地上滑撞到墙边,立刻熄了火。跳下车的郭大器本来想领着弟兄们穿街巷赶到"恒雅斋",可是被便衣队死死咬住,不得已打起了巷战。

这工夫，我带着璞翠和几个伙计冒着雪已经奔到了英租界的边上，听见从城北面传来的枪声，我心想"恒雅斋"那儿肯定已经打起仗来了，不由得为掌柜的安危担起心来。我对璞翠说，把你们送进英租界，我就得回去，掌柜的一个人在家里我不放心呀。璞翠死活不肯，说英租界人生地不熟的，你走了我靠谁去?再说大姐夫带着那么多人马你还不放心吗?经她这么一劝，我也就打消了回"恒雅斋"的念头。偏偏的英租界的每个路口都戒严，许多早早要跑进去避难的市民把每个路口挤得严严实实，那些英国警察和军人横着眉毛竖着眼，喝三吆四地阻挡人们进入租界。我找了个跟英租界接缝的胡同，带着几个人翻墙进了人家的院子，总算是闯进了英租界。

雪越下越大，"恒雅斋"那边打得也更邪乎了，见便衣队的火力太猛，陆雄飞只得命令自己的人退进屋里，依托着窗户和门柱朝外边开枪。从外边打进来的子弹把平日摆放玉器的货架子打得木片乱飞。

迟迟不见郭大器的救援部队，陆雄飞只能打定鱼死网破的主意，他骂着粗话脱下上衣，光着脊梁，准备率弟兄们冲出去拼个你死我活，掌柜的赶紧拦住他说："这节骨眼上，只能死守，不能拼命呀! 无论如何也得守到郭大器他们来呀!"

见陆雄飞还在迟疑，掌柜的又说："外边除了臭咧咕，兴许还有你原来的弟兄呢，冲他们喊喊话，说不准有用呢。"

陆雄飞一拍脑门："嗨，我怎么没想到呢……"

说着，他忙命令自己的人马停止开枪，很快外边的枪声也稀拉下来。就听见臭咧咕兴奋地喊叫："哈! 里边没有子弹了，给我往里边冲呀!"

他的人马也跟着哄喊起来："里边没子弹了,往里冲呀!"

陆雄飞竖着耳朵仔细听着外边的喊声。

掌柜的忙问:"有没有熟人?"

陆雄飞点头:"好像有吴三瘌子和疤痢眼……"

听见外边冲过来的脚步越来越近了,他又朝外连开了几枪,一边冲外边喊:"老子们的子弹多得很,够打几天几夜的……"

外边臭咧咕的人马立刻又趴在了地上。

陆雄飞趁机喊叫:"外边的人给我听着,吴三瘌子,是不是你小子来了?疤痢眼也在外边,是不是?我告诉你们,你们媳妇和孩子可都在我的手心里捏着呢,你们要是想坑死他们,你们就朝我开枪……"

臭咧咕叫道:"弟兄们,别听他吓唬,赶快冲进去! 宰了陆雄飞,看他还能吓唬谁?! 冲啊! 冲啊!"

明显的,外边的人叫陆雄飞那几句话打蔫了神气,喊声小了,连开枪的响动都不如刚才了。

臭咧咕喊叫:"快开枪! 开枪呀!!谁要是不服从命令就地枪毙!"

陆雄飞兴奋地对自己的人说:"好! 他们乱阵脚了,听我招呼,一块儿冲出去,打他个措手不及! 一、二、三……"

陆雄飞的人马豁出命般地冲出门去,朝趴伏在地上的臭咧咕的人马一齐开火,打得他们鬼哭狼嚎。

臭咧咕凶狠地喝喊着开枪,一边拼命朝陆雄飞射击。眼看两边的人马就要搅到一块儿厮杀了,就在这时,便衣队的侧后响起了枪声,顿时就有两个便衣队被击毙。臭咧咕的人马阵脚大乱。原来是郭大器带着人马赶了过来。

看见保安队的人冲过来,陆雄飞哈哈大笑起来:"哈哈! 兔崽子们,看你们还能喘几口气!"

那个叫吴三癞子的一边逃跑一边喊:"大哥,我们可是被逼来的,没我们的事呀!"

那个叫疤痢眼的也甩下枪往回跑。

这一来,臭咧咕的人马就散了架子,争先恐后地往来路上逃命。两个便衣队架着腿上挨了枪子儿的臭咧咕拼命朝日租界奔去。

陆雄飞的手下兴奋地喊叫起来:"龟孙子跑了!追呀!把他们全杀光!"

郭大器的人马和陆雄飞的人马合成一股追杀便衣队。

跑了一个街口,那两个架着臭咧咕逃命的便衣队见追赶的人马越来越近,扔下他跑远去了。

臭咧咕瘫在地上,一边拼命朝日租界爬着,一边叫吼骂着自己的手下。

很快,陆雄飞的人马追到他的眼前,将他拎到陆雄飞和郭大器的面前。

陆雄飞拿过火把在臭咧咕脸上烤着,戏弄地说:"兔崽子,你还神气吗?"

臭咧咕哭丧着脸不吭声。

陆雄飞:"你不是要我的命吗?哈,我就在你的跟前了,你说,到底是谁要谁的命呀?"

臭咧咕惶惶地看着周围的枪口,跪在陆雄飞面前央求:"大哥,看在往日交情的分上,您……可别杀我呀!"

陆雄飞一脚把他踹倒在地上:"我操你个祖宗!忘恩负义的狗杂种!"

周围的手下都叫起来:"大哥,跟这号没人肠子的还费什么话呀,宰了他!"

喊着,就响起一片拉枪栓的声音。

臭咧咕拼命央求着:"大哥,饶我一条狗命吧,我还有老婆孩子呀!"

陆雄飞抬起靴子踩在臭咧咕那条伤腿上狠狠一碾,疼得他"嗷嗷"惨叫。

陆雄飞冷笑说:"狗东西,知道什么叫报应了吧?!凡是背叛我陆雄飞的混账,凡是跟日本人为非作歹祸害老百姓的狗奴才,绝没有好下场!"

说着他扳开枪栓,将枪口对准了臭咧咕的脑袋。

郭大器劝道:"别,何苦脏了你的手呢?把他押送到公安局去,自有国法处置。"

臭咧咕拼命地冲郭大器喊救命。

陆雄飞对郭大器愤愤地叫:"你还要可怜这个死心塌地当汉奸的王八蛋吗?就是他亲手杀了派出所的警察呀!我今儿个非亲手宰了他不可!"

他的手下又是一阵喊杀声。

郭大器一摆手说:"得,就当我没看见!"

陆雄飞拿枪对准臭咧咕的脑袋。

臭咧咕吓得早尿了裤,神经质地喊:"大哥,别开枪,别开枪……"

陆雄飞将枪口垂下,戏弄地说:"好,我不开枪……一枪毙了也太便宜你了!拿刀来!"

手下扔过一把闪着寒光的大刀片来,陆雄飞双手一挥,臭咧咕的脑袋就滚到了地上,血喷了老远,将好大一片雪地都溅红了。

　　冬夜,下着大雪。汉奸便衣队暴动,陆雄飞砍杀臭
咧咕。

众人欢畅地喝喊起来。

陆雄飞长舒一口气,轻蔑地啐了一口,将刀片扔到地上。

就在这时,突然从日租界那边急速开来辆卡车,那车灯将整条街道都照亮了。

郭大器忙喊:"都趴下!准备战斗!"

陆雄飞和郭大器的手下人都立刻趴伏在地上。

陆雄飞并没趴下,他戒备地盯着亮灯的地方。

那汽车在不远处刹住,传来李穿石的声音:"大姐夫,千万别开枪呀!我是李穿石啊!"

只见李穿石走下车来。

郭大器和陆雄飞的人都端起枪来准备开火。

李穿石忙说:"哎,哎,先别忙开火,伤着陆雄飞的小宝贝儿可不得了呀!"

他说着,将怀里抱着的孩子举到车灯下照着:"大姐夫,这可是你那个小开岁呀!看清楚了没有?"

陆雄飞定神看去,见李穿石手里的孩子果然就是自己的儿子小开岁,一下子就惊呆了……

就在我和璞翠几个人找到叠玉在英租界的住处前几分钟，李穿石派去的人马刚刚闯了进去，将叠玉打昏，抱着小开岁迅速赶回了日租界。等我们走进那栋二层洋楼里时，只见穿着睡衣的叠玉还昏躺在地板上，待把她叫醒时，见小开岁不见了，她忙几个屋子找寻。我们几个也忙着四处找寻，却哪儿也没有小开岁的影子，她疯了似的冲出楼去，在雪地上四下找寻，大声喊着："开岁！开岁……"不是我们把她拉扯回屋，她就得活活冻僵了。我赶紧给"恒雅斋"打电话，给掌柜的报信儿，光听见铃声儿，就是

第二十章

没有人接听，难道家里那边也出祸事了？我是越想越害怕，对璞翠说："你们赶快找孩子，照顾叠玉姐，我得回家瞧瞧……"没等璞翠说什么，我已经跑出了楼。

再说那边的街上，见李穿石抱着自己的儿子，陆雄飞惊讶万分，情不自禁地要奔过来。

李穿石忙叫："大姐夫，别激动嘛！我认识你，我的手下可不认识你呀。"

他身后响起拉枪栓的声音。

陆雄飞这才站住脚步，吼叫道："李穿石，你个王八蛋，把我儿子弄来想干什么？你把我老婆怎么着了?!"

李穿石说:"你放心,你老婆是我的大姨子,就冲洗玉的面子我也不能把她怎么着呀。不过事情激到了这分儿上,我只能出此下策了。"

陆雄飞愤愤地:"你拿孩子做人质……也太卑鄙了!"

李穿石说:"大姐夫,这话也太不客气了吧?咱们本来是一家人嘛,我当姨夫的喜欢小外甥有什么奇怪的呀?"

郭大器气愤地喊道:"李穿石!我是市公安局保安队的,你们跟着日本人搞暴动,犯的是叛国罪!如果还想留条后路的话,就乖乖放下武器,放了人质!"

李穿石说道:"你就是郭大器吧?我该叫你二姐夫呀。一家子,说话何必这样咄咄逼人呢?"

陆雄飞说:"李穿石,你甭来这个!既然我儿子在你手里了,有什么条件就说吧。"

李穿石指着臭咧咕说:"好,痛快。先说第一条,叫你的手下把枪都扔了!"

陆雄飞一愣,随即道:"哼!扔了枪你就好收拾我们是不是?"

李穿石说:"我也没带枪,毕竟是一家人吗,我就是想在一个和和气气的气氛里谈判。扔还是不扔呀?"

说着话,他将小开岁交给身后的手下,还故意大声说:"好好抱着这小宝贝儿,他可是我大姐夫的命根子。"

陆雄飞与郭大器交换着目光,郭大器冲他摇头。

见陆雄飞还在犹豫,李穿石冲身后手下示意,顿时,那手下掐了小开岁一把,孩子"哇哇"哭了起来。

陆雄飞心如刀搅,不得已喊:"我放下!放下!行了吧?!"

他将手里的枪丢到雪地上。

见他如此,他的手下人都先后丢下了枪。

李穿石得意地:"很好,都把枪踢一边去!"

众人只得将枪踢到一边。

李穿石又说:"二姐夫,你们呢?"

郭大器喊:"李穿石,你少耍花招!"

李穿石也不答话,只听那边孩子又痛苦地哭叫起来。

陆雄飞央求地看着郭大器。

郭大器迟疑了片刻,命令手下:"都放下枪吧……"

十几个保安队也先后将枪放到地上。李穿石也命令将那些枪都踢到了一边。

陆雄飞对李穿石喊:"都照你说的办了,还要怎么着?"

李穿石冷笑着,掏出手枪指着陆雄飞。

陆雄飞道:"李穿石,难道你真的这样卑鄙无耻吗?"

李穿石恨恨地说:"我是卑鄙无耻,可这是叫你逼出来的!自打我进了赵家的门,你就横挑鼻子竖挑眼,在赵家人面前把我说成臭狗屎,死活要拆了我跟洗玉的婚事。赵如圭变了主意,悔了婚约,就是你陆雄飞在里面捣鬼!你以为你是青帮的头头儿,天是老大,你是老二,就可以随便踩乎我李穿石呀?告诉你,我走到这一步上,都是你陆雄飞逼的!人都说是水桶掉进井里边,想不到吧,今儿个井也会掉进水桶里边了。"

陆雄飞叫:"李穿石,我今天落在你手里,要杀要剐随你,你如果还是个男人,你就不能动我儿子一个指头。"

李穿石也不答话,朝陆雄飞胳膊上就是一枪,陆雄飞身子一倾,险些栽倒。他站直身子后继续叫着:"要杀要剐随你,你如果还是个男人,你就不能动我儿子一个指头。"

李穿石说:"我暂时还不杀你,这一枪就是为了洗刷你给我的所有的欺辱!现在我们摆平了。"

李穿石说着又把枪对准了郭大器："二姐夫,我可不敢随便动你,你是小野先生的老朋友,我把你送到他那儿,他一定会高兴坏了……"

李穿石示意手下,就有几个便衣队的人要上前来拉拽郭大器。

冷不防地,郭大器从后腰掏出把手枪来,冲着汽车灯"啪!啪!"就是两枪,顿时一片黑暗。

几乎同时,便衣队的人朝郭大器猛烈射击起来。

郭大器猛地将陆雄飞推倒在地上,大声喊:"快跟我们撤!"

陆雄飞喊:"我儿子在他们手里,我哪儿也去不得的!"

不得已,郭大器只好带着手下趁黑撤走。

两个陆雄飞的手下想拉拽他一同逃走,陆雄飞躺在雪地上叫喊:"你们走,我儿子在这儿,我哪儿也去不得的!"

他的手下只得逃散了。

当李穿石的手下打着手电筒赶过来时,只见到两个被子弹打中的死人和倒在雪地上的陆雄飞。

见李穿石走过来拿枪对着自己的脑袋,陆雄飞眼睛都没眨,警告道:"要杀要剐随你,不准动我儿子!"

李穿石凶狠地说:"那要看你跟我配合得怎么样了。还有第二个条件……"

陆雄飞鄙夷地瞪着他:"说!"

李穿石:"我要借你和你儿子的两条命去劝老爷子,这兵荒马乱的,把他们家里的……哦,应当说是把我们家里的那些玉器古董都运到日租界去。"

陆雄飞啐了一口:"呸!我早知道,你进赵家的门儿就是图着那些宝贝!"

李穿石冷笑："少废话！来呀,把这个家伙拉到'恒雅斋'去。"

李穿石又吩咐手下："把这条街前后左右都封锁了,当心保安队杀回来！"

一个手下说："保安队说来就来的呀！"

李穿石听了听远处的枪声说："那就给我死命地打阻击,无论如何要顶住一刻钟。"

叮嘱罢部下,李穿石押着陆雄飞走进"恒雅斋"的门。进了铺面上,却不见掌柜的人影儿,他便推着陆雄飞朝后院里走去。

这会儿掌柜的和怀玉干什么了呢？刚才一听见街上又响起枪,掌柜的赶忙跑到楼顶上张望,见打枪的都是冲着这边射击,就心说不妙。他赶紧把楼梯上的雪扫净,将早就准备好的一桶火油都浇在通往楼顶的木楼梯上。

怀玉听见枪声,也跑出仓库来张望。顺着一股呛鼻子的火油味,瞧见父亲正往楼梯上泼着油。她忙跑上去问："爸,您这是干什么呀？"

掌柜的说："以防万一,一旦挡不住便衣队的人马,我就退到楼顶上,守着这几件宝贝。如果便衣队想上楼,就一把火烧毁楼梯,至少还能抵挡一阵。哎,你上来干什么？还不快走?！"

怀玉说："您不走,我哪儿也不去。"说着她也上了楼顶平台。

掌柜的跺脚："傻孩子呀！我已经是年过半百的人了,就是有个好歹也值了,你快走呀！"

怀玉激动地说："爸,要死我也跟您一块儿死……"

掌柜的眼圈红了："说傻话,你还小,好日子还没过够呢。郭大器是个好小伙子,你跟他错不了,等街面上消停了,爸就给你

504

们办喜事儿……哎,你快走吧!"

掌柜的这几句话,叫怀玉淌下滚烫的泪水,她说:"爸,过去我都在外边忙活了,一直没能好好孝敬您,今儿个这节骨眼上,我一定得陪着您……"

掌柜的把怀玉往楼梯下推:"我的小祖宗,还要叫爸跪下来求你吗? 快走! 快走啊!"

怀玉的脚刚刚踏到楼梯上,就听见楼下传来重重的脚步声和李穿石的声音:"快! 把仓库打开,所有的物件全部搬走!"

掌柜的只得又把怀玉拽了上来,紧张地听着下面的动静。

李穿石的人冲进仓库,看见满屋子的箱子,便一一撬开来看,惊喜地叫:"李先生,宝贝都在这儿呢!"

李穿石赶紧走进仓库,贪婪、激动地打量那一件件闪着光亮的玉器古董,他拿出当初怀玉抄给他的清单,一件件的核对。

楼顶上,见是李穿石带着人马闯进家里,怀玉气愤地说:"我去问问李穿石,凭什么带人闯到我们家里来?!"

掌柜的忙拦住她:"不能下去,便衣队的人都是匪徒哇!"

怀玉叫:"爸,他的人进了仓库了! 明明是来抢劫的呀!"

掌柜的叹道:"随他吧,当初也是怪我呀,我是引狼入室啊!"

仓库里,李穿石对着清单,发现偏偏不见从溥仪那儿买来的那些玉器古董,像那宋朝的玉鸭、汉朝的玉熊、唐朝的白玉卧兽、玉飞天、汉朝的青玉虎璜、蟠螭玉佩、战国的谷纹璧、乾隆用的玉碗等等都不见了,特别是小野要的望天吼也不见踪影。顿时他就蹿火了,喝喊人把陆雄飞带进来查问。

陆雄飞看到满屋子的玉器古董,对李穿石说:"你不就想把这些宝贝都弄到手吗? 该知足了吧? 把儿子还给我!"

李穿石问："陆雄飞,您甭耍花招,老爷子从前清皇上那儿收来的玉器都不见了,说,你都藏到哪儿去了?"

陆雄飞冷笑："瞎扯!老爷子从来就不准我进这个门的,跟我有什么关系?"

李穿石瞧陆雄飞的脸色,知道他没骗自己,一边吩咐手下将所有的玉器古董搬上卡车,一边命令人楼上楼下仔细搜查。

一会儿的工夫,手下人在外边叫起来："李先生,楼顶上还有人呢!"

李穿石赶紧奔出来,拿手电往楼顶上照去,果然看见掌柜的身影儿,忙和缓下声音叫："老爷子!老爷子!您甭怕,不是外人,我是穿石呀!"

李穿石说着一个人走上楼梯："老爷子,子弹在天上乱飞,您跑到那么高的地方去多危险呀!"

掌柜的在楼顶上喝道："李穿石,你来干什么?"

李穿石："这边在打仗,乱哄哄的,我特地来接您到租界去住几天……"

掌柜的说："接我?带着枪带着炮来接我呀?"

李穿石喊："老爷子,您可别误会,我确实是来接您的……洗玉特地吩咐的,一定把您接到日租界去。"

掌柜的喊："你哪是来接我的,是来抢'恒雅斋'的玉器古董的吧?"

李穿石喊："您又误会了,这一阵子华界实在不太平,我是想把您那些宝贝都护送到租界去,等市面上安稳、消停了,再搬回来……"

掌柜的喊："你就甭管我了,只要你正正派派地做人,比什么都好!"

这时候，外边传来了枪声，紧接着就有人跑进院子喊叫："报告,保安队的人又杀过来了!"

李穿石转身冲下面命令:"玩命儿也得给我顶住!顶住!!"

手下人忙奔出去传令。

李穿石又冲楼顶喊:"老爷子,快些下来吧,一会儿这儿的仗要打得更厉害了!"

掌柜的喊:"李穿石,你跟政府打仗,是不是想铁了心地当汉奸呀!"

李穿石说:"老爷子,政治上的事儿您不懂,您就快下来吧!"

掌柜的冷笑:"要我跟你一块儿当汉奸呀?"

李穿石一个手下匆匆跑上二楼,对他说:"李先生,保安队已经打过来了,您还跟他费什么话呀,我们冲上去不就得了。"

李穿石低声说:"不到万不得已不能来硬的。那些最赚钱的东西一准都在楼顶上了,砸了碰了咱们不是白忙活了?"

他又冲楼顶上喊:"老爷子,我大姐夫和我小外甥都在这儿呢,你就请下来吧,咱们一家人怎么也得聚会聚会呀。"

掌柜的听这话,一愣,跟怀玉悄声说:"开岁已经跟你姐去了英租界呀?不可能的……"

怀玉说:"他骗您呢。"

突然楼下传来陆雄飞的喊声:"老爷子,李穿石这混账把我儿子从英租界抢来了做人质!他是个没人性的王八蛋!"

李穿石的手下拿枪托子狠狠砸在陆雄飞胳膊的伤口上,疼得他"哎哟"了一声!

李穿石的手下又掐了开岁一把,疼得孩子"哇哇"哭起来。

陆雄飞冲那抱孩子的家伙吼叫:"你王八蛋再折腾我儿子,

我就杀了你！"

掌柜的在楼顶上跺脚骂道："妈的，一定是惠灵顿卖了咱们……"

怀玉也急了："爸，这可怎么办呀？"

掌柜的叫喊道："李穿石，你是畜生呀！大人们打仗，跟孩子有什么关系？你可千万不能伤了孩子呀！"

怀玉也要喊什么，被掌柜的拦住。

李穿石说："您老下楼来，咱们爷儿俩好好说话，不就吗事儿没有了吗？"

掌柜的忙喊："我下来，我这就下来，就一条，你们不能伤了孩子……"

说着，掌柜的就往楼梯下面迈步。

李穿石先走下楼梯，低声吩咐手下："老爷子一下来，你们立刻就冲上去！"

这时，躺在地上的陆雄飞喊起来："老爷子，您千万不能下来呀！！李穿石是个无信无义的混账王八蛋，他要是把东西都抢到手，我们都得死在他的手里呀！！郭大器他们马上就到了！您千万别下来呀！！"

掌柜的立刻停住了脚步。

李穿石恨恨地朝陆雄飞开了两枪。

陆雄飞当即倒在地上，可他嘴里还在骂着："我操你李穿石八辈子祖宗！老子就是到了地底下，也要剥了你的皮！"

掌柜的吼叫道："李穿石，你杀了他？！你这个狼心狗肺的畜生！！"

听着外边越来越激烈的枪声，李穿石已经耐不住性子，他举起小开岁对楼顶上喊："老爷子，这小崽子可是你们赵家的命根

508

子,我今儿个就拿他来换你的玉器古董,你换还是不换吧？我数十下,你不吭声,这小崽子就没命了！"

怀玉情不自禁地探出身来冲李穿石吼喊："李穿石,不准你伤害开岁！"

李穿石这才发现怀玉也在楼顶上，便喊："二姐也在上面呀？正好,你就劝劝老爷子,是人命值钱呀还是玉器古董值钱？一、二、三、四、五……"

怀玉哭着声儿地对掌柜的说："爸,咱得救开岁呀！"

李穿石继续数数儿："六、七、八……"

掌柜的叫："等,等,这儿的玉器古董你都拿去,把孩子给我放了！"

说着,掌柜的朝楼梯下走去。

李穿石得意地笑了。

意想不到的,瘫躺在地上的陆雄飞突然像豹子似的跳起,朝李穿石扑过来,一把抢过他手里的小开岁,紧紧地抱在自己的怀里。

李穿石惊叫,他的手下慌乱中连连朝陆雄飞开枪,只听见小开岁一声惨叫,爷两个都没了动静。

李穿石赶紧上前打量,发现陆雄飞和开岁都已经断了气儿,他恼怒地冲手下吼道："妈的！谁叫你们乱开枪的！！"

掌柜的在上面看得清清楚楚,绝望地喊了句："开岁呀！"随即就瘫坐在楼梯上。

怀玉疯了似的叫："爸,他们杀了小开岁呀！他们杀了大姐夫呀！"

喊着,她不顾一切地要奔下楼去,却被掌柜的紧紧拽住。

外边的枪声更响了。一个便衣队跑进来催促着："李先生,我们快顶不住了,快撤呀!"

李穿石对手下说:"冲上去!把上边的玉器古董抢下来!"

两个手下疾步冲向楼顶。

怀玉赶紧把怔呆了的父亲拉上楼顶:"爸,他们上来了!!"

掌柜的忙掏出火柴,抽出一根要点着楼梯,但是他手哆嗦着,划了几下都没划着。这工夫,李穿石的人已经奔上了二楼。

怀玉忙拿过火柴,擦着了,往楼梯上一扔,只听见"腾"的一声轰响,楼梯就着起火来,把刚刚要冲上楼梯的两个家伙挡在下面。

李穿石在下面喊:"冲上去!快冲上去呀!"

但是那火焰越烧越旺,两个家伙只得往后退着。

掌柜的像是完全变了个人似的,他冲李穿石喊:"李穿石,你个畜生,也太歹毒了!大人孩子你要赶尽杀绝呀!你来杀我吧!!你不就惦着要这些宝贝玩意儿吗?我现在就给你,给你!"

掌柜的拿起一件玉器从楼上狠命地摔下来,一声清脆的响声。

掌柜的喊:"给你!这是战国的玉璧……"

看见摔碎在自己面前的玉器,李穿石惊呆了。

掌柜的又拿起一件玉器狠命摔下楼,又是一声清脆的响声。

掌柜的喊:"这是汉朝的玉熊,值几千块现大洋呢,给你!还有这个,乾隆皇上用的玉洗,给你……"

院子里连连响起玉碎的声响。

怀玉想拦住父亲,但是根本拦不住,掌柜的再一次举起玉器。

李穿石叫起来:"赵如圭,你,你疯了?"

掌柜的继续狠命地扔着:"给你,明朝的白玉佛手、宋朝的山水扁壶,都给你……"

院子里,清脆的玉碎声连连响起。

李穿石心疼坏了,他吼叫道:"赵如圭,你再敢摔我就……开枪了!"

掌柜的似乎没听见似的,举起那尊望天吼:"这是望天吼,你的主子不是就想要它吗?我也给你……"

李穿石急了,大声喊着:"住手!你给我住手!"

喊着,他就冲掌柜的开了一枪,正打在掌柜的当胸,掌柜的身子一歪就倒下平台的栏杆,整个人从楼顶重重摔了下来。那望天吼也摔落在平台上。

怀玉惨叫一声:"爸呀!"她没命地穿过火阵,朝楼下奔来。

也就在这工夫,我从后门跑进了院子,头一眼就瞧见怀玉扑在掌柜的身边哭喊。突然她又没命地冲到李穿石跟前,两只拳头狠狠地打在他的脸上。李穿石险些被撞倒在地上。他的一个手下抬枪就要冲怀玉开火,我蹿过去,将那个家伙的枪口撞向一边,子弹打在屋檐上,碎瓦片"哗啦、哗啦"落在地上。我将那个家伙压在身子底下狠狠地掐他的脖子。

李穿石顾不得管我,冲手下吼着:"快!快上去把那个望天吼拿下来!"

他的一个手下刚刚跑上楼梯,就听见保安队的枪声已经响到身背后了。一个从外边溃败下来的手下浑身是血地跌跌撞撞跑进来喊:"保安队杀过来了……"话还没说完,人就倒在地上了。

李穿石见状,只得慌忙带着人马冲出"恒雅斋",跳上卡车朝日租界逃去。

我赶紧奔到掌柜的跟前,发现人早已经断气了。我慌神地"哇哇"大哭起来。一边,怀玉从陆雄飞怀里抱起小开岁喊叫他的名字,可怜的开岁,也已经断了气儿。

望着眼前的三个亲人的尸首,我心里打着颤,冲天上绝望地喊了声:"老天爷呀!! 我们是好人家呀! 为什么要这样呀?! "

　　就见楼顶上的楼梯火苗蹿得老高,把天都烧红了。"轰隆"一声,那楼梯烧塌了,带火的碎片溅得满院都是火星。

　　追击便衣队的郭大器也赶了回来,看见这情景也惊呆了,赶紧抱住几乎哭昏过去的怀玉。

　　停了一阵的雪又下大了, 把染遍鲜血和撒满玉器碎片的院子遮盖上了厚厚的积雪……

　　外边的枪声时响时弱地折腾了一整夜,直到天亮……

　　虽然已经过去了五十多年, 那场惨白惨白的雪总是在我眼前飘着,那枪声时不时还在我耳朵边响着……

　　安葬了掌柜的、大姐夫和小开岁,我就把几乎神经了的叠玉送到静海乡下,掉过头来又回到天津来找李穿石报仇。可是自从便衣队暴动那事儿完结之后,就再没有李穿石的音信,原来他带着洗玉躲到了日本国。后来听说洗玉病故在日本。可悲的是,洗玉到死都被李穿石蒙在鼓里,她只以为掌柜的、大姐夫和小开岁都是在打仗时死于乱枪之中。再见到李穿石时,已经是十五年之后了, 那是他被国民政府以汉奸叛国罪判处死刑押赴刑场的路上。在看热闹的人群里我冲他喊道:"李穿石,老天有眼! 报应啊! 你也有今天呀! "五花大绑、后背插着画红圈圈死刑长签的李穿石一路上都垂着头,我不知道他听见还是没听见。也不知道临死之前,他会不会想到被他害死的掌柜的、大姐夫还有小开岁。

　　叠玉自打丈夫孩子没有了后万念俱灰, 在乡下住了一年后就皈依了佛门,做了尼姑。

　　便衣队暴动的转年,也就是一九三二年的十月,怀玉就跟郭大器结了婚,后来她就随着东北军调防到了陕西,在西安长住下

赵如圭中弹坠楼。

了,当了小学教员。经一位南开中学校友的介绍,她悄悄地跟共产党地下组织接上了关系。到了一九三六年的十二月"西安事变"时,郭大器成了远近闻名的人物。他所在的特务连奉命到华清池抓蒋介石,蒋介石逃上了山,他就跟着搜查的队伍一直追到山上,把穿着睡衣的蒋介石"请"了下来。"七七"事变后,他参加了山东台儿庄大战,跟日本鬼子拼死血战。不是冤家不聚头,在战场上他竟与老冤家小野撞个正着,拼杀到最后,他拉着了绑在腰上的手榴弹搂抱着小野同归于尽……

抗战胜利之后,我才得到怀玉的音信。便去找她,已经是三十四岁的怀玉仍然是那样的漂亮。我对她说:"郭大器不在了,你不能总这么一个人过日子, 如果不嫌弃我德宝, 就跟了我吧。"她问我,璞翠呢。她这一问,我眼泪差一点儿没掉下来,原来,便衣队暴动之后,璞翠见赵家已经破败,我也一夜之间成了无家无业的穷光蛋,便狠心悔了婚约,嫁给了个有钱的主儿。这事儿对我刺激极大,一想到女人就心里打怵。所以直到抗战胜利之后,我仍然打着光棍儿。就这样,怀玉到了又成了我的媳妇。相亲相爱过了五十多年,直到去年她去世,我们没红过一次脸。她留给我最珍贵的物件,就是那件望天吼。当初掌柜的被李穿石的枪打着翻下楼去时,这望天吼落在顶楼平台上,摔断了一条后腿儿,后来拿胶粘上,不仔细瞧还真看不出来呢。

一稿于北京海军大院
二〇〇三年十一月
二稿于北京海军大院
二〇〇三年十二月

品味《玉碎》

何镇邦

以具有天津方言韵味的文字语言写具有天津民俗色彩的市井生活的"津味小说",近二十年来成了中国当代文坛的一道靓丽的风景线。林希、冯骥才、肖克凡等一批生活在天津的作家所创作的一批"津味小说"在海内外已产生了广泛而强烈的反响。近来读了从幼时就成长于津门的军旅作家周振天的长篇小说《玉碎》,不仅得到了审美愉悦,也受到颇多艺术启迪。此作善于把民俗描写与时代勾勒结合起来,于充满传奇色彩的情节编织中创造出一组栩栩如生的人物形象,表现出深厚的民族文化的沉积,既是"津味小说"创作重要的新收获,也可以说是二〇〇四年长篇小说创作重要的新收获。

振天同志以小说原稿赐我,使我有了先睹的机会,在获得先睹之快后,写出下面的读后感,同作品一起奉献给读者。

(一)

长篇小说《玉碎》是写天津一家店号叫"恒雅斋"的玉器古董行的老板赵如圭一家在"九一八"前后所经历的悲剧性的遭遇,并以赵如圭一家的国恨情仇表现出中华民族的国恨家仇。

小说落墨于"恒雅斋"老板赵如圭一家在一九三一年一年中的经历,开卷于年初赵如圭外孙开岁喜庆热闹的"洗三"仪式,收束于年末时赵如圭的三女婿,已经完全暴露汉奸面目的李穿石率汉奸便衣队到"恒雅斋"夺宝,赵如圭为保护珍藏的玉器古董而碎玉毁身。而其中有相当多的大大小小的事件和跌宕起伏的情节。而从赵家放射去,则是对"九一八"前后,在天津中日之间错综复杂斗争形势以及社会方方面面尖锐矛盾的描写与揭示。在沈阳制造了炸死张作霖的"皇姑屯事件"的日本关东军派出的特务小野潜入天津,兴风作浪。他不仅与当时住在天津的溥仪等上层人物相勾结,还通过赵家的大女婿陆雄飞打进天津青帮,与黑社会狼狈为奸;当日本关东军在沈阳发动"九一八"事变之后,小野一伙在天津遥相呼应,组织训练便衣队,发动便衣队的武装暴动,以此转移国际上对关东军在东北罪行的注意力,牵制东北军在关内的军事部署,并且掩护溥仪逃出天津,到东北成立伪满洲国。小说中对小野与陆雄飞、李穿石等相勾结在天津兴风作浪的描写,相当深刻地揭示了"九一八"前后日本侵略势力在天津和华北地区的猖獗活动;而通过小野这一日本特务凶残而狡诈的形象的刻画,也较深刻地揭示了日本侵略者的本性。与日本侵略势力相对立的是驻天津的东北军,小说中主要通过东北军的团长金一戈和东北军中一位富有传奇色彩的连长郭大器来展示作为抗日力量在天津的东北军势力的。其中尤以为了报一家被害之仇,枪杀了暗地与日本特务小野相勾结的营长,成了通缉犯,又潜入天津伺机报仇,几次准备杀小野而未得手的郭大器的形象及其活动最引人注目。在日本屯驻军,日本特务与东北军之间,小说还用少量的笔墨点染了蛰伏在"静园"伺机逃出天津准备潜往关外建立满洲国的前清皇帝溥仪的一些活动,并用相当的笔墨描述了以赵如圭的大女婿陆雄飞为代表的青帮的活动。这样,就把"九一八"前后天津错综复杂的矛盾比较深刻地揭示出来,从而显示出强烈的时代色彩,表现出浓烈的爱国主义情怀。应该说,爱国主义是长篇小说《玉碎》的灵魂。而在日本当权的政客力图掩盖其侵华历史,屡次朝拜供奉日本甲级战犯的"靖国神社"并妄图复活军国主义的当下,再现当年"九一八"前后日本侵略者的史实,表现中国人民的爱国主义情怀,揭露勾结日本特务的汉奸的丑恶面目,应该说具有深刻的现实意义和警醒作用。

在《玉碎》中,与这种强烈的时代色彩和浓烈的爱国主义相映衬的是一种具有独特韵味的民俗色彩和文化色彩。看来,作者是有意于津门的民俗描写并借此刻画他笔下各种人物的性格以及开掘民族文化底蕴的。小说的开卷处,写"恒雅斋"的主人赵如圭为其外孙举办"洗三"的仪式。这一章,对天津民俗"洗三"(即为新出生三天的婴儿举行"洗礼"可以说是一种中国式的"洗礼")就有非常周详生动的描述;重要的是,小说不仅描述了"洗三"这种民俗,而且让小说中的主要人物在"洗三"这个特殊的场合中出场亮相,这一构思可谓颇具匠心。再读下去,第四章中有关于"娃娃哥"的民俗描写,重要的是,作者不是为写民俗而写民俗,而是让"娃娃哥"贯穿全书,每当赵如圭碰到难事无处诉说时,只能对"娃娃哥"喃喃独语,这一细节描写颇能揭示赵如圭的性格。其余诸如关于"妈妈例儿"也就是男女订婚民俗的描写,关于陆雄飞所在码头脚行的描写介绍,尤其是赵如圭的母亲赵老太太在汉奸便衣队发动武装暴乱中被日本炮弹打死之后关于殡葬礼俗的描写,既是民俗描写的精彩片段,也是小说故事发展的高潮。赵老太太葬礼的描写,既是天津民俗的集中展示,也是一次天津民众的抗日示威。当然,小说中许多精彩的

517

笔墨还是关于玉器和古董的描写和介绍,对赵如圭从"静园"以及其他地方收购来的一件件珍品的介绍,对玉的品格的描写,更具有一种民族文化的底蕴,以这一点上来说,把这部小说定位为民俗文化小说也许更恰当些。已故的当代著名作家汪曾祺在他的小说中极其重视民俗描写,他说:"我以为风俗是一个民族集体创作的生活的抒情诗。"(《〈天津记事〉是怎样写出来的》,见《汪曾祺文集·文论卷》234页,江苏文艺出版社出版)他又说:"我以为,风俗,不论是自然形成的,还是包含人为的成分(如自上而下的推行),都反映了一个民族对生活的挚爱,对'活着'所感到的欢悦。他仍把生活中的诗情用一定的外部的形式圈定下来,并且相互交流,融为一体。风俗中保留一个民族的常绿的童心,并对这种童心加以圣化。风俗使一个民族永不衰老。风俗是民族感情的重要的组成部分。"(《读风俗画》,同上书第61页)我在这儿所以不厌其烦地摘引汪曾祺关于风俗描写的论述,无非是想借此表明民俗描写在小说创作中的重要意义。而这一点,古今中外的作家如巴尔扎克、茅盾等也都有过重要的论述,而且为当代作家所认同。"津味小说"、"京味小说"以及"汉味小说"、"粤味小说"的纷至沓来,并为文坛价重,还可以表明作家、评论家对民俗描写的看重。周振天在其长篇小说《玉碎》中对天津民俗所作的一些描写,表明他对民俗描写的重视,也是一次值得肯定的艺术尝试。

长篇小说《玉碎》的另一重要特色是具有浓厚的传奇色彩,并因此增强其艺术魅力,增强了作品的可读性。周振天编导过一些相当出色的话剧、电视连续剧,熟悉戏剧创作的艺术规律,善于编织作品的故事情节。长篇小说《玉碎》也显示出作者的这一艺术长处,故事情节跌宕起伏,扑朔迷离,引人入胜。有的人物,有的情节，又富于传奇色彩，既增强了可读性，也显示出小说的民族特色。诸如郭大器这个人物的设置，关于他的描写、他的来历以及其经历、他的性格，都充满传奇色彩。第五章写他以"蒙面人"出现在利顺德饭店把枪口对准杀害他全家的仇人小野之头，但为了救赵家的二小姐怀玉放弃了这个很好的报仇机会；第十章写他在广东会馆的戏园子再次开枪暗杀小野，"那枪法还挺准，有一枪不偏不斜正打在他（小野）的心口上"，原以为小野这下子活不成了，可是事有凑巧，赵如圭赵老板在外孙"洗三"时还礼送给小野的一件玉观音挂件偏巧挡着子弹，救了小野一命；第十六章写赵怀玉通过金一戈团长穿上东北军军装混进审判郭大器的军事法庭，当法庭判处郭大器死刑时，赵怀玉无畏地在法庭上痛斥东北军不抗日，为郭大器辩护；原来决定于九月十九日早晨对郭大器实行死刑，但由于九月十八日深夜传来关东军攻打东北军军营，发动了"九一八"事变的消息，东北军最高领导又决定"死刑暂缓执行"，后来又免除其死刑，恢复其军籍，郭大器又回到东北军当起了侦察连的连长。关于郭大器之谜的几段描写都是富于传奇色彩的，也是充满戏剧性的。应该说，郭大器这个充满传奇色彩的人物及其传奇故事在小说中的出现，提升了小说的英雄主义和爱国主义的格调，增加了小说的阳刚之气和可读性。但是，由于一些情节过于戏剧化，诸如关于对他执行死刑的安排恰逢"九一八"事变爆发，就过于奇巧，反而削弱了小说的艺术真实性和艺术感染力。

（二）

我至今仍然坚持这样的观点：成功地创造若干人物形象，乃是长篇小说创作的中心任务；能否成功地塑造出若干具有艺术亮色的人物形象乃是衡量一部长篇小说艺术质量的重要标尺。

《玉碎》之所以给我留下较为深刻的印象，换句话说，我之所以认为《玉碎》这部长篇小说是成功的，是"津味小说"中不可多得的佳作，正是因为它写活了一组人物，在人物形象创造上取得了骄人的艺术成就。

首先引人瞩目的当然是作者着力刻画的"恒雅斋"老板赵如圭的形象。他一辈子做玉器生意，了解玉的品性，并以玉自喻。在第四章里，写了一段他与二女儿怀玉关于玉的对话，颇有寓意，摘引于下：

> 他问怀玉："怀玉你们姐几个，就你打小跟玉有缘，你也是最喜好玉的。老祖宗在《礼记》里边说过一句话，叫：君子于玉比德焉，知道这话是什么意思吗？"
>
> 怀玉并不知道掌柜的心思，一边打量手里的一片薄薄的宋朝玉蝉一边应答掌柜的："就是说做正人君子的，就得拿玉来表示自己的品德和人格呀。"
>
> 掌柜的点头，又问怀玉："你说说看，这玉的品德最重要的是什么呢？"
>
> 怀玉张嘴就说："这老话里早就有啊！宁为玉碎，不为瓦全。"
>
> 掌柜的摇头叹气："你们孩子家是只知其表，不知其里啊。"
>
> 怀玉本来就是个爱较真的人，她问掌柜的："爹，那您说是什么呢？"
>
> 掌柜的说："不是我说，老祖宗早说过，孔老夫子专门论过玉的，他说好玉呀，就含着仁、知、义、礼、乐、忠、信、天、地、

德、道十一种德行,十一种呀! 你说的只是玉性的钢脆,倒是没错,可孔老夫子说这玉最要紧的还是这两个字,一个温,一个润,用他的话就是'温润而泽',明白什么意思吗?"

读了这段赵如圭与其二女儿怀玉关于玉的对话,我们了解到,赵如圭正是"拿玉来表示自己的品德和人格"的,他是一个规规矩矩的生意人,是个玉器与古董的鉴赏家和经营者,他恪守的人生信条是"温"与"润"这玉的品格,想当顺民,想在天津卫当年那种日本人、东北军与黑社会势力的缝隙求得生存与发展。但是"九一八"之后天津形势的急剧恶化,尤其是汉奸便衣队举行武装暴动,从日租界打进了华界,日本人的炮弹打死了他年迈的母亲,后来,当了汉奸的三女婿李穿石又带着便衣队来抢他珍藏的玉器,他想当顺民而不得,被迫只好"宁为玉碎"了。赵如圭的性格发展与悲剧结局是颇具典型意义的,也是发人深省的。在赵如圭身上,集中体现了中国人民善良而忍让的性格,也反映了中国人在那个悲剧年代的悲剧性命运。

赵如圭的三个女儿以及三个女婿也都是各有其鲜明的性格,因此其形象创造也大都是成功的。大女儿叠玉属于贤妻良母型,性格温顺到几乎任其丈夫陆雄飞摆布的地步;三女儿洗玉从小娇生惯养,好逸恶劳,追求时尚,因此在小白脸李穿石的穷追不舍下成了他的俘虏, 以至最后违父命嫁给了已经暴露面目的汉奸李穿石,落到客死他乡的悲剧;二女儿怀玉是小说中最有艺术光彩的人物之一,她既不同于其姐的甘为贤妻良母,又有别于其妹的一味追求享受与时尚。在日益高涨的抗日浪潮中,她毅然投身其中,先是因为到日租界张贴抗日标语而被捕,后又在东北军的军事法院上痛斥东北军的不抗日及为郭大器申辩而名震津门,"九一八"事变后又积极投身抗日洪流,并与志同道合的郭大器结合,后来居然历尽坎坷,但终归不失其玉的本质品格。赵如圭的三个女婿中,大女婿陆雄飞是青帮的头目,把持着天津的一个码头,在他身上既有帮会势力头目必具的一些劣迹,包括与日本特务小野相勾结互利用等,但在他身上又尚未泯灭作为一个中国人最根本的良知。应该说,这是一个性格比较复杂,形象比较立体的艺术形象。二女婿郭大器是作为抗日英雄出现在读者面前的,他身上的传奇色彩与他所创造的具有传奇色彩的故事吸引着读者,但冷静一看,作者对他的个性与内心世界的描写略嫌不足;三女婿李穿石作为一个投靠日本特务的汉奸,作者并没有把他简单化与漫画化,而是写出他汉奸面目逐渐暴露的过程以及他最后率便衣队到"恒雅斋"夺宝的丑恶灵魂,这样一个人物形象,不仅是真实的,而且是丰满的。

小说中还有一些人物形象,有的着墨不多,有的颇费些笔墨,但都给人留下深刻的印象。"恒雅斋"的伙计,赵如圭收为义子的赵德宝,不仅仅是个线索人物,且有鲜明的性格,诸如写他出于对郭大器与赵怀玉亲热的妒忌之心把郭大器卖给东北军,但当郭大器被东北军抓获并判为死刑时,他又愧疚不已,对他内心世界的描写还是比较深刻的;再如日本特务小野,在"静园"前清皇帝溥仪那儿当差的太监刘宝勋、被一位下野北洋政客张必收养的河北梆子演员薛艳卿、英国商人惠灵顿,还有赵如圭的哥哥赵如璋夫妇等等,大都笔墨不多,但也都写得各具个性,鲜活得很。

(三)

长篇小说《玉碎》基本上利用第一人称的叙述,叙述人是

"恒雅斋"的伙计、赵老板的义子赵德宝。选择赵德宝作为故事的叙述者是颇具匠心的。赵德宝是赵老板赵如圭最贴身的人。他的身份比较特殊，作为赵老板的义子，他可以算是赵家的家庭成员，可以进入赵家内部，叙述赵家发生的一切故事；他又是"恒雅斋"最得力的伙计，店内店外发生的事情，他几乎都出现在第一现场，有资格进行报告和叙述。用赵德宝第一人称的叙述角度进行故事的叙述，大大加强了故事的现场感和真实感，也增强了故事的吸引力。因此，赵德宝这个人物的设置以及以赵德宝第一人称的口气来叙述故事，应该说是一个不错的构思，从这一点上足以见出周振天在小说创作上的结构能力和叙述技巧。当然，这种第一人称的叙事角度，有其长处也有其局限，例如有的事在赵德宝眼力所及之外，他就无法进行叙述了；再有一些人物的心理活动，赵德宝也无法看穿，因此也难以用第一人称进行叙述了。由此看来，一部几十万字的长篇小说，坚持第一人称叙述到底，难度是很大的。当然，这种以第一人称为主的长篇小说，在叙述上也有一些变通的办法，在《玉碎》里，周振天在写到小野等日本特务的阴谋活动等等时，也很自然转用第三人称叙述亦即全知视角的叙述方法，而且这种转换运用自然、不露痕迹。不过，也有一些令人遗憾之处，那就是对人物内心活动的描写尚嫌不足，这就是第一人称叙事难以弥补的遗憾了。

照我看来，无论是"京味小说"也好，或是"津味小说"也好，其"味"不仅体现在每一地域独具的民风民俗的描写上，更重要的还体现在每一个地域的韵味独具的方言的运用上，因此我赞同作家邓友梅的这种看法；所谓"京味小说"，具体地说，就是用北京口语，写北京人的生活。(《一点探索》，见海峡文艺出版社出版的《新时期中篇小说名作丛书》)按照邓友梅的这一见解，所谓"津味小说"也就是用天津口语写天津人的生活了。于是，口语是否运用得好，对于民俗小说的成功与否具有重要的甚至关键的作用。《玉碎》的作者周振天从小生长于天津，对于天津口语可以说是琢磨透了。天津方言当然属于北方方言区，是官话的一种，但由于天津是个大码头，南北客商云集，尤其是十九世纪中后期洋务运动开展之后，成为北洋军阀的基地；"辛亥革命"之后，历届北洋政府下台的政客，又往往到天津租界里当寓公，于是天津的方言里融进了许多外来方言，例如皖中、皖北方言的成分，就独具韵味。我们在读《玉碎》时，只要认真品味，就能够品出天津口语的这种独具的韵味来。这方面，自然给小说的艺术魅力增色不少。

二〇〇四年一月十二日
草成于北京亚运村寓所